하늘의 아들

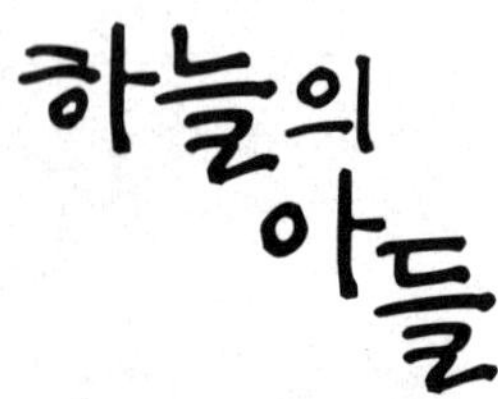

초판 인쇄 2013년 8월 10일
초판 발행 2013년 8월 15일

지은이 장순
펴낸이 진수진
펴낸곳 레몬톡
디자인 심지섭
마케팅 윤기석

주소 경기도 고양시 일산동구 중산동 1682번지
출판등록 2013년 5월 30일 제2013-000078호
전화 031-944-3145
팩스 031-946-4832
홈페이지 www.haeminbooks.com

ISBN 979-11-85254-32-6 (03810)

정가 14,000원

하늘의 아들

장 순 장편소설

하늘의 아들

차 례

하늘의 아들

죽음의 시간

긴박한 발자국 소리가 들리기 시작했다.

남자의 얼굴은 창백해져 있었고 눈은 공포에 질려 있었다. 남자는 어림잡아 이십대 초반쯤 되어 보였다.

요란한 비상벨 소리가 실내의 곳곳에 울려 퍼지고 있었다.

흰 가운을 입은 남자들이 당황한 얼굴로 어디론가 황급히 달려가는 것이 보였다. 그리고 외부로 통하는 건물의 통행로는 셔터로 철저히 차단되고 있었다.

셔터가 미처 내려지지 않은 공간을 통해 남자는 구르듯이 가까스로 빠져나갈 수 있었다. 남자의 얼굴에 식은땀이 맺혀 있다가 힘없이 콧등을 타고 흘러내렸다. 남자는 한숨을 길게 내뱉었다. 그리곤 주위를 살폈다.

남자의 눈에 들어온 건 흰색 승용차였다. 남자는 망설일 여지가 없었다. 있는 힘껏 남자는 승용차 쪽을 향해 내달리기 시작했다.

다행히 승용차의 문은 잠겨 있지 않았다. 남자는 승용차 안으로 들어가 몸을 최대한 낮추었다. 그리곤 손으로 키박스 부분을 더듬었다. 역시 키는 꽂혀 있지 않았다. 남자의 얼굴은 안정을 찾지 못한 채 창백하게 일그러졌고 손은 심하게 떨렸다. 손뿐만이 아니라 온몸 전체가 경련을 일으키듯 떨려 왔다.

"저기야. 저기에 있어!"

"제길, 뭐 하는 거야, 빨리 잡아오지 않고. 병신 같은 자식들."

어렴풋이 사람들의 목소리가 들렸다.

남자는 서둘러 키박스를 뜯어내기 시작했다. 하지만 생각처럼 쉬운 일은 아니었다. 발로 키박스를 수차례 걷어차자 그제야 부서졌다. 그는 손으로 나머지 키박스를 뽑아냈다. 키박스를 뜯어내는 그의 손에서 검붉은 피가 뚝뚝 떨어졌다.

"제발!"

그는 이빨로 전선의 피복을 벗겨 냈다. 그리고 두 가닥의 선을 양손에 잡고 맞부딪쳐 스파크를 일으키기 시작했다. 몇 번을 반복하자 불꽃이 일더니 차에 시동이 걸렸다. 그의 얼굴에 잠깐 미소가 겹쳐졌다. 하지만 기뻐할 겨를이 없었다.

경비원들이 재빠르게 달려와 승용차를 에워싸고 있었다.

그는 기어를 넣고 액셀러레이터를 힘껏 밟았다.

순식간의 일이었다. 차가 출발함과 동시에 앞을 가로막고 있던 경비원이 그대로 차창 앞으로 날아와 떨어졌다. 그 충격으로 인해 차창에 거미줄 쳐지듯 금이 갔다. 그래도 남자는 액셀러레이터에서 발을 떼지 않았다.

요란한 굉음과 함께 승용차는 담버락을 한차례 들이박았다. 남자는 그대로 핸들에 얼굴을 처박았다. 머리에 깨질 듯한 통증이 느껴졌다. 남자의 터진 코와 이마에서 피가 줄줄줄 흘러내리고 있었다.

남자는 안간힘을 쓰며 정신을 가다듬었다. 그의 이마와 코에서 흘러내려온 피가 셔츠 아래로 흘러내려 흠뻑 젖고 있었다. 그리고 차 안은 역한 피비린내로 진동했다. 그가 이마의 피를 손으로 닦고 뒤를 돌아다보았을 때 경비원들이 차를 향해 악착같이 달려드는 모습이 보였다. 지체할 여지가 없었다.

그는 다시 후진기어를 넣고 차를 뺀 다음 발로 금이 간 차창을 깨부수었다. 그제야 시야가 확보될 수 있었다.

'이렇게 포기할 수는 없어.'

그는 이를 악물었다.

그는 힘껏 액셀러레이터를 밟았다. 승용차는 빠른 속도로 정문을 향해 돌진했다. 바리케이드가 가로막고 있었지만 승용차는 안중에도 없이 바리케이드를 깨부수듯 들이박고 정문을 빠져나갔다.

빠른 속력으로 비포장도로를 향해 튀어나온 승용차는 한순간 도랑으로 곤두박질칠 뻔했지만 가까스로 중심을 잡고 울퉁불퉁한 비포장도로를 내달릴 수 있었다. 깨진 차창으로 바람이 거세게 휘몰아쳐 들어왔다.

그는 여전히 불안과 공포에 떨고 있었다. 막상 도로로 나오자 어느 쪽으로 달려야 할지 그는 막막해졌다. 하지만 여전히 액셀러레이터에서 발을 떼지는 않았다. 어디든 길이 있는 곳이면 달려야 한다.

남자는 그것만이 살길이라고 생각했다.

얼마의 비포장도로를 정신없이 내달렸고 남자의 시야로 포장된 아스팔트 도로가 보였다. 남자의 입에서 희미한 안도의 한숨이 쏟아져 나왔다. 그러나 승용차는 여전히 불안하게 도로를 질주하고 있었다.

그것도 잠시 남자의 승용차 뒤로 승용차 몇 대가 따라붙기 시작했다. 남자는 속력을 더 내기 시작했다. 그 탓에 영문도 모르고 도로를 달리던 차들과 가벼운 접촉 사고를 냈지만 그는 그것에 신경 쓸 틈 없이 액셀러레이터를 더욱 힘껏 밟았다.

달려야 한다. 그것만이 살길이다. 그의 눈앞은 핏빛으로 얼룩져 있었다.

난생 처음으로 느껴 보는 그러한 자유였다. 그는 자유를 포기 할 수가 없었다. 얼마나 기다려 온 일이던가. 철창에 갇힌 원숭이처럼 살아온 지난날을 생각하면서 그는 모든 발악을 다 내뿜고 있었다. 자유에 대한 갈망이 그를 그러도록 만들었다.

그의 눈에서는 무언가 알 수 없는 신념 같은 것이 반짝 빛나고 있었다. 그렇다, 그건 죽음을 뛰어넘는 자유에 대한 동경이다.

그는 가슴속에서부터 끓어오르는 울컥거림을 느꼈다. 태어나서 처음으로 느껴 보는 기쁨이었다. 철저하게 감정을 유린당한 그동안의 현실이 증오스러울 뿐이다. 이제 다시는 그런 지옥에서 살아야 할 이유가 없었다.

추적해 오는 승용차와의 거리는 좀처럼 떨어지지 않았다. 그는 이성을 잃었다. 불안과 공포로 숨이 턱까지 막혀 올 지경이다.

이것이 운명이라면 받아들여야 한다. 하지만 끝까지, 해볼 때까지는 해봐야 하지 않은가. 인권을 유린당한, 인격적 인간이 아닌 그저 동물적인 존재로 살 바에는 차라리 죽음을 택하는 것이 나을 것이다. 남자는 자신의 영혼을 그렇게 포기할 수는 없다고 생각했다.

누군가에게 그 사실을 알려야 한다. 남자는 오직 그런 생각뿐이었다.

승용차는 도심으로 들어서고 있었다. 추적하던 차들은 다급한 나머지 물불을 가리지 않고 돌진해 왔다.

어느새 쫓아왔는지 소나타 승용차가 바짝 다가와 남자의 승용차를 가로막듯 부딪쳐 왔다. 그 순간 쾅, 하고 차체가 찌그러지는 소리가 들렸다.

"선배님, 피곤하지 않으세요?"

운전을 하고 있던 이 형사가 철민을 쳐다보며 살짝 얼굴을 찡그렸다.

"조금, 우리 있다가 사우나나 갈까?"

"전 안 됩니다. 집에 일찍 들어가서 마누라를 즐겁게 해줘야 하거든요. 벌써 며칠째 잠복하느라 마누라 얼굴도 못 봤는데. 오늘도 집에 안 들어가면 이혼하게 될지도 모릅니다. 눈이 빠져라 기다리고 있을 텐데. ……또 집에 들어가서 밤새도록 마누라에게 시달릴 생각하면 아찔합니다. 마누라라고 하나 있는 게 밝히기는 엄청 밝혀 가지고……. 하하하, 선배님은 결혼하지 마십시오. 혼자 사는 게 제일 입니다."

이 형사가 생글생글 웃어 가며 말했다. 철민도 이 형사를 보며 살짝 웃어 주었다.

철민은 담배를 꺼내 불을 붙였다. 몸이 찌뿌드드한 게 비라도 한차례 내릴 것 같은 날씨였다. 철민의 입에서 흩어져 나온 담배 연기가 다시 차창 밖으로 소리 없이 흩어져 나갔다.

철민이 탄 승용차가 막 경찰서 쪽으로 들어가려던 참이었
다. 철민이 담배를 반쯤 태우다가 재떨이에 담배를 끌 때였다.

"선배님 이게 무슨 소리지요?"

이 형사가 귀를 쫑긋 세우며 철민을 쳐다보았다. 철민도 말
없이 이 형사를 바라보며 귀를 기울였다.

"이 근처에서 교통사고가 난 모양인데요."

"……."

이 형사가 대수롭지 않다는 듯 경찰서 주차장으로 들어가
기 위해 속력을 줄이며 말했다.

심상치 않은 얼굴로 철민이 주위를 돌아다보았다. 어디에
선가 자동차의 추돌 음이 계속해서 들려왔다. 하지만 어디에
도 추돌 사고 현장은 보이지 않았다.

"차 세워!"

철민이 다급하게 소리를 질렀다. 그 소리에 반사적으로 이
형사가 급정거를 했다. 그와 동시에 타이어가 바닥에 갈리는
소리가 들렸고 흰색 승용차가 철민이 탄 승용차 앞으로 미끄
러지듯 나타났다.

"뒤로 빼!"

철민이 말하지 않더라도 이 형사는 어느새 후진기어를 넣
고 있었다.

당황해 있던 철민은 순간적으로 커브 길에서 갑자기 나타

난 흰색 승용차의 운전자와 눈이 마주쳤다.

남자의 눈은 겁에 잔뜩 질려 있었다.

흰색 승용차의 뒤에서 얼핏 두 대의 차가 밀어붙이는 것이 철민의 눈에 목격되었다. 흰색 승용차는 헌 신짝처럼 너덜너덜하게 찌그러져 있었으며 범퍼 부분은 차체에서 거의 떨어져 나간 상태로 도로 표면에 질질 끌리고 있었다.

검정색 승용차가 흰색 승용차의 뒷부분을 거칠게 들이박았다. 그러자 흰색 승용차는 철민이 탄 승용차 앞을 아슬아슬하게 스치고 지나갔다. 그리곤 인도 위로 튕겨져 올라가며 뒤집힌 흰색 승용차는 뒤이어 경찰서 담벼락으로 곤두박질치고 말았다.

경찰서 담벼락을 들이받은 승용차는 형체를 알아볼 수 없을 정도로 완파되었다. 그리고 흰색 승용차를 뒤에서 들이박았던 승용차 두 대가 빠른 속력으로 뺑소니를 치기 시작했다.

"저 새끼들이……."

이 형사가 넋을 잃고 있다가 뺑소니를 치는 승용차를 보면서 눈을 부라렸다.

"이 형사, 추적해."

그 말을 남기고서 철민이 재빠르게 차에서 뛰어내렸다. 그러자 이 형사가 핸들을 꺾어 뺑소니 차량을 뒤쫓기 시작했다.

차에서 뛰어내린 철민이 흰색 승용차의 운전자를 구하기 위해 내달리기 시작했다. 다행인지 불행인지 운전자는 담벼락과의 충돌과 함께 뒤집힌 승용차 밖으로 반쯤 튀어나와 있었다.

승용차에서 무엇인가가 흘러내리고 있었다. 그것은 다름 아닌 엔진룸에서 흘러나오고 있는 휘발유였다. 엔진 부위 한쪽에서는 스파크가 일고 있었다.

철민이 거의 사고 현장에 다다랐을 때였다. 쾅, 하는 폭발음과 함께 승용차는 화염에 휩싸였다. 달려가던 철민도 동시에 본능적으로 몸을 뒤로 날렸다.

"제기랄……."

자신도 모르게 철민의 입 밖으로 쏟아져 나온 말이었다.

넘어질 때의 충격으로 팔과 허리 부위가 욱신거렸지만 철민은 다시 일어나 불타고 있는 승용차 쪽으로 달려갔다.

화염이 너무 거셌기 때문에 철민은 운전자를 구할 엄두를 내지 못하고 있었다. 그때 의경이 경찰서 안에서 소화기를 들고 뛰어나왔다.

철민은 의경의 도움을 받아 불타고 있던 승용차에서 검게 그을린 운전자를 힘겹게 끌어낼 수 있었다. 운전자의 옷에 불이 붙어 있었다. 철민이 급하게 자신의 상의를 벗어 운전자의 옷에 붙은 불을 끄기 시작했다.

"이봐요?"

"복……. 복……. 허……억, 푸……우."

철민이 검게 탄 남자의 상체를 잡고 서너 차례 흔들었다. 그러자 남자가 눈을 동그랗게 뜨고 철민의 눈을 뚫어지게 쳐다보면서 무슨 말인가를 하려 했다. 남자의 커다란 눈은 너무도 순박하고 맑아 보였다. 하지만 남자는 몸을 바들바들 떨다가 이내 마지막 신음을 내뱉었다.

"……."

철민은 말없이 고개를 저었다. 그러다가 이상한 기분이 들어 옆을 돌아다보았을 때 수상한 중형 승용차를 발견할 수 있었다. 차창을 내린 운전석에서 선글라스를 낀 남자가 철민 쪽을 유심히 쳐다보고 있는 것이다.

남자는 철민과 마주치자 이상야릇한 미소를 입가에 지어 보이며 선팅된 차창을 스르르 올렸다. 그리곤 차를 서서히 출발시켰다.

철민은 사라지는 중형 승용차에서 눈을 뗄 수가 없었다.

"최 형사, 이게 어떻게 된 일이야?"

언제 왔는지 형사 과장이 철민을 내려다보며 말했다. 철민은 여전히 반쯤 타들어 간 싸늘하게 식은 시신을 안고 있었다.

"……."

"최 형사?"

“후……우. 저도 잘은 모르겠습니다.”

한숨을 내쉬며 철민이 말했다.

사고 차량은 거의 전소된 상태였고 어둠이 서서히 내려앉고 있었다. 철민은 안간힘을 쓰듯 자신의 팔뚝을 꼬옥 움켜잡고 있던 시신의 손을 살며시 떼어내었다. 그 순간 철민은 소스라치게 놀랐다.

시신의 팔뚝에 수북하게 자라나 있는 털 때문이었다. 그것은 인간의 털이라기보다는 짐승의 털에 더 가까웠다.

하지만 철민은 더 이상 사체를 유심히 들여다볼 수 없었다. 사체는 너무도 형편없이 그을려 있었고 게다가 역한 냄새 때문에 철민은 고개를 돌리고 말았다.

철민이 막 자리에서 일어날 때 뺑소니 차량을 쫓아갔던 이 형사가 돌아왔다.

“어떻게 됐어?”

“짜식들 엄청 잽싸던데요. ……하지만 차량 번호판을 적어 놨으니까 잡히는 건 시간문제일 겁니다. 선배님 팔에서 피가 나는데요.”

승용차가 폭발할 때 뒤로 몸을 날리면서 입은 상처였다. 이 형사의 말에 그제야 철민은 통증을 느꼈다. 피가 소맷자락을 흥건히 적시고 있었다.

간단하게 응급 처치를 받고서 철민은 다시 전소된 사고 차량 쪽으로 다가갔다. 하지만 전소된 차 안에는 사망자의 신원을 확인할 만한 단서 같은 것은 전혀 없었다. 지문을 채취해 조회하는 수밖에 뾰족한 수가 없었다.

철민은 시체를 수습하고 막 떠나려 하는 앰뷸런스를 잡아 세워 지문을 채취할 수 있었다.

서로 들어간 철민은 보고서를 작성하기 시작했다.

"최 형사, 잠깐 나 좀 봐."

형사 과장이 그를 불러 세웠다.

"왜 그러십니까?"

"다른 게 아니라 최 형사는 그동안 잠복하느라 피곤할 테니까 오늘은 일찍 들어가서 쉬라고. 그리고 아까 그 사건은 형사 2반 정 형사에게 넘겨."

"그건 제가……."

"잠자코 시키는 대로 해."

형사 과장의 말은 간단명료했다. 철민은 깐깐한 형사 과장에게 더 이상 고집을 피울 수가 없었다.

철민은 오랜만에 집에 들어와 샤워를 했다. 하지만 상쾌한 기분보다는 왠지 꺼림칙한 기분이 들었다.

샤워를 마치고 거실로 나온 철민은 텔레비전을 켜고 소파에 푸욱 파묻혔다. 텔레비전에서는 9시 뉴스를 하고 있었다.

철민은 채널을 이곳저곳으로 돌리다가 마음에 드는 프로가 없었던지 다시 텔레비전의 전원을 껐다.

몸이 나른해져 오기 시작했고 철민은 가볍게 기지개를 켰다. 하지만 좀처럼 잠이 오지 않았다.

손으로 얼굴에 마른세수를 하던 철민은 소파에서 일어나 주방으로 갔다. 시장기가 느껴졌기 때문이다. 하지만 주방 어디에도 먹을 만한 것은 없었다. 어딘가에 라면이 있을 법도 했지만 철민은 찾는 것을 포기했다.

혼자 사는 단출한 살림이라 그는 간단한 인스턴트식품을 주로 애용하는 편이었다. 그리고 혼자 식탁에 앉아 구색을 갖추어 놓고 식사를 한다는 것이 언제부턴가 그에게는 청승맞은 일로 여겨졌다. 그러다 보니 대충 식당에서 때우는 날이 많았다.

그는 냉장고에서 먹다 남은 참치 통조림과 소주를 꺼내 식탁 위에 올려놓고 앉았다.

소주는 빈속임을 알아차렸는지 입안에서부터 얼얼하게 쥐어짜기 시작해서 위를 녹이듯 온몸으로 번져 내려갔다.

술기운이 순식간에 심장을 기점으로 퍼지기 시작했다. 술은 그렇게 밤의 외로움을 달래 주고 있었다.

다음날 철민은 자명종 소리에 잠에서 깨어날 수 있었다. 그는 서둘러 세수를 하고 대충 옷을 껴입고는 집을 나섰다. 집 앞에 이 형사가 차를 대놓고 있었다.

“아후, 술 냄새. 선배님 어제 또 술 드셨어요?”

철민이 차에 올라타자 이 형사가 질색했다.

“잠이 안 와서 소주 한잔 했어.”

그가 양쪽 관자놀이 부분을 손으로 누르며 말했다. 그의 양미간이 좁혀졌다. 술 마신 뒤끝이라 두통이 느껴졌기 때문이다.

“그렇게 고생하는 걸 왜 드세요. 여기 커피하고 두통약 있어요. 그리고 소화제두요. 아침 또 거르셨죠. 하여간 선배님은……”

이 형사가 철민에게 봉투를 건네면서 안쓰러운 듯 혀를 걸어 찼다. 언제부턴가 이 형사는 그렇게 철민에게 익숙해져 있었다.

철민은 입맛이 없었던지 햄버거는 접어 두고 커피와 두통약을 봉투에서 꺼내 먹었다. 따끈따끈한 캔 커피가 들어가자 속이 풀리는 것 같았다.

“이 형사, 어젯밤에 좋았겠어?”

“말도 마십시오. 다짜고짜 달라붙는데 죽을 뻔했습니다. 한두 번도 아니고 다섯 번씩이나…… 누굴 강철로 아는지. 뜬눈으로 밤을 지새우다시피 했다니까요. 그럴 줄 알았으면 선배님이랑 술이나 마시고 인사불성이 돼서 들어갈 걸 그랬어요.”

“이 형사, 직업을 바꾸어야 되는 거 아냐? 제수씨한테 그렇게 시달려서 어디 일이나 제대로 하겠어.”

“그러게요. 요즘은 집에 들어가는 게 겁난다니까요.”

이 형사가 낄낄거리며 대답했다.

이 형사가 시동을 걸고 차를 출발시켰다. 철민이 담배를 꺼내 입에 물고 불을 붙였다. 그러자 이 형사가 파워 윈도를 눌러 차창을 조금 내리면서 말했다.

"선배님, 제가 중매 좀 설까요?"

"……."

"집사람 친구가 한 명 있는데 참하고 괜찮아요. 제가 보기에는 선배님하고 꽤 잘 어울릴 것 같은데, 어떠세요?"

"어제는 결혼하지 말고 혼자 사는 게 제일이라며……."

"그건 어제 일이구요. 선배님은 아무래도 옆에서 돌봐 주는 사람이 있어야 할 것 같아요."

"난 아직 결혼할 생각이 없어. 그나저나 세상이 왜 이 지경인지……."

철민이 살짝 말을 돌렸다.

"그러게요. 정치판은 썩을 대로 썩어 개판이 되어 가고, 물가는 걷잡을 수 없이 치솟고 게다가 길거리에서는 걸핏하면 총질이나 해대니 어디 살겠어요. 결국에는 우리만 죽어나는 거라구요. 범죄자들을 잡아넣으면 뭐해요. 대어다 싶으면 돈질해서 빠져나가고 돈 없는 잔챙이들만 빵에서 빈둥빈둥 쌀이나 축내는데. 이 직업 때려치우고 싶을 때가 한두 번이 아니라구요. 이런 식으로 가다간 올해 있을 월드컵이나 제대로 치를

지 모르겠어요. 그래도 시간 내서 월드컵 개막식이라도 봐야 하는데. 마누라는 벌써부터 월드컵 개막식 입장권을 준비해 놓고 들떠 있다니까요. 매일 잠복이다 뭐다 해서 밤샘이 일쑤고 한번 마음먹고 집에 들어가는 시간이 늦은 밤이니 원. 마누라가 하두 앙탈을 부려서 월드컵 개막식에 가겠다고 말하기는 했는데……. 이번에도 약속 지키지 못하면 전 이혼하게 될지도 모릅니다. 아니면 형사라는 직업을 그만 두고 다른 직업을 알아보던가요. 사람 목숨이 두 개는 아니잖아요. 마누라를 생각하면 경찰이라는 직업이 그렇게 좋은 직업은 아닌데. 죽어라고 일해도 월급봉투는 항상 가볍고, 걸핏하면 범인을 놓쳤다고 징계 먹지 않으면 모가지 댕강 짤리니 말이에요. 고생한다고 위로금은 지급해 주지 못할망정……. 게다가 언제 죽을지 모르는 개미 목숨 신세라니……. 경찰대학에 진학했던 게 가끔 후회 될 때가 있다니까요."

"그래, 그 말은 나도 동감이야. 그렇지만 우리마저도 없으면 어쩌겠어……."

철민이 힘없이 담배 연기를 내뱉으며 피식 웃었다.

"오늘은 또 무슨 일이 생기려나."

그러면서 이 형사가 고개를 두어 차례 저으며 한숨을 내뱉었다.

이 형사는 액셀러레이터를 조금 더 밟아 속력을 내기 시작했다. 그러자 철민이 뒤늦게 안전벨트를 맸다.

철민은 말없이 차창 밖을 내다보고 있었다. 그러다가 옆 차선 승용차의 운전자와 눈이 마주쳤다.

그때 철민은 잊고 있던 어제의 일을 떠올렸다.

커다랗고 둥그런 눈, 그리고 겁을 잔뜩 집어먹고 있던 앳되어 보이던 얼굴. 그는 무엇 때문에 쫓기고 있었던 것일까. 무슨 말을 하려 했던 것일까. 또 팔의 그을리다만 수북한 털은……. 철민은 자신의 앞에서 죽어 가던 그 남자의 눈을 떠올리며 심각해졌다.

죽음은 누구나 두려워하는 대상이다. 하지만 철민이 본 것은 죽음을 두려워하던 눈이 아니라 마치 죽음을 동경하는 듯한 느낌이 주는 그런 눈이었다. 맑고 깨끗하며 티없이 순수해 보이던 그 남자의 눈은 철민을 알 수 없는 곳으로 점점 끌어당기고 있었다.

철민이 탄 승용차는 아파트 단지 앞에서 신호등에 걸려 잠시 정차했다. 그 앞으로 앰뷸런스가 좌회전 신호를 받아 아파트 단지로 들어가는 것이 보였다. 철민의 시선이 앰뷸런스를 따라 움직이다가 경찰 순찰차가 있는 곳에 멈추었다.

"무슨 일이지?"

"글쎄요."

"저리 한번 들어가 보자."

철민의 말에 이 형사가 군소리 없이 핸들을 꺾었다.

철민이 탄 승용차는 앰뷸런스 뒤에 정차했다. 철민이 먼저 차에서 내려 순찰차 쪽으로 다가갔다.

"무슨 일이야?"

철민이 순찰차에 기대어 담배를 태우고 있는 경관에게 경찰 배지를 내보이며 말했다. 그러자 경관이 서둘러 담배를 발로 눌러 껐다.

"자살을 했습니다."

"누가?"

"이지명 박사라고……."

"이지명 박사?"

철민이 고개를 갸웃거렸다.

이지명 박사라면 미국 미네소타 대학에서 유전생물학 박사학위를 받아 미 국립보건연구소 등이 주관하는 전세계 연합 프로젝트인 인간게놈(HUGO. 인간의 염색체 속의 30억 개의 DNA의 염기배열구조, 기능 등을 총체적으로 모두 알아냄으로서 인체의 신비를 벗기겠다는 계획. 연구 결과가 성공하면 질병 치료는 물론 생명 개념에 지대한 영향을 미칠 것으로 예상.) 프로젝트에 참가했었던 촉망받던 인물이었다. 그리고 그는 특히 유명 학술지 〈NATURE〉에 다수의 논문을 게제하면서 국제적으로 인정받기도 했다.

국내의 대덕 연구단지 안에 있는 생명공학연구소의 상임 연구원으로 자리를 옮기면서 이지명 박사는 젊은 천재 박사로 매스컴의 주목을 받기도 했다.

철민은 언제가 무심히 접했던 그의 기사를 떠올렸다.

철민이 경관에게 알았다는 눈짓을 보내고는 묵묵히 아파트 안으로 들어갔다. 엘리베이터를 기다리고 있을 때 이 형사가 뒤따라 들어왔다. 엘리베이터 문이 곧 열렸고 철민이 먼저 안으로 들어갔다.

집안으로 들어가자 여자의 울음소리가 들렸다. 그리고 여자의 옆에는 낯익은 사람이 서 있었다.

"최 선배님, 여기는 어떻게⋯⋯."

먼저 정 형사가 그에게 아는 척을 했다.

"이 근처를 지나가다가 순찰차가 서 있길래 무슨 일인가 하고 들른 거야. 자살이라고?"

말을 하면서 철민이 담배를 꺼냈다. 그리고는 지프 라이터를 꺼내 불을 붙였다. 그가 집안의 이곳저곳을 유심히 살폈다.

"사인이 뭐야?"

"검안의 말로는 약물 투여라고 합니다. 확실한 건 부검을 해봐야 알겠지만⋯⋯."

정 형사가 딱딱한 말투로 말했다.

"사망 추정 시간은?"

"새벽 2시에서 3시 사이로 추정됩니다."

"저기가 현장인가?"

"……."

철민이 서재 쪽으로 다가갔다. 서재 안에서는 흰 가운을 입은 몇 사람이 시체를 수습하고 있었다. 그리고 현장을 남기기 위해 사진 촬영이 이루어지고 있었다.

철민은 먼저 사체 쪽으로 다가갔다. 철민은 순간 이상한 기분이 들었다. 순간적으로 그는 호흡이 안으로 말려 들어갈 것 같은 흥분을 느꼈다.

"아니!"

그의 입에서 자신도 모르게 쏟아져 나온 말이었다.

그를 긴장하게 만든 건 사체의 얼굴이었다.

"이럴 수가!"

그는 사체의 얼굴을 다시 한번 들여다보았다.

어제 자신이 지켜보는 앞에서 죽은 바로 그 얼굴이었다. 사체의 얼굴이 조금 더 나이 들어 보이기는 했지만 확실히 어제의 바로 그 얼굴이었다.

철민의 손이 가볍게 떨렸다.

"왜 그러십니까, 선배님."

이 형사가 사체의 얼굴을 들여다보며 말했다.

"아, 아니야. 이 형사, 이 사람 지문을 좀 채취해 줘."

"지문은 뭐하게요? 정 형사 말로는 단순 자살 사건이라고 하던데요."

"……."

철민은 말없이 사체의 팔뚝 부분을 살폈다. 팔뚝 안쪽에 불그스름한 주사 바늘 자국이 선명하게 드러나 보였다.

그의 이마에 진땀이 맺혔다.

이 형사는 그가 시키는 대로 지문을 채취했다.

그는 어제의 그 얼굴과 지금 자신 앞에 누워 있는 사체의 얼굴이 동일하다고 믿었다. 그렇게 단정하기는 했지만 그는 자신의 눈을 의심하지 않을 수 없었다.

'어찌된 일일까?'

어쩌면 이렇게 똑같을 수 있단 말인가. 그렇다면 어제 그 사고 현장의 남자 시신은……. 쌍둥이 형제, 아니면 이 박사의 아들. 하지만 아들이라 보기에 이 박사의 서른넷이라는 나이에는 있을 수 없는 일이었다. 아무리 일찍 결혼을 했더라도 이십대의 성숙한 자식을 두는 것은 불가능한 일이었다.

그는 어제 있었던 사건 현장의 남자와 이 박사가 쌍둥이 형제일지도 모른다고 단정했다.

그는 서재 안을 유심히 살폈다. 그의 시선이 책상 쪽에서 멈춘 것은 다음이었다. 책상 한켠에 컴퓨터가 가지런히 놓여 있었고 그 옆에는 조그만 액자에 가족사진이 붙어 있었다. 그가 액자를 들어 사진 속의 인물들을 뚫어지게 쳐다보았다. 사진 속에는 세 살 남짓의 딸아이와 이 박사, 그리고 그의 부인, 이렇게 세 사람뿐이었다.

그는 곧 거실로 나갔다.

"정 형사, 사모님과 얘기 좀 할 수 있을까?"

"그건 좀……."

"잠깐이면 돼."

그가 짤막하게 말하고는 여자에게 정중하게 조의를 표했다. 여자는 여전히 실성한 듯 울고 있었다.

"저, 평소에 이 박사님께서 협박이라든지 자격지심 같은 걸로 고민한 적은 없습니까?"

"그런 일은 없었어요."

"연구를 하다 보면 스트레스 같은 것도 많이 받았을 텐데. 사모님이 보시기에는 어떠셨습니까?"

그가 조심스럽게 물었다.

"힘이 든다고는 말했지만……. 자살할 정도는 아니었어요. 흐흐흑."

여자가 안정을 찾지 못하고 또다시 흐느껴 울기 시작했다. 그가 안쓰럽게 쳐다보았다. 잠시 뜸을 들이다가 그가 다시 물었다.

"박사님 성격이 혹시 내성적이지 않으셨습니까? 그리고 근래에 평소와 다른 점은 못 느끼셨나요?"

"……조금 내성적인 면은 있어요. 소심하기도 했구요. 그렇지만 그이는 자살할 사람이 아니에요. 자살할 이유가 전혀 없어요."

"그렇다면 사모님께서는 박사님의 죽음이 자살이 아닌 타살이라고 생각하시는 겁니까?"

"모르겠어요. ……그러고 보니 어젠 좀 이상했어요. 6시쯤 집에 들어왔는데 얼굴이 창백해 보였어요. 어제 친정어머니 생신이라서 같이 가기로 했는데 피곤하다고 해서 딸아이와 저만 갔었거든요. 그이는 아무리 피곤하고 아프더라도 한 번 약속하면 꼭 지키는 사람이었어요. 재가 좀 앙탈을 부리기는 했지만……."

"한 가지만 더 묻겠습니다. 자녀가 어떻게 되시지요?"

"딸아이 하나뿐이에요."

"박사님 형제분은……? 쌍둥이 형제라든가, 아니면 배다른 형제라도……?"

"없어요."

"수사에 필요해서 물어보는 것이니까 오해는 하지 마십시오. ……확실합니까?"

"네, 그이는 삼대독자예요. 아버님은 그이가 태어나자마자 돌아가셨고 어머님은 몇 해 전에 병환으로 돌아가셨어요. 그이한테 쌍둥이 형제가 있다는 말은 들어보지 못했어요. 그리고 그런 그이한테 배다른 형제는 더더욱 있을 수 없는 일이에요."

"수사에 협조해 주셔서 감사합니다."

그가 막 자리에서 일어서자 이 박사의 사체가 집 밖으로 옮겨지고 있었다. 여자가 한달음에 달려가 사체에 매달려 좀처럼 떨어질 생각을 하지 않고 또다시 울기 시작했다. 그런 여자를 경관이 떼어내었다.

"어때?"

승용차에 오른 철민이 지프 라이터를 똑딱거리며 이 형사에게 물었다.

"부인이 안됐어요."

"이 형사도 단순 자살로 생각하고 있는 건가?"

"유서도 그렇구 외부 침입 흔적도 없는데다가 분실물도 없지 않습니까. 단순 자살로밖에는……. 우린 이만 퇴장하지요."

"왜 자살했을까?"

석연치 않은 듯 철민의 양미간이 좁혀졌다. 그러면서 그는 여전히 지프 라이터를 똑딱거렸다. 그것은 무언가 미심쩍고 석연치 않을 때 하는 그의 버릇이기도 했다.

그는 경찰서로 돌아오는 동안 내내 의문을 떨쳐 버릴 수가 없었다.

"선배님, 과장님이 들어오라는데요."

골몰해 있던 그에게 이 형사가 다가와 속삭이듯 말했다. 그러며 손가락으로 과장이 화가 많이 났다는 시늉을 해보였다.

"자네 어떻게 된 사람이야."

철민이 막 안으로 들어가자 형사 과장이 붉으락푸르락 해진 얼굴로 쏘아보며 말했다. 그러면서 한 손으로 결재 서류를 집어던지듯 책상 위에 내팽개쳤다. 철민은 영문도 모른 채 형사 과장의 불호령을 받아들여야 했다.

"오늘 아침에 자네 어디에 갔었어?"

"……."

철민이 못 들은 듯 딴청을 피웠다.

"최 형사, 시키지 않는 일은 하지 말라고. 왜 자기 일도 아닌데 이곳저곳 헤집고 다녀. 어디 이게 한두 번이야. 정 형사한테 무슨 불만이라도 있는 거야?"

"없습니다."

"자네 일이나 똑바로 하라구. 다신 서로 얼굴 붉히는 일 없도록 하자구."

형사 과장이 달래듯이 말했다.

"이번 일은 저한테 주십시오. 어제 일도 그렇고 오늘 일도……."

"무슨 소리하는 거야. 최 형사는 어제 일과 오늘 일이 무슨 연관이라도 있다는 거야. 자네 너무 병적인 것 같아. 잔소리

할 것 없어. 사건은 이미 종결됐으니까. ……어제 그 사건 가해자가 벌써 잡혀서 긴급 구속영장이 발부됐어. 그리고 오늘 이지명 박사 건은 단순 자살로 마무리 됐으니까 더 이상 토달지 말자구. 나도 자네 그러는데 이젠 지쳤어. 할 말 없으니까 나가 봐."

"이건 말도 안 되는 소립니다. 어떻게……."

"됐어."

형사 과장이 다시 화를 내며 소리를 질렀다.

"저는 손을 뗄 수 없습니다."

"괜한 일에 신경쓰지 말라구."

"끝까지 밝혀 낼 겁니다."

철민은 그 말을 남기고서는 뒤도 돌아보지 않고 밖으로 나왔다. 그런 철민의 뒤통수를 형사 과장이 불쾌하게 쏘아보았다.

자리로 돌아온 철민은 담배를 꺼내 입에 물고 불을 붙였다. 그리곤 깊게 들이마셨다가 길게 내뱉었다.

'두 사건에는 분명 연관성이 있어.'

그는 자신의 책상 서랍을 열고 안에서 어제의 뺑소니 사건의 사망자에게서 채취한 지문을 꺼냈다. 그리곤 이 형사가 채취한 이지명 박사의 지문과 대조하기 시작했다.

"이럴 수가!"

믿겨지지 않는 노릇이었다. 순간적으로 깜짝 놀란 그가 몸을 뒤로 젖히며 숨을 헉 하고 말아 들였다. 한참이 지났는데도 그의 입이 다물어지지 않았다.

그가 대조한 두 사람의 지문은 일치했다. 있을 수 없는 일이었다. 몇 번이고 다시 확인을 했지만 역시 같았다.

'지문까지 같을 수 있다니…….'

말도 안 되는 일이었다.

동일인이란 말인가. 그는 다시 생각에 골몰했다. 동일인이 아니고서는 있을 수 없는 일이라는 결론밖에는 나지 않았다.

하지만 모든 것이 석연치 않았다. 이지명 박사의 사망 추정 시간과 어제 있었던 사건 현장에서의 남자의 사망 시간에는 여덟 시간의 공백이 있었다. 그리고 한치의 오차도 없는 똑같은 지문. 다른 것이 있다면 이지명 박사의 지문보다 사건 현장에서 채취한 남자의 지문이 더욱 선명하다는 것뿐이었다.

그런 정황으로 볼 때 두 사람은 동일인이 아닌 것이 분명했다. 하지만 그렇게 단정하기에는 두 사람이 너무도 쏙 빼닮았기 때문에 철민은 혼란스럽기 그지없었다.

그렇다고 쌍둥이도 아니었다. 쌍둥이라고 보기에는 두 사람의 나이 차가 너무도 컸다.

만약 동일인이라면, 그리고 누군가 사체를 집으로 옮겨 자살로 위장했다면……. 그는 고개를 저었다. 그렇다면 사체에는 불에 그슬린 상처가 남아 있어야 한다. 하지만 이지명 박사의 시체에서는 그러한 상처를 전혀 발견할 수가 없었다.

의문점은 그것에 그치지 않았다. 그가 집에 귀가한 시간도 그랬다. 그가 귀가한 시간에 철민은 이지명 박사일지도 모르는 남자의 죽음을 바로 앞에서 목격하지 않았던가.

이지명 박사가 두 사람이라면……. 하지만 그것은 더더욱 있을 수 없는 일이다. 철민은 종잡을 수가 없었다.

그는 여러 가지 가능성을 생각해 보았지만 머릿속만 복잡해져 올 뿐이었다.

이지명 박사, 그는 왜 자살을 했을까. 그리고 이지명 박사일지도 모르는 그 남자는 또 무슨 말을 하려 했던 것인가.

철민은 아무리 생각해도 그의 자살에 대한 의문점과 이지명 박사일지도 모르는 남자에 대한 의문을 좀처럼 풀 수가 없었다.

그의 손끝에서 담배는 끝없이 타들어가고 있었다. 줄담배를 연신 피우다가 그는 자리에서 벌떡 일어났다.

복제 인간

유전자 복제에 대한 관심은 많은 생물학자들에 의해 제기되어 왔다. 하지만 아직은 막연할 뿐 그 누구도 유전자 복제의 가닥을 잡지 못하고 있었다.

나는 유전공학적 방법을 통한 종축 개발 과정에서, 동물 유전자의 분리와 이식 연구를 거듭하면서 복제가 과연 실제로 가능할까 하는 의문을 품게 되었다.

이론적으로 볼 때 그렇게 문제되는 것은 없었다.

1938년 독일의 과학자 한스 스페만 박사에 의해 복제 개념이 등장한 이래 많은 연구자들이 유전자 이식을 통한 동물 복제를 시도해 왔다. 그렇지만 그들의 연구는 번번히 실패로 돌아가고 말았다.

하지만 나는 나름대로의 확신을 갖고 연구를 시작했다.

우선 내가 시도한 것은 생식세포의 복제였다. 체세포 복제를 위한 하나의 과정으로 나는 먼저 실험용 쥐를 이용한 생식세포 복제를 시도했다.

나는 쥐의 수정란을 채취해 열여섯 개의 세포로 분열하기를 기다렸다가 그 수정란을 단백질 분해 효소로 녹여 열여섯 개로 쪼갰다. 그리고 이렇게 쪼개진 세포에서 채취한 세포핵을, 세포핵이 제거된 다른 난자(탈핵난자) 속에 결합을 시도했다.

나는 다음으로 세포와 세포핵이 잘 결합할 수 있도록 순간적인 전기 충격을 가했다. 1KV의 전류를 50~100마이크로초의 극히 짧은 시간 동안 통전 시킨 것이다. 그 자극으로 핵과 난자가 녹아 5분 안에 엉겨 붙어 세포융합이 이루어졌다.

이 같은 방법으로 열여섯 개의 세포를 동시에 핵치환 시키면 똑같은 열여섯 개의 생명체를 복제할 수 있는 것이다.

결과는 성공적이었다.

쥐의 생식세포를 실험용으로 사용하여 많은 시행착오를 거듭한 끝에 나는 열여섯 마리의 복제 쥐를 탄생시킬 수 있었다. 하지만 생식세포의 복제를 완전한 복제라고 볼 수는 없었다.

문제는 무성생식이었다.

나는 그 결과를 토대로 생식세포가 아닌 체세포를 사용하여 완전한 클론(Clone, 무성생식체, 동일한 유전자를 가지고 있는 복제 생명체)을 연구하기 시작했다.

나는 과학적, 이론적으로 무성생식에 의한 성인 인간 복제가 가능하다는 것을 오래전부터 확신했고 연구를 거듭하면서 그것이 결코 있을 수 없는 일이 아니라는 것을 확신할 수 있었다.

생식세포와 마찬가지로 체세포 복제도 같은 방법으로 시도했다. 단지 다른 것이 있다면 생식세포 대신 성숙한 토끼의 체세포를 이용한다는 것뿐이었다.

그러나 어찌 된 일인지 결과는 번번이 실패였다.

수정란의 분열세포를 이용한 복제는 가능하지만 성숙한 동물의 체세포(근육, 혈액, 피부, 체모 등의 세포)를 이용한 복제는 불가능하다는 벽에 부딪히게 되었다.

그 즈음 나는 동물의 특정 부위에서 추출된 체세포 유전자에 동물 개체 전체를 재생하는 유전자 암호가 함께 들어 있을지도 모른다고 직감적으로 생각하게 되었다.

그 체세포를 난자와 어떻게 결합해야 하는지가 큰 난제였다.

그러던 중 원체(progenitor)로부터 추출된 세포의 증식 사이클과 그것을 심는 난모세포의 증식 사이클을 일치시키는 것이 성공의 관건이라는 생각을 하게 되었다.

즉 이식되는 세포의 DNA가 세포분열을 통해 똑같은 DNA를 만들기 때문에 서로간의 거부반응이 생긴다는 것이었다.

난자에 이식되는 세포가 보관 기간 중 세포분열을 하지 못하도록 하는 것이 큰 문제였다.

그것을 나는 체세포의 영양액을 줄이는 방법으로 두 요소의 사이클을 일치시킬 수 있다는 것을 확인했다.

그것은 세포를 일종의 휴면상태에 빠뜨리는 방식이었다. 그리고 휴면상태에서 세포막을 제거한 난자에 이를 이식했다.

그렇게 융합된 체세포는 특정 부위(근육·혈액·피부·체모 등)에서 추출한 세포라 할지라도 추출 당시의 유전자 발현 상태와 달리 난자와 결합할 경우에는 온전한 개체를 탄생시키는 전체 유전자를 발현한다는 놀라운 결과를 발견하게 되었다.

원숭이와 실험용 쥐의 체세포를 이용한 수백 번의 실험.

나는 원숭이의 근육조직에서 세포를 채취한 후 특수 화학 처리를 통해 세포핵을 휴면상태로 빠지도록 만들었다. 그리고 수정되지 않은 원숭이의 난자를 채취해서 세포의 유전자 통제실이라고 할 수 있는 세포핵을 제거했다. 그리고 세포핵을 제거한 난자에 휴면상태의 세포핵을 이식 전류를 이용해 합성했다.

그러자 융합된 난자는 별다른 거부반응을 보이지 않았고 마치 수정란처럼 배자로 자라나기 시작했다. 나는 그 배자를 시험관 내에서 6일 간의 증식과정을 거치게 한 뒤에 원숭이의 자궁에 이식 착상시켜졌다.

그리고 한 달 뒤 초음파 검사를 통해 원숭이의 자궁에서 건강하게 자라고 있는 태아의 존재를 확인할 수 있었다.

나는 그 후로 매일 원숭이의 성장 상태를 살폈다. 초음파 검사를 통해 원숭이의 머리, 다리, 갈비뼈가 차례로 생겨났고 심장이 뛰는 것을 확인할 수 있었다.

몇 개월 뒤 역사상 최초의 완전한 클론이 탄생했다.

그것은 모체인 원숭이의 동일한 유전자를 가진 복제 원숭이가 태어났다는 말이다. 즉 현재의 내가 어린 내 모습을 보고 있다는 말이기도 한 것이다.

지금까지 다 자라난 체세포는 분화할 수 없다는 기존의 이론을 뒤엎고 얼마든지 생식세포처럼 분화해 새로운 개체를 만들어 낼 수 있다는 사실을 나는 증명했다.

그것은 유전공학의 무한한 가능성을 이끌어낸 결과였다.

연구 결과에 대한 자만 때문이었을까.

나는 정작 내 스스로의 욕심에 도취되어 하지 말았어야 했을 큰 오류를 범하고야 말았다.

있을 수 없는 일이었다.

인간이 인간을 만들어 낸다는 것은 조물주에 대한 정면 도전이기도 한 것이다. 그것은 꿈도 꾸지 못할, 어쩌면 죄악일는지도 모르는 일이다. 하지만 사람의 욕심은 끝이 없었고 나는 끝끝내 스스로 자책하는 결과를 초래하고야 말았다.

우리 부부는 아기를 바랐지만 나의 무정자증으로 인해 아기를 가질 수 없는 처지였다. 그러다 보니 아기에 대한 욕심이 생겼던 것이다.

고심 끝에 난 아내에게 그 동안의 클론에 대한 실험 결과를 말했고 아내를 설득하기 시작했다.

아내는 한사코 싫다고 거절을 했지만 역시 아기를 바라고 있던 아내는 나의 설득에 못이기는 척 수긍하기 시작했다.

아내의 허락이 떨어지기는 했지만 난 막상 망설이기 시작했다.

그렇게 한 달이 지난 뒤에야 난 결심할 수 있었다.

더 이상 목적은 실험이 아니었다.

우리 부부에게 가장 필요로 했던 것은 아기였고 그것은 희망이기도 했다. 그 희망이 현실로 눈앞에 다가오게 된 것이다.

우린 클론이라고 보기 전에 우리의 아기로, 소중한 생명으로 받아들일 준비가 되어 있었다. 그리고 그 결심을 더 이상 뒤로 미루고 싶지가 않았다.

아내도 설렘과 기쁨으로 하루하루를 맞이하고 있었다.

나는 다시 한번 아내에게 선택에 대한 위험성을 재고했고 아내의 확고한 집념을 확인하고서야 대사를 진행할 수 있었다.

우선 아내의 피부에서 세포를 채취했다.

나는 원숭이의 클론을 탄생시킬 때와 같은 방법을 선택했다.

위험성이 뒤따랐기 때문에 일을 진행하는 동안 내내 신중을 기해야 했다. 서두르다가는 일을 그르치게 될 테고 자칫 방심했다가는 원하지도 않는 불상사가 생기게 될 터였다.

일을 진행하는 동안 나는 하루도 악몽에 시달리지 않는 날이 없었다. 그러다 보니 수면을 취하기가 두려웠다.

악몽과, 악몽. 그리고 계속되는 중압감. 그 속에서 버틸 수 있었던 것은 이미 시작된 아기의 탄생이며, 그 아기가 세상에 나와 자기의 탄생을 커다란 울음소리로 알릴 그 기쁨의 순간이 얼마 남지 않았다는 흥분 때문이었다.

기다림은 시작되었다.

우리 부부의 사랑만큼 우리 아기의 탄생은 완전한 행복이었다. 그렇게 우리 부부는 모든 희망을 아기에게 걸고 있었다.

아내의 피부조직에서 채취한 세포의 세포핵을 화학처리를 통해 휴면상태로 빠뜨린 후 나는 곧 아내의 자궁에서 난자를 채취했다.

세포핵을 화학처리를 통한 휴면상태로 빠뜨릴 때는 그 어느 때보다 위험부담을 많이 느꼈다. 하지만 어쩔 수 없이 거쳐야 하는 과정이기에 망설일 여유는 없었다.

가능성은 30%였다.

그 가능성을 높이기 위해 나는 아내의 난자를 두 개 더 채취해야 했고 아내의 혈액과 근육조직에서 채취한 세포로 세포핵을 제거한 난자에 유전자 합성을 시도했다.

전기 충격으로 휴면상태의 세포핵은 세포핵을 제거한 난자와 별다른 거부반응 없이 합성되어 수정란처럼 배자로 자라나기 시작했다.

하지만 그 중에 피부조직에서 채취한 세포의 세포핵은 무슨 영문인지 더 이상의 성장을 멈추고 끝내 죽고 말았다.

남은 것은 혈액과 근육조직에서 채취한 세포의 세포핵으로 융합된 두 개의 배자였다.

그 두 개의 배자를 일주일 동안 배양시켰다.

나는 형성된 두 개의 배자 중에 하나를 선택해야 했다.

원숭이의 클론에 대한 실험의 성공적인 결과로 볼 때 근육조직의 세포에서 채취한 세포핵과 융합된 난자의 배자가 더 성공률이 높았기 때문에 나는 그 배자를 아내의 자궁에 이식 착상시켰다.

남은 것은 혈액에서 채취한 세포로 이루어진 배자였다.

나는 그 생명체를 무책임하게 포기할 수가 없었다. 아내 역시 말은 하지 않았지만 포기하기를 원치 않았다.

그래서 결정한 것이 살리자는 것이었다.

나는 배자를 임산부의 체내에서 분비되는 호르몬과 같은 합성 호르몬이 담겨져 있는 시험관에서 양성하기 시작했다. 그러자 8주 후 배자는 태아로 성장하기 시작했다.

나는 태아에게 필요한 양분을 공급해 가며 시험관에 붙어 살다시피 했고 아내는 자신의 자궁 속에서 무럭무럭 자라나는 태아에게 태교를 시작했다.

행복한 시간들이었다.

10개월 동안의 기다림.

그 기다림의 시간 동안 우리 부부는 모든 정성을 태아에게 쏟았다.

시험관에서 자라나고 있는 태아가 골격을 갖추어 가는 것을 보며 나는 행복과 전율을 동시에 느꼈다.

하지만 과연 성공 가능성이 어느 정도일지 나 스스로도 의문이었다. 10개월을 무사히 넘겨 건강한 아기로 태어나길 바랄 뿐이었다.

불행인지 다행인지 시험관의 태아는 건강했다. 그리고 아내의 자궁에서 자라고 있는 태아도 별 이상이 없었다.

출산 예정일을 일주일 앞당겨 아내에게 진통이 오기 시작했다. 그리고 열 시간 뒤 아내는 건강한 딸을 순산했다.

나 역시 10개월의 기다림 끝에 시험관에서 두 번째 딸을 아내의 가슴에 안겨 주었다. 바로 그 딸들이 우리의 지나와 지희였다.

지나와 지희, 그리고 아내의 DNA는 DNA 테스트 결과 모두 일치했다.

우리 부부에게 더는 바랄 것은 없었다. 그저 감사할 뿐이었다. 우리의 가정이 불행 없이 화목하기를 우리 부부는 기도했다.

지나와 지희가 클론이라는 사실은 우리 부부에게 그다지 중요하지 않았다. 우리 부부에게 지나와 지희는 소중한 존재며 누가 뭐라해도 우리의 자식이었고 우리 부부의 희망이었다.

하지만 문제는 있었다.

그것은 우리의 딸 지나와 지희가 클론이라는 사실이었다. 우리 부부에게는 중요치 않았지만 만약 다른 누군가가 그 사실을 알게 된다면 문제는 복잡해질 것이 뻔했다.

그렇게 된다면 우리의 딸 지나와 지희가 세간의 주목을 받게 될 테고 그러다 보면 우리의 딸들은 충격을 받을 것이 뻔했다. 그리고 지나와 지희를 쳐다보는 남들의 시선이 예사롭지 않을 것은 당연한 일이었다.

동물원의 원숭이를 보듯 남들이 우리의 아이들을 쳐다본다면, 생각하기도 싫은 끔찍한 일이었다.

나는 이 사실을, 지나와 지희의 탄생의 비밀을 철저히 감추어야 한다고 생각했다. 아내도 찬성이었다.

그렇게 하기 위해서는 체세포 복제에 대한 실험 결과 발표를 뒤로 미루어야 한다는 생각을 했다.

만에 하나 불상사가 생기더라도 우리의 아이들에게 클론이라는 포장을 씌워서는 안 될 일이었다. 실험 결과의 발표를 뒤로 미루면 적어도 우리 아이들의 출생에 대한 비밀을 눈치 챌 사람은 아무도 없었다.

그리고 우리 부부도 우리의 아이들이 클론이라는 사실을 감추는 것보다는 기억 속에서 철저히 지워 버려야 한다는 생각을 했다.

우리의 아이들의 행복을 위해서.

실험 결과를 덮어 버리기 전에 체세포 복제와 클론에 대한 나의 견해를 참고로 적어 둔다.

나는 체세포 복제에 대한 연구를 거듭하면서 그것이 사회적으로나 윤리적으로 어떤 영향을 끼칠 것인가에 대해 걱정하게 되었다.

그 가장 큰 문제가 유전자 복제로 태어난 인간의 존엄성에 대한 문제였다. 과학의 힘으로 인간이 인간을 만들어 낸다면 윤리적 혼란을 야기시키기에는 충분한 논란의 대상이기 때문이다.

과연 인간들은 그 복제 생명체를 어떤 기준으로 대해야 할 것인가.

종교적으로 볼 때 신의 영역을 침범한 인간의 과학은 거침

없는 기술 남용으로 인하여 돌이킬 수 없는 재앙을 불러올지도 모르는 일이다.

복제 인간이 출현했을 경우 이 사회가 어떻게 변할 것인가. 그리고 또 그것이 무엇을 의미할지는 아무도 모른다. 하지만 분명한 것은 아무리 무성생식(수정 없이)으로 태어난 생명체라 할지라도 체세포의 분열에 의해 성장이 이루어지기 때문에 그들에게 영혼이 없다고 볼 수는 없는 것이다. 바로 그 점이 내가 우려하는 것이다.

그들을 인간으로 생각하지 않고 동물적인 존재로만 생각한다면 어떻게 될 것인가 하는 문제이다. 그렇다면 그들을 대량 복제하여 전쟁 등의 국가적 목적으로 무기시화시킬 수도 있는 것이다. 그리고 일부 가진 자들은 자신의 고장 난 장기 일부를 복제 생명체에서 얻으려 할 것이다.

복제 생명체는 인간의 영리 목적에 의해 갈기갈기 찢겨질 것이 분명하다. 단지 복제 생명체로 태어났다는 이유 하나만으로……

인간 문명은 인간 복제로 인하여 대혼란과 변혁을 맞이하게 될 것이다. 그렇다고 비관적인 면만 있는 것은 아니다. 이 기술을 잘만 활용한다면 인류에 큰 도움이 될 것을 부정하지는 않는다.

복제 기술은 양질, 다량의 우유, 고기, 털 등을 생산하는 특정 동물의 우성 인자를 복제하는데 사용할 수도 있을 것이다. 그리고 질병치료에 사용되는 단백질을 함유한 우유를 생산해 내도록 유전학적으로 조작된 포유동물 및 인간 질병 치료를 위한 임상실험에 사용될 수 있는 동물을 복제하는데 사용할 수 있을 것이다.

또한 동물이나 식물에 대한 유전자 문제와는 별도로 인간의 복제에 대한 실험은 위험하기는 하지만 불임 부부에게 부분적으로 허용할 수도 있다는 것이다. 불임 부부의 간절한 소망을 막을 권리는 누구에게도 없기 때문이다. 복제 기술에 대해 오해와 불필요한 공포를 가질 필요는 없다는 것이 나의 소견이다.

복제에 대한 가능성— 누군가 복제 인간이 가능한 것인가라고 물어 오면 나는 분명 현재의 기술로도 충분히 가능하다고 말할 것이다.

복제시 염두에 두어야 할 점을 몇 자 적는다.

첫째, 세포 증식이 되는 간세포로 실험 대상을 삼았다면 오히려 실험은 쉬웠을지 모른다. 결과적으로 볼 때 머리카락 세포로도 복제가 가능하다는 것이다. 그러나 죽은 사람은 복제할 수 없다는 것을 염두에 두어야 할 것이다. 복제는 살아 있는 난자와 복제하고자 하는 DNA를 포함한 세포가 필요하기 때문이다.

　　냉동인간의 복제도 역시 불가능하다. 냉동인간의 세포 역시 죽은 세포이기 때문이다. 그리고 일란성 쌍둥이와 복제 인간의 차이점을 알아보면 다음과 같다.

　　한 개의 성숙한 난자가 둘로 갈라져 서로 다른 태아로 성장한 것이 바로 일란성 쌍둥이인 것이다. 동물실험을 통해서 그와 같은 유사점을 찾을 수 있다. 즉 생식세포 복제가 그 좋은 예이다. 같은 후손을 만들어 내기 위해 초기 배자를 분리시켜 배양할 수 있다는 사실을 생식세포 복제에서 입증한 바 있다.

　　반면 복제 인간은 성인의 체세포에서 얻어진 완전한 복제인 것이다.

　　둘째, 인간의 세포의 핵을 동물의 난자에는 주입할 수 없다는 것이다. 난자에 주입한 염색체가 분열할 때 그 염색체는 난자 속의 단백질로부터 받은 정보에 따라 행동하기 때문이다. 따라서 다른 종의 난자와 DNA는 서로 어울릴 수 없다는 것이다.

　　끝으로, 인간 복제 실험 중 돌연변이가 발생할 수 있다는 점을 염두에 두어야 할 것이다. 그리고 복제 중에 세포핵을 휴면에 빠뜨리기 위해 시행했던 화학처리와 융합을 위한 전기 통전으로 생명체에 심각한 문제가 발생할 수 있다는 점도 염두에 두어야 할 것이다. 화학처리와 전기 충격으로 인해 훗날 생명체의 성장 과정 중에 피치 못할 부작용과 다중성격이 나타날 수도 있다는 것이다.

유전자 복제를 통해 만든 인간은 과연 어떤 존재인가.

유전인자가 동일한 클론을 만든다 해도 성장 과정에서 후천적 환경 요인이 다르면 똑같은 인간일 수 없다. 즉 자라나는 주위 환경에 의해 새로운 인성이나 신체적 특성이 각기 다르게 나타날 수도 있다는 것이다.

복제 인간은 출생 과정만 다를 뿐이지 우리와 같은 인간임이 분명하다. 70년대 시작된 시험관 아기가 인간이듯 복제 인간도 다를 바가 없다는 것이다. 그리고 복제 인간과 세포 제공자의 유전자 구조와 외모가 거의 흡사하다고 해서 가치관과 성격이나 특정능력이 똑같지는 않다.

일란성 쌍둥이가 자라난 환경에 따라 전혀 다른 개성을 보이는 것과 같은 이치인 것이다. 그렇게 볼 때 세포를 제공한 사람과 표현형질(외모)은 닮겠지만 유전형질은 100% 따라가지 않을 것이다.

같은 복제 인간이라고 하더라도 성장 환경의 변화로 전혀 다른 사고방식을 갖게 된다는 것이다. 그 말은 아무리 피카소를 복제해 내더라도 똑같은 세계적인 추상화가가 될 수 없다는 말이다. 세포를 제공한 사람과 복제 인간은 완전히 다른 인격체이기 때문인 것이다.

연구의 결실을 맺기는 했지만 나는 복제 인간에 대한 실험을 결코, 돌이켜서는 안 될 일이라고 생각했다. 그리고 모든 논문을 포기하기로 결정했다. 나는 그 사실을 철저하게 감추고 싶을 뿐이다.

내가 내릴 수 있는 결론은 인간이 인간을 복제한다면 인간 스스로 자멸의 구렁텅이로 빠져 들어가는 것을 의미할지도 모른다는 것이다. 잘못하면 인간의 정체성이 뿌리째 흔들릴 수 있으며, 그 파장은 짐작하기 어려울 정도일 것이며 예측 불허의 비극을 초래하게 될지도 모르는 일이다.

마지막으로 나는 아빠로서 사랑하는 우리의 아이들 지나와 지회가 출생의 비밀과는 상관없이 인간의 존엄성을 부여받은 성숙한 인간으로서 이 세상을 살아갈 수 있기를 간절히 바란다.

민 형 우

민형우 박사가 막 메모를 끝냈을 때 전화벨이 울렸다.

"여보세요?"

그가 가라앉은 목소리를 가다듬으며 말했다.

"나야. 김 교수."

전화의 주인공은 다름 아닌 한국과학기술원에 같이 재직하고 있는 김석인 교수였다.

"교수님이 어쩐 일로 전화를 다 하셨습니까?"

"민 교수, 요즘 어때?"

"저야 뭐 잘 지내고 있습니다만……."

"같은 학교에 있으면서 얼굴도 제대로 못 보겠어. 오늘 술이나 한잔할까? 할 얘기도 있고……?"

“좋습니다.”

약속 장소를 정한 뒤에 김 교수 쪽에서 먼저 전화를 끊었다.

형우는 수화기를 내려놓고서 가볍게 기지개를 펴며 창밖을 내다보았다. 밖은 어느새 어두컴컴해지고 있었다. 무의식적으로 형우는 벽시계를 쳐다보았다. 시계는 7시를 조금 지나치고 있었다.

형우는 연구실을 나서기 전에 먼저 집으로 전화를 걸었다. 전화벨이 서너 번쯤 울렸을 때 은지의 목소리가 흘러나왔다.

“여보세요?”

“난데, 오늘 조금 늦을 것 같아.”

“또……?”

“그렇게 됐어, 미안해. 오늘은 어떻게 지냈어?”

달래려는 듯이 형우가 능글맞게 말했다.

“말도 말아요. 지나하고 지희가 아빠 보고 싶다고 얼마나 보채는지……. 조금 전까지 투정부리다가 잠이 들었어요.”

말하는 은지의 목소리에서 힘이 쭈욱 빠져나가는 것 같았다.

“알았어. 들어갈 때 맛있는 거 많이 사 가지고 들어갈게. 나 약속 시간이 다 돼서 이제 나가 봐야 될 것 같아. 끊어.”

그러면서 형우가 먼저 수화기를 내려놓았다. 조금만 더 수화기를 들고 있었다가는 은지의 푸념 어린 신세타령이 시작될 판이었다.

　형우의 얼굴은 마냥 즐겁기만 했다. 은지의 푸념이 힘들어서 그러는 것이 아니라는 것을 알고 있었기 때문이다. 그렇게 지나와 지희의 탄생은 형우와 은지에게 또 하나의 희망을 가져다주었다.

　조금은 후텁지근한 날씨였다. 형우는 슈트를 한쪽 팔에 걸치고 다른 손으로 넥타이를 풀어헤쳤다. 그리곤 풀어헤친 넥타이를 슈트 안쪽 주머니에 가지런히 접어 넣었다.

　형우는 곧 승용차에 올라타고 약속 장소로 향했다.

　열어 놓은 차창을 통해서 향긋한 꽃내음이 진하게 번져 들어왔다. 운전을 하던 형우는 꽃내음을 깊게 들이마셔 보았다. 다름 아닌 아카시아 꽃 향기였다. 이맘때가 되면 여지없이 찾아와 마음을 뒤흔들어 놓는 바로 그 향기. 어머니가 돌아가실 때도 아카시아 향기가 곁에 있었다.

　어쩌면 형우는 그 향기 때문에 돌아올 수밖에 없었는지도 모른다. 어머니의 품안과도 같은 아카시아 향기를 형우는 누구보다도 좋아했다.

　스물둘의 어린 나이에 형우는 유학을 떠났었다. 그곳에서 그가 의지할 수 있었던 것은 공부밖에 없었다. 하지만 그것이 외로움을 달래 줄 수는 없었다. 외로움은 타지에서 더더욱 견딜 수 없는 향수병을 불러 일으켰다.

　그러던 어느 날 캠퍼스 잔디에서 형우는 은지를 만나게 되었다. 형우는 그녀에게서 그렇게도 그리워하던 꽃내음을 맡을 수 있었다. 아카시아 꽃이 아침 이슬에 촉촉하게 젖은 듯한 그녀의 첫 모습에 형우는 반하지 않을 수 없었다.

둘은 타지의 외로움을 서로를 통해서 달랠 수 있었고 은지는 형우를 친오빠처럼 끔찍이 대했다. 형우와 은지는 만난 지 육 개월 만에 둘만의 결혼식을 올렸다. 더 이상 외로움이 있을 수는 없었다.

사랑하는 사람과 같이 있는 것이 얼마나 꿈같은 일인가. 그것도 의지할 수 있는 여보와 자기로 한집에서 살 수 있다는 것은 행복이었다.

형우는 케임브리지 대학에서 스물여섯의 젊은 나이에 유전생물학 박사 학위를 받을 수 있었다. 하지만 은지의 학업이 끝나지 않아 돌아올 수는 없었다. 형우는 다행히 대학 내의 유전공학 연구실에 일자리를 얻을 수 있었다.

그렇게 둘 사이에는 행복한 나날이 지속되었다. 은지도 컴퓨터공학 박사 학위만을 남겨 두고 있었다. 그즈음 형우는 스코틀랜드 에딘버러 부근의 로슬린 연구소의 제의를 받고 고심하던 중이었다.

그런 형우에게 학위 준비를 하다 보면 신경을 써 줄 겨를이 없으니 잠시 떨어져 있자고 은지 쪽에서 먼저 발 벗고 나서서 제의해 왔다.

둘은 만나서 처음으로 떨어져 지내게 되었다. 하지만 형우는 주말이면 만사를 접어 두고 은지를 찾아야 했다. 일주일에 한 번뿐인 만남마저도 없었다면 둘은 견디기 힘들었을 것이다. 주말부부의 매력은 두 사람의 사랑을 더욱 끈끈하게 만들었다.

그렇게 지내다 보니 어느덧 서른이 넘었고 형우는 은지에게서 아이를 바랐지만 소식이 그렇게 쉽게 오지는 않았다.

뒤늦게 형우는 자신이 무정자증임을 알았다.

은지가 형우를 위로했지만 그는 자책에서 벗어날 수 없었다. 부부 사이가 원만해지지 않은 것은 당연한 일이었다.

그러던 중 KAIST에서 그를 찾았고 은지도 남편을 위해 귀국하기로 결심했다. 형우도 그러기를 원했다. 은지와 형우 사이에 새로운 출발이 놓여진 것이다. 형우의 얼굴에 생기가 돌기 시작했고 은지도 돌아오기를 잘했다는 생각을 했다.

형우는 주차장에 차를 주차시킨 다음 통나무로 지은 정원 안으로 들어갔다. 안은 조금 한적한 편이었다. 형우가 두리번거리며 김석인 교수를 찾았지만 그는 보이지 않았다.

"실례하지만……."

형우가 종업원에게 다가가 물었다.

"혹시 민형우 교수님?"

"그렇습니다."

"김 교수님께서 기다리고 계세요. 이리로 오세요."

그러면서 종업원이 앞장섰다.

형우는 종업원의 뒤를 따라 2층으로 걸어 올라갔다. 아래층과는 달리 2층에는 음식 냄새보다는 나무 냄새가 더 짙게 배어 나오고 있었다. 그리고 2층은 별실 전용으로 되어 있었기 때문에 아래층에서는 느낄 수 없는 그런 포근함이 느껴졌다.

형우를 안내하던 종업원이 어느 별실 앞에 멈추어 서더니 미닫이문을 드르륵 열었다. 별실 안에는 김석인 교수가 앉아 있었다. 형우가 막 안으로 들어서자 그가 자리에서 일어나 반갑게 맞이해 주었다.

"많이 기다리셨습니까?"

"나도 방금 왔는걸."

그러며 김 교수가 털털하게 웃었다.

김 교수는 케임브리지대학 유학 시절에 알게 된 선배였다. 그리 친한 편은 아니었지만 김 교수는 형우에게 많은 관심을 보이고 있었다. KAIST로 자리를 옮기게 된 것도 그의 주선으로 이루어진 것이었다. 하지만 형우는 그에게 호감 같은 것을 느끼지는 못했다.

깡마른 체구와 날카로운 눈빛, 그리고 빳빳하게 다려진 와이셔츠 옷깃이 김 교수의 성격을 그대로 내포하고 있었다.

그는 항상 그런 무언가의 거리감을 느끼게 하는 사람이었
다. 조금의 빈틈도 상대에게 보이려 하지 않는, 그러면서 외
진 구석이 있고 매정해 보이는 편이었다. 형우는 그를 대할
때마다 위축되는 것 같은 기분을 느끼곤 했다. 오늘도 역시
그의 제의에 응하기는 했지만 그리 마음이 내키는 것은 아니
었다.

"민 교수, 자주 연락 좀 하고 살자. 같은 직장에 있으면서
죽었는지 살았는지도 모르고 지낸다는 게 말이 되나. 모르는
사람도 아니고 말이야."

"죄송합니다, 선배님. 그런데 하실 말씀이란 게……."

"급하기는, 차차 얘기하자고."

김 교수가 어울리지 않게 배시시 웃었다.

그때 다시 별실 문이 열리면서 여자 종업원이 음식을 안
으로 들여왔다. 종업원은 조심스럽게 상 위에 음식을 올려
놓았다.

"자, 한잔 받지."

김 교수가 하얀 사기주전자를 들고 형우를 쳐다보면서 말
했다. 형우가 잔을 들자 그가 술을 따랐다. 그리고 형우가 주
전자를 받아 그의 잔을 채워 주었다.

"얼마만이지."

"……."

김 교수가 형우의 잔에 술잔을 부딪쳐 왔다. 그리곤 그가 먼저 술을 반쯤 마시다가 잔을 내려놓았다.

"미안하네, 물어 보지도 않고 음식을 시켜서."

"아닙니다."

"들어봐. 자네, 회 좋아하잖나. 이 집 생긴 지는 얼마 되지 않았어도 음식맛 하나는 별미라고. 특히 여기 은어 회 맛은 일품이야."

김 교수의 재촉에 형우는 별수 없이 젓가락을 들어 회 한 점을 집어 입안에 넣었다. 그리 내키지는 않았지만 형우는 얼굴에 미소를 지어 보이며 김 교수에게 최대한의 예의를 지켰다.

"지나하고 지혜라고 했던가?"

"지혜가 아니라 지희입니다."

"아, 그랬던가. 지희……. 애들은 어때? 잘 크고 있겠지. 돌 때 보고 아직 보지 못했는데?"

"잘 크고 있습니다. 벌써 재롱도 떨고 응석도 부리는걸요. 말도 꽤 잘합니다."

형우가 조금은 자랑스러운 듯한 얼굴로 말했다. 형우는 아이들 얘기만 나오면 절로 기분이 좋아지곤 했다. 김 교수의 앞에서도 예외는 아니었다.

"어련할려고. 엄마 아빠 머리가 보통 사람들하고 다르니 아이들도 똑똑하겠지. 이참에 우리 사돈이나 맺을까? 하하하."

"······."

김 교수가 큰 소리로 웃었고 형우도 소리 없이 배시시 웃었다. 두 사람 사이에 술잔이 몇 차례 더 오고가는 사이에 분위기는 부담스러움 없이 이어지고 있었다. 형우의 얼굴이 술기운으로 붉게 일어서고 있었다.

김 교수가 형우의 잔에 술을 따라 주며 말을 이었다.

"자네, 요즘 어떤가? 논문 발표도 뜸한 것 같은데. 힘들지 않나?"

"그렇게 힘든 건 없습니다. 재미도 있구요. 그리고 논문은 지금 준비하고 있는 중입니다. 지나와 지희 보는 낙에 조금 게을러지기는 했지만······."

"자리를 옮겨 볼 생각은 없나?"

김 교수가 형우의 말을 끊으며 말했다. 그의 표정은 어느새 심각해져 있었다.

"저는 이대로가 좋습니다. 후배들 키워 내는 게······."

"그렇지만 자네 같은 인재가 이렇게 썩기에는 아깝다고 생각하는데. 후배들 양성해 내는 것도 중요하지. 하지만 그래도 내 생각에는 시간을 쪼개 가면서 연구를 하는 것보다 전업으로 내 연구를 하는 것이 낳을 것 같은데. 자네야 어떻게 생각할지는 모르지만 나는 그렇게 생각하네."

김 교수가 입안이 말랐던지 술잔을 단숨에 비우고서 내려놓으며 다시 말을 이어나갔다. 형우도 그즈음 김 교수가 하려는 말의 요지를 간과하고 있었다.

"……사실 자네 같은 인재가 우리나라에는 너무 모자라. 앞으로는 유전공학과 생명공학이 급속하게 발전할 텐데 우리나라는 아직 관심 밖이거든. 그러다 보니 국제 경쟁력도 뒤떨어지고……. 이제부터라도 그 분야에 국가적으로 투자를 해야 하는데. ……자네는 그 분야의 권위자 아닌가."

"과찬이십니다."

"후배 양성은 자네가 아니더라도 할 사람은 많아. 하지만 자네와 같은 고도의 최첨단 학술을 겸비한 사람은 많지가 않지. 말하지 않더라도 자네가 더 잘 알텐데."

"……."

"자네가 필요하네."

김 교수가 딱 잘라 말했다. 둘 사이에는 한동안 정적이 흘렀다. 형우의 얼굴에 언제부턴가 심각함이 깃들여져 있었다.

형우는 망설여졌다. 그렇다고 쉽게 응할 수도 없는 제의였다. 형우가 조심스럽게 대답했다.

"생각할 기회를 주십시오."

"시간이야 얼마든지 줄 수 있네."

조금은 안심이 된 듯 조바심을 내던 김 교수가 누그러들었다.

그가 살짝 입가에 웃음을 지어 보이며 콧잔등으로 흘러내려온 안경을 손가락으로 슬며시 걷어올렸다. 그러고 나서 주위를 두리번거리다가 누가 들을세라 작은 목소리로 소곤거렸다.

"이건 극비 프로젝트일세. 자네가 결심만 굳힌다면 모든 지원은 넉넉하게 뒷받침 될 거야. 두 번 다시 찾아올 수 없는 그런 기회가 될 거라고. 난 자네가 이 프로젝트에 가장 적임자라고 생각해. 잘 생각해 봐. 난 자네를 행운아라고 생각하는데. 아무한테나 그런 기회가 주어지는 것은 아니야. 사람은 기회가 왔을 때 그 기회를 최대한 살려서 스스로 발전의 발판을 마련해야 하는 거라구. ……이제 그런 얘기는 그만하고 우리 술이나 마시자고. 너무 부담스럽게 생각하지 말고."

"……."

형우는 여전히 골몰해 있었다. 그런 형우에게 김 교수가 술을 권했다. 술은 어느새 바닥을 보였다.

"한잔 더할까?"

"아닙니다. 오늘은 집에 일찍 들어가 봐야 할 것 같아서요. 애들 얼굴 못 본 지도 오래됐구요. 다음에 제가 한번 모시겠습니다."

형우가 김 교수의 제의를 정중히 사양했다.

형우는 김 교수와 헤어진 뒤 택시를 잡아타고 집으로 향했다. 형우의 얼굴은 기분 좋게 취기로 물들여져 있었다. 하지만 한편으로는 김 교수의 제의가 마음에 걸렸다.

아파트 상가 내에서 형우는 아이들에게 줄 과자와 아이스크림을 샀다. 그리고 은지가 좋아하는 과일을 한바구니 사 가지고 아파트로 올라갔다.

벨을 누르자 집안에서 기다렸다는 듯이 은지의 목소리가 흘러나왔다.

"누구세요?"

"나야, 당신 남편."

"늦을 거라고 하더니."

은지가 현관문을 열며 말했다. 그녀의 얼굴에 화사한 미소가 깃들고 있었다.

"지나야, 지희야."

형우가 집안으로 들어서며 아이들을 불렀다.

"쉿, 애들 금방 잠들었어요."

은지가 손가락으로 형우의 입을 막으며 환하게 웃어 주었다. 형우는 조심스럽게 침실 쪽으로 다가가 문을 슬그머니 열었다. 혹시나 지나와 지희가 깰까 봐 그는 숨소리까지 죽여가며 퀸사이즈의 침대 옆에 놓여져 있는 아기용 침대로 성큼성큼 다가갔다.

지나와 지희의 곤하게 잠든 새근거리는 숨소리가 형우를 흐뭇하게 만들었다. 형우는 마냥 아기들의 얼굴을 들여다보고 있었다. 그렇게 들여다보는 것만으로도 형우는 행복한 표정이었다.

"당신도 참. 이제 그만 가서 씻어요."

"조금만 더 보고."

"아이들한테 병균이라도 옮기면 어떡하려고 그래요. 빨리 가서 씻어요."

속삭이면서 은지가 형우의 등을 떠밀었다. 형우는 옷을 갈아입고 욕실로 들어가 샤워를 하고 나왔다.

형우는 젖은 머리카락을 손으로 툭툭 털며 은지가 있는 주방으로 들어갔다. 은지는 과일을 깎고 있었다. 그런 은지의 등뒤로 다가간 형우가 그녀의 허리를 슬그머니 감싸며 입술을 귀에 바짝 갖다 대고 말했다.

"사랑해!"

"징그럽게 왜 이래요."

말은 그렇게 했지만 은지는 싫은 내색을 하지 않았다. 형우의 손이 뒤이어 은지의 가슴 쪽으로 올라갔다. 곧 은지의 둥글게 솟아오른 가슴이 볼록 형우의 손끝에 와 닿았다.

"간지러워, 그만해요."

"좋으면서 뭘 그래."

어느새 형우의 손이 은지의 셔츠 속으로 들어가 맨살을 더듬고 있었다. 그러자 은지가 몸을 살짝 웅크리며 형우의 손을 빼내었다.

"자기 앙탈부리니까 더 흥분되는데."

"정말 못 말려."

"우리 와인이나 한잔 할까?"

한 손은 은지의 허리를, 그리고 다른 한쪽 손은 은지의 긴 머리카락을 귀 뒤로 살짝 넘긴 뒤에 귓불을 손가락으로 어루만지며 형우가 말했다.

은지가 과일을 다 깎고 뒤돌아서도록 형우는 그렇게 서 있었다.

"오늘 무슨 좋은 일 있었어요?"

"……"

형우는 대답 없이 은지의 눈을 그윽하게 바라보았다. 형우의 손은 여전히 은지의 허리를 끌어안고 있었다.

"자기가 일찍 들어오니까 좋다."

은지의 목소리에서 진득함이 배어 나왔다. 둘은 한동안 눈을 마주보고 있었다. 그러다가 형우의 입술이 은지의 입술로 촉촉하게 다가갔다.

길고 긴 입맞춤이 시작되었다. 은지는 뒤꿈치를 살짝 들어 올리고는 형우에게 자신의 몸을 내맡겼다. 형우의 손이 은지의 굴곡진 허리와 엉덩이 사이에 머물고 있다가 힘을 주어 자신의 아랫배 쪽으로 끌어당겼다.

어디론가 한없이 빨려 들어가는 느낌이었다.

입맞춤을 아쉽게 끝내고서 둘은 발코니로 자리를 옮겨 앉았다.

"얼마만이지 이렇게 앉아 보는 게?"

"글쎄요, 꽤 된 것 같은데……."

말하는 은지의 얼굴에서 미소가 잔뜩 흘러나오고 있었다.

형우가 은지의 잔에 와인을 먼저 따라 주었다. 그리곤 자신의 잔에 와인을 따르고서 음미하듯 한 모금을 마시고는 탁자 위에 내려놓았다.

"아이들 키우느라 힘들지?"

비치 의자를 뒤로 젖히면서 형우가 말했다. 은지도 그를 따라 의자를 젖혔다.

"행복해요. 당신이 좋아하는 모습을 보니까."

"고마워."

형우가 그윽한 눈빛으로 은지를 쳐다보며 말했다.

조금은 쌀쌀한 바람이 형우와 은지를 향해 불어왔다. 저편으로 별이 초롱초롱 빛나고 있었다. 별빛은 마치 은지의 사랑스런 눈빛을 흉내내고 있는 것 같았다. 짙은 아카시아 향기를 동반한 바람이 포근하게 둘의 가슴속을 뒤흔들고 있었다.

형우는 눈을 감고 숨을 깊게 들이마셨다. 너무도 평화로운 시간이었다.

"은지야 춥지 않니?"

"……."

은지가 말없이 고개를 저었다.

오랜만에 불러 보는 은지의 이름이었다. 형우는 절로 분위기에 취해 들뜨고 있었다. 그가 은지의 어깨에 팔을 두르자 자연스럽게 팔베개가 되었다.

"……나, 자리를 옮겨 볼까 하는데?"

"왜요?"

"은지도 김 교수 알지? 오늘 그 사람 만났어. 은지가 어떻게 생각할지 몰라서 시간을 달라고는 했는데……."

형우가 은지의 얼굴을 쳐다보며 말했다. 은지 역시 형우를 쳐다보고 있었다.

"형우 씨가 하고 싶은 일이면 해요. 그렇지만 나하고 우리 아기들한테 소홀해지면 안 돼요. 그럼 화낼 거야."

"고마워 은지야."

"난 형우 씨만 좋으면 다 좋아요."

그러며 은지가 환하게 웃어 보였다.

"우리 오랜만에 그거 할까?"

"여기서……? 누가 보면 어쩔려구요."

"보면 좀 어때."

형우가 얼굴이 붉게 변한 은지를 바짝 끌어안으며 엉큼하게 말했다. 그러자 은지가 징그럽다는 듯이 그를 살짝 밀어내며 와인을 한 모금 마셨다.

그때 침실 쪽에서 아기의 울음소리가 들려왔다. 은지가 자리에서 일어나 침실 쪽으로 뛰어가며 말했다.

"애기들 깼나 봐요."

말하는 그녀의 얼굴에는 아쉬움이 배어 있었다. 그런 은지의 얼굴을 보면서 형우는 흐뭇한 기분을 느끼고 있었다.

형우는 김 교수의 주선으로 또다시 자리를 옮겨 대선 그룹 부설 유전생명공학 연구소의 K프로젝트에 합류하게 되었다.

그는 처음부터 대단한 욕심과 관심을 가지고 일에 몰두했다. 하지만 언제부턴가 그의 얼굴에는 뜻 모를 수심이 가득 자리 잡고 있었다. 은지도 힘들어하는 남편을 보면서 얼굴에 근심이 가시는 날이 없었다.

그 사이 아이들은 잔병치레 없이 잘 자라서 유치원을 다닐 나이가 되었다. 항상 힘들어했던 형우도 그런 아이들의 재롱과 응석을 받아 주며 조금이나마 위안을 받을 수 있었다. 아이들과 놀아 줄 때만큼은 형우의 힘들어하는 모습을 찾아볼 수 없었다. 그만큼 아이들을 귀여워하는 아빠였다.

"뭐하고 있어, 서두르지 않고……?"

"이제 다 됐어요. 조금만 기다려요."

형우가 재촉하자 침실 쪽에서 기분에 들뜬 은지의 목소리가 들려왔다. 형우는 네 살 바기 지희를 한쪽 팔로 안고 있었다.

"아빠, 아빠! 엄마 오늘 많이 예쁘다."

지나가 침실에서 아장아장 걸어나오며 말했다.

"얼마큼?"

"많이많이."

지나가 형우 앞으로 다가와 손동작을 취하며 말했다. 그런 지나의 통통한 볼을 형우가 귀엽다는 듯이 살짝 집었다가 놓았다.

얼마 뒤에 안에서 은지가 화장을 마친 얼굴로 나왔다.

"당신 오늘 예쁜데."

"정말!"

"……"

형우가 말없이 고개를 끄덕여 주었다.

"오랜만에 하는 화장이라서 얼굴에 잘 안 받는 거 있지요. 이제 가요."

은지가 지나의 손을 잡고 신발을 신으며 말했다.

오랜만에 형우의 얼굴이 환해져 있었다. 아이들도 놀이 공원에 간다는 말에 기대로 잔뜩 부풀어 올랐다. 기쁜 것은 은지도 예외는 아니었다.

"오늘 날씨가 너무 좋아요."

은지는 아이들보다도 더 들떠 있는 것 같았다.

형우가 아이들과 은지를 뒷좌석에 태우고 곧 차를 출발시켰다. 승용차는 어느덧 속력을 내기 시작해 풍성한 가을의 햇살을 가득 받아 안으며 여유롭게 달리기 시작했다.

대지는 온통 황금빛 물결이었고 산은 울긋불긋 한껏 자태를 뽐내고 있었다.

"아빠, 저게 뭐야?"

"아빠, 아빠. 저건……?"

지나와 지희가 차창 밖을 내다보며 신기하다는 듯이 지나쳐 가는 것들을 가리키며 물어 보았다.

"으응, 그건 벼라는 거야. 지나하고 지희 매일 밥 먹지. 밥은 뭘로 만들지?"

"쌀."

"그래, 바로 저기에서 쌀이 자라나는 거야. 농부 아저씨들이 그걸 우리 공주님들 맛있게 먹고 튼튼하게 자라라고 나눠 주는 거고. 그럼 누구한테 고마워해야지?"

"농부 아저씨."

지나와 지희가 동시에 입을 맞추듯이 말했다. 형우는 룸미러로 뒷좌석을 쳐다보며 방긋 웃었다.

놀이 공원으로 향하는 동안 지나와 지희는 처음 보는 것들이 있으면 빠뜨리지 않고 그렇게 은지와 형우에게 물었다.

놀이 공원에는 많은 인파들이 집결되어 있었다. 차를 주차장에 주차시킨 뒤에 형우 가족은 표를 끊어 놀이 공원으로 들어갔다.

아이들은 마냥 좋은 듯 사방을 헤집고 다니며 즐거워했다. 은지도 아이들 등쌀에 한 곳에 가만히 앉아 있을 수가 없었다. 형우가 풍선을 사다가 아이들의 옷깃에 달아 주었다. 고기가 물을 만난 듯이 아이들은 쉬지 않고 놀이 공원 안을 뛰어다녔다.

점심식사를 마치고서도 아이들은 지칠 기색이 없었다.

"형우 씨, 요즘 힘들지?"

"……."

형우가 말없이 캔 음료수를 따서 은지 앞으로 밀어 주었다.

"알아요. 힘든 거."

"그렇게 보여."

"으응."

쳐다보는 은지의 눈빛에 안쓰러움이 가득하다. 하지만 형우는 애써 은지의 그런 눈빛을 외면했다. 은지에게 자신의 힘들어하는 모습을 보이고 싶지 않아서였다. 은지의 그 한마디에 형우는 초라해지고 있었다.

"후……우."

형우가 담배를 꺼내 불을 붙인 뒤에 담배 연기를 들이마셨다가 길게 내뱉었다. 그 모습이 서투르기 그지없었다. 형우가 담배를 배운 것은 바로 얼마 전이었다. 그렇다고 담배를 즐겨 한다거나 줄담배를 태우는 것도 아니었다. 그저 답답할 때 두어 모금 들이마셨다가 내뱉으면 그만이었다.

"그 일이 그렇게 힘든 거예요. 그럼 그만두면 되잖아요."

은지가 형우의 손을 지그시 잡았다.

"나도 모르겠어."

"걱정하지 말아요. 이제 잘 될 거예요."

"우리 이민이나 갈까?"

"……."

"어디든 떠나고 싶어. ……이곳이 싫어졌어. 어디가 됐든 여기보다는 낫겠지."

그러면서 형우가 아이들이 뛰어 놀고 있는 곳을 쳐다보며 손을 흔들어 주었다. 그러는 그의 손끝에서 담배가 어색하게 타고 있었다. 그런 형우의 손에서 담배를 받아다가 재떨이에 눌러 끄며 은지가 말했다.

"무슨 일이 있는 거죠?"

"아니야."

"말해 봐요. 형우 씨, 요즘 무언가 숨기고 있는 것 같아요. ……이상해졌어. 피우지 않던 담배도 그렇고……."

"그런 거 없어. 연구를 하느라 내가 좀 예민해져서 그런가 봐."

형우가 은지를 안심시키려는 듯 살짝 웃어 주었다. 하지만 은지는 쉽게 마음을 놓을 수가 없었다.

그의 눈빛에는 일에 대한 의욕이 전혀 없었다. 그의 어깨는 갈수록 축 처질뿐이었다. 그리고 밤만 되면 악몽에 시달리며 식은땀을 흘리는 그를 볼 때마다 은지는 알 수 없는 불안에 휩싸였다.

"답답하게 그러지 말고……."

"우리 놀이기구나 타러 갈까?"

형우가 은지의 말을 끊고 자리에서 일어서며 말했다. 은지는 더 이상 형우에게 물을 수가 없었다.

아이들에게로 형우가 다가가자 아이들이 아빠, 하고 달려들었다. 은지는 그런 모습을 힘없이 바라보았다.

아이들과 함께 놀이기구를 타기 위해 차례를 기다리고 있을 때 형우가 주위를 돌아다보며 무엇인가를 찾기 시작했다.

"왜 그래요?"

"으응, 전화를 해주기로 했는데 내가 깜빡 했거든. 어떡한다. ……기다리고 있을 텐데. 어쩐다."

"꼭 해야 하는 전화예요?"

은지가 조금은 새침한 얼굴로 형우를 쳐다보았다.

"으응."

"전화 기다리는 사람이 누군데요?"

“연구실.”

“그럼 어서 전화하고 오세요.”

은지의 말이 떨어지기가 무섭게 형우는 한쪽에 있던 공중전화 부스로 향했다. 공중전화 부스 앞에는 전화를 걸려는 사람들이 두 줄로 나란히 서 있었다.

형우는 틈틈이 지나와 지희 쪽을 향해 손을 흔들어 주었다.

곧 형우의 차례가 되었다.

“알았어요. 지금 갈게요.”

형우의 안색이 좋지 않다.

듣고 있다가 형우는 짧게 두 마디만을 남기고 전화를 끊었다. 그리곤 공중전화 부스에서 나와 은지와 아이들이 기다리고 있는 쪽으로 돌아왔다. 그러자 지희가 형우에게 뛰어와 안겼다.

“어떡하지, 가 봐야 할 것 같은데.”

지희를 안고 형우가 한손으로 머리를 긁적거렸다.

“무슨 일인데요?”

“연구실에서……. 미안해. 누구 좀 잠깐 만나고 오면 되거든. 그렇게 시간이 걸리지는 않을 거야. 늦어도 5시까지는 올게. 우리 근사한 데 가서 저녁 먹고 들어가자.”

형우가 안고 있던 지희를 은지에게 넘기며 말했다.

“무엇 때문에 그러는데요?”

"갔다가 와서 얘기해 줄게. 그리고 난 택시를 타고 갈 테니까, 승용차 키는 당신이 가지고 있어."

"빨리 와야 돼요."

은지가 서둘러 뛰어가는 형우의 등에 대고 말했다.

형우는 금세 인파들 사이로 사라졌다.

은지와 아이들은 차례가 되어 놀이기구에 올라탔다. 놀이기구를 타는 동안 지나와 지희는 연신 들떠 있었다.

놀이 공원에는 가을 햇살이 따갑게 내리쬐고 있었다.

아이들도 그동안 뛰어노느라 고단했던지 하품을 해대며 칭얼거렸다. 그런 아이들을 데리고 은지는 그늘진 곳을 찾아 잔디 위에 돗자리를 폈다.

돗자리를 펴자마자 지나가 기다렸다는 듯이 잠이 들었다. 지희도 엄마의 무릎을 베고는 꾸벅꾸벅 졸고 있었다.

'우리, 이민이나 갈까?'

은지는 형우의 말이 자꾸만 생각났다.

무엇 때문에 그렇게 힘들어하는 걸까. 은지는 골몰해졌다.

점심을 먹은 뒤끝이라 식곤증이 밀려왔다. 아이들이 자고 있는 모습을 보고 있자니 저절로 잠이 왔다. 그러다가 깜빡 잠이 들었다.

나른한 오후였다. 주위는 더할 나위 없이 아늑하고 한적했다. 아주 잠깐 동안의 여유였고 아주 짧은 시간 동안의 단꿈이었다.

어디에선가 들려오는 아이의 울음소리에 은지는 잠에서 깨어났다. 깨어 보니 지나는 여전히 잠들어 있었다. 그런데 지희가 보이지 않았다.

순간적으로 은지는 당황했다.

그녀의 얼굴은 일순간 핏기 없이 새하얗게 질렸다. 어떻게 해야 할지 모른 채 그녀는 다리를 동동 구르고 있었다.

이성을 잃고 은지는 자신도 모르게 울기 시작했다. 덩달아 지나도 잠에서 깨어나 울었다. 눈 씻고 주위를 둘러보아도 지희는 보이지 않았다. 은지는 지나의 손을 잡고 근처를 샅샅이 뒤지기 시작했다. 하지만 지희는 어디에 있는지 찾을 수가 없었다.

미아보호소에도 가 보았지만 지희는 없었다. 청천벽력과도 같은 일이었다. 그러다가 생각해 낸 것이 방송이었다. 인상착의를 얘기하고 서너 차례 방송을 했지만 지희를 찾지는 못했다.

엄마가 안정을 찾지 못하자 지나도 울다가 지쳐 잠이 들고 말았다.

놀이 공원이 거의 끝나 갈 시간이 되어도 지희는 나타나지 않았다. 은지는 자신이 원망스러웠다. 조금만 신경을 썼더라도 이런 일이 벌어지지는 않았을 텐데. 하지만 후회해도 소용없는 일이었다.

놀이 공원이 폐장한 뒤에 다시 한번 샅샅이 살폈지만 역시 지희는 없었다. 은지의 귀에 지희의 울음소리가 떠나가지 않았다. 엄마를 잃고 두려움에 떨고 있을 지희를 생각하니 은지는 속이 타는 것만 같았다.

5시면 온다던 형우도 오후 11시가 되도록 오지 않고 있었다. 형우가 원망스럽기까지 했다.

은지의 가슴은 갈기갈기 찢어지는 것만 같았다.

뒤늦게 친정 엄마가 그 사실을 알고 미아보호소로 찾아왔다. 은지는 어머니를 보자마자 달려가 안겨 울었다.

부모의 마음은 한없이 무너지고 있었다.

아이를 어디에 가서 찾는다는 말인가.

은지는 막막하기 그지없었다. 돌이킬 수 있는 시간이라면 얼마나 좋단 말인가. 하지만 불행하게도 돌이킬 수는 없는 일이다.

은지는 실성한 듯 울고 또 울기 시작했다. 지나는 할머니의 품에 안기어 새근새근 잠들어 있었다.

"근처 파출소에다가 연락을 했으니까 곧 소식이 있을 겁니다."

미아보호소 직원이 말했지만 은지는 그 말이 야속하기만 했다.

무슨 낯으로 남편을 본단 말인가. 그렇게 생각하면서도 은지는 형우가 원망스러웠다. 그가 가지만 않았더라도 이러한 일은 없었을 것이다.

결국 그날 저녁 지희를 찾지 못하고 은지는 집으로 돌아와야 했다. 집으로 전화가 올지도 모르는 일이기 때문이다. 은지는 그렇게 마지막 희망을 갖고 있었다.

은지는 얼마 전 지나와 지희의 팔목에 채워 주었던 팔찌에 기대를 걸고 있었다. 팔찌에는 전화번호와 이름 그리고 집 주소가 적혀 있었기 때문에 누군가 지희를 보호하고 있다면 연락이 닿을지도 모르는 일이다. 그래만 준다면 은지는 그 사람이 원하는 것을 모두 해주리라 생각했다.

집으로 오면서도 은지의 눈에서는 눈물이 마를 틈이 없었다. 막연한 기대를 가지고 아파트로 돌아온 은지는 차를 주차시키고 혹시나 해서 경비실에 들러서 누가 찾아온 사람이 없느냐고 물었다. 하지만 역시 은지의 바람은 기대에 지나지 않았다.

거의 실성한 듯이 은지는 아파트로 올라갔다. 친정 엄마도 하늘이 무너지는 표정을 하고 있기는 마찬가지였다.

은지는 현관 앞에서 다시 한번 참을 수 없는 울분에 통곡하기 시작했다. 그런 은지의 핸드백에서 친정 엄마가 열쇠를 찾아 현관문을 열었다.

"진정하고 어서 들어가자."

지나를 가슴에 안은 채 힘겹게 친정 엄마가 은지를 부축했다.

집안은 쥐죽은 듯이 조용했다. 친정 엄마가 먼저 안으로 들어가 거실 등을 켰다. 그리곤 침실로 들어가 지나를 눕히고는 나왔다.

친정 엄마가 은지를 진정시키기 위해 주방에서 생수를 따라가지고 나왔다.

"얘야, 울지만 말고 침착 좀 해라. 민 서방은 어떻게 된 거라니? 이럴 때 연락도 되지 않고……. 도대체 어디에 있길래……. 무심한 사람 같으니."

그러며 친정 엄마가 수화기를 들었다. 친정 엄마는 먼저 놀이 공원 관할 경찰서에 전화를 걸어 지희에 대한 소식이 없는지 확인했다. 연락이 오면 즉시 전화를 해 주겠다는 대답뿐 기대했던 말을 듣지는 못했다.

"이게 무슨 일이라니. 아이구 불쌍한 내 자식. 이제 어디에 가서 찾는다니. 너무 걱정하지 마라 누군가 팔찌를 보면 연락을 해줄 거야."

"엄마, 나 어떡해……?"

"이럴 때일수록 침착해야 돼. ……기다려 보자."

시간은 벌써 12시를 넘어서고 있었다.

그런데 아직까지도 형우는 집에 들어오지 않고 있었다. 그런 형우가 은지는 야속하기 그지없었다.

은지가 수화기를 들어 형우의 연구실로 전화를 했지만 신호만 갈 뿐 무심하게도 형우는 전화를 받지 않았다.

도대체 어디에 간 것일까.

은지는 그 자리에 힘없이 멍하니 앉아 있었다. 온통 지희에

대한 생각뿐이었다. 지희가 눈앞에 어른거려 입에선 한숨만
쏟아져 나왔다.

"애, 혹시 민 서방 집에 들어온 것 아니니?"

친정 엄마가 현관 앞에 있는 형우의 구두를 뒤늦게 확인하
며 말했다.

"……."

"이 사람, 혹시 서재에 있는 것 아니니?"

친정 엄마의 말에 훌쩍거리던 은지가 힘없이 자리에서 일
어서서 서재 쪽으로 다가갔다.

"형우 씨, 들어……."

서재 문을 열고 안을 들여다보며 말하던 은지가 말을 다 잇
지 못하고 멍하니 서 있었다. 그러다가 몸에서 힘이 쭈욱 빠져
나가더니 은지는 그만 그대로 바닥에 쓰러지고 말았다.

친정 엄마도 쓰러지는 그녀를 보고 서재 쪽으로 달려갔다.

"……."

역시 친정 엄마도 눈앞의 현실을 믿을 수 없다는 듯이 실성
한 채 그 자리에 주저앉고 말았다.

믿겨지지 않는 일이 눈앞에 벌어져 있는 것이다.

친정 엄마는 입을 다물지 못하고 고개를 몇 번이고 저었다.
그 자리에 주저앉은 채 친정 엄마는 꼼짝달싹 할 수 없었다.
온몸이 얼음장처럼 굳어 버렸고 등짝에서는 식은땀이 줄줄줄

흘러내렸다.

있을 수 없는 일이었다.

"아이구, 민 서방!"

그리고 한 참 뒤에 친정 엄마의 입에서 통곡이 뼈아프게 흘러 나왔다. 은지는 실신한 채 여전히 정신을 차리지 못하고 있었다.

발코니로 연결된 서재의 창가에 형우가 목을 맨 채 창백하게 매달려 있는 것이 보였다.

친정 엄마가 좀처럼 떨어지지 않는 몸을 움직여 엉금엉금 기어서 형우에게 가 보았지만 그는 이미 싸늘하게 식어 있었다.

동아일보

—미스터리, 민형우 유전생물학 박사의 죽음.

"자살이 아니에요. 누군가 자살로 위장한 거예요."

숨진 채 발견된 민형우 박사의 부인이 타살이라고 강력히 주장하고 나섰다.

"그이는 자살할 사람이 아니에요. 그리고 사고 현장이나 주변 상황으로 볼 때 석연치 않은 점이 너무 많아요."

그러나 부인 이은지 씨는 현재 정신병원에 입원 치료중이다. 경찰도 그녀의 말이 신빙성이 없는 횡설수설이라고 단정 짓고 있다. 남편을 잃은 충격으로 말도 안 되는 억지를 부리고 있다는 것이다.

영국 케임브리지 대학에서 26세의 젊은 나이에 유전생물학 박사 학위를 받은 민형우 박사는 스코틀랜드 에딘버러 부근의 로슬린 연구소에서 수석 연구원으로 근무하던 중 KAIST 교수로 부임해 왔다가 대선 그룹 부설 유전생명공학 연구소에서 재직중이었다. 또한 그는 우리나라의 생명공학 최고의 권위자이기도 했다.

그는 한국유전생물학회에서 수여하는 한국유전생물학상을 수상하기도 했으며 특히 전세계적으로 권위 있는 유명 학술지 〈NATURE〉에 수년 간 논문을 연속으로 계제 할 만큼 국제적으로도 인정을 받아 왔다.

유가족으로는 부인과 딸 둘이 있다. 하지만 작은딸 지희 양은 현재 행방불명인 상태이다.

하지만 얼마 전까지 사건 담당이었던 최강 형사는 민형우 박사의 죽음을 단순 자살 사건이 아닌 타살로 보고 있어 귀추가 주목된다.

"자살이 아닙니다. 확신할 수 있습니다. 누군가 사건을 축소시키려고 하고 있는 겁니다. 제가 이 사건에서 제외된 것도 그렇습니다. 무슨 음모가 있는 것 같습니다. 그리고 제가 확인해 본 결과 사인이 목매 죽은 것으로만은 볼 수는 없습니다. 일반적으로 목매 죽은 사람들은 혀가 나오고 몸 밖으로 배설을 하기 나름인데 전혀 그런 것이 없었습니다. 그리고 유서 또한 컴퓨터로 작성되어 있었는데 죽기 전의 사람은 불안한 심리 상태에서 대개 친필로 작성하기 마련입니다. 그것도 석연치 않은 점입니다. 그리고 또 한 가지 자살하는 사람은 실패하지 않기 위해서 손을 묶는데 민 박사는 손을 묶지 않았습니다. 마지막으로 가장 큰 의문은 사체의 귀 뒷부분에서 발견된 콩알만한 반점입니다. 반점의 중앙 부위에 바늘로 찔린 듯한 상처는 약물 투여를 의심하지 않을 수 없습니다.”

최강 형사의 예외적인 발언은 사회에 큰 충격을 던져 주고 있다. 하지만 경찰은 타살 가능성을 한마디로 일축한다.

“민씨의 주변 참고인 진술과 사건 현장 조사 결과를 볼 때 자살한 게 분명하다. 그리고 최강 형사는 히로뽕 판매 및 투약 조직인 ‘상지파’ 등을 비호, 상습 투약자로 판정돼 현재 향정신성 의약품 관리법 위반 혐의로 조사중이다.”라고 밝혔다.

검안의도 목 주변 상처 흔적, 복부 다소 팽만, 우측 각막의 황색 변화 등으로 보아 자살이 분명하다고 밝혔다.

형우의 죽음은 자살로 단정 의혹을 남긴 채 조기 종결되었다. 그리고 은지는 정신병원에 입원 중 심근경색으로 남편의 뒤를 따라야 했다. 그렇게 형우의 죽음에 대한 논란과 네 살바기 딸 지희는 기억의 저편에 묻혀 버리고 말았다.

의 문

철민은 어제 자동차 폭발 사고로 죽은 사람의 사체를 다시 한번 확인하기 위해서 병원으로 갔다.

"어제 경찰서 앞에서 자동차 폭발 사고로 죽은 신원 미상의 사체가 이리로 실려 왔었지요? 다시 한번 확인하고 싶은데."

"잠깐만 기다려 보십시오."

직원이 서류를 뒤적이기 시작했다. 그리곤 한참 뒤에 서류를 가지고 철민의 앞으로 다가왔다.

"어제가 확실합니까?"

"어제 6시에서 7시 사이였습니다."

"혹시 잘못 알고 계신 건 아닙니까? 여기에 있는 서류상으로는 그런 사람이 없는데요."

직원이 그렇게 말하며 몇 번이고 서류를 뒤적였지만 마찬가지였다.

"다시 한번 찾아보십시오. 이 병원 앰뷸런스가 사체를 수습해서 가는 것을 내 눈으로 똑똑히 봤는데……."

"아무리 찾아봐도 그런 사체가 들어온 서류는 없는데요. 제가 어제는 비번이었는데 혹시 모르니까 직접 확인해 보시겠습니까?"

그렇게 말하며 직원이 너스레를 떨면서 웃었다.

철민은 직원에게 안내되어 지하실의 영현실로 내려갔다. 지하실은 음산한 편이었다.

영현실의 문을 열자 썰렁한 기운이 그대로 철민의 얼굴에 와 닿았다. 안에는 비닐 시트가 씌워진 침대 두 개가 차갑게 놓여져 있었다. 그리고 사방에는 사체 보관용으로 짜여진 네모난 냉동고가 다닥다닥 붙어 있었다.

직원이 다시 한번 철민을 보면서 씨익 웃었다. 그리곤 그 중에 한 곳을 열어 시체를 보여 주었다.

사체의 목에는 칼에 찢긴 상처와 바늘 자국이 선명하게 드러나 있었다.

"이건 엊그제 들어온 사첸데요. 얼굴과 몸이 두 동강나 있었어요. 꼬매 놓느라고 고생 좀 했지요."

"……."

철민이 자신이 찾는 사체가 아니라는 듯 고개를 저었다.

직원과 함께 냉동실 안의 사체를 일일이 확인해 보았지만 그가 찾는 사체는 없었다.

"어떻게 된 거지……?"

철민이 혼잣말처럼 중얼거렸다.

"잘못 알고 계신 거 아니에요?"

"그럴 리가……."

철민은 증발되어 버린 사체를 어디서 찾아야 할지 난감해졌다.

"이건 오늘 아침에 들어온 사첸데요."

그러며 직원이 마지막으로 보여 준 사체는 이지명 박사였다. 철민은 혹시나 해서 다시금 그의 지문을 살폈다. 하지만 역시 증발되어 버린 사체와 이지명 박사의 지문은 일치했다.

철민은 다음으로 이지명 박사의 사체 아랫부분을 살폈다. 어디에도 불에 그슬린 상처는 없었다. 그렇다면 동일인이 아니라는 결론밖에 나오지 않는다.

철민은 혼란스러웠다. 혹시 자신이 착각하고 있는 것은 아닐까, 그렇지만 분명 증발된 사체에서 채취한 지문과 이지명 박사의 지문이 일치하는 것은 도대체 무슨 연유에서인가.

'어디에서부터 잘못된 것일까?'

이 박사의 사체를 내려다보던 철민의 얼굴이 심각해졌다.

철민은 이 박사의 죽음과 증발된 사체와는 어떤 연관 관계가 있다고 생각했다. 하지만 이 박사의 죽음에 대해서는 타살에 대한 어떠한 실마리도 찾을 수는 없었다.

그는 의문을 남긴 채 병원에서 나올 수밖에 없었다. 그가 막 담배를 꺼내 불을 붙였을 때 휴대폰이 울렸다.

"선배님, 지금 어디에 계시는 거예요."

다급한 이 형사의 목소리였다.

"병원이야. 왜?"

"녀석이 떴다는데요."

"녀석, 누구?"

철민은 전화보다는 증발된 사체에 더 신경을 쓰느라 이 형사가 무슨 말을 하는지 귀에 들어오지 않았다. 그저 건성건성 대답할 뿐이다.

"연쇄 살인범 용의자지 누구겠어요. 제가 그리로 곧 갈 테니까 기다리고 계세요."

그러며 이 형사가 전화를 끊었다.

철민은 병원 앞에서 이 형사가 오기를 기다리고 있으면서도 증발된 사체에 대해 신경을 곤두세우고 있었다.

도대체 어찌 된 일인가.

철민은 증발된 사체와 이지명 박사의 죽음이 별개의 문제라고 생각하지 않았다. 우선 지문이 그랬고 두 사람의 일치하는 외모가 그랬다. 의문이 생기는 것은 당연한 일이다. 둘의 죽음에는 무언가 심상치 않은 거대한 음모와 비밀이 감추어져 있을 것이라고 생각했다.

얼마 뒤에 이 형사가 빠른 속도로 차를 몰고 그의 앞에 다가와 섰다.

"선배님!"

차창을 내리면서 이 형사가 재촉했다. 그때까지 넋 잃고 있던 철민이 그제야 급하게 차에 올라탔다. 이 형사는 철민이 올라타자 용의자가 출현했다는 곳으로 차를 출발시켰다.

"이 자식 오늘 잘 걸렸다."

핸들을 잡은 채 이 형사가 말했다. 그는 조금 긴장하고 있는 듯이 보였다. 철민도 증발된 사체에 대한 생각을 잊고 살인 용의자 검거에 신경을 곤두세우기 시작했다.

이 형사는 용의자가 출현했다는 곳에 조심스럽게 차를 주차시켰다.

"조심하라구."

철민이 이 형사를 쳐다보며 긴장을 풀라는 듯이 배시시 웃어 주었다. 그리고는 겨드랑이 사이에서 시그 사우어 P230 자동권총을 꺼내 실탄이 들어 있는지 확인하고는 허리 뒤쪽에 꽂았다.

차에서 내린 두 사람은 '여울'이라는 지하 단란주점 안으로

들어갔다. 계단으로 내려가는 이 형사의 발걸음이 조금은 긴
장한 듯 보였다.

"짜식, 대범하기도 한데. 문까지 활짝 열어 놓고……."

이 형사가 작은 목소리로 말했다.

단란주점 안은 불이 켜져 있지 않아 어두컴컴했다. 먼저 이
형사가 안으로 들어가 낮은 자세로 주위를 살폈다. 홀 쪽에는
아무도 없었다. 그렇다면 룸 안에 있는 것이 확실했다.

조금 더 안으로 들어가자 맨 마지막 룸에서 불빛이 희미하
게 흘러나오는 것이 보였다. 가까이 가자 노랫소리가 쿵쾅쿵
쾅 들려왔다.

먼저 철민이 조심스럽게 룸 안을 들여다보았다.

안에서는 요란한 음악 소리와 함께 대형 화면에서 알몸의 무
희들이 야릇한 포즈로 선정적인 춤을 추고 있는 것이 보였다.
또한 천장에서는 원형의 조명이 돌아가며 번쩍번쩍거렸다.

살인 용의자는 삼십대의 여자를 강간하려 하고 있었다. 아
마도 여자는 단란주점의 주인인 듯싶었다.

삼십대 여자의 얼굴은 잔인하게 짓이겨져 있었다. 여자의
얼굴 어디에서도 피가 나지 않는 곳이 없었다. 여자는 거의
실신한 상태였다. 피 냄새가 역하게 진동하는 참혹한 현장이
었다.

여자는 거의 알몸이나 마찬가지인 상태로 옷이 갈기갈기

찢겨져 있었다.

용의자는 여자의 몸을 이빨로 뜯어먹을 듯한 기세로 저돌적으로 다루었다. 그럴 때마다 여자의 입에서는 비명이 쏟아져 나오고 있었다.

제정신으로는 생각도 하지 못할 그런 역겨운 광경이 벌어지고 있었다. 용의자는 성도착증자나 정신이상자임이 분명했다. 녀석은 스스로의 희열에 도취되어 짐승 같은 행위를 여자의 알몸 위에 거침없이 쏟아 내고 있었다.

여자는 겁에 질려 이젠 반항할 생각조차 하지 못한 채 녀석의 쾌락의 도구가 되어 있었다.

더는 눈뜨고 볼 수 없었다.

"준비됐어?"

"……."

철민이 말하자 이 형사가 고개를 끄덕거렸다. 이 형사가 문을 박차고 안으로 뛰어 들어가는 찰나였다.

어느 사이 눈치를 챘는지 용의자가 여자의 목을 끌어 잡았다. 그리고 한쪽 손에는 러시아제 5.5구경 탄창 삽입식 사제 권총을 들고 있었다. 녀석은 대범하게도 여자의 관자놀이 부분을 총을 겨눈 채 철민과 이 형사를 향해 배시시 웃는 여유까지 보였다. 이 형사가 당황한 채 멈칫거렸다.

"자수해! 넌 이제 도망갈 데가 없어."

"웃기지 마 새끼야. 잡아갈 수 있으면 잡아가 봐. 쌍, 조금만 움직이면 이년을 콱 죽여 버릴 거야."

그러면서 용의자는 여자를 뒤에서 끌어안은 채 뒷걸음질 쳤다.

"사……살려 주세요."

여자가 몸을 바들바들 떨었다.

"쌍, 입 닥치지 못해."

용의자가 여자의 목을 힘껏 끌어 잡았다. 여자의 목으로 흘러내리는 피를 녀석이 혀로 핥아내었다.

"콰……악."

"히히히……."

용의자의 손아귀 힘에 여자는 숨을 제대로 쉬지 못해 고통스러워했다. 녀석이 철민과 이 형사를 똑바로 쳐다보며 여자의 얼굴에서 흘러내리고 있는 피를 다시금 혀로 잔인하게 핥았다. 용의자는 이성을 잃은 상태였다. 아니 삶보다는 죽음에 더 집착하고 있는 것 같았다.

섣불리 일을 해결하려 했다가는 여자가 죽게 될지도 모른다. 궁지에 몰린 쥐가 고양이에게 달려들 듯 녀석이 무슨 짓을 벌일지 모르는 일이기 때문이었다.

철민은 녀석의 생리를 간파하고 있었다.

"우리말로 하자구. 여자는 아무런 죄가 없잖아."

"닥쳐, 이 새끼야."

철민이 용의자를 달래면서 담배를 꺼내 불을 붙였다. 그러고는 녀석 앞으로 담배 연기를 후, 하고 뱉어 냈다. 그러자 용의자가 조금 더 뒤로 물러났다.

더 이상 갈 곳이 없는 막다른 벽이었다.

"여자는 풀어 줘. 자네도 담배 한 대 줄까?"

"수작 부리지 마."

"수작은 누가 부렸다고 그래."

철민이 녀석에게 한 발짝 다가가며 말했다. 녀석이 주춤거리다가 실성한 듯이 웃기 시작했다. 철민의 눈과 녀석의 눈이 마주친 짧은 순간이었다. 녀석의 눈에서 살기가 느껴졌다. 동시에 여자의 머리에 총을 겨누고 있던 녀석의 손가락이 심하게 떨렸다.

─탕.

총소리가 고막을 터뜨릴 것처럼 실내 안에 퍼졌다. 그와 동시에 인질로 잡혀 있던 알몸의 삼십대 여자가 기절을 하며 주저앉았다.

총을 언제 뽑아 들었는지 철민의 총구에서 담배 연기와 비슷한 하얀 연기가 쏟아져 나오고 있었다.

용의자의 몸에서 일순간 힘이 쭈욱 빠져나갔다. 용의자는 그대로 바닥에 총을 떨어뜨리고 말았다. 그 다음 관통된 이마에서 새빨간 선혈이 주르륵 흘러내려왔고 용의자는 그대로 앞으로 꼬꾸라지고 말았다.

실내는 쥐죽은 듯이 조용했다.

철민의 한쪽 손에서는 여전히 담배가 타들어가고 있었다. 철민이 아무 일도 없었다는 듯이 담배 연기를 깊게 들이마셨다가 내뱉고는 뒤돌아 룸을 나갔다.

이 형사는 순간적으로 벌어진 일에 어이가 없다는 듯 한동안 멍하니 서 있다가 기절한 삼십대 여자에게 다가가 자신의 옷을 벗어서 알몸을 가려 주었다.

얼마 뒤에 철민의 요청으로 앰뷸런스가 왔고, 그와 이 형사는 사건을 수습하고 경찰서로 돌아왔다.

철민은 그 일로 해서 잠시 총기를 반납해야 했다. 그리고 간단한 조사를 받고 나와서 퇴근길에 이 형사와 술자리를 같이했다.

"선배님, 빠르던데요."

"호호……."

철민이 싱겁게 웃고는 소주잔을 기울였다. 그의 잔에 이 형사가 술을 따르며 다시 말했다.

"하마터면 마누라하고 이별할 뻔했어요. ……그 자식 잘 죽은 거예요. 그런 자식 살아 있어 봤자 또 그 짓 할 거라구요. 이제 여자들 안심하고 잘 수 있겠는데요. 자그마치 서른다섯 번이나 강간, 살인을 했으니……. 진작에 그 사건이 우리한테 떨어졌으면 그 많은 피해자가 생기지는 않았을 텐데."

이 형사가 우쭐거렸다.

철민은 연신 소주잔을 비워 냈다.

그의 기분은 그리 좋은 편이 아니었다. 아마도 용의자를 사살한 것 때문에 개운치 않은 모양이었다.

죄책감 때문일는지도 모른다. 조금만 더 설득하고 시간을 주었더라면 그런 일이 벌어지지 않았을지도 모르는 일이다.

철민은 여울에서의 사건이 잊혀지지 않았다. 그래서 자꾸만 술잔에 손이 가서 닿았다. 차라리 그렇게라도 잊고 싶었다.

아무리 사악한 범인이라도 사람이 사람을 벌할 수는 없는 것이다. 그에게도 법으로서 심판 받을 권리가 있는 것이다. 그에게 자신을 반성할 수 있는, 사죄할 수 있는 시간을 주지 못한 것을 철민은 안타까워하고 있었다.

취기가 얼큰하게 오르자 피곤함이 느껴졌다.

"이제 일어설까? 사건도 종료됐으니 오늘은 집에 가서 푹 자야겠는데. 자네도 오늘 일찍 들어가서 집사람 하늘만 보게 해주지 말고 별도 좀 따게 해주라구."

"선배님도 여자 생각난다고 다른 데로 빠지지 마십시오."

기분 좋게 취기가 오른 이 형사가 농조로 말했다.

철민은 이 형사에게 손을 들어 보이고는 달려온 택시에 몸을 실었다.

택시에 오른 철민은 차창을 내려 달아오른 취기를 식혔다.

사건을 해결할 때마다 철민은 허탈함에 빠지곤 한다. 사건을 하나하나 해결하다가 보면 성취감 같은 것에 매료되어 더 깊이 사건에 빠져들지만 막상 사건을 해결하고 나면 남는 것은 초라한 자신뿐이기 때문이다.

그럴 때 찾아오는 것은 외로움이다. 오늘도 철민은 외로움을 어떻게 달래야 할지 난감할 뿐이다.

택시는 아파트 입구에서 철민을 내려놓고 휭하니 사라졌다.

철민은 터덜터덜 걸어 자신의 아파트로 향했다. 그는 주머니 속에 손을 넣고 지프 라이터를 똑딱거렸다. 그 소리에 걸음걸이를 맞추며 그는 휘파람을 불어 댔다.

그가 한껏 흥에 취해 있을 때 앞에서 싸우는 소리가 들렸다. 철민은 무심결에 그쪽을 쳐다보았다. 술에 취한 듯한 이십대 남자 두 사람이 싸우고 있는 것이 보였다.

철민은 그냥 지나치려다가 잠시 멈추어 그들이 싸우는 모습을 쳐다보고 있었다. 그렇게 보고 있자니 한쪽이 일방적으로 맞아 땅바닥에 뒹굴기 시작했다.

"이봐요, 무슨 일인지는 모르지만 조금만 참읍시다."

보다 못한 철민이 그들에게 다가가 말리면서 말했다.

"이 새끼는 또 뭐야!"

그러자 남자가 철민의 팔을 뿌리치면서 쏘아보았다.

“말로 하시지요.”

“…….”

남자의 눈빛이 심상치 않았다. 일방적으로 맞아 땅바닥에서 뒹굴던 남자가 철민의 뒤쪽으로 굴러가 엄살을 피웠다.

“도와주세요. 저 사람이 다짜고짜 시비를 거는 거 있지요.”

“모르는 사람입니까?”

“모르는 사람이에요.”

얻어맞던 남자가 힘겹게 자리에서 일어나 철민의 뒤에 숨었다.

“당신은 뭐야? 가던 길이나 가라구. 남의 일에 참견하지 말고.”

“……많이 다쳤어요?”

철민이 남자의 눈을 똑바로 쳐다보고 있다가 얻어맞은 사람에게 물었다.

“조금…….”

“그럼 어서 집에 가요. 밤늦게 돌아다니지 말고.”

“당신이 뭔데 참견이야. 이 씨팔, 오늘 좆같은 날이네!”

하면서 분을 삭이지 못하고 씩씩거리고 있던 남자가 허리춤에서 무언가를 꺼내는 동작을 취했다.

순간적으로 철민은 그것이 칼이라는 것을 알았다. 반사적으로 철민은 피하려는 동작을 취했다. 하지만 뒤에 서 있던 남자가 철민의 한쪽 팔을 잡고 놓아 주지 않았다.

철민은 그 순간 무언가 잘못되어 가고 있다고 판단했다. 그러면서 몸을 낮추어 남자의 손을 뿌리치면서 바닥으로 굴렀다.

그 순간 날카로운 칼날이 그의 어깨를 스치고 지나갔다. 그렇지만 다행히도 옷이 찢기는 정도일 뿐 살갗에 닿지는 않았다.

"너희들 누구야?"

"……."

남자들은 말이 없었다.

그들은 철민을 죽이려는 듯이 입에 거품을 물고 달려 들어왔다. 철민이 달려드는 한 녀석의 복부를 인정사정없이 걸어 찼다. 그러자 녀석은 제대로 힘도 써 보지 못하고 땅바닥에 그대로 고개를 처박았다.

이번에는 조금 더 키가 큰 녀석이 그를 향해 칼을 내리꽂고 있었다. 철민은 능숙하게 칼을 피하며 다음 자세를 취하기 위해 몸의 중심을 잡았다.

녀석은 몸이 재빠른 편이었다.

"오늘 네 제삿날인 줄 알아."

그러며 녀석이 씩 웃었다. 녀석의 손에서는 시퍼런 칼이 달빛을 받아 번뜩였다. 칼은 몇 차례 번뜩거리다가 철민의 심장을 향해 거침없이 들어오기 시작했다.

철민이 녀석의 칼을 피하기는 했지만 너무도 재빠른 몸이

라 공격할 틈도 없이 녀석의 다음 공격이 시작되었다. 그 덕에
철민은 한차례 옆구리를 걷어 채이고 말았다. 하지만 그리 큰
충격을 받지는 않았다.

“제법인데…….”

녀석이 또 한 번 험상궂게 웃었다.

“너희들 도대체 누구야?”

“그건 알아서 뭐하게.”

“…….”

“각오하라구.”

녀석의 눈에서 살기가 돋아나고 있었다.

녀석이 철민을 향해 또다시 칼부림을 해왔다. 철민은 날카
로운 칼부림을 피하며 녀석의 팔을 잡고 뒤로 낚아채었다.

“으윽!”

짧은 외마디 비명이 녀석의 입에서 갈라져 나왔다.

“말해?”

“…….”

녀석은 대답이 없었다. 철민이 녀석의 팔을 꺾어 실토를 받
아내려 했다. 그때 땅바닥에서 뒹굴며 숨을 몰아쉬고 있던 다
른 녀석이 괴성을 지르며 철민에게 재차 달려들었다.

철민은 방심하고 있던 중이다.

괴성을 지르며 뒤에서 달려드는 녀석을 향해 철민이 팔을

꺾고 있던 다른 녀석을 떠밀었다.

"헉!"

숨을 들이마시는 소리와 함께 키 큰 녀석이 땅바닥에 얼굴을 처박았다. 녀석의 복부에서 피가 흘러나와 아스콘이 씌워진 바닥을 붉게 물들이고 있었다. 다른 녀석의 칼을 든 손에도 피가 묻어 있었다.

녀석은 당황해 있었다. 때는 이때다 싶어 철민이 몸을 날려 녀석의 턱을 발로 힘껏 걷어찼다. 그러자 녀석의 턱에서 뼈가 부러지는 소리가 들렸고 녀석은 꼼짝없이 저만치 나가떨어지고 말았다.

나가떨어진 녀석의 입에서 바람 빠지는 소리가 들렸다.

"덜 떨어진 녀석들. 쯧쯔쯔."

철민이 혀를 걷어찼다.

바로 그때 멀찍이에서 있던 승용차가 서서히 다가오더니 어느 지점에서부턴가 속력을 내기 시작해 철민에게 돌진해 들어왔다.

승용차에서 갑자기 헤드라이트를 켠 터라 철민은 눈이 부셔 꼼짝도 할 수가 없었다. 철민은 그대로 승용차에 받혀 저만치 나가떨어지고 말았다.

승용차는 아스콘 바닥에 널브러져 있는 두 녀석을 급하게 태우고는 아파트 단지를 빠져나갔다. 철민이 어렴풋이 그쪽을 보았지만 승용차의 번호판은 볼 수가 없었다.

"후……우."

철민이 숨을 힘겹게 몰아쉬었다.

충격이 컸던지 그는 한동안 자리에서 일어날 수가 없었다. 한참 뒤에야 그는 몸을 움직일 수 있었다. 다행이 그다지 큰 상처를 입은 곳은 없었다. 허리 부위에 시큼한 통증이 있을 뿐이었다.

자리에서 일어나 걸으려고 하자 무릎에 통증이 느껴졌다. 하지만 그리 심한 편은 아니었다. 그는 가까운 벤치에 앉아 담배를 빼어 물었다. 그리곤 지프 라이터로 불을 붙이고 담배 연기를 내뱉었다. 한결 통증이 가시는 듯했다.

'누굴까?'

철민은 달아난 그들을 생각에 골몰해졌다.

그의 직업에 비추어 볼 때 흔히 있을 수 있는 일이다. 철민은 그렇게 대수롭지 않은 일이라고 생각했다.

자신이 철창에 집어넣은 폭력 조직의 소행일지도 모른다. 의 레 그런 일을 하다 보면 이곳저곳에서 앙심을 사기 마련이다.

철민은 괘씸한 생각이 들었다.

저희들 잘못은 생각하지 않고 앙심을 품고 보복을 하려 하 다니. 그것은 공권력에 대한 도전이기도 한 것이다. 하지만 경찰 조직 내의 온갖 비리가 난무하는 지금 그들만을 탓할 수도 없는 노릇이다. 경찰 조직이 썩고 있으니 상대적으로 폭력 조직 등과 같은 사회의 악이 고개를 쳐들 수밖에 없는 것이다.

'어떻게 세상이 이렇게 황폐해졌을까.'

철민은 혀를 걸어챘다.

서울의 밤하늘에서는 이제 별을 찾아보기도 힘들 지경이다. 철민은 하늘을 우두커니 바라보고 있다가 긴 한숨을 토해냈다. 이러다가 결혼도 못 해 보고 길거리에서 총이나 칼침을 맞고 생을 마감하게 되는 건 아닌지. 철민은 그런 생각을 하다 보니 겁이 나기도 했다.

그는 죽음에 노출되어 있는 자신의 일상이 측은해 보였다. 그러면서 한편으로는 이 형사가 부럽기도 했다.

누군가 곁에 있고, 누군가 자신을 걱정해 주며 듬직하게 보금자리를 지키고 있다는 것이 얼마나 행복한 일인가. 그리고 한 이불 속에서 잠을 자고 아침에 눈을 떴을 때 식지 않은 체온을 느낄 수 있다는 것은 얼마나 축복받은 일이던가. 아마도 아침에 잠에서 깨어나 세수도 제대로 하지 못하고 식사도 거른 채 일상을 버거워하는 것보다는 행복할 것이다.

아이의 울음소리가 마냥 행복하게 들려오는, 아침상을 차려놓고 일어나라고 재촉하는 아내의 목소리로 시작되는 꿈 같은 아침을 언제나 맞이할 수 있을는지. 철민이 씁쓸하게 웃었다.

그것은 생각하는 것만으로도 기분이 좋은 일이다. 하지만 자신이 없다. 언제 어떻게 될지 모르는 자신이기 때문에 그런 것이다. 그러한 자신을 누군가에게 보여 주며 받아들이기를 원한다는 것은 너무나 염치없는 일이라고 철민은 생각했다.

아버지를 생각하면 더더욱 자신이 없다. 아버지가 그랬던 것처럼 그 길을 반복해서 걸어가고 싶지는 않기 때문이다.

자신이 어렸을 적 엄마가 죽어 가는 것도 외면한 채 아버지는 범인을 잡기 위해 집을 나섰고 철민은 그날 밤 혼자서 어머니의 주검을 맞이해야 했다. 그리고 그 이후 어머니를 아버지가 죽인 것이라고 원망하며 살아온 그였다.

아버지에 대한 불신은 그가 형사가 된 지금에도 깨지지 않고 있다. 그런 그가 결혼을 쉽게 생각할 턱이 없다.

하지만 철민이 결혼을 아예 생각하지 않고 있던 것은 아니다. 일방적으로 자신을 내보이고 싶지 않기 때문에 망설여지는 것뿐이다. 언젠가는 사랑하는 사람을 만날 것이고 결혼에 이르게 될 것이다.

철민은 담배를 발로 부벼 껐다. 그리곤 벤치에서 일어나 자신의 아파트로 향하기 위해 한 발을 내딛었다.

무릎과 엉덩이 부위가 욱신거렸다.

그는 절룩거리며 아파트 건물 안으로 들어가 엘리베이터 앞에 섰다. 그의 이마에는 땀이 송골송골 맺혀 있었다.

엘리베이터는 11층에 잠시 동안 멈추어 서 있다가 서서히 내려오기 시작했다. 거의 아래로 내려왔을 때 철민은 벽에 기대고 서 있다가 엘리베이터를 타기 위해 몸을 추스렸다.

엘리베이터의 문이 스르르 열렸다. 그리고 안에서 이십대 후반의 남자가 밖으로 걸어 나왔다.

남자는 선글라스를 끼고 있었다. 얼굴의 윤곽이 많이 낯익어 보였다.

선글라스를 낀 남자와 철민의 어깨가 닿을 듯 말 듯 하다가 옷깃만 살짝 스치고 지나갔다. 철민을 지나치던 선글라스가 언뜻 곁눈질을 하며 입가에 차갑고 기분 나쁜 미소를 띠었다.

철민은 남자의 입가에 살짝 맺혀져 있던 미소가 왠지 꺼림칙했다.

엘리베이터 문이 닫히면서 남자의 뒷모습도 사라졌다. 철민이 탄 엘리베이터는 위로 스르르 올라가기 시작해 11층에 멈추었다.

철민은 절룩거리며 자신의 아파트 현관 앞에 섰다. 그리곤 열쇠를 꽂고 손잡이를 돌려 안으로 들어갔다.

집안은 삭막하리만치 조용했다.

거실등의 스위치를 누르자 그의 체온을 흡수하듯 전등이 켜졌다. 그는 잠시 소파에 앉아 숨을 돌린 뒤에 욕실 안으로 들어갔다.

그는 옷을 벗고 거울 앞에 서서 까칠하게 자란 턱수염을 손으로 매만졌다. 까칠한 수염의 감촉은 그리 나쁘지 않았다. 그는 통증이 느껴지는 부위를 거울에 비추어 보았다. 허리 부분에 피멍이 들어 있었다. 그리고 무릎에는 아스콘 바닥에 긁힌 상처가 붉게 부풀어 올라 있었다.

그가 수도꼭지를 누르자 곧 샤워기에서 찬물이 경쾌한 소리를 내며 쏟아져 내려왔다. 찬물이 몸에 닿자 한결 기분이 좋아지는 것 같았다. 그는 비누를 손에 들고 거품을 내기 시작했다. 그리곤 상체에서 아래로 비누거품을 칠해 가기 시작했다.

허리와 엉덩이 그리고 무릎 부분의 통증은 아직 가시지 않고 있었다. 그 부분에 거품을 낸 타월을 갖다가 대자 얼얼한 통증이 재차 느껴졌다.

비누거품을 닦아 내고서 그는 수건을 두르고 욕실에서 나왔다. 그리곤 침실로 들어가 가벼운 차림으로 옷을 갈아입었다.

취기가 저만치 달아나자 허리 부위의 통증은 더 심해졌다.

파스라도 붙여야 좀 나아질 것 같았지만 집안에는 파스가 없었다. 그리고 약국 문도 벌써 닫았을 시간이었다.

그는 파스 대용으로 얼음찜질을 생각해 냈다.

주방으로 간 철민은 얼음을 담을 비닐봉지를 찾아 들고는 냉장고의 문을 열었다. 문을 열자마자 귀에 거슬리는 미세한 전자음이 들리기 시작했다.

그 소리가 들리는 쪽은 다름 아닌 냉동실의 문틀이었다.

문틀에는 손바닥만 한 낯선 검은 물체가 놓여 있었고 한쪽에 달린 계기판 비슷한 것에서는 카운터가 시작되고 있었다.

철민은 그것이 C-4라는 것을 직감적으로 알아차릴 수 있었다.

9, 8, 7……

숨이 턱하고 막혀 왔다.

그는 냉동실의 문을 힘껏 닫고 현관 쪽으로 사력을 다해 뛰기 시작했다.

"으……아……악."

그의 입에서 자신도 모르게 비명이 쏟아져 나왔다.

미세한 전자음은 그의 귀에 악몽처럼 따라붙었다. 그의 뇌파를 겨냥한 누군가의 잔혹한 발상은 쉽게 따돌릴 수가 없었다.

4, 3, 2, 1……

'이렇게 가는구나.'

죽음의 문턱은 그의 뒤를 바짝 따라붙었다.

그가 막 현관문을 열려고 할 때였다.

―쾅.

마치 아파트 건물이 붕괴될 것 같은 폭음이 들렸다. 그리고 불길과 함께 돌풍이 일더니 흙먼지가 철민의 등을 거세게 밀어붙였다.

철민은 돌풍과 불길에 휩싸인 채 현관 밖으로 튕겨져 나가 떨어졌다.

주위는 순식간에 잿더미로 변하기 시작했다.

철민은 머리를 잡고 데굴데굴 구르고 있었다. 바로 그때 앞
집 사람이 폭발음에 놀라 문밖으로 뛰어나왔다.

"이……이게 무…… 무슨……."

"아악!"

앞집에서 나온 남자가 그 광경을 보고는 당황해 말을 더듬거
렸다. 남자의 뒤에 서 있던 여자의 입에서도 비명이 쏟아졌다.

철민은 인사불성인 상태였다.

남자가 철민의 곁으로 신발도 신지 않은 채 후닥닥 뛰어왔다.

"이봐요, 최 형사?"

"……."

하지만 철민은 대답할 수 없었다.

남자가 아무리 흔들어 깨워도 철민은 의식을 찾지 못했다.

아무 소리도 들리지 않았다. 폭발음에 고막이 터진 것처럼
귀가 먹먹해졌다. 온통 어둠뿐이었다.

"여보, 빨리 119에 연락해요."

남자가 어느 정도 안정을 찾으면서 부인에게 말했다. 그리
고는 불길이 솟아 나오고 있는 현관 쪽에서 철민을 끌어내 옆
으로 옮겼다.

철민은 눈을 뜨고 있었지만 아무 것도 볼 수 없었다.

철민의 집에서 시커먼 연기가 현관을 통해 쏟아져 나왔다. 호흡하기가 곤란했든지 앞집 남자가 철민의 아파트 현관문을 닫았다.

"정신 차려요. 이게 몇 개예요?"

남자가 무엇을 물어 보는 것인지 대충은 짐작으로 흐릿하게 알아차릴 수 있었지만 철민은 몸이 마음처럼 움직이지 않아 손가락 하나 꼼짝 할 수 없었다. 세상이 멎은 것만 같았다.

멀찍이에서 구급차의 사이렌 소리가 들려오고 있었다. 어렴풋이 그 소리가 들려오자 철민은 그만 정신을 잃고 말았다.

철민은 엘리베이터를 기다리기 위해 서 있었다. 하지만 엘리베이터는 위에서 내려올 생각을 하지 않았다. 얼마나 기다렸을까 엘리베이터는 여전히 그 자리에 서 있다.

철민은 왠지 비상계단 쪽을 이용하고 싶지가 않았다. 바로 그때 누군가가 그의 옆으로 다가와 섰다.

선글라스를 낀 남자였다.

철민은 아무 생각 없이 남자를 보고는 인사치레로 가볍게 웃어 주었다. 남자도 덩달아 철민을 향해 웃어 주었다. 그러다가 엘리베이터 문이 열렸고 남자와 철민은 엘리베이터 안으로 들어갔다.

엘리베이터가 서서히 움직이는 것 같았는데 3층쯤에선가

갑자기 멈추었다.

엘리베이터에 달려 있는 비상벨을 눌러도 아무런 소용이 없었다. 꼼짝없이 엘리베이터에 갇히게 된 것이다.

그때 선글라스를 낀 남자가 그에게 라이터를 빌리자고 했다. 철민이 라이터를 빌려 주자 남자는 곧 입에 담배를 물고 불을 붙였다.

담배를 태우면서 남자가 철민의 얼굴에 담배 연기를 뱉는 게 아닌가. 철민이 얼굴을 붉혔지만 남자는 그래도 아랑곳하지 않고 계속해서 담배 연기를 그의 얼굴에 뱉었다.

철민이 더는 참지 못하고 남자의 담배를 빼앗아 바닥에 툭툭 털어 껐다. 그러자 이번에는 남자가 바닥에 가래침을 퉤, 하고 뱉었다. 그러면서 선글라스를 벗었다.

철민은 깜짝 놀랐다.

선글라스를 벗은 얼굴은 다름 아닌 자신의 얼굴이었다.

"아악!"

소리를 질렀지만 입안에서만 빙빙 돌 뿐 입밖으로 흩어져 나가지는 않았다.

남자는 소리를 지르는 철민의 목을 누르기 시작했다. 철민이 반항하려 했지만 왠지 손끝 하나 움직일 수가 없었다. 발길질을 해 보았지만 올라가기도 전에 남자의 무릎에 채여 아프기만 할 뿐이다.

철민은 어찌해야 할지 막막해졌다.

남자는 손가락으로 철민의 눈을 후벼파기 시작했다. 철민이 고개를 돌려 저항하려 했지만 역시 소용이 없었다. 어느새 남자는 철민의 눈알을 후벼파서 손에 들고 있었다. 그것과 동시에 남자의 얼굴에서도 눈알이 사라져 버렸다.

남자는 그것에 그치지 않고 이번에는 철민의 다른 쪽 눈을 후벼팠다. 철민은 아무 것도 볼 수가 없었다.

남자의 입에서 흘러나오는 괴성인지, 자신이 지르는 비명인지 알 수 조차 없었다. 이번에는 남자의 손이 철민의 심장을 도려내려는 듯이 가슴을 후벼파기 시작했다. 철민의 가슴에서 새빨간 선혈이 쏟아져 나오기 시작했다.

철민은 격렬한 통증을 느꼈다.

남자의 손가락 마디마디가 살갗을 파고 들어와 심장을 움켜잡았다. 철민이 그의 손을 빼내려 했지만 허사였다. 그의 힘을 더는 당해 낼 수가 없었다.

남자는 철민의 심장을 빼내 질겅질겅 씹고 있었다.

철민은 숨을 쉴 수 없었다. 그러다가 점점 하늘로 자신의 몸이 끌려 올라가는 것을 느꼈다. 그러나 어느 지점에선가 멈추어졌고 철민의 몸은 알 수 없는 힘에 의해 사방에서 압박되어지는가 싶더니 그대로 땅바닥으로 곤두박질쳐지고 말았다.

"아악!"

누군가 철민을 흔들어 깨웠다.

철민의 이마에는 식은땀이 측은하게 맺혀 있었다.

"으……음."

철민이 신음을 토해 내며 눈을 떴다. 하지만 눈이 부셔 그의 눈썹이 살짝 찡그려졌다. 몇 번 눈을 깜박이고서 그는 의식을 완전히 찾을 수 있었다.

"선배님, 괜찮으세요?"

그를 흔들어 깨운 것은 이 형사였다.

이 형사가 철민을 걱정스럽게 내려다보고 있었다.

"여기가 어디지……?"

"병원이에요."

"병원……."

철민은 그제야 폭발 사고를 기억할 수 있었다. 그가 침대에서 일어나 앉으려고 했지만 몸이 마음처럼 움직이지는 않았다.

"아……아."

머리에서 통증이 느껴졌다. 철민이 자신의 머리 부분에 손을 가져갔다. 머리에는 두툼한 붕대가 감겨져 있었다.

통증 때문인지 머리가 울려오는 것만 같았다. 그리고 속이 메스꺼웠다.

그의 왼쪽 팔 역시 깁스를 한 상태였다.

"이거 사람 몰골이 아니군."

철민이 피식 웃음을 섞어 가며 말했다. 그러자 이 형사의 얼굴에 안심하는 기색이 돌았다.

"선배님 걱정 많이 했어요. ……어떻게 된 건지 기억나세요?"

"……."

철민이 말없이 고개를 끄덕였다.

"하마터면 큰일 날 뻔했어요. 천만 다행이에요."

이 형사가 말하며 철민의 손을 꼬옥 움켜잡았다.

"오늘이 며칠이야?"

"29일이요. 선배님 자그마치 삼 일 동안이나 의식불명이었어요."

"그래, 그 소리 들으니까 갑자기 출출해지는데. 삼겹살에 소주 한잔도 생각나구 말이야."

"선배님도 참."

"물이나 한컵 줘 봐."

그러자 이 형사가 컵에 물을 따라 철민에게 건네주었다. 철민은 컵에 든 물을 단숨에 마시고는 내려놓았다.

"누가 그런 짓을 했을까요?"

"……."

"어디 짐작 가는 곳이라도 있으세요?"

"짐작……."

철민이 베개를 등에 댄 채 힘겹게 일어나 앉았다. 그리고 그날 밤의 일을 생각해 내기 시작했다.

한동안 둘 사이에는 말이 없었다. 이 형사는 골똘히 생각에 잠겨 있는 철민의 얼굴을 쳐다보고 있었다.

"그 녀석일지도 몰라. 어디에선가 본 것도 같은데. 어디에 서였더라……?"

"그 녀석이라니요?"

"……."

철민이 대답이 없자 이 형사가 궁금하다는 듯이 다시금 그의 얼굴을 뚫어져라 쳐다보았다.

철민은 자신이 엘리베이터를 타기 위해 서 있을 때 엘리베이터 안에서 나온 선글라스를 낀 남자를 떠올리고 있었다. 그리고 그와 함께 그날 밤 아파트 앞에서 있었던 싸움을 생각했다.

'같은 패거리일지도 모른다. 하지만 왜?'

그는 나름대로의 추리를 해 가고 있었다. 그의 추리의 결론은 한 녀석이 폭탄을 장치하러 들어갔고 다른 녀석들이 지키고 있다가 자신이 나타난 것을 보고 폭탄을 장치하는 동안 시간을 끌기 위해 일부러 싸움을 걸어왔을지도 모른다는 가능성이다.

'그렇지만 왜?'

"선글라스를 낀 검은 양복……."

“선글라스요?”

“그래 분명해. 경찰서 앞에서 자동차 전복 사고가 일어났던 날 기억하지?”

철민이 이 형사에게 물었다. 이 형사가 고개를 끄덕였다.

“맞아 그 놈이야.”

“그 놈이 누군데요?”

“선글라스 말이야. 그 날 그 녀석이 내 아파트에 잠입해서 폭탄을 설치한 것이 분명해. 어디에서 많이 본 놈이라고 생각했는데. 바로 그 녀석이야. 틀림없이 그 놈이 맞아. 이제야 기억이 나기 시작하는데. 그래, 그 녀석. 경찰서 앞에서 있었던 자동차 전복 사고 때 그곳에 있었어. 그리고 나와 눈이 마주치자마자 꼬리를 빼던 바로 그랜저 승용차의 운전자야. 이 형사, 메모지하고 볼펜 없어?

“그럼……”

이 형사가 볼펜과 수첩을 주머니에서 꺼내며 말을 흘렸다. 철민이 이 형사에게서 건네받은 메모지에 승용차 번호를 어렴풋이 기억해 내며 적기 시작했다.

서울 29, 러 374* 검정색 그랜저.

“그럼 선배님은 그때의 사건과 선배님의 집에서 폭탄이 터진 것과 무슨 연관성이 있다는 말씀이십니까?”

“그래. 확실하지는 않지만 그때 그 사건과 이지명 박사의

112

죽음, 그리고 내 아파트에서 있었던 폭발 사고가 연관되어 있는 것 같아. 누군가 그 사건이 알려지지 않기를 바라는 사람이 있는 것이 분명해."

"설마요?"

"이 형사, 그날 뺑소니치던 승용차의 번호 적어 둔 것 있지?"

"있습니다만……?"

"이 번호하고 그 뺑소니 차량의 소유주를 조사해 봐."

철민이 실마리를 잡았다는 듯이 의미 있게 웃었다.

"선배님 그 사건은 벌써 종결됐는데요. 선배님, 폭발 사고로 너무 예민해지신 것 아닙니까? 설사 그렇다고 치더라도 그 녀석들이 선배님 집에 왜 폭탄을 장치하겠어요. 그리고 서에서도 선배님 집에서 일어난 폭발 사고를 원한에 의한 폭력배의 소행이라고 보고 있는데요. 요즘 같은 세상에는 흔히 있을 수 있는 일이잖습니까. 그것 말고 다른 데 의심 가는 곳은……."

"분명 그 녀석이야. 그리고 조무래기 폭력배들의 소행으로 보기에는 너무 대담해. 조무래기들은 목숨까지 걸어가며 대범하게 도전해 오지는 않거든. 복수를 하더라도 자기들에게 실익이 없으면 포기하고 마는 게 그들의 생리야. 하지만 이번에는 전혀 달라. 잘은 모르겠지만 무언가 큰 음모가 도사리고 있어."

“선배님, 너무 과민반응을 보이고 계시는 것 같아요.”

“자네도 나를 믿지 않는 건가. 그러면 이리 줘. 내가 조회해 볼 테니까.”

철민이 이 형사에게 화를 내며 말했다.

“아닙니다. 선배님 부탁인데 이 정도는 조사해 드려야지요. 선배님은 걱정하지 마시고 몸조리나 잘하세요.”

“참, 그리고 이지명 박사 있지. 그 박사에 대한 신상 명세도 좀 부탁할게. 무언가 찜찜한 구석이 많아. 지문도 그렇구, 없어진 사체도 그렇구.”

“예……, 알겠습니다. 선배님은 못 말린다니까. 누가 형수님이 되려는지 고생 좀 하시겠어요. 전 이만 가볼게요.”

“그래, 수고해. 그리고 이건 노파심에서 얘기하는 건데 이 형사도 조심하라구. 무슨 일인지는 몰라도 분위기가 심상치 않으니까.”

“걱정하지 마십시오.”

그러며 이 형사가 병실 문을 열고 철민에게 손을 들어 보이고는 밖으로 나갔다.

잠복근무

경찰서로 돌아온 이 형사는 컴퓨터 중앙 전산실로 향했다.

"박 순경, 갈수록 예뻐지는 것 같아. 요즘 연애하는 거 아니야. 누군지 몰라도 부러운 걸. 우리 박 순경 같은 미인을 부인으로 맞이하는 사람은 정말 행복할 거야. 숨겨 놓지만 말고 소개 좀 시켜 달라구. 혹시 알아, 또 내가 큰마음 먹고 점심이라도 살지. 내가 일찍 결혼만 안했어도 박 순경한테 청혼할 수 있었을 텐데. 박 순경만 보면 후회가 된다니까. 하하하."

"이 형사님도 참……."

흰 살결에 청순하기만 한 박 순경의 얼굴이 이 형사의 능청에 수줍어하며 발갛게 물들었다.

스물네 살의 한창 꽃다운 나이인 박 순경은 항상 그렇게 짓

굳게 말하는 이 형사에게 익숙해져 있으면서도 막상 이 형사
가 너스레를 떨어 올 때면 얼굴을 붉히곤 했다. 그만큼 이 형
사의 말 수완은 여성들에게 호감을 느끼도록 만들었다. 그리
고 박 순경은 소심한 성격 때문인지 부끄러움을 많이 타는 편
이었다.

이 형사를 쳐다보던 박 순경은 컴퓨터의 모니터를 보면서
다시 자료를 정리하기 시작했다. 그녀의 빠른 손놀림이 자판
위에서 능숙하게 이루어지고 있었다. 이 형사가 그런 박 순경
에게 바짝 얼굴을 들이대며 말했다.

"뭘 그렇게 부끄러워해. 정말 연애하는 거야? 그런가 보구나."

"이 형사님 그만 놀리세요. 또 무슨 부탁하러 오셨어요? 이
형사님은 부탁이 있을 때면 꼭 그런 식으로 사람을 놀리시더라."

그러면서 박 순경이 수줍은 미소를 입가에 지었다.

이 형사는 부탁이 있을 때마다 항상 그런 식의 능청스러운
말로 박 순경에게 미안함을 대신하곤 했었다.

"박 순경은 수줍음을 탈 때가 더 매력적이라니까. 다른 게
아니라 최 선배님께서 부탁하신 건데……."

"최 형사님이요?"

"그래. 이거야……."

이 형사가 메모지를 박 순경에게 내밀었다. 박 순경이 이
형사가 내미는 메모지를 건네받으며 조심스럽게 다시 물었다.

"최 형사님은 어떻게 되셨어요?"

"아까 깨어나시는 것 보고 바로 들어오는 중이야."

"폭탄이 터졌다면서요?"

"……."

이 형사가 고개를 끄덕였다.

박 순경의 얼굴에 근심과 걱정이 가득 서려 있었다.

"많이 다치셨어요?"

"그렇게 걱정할 정도는 아니야."

"많이 다치신 건 아니지요. ……전번에도 총상을 입으셨잖아요. 그 상처도 아직 아물지 않았을 텐데. 어쩌면 좋아요."

박 순경이 한숨을 푹 내쉬며 말했다.

"박 순경 수상해."

"제가 뭘요."

박 순경은 자기의 속마음을 이 형사에 들킨 것에 대해 난색을 하며 잡아뗐었고, 토라지며 과민반응을 보였다.

"박 순경, 혹시 최 선배님 마음에 두고 있는 것 아니야?"

"……궁금해서 그러는 것뿐이에요. 넘겨짚지 마시라구요. 동료끼리 그런 걱정도 해줄 수 없는 건가요."

"그러면서 왜 얼굴이 빨개지는 거야. 이거 큰일 났는데. 이제부터라도 박 순경한테 잘 보여야겠는걸. 그래야 나중에 찬밥이라도 얻어먹지. 최 선배님과 잘되면 나 구박하지 말라구."

“놀리시지 마세요, 이 형사님.”

“좋으면서 뭘 그래. 선배님은 걱정하지 말라구. 아까 보니까 멀쩡하시던걸. 팔에 깁스를 했는데 별것 아니야. 글쎄 깨어나자마자 뭐라고 하는지 알아?”

“……?”

“삼겹살에 소주 한잔 했으면 좋겠다고 그러잖아. 하여간 선배님은 못 말린다니까. 순 엄살이야. 하기야 그 덕에 푹 쉬는 거지 뭐. 나도 그런 건 수 없나. 그래야 며칠이고 병원에 누워서 잠이라도 실컷 자지.”

“이 형사님도 참, 말이 씨가 되겠어요. 하여간 최 형사님 그만하시길 다행이에요. 얼마나 걱정했다구요.”

박 순경은 여전히 걱정이 되어 마음을 놓지 못하고 있었다. 그런 박 순경의 등을 이 형사가 살짝 토닥거려 주었다.

박 순경은 곧 이 형사가 건네준 메모지를 펴서 책상 위에 올려놓고는 자판을 두드리기 시작했다.

“그런데 이 번호는 왜 조회하는 거예요.”

“난들 아나. 선배님이 궁금해 하니까……. 선배님 성격 박 순경도 잘 알잖아. 궁금한 건 꼭 확인해야 직성이 풀리는……. 선배님 말로는 저번에 있었던 자동차 전복 전소 사건과 선배님 집에서 있었던 폭발 사고와 연관이 있다는 거야. 그 고집 누가 말리겠어. 과장님도 두 손 두 발 다 들었다니까.”

“그래요. ……여기 확인됐어요. 차량 두 대는 신흥이라는 기업체의 업무용 차량으로 등록되어 있는데 도난 차량으로 수배되어 있어요. 그랜저 역시 신흥의 업무용 차량이에요. 그리고 나머지 한 대는 이지명 씨의 차량이에요.”

“그래……. 혹시 이지명의 차량이 흰색 스쿠프 아닌가?”

이 형사가 컴퓨터 모니터 앞으로 고개를 쭉 내밀었다. 그때까지 장난기가 서려 있던 그의 얼굴에 자신도 모르는 심각성이 깃들여졌다.

“맞아요.”

“그래, 그 차량은 며칠 전 전복 전소된 차량인데. ……선배님 말대로 냄새가 나는데. 신흥, 뭐하는 기업체인지 알 수 있어?”

“기다려보세요.”

박 순경이 다시금 자판을 두드렸다. 이 형사는 그녀의 옆에 바짝 달라붙어 모니터를 계속해서 주시하고 있었다.

얼마 뒤에 그녀가 신흥에 대한 자료를 찾아내고서 마른손을 비벼 댔다.

“이게 전부야?”

이 형사가 묻자 박 순경이 말없이 고개를 끄덕였다.

신흥이라는 기업체는 의료 기기를 전문으로 제작하는 회사였고 대선 그룹의 계열사이기도 했다.

"뭔가 냄새가 나는데. 이지명에 대한 신상 조회도 좀 부탁해."

그러면서 이 형사가 책상에 기대고 앉았다.

"이지명……."

"유전생물학 박사인데, 며칠 전에 자살했어."

박 순경은 군말 없이 이 형사의 요청에 따라 주었다.

박 순경이 찾아낸 이지명 박사에 대한 신상 조회 결과에서도 역시 이 형사의 구미를 당기는 내용이 쏟아져 나왔다.

이 형사는 조회한 이지명 박사의 신상 내용을 유심히 살피기 시작했다. 그는 철민이 했던 말이 조금씩 믿겨지기 시작했다.

이 박사의 신상 명세를 읽어 내려가던 이 형사의 눈이 마지막 줄에서 멈추어졌다. 그러면서 그가 입맛을 다셨다.

"대선 그룹 부설 대선 유전생명공학 연구소. 모두가 하나같이 대선 그룹과 연결되어 있는데. 선배님 말대로 뭔가 있는 것 같아. 수상한데."

그가 혼잣말로 중얼거리며 담배를 빼어 물었다.

"더 궁금한 건 없으세요?"

"프린터로 뽑을 수 있지?"

"그럼요. 해 드려야지요."

그렇게 말하고는 박 순경이 인쇄 메뉴를 설정하기 시작했다. 뒤이어 컴퓨터와 연결된 프린터기가 작동되었고 A4 용지에 자료가 인쇄되어 나오기 시작했다.

“고마워. 내가 다음에 점심 살게.”

“말로만…….”

박 순경이 빙그레 웃었다.

이 형사는 그녀에게서 인쇄된 자료를 받아 들고 짓궂은 윙크를 던졌다. 그리고는 막 전산실을 나서려던 참에 다시 박 순경이 그를 불렀다.

“이 형사님.”

“왜?”

“최 형사님 정말 괜찮으신 거죠?”

말하는 박 순경의 얼굴이 또다시 붉게 물들었다.

“그렇게 걱정되면 병실로 찾아가 봐. 선배님도 아마 좋아하실 거야. 그럼 다음에 또 보자구. 수고!”

“어떻게 오셨어요?”

여자가 상냥하게 물었다.

“경찰서에서 나왔습니다. 여기 책임자 좀 만나고 싶은데요.”

“무슨 일 때문에 그러시는 데요?”

“차에 대해서 물어 볼게 있어서요.”

이 형사가 차가운 어투로 말했다. 그러자 여자 직원이 잠시만 기다리라고 하고서는 어떤 방안으로 노크를 하고 들어갔다. 그리곤 얼마 뒤에 중년의 남자와 함께 안에서 나왔다.

이 형사는 의자에 앉아 있다가 그가 나오는 것을 보고 자리에서 일어났다.

"수고가 많으십니다."

하며 남자가 이 형사에게 손을 내밀어 악수를 청했다.

남자는 조금 둔해 보이는 체구였다. 그리고 안경을 코끝에 걸치고 있는 폼이 천성적으로 게으른 사람처럼 보였다.

"책임자 되십니까?"

"예, 그렇습니다. 업무과장 한석탭니다. 그런데 무슨 일로……?"

그가 이 형사를 먼저 앉게 한 뒤에 소파에 앉으며 명함을 내밀었다. 이 형사는 그의 명함을 받아 안주머니에 집어넣고 담뱃갑을 꺼냈다. 그러자 업무과장이 라이터를 켜 불을 붙여 주었다.

그것만 보아도 그가 어떻게 그 자리에까지 오르게 됐는지 이 형사는 감으로 잡을 수 있었다. 그의 행동에는 아부 근성이 뚜렷하게 드러나고 있었다.

"바쁘신 것 같으니까 간단하게 묻겠습니다. 여기에 적힌 승용차들 이 회사 차량이 맞습니까?"

이 형사가 메모지를 업무과장의 탁자 앞으로 내밀었다. 그러자 그가 받아 들고는 한동안 유심히 들여다보았다.

"우리 회사 차량이 맞습니다."

"모두 맞습니까?"

"네. 두 대 모두 우리 회사에서 도난당했던 차량입니다."

"그 차량들이 도로에서 죽음의 질주를 한 것은 알고 계시지요. 그 차량들 때문에 차량 한 대는 전복 전소됐구요. 맞습니까?"

"네, 그렇게 들었습니다만."

"도난 신고는 하셨던 겁니까?"

"네, 했습니다."

"언제 하셨죠?"

"그……건 왜……?"

업무과장의 얼굴이 당황하는 빛을 띠었다. 그가 이마에 난 땀을 손수건으로 닦아 내고서 말을 잇기 시작했다.

"도난 당시에는 그럴 경황이 없어서 미처 도난 신고를 하지 못했었습니다. 우리 회사에 중요한 일이 있었거든요. 도난 사실도 나중에 알았구요. 도난당한 다음날 경찰서에 신고를 했었는데……. 그리고서 며칠 전에 경찰서에서 연락을 받았습니다. 가보니까 차가 워낙 많이 망가져서 두 대 모두 폐차 처리했는데요. 무슨 문제라도 있는 겁니까?"

"그렇습니까. 제가 의심가는 점은 다른 게 아니라 한 회사에서 어떻게 차량을 두 대씩이나 도난을 당할 수 있느냐는 겁니다. 그리고 도난당한 차량 두 대가 왜 이유 없이 차량 한 대를 목표로 대낮에 도심에서 죽음의 질주를 했느냐는 거구요."

이 형사가 그의 눈을 똑바로 쳐다보며 말했다. 그러자 그가 슬며시 눈을 피하며 담뱃갑을 꺼냈다. 담배를 꺼내든 그의 손이 가느다랗게 떨렸다. 이 형사의 예리한 눈길이 그의 손끝에 멈추어졌다.

업무과장은 긴장하고 있었다.

"그걸 제가 어떻게 알겠습니까. 죄가 있다면 차량을 도둑맞은 것밖에는 없는데. ……그 사건은 이미 종결된 것으로 알고 있는데요. 우리도 그 사건에 대해서 더 이상 말하고 싶지 않습니다. 우리도 손해를 봤다구요."

난처하게 앉아 있던 그가 말꼬리를 돌리며 말했다. 그의 입에서 담배 연기가 뿌옇게 쏟아져 나왔다.

"이건 관행상 조사하는 겁니다."

"……."

"한 가지만 더 묻겠습니다."

"……."

업무과장은 자꾸 시계를 보며 딴전을 피웠다. 이 형사는 그런 그의 행동에는 아랑곳하지 않고 다시 질문을 던졌다.

"이 회사의 서울29, 러 374* 그랜저 승용차가 당시 사고 현장에 있었다고 제보자가 말하던데. 사실입니까?"

"그건 저도 잘 모르겠는데요. 제가 알기로는 그날 사용하지 않은 것으로 알고 있습니다만. 차가 고장 나서 사용하지 않고 주차장에 몇 주 째 주차시켜 놨었거든요."

"그것 참 이상하군요. 제보자는 분명히 사고 현장에서 봤다고 그러던데. 같은 번호판의 차량이 두 대일리는 없을 테고……."

"번호판을 잘못 봤을 겁니다."

업무과장이 딱 잘라 말했다.

"그럴 수도 있겠지만……."

"더 물어 보실 것이 없으면 전 일이 좀 바빠서……."

그가 재떨이에 담배를 눌러 끄며 말했다.

"그러십시오. 협조해 주셔서 감사합니다."

그렇게 말하고서 이 형사도 그곳에서 나왔다.

이 형사는 신흥에서 나오며 분명 무언가 수상쩍은 면이 있다고 생각했다. 사건이 조기 매듭된 것도 그렇고 모든 면에서 석연치 않은 구석이 많았다.

그는 건물에서 나와 주차장 쪽으로 향했다. 하지만 발걸음이 왠지 무겁기만 할 뿐이다. 이 형사는 승용차에 오르려다 주위를 살폈다.

주위에는 스무대 가량의 승용차가 주차되어 있었다. 그 중 한쪽에 검색 그랜저 승용차가 보였다. 이 형사는 그쪽으로 걸어갔다.

그랜저 승용차는 철민이 조회를 부탁한 바로 그 차였다. 이 형사는 승용차의 주위를 돌며 유심히 살폈다. 하지만 승용차에서 의심 가는 부분은 전혀 발견할 수 없었다.

그가 승용차를 살피다가 담배를 꺼내어 입에 물었다. 그리고 불을 붙인 뒤에 자신의 차로 돌아가려던 때였다.

건물 2층에서 누군가 이 형사를 내려다보고 있었다. 이 형사와 얼굴이 마주치자 그쪽에서 먼저 블라인드를 내렸다.

이 형사는 차 안에서 늦은 저녁식사를 빵과 우유로 대충 해결하고 있었다. 시간은 어느새 9시를 훨씬 지나 10시를 향해 달리고 있었다.

신흥의 직원들도 모두 퇴근한 그런 밤늦은 시간이었다. 하지만 이 형사는 뭔가 끌리는 게 있어서 쉽사리 자리를 뜨지 못하고 있었다.

이 형사가 탄 차는 신흥의 철제문이 한눈에 들어오는 곳에 주차되어 있었다.

신흥의 건물 안에 드문드문 켜져 있던 불빛들도 어느새 하나둘씩 꺼지기 시작하더니 이젠 어두컴컴하기만 했다.

적막한 밤이었다.

이 형사는 밀려오는 졸음을 떨쳐 버리기 위해 차창 문을 활짝 열어 놓고 있었다. 그곳으로 눅눅한 바람이 불어 들어와

이 형사를 나른하게 만들고 있었다.

시간이 지나면서 도심에는 안개가 자욱하게 내려앉기 시작했다.

그는 하품을 하면서 기지개를 폈다. 바로 그때 핸드폰이 울렸다.

―삐리리릭, 삐리리릭.

핸드폰의 경쾌한 벨 소리에 이 형사는 깜짝 놀랐다. 그가 주먹을 말아 뒤통수를 두어 번 두드리고는 핸드폰을 뽑아 귀에 바짝 가져다 대었다.

"여보세요."

"지금 어디예요?"

송화기를 통해 들려온 목소리는 다름 아닌 집사람이었다. 그녀의 목소리는 이 형사의 피곤함을 말끔히 씻어 주었다.

"지금 잠복근무중이야. 저녁은 먹었어?"

"그럼요. 지금이 몇 신데. 당신은……?"

"먹었어."

"또 차 안에서 빵이나 우유로 간단하게 해결한 건 아니지?"

걱정이 가득 실린 그녀의 목소리였다.

이 형사는 전화를 받으면서도 내내 신흥 쪽에서 시선을 떼지 않고 있었다.

밤이 깊어지면서 안개는 더욱 자욱하게 깔렸고 이 형사는 안개의 축축함 때문인지 쌀쌀하게 느껴져서 차창을 올렸다.

"자지 않구서?"

"자기가 밖에서 고생하는데 잠이 오겠어요."

"나두 조금 있다가 들어갈게."

"정말?"

그녀의 목소리가 촉촉하게 달아올랐다.

"그래."

"나 그럼 샤워하고 기다리고 있어도 되지?"

"그으래."

이 형사가 슬며시 웃으며 말했다.

"오늘 친정집에 갔다가 왔는데 엄마가 아직 소식이 없느냐구……. 얼마나 보채시는지 알아요. 계산해 보니까 오늘이 딱 좋은 날이야. 자기, 나 사랑하지?"

"그래, 사랑해. 자기 없으면 나 죽고 못 사는 거 알잖아."

"사랑해요."

그녀의 목소리에 물기가 잔뜩 묻어 있다. 목소리만 들어도 그녀가 흥분하고 있다는 것을 이 형사는 알 수 있었다. 이 형사도 그녀의 목소리에 붉게 달아오른 모양이었다.

"나 지금 자기가 무지무지 보고 싶어. 자기가 들어올 때까지 어떻게 기다리지. ……알미워, 날 언제까지 이렇게 독수공방으로 내버려 둘 거야."

“조금만 참아.”

“나 지금 아무 것도 입지 않고 있는 거 알아요?”

그 말에 이 형사의 가슴이 불끈 달아올라 술렁거리기 시작했다. 이 형사는 그녀 못지않게 흥분하고 있는 상태였다. 당장이라도 집으로 뛰어 들어가 그녀와 침대 위에서 나뒹굴고 싶은 심정이었다.

“미안해.”

“나 흥분했나 봐.”

“…….”

그 말에 이 형사의 호흡이 뜨거워졌다.

“내 마음 알지. 나 지금 미치겠어.”

“나두 그래.”

“아…… 오늘밤 기대하고 있을게요.”

그러며 그녀의 흠뻑 달아오른 목소리는 자취를 감추었다. 이 형사는 핸드폰을 끄며 아쉬워했다.

이 형사의 얼굴은 붉게 물들여져 있었다. 그의 귓가에 젖은 그녀의 목소리가 한동안 가시지 않고 맴돌았다. 그는 그녀가 샤워하는 모습을 상상하고 있었다. 풍만한 가슴과 굴곡진 엉덩이를 타고 흘러내리는 물줄기…….

한동안 그는 마누라의 알몸을 상상하면서 부풀어 오른 욕망의 타래를 삭이고 있었다.

그는 신흥 쪽을 얼핏 건너다보았다. 신흥에서는 아무런 기미도 보이지 않고 있었다. 그는 그즈음에서 돌아가려고 마음먹고 있었다.

그가 막 시동을 걸기 위해 키박스에 손을 얹을 때였다. 신흥 쪽에서 누군가 나와서 주위를 두리번거리고는 안으로 다시 들어가는 것이 보였다. 그리곤 얼마 후 남자는 신흥의 철제문을 조심스럽게 열기 시작했다.

이 형사는 그쪽을 유심히 살폈다.

철제문을 뒤로하고 신흥에서 컨테이너 차량이 나오는 것이 보였다. 이 형사의 뻣뻣하게 굳어 있던 몸에 활기가 솟기 시작했다.

그는 한 손을 다른 손바닥 안에 넣고 뼈마디가 엇갈리는 소리를 내면서 손 마디마디를 풀었다. 그리고는 컨테이너 차량이 신흥에서 어느 정도 빠져나와 속력을 내기 시작할 즈음 시동을 걸고 뒤따르기 시작했다.

안개가 짙게 깔려 있었기 때문에 이 형사의 신경은 날카로워질 수밖에 없었다. 그는 눈을 비벼 가며 컨테이너 차량을 놓치지 않기 위해 핸들을 바짝 움켜잡았다.

컨테이너 차량은 도심을 빠져나가 산업도로에 접어들면서부터 속력을 더 내기 시작했다.

"이거 헛짚은 거 아니야."

그가 중얼거렸다.

하지만 따라온 김에 끝까지 따라갈 요량이었다.

산업도로의 아스팔트 위에는 안개가 만만치 않게 내려앉아 있었다. 미행을 하기에는 부담스러운 날이었다. 이 형사는 어느 정도의 거리를 유지하며 안개 속에서 곡예 운전을 해야만 했다. 그는 신경을 곤두세우며 운전을 해야 하는 통에 뒷머리가 뻑적지근해졌다.

그렇게 20여 분 정도 달렸을까, 컨테이너 차량이 속력을 서서히 낮추며 좌회전 방향 지시등을 켰다. 뒤따르던 이 형사도 속력을 낮추며 컨테이너 차량을 주시했다.

이 형사가 주위를 둘러보았지만 안개 때문인지 아무 것도 보이지 않았다.

한동안 머뭇거리던 컨테이너 차량은 조금 더 앞으로 전진해 좌회전을 하고서는 막다른 비포장 길로 접어들었다. 길은 컨테이너 차량이 지나가기에는 조금 버거워 보였다. 하지만 컨테이너 차량은 능숙하게 길을 따라 달리기 시작했다.

"수상한데."

이 형사도 비포장 길을 따라 들어갔다.

풀벌레 소리조차 들리지 않는 음산한 밤길이다.

열어 놓은 차창으로 밤 꽃 향기가 꾸역꾸역 비집고 들어왔다.

"카섹스하기에는 좋은 곳이구만······."

그러며 그는 샤워를 하고 기다리겠다는 마누라의 전화를 생각하며 자신도 모르게 피식 웃음을 삼켰다.

그가 잠깐 한눈을 파는 사이 컨테이너 차량은 목장 쪽으로 들어가고 있었다. 컨테이너 차량이 목장 안으로 진입하자 어둡기만 했던 목장 주변이 곳곳에서 비추는 라이트 불빛 때문에 한순간 대낮처럼 밝아졌다. 그리로 들어가는 것을 보고 그는 승용차의 라이트를 끄고 시동을 껐다.

"이런 곳에 왜 컨테이너 차량이……?"

그가 생각하기에는 납득이 가지 않는 일이었다.

컨테이너 차량은 목장의 창고 비슷한 곳으로 들어갔고 곧 문이 닫혔다. 이 형사는 차에서 내려 목장 쪽으로 걸어갔다.

밤의 적막한 사이를 비집고 개 짖는 소리가 가까이에서 들려왔다.

안개 때문에 무슨 일이 벌어지고 있는 것인지 보이지 않아 이 형사는 가까이 다가가서 동정을 살피기로 했다. 하지만 그것도 쉬운 일은 아니었다.

어느 정도 가까이로 다가가자 사냥개가 으르렁거리는 소리와 인기척이 들렸다. 그는 멈칫거렸다. 그의 눈에 희미하게 보인 것은 경비견을 대동한 검은 복장의 사내였다. 그는 발걸음을 멈추고 낮게 몸을 낮추었다.

경비견이 자꾸 그가 있는 쪽에 대고 으르렁 거렸다. 그러자 경비원으로 보이는 사내가 랜턴을 비추기 시작했다.

랜턴의 불빛이 거의 이 형사 쪽으로 비추어지기 직전이었다. 그때 바로 옆에서 무언가 부스럭거렸다. 들고양이였다. 경비견의 으르렁거림과 랜턴의 불빛에 놀란 들고양이가 야옹, 소리를 내며 수풀에서 뛰어나와 어디론가 도망쳐 버렸다.

경비원으로 보이는 사내는 들고양이라는 것을 확인하고는 경비견의 목줄을 끌고 사라졌다.

그는 경비원이 가고 난 뒤에 멈추었던 숨을 후, 하고 내뱉었다.

겉으로 보기에는 목장 같았지만 분위기는 딴판이었다. 무언가 냄새가 나기 시작한다고 이 형사는 생각했다.

목장 이쪽저쪽에서 사냥개를 동원한 경비원으로 보이는 사람들이 삼엄한 경계를 하고 있었다.

목장에 경비원과 경비견이라, 그는 의심하지 않을 수 없었다. 분명 무언가 있는 것이 분명했다. 그렇지 않고서는 그런 삼엄한 경계를 할 이유가 없었다.

더 접근하는 것은 무리였다.

그가 막 포기하고 승용차에 오를 때였다.

창고로 들어갔던 컨테이너 차량이 되돌아 나오는 것이 보였다.

이 형사는 자세를 낮추고 컨테이너 차량이 나오는 것을 지켜보았다. 창고에서 컨테이너 차량이 나오자 환하게 밝혀졌던 주위의 라이트 불빛이 꺼졌고 이내 목장은 쥐죽은 듯이 조용해 졌다.

경비견과 경비원들도 제각각 어디론가 사라지고 말았다.

이 형사도 차에 올라 다시금 컨테이너 차량을 뒤쫓기 시작했다.

들어왔던 비포장도로를 빠져 나온 컨테이너 차량은 근처의 고속도로 톨게이트로 진입했다. 이 형사도 컨테이너 차량을 뒤 좇아 톨게이트로 진입했다.

"이왕 이렇게 된 거 끝까지 따라가 보지. 마누라한테는 미안하지만……."

이 형사는 묵묵히 핸들을 잡고 컨테이너 차량과 어느 정도 거리를 유지했다.

몸이 녹초가 되기는 했지만 그렇다고 두 시간 여의 미행을 포기할 수는 없었다. 이 형사는 차창을 열어 밀려오는 잠을 힘겹게 쫓고 있었다.

컨테이너 차량은 시속 100Km의 속력을 유지한 채 멈춤 없이 세 시간 여를 서해안 고속도로를 따라 달리고 있었다.

컨테이너 차량이 도착한 곳은 서산이었다. 그렇지만 컨테이너 차량은 그곳에서 멈추지 않고 천수만을 향해 달리기 시작했다.

한참을 달린 끝에 컨테이너 차량이 서서히 속력을 줄이기 시작했다. 그즈음 이 형사도 여유를 가질 수 있었다.

너무 방심했던 걸까.

눈 깜짝 하는 사이에 그 덩치 큰 컨테이너 차량이 어디론가 사라져 버리고 말았다. 모를 일이었다.

이 형사가 주위를 살펴보았지만 컨테이너 차량은 그 어디에도 보이지 않았다.

이 형사가 차를 정차시키고 차에서 내려 담배를 꺼내 입에 물었다.

"이런 젠장. 여기까지 와서 놓치다니……."

그가 혀를 걸어찼다.

주위는 천수만의 간척 사업으로 조성된 드넓은 평야만이 눈앞에 펼쳐져 보일 뿐이었다. 선선한 바람이 이 형사의 옷깃을 헤치고 스쳐 지나갔다.

"할 수 없지."

그가 손끝으로 담배를 털어 끄고 다시 차에 올라탔다.

"어디엔가 있을 텐데."

하지만 그는 여전히 미련을 버리지 못했다.

컨테이너 차량을 놓쳤던 곳에서부터 그는 다시 천천히 차를 몰기 시작했다. 그렇게 20여 분을 달린 끝에 그는 농장을 발견할 수 있었다.

대선 그룹의 삼우 농장이었다.

삼우 농장이라면 북한이 심각한 수해를 입어 기아에 허덕이고 있을 때 대북지원이라는 명분으로 쌀 수십만 석을 수확해 무상으로 보내면서 남한의 최대 곡창지로 알려진 곳이었다. 그때 매스컴에서 떠들썩했기 때문에 그곳을 모르는 사람은 없었다. 이 형사는 그제야 컨테이너 차량이 어디로 사라졌는지 알 수 있었다.

A지구와 B지구를 합쳐 무려 4천 6백 60여 만 평에 이르는 거대한 농장이었다.

컨테이너 차량이 그 농장으로 들어갔을 것이라고 이 형사는 단정했다.

컨테이너 차량에 도대체 무엇이 실려 있기에 무장을 한 경비병이 철통같은 경계를 서고 있었던 걸까. 이 형사는 아무리 생각해도 이해가 되지 않았다.

아쉽기는 했지만 이 형사는 그즈음에서 돌아서야 했다.

"여기쯤인 것 같은데……."

이 형사는 어제 컨테이너 차량을 미행했던 산업도로를 달리고 있었다. 하지만 밤에 달렸던 길이라, 그것도 안개 낀 밤이었기 때문에 그는 쉽사리 그곳을 찾지 못하고 있었다.

승용차의 속력을 줄이며 그는 주위를 살폈다. 그러다가 좌측의 긴가민가한 비포장 길을 발견했다.

그는 무작정 그쪽으로 핸들을 꺾었다.

비포장 길로 들어서자 움푹 파인 화물차의 바퀴 자국이 보였다. 그리고 얼마를 더 들어가자 어젯밤에 맡았던 바로 그 밤 꽃향기가 차창 안으로 묘한 자극을 일으키며 바람과 함께 불어 들어왔다.

확실히 어제 컨테이너를 미행했던 바로 그 길이었다.

—이곳은 사유지입니다. 일반과 차량의 통행을 금합니다.
삼우 목장(주).

양철 팻말에 빨간 글씨로 쓰인 경고문이 붙어 있었다.

그는 무시하고 계속해서 차를 몰기 시작했다.

비포장 길이라 차체가 이리저리 쏠렸고 그럴 때마다 그의 몸이 심하게 흔들렸다. 핸들을 잡은 그의 얼굴에 피곤한 기색이 역력하다.

"마누라가 뭔지……."

그 말과 함께 그가 하품을 했다.

마누라한테 시달린 생각을 하면 아직도 아찔했다. 아직까지도 아랫도리가 얼얼한 지경이었다.

그는 한 손으로는 핸들을 잡고 다른 손으로는 담배를 입에 물고 가스라이터로 불을 붙였다. 다음으로 그의 입에서 담배 연기가 달콤하게 쏟아져 나왔다.

얼굴에는 피곤이 덕지덕지 붙어 있었지만 마누라와의 몸부림을 생각하면 아직도 심장이 불룩불룩 솟아오르는 그였다.

그는 지금이라도 마누라가 옆에 있다면 껴안고 뒹굴고 싶을 정도로 아직은 힘이 철철 흘러 넘쳤다.

그는 결혼한 지 2년밖에 되지 않는 신혼부부나 마찬가지였다. 하지만 툭하면 잠복근무다 뭐다 해서 자주 집에 들어가지 못했기 때문에 부인과 잠자리를 한 것은 손에 꼽을 정도였다. 그러다 보니 홀로 독수공방을 하던 마누라가 그만 보면 애가 타서 달라붙는 것은 당연한 일이다.

집에서 하루 종일 자신만을 기다리며 무료해 있을 마누라를 생각하면 그는 미안할 뿐이다. 이혼을 밥 먹듯이 하는 지금 세상에 자신과 같은 힘든 직업을 가진 사람에게 시집을 와 준 것만으로도 그는 고마울 따름이다.

그런 마누라에게 부부 관계라도 확실히 해주어야지 그나마 짜증을 내지 않을 테니 그는 그만큼 그 일 하나에는 무엇보다도 충실해야만 했다. 그리고 성욕도 왕성한 시기라 마누라만을 탓할 이유도 없었다.

그는 밤 꽃향기를 맡으며 야릇한 충동에 사로잡혔다. 차를 끌고 들어와 이런 곳에서 밤에 카섹스를 즐기는 것도 색다른 기분이 들 것이라고 그는 생각했다.

그런 생각을 하며 운전을 하다 보니 어느새 목장 건물이 그의 눈 안으로 들어왔다. 겉으로 보기에는 그저 풍요롭고 한가로운 시골 목장처럼 보였다.

그는 차를 주차시키고 만일에 대비해서 겨드랑이에 끼고 있던 글록 19 자동권총을 꺼내 안전장치를 풀었다. 그리고 보이지 않게 허리 뒤쪽에다가 꽂았다. 글록 19 자동권총은 4인치 총신에 열다섯 발을 장전할 수 있으며 외부 안전장치와 DAO(더블 액션 온리) 작동 방식을 채택한 경찰 총기이다. 또한 그의 분신이기도 했다.

그는 쌍안경을 꺼내 목장을 살피기 시작했다.

어젯밤과는 달리 목장 안에는 수상한 점이 전혀 없었다. 그리고 경비며 경비견은 찾아볼 수도 없었다.

야산에 조성된 초지에서는 젖소들이 한가롭게 풀을 뜯어먹고 있었다.

그는 의아해 하며 다시금 찬찬히 목장 주위를 살폈다. 그의 시선을 끈 것은 컨테이너 차량이 들어갔던 창고 같은 곳이었다. 창고는 굳게 닫혀져 있었다.

그는 어젯밤 자신이 잘못 본 것이 아닌가 하며 자신의 눈을 의심하지 않을 수 없었다. 어떻게 된 것일까.

그는 가까이에 가서 확인하기로 했다.

차에서 내린 그는 목장 앞으로 더 가까이 다가갔다. 그때 누군가가 소리를 치며 나가라는 손짓을 해댔다.

"이봐요, 여기에서 당장 나가요. 여긴 사유지라고. 들어오면서 팻말을 보지 못했어요. 어서 나가요."

남자는 작업복에 장화를 신고 한 손에는 삽을 들고 있었다.

그가 아랑곳하지 않고 주위를 맴돌자 남자가 다급하게 뛰어왔다.

"당신, 누군데 함부로 들어와서 사람 신경에 거슬리게 만드는 거요."

남자가 숨을 헐떡거리며 말했다. 남자는 마흔 중반쯤 되어 보였다.

"죄송합니다. 지나가다가 풍경이 좋아서……."

"나가. 어서 나가라구."

그러면서 남자가 다짜고짜 그를 밀어내기 시작했다.

"구경하는 것도 안 됩니까. 그저 보기만 하는 건데요. 보는데 소가 죽기라도 한답니까. 내 눈 가지고 내가 보는데."

그가 다짜고짜 떠미는 남자에게 기분 나쁘다는 듯이 한소리를 해댔다. 그래도 남자는 막무가내였다.

"글쎄 안 된다니까. 이 사람 왜 이렇게 고집이 세. 안 된다면 안 되는 건지 알지, 당신 한번 혼나 봐야 정신을 차리겠어. 여기가 어디라고, 수작을 부리는 거야. 당신 빨리 나가지 않으면 후회할 거야."

"왜 화를 내고 그래요."

그가 대뜸 밀어붙였다.

"이 사람이 정말……."

남자의 얼굴이 험악해졌다.

"나가면 될 거 아니야."

"재수 없으려니까 별 미친놈이 다 와서 난리네. 다시 한번 이곳에 얼씬이라도 해봐. 가만 놔두지 않을 테니까."

남자가 뒤돌아서 걸어가는 그의 등 뒤에 대고 침을 뱉으며 말했다. 그가 걸어가다 말고 그 소리에 뒤돌아 쏘아보았다.

"미친놈. 당신 말 그렇게 함부로 해도 되는 거야."

"그래서 해보자는 거요."

인상을 찌푸리는 그를 보고 남자가 말꼬리를 뺐다.

"길가는 사람한테 어디 한번 따져 봅시다. 누가 잘못했나."

"이 사람이 언제 봤다고 반말이야. 당신 도대체 몇 살이야. 몇 살인데 아무한테나 반말하는 거야."

남자는 자신이 불리해지자 이번에는 나이 가지고 시비를 걸 어왔다. 이 형사가 남자의 말에 기가 찼는지 어이없게 웃었다.

"이봐요. 당신이 먼저 반말했잖아."

"당신, 젊은 게 어디에다 대고……."

남자가 그에게 삿대질을 해댔다. 그렇게 실랑이가 붙고 있 을 때 농장 쪽에서 작업복을 입은 젊은 사내 둘이 목장에서 걸어 나오고 있었다.

"그만합시다. 내가 참지."

사내들이 나오는 것을 보고 복잡해지는 것을 우려해 그가 남자의 말을 끊었다. 그리고는 승용차가 있는 쪽으로 돌아왔다.

시동을 걸고 차를 출발시키면서 그는 남자들이 모여 있는 목장 입구를 한차례 더 쳐다보았다.

남자들은 자리를 뜨지 않고 그의 승용차가 사라지도록 빤히 쳐다보고 있었다.

이 형사는 들어올 때 보았던 팻말 앞에서 잠시 차를 정차시켰다.

"삼우 목장. 삼우 농장 계열인가?"

그는 확인하고서 핸드폰을 뽑아 들었다. 그리곤 버튼을 또박또박 눌렀다. 두어 번 신호가 가다가 저쪽에서 여자의 목소리가 들려왔다.

"여보세요?"

"박 순경, 자리에 있었네. 나 이 형사야."

말하며 그가 차를 출발시켰다.

"이 형사님이 웬일이세요. 저한테 전화를 다 주시고?"

"으응, 다른 게 아니라 뭣 좀 조사해 달라구."

"뭔데요?"

"소유주 좀 알고 싶어서. 삼우 목장이라고 젖소를 키우는 농장인데 위치는……."

"기다려 보세요."

수화기 저편에서 그녀가 컴퓨터 자판을 두드리는 소리가 들렸다. 그가 말하는 대로 박 순경이 조회를 시작하는 모양이다.

그가 탄 승용차는 비포장 길을 벗어나 아스팔트를 시원스레 달리고 있었다.

"이 형사님?"

잠잠하던 수화기를 통해 박 순경의 차분한 목소리가 들려왔다. 그는 핸드폰을 바짝 귀에 밀착시켰다.

"듣고 있으니까 말해 봐."

"목장 소유주는 김석인 씨로 나왔는데요."

"김석인?"

"네. 조사해 보니까 대선 그룹 부설 대선 유전생명공학 연구소장이라고 나오는데요. 나이는 60 세. 해외 유학파에다가 KAIST 교수로 재직했던 적도 있구요. 그리고 대선 그룹 정길영 회장의 사위이기도 하구요. 가족은 부인과의 사이에 일남이 있어요. 아들은 아직 미혼입니다. 더 궁금한 것이 있으세요?"

"대선 유전생명공학 연구소…… 거긴 이지명 박사가 자살하기 전까지 근무했던 곳이잖아. ……알았어. 그리고 한 가지만 더 부탁하자구. 그 대선 유전생명공학 연구소에서 무슨 연구를 하는 건지 좀 알아봐 줘. 번번히 박 순경한테 신세만 지는걸."

"신세는요. 제가 해야 할 일을 하는 것뿐인데요."

"참, 선배님한테는 가 봤어?"

"네."

그녀의 목소리가 가볍게 떨렸다.

"수고해."

그가 휴대폰을 접어 조수석에 던져두었다.

"대선 그룹……. 역시 그렇군."

그가 중얼거렸다.

그는 김석인 박사에 대해서 조사해 보기로 했다.

산업도로를 벗어나 도심으로 들어서자 도로는 가득 메운 차들로 정체 현상을 빚고 있었다. 그가 짜증스럽게 숨을 푹, 하고 내쉬었다.

"젠장 개나 소나 다 자가용을 몰고 다니니 도로가 이 모양이지."

그렇게 중얼거리며 그가 핸들을 손으로 툭툭 내리쳤다. 초여름의 찐득한 햇살이 그의 이마에 땀방울을 송골송골 맺히게 만들었다.

그는 도로에서 자그마치 두 시간을 별수 없이 소비해야 했다.

그가 대선 유전생명공학 연구소에 도착한 시간은 오후 5시경이었다. 그는 힘겹게 김석인 연구 소장과 마주하고 앉을 수 있었다.

"수고가 많으십니다. 거기에 편하게 앉으세요."

김 박사가 그에게 소파를 가리키며 말했다. 김 박사는 왠지 차가운 느낌이 많은 사람이었다. 앞머리와 옆머리 부근에 하얗게 자라난 흰 머리카락이 그의 나이를 대변하고 있는 듯했다.

김 박사가 그에게 담배를 권했지만 그는 사양했다. 그리고는 주머니에서 메모지와 볼펜을 꺼냈다.

"이지명 박사에 대해서 물어 볼 게 있다구요."

"그렇습니다. 먼저 바쁘신 와중에 시간을 내주셔서 감사합니다."

"그 사람 안됐어요. 정말 아까운 사람인데. 우리 연구소에서도 안타깝게 생각하고 있습니다."

김 박사의 안색이 좋지 않다.

"이지명 박사께서 연구하던 것이 무엇입니까?"

"틸로머라(telomerase) 억제제에 대해서 연구했던 것으로 압니다."

"틸로머라 억제제요. 그게 뭐지요?"

"하하하, 대부분의 체세포는 수명이 한정되어 있습니다. 즉 분열을 거듭할수록 점점 늙어 언젠가는 더 이상 분열하지 못하고 죽게 되는 때가 오게 됩니다. 그걸 막기 위해서 연구 중인 것이 틸로머라 억제제입니다. 체세포의 수명을 늘린다면 생명이 연장 될 수도 있을 테니까요. 그리고 항암제로도 활용할 수 있구요."

말하는 김 박사의 얼굴에는 연신 웃음이 깃들여져 있었다.

이 형사는 그의 웃음 섞인 목소리가 왠지 마음에 들지 않았다.

"그래요. 전 무슨 말인지 통……. 근래에 이지명 박사님에게서 평상시와 특별히 다른 점을 느끼신 적은 없으세요?"

"아니요, 전혀. 연구소에서는 항상 웃음을 잃지 않는 사람이었어요. 언젠가 쉬고 싶다는 말을 하기는 했지만……. 쯧쯧쯔."

김 박사가 안됐다는 듯이 혀를 걸어찼다.

"쉬고 싶다는 말은 일을 그만두겠다는 말로 해석해도 되겠습니까?"

"마음대로 생각하세요. 그 사람 속을 내가 어찌 압니까. 연구소 일이라는 게 쉽지만은 않아요. 연구를 하다 보면 성과가 있어야 되고 그 성과를 이루기 위해서 여간 노력을 해야 하는 게 아니거든요. 우리 연구소 직원들 중에 대부분의 사람들이 다 때려치우고 쉬고 싶다는 말을 많이 해요. 그만큼 연구에 몰두해 있다 보면 쉴 시간이 없다는 거지요. 모든 연구원들이 스트레스에 시달릴 겁니다."

"김 박사님, 목장을 소유하고 계시더군요?"

"예, 자그만 목장 하나를 가지고 있습니다. 그런데 그건 왜 물으시죠?"

김 박사의 안색이 굳어졌다.

"아, 아닙니다. 일을 하시다 보면 스트레스도 많이 받으실 텐데 그런 곳에 가서 흙냄새를 맡으면 도움도 되겠지요. 협조해 주셔서 감사합니다."

이 형사가 메모지와 볼펜을 주머니에 넣고 자리에서 일어났다. 그러자 김 박사도 덩달아 자리에서 일어났다.

"이 형사라고 했던가요. 궁금한 점이 있으면 언제든지 찾아와요. 그 정도는 협조해 줄 수 있으니까."

그러며 김 박사가 지그시 웃었다. 그러며 이 형사에게 악수까지 청하는 여유를 부렸다.

이 형사가 나가고 난 뒤에 불편한 안색으로 변한 김 박사는 의자에 앉아 어디론가 전화를 걸었다.

"일을 어떻게 처리하는 거야. 이 형산가 뭔가 하는 나부랭이가 연구소에까지 찾아오게 만들고. 일에는 끝맺음이 있어야 할 것 아니야. 알아서 들 처리하라구. 다신 신경 거슬리게 하지 마."

화를 버럭 내고서 김 박사가 전화를 끊었다.

그는 성을 참지 못하고 씩씩거렸다.

승용차로 돌아온 이 형사가 막 차를 출발시키려던 참이었다.

—삐리리릭, 삐리리릭, 삐리리릭.

"여보세요?"

"나, 최 형사."

"선배님이 어쩐 일로?"

"일은 잘 돼가?"

"그럼요. 선배님이 없으니까 더 활기가 솟는데요. 일하기도 더 편하구요. 진작에 혼자서 일할 걸 그랬어요.”

그러며 이 형사가 능청을 떨었다.

“지금 어디야?”

“대선 유전생명공학 연구소요.”

“거긴 왜?”

“왜긴요. 선배님이 조사를 부탁했잖아요. 선배님 말대로 뭔가 수상한 냄새가 나는데요. 모든 게 이 연구소와 연결되어 있는 것도 그렇구요. 좀 더 조사를 해봐야 알겠지만……. 아무래도 이 연구소에서 무슨 일이 벌어지고 있는 것 같아요.”

“몸조심하고 내 대신 조금만 더 수고하라구.”

“알겠습니다. 선배님은 아무 걱정 마시고 몸조리나 잘하고 계세요. 저, 전화 끊을게요. 누구 좀 따라가 봐야 할 것 같아요.”

차창 밖을 예의 주시하고 있다가 김 박사가 서둘러 건물에서 나오는 것을 보고 이 형사가 급하게 전화를 끊었다.

김 박사가 탄 검정색 볼보 승용차는 미끄러지듯이 스무드하게 연구소를 벗어나 도로를 달리기 시작했다.

이 형사도 놓치지 않고 뒤를 따랐다.

도심의 빌딩 꼭대기에 걸려 있던 태양이 어느새 기울어 가고 있었다.

김 박사가 탄 승용차를 뒤따르며 이 형사는 그에게서 무언가 실마리를 찾지 않을까 하는 기대를 걸고 있었다.

30분쯤 그렇게 뒤따랐을까 김 박사가 탄 승용차는 어느 고급 음식점의 주차장 안으로 들어갔다.

이 형사도 음식점 주변에 승용차를 세우고 조심스럽게 음식점 안으로 들어갔다.

막 입구로 들어가자 유니폼을 입은 웨이트리스가 몸을 반쯤 굽혀 무안할 정도로 정중하게 인사를 했다.

"손님, 예약은 하셨습니까?"

안으로 들어가려는 이 형사를 웨이트리스가 잡아 세웠다. 아마도 이 형사의 허름한 옷차림 때문이었으리라.

"예약이요. 전 그냥……."

"죄송합니다. 저희 업소에서는 예약된 손님만 받고 있습니다."

"누구 좀 찾을 사람이 있어서 그래요. 잠깐이면 되니까 걱정하지 마세요."

그가 웨이트리스에게 살짝 웃어주었다.

음식점 안은 으리으리하고 고풍스러웠다. 안으로 들어서면서 이 형사는 절로 기가 죽었다.

이태리 대리석과 외제 샹들리에, 바닥에 깔린 고급 카펫, 그리고 값나가는 실내장식. 곳곳에 돈을 쳐 바른 흔적이 역력했다.

"나 같은 봉급쟁이가 이런 곳에 와서 식사 할 꿈이나 꾸겠어."

혼자서 중얼거리며 그는 주위를 둘러보았다. 고급 음식점이라 그런지 식사를 하는 손님들의 옷차림도 기름기가 좔좔 흘러 넘쳐 보였다. 어디에선가 클래식이 흘러나와 음식점 안을 리드미컬하게 굴러다니고 있었다.

그는 분수대 앞에 앉아 있는 김석인 박사를 쉽게 발견할 수 있었다. 김 박사의 앞에는 젊은 남자와 산뜻한 옷차림의 이십대 여자가 앉아 있었다. 그것을 확인하고서 이 형사는 곧 그곳에서 나왔다.

차로 돌아온 그는 시장기가 느껴졌다. 하지만 주위를 둘러보아도 슈퍼나 구멍가게는 찾아볼 수 없었다.

그는 담배를 태우며 공복을 달래야 했다.

"돈 많은 놈들은 어디 가든 대우를 받는다니까."

그는 그렇게 중얼거리며 마누라가 끓여 주곤 하던 된장찌개와 참기름으로 무친 맛깔스러운 반찬들을 생각했다. 마누라의 음식 솜씨만큼은 자부하는 그였다.

한참을 기다려도 김 박사 일행은 음식점에서 나오지 않았다. 그동안 잠복근무에 익숙해져 있던 그라서 차 안에서 버티는 일에는 이력이 나 있었지만 혼자라서 그런지 슬슬 지루해지기 시작했다.

"식사를 하는데 뭐 그렇게 시간이 걸려."

그러며 그가 혀를 걸어찼다.

그로부터 10여 분 뒤 이 형사가 잠시 한눈을 파는 사이 음식점에서 나온 김 박사가 젊은 남자와 함께 승용차에 올라탔

다. 그때까지도 눈치 채지 못하고 있던 그는 승용차가 음식점
에서 나와 저만치 앞으로 달려가는 것을 보고 뒤늦게 시동을
걸고 급하게 차를 출발시켰다.

바로 그때 음식점에서 나온 차량과 이 형사가 탄 승용차가
미처 피할 틈도 없이 추돌 사고를 내고 말았다. 순간적으로
그가 급브레이크를 밟아보았지만 이미 때는 늦은 뒤였다.

"이런 제기랄!"

핸들을 손바닥으로 내리치고는 그가 차에서 내렸다. 실수
는 전적으로 자신에게 있었기 때문에 그는 멋쩍은 표정으로
상대편 차량으로 다가갔다.

상대편 운전자는 놀랐는지 바짝 긴장하고 있는 상태였다.
얼핏 보기에 여자인 것 같았다.

"아휴, 문짝이 많이 부셔졌네. 이거 어떡하지요, 죄송해서."

그가 접촉 사고가 난 부위를 손으로 만지며 말했다. 범퍼
부분과 문짝 부분에 접촉이 있었기 때문에 상대적으로 그의
차는 멀쩡한 편이었다.

"어떡하지요. 가까운 곳에 제가 아는 정비소가 있는데 그리
로 가시지요?"

그가 일어서며 말했다.

"전, 이런 사고가 처음이라서……."

어느 정도 안정을 찾은 상대편 운전자가 접촉 부위를 내려

다보았다.

"제 잘못이니까, 제가 알아서 처리해 드리겠습니다."

그러며 이 형사가 상대편 운전자의 얼굴을 머쓱하게 쳐다보았다. 우연하게도 상대편 운전자는 다름 아닌 김 박사와 함께 테이블에 마주보고 앉아 식사를 하고 있던 바로 그 이십대의 여자였다.

여자는 상당한 미인이었다. 그리고 한눈에 남자를 끌어들이게 하는 묘한 매력까지 지니고 있었다. 그녀의 미모에 그는 입을 벌리고 다물 줄 몰랐다.

처음 보는 여자였지만 왠지 어디에선가 많이 본 듯한 낯이 익은 얼굴이었다. 그는 문득 박 순경과 많이 닮았다는 생각을 했다.

"왜 그러세요. 제 얼굴에 뭐라도 묻은 건가요?'

"아, 아닙니다."

이 형사의 가슴이 자신도 모르게 콩닥콩닥 뛰고 있었다. 그러면서 이 형사는 집에서 기다리고 있을 마누라에게 조금은 미안한 기분이 들었다.

"가시지요. 제가 정비소로 안내하겠습니다. 운전해서 따라오실 수 있으세요. 아니면 제가 이 차를 운전할 테니까 그쪽이 제 차를 운전하면서 뒤따라오시던가요. 그러는 게 났겠죠."

"그러세요."

여자가 상냥하게 말했다.

먼저 그가 사고 차량을 몰고 서서히 출발했고 여자가 뒤따라오기 시작했다.

정비소로 들어간 이 형사는 먼저 견적을 뽑았다. 간혹 접촉사고가 나면 이용하는 곳이었고 싼 가격으로 정비를 할 수 있는 곳이었다. 그곳의 정비사 중에는 이 형사의 정보원이 있었기 때문에 근처에서 사건이 발생하면 으레 찾는 곳이기도 했다.

"잘 부탁해."

"걱정하지 마십시오, 이 형사님. 저희가 언제 이 형사님 등쳐먹은 적 있습니까. 잘 봐 드려야지요. 그래야 어려울 때 이 형사님께 부탁도 할 수 있는 거구요. 서로 일석이조 아니겠습니까."

정비사가 너스레를 떨었다.

"요즘은 어때?"

이 형사가 담배를 꺼내 물며 정비사에게 말했다.

"요즘은 조용해요. 건달들도 많이 줄었구요. 이 형사님이 버티고 있는데 어떤 놈들이 일을 벌이겠어요."

정비사가 실없이 웃었다.

옆에서 지켜보고 있던 여자가 자꾸만 시계를 들여다보았다.

"약속이라도 있으신 겁니까?"

이 형사가 물었다.

"그런 건 아니고 집에 가서 할 일이 좀 있어서요. 그럼 전가 볼게요.”

“차편도 없으신 데 어떻게?”

“택시 타고 가면 돼요.”

그녀가 뒤돌아서며 말했다.

“아닙니다. 제 잘못도 있고 하니까 집까지 모셔다 드리겠습니다.”

“그러실 것까지는 없는데.”

그의 호의를 무시할 수 없다고 생각했는지 여자가 호의를 받아들이며 살포시 웃었다. 이 형사가 그녀를 안내해 차가 있는 곳으로 데리고 갔다. 그리고는 조수석 문을 열어 그녀가 먼저 차에 오르도록 하고서 자신도 승용차에 올라탔다.

승용차는 어둠을 뚫고 도심을 힘차게 달리기 시작했다.

둘 사이에는 한동안 말이 없었다. 어색했던지 그가 대화를 나눌 핑계 거리를 찾다가 지갑에서 명함을 꺼내 그녀에게 내밀었다.

“참, 깜빡 잊었군요.”

그가 내민 명함을 그녀가 받아 천천히 들여다보았다.

“어머, 직업이 형사세요?”

“네.”

그가 멋쩍어 하다가 손으로 머리를 긁적거렸다.

“그런데 항상 그런 식으로 여자들에게 친절하게 대하세요?”

“아니요. 아름다운 여자 분에게만 그렇습니다.”

“재미있으시네요.”

그녀가 이 형사를 쳐다보며 호감 가는 눈짓을 해 보였다.

“전 지나예요. 민지나.”

“이름이 예쁘시네요.”

“고마워요.”

여자의 얼굴에서는 미소가 떠난 적이 없었다. 그리고 그녀의 몸에서 풍겨 나오는 이름을 알 수 없는 장미꽃 향기의 산뜻한 향수 내음은 그의 마음을 설레게 만들기에는 충분했다.

“결혼은 하셨어요?”

“아……직.”

결혼한 남자의 엉큼한 본심이라고나 할까, 그는 그 말을 하면서 결코 지나를 똑바로 볼 수 없었다. 그는 핸들을 말아쥐어 왼손에 끼고 있던 결혼반지를 감추었고 정면을 주시한 채 앞 차와의 거리를 유지시켰다.

“아깐 많이 당황했었는데. 사실 초보 딱지를 뗀 지도 얼마 되지 않았고 접촉사고도 오늘이 처음이었거든요.”

“죄송합니다.”

“제 잘못도 있었는데요.”

지나는 그의 친절함에 경계심을 풀며 안심하는 표정을 지었다.

“그런 일이 생겨서는 안되겠지만 운전을 하다 보면 그런 일이 생기기 마련이거든요. 그런 상황에 대처하는 요령이 차차 생길 겁니다. 그리고 그런 일이 생겨서 곤란한 지경에 빠지시면 저에게 연락 주십시오."

"그럴게요. 잘 부탁드려요."

"핸드백은 뒷좌석에 놓으시고 편안하게 앉으세요. 피곤하신 것 같으신데. 잠깐 눈을 붙여도 괜찮구요."

"그래도 되겠어요. 사실 며칠째 눈코 뜰 사이 없이 바빴거든요. 초면에 죄송하지만 잠시만 실례할게요."

그러고는 지나가 뒷좌석에 핸드백을 가지런히 놓아두고 편안한 자세로 시트에 파묻혔다.

그녀는 눈을 감자마자 곧 깊은 잠 속에 빠져 들어갔다.

이 형사는 운전을 하면서 흘깃 지나를 건너다보았다. 볼 때마다 그는 야릇한 흥분에 도취되었다.

차창을 통해 들어온 바람이 그녀의 치맛자락과 머리카락을 하늘하늘 헤집어 놓고 지나갔다.

치맛자락 밖으로 드러난 그녀의 하얀 살결이 그의 가슴을 충동질하기 시작했다. 그녀가 불편했던지 몸을 살짝 움츠리자 허벅지의 연약한 살결이 살며시 드러났다. 그는 자신도 모르게 엉큼한 생각을 하고 있었다. 하지만 보는 것만으로 만족해야만 했다.

그녀는 잠자는 숲 속의 공주와도 같았다. 적어도 그의 눈에는 그렇게 보였다. 그런 생각을 하고 있던 그는 불쑥 마누라에게 미안한 생각이 들었다.

그녀가 알려준 종착지에 거의 다 와가고 있었다. 그가 단잠을 자고 있는 지나의 어깨를 흔들어 깨웠다.

"지나 씨?"

"……."

그녀가 어깨를 움찔거리며 잠에서 깨어나 주위를 둘러보았다.

"여기가 맞습니까?"

"네, 맞아요."

그러며 그녀가 얼굴에 마른세수를 했다.

승용차는 아파트 단지 안으로 들어가고 있었다.

"저기에서 세워 주시면 돼요."

그녀가 가리키는 곳에 그가 차를 세웠다.

"그럼, 내일 정비소에서 뵙겠습니다. 내일이면 완벽하게 수리를 해 놓는다고 그랬으니까 승용차는 너무 신경쓰지 마시고 편히 쉬십시오. 죄송합니다."

차에서 내리려고 하는 그녀에게 그가 말했다.

"아니에요. 오늘 고마웠어요."

그녀가 밝은 웃음을 남기고는 차에서 내렸다. 그리고는 그를 향해 손을 한 번 흔들어 주고는 뒤돌아 아파트로 들어갔다. 그는 그녀의 뒷모습이 사라질 때를 기다렸다가 차를 출발시켰다.

그녀의 향기가 차 안에서 모두 가셔질 즈음 그는 마누라를 생각했다. 일찍 들어가 마누라와 한바탕 방어전을 치를 셈이었다.

그는 집에 거의 다 와서 손목시계를 들여다보았다. 시계 바늘은 10시 30분을 향해 달리고 있었다.

그가 살고 있는 주택가의 웬만한 자리는 벌써 다른 차들이 주차를 해 놓아 비집고 들어갈 만한 자리가 남아 있지 않을 그런 시간이었다.

차를 끌고 마땅한 자리를 찾아 이리저리 헤매느니 차라리 주차장에 차를 주차시키고 들어가는 것이 나을 것 같다는 생각을 하면서 그는 집 근처의 주차장으로 차를 몰았다.

주차장 안으로 들어가 차를 주차시킨 그가 차에서 내리려고 하다가 뒷좌석에 있는 지나의 핸드백을 발견했다.

다음날 그는 오전부터 강력 사건을 처리해야 했기 때문에 시간이 어떻게 흘러갔는지도 모를 지경이었다. 이리저리 뛰어다니다가 5시쯤 되어서 그는 대선 유전생명공학 연구소로 지나를 찾아갔다.

지나가 그곳에서 일하고 있다는 것을 알게 된 건 그녀의 핸드백에서 대선 유전생명공학 연구소의 연구원증을 발견했기 때문이다.

"어머, 어떻게?"

지나가 깜짝 놀라며 말했다.

"번번히 죄송하네요. 차에 놓고 내리신 핸드백을 가지고 왔습니다. 아침 일찍 전해 드리려고 했는데 갑자기 일이 생기는 바람에 늦었습니다."

"그런데 제가 여기에서 일하는 것은……."

"본의 아니게 핸드백에서 연구원증을……."

"그랬군요. 아무튼 고마워요. 이렇게 오지 않으셔도 정비소에서 건네주시면 되는데. 바쁘실 텐데."

하얀 가운을 입은 그녀의 모습이 어제와는 상반되어 보였다. 그녀는 그에게서 핸드백과 한아름의 꽃다발을 건네받았다.

"웬 꽃을 다……."

그가 내민 꽃다발을 엉겁결에 받아 안은 지나의 얼굴은 웃음꽃이 만개하였다. 그녀가 꽃다발에 얼굴을 묻고 꽃내음을 한껏 들이마셨다.

"우연찮게 장미꽃을 봤는데 지나 씨와 잘 어울릴 것 같아서 조금 사 가지고 왔습니다. 지나 씨라고 불러도 괜찮겠죠?"

"고마워요. 내가 장미꽃을 좋아하는 줄은 어떻게 아셨어요."

"그럼 정비소에서 뵙겠습니다."

그러며 그가 돌아가려 하자 그녀가 그를 붙잡듯 말을 이었다.

"그냥 가시게요. 바쁘시지 않으시면 저랑 커피 한잔 하시고 가세요. 저도 일이 거의 끝났거든요."

"그래도 되겠어요?"

"그럼요."

지나가 건물 안으로 그를 안내했다. 그녀가 먼저 앞장서서 걸어갔고 그 뒤를 이 형사가 따라 걸었다.

앞장서서 걷는 지나의 흰 가운이 나풀거렸다. 그와 함께 그녀의 몸에서 장미꽃 내음이 상큼하게 흘러나와 그의 코끝을 자극했다.

그녀가 안내한 곳은 2층 한켠에 위치한 꽤 넓은 연구실이었다.

지나는 그를 창가 쪽에 꾸며져 있는 응접실 의자에 앉도록 했다. 그리고는 얼마 뒤에 아이스커피를 내왔다.

"맛이 없더라도 흉보지 마세요."

지나가 그의 앞에 커피를 내밀었다.

"맛이 좋은데요. 지나 씨가 타 준 커피라서 그런지……."

그가 커피를 한 모금 마시고는 탁자 위에 내려놓았다. 그러자 안심이 된 듯이 지나도 커피를 홀짝 마셨다.

"연구실이 꽤 넓어 보이네요. 이곳에서 혼자 일하시는 겁니까?"

"네, 각각의 파트가 나뉘어져 있고 연구원들도 많아요. 하지만 전 같이 일하는 게 익숙지 않아서 혼자 일을 해요."

"심심하지 않으세요?"

"어쩔 때는요. 하지만 연구에 몰입해 있다 보면 시간 가는 줄도 몰라요."

"네……에."

그가 주위를 유심히 둘러보며 말했다.

그의 눈길을 끈 것은 컴퓨터와 연결된 커다란 기계였다. 기계 중앙에는 사람이 앉을 수 있게 소파 비슷한 푹신한 의자가 있었고 바로 그 윗부분에는 머리에 착용하는 헤드셋이 달려 있었다. 그리고 의자 위에 놓여 있는 파워 글러브를 그가 유심히 쳐다보았다. 그는 그것에서 눈을 뗄 수가 없었다.

"저건 뭐하는 기곕니까?"

"그건 일종의 게임기와 비슷한 거예요. 아직 연구 단계에 있지만……."

"게임기요?"

"네, 구체적으로 말하자면 사이버분석이식 시스템이라는 거예요. 육체와 영혼을 분리시켜 여행을 즐길 수 있게 만드는 거지요. 아직 상용 단계는 아니지만 곧 그렇게 될 거예요. 그리고 아직은 불완전하지만 이 시스템을 살짝 변형하면 두 사람의 영혼을 각기 다른 상대의 몸속으로 이식할 수도 있어요. 위험한 발상이기는 하지만."

"정말 그게 가능합니까?"

"글쎄요. 요즘은 살아 있는 원숭이의 머리를 잘라서 다른 원숭이의 몸에 이식하는 세상이잖아요. 10년 전만 하더라도 그게 어디 있을 수나 있는 일이라고 생각했어요. 그런데 실제로 가능하잖아요. 언제였더라……. 맞아요, 1998년에 미국 클리블랜드주 케이스 웨스턴 리저브 대학병원 로버트 화이트 박사와 신경외과팀이 실제로 수술을 시도했었잖아요. 누가 인간 전신이식 수술을 생각했는지 아이러니컬한 발상이잖아요."

그가 그 사이버분석이식 시스템이라는 기계를 쳐다보며 고개를 끄덕였다. 그의 시선은 여전히 그 기계에서 떨어지지 않고 있었다.

"……."

"사이버분석이식 시스템은 아직 연구 중이지만 성공한다면 획기적인 여행 상품이 될 수도 있어요. 어디든 가고 싶은 곳이면 다 갈 수 있거든요. 환상이기는 하지만 실제와 똑같은 기분을 느끼게 되죠. 이를테면 장애인들한테 하나의 오락게임용 여행 상품처럼 효율성이 많을 거예요. 그리고 신경정신 분야에도 많은 도움이 될 거예요. 수술을 하지 않고도 간질이라든지 여러 가지 질환을 치료도 할 수 있을 테구요. 사이버분석이식 시스템의 가능성은 무한해요."

"기대되는데요."

"그래요. 그럼 언제 한번 사이버분석이식 시스템의 성능을 보여 드릴게요."

"위험한 것 아닙니까?"

호기심이 가득한 눈으로 이 형사가 말했다.

"위험하지 않아요. 그런데 아까도 얘기했다시피 정신 분석을 통한 영혼의 육체 이식은 잘못했다가는 끔찍한 일이 벌어질지도 모르죠. 원숭이의 전신 이식 수술하고는 질적으로 다른 무서운 재앙이 눈앞에서 벌어질지도 모르는 거구요."

말끝에 지나가 까르르 웃어댔다.

이 형사는 얼굴이 불덩이가 되어 멋쩍게 머리를 긁적거렸다.

"놀리시는 거죠?"

"그래요. 조크였어요."

"하하하."

그제야 이 형사가 웃음을 터뜨렸다.

"저, 옷 좀 갈아입고 나올게요."

지나는 자리에서 일어나 칸막이가 쳐져 있는 쪽으로 다가갔다. 아마도 그곳이 탈의실인 듯싶었다.

그는 커피를 마시면서 창밖을 내다보았다. 하지만 의지와는 달리 그의 귀가 자꾸만 칸막이 쪽을 향해 열리고 있었다.

그녀가 옷을 갈아입는 소리가 선명하게 그의 귀를 자극했다. 그는 야릇한 감정에 도취되고 있었다. 그는 그녀가 옷을 갈아입는 모습을 상상하고 있었다. 상상하는 것만으로도 정신이 아찔했다.

그는 자신도 모르는 사이에 엉큼한 생각에 빠져 들어갔다. 그것은 남성의 본능적인 감각 때문이었다.

"뭘 그렇게 생각하고 계세요?"

옷을 갈아입고 나온 지나가 그의 골몰해져 있는 모습을 보고 말했다.

"아……아닙니다."

그가 엉큼한 생각을 하고 있던 것이 찔렸는지 자리에서 벌떡 일어났다. 그 덕에 커피 잔이 바닥에 떨어져 깨질 뻔했다.

지나는 청반바지에 티셔츠를 입은 간편한 차림이었다.

"다 수리 됐을까요?"

그녀가 시계를 들여다보며 말했다.

"염려 마십시오. 약속 하나만큼은 철저한 친구들이니까요. 아마 밤 새워서 완벽하게 수리해 놓았을 겁니다."

"이 형사님만 믿어요."

그와 지나는 연구실에서 나와 나란히 걸어 1층 현관으로 내려갔다. 그리고 현관을 빠져 나오려는데 김 박사가 막 차에서 내리는 것이 보였다.

지나를 보자 김 박사의 차갑기만 한 얼굴에서 인자한 미소가 일어서고 있었다. 김 박사를 본 지나가 그에게 쪼로로 달려가 어리광을 부리듯 인사를 했다. 그 모습을 보고 있던 이 형사는 그들이 마치 아버지와 친 딸 같다고 생각했다.

"퇴근하는 길이야?"

"네."

"그래, 연구실에만 붙어 있지 말고 여가 생활도 즐겨야지 연구에 능률도 오르는 거라구."

"참, 여긴 이 형사님이세요."

지나가 뒤에 서 있는 그를 김 박사에게 인사시켰다.

"김 박사님, 또 뵙게 됐습니다."

그가 고개를 숙이자 김 박사도 인사를 받아 주었다. 김 박사의 얼굴이 그를 보자 불편한 듯 알 수 없이 울긋불긋 거렸다.

"두 분이 아시는 사이였어요. 저는 그것도 모르고……. 들어가세요, 박사님. 저희는 이만 가 볼게요."

그러며 지나가 이 형사의 팔을 잡아끌었다. 그는 다시 한번 김 박사에게 고개를 끄덕이고는 현관 밖으로 나섰다.

김 박사는 한동안 둘 사이를 지켜보고 있다가 엘리베이터를 타기 위해 뒤돌아 걸어갔다.

이 형사는 지나를 태우고 차를 출발시켰다.

"김석인 박사님과는 친하신가 봐요?"

그가 차창을 내리며 말했다.

"네, 좋은 분이세요. 저를 딸같이 아껴 주시거든요. 그리고 돌아가신 저희 아빠와도 친하셨대요. 어렸을 때부터 많이 도와주셨어요. 그래서 오늘의 제가 있기도 한 거구요. 정말 고마우신 분이에요."

"그랬군요."

"얼마 전에 자살한 이지명 박사님 아시지요?"

"네."

지나가 의아하게 그를 바라보았다.

"그 분 김 박사님과 친하셨나요?"

"그렇게 친한 사이는 아니었지만 두 분이서 함께 다니시는 건 자주 봤어요."

"김 박사님 목장에는 가 보셨어요? 목장이 정말 근사하던데."

"아니요. 그런데 그건 왜 물으시는 거죠?"

"아……아닙니다. 그저 궁금해서……."

"꼭 형사가 범인을 취조하는 것 같아요."

그녀의 밝기만 하던 얼굴이 샐쭉거렸다.

"죄송해요. 범인들을 상대하다 보니까 저도 모르게 실수를 했어요. 기분이 많이 나쁘셨어요?"

"몰라요."

샐쭉거리는 지나의 얼굴은 더욱 예쁘기만 했다.

그들이 탄 승용차는 어느새 정비소에 다와 가고 있었다. 하지만 토라진 지나는 더 이상 말을 꺼내지 않았다. 이 형사가 그녀를 풀어 주기 위해 우스갯소리를 했지만 그녀는 좀처럼 풀어지지 않았다.

"이 형사님 오셨어요."

그가 차를 주차시키고 차에서 내리자 정비소 직원이 나와 꾸벅 인사했다. 그리고는 다시 지나를 향해 인사했다.

"차는 다 고쳤어?"

"그럼요. 다른 차는 밀어 두고 이 형사님이 부탁하신 차 먼저 고쳐 놨어요. 얼마나 고생한 줄이나 아세요. 그리고 이상이 있다 싶은 곳은 말끔하게 수리를 해 놓았으니까 몇 년은 정비소에 안 오셔도 될 겁니다."

작업복을 입은 남자가 그와 지나를 번갈아 쳐다보며 너스레를 떨었다.

"고생했어."

"세컨드 맞죠. 이 형사님 부럽습니다. 잘 해보세요."

남자가 그에게 바짝 다가서서 새끼손가락을 펴 보이며 작은 목소리로 말했다.

"임마. 그런 거 아니야."

그가 남자의 머리를 쥐어박았다.

"아니긴요. 다 알아요."

그러며 남자가 히죽 히죽 웃었다.

"또 어디에 이상이 있나 없나 확인해 보세요. 혹시 모르니까요. 저는 안에 들어가서 계산을 하고 나오겠습니다."

그렇게 말하고는 그가 남자와 함께 안으로 들어갔다. 그동안 지나는 차의 이곳저곳을 살폈다. 접촉사고 부위는 감쪽같이 고쳐져 있었다. 그리고 세차까지 해 놓은 터라 차는 새 차처럼 반짝거렸다.

"어때요, 만족하세요?"

"네, 새 차 같아요. 그런데 아까 그 남자와 무슨 말을 한 거예요?"

이 형사와 남자가 소곤거리던 말이 궁금했던 모양이다.

"아, 그거요. 지나 씨가 상당히 미인이시라구요. 그리고 자기한테 소개 좀 시켜 주면 안 되겠느냐구. 그래서 제 애인이라고 그랬습니다. 그랬더니 우리가 잘 어울리는 한쌍이라고 그러던데요."

그가 웃음을 섞어 가며 말했다. 그러자 지나의 얼굴이 붉어졌다. 지나도 그리 기분 나쁘지 않은 듯했다.

"고마워요 이렇게 신경을 써 주셔서."

지나가 장미꽃보다 붉고 화사한 얼굴로 그를 쳐다보며 말했다.

"고맙기는요. 당연한 일인데요."

"제가 저녁식사를 대접하고 싶은데요. 어떠세요?"

"이거 어떡하지요. 오늘은 제가 가 볼 곳이 있는데……."

그가 망설였다.

오늘 즈음 철민의 병문안을 갈 생각이었다. 그리고 그동안 조사한 내용들을 그에게 전해 주어야 했기 때문이다.

"그럼 할 수 없지요. 다음을 기약하는 수밖에."

그녀가 아쉬워했다. 그도 아쉽기는 마찬가지였다.

"연락 주세요."

"네, 그럴게요. 다음에는 꼭 제 애인이 되어 주셔야 해요."

그 말을 남기고서 지나가 차에 올라탔다. 그리고는 시동을 걸고 그에게 손을 한번 흔들어 주고서 정비소를 빠져나갔다.

그는 지나의 차가 정비소를 빠져나가는 것을 보면서 담배를 꺼내 입에 물었다.

생각할수록 그녀는 아름다운 여자였다. 그는 한편으로 일찍 결혼한 것이 아쉬웠다. 그는 자신의 차로 돌아갔다. 차 안에는 그녀의 체취가 아직 가시지 않은 채 아릿하게 남아 있었다.

그는 병원을 향해 차를 출발시켰다.

그곳에서 병원까지는 40분 남짓한 거리였지만 의외로 길이 막히지 않아 일찍 병원에 도착할 수 있었다.

병원 앞에는 저녁식사를 마친 환자들이 한가롭게 산책을 하고 있었다.

그가 병실에 들어가자 철민이 기다리고 있었다는 듯이 반갑게 맞이해 주었다.

"식사는 하셨어요?"

"방금 먹었어. 어때?"

그가 이 형사를 보면서 그동안의 수사 결과를 재촉했다.

"급하시기는, 여기 있어요."

이 형사가 철민에게 서류 봉투를 내밀었다. 철민이 건네받자마자 봉투 안의 내용물을 꺼내 신중하게 검토했다.

"선배님이 궁금해 하시는 건 모두 그 안에 있어요. 그리고 제 나름대로 수사를 해봤는데……."

"이 형사, 어떻게 생각해. 아직도 내가 과민반응을 보이고 있다고 생각하는 거야?"

그가 여전히 조회 내용을 살피며 말했다.

"선배님 말씀이 맞는 것 같아요. 그 대선 유전생명공학 연구소의 김 박사라는 사람도 수상하구요. 앞으로 어떡하실 거예요?"

"밝혀내야지."

"그 몸으로요?"

"이젠 거뜬해졌어. 내일이라도 깁스를 풀고 싶은걸. 하루 종일 아무 일도 하지 않고 누워만 있으려니까 몸이 근질근질거려서 미칠 지경이야."

"과장님이 가만히 계시지는 않을 텐데요."

"과장이?"

"네, 선배님이 하시는 일이면 사사건건 참견하고 나서시잖아요. 그리고 이번 일도 주변 폭력배의 소행으로 보고 있던데요. 아마 과장님이 이 사실을 알게 되면 펄펄 뛰실 거예요. 시키는 일은 하지 않고 딴 척만 피우고 다닌다고……."

"상관없어."

"누가 선배님을 말리겠어요. 전 집에 가서 밥이나 먹어야겠습니다."

"아직 식전이야?"

"선배님 퇴원하시면 한턱 톡톡히 내야 해요. 과장님 눈치 보면서 이만저만 고생한 게 아니라구요. 그리고 접촉사고까지 냈으니……."

"접촉사고?"

"김 박사 미행하다가 우연찮게 그 연구소 연구원의 차와 살짝 키스했어요. 민지나라구 예쁘게 생긴 여잔데 보면 볼수록 매력적인 면이 있어요. 선배님도 보면 아마 한눈에 반하실 그런 여자라구요."

그가 지나를 생각하며 흐뭇한 표정으로 말했다.

"조사를 하라니까 딴 짓만 하고 다녔군 그래."

철민이 그를 쳐다보며 웃었다.

"딴 짓이라니요. 제가 선배님 때문에 얼마나 고생했는데……. 그 민지나 라는 아가씨한테도 조사를 하기 위해 일부러 접근한 거라구요. 사실 결혼만 안 했어도 어떻게 해보는 건데. 정말 아까운 여자라니까요. 배운 것도 많구 또 나이도 어리고……. 스물넷의 나이에 어떻게 컴퓨터 공학 박사 학위까지 이수했는지. 열네 살 때 KAIST에 들어갔다는 게 믿겨져요? 게다가 스무 살에 미국 MIT에서 박사 학위까지 마친 수재라구요. 그런 여자 데리고 살면 걱정이 없겠어요. 또 얼마나 상냥한 줄 알아요. 우리 마누라하고는 차원이 틀리다구요. 다음에 식사나 같이 하자고 그러던데."

이 형사가 설렘 가득한 표정으로 주절댔다.

"이 형사 결혼한 지 얼마나 됐다고 벌써부터 바람피울 생각을 하는 거야. 제수씨가 알면 자네 남아나지 않을 거야."

"선배님도 참, 내가 마누라 무서워서 바람도 못 피울 사람처럼 보여요. 내 말이라면 마누라가 벌벌 긴다구요."

그때 그의 뒷주머니의 핸드폰에서 전화벨이 울렸다. 그가 아무 생각 없이 핸드폰을 빼들었다. 수화기를 통해 들려온 목소리는 다름 아닌 이 형사의 부인이었다. 그녀의 목소리를 듣는 순간 그가 지레 놀라며 핸드폰을 바짝 말아쥐었다.

"자기가 웬일이야?"

—왜 그렇게 놀라?

"아…… 아니야."

—자기 혹시 나 몰래 숨겨 둔 여자라도 있는 거야?

그가 난처하게 철민을 바라보았다. 하필 이럴 때 전화를 할 게 뭐람, 그가 양심의 가책을 느꼈음인지 달래는 목소리로 조심스럽게 말했다.

"숨겨 둔 여자라니. 자기 날 어떻게 보고 그러는 거야. 내가 그럴 사람으로밖에 안 보여. 이거 실망했는걸."

—여자의 직감은 못 속인다구. 도대체 누구야?

"정말 아니라니까. 내가 자기 얼마나 사랑하는지 자기도 알잖아."

그가 난처한 듯 안절부절못하며 손으로 머리를 긁적거렸다. 그런 이 형사를 보고 철민이 키득키득 웃었다.

이 형사의 얼굴이 붉어졌다.

"알았어, 집에 들어가서 얘기하자. 자기 뭐 먹고 싶어? 내가 들어갈 때 사 가지고 들어갈게."

그렇게 이 형사가 집사람의 전화를 서둘러 마무리 지었다. 그가 핸드폰을 뒷주머니에 꽂고 목이 말랐던지 한쪽에 놓여 있던 컵에 물을 따라 단숨에 마셨다. 철민이 그런 이 형사를 보면서 다시 한번 웃었다.

"선배님은 뭐가 그렇게 좋으세요."

불똥이 이번에는 철민에게 튀었다.

"내가 뭘?"

"선배님 때문에 일이 다 이렇게 된거라구요. 마음잡고 결혼생활하는 사람 왜 그런 일을 시켜 가지고 바람들게 만들어요. ……어떡하지 집에 들어가면 또 바가지 긁힐텐데. 밥도 얻어먹지 못할 거라구요."

"그러길래 왜 딴생각을 해. 어서 들어가 보라구. 제수씨한테 잘해 주고. 내일 무사히 출근할 수 있을지 모르겠네."

철민이 그를 놀리며 말했다.

―똑똑똑.

"들어오세요."

철민이 노크 소리에 대답을 했다. 그러자 꽃 한다발을 안고 박 순경이 안으로 들어왔다. 박 순경이 들어오면서 이 형사와 철민에게 인사를 했다.

"어머, 이 형사님도 와 계셨네요."

"왔어."

이 형사가 무뚝뚝하게 말했다.

"그런데 이 형사님 얼굴이 왜 그러세요?"

"지금 저기압이야."

철민이 그의 안색을 살피며 실실 웃었다.

"관두세요. 전 이만 가 볼게요. 그리고 박 순경과 잘해 보세요."

그렇게 삐죽거리고는 그가 병실문의 손잡이를 돌렸다. 그런 그의 뒷모습을 보면서 철민이 껄껄껄 웃어댔다. 영문을 알지 못하고 있던 박 순경이 멋쩍게 나가는 그의 뒷모습을 돌아다보았다.

병실에서 나온 이 형사는 서둘러 집을 향해 출발했다.

집으로 향하는 그의 마음은 마누라에 대한 생각으로 걱정이 태산 같았다.

그는 운전을 하면서 마누라에게 무엇을 사다가 줄까, 생각에 잠겨 있다가 꽃집 앞에서 차를 세웠다. 그리곤 그녀가 좋아하는 아이리스를 한다발 사 가지고 나와 다시 차를 출발시켰다.

그동안 그녀에게 꽃 한다발 제대로 사주지 못했던 것이 미안했던 모양이다.

그는 집 근처 주차장에 차를 주차시켰다. 그리고 피자 전문점에서 피자를 샀고 뒤이어 과일 가게에서 그녀가 좋아하는 과일을 사 가지고 바구니에 담아서 들고 나왔다. 그것으로 마누라의 앙탈을 받아 줄 수 있을 거라고 생각했다.

그는 서둘러 집을 향해 발걸음을 재촉했다.

길은 한산한 편이었다. 가끔 술 취한 사람들이 비틀거리며 걸어가다가 힘겹게 속을 게워 내는 것이 보였다.

그리고 얼마를 더 걸어가다 보니 거리의 여자와 취객이 몸값 흥정을 벌이고 있는 모습이 보였다. 멀찍이에서는 총소리가 적막한 밤을 가르며 들려왔다.

도심의 밤거리는 겉으로는 조용해 보였지만 실상 안으로 들어가 쪼개 보면 범죄의 온상이었다. 지금 이 시간도 마약과 매춘, 그리고 강도, 강간, 살인이 서슴지 않고 벌어지고 있을 것이다.

그의 어깨가 축 늘어졌다. 내일이면 또 범죄자들을 상대로 목숨을 걸어야 하기 때문이다. 언제 어떻게 될지 모르는 직업이었기 때문에 하루하루가 힘겹기만 한 그였다. 그런 그의 일상에 마누라는 활력의 대상이었다. 그녀마저도 없었다면 그에게는 살아가는 낙이 없었을 것이다.

집으로 향하는 그의 발걸음은 가벼워져 있었다.

그가 막 큰길을 벗어나 주택가 안으로 들어가려던 참이었다. 그때 뒤에서 검정색 승용차가 소리 없이 느린 속도로 스르르 달려왔다.

하지만 그는 아무 것도 모른 채 마누라의 앙탈을 받아 줄 즐거운 생각으로 발걸음을 옮겼다.

검정색 승용차가 그의 가까이로 다가오면서 선팅된 어두운 차창을 내렸다. 그리곤 안에서 시커먼 팔이 불쑥 튀어나왔다. 그것과 함께 담배 연기가 뿌옇게 쏟아져 나와 바람에 실려 날아갔다.

어둠 속에서 무엇인가가 번쩍거렸다.

그것은 다름 아닌 총이었다. 경찰 특공대가 주로 사용하는 헤클러 앤 코흐 P7M13 자동권총이었다.

권총의 총구는 이 형사의 뒤통수를 향해 조준되어 있었다.

조준 시간은 그리 길지 않았다. 눈 깜짝 할 사이에 정조준되어 총자루를 쥐고 있는 괴한의 손가락 하나에 이 형사의 운명이 달려 있었다. 괴한의 손이 짜릿한 전율을 일으키며 당겨질 찰나였다.

아주 가까운 거리였다. 그리고 너무도 짧은 순간이었다.

— 탕.

총소리가 나기도 전에 총알이 이 형사의 뒤통수에 가서 박혔다. 박힌 총알은 그의 뼈와 물컹한 뇌를 뚫고, 모든 신경 조직을 무참하게 휘젓고는 아무 일도 없었던 것처럼 이마를 뚫고 빠져나갔다.

이 형사의 몸에서 피가 역으로 돌기 시작해 총알이 뚫고 지나간 자리를 통해 폭발하듯이 터져나왔다.

마지막으로 발을 옮긴 그의 오른발이 경련을 일으키며 싸늘하게 떨렸다. 그는 아무런 소리도 비명도 낼 수 없었다.

죽음이란 바로 그런 것인가.

하지만 이 형사는 자신이 지금 죽어 가는 것인지도 모른 채 즐거운 표정이었다. 몸에서 힘이 모두 빠져나가는 것조차도, 피가 몸 밖으로 분출되고 있는 것도 알지 못했다.

고통이 없었다.

조금의 통증도 느낄 수 없었다.

그는 집에서 기다리고 있을 마누라에 대한 생각으로 그저 마냥 행복할 뿐이다. 그의 입가에 여전히 미소가 맺혀 있었다.

권총은 어느새 차 안으로 숨겨졌다. 그 사이로 또다시 짙은 담배 연기가 쏟아져 나왔다. 담배를 내뿜는 괴한의 입가에 알 수 없는 미소가 서려 있었다.

검정색 승용차는 그의 옆을 지나쳐 아무 일도 없었다는 듯이 소리 없이 아스팔트를 스르르르 미끌어져 나갔다.

모든 것이 일시에 정지된 듯했다.

그의 손에서 과일 바구니가, 피자가, 꽃다발이 차례로 땅바닥 위로 떨어졌다. 그런데도 그는 손가락 하나 까딱할 수 없었다.

추웠다.

그의 이마에서 흘러나온 피가 아래로 아래로 한없이 쏟아
져 내렸다. 그의 커다란 눈이 발갛게 충혈되었다. 입에서도
피가 흘러나왔다.

어찌 된 일인가.

왜, 왜, 왜.

집에 가야 하는데. 마누라가 기다리고 있을 텐데. 마누라는
지금 무엇을 하고 있을까, 뾰로통한 얼굴로 소파에 앉아 있겠지.

몸에서는 더 이상 아무런 감각도 느껴지지 않았다.

그는 경직된 채 그대로 바닥에 꼬꾸라졌다. 코가 땅바닥에
닿아 짓뭉개졌다. 그리고 눈앞이 어두워졌다.

도심은 여전히 술렁거렸다.

그의 죽음을 보고도 못 본 체, 그렇게 밤은 매정한 눈초리
로 내일을 향해 달리고 있을 뿐이다.

그의 뒷주머니에 꽂혀 있던 핸드폰에서 무심히 전화벨이
울리기 시작했다.

삐리리리, 삐리리리, 삐리리리…….

지 나

집의 문을 여는 순간 적막함과 외로움이 물밀 듯이 밀려나왔다.

지나는 자신도 모르게 온몸에서 힘이 쭈욱 빠져나가는 것을 느꼈다. 신발을 벗고 침실로 들어간 그녀는 이 형사에게서 받은 꽃다발을 침대 위에 던져 놓고 자신도 침대 위로 쓰러졌다.

그녀는 한동안 꿈쩍도 하지 않고 그렇게 누워만 있었다. 그러다가 불쑥 자리에서 일어나 옷을 벗기 시작했다.

티셔츠를 벗고 청반바지를 벗자 풍만한 여체의 곡선이 수줍게 고개를 내밀었다. 그녀는 거울 앞에 서서 자신의 몸을 뚫어지게 바라보았다.

알 수 없이 가슴이 뛰기 시작했다.

그녀는 솟아오른 가슴을 어루만지면서 자신도 모르는 사이에 홍분하고 있었다. 그녀가 브래지어 호크를 풀었다.

가슴은 금방이라도 터질 것만 같았다.

그녀는 살짝 눈을 감고 손으로 자신의 몸 곳곳을 애무하듯 만지기 시작했다. 그리곤 한쪽 다리를 들어 올려 남은 팬티마저도 벗어 버렸다.

그녀는 알몸이 되었다. 실오라기 하나 걸치지 않은 그녀의 알몸은 그야말로 환상적이었다. 부풀어 오른 가슴과 가느다란 허리, 그리고 손을 대면 터질 것 같은 엉덩이를 따라 길게 이어지는 미끈한 다리.

그녀는 스스로 달아오를 대로 달아올라 있었다.

손이 닿는 곳마다 짜릿한 전율이 이어졌다. 더는 참지 못하겠던지 그녀는 후닥닥 욕실로 들어가 샤워기를 틀었다.

거센 물줄기가 그녀의 알몸을 타고 흘러내려 부풀었던 피부를 수축시켰다.

그녀의 입에서 알 수 없이 뜨거운 호흡이 쏟아져 나왔다. 그 호흡에 지나는 수줍은 듯 얼굴을 붉혔다.

그녀는 스스로 쾌감에 젖어 들고 있는 중이다.

남자가 그리웠다. 남자의 그 불거져 나온 근육과 땀 냄새가 그녀에게는 간절했다. 그녀는 속절없이 말라만 가고 있는 자신의 곳곳을 확인 할 수 있었다. 확인하면 할수록 그리운 것은 남자였다.

참을 수가 없었다.

비누거품을 만들어 몸을 마사지하면서 닦아 내려갔다. 그리움, 누군가에 대한 막연한 기대가 그녀의 가슴을 설레게 만들고 있었다.

더는 참을 수가 없었다.

그녀는 비누거품을 씻어 내고 타월을 두른 채 욕실에서 나왔다. 그리곤 침실로 가서 얼굴에 화장을 하기 시작했다.

거울을 앞에 두고 얼마 동안 그렇게 단장을 했을까, 그녀라고 보기에는 믿겨지지 않을 정도로 그녀는 전혀 다른 섹시한 여자로 변해 있었다. 그녀는 화장을 끝내고서 옷장에서 가장 마음에 드는 옷을 꺼내 입기 시작했다.

그녀는 밴드 스타킹을 먼저 신고는 속이 훤히 들여다보이는 망사 팬티를 그 위에 입었다. 그리고는 가드 벨트를 착용하고는 집게로 밴드 스타킹의 끝을 집어 흘러내리지 않게 했다.

브래지어 또한 빨간색 망사로 된 것을 착용했다.

거울에 비친 그녀의 모습은 남자를 안달 나게 만들기에는 제격이었다.

그녀는 빨간색 미니스커트와 조끼를 입었다. 그리고는 마지막으로 금발의 가발을 머리에 뒤집어썼다.

그 모든 것이 묘한 매치를 이루었고 그녀는 놀랄 만치 완벽하게 변신되어 있었다. 이제 남은 것은 사냥감을 찾아 도심의, 유흥의 밤거리로 나서는 것뿐이었다.

그녀는 마지막으로 거울 앞에서 포즈를 취해 보았다. 어느 누가 보아도 그녀를 지나라고 생각하지는 않을 것이다. 화장과 의상이 그녀를 새로운 여자로 만들어 놓은 것이다. 그녀의 본모습은 찾아볼래야 볼 수 없을 정도였다.

움푹 파인 조끼 안으로 보이는 흰 살결의 풍만한 가슴 선은 남자를 유혹하기에는 조금도 모자라는 것이 없었다.

그녀는 집을 나서기 전에 핸드백에 휴대용 헤드셋 한 세트를 집어넣었다. 헤드셋은 안경과 비슷한 형대로 뒤통수 쪽에서 귀로 걸치게끔 되어 있었고 재질도 상당히 부드러운 것이었다. 그 안에는 사이버분석이식 시스템에 들어가는 마이크로칩이 내장되어 있었고 2개가 한 세트로 되어 있었다.

헤드셋은 일종의 사이버분석을 기초로 하여 상대와의 정신 감응을 공유할 수 있는 장치였다.

상대가 무슨 생각을 하고 있는지, 상대의 감정의 변화 상태가 어느 정도인지를 체크할 수 있으며 간단한 조작에 의해 상대의 반응을 혼자만 알 수 있기도 했다. 말을 하지 않더라도 상대의 생각을 분석해 낼 수 있는 것이었다. 그리고 불규칙한 감정의 변화에 민감하여 뇌파의 변화가 고조되어 신체적으로 위험한 상태에 이를 때 자동적으로 시스템이 정지되는 부속장치가 마련되어 있었다.

결과적으로 위험한 부분을 보완한 실험 기구였다.

지나는 오늘 즈음 그것을 실험해 볼 생각이었다.

그녀는 집에서 나와 자주 이용하는 클럽으로 향했다.

그녀가 클럽으로 들어가자 몇 번 안면이 있는 웨이터들이 그녀를 보고 인사를 했다. 그녀는 그 클럽의 단골 매상 손님이었다.

"누님 나오셨어요. 이쪽으로 오시지요."

웨이터가 안내했다.

클럽 안은 서서히 분위기가 무르익어 가는 중이었다.

웨이터는 그녀를 앉혀 두곤 어디론가 사라졌다. 그리고 잠시 후 돌아와 테이블에 그녀가 자주 마시는 인버하우스 35년산 스카치위스키와 과일 안주를 내려놓았다. 그리고는 그녀의 옆으로 웨이터가 바짝 다가와 소곤거렸다.

"누님, 오늘은 그렇게 물이 좋지는 않은데요. 조금만 기다려 보세요. 확실한 사람이 있으면 누님 먼저 부킹시켜 드릴게요."

그렇게 말하고 나서 인사를 깍듯이 하고는 자기 자리로 돌아갔다.

그녀는 위스키를 잔에 따라 얼음도 타지 않은 채 스트레이트로 단숨에 마시고는 테이블 위에 올려놓았다.

위스키는 원숙하고 부드러운 향취와 그윽한 맛을 남기면서 온몸으로 퍼져 나갔다. 그녀의 긴장되어 있던 몸이 위스키로 인해 삽시간에 풀어졌다.

크리스털로 된 양주병이 현란한 조명발을 받아 반짝거렸다.

클럽 안 두어 곳에 따로 마련되어 있는 무대 위에서는 스트립걸들이 요염한 춤을 구사해 내면서 옷을 하나하나씩 벗고 있었다. 그럴 때마다 주위에 앉아 있던 남자들의 입에서 신음 비슷한 탄성이 흘러나왔다.

그녀도 그 모습을 뚫어지게 쳐다보고 있었다.

그녀가 브래지어 사이에 끼워 두었던 슬림형 담배와 라이터를 꺼냈다. 그리곤 담배 한 개비를 꺼내 불을 붙이고는 깊게 들이마셨다가 후, 하고 내뱉었다. 그러면서 한쪽 다리를 들어 올려 다리를 꼬고 앉았다.

그러는 그 사이로 그녀의 망사 팬티가 아찔하게 보였다. 그녀를 유심히 보고 있던 남자가 그 모습을 보고는 입을 벌려 다물 줄을 몰랐다.

지나는 서서히 실험 대상을 물색하기 시작했다. 그러나 마땅한 사람은 없었다. 뇌파를 자극해 이루어지는 실험이었기 때문에 혹시 위험성이 뒤따를지도 모르는 일이었다. 그러다 보니 실험 대상을 섣불리 정할 수는 없었다.

지나는 되도록 건장한 남자를 찾고 있었다.

주위를 둘러보던 지나와 한 남자가 눈이 마주쳤지만 남자가 먼저 고개를 돌리고 말았다. 그녀는 남자의 담력 없는 모습을 보고는 고개를 저으면서 코웃음을 내뱉었다. 사실 소심한 남자는 실험 대상으로는 영 아니었다. 소심하기 때문에 그만큼 의심도 많고 강한 면도 없기 때문이었다.

적어도 실험을 대상으로 하는 남자는 직선적이거나 터프하고 의심이 없어야 하며 신체적으로도 건강해야지 그만큼 헤드셋의 센서에도 좋은 반응을 보일 수 있기 때문이다.

다리를 꼬고 앉은 그녀의 허벅지에 섹시하게 가드 벨트 집게와 끈이 나와 있었다.

그녀는 위스키를 잔에 따라 다시 한모금 더 마셨다. 그러자 몸에 활력이 붙는 것 같았다.

처음 클럽에 들러 실험 대상을 물색할 때에는 수줍어 얼굴도 제대로 들지 못했지만 몇 차례 그 과정을 거치면서 지나는 대담해졌다.

담뱃재를 터는 그녀의 손에서 사각사각 소리가 들렸다. 그녀의 손톱에는 빨간색 매니큐어가 칠해져 있었다.

그녀는 스스로 흥분에 도취되어 남자와의 환상적인 밤을 상상하고 있었다. 그녀는 자신도 모르게 손으로 자신의 몸의 일부분을 어루만지며 촉촉하게 물들고 있었다.

주체할 수 없을 것 같은 흥분이 그녀를 사로잡았다. 온몸에서 열이 나기 시작하면서 그녀의 몸에 진득한 땀방울이 맺혀지고 있었다.

그녀는 위스키를 한 모금 더 마시고서 스트립걸들이 빠져 나간 끈적끈적한 무대 위로 올라갔다. 그러자 남자들의 환호가 빗발쳤다.

그녀는 스스로의 흥분에 도취되어 춤을 추기 시작했다. 남자의 땀 냄새에 허기진 듯한 간절한 율동이었다. 하지만 그것은 미끼를 던지는 것에 불과했다.

"으음……."

그녀의 입에서 신음이 흩어져 나왔다. 그녀는 혀를 내밀어 말라 가는 입술을 적시면서 갈증을 달랬다.

—휘익!

어디에선가 짤막한 휘파람 소리가 들렸다.

그녀는 그에 아랑곳하지 않고 춤을 추었다. 먼저 조끼를 벗었고 이번에는 스커트를 벗을 차례였다. 스커트를 아래위로 들춰 가며 그녀는 남자들의 시선을 한 곳에 집중시켰다. 스커트 자락이 들추어 질 때마다 남자들은 입을 다물지 못하고 침을 질질 흘렸다.

그런 남자들의 모습에 그녀는 더 흥분되었다.

무릎을 굽혀 다리와 엉덩이를 흔들면서 그녀가 스커트를 벗기 시작했다. 간들어지는 진득한 음악이 그녀의 스트립을 도왔다.

그녀의 몸에 달라붙어 있는 빨간색의 망사 속옷이 조명을 받아 더 뜨겁게 달아올랐다. 그녀의 스트립은 브래지어 호크를 푸는 것으로 끝이 났고 조명도 어두워졌다.

그녀는 화장실에서 옷을 다시금 추슬러 입고 자신의 자리로 돌아왔다.

클럽 안의 분위기는 식을 줄 몰랐다.

그녀가 돌아와 위스키를 잔에 따를 때 한 남자가 다가와 테이블에 손을 집고는 그녀를 뚫어지게 쳐다보았다.

남자는 만취된 상태였다.

"이봐, 춤 아주 잘 추던데."

"……."

그녀가 말없이 쓴 위스키를 입안에 털어 넣었다.

"오늘밤 어때? 나하고 밤새도록 그 짓이나 해볼까?"

"……."

그녀는 남자를 못 본 체했다. 실험 대상으로는 가치성이 없었기 때문이었다.

"팅기지 말고 같이 나가자구. 다 같은 처지에 뺄 게 뭐가 있어. 밤새도록 행복하게 해줄 테니까 나만 믿으라구."

그러며 남자가 그녀를 향해 능글맞게 웃었다. 남자의 눈은 그녀의 아래위를 훑어보고 있었다. 남자는 그녀의 허벅지를 엉큼하게 더듬었다.

지나가 남자를 한동안 쳐다보고 있다가 깔보듯이 웃었다. 그러자 남자가 이번에는 기분 나쁘다는 듯이 눈을 부라렸다.

"비웃어. 그래 오늘밤 네년 사족을 못 쓰게 만들어 주마."

그러며 남자가 그녀의 손을 휙 낚아챘다. 그와 동시에 그녀가 위스키 병을 손에 말아쥐었다.

—퍼억!

위스키 병은 그대로 남자의 머리통을 날려 버렸다. 남자는 힘도 제대로 써 보지 못하고 그대로 테이블 위에 얼굴을 처박고는 금방이라도 죽을 것처럼 힘겹게 숨을 몰아쉬고 있었다.

웨이터가 그녀 앞으로 뛰어왔다.

"개자식, 어디에다 대고 수작이야."

그녀가 입을 악물었다. 그리고는 테이블 위에 엎어져 있는 녀석의 머리카락을 움켜잡고는 서너 번 테이블에 처박았다.

"누님, 참으세요."

웨이터가 그녀를 말렸다.

주위 사람들의 시선이 그녀 쪽에 집중되었다.

"일어나. 이 분이 누구라고 수작을 부려. 술 처먹었으면 집에 가서 마누라나 더듬을 것이지."

웨이터가 남자의 멱살을 끌어잡았다.

남자의 깨진 머리통의 두피에서 피가 흥건하게 흘러내리고 있었다. 남자는 꼼짝없이 웨이터에게 끌려 밖으로 쫓겨났다.

다시 클럽 안은 요란한 음악 소리와 함께 현란한 조명이 사방으로 흩어져 나가기 시작했다.

지나도 화를 가라앉히고 다시금 클럽 안의 식을 줄 모르는 분위기에 스스럼없이 도취되어 들어가고 있었다.

웨이터가 그녀의 앞에 위스키를 새로 가져다주었다. 그리고는 추태를 부리던 남자 손님을 대신해서 정중하게 사과를 했다.

웨이터가 그녀에게 위스키를 한잔 따라 주고서 돌아갔다.

시간이 지나면서 클럽에는 많은 손님들로 왁자해졌으며 젊음의 열기도 한층 고조되어 가고 있었다. 지나는 위스키 잔을 기울이며 남자와의 진득한 밀회를 상상했고 그럴 때마다 가슴이 설레기까지 했다.

취기가 완연하게 오른 지나의 얼굴은 열꽃을 피우듯이 빨갛게 물들여졌다. 그녀는 점점 진득하게 일그러지기 시작했다.

남자의 몸에서 비롯되는 욕정의 진득한 땀 내음이 그녀를 가만히 내버려두지 않으려는 듯이 가슴 한쪽에 잠재되어 있던 성의 몸부림을 부추겨 세우고 있었다.

그리고 얼마 뒤에 기다렸다는 듯이 웨이터가 다가왔다.

"누님."

웨이터가 살짝 손짓을 해보이며 한쪽에 앉아 있는 남자 손님을 가리켰다. 남자는 귀공자 타입이었다. 하지만 바람기가 잔뜩 들어가 있어 보였다.

"어떤 남자야?"

지나가 호감이 간다는 듯이 웨이터를 쳐다보며 말했다. 그러자 웨이터가 지나에게로 바짝 다가섰다.

"며칠 두고 봤는데 누님 취향에는 그만인 것 같습니다."

"그래."

그것이 전부였다. 지나의 대답은 사실상 허락한 것이나 다름없었다.

웨이터는 곧바로 남자 손님에게 다가가 무슨 말인가를 귀엣말로 주고받았다. 그리고서 웨이터가 남자 손님을 지나의 자리로 데리고 왔다. 그것으로 웨이터는 임무를 충실히 끝내고서 돌아갔다.

"제가 한잔 따르겠습니다."

남자가 먼저 위스키 병을 들어 지나의 잔을 채워 주었다. 그러곤 자신의 잔에 위스키를 따르고서 지나를 응시했다.

"자, 한잔 들어요."

지나가 응시하는 남자의 눈을 피하지 않고 받아들였다.

위스키 잔에서 쨍, 하고 경쾌한 크리스털 소리가 들렸고 남자가 먼저 잔을 비우고서 내려놓았다. 그리고 뒤이어 지나가 위스키를 반쯤 마시고서 탁자에 내려놓았다.

"정말 아름다우십니다."

“……”

지나는 대답 대신 피식 웃었다. 그러자 남자가 멋쩍게 머리를 긁적거렸다.

“전, 칙칙한 건 싫어요.”

다리를 바꿔 꼬고 앉으며 지나가 말했다. 그 순간 스커트 자락 안의 빨간색 망사 팬티가 남자의 시선을 끌어들였다.

“……”

“남자들은 대개가 여자와 관계를 가지면 여자의 모든 것을 자신의 소유물인 양 생각하는데 그쪽도 그런 사람들 중의 한 사람인가요? 그런 사람이라면 시간 낭비 할 것 없이 돌아가 주셨으면 하는데.”

“글쎄요, 때에 따라서 달라질 수도 있겠죠. 어차피 남자들은 소유욕이 강한 존재니까.”

“그래요. 그건 인정해요. 하지만 난 그런 관계를 원하지 않아요. 단지 즐기는 것밖에는. 난 한 남자와는 두 번 다시 관계를 갖지 않아요. 그건 나의 철칙이기도 하지요. 어때요, 오늘 밤 즐기고 싶지 않나요?”

“얼마든지.”

“그렇담 다행이군요.”

지나가 요염한 눈빛으로 남자를 바라보며 말했다.

둘은 술잔을 기울이며 하룻밤의 정사에 대한 기대를 품고 있었다. 취기가 오르면 오를수록 둘의 눈빛에서 갈증의 몸부림이 가득 배어 나오고 있었다.

"우리 그만 일어설까요?"

지나가 먼저 남자의 의중을 떠보았고, 남자도 별 거리낌 없이 지나를 따라서 자리에서 일어섰다.

지나는 웨이터에게 팁을 주고 가벼운 발걸음으로 클럽을 나섰다.

둘은 곧 클럽 근처의 호텔로 자리를 옮겼다. 남자가 체크인을 하고서 엘리베이터 앞에 서 있는 지나에게 다가왔다.

엘리베이터의 문이 열리자 지나가 먼저 안으로 들어섰고 뒤를 이어 남자가 올라탔다. 엘리베이터가 위층을 향해 묵직하게 움직이기 시작했고 엘리베이터 안에는 지나와 남자의 숨소리로 어지럽게 들썩이기 시작했다.

지나는 남자와 눈이 마주치자 다짜고짜 남자의 몸에 안겼다. 그러자 남자의 하체가 기다렸다는 듯이 지나의 하체에 밀착되었다.

"으음!"

남자의 입에서 짤막한 신음이 쏟아져 나왔다. 남자는 지나의 엉덩이를 손으로 더듬고 있었다.

지나는 거부하지 않고 더 적극적으로 남자의 갈증을 일어서게 만들었다.

남자는 허겁지겁 지나의 입술을 찾기에 급급했고, 그런 남자를 달래듯이 남자의 입술에 지나가 자신의 입술을 살짝 가져다가 맞추었다.

끈끈한 입맞춤이 시작되었다.

남자의 입술을 받아들이는 지나의 가슴은 끝간 데 없이 격정적으로 뛰기 시작했다.

지나와 남자의 몸은 바짝 밀착되어 서슴없이 음과 양의 자극을 이루어 내고 있었다. 욕정의 뜨거움과 간절함이 불처럼 솟아났고 급기야 남자의 손이 지나의 스커트 자락을 들추기에 이르렀다.

그러나 아쉽게도 둘은 그쯤에서 열정을 자제 시켜야 했다.

엘리베이터에서 나온 남녀는 욕정의 수렁을 찾아 객실 안으로 뛰어들어갔다. 객실 문을 채 닫기도 전에 남자가 다시금 지나의 입술을 찾았다. 남자는 성급하게 달아올라 보채고 있었다. 그러나 객실 안으로 들어선 지나는 그런 남자에게 조바심을 느끼도록 쉽게 입술을 허락하지 않았다.

남자는 돌변한 지나를 살피며 달아오른 열기를 자제하지 못해 안달하고 있었다. 하지만 지나는 달랐다. 그녀는 좀전과는 달리 굳은 표정으로 남자를 응시했다.

남자를 밀어내고서 지나는 냉장고에서 위스키를 꺼내 달아오른 욕정을 살짝 달래고 있었다.

“먼저 씻어요.”

지나가 말했다.

“난 못 참겠어!”

남자가 다시 지나에게 달려들었다.

“싫어! 어서 씻어요. 그렇지 않으면 돌아가겠어요.”

남자는 지나의 말에 하는 수 없이 욕실 안으로 들어갔다. 남자가 들어간 욕실 안에서 잘게 부서지는 물소리가 들려나왔다.

남자가 욕실에서 머무르는 시간은 그리 길지 않았다. 남자는 목욕 가운을 걸치고 나와 지나가 앉아 있는 소파 쪽으로 다가왔다.

지나는 그 모습을 뚫어지게 쳐다보고 있었다. 남자의 널찍한 가슴이 지나의 시선을 좀처럼 피하지 못하게 만들었다.

지나는 남자에게 위스키를 따라 주었다.

위스키를 단숨에 마신 남자는 더는 참지 못하겠다는 표정이었다. 지나도 그쯤에서 남자에게 헤드셋을 내밀었다.

“이게 뭐야?”

남자가 물었다.

“몰라서 물어, 헤드셋이야.”

“헤드셋?”

“그래, 일종의 장식품으로 생각해.”

그러며 지나가 헤드셋을 먼저 뒷머리에서부터 가져다가 귀에 걸쳤다.

남자는 여전히 머뭇거리고 있었다.

"왜 그래?"

"도대체 이게 뭔데?"

"싫어?"

"……."

"싫으면 관둬."

그러며 지나가 쌀쌀맞게 돌아섰다.

"아, 아니야. 마약이라든지 그런 종류는 아니지? 난 골치 아픈 건 딱 질색이야."

"진작에 그럴 것이지. 이건 그런 게 아니야. 나 도와주는 셈 치고 써봐. 선글라스라고 생각해."

"……."

하지만 남자는 여전히 찜찜한 표정이었다.

"조금 따끔할 거야."

지나가 남자에게 헤드셋을 씌워 주며 말했다.

우선 지나는 헤드셋을 남자에게 씌워 주고 귓불과 양쪽 관자놀이 부분에 부착하도록 되어 있는 센서를 살짝 눌러 붙였다. 그 센서를 통해 사이버 분석이 이루어지는데, 가장 민감하면서도 중요한 부분이었다.

지나가 먼저 대담하게 남자의 곁으로 다가가 머리카락을

움켜쥐고 앞으로 끌어당겼다.

긴 입맞춤이 다음 순간 이루어졌다.

지나는 남자의 입술을 받아들이며 몽롱해지는 것을 느꼈다. 입안에 고여 있던 진한 타액이 그대로 남자의 입 속으로 흘러 들어갔다.

오랫동안 입맞춤이 이어졌다. 지나는 본격적으로 실험에 몰입하기 시작했다.

남자는 처음에는 거부반응 때문인지 흥분을 하지 않다가 이내 헤드셋의 착용감을 잊어버렸는지 지나에게 달려들어 뜨겁게 달아오르기 시작했다.

낯선 남자와의 정사, 생각만 해도 짜릿한 경험이다. 하지만 그 기분보다는 지나는 자신의 실험에 더욱 열을 올렸다.

실험이 시작된 지 5분 후부터 남자에게서 정신 감응이 전달되어 오기 시작했다.

헤드셋을 지나가 쓰고 있는 단독 사이클에 맞추어 놓았기 때문에 남자는 지나의 정신 감응을 공유할 수 없었다.

지나는 그의 속에 들어가 있었다. 그의 정신세계, 즉 영혼 속으로 들어가 그의 모든 생각들을 읽을 수 있었다.

지나는 남자의 가운 속으로 손을 집어넣었다. 그러자 남자의 불끈 달아오른 근육이 지나의 손길을 더욱 재촉하기 시작했다.

남자의 몸은 불덩어리로 변했고, 더는 뒷걸음질치지 않겠다는 결심으로 지나에게 바짝 달라붙었다. 그리곤 지나의 스커트 자락 안으로 손을 무작정 집어넣었다.

"나도 좀 씻어야겠어. 너무 더워."

지나의 신음 섞인 의도적인 목소리였다.

"안 돼. 이대로가 좋아. 더는 참지 못하겠어."

남자가 지나를 힘껏 끌어안았다.

"……."

"당신은 너무 멋져."

남자는 지나에게 흠뻑 반한 모양이었다.

지나는 한 손에 들고 있던 위스키를 남자의 몸에 모두 쏟아 부었다. 남자는 위스키를 쏟아 붓던 말든간에 지나의 몸을 범하는데 정신이 없었다.

남자의 입술이 지나의 목선을 아찔하게 어르고 있었다. 지나의 손도 어느새 남자의 불거져 오른 잔 근육을 낱낱이 파헤쳐 들어가고 있었다.

쏟아 부은 위스키 냄새가 남자의 몸에서 진동했지만 지나는 그것을 의식하지 않았다. 남자의 정신세계 속에서 한껏 자유롭게 돌아다닐 수 있다는 것이 좋았다.

그의 나이, 학력, 직장, 게다가 사는 집의 위치 등 그에 대한 정보가 모조리 숨김없이 지나에게 입력되고 있었다. 남자는 아무 것도 모른 채 실험 도구로써 제 소임을 다하고 있었다.

시작은 열정적이었으며 끝도 없이 지속될 것만 같았다.

남자는 지나의 빨간색 미니스커트 안으로 손을 집어넣어 얇은 망사 팬티의 표면을 간절하게 찾고 있었다. 그리고 그의 입술은 풍만한 여체에 송골송골 맺힌 땀방울을 모두 빨아들이고 있었다.

지나는 의도적인 신음으로 남자의 갈증을 일으켜 세웠다. 남자는 자극을 받을수록 자신의 감추어져 있는 비밀들을 낱낱이 지나에게 제공했다.

지나는 헤드셋을 통해 남자의 감정을 공유하면서 남자가 흥분되면 될수록 남자의 더 오래된 기억까지도 읽을 수 있다는 새로운 결과를 알 수 있었다.

지나는 남자의 유년시절 속으로 들어가 있었다.

지나는 더 많은 것을 알기 위해 남자를 더욱더 안달나게 만들었다.

지나는 실험 대상인 남자에게 끈끈하고 질퍽한 여자로 인식되어지고 있었다.

이제 남자는 지나의 소유나 마찬가지였다.

지나는 남자의 머리카락을 움켜쥐고 자신의 의지대로 남자를 리드해 나갔다. 남자는 노예가 된 것처럼 지나의 몸부림을 따라야 했다.

지나는 밤거리의 여자처럼 요염한 기세로 남자를 장악해
나갔다. 남자는 지나의 능숙한 애무에 입을 다물 줄 몰랐다.

남자의 영혼과 신체를 지나는 모조리 자신의 것으로 만들
고 있었다.

"정말 대단하군. 당신 같은 여자는 처음 봐."

남자는 손끝 하나 까딱 할 수 없는 상태로 감탄사를 연신
내뿜었다. 남자의 몸에서 목욕 가운이 스르르 바닥으로 흘러
내렸고 이내 남자는 알몸이 되었다. 남자는 덩치에 어울리지
않게 부끄러움을 타는 것 같았다.

지나는 남자의 허리를 깔고 앉은 채로 상의를 벗기 시작했다.

빨간색 망사 브래지어의 호크를 풀자 우윳빛 살결이 현란
하게 남자의 눈을 자극했다. 지나는 남자의 그런 모습을 보면
서 더더욱 진득하게 일그러졌다.

"우리 침대로 옮겨요."

지나가 말했다. 소파보다는 침대가 나을 듯싶었기 때문이
다. 침대 위에서라면 격정적인 몸부림도 서슴없이 구사할 수
있기 때문이다.

남자가 지나를 안아 침대로 옮기고서 스커트 자락을 들추
기에 안간힘을 쓰고 있었다. 지나는 남자의 손길을 받아들이
며 돕고 있었다.

스커트 자락이 쉽게 벗겨졌고 다음은 가드 벨트였다. 가드

벨트도 역시 지나의 도움으로 서슴없이 벗겨졌다. 남자가 마지막 남은 팬티를 벗기려 할 때 지나가 저지했다. 그래야만 남자가 안달낸다는 것을 지나는 익히 알고 있었다.

"난 너무 빠른 것은 싫어."

그 말의 뜻을 알아들었는지 남자가 터질 것만 같은 지나의 가슴을 입술로 애무하기 시작했다.

남자의 체취가 그대로 지나의 몸 위로 쏟아지고 있었다.

"바로 그거야."

남자는 애견처럼 충실하게 지나의 명령에 따랐다.

남자의 애무도 만만치만은 않았다. 남자의 입술이 지나쳐 갈 때마다 지나는 거침없이 신음을 쏟아 내었고 뜨거운 자극에 몸을 움츠려야 했다.

지나는 붉게 물들고 있었다. 그녀의 도톰하게 갈라진 입술 사이에서 흩어져 나온 진득한 신음이 남자의 가슴을 활화산처럼 불태우고 있었다.

공유된 정신 감응 상태에서 지나의 흥분은 배가되었다.

지나의 온몸은 흠뻑 젖어 전율을 토해 내고 있었으며, 그녀는 자제력을 상실하고 있었다. 그녀가 바라는 것이 있다면 남자의 부푼 가슴을 온몸으로 받아들이며 한없이 욕정을 발산해 내는 것뿐이었다.

남녀는 뒤엉켜 잠시도 떨어질 줄을 모르고 있었다. 아니 떨어져야 할 이유가 없었다. 단지 즐김을 위해서 남녀는 뒤엉켜 있는 것이다. 둘 사이에는 한 순간의 쾌락만이 존재할 뿐이다. 그 이상도 그 이하도 아닌 그 순간의 열정적인 몸부림만이 있을 뿐이며 욕정의 갈증을 해소하는 것만이 최우선이기 때문이다.

남녀의 미묘한 굴레는 점점 수렁 속으로 빠져 들어갔다. 더 이상 구차한 군더더기 껍질은 뒤집어쓰지 않고 있었다. 모든 것은 남녀의 달아오른 숨소리에서부터 실타래 하나 걸치지 않은 알몸으로 발버둥쳐지고 있었다.

그 끝을 모르는 남녀의 관계는 미묘할 뿐이다. 퀴퀴한 욕정의 응어리를 분출하고 털어내는 것만이 둘 사이에 남아 있었다. 그저 본능적으로만 행동하면 그뿐인 것이다.

지나는 그 순간 모든 것을 잊기로 했다.

있는 그대로, 시작된 그대로 차라리 끝도 없는 욕정의 나부랭이 속에서 신음을 토해 내는 것밖에 더 이상 바랄 것이 없었다. 남녀의 몸부림은 어쩌면 그 허탈한 세상에 대한 이유 있는 반항인지도 모른다.

그랬다. 지나는 현실을 도피하고 있었다. 자신이 아닌 남으로서 실험이라는 변명으로 자신에게 학대를 일삼고 있는 것인지도 모른다.

그녀는 외로움을 그런 식으로 달랬다. 단지 하룻밤이기는 하지만 그렇게 남자를 느끼고 나면 외로움을 잊을 수 있었다.

지나는 지금 자신을 착각하고 있었다. 남자의 영혼 속에 파묻혀 그것이 모든 기쁨인 양 헤매고 있는 중인지도 모른다.

"조금 더 가까이."

지나의 동공이 풀리고 있었다. 초점을 잃은 채 그녀는 자신의 모든 것을 남자에게 맡겼다. 그녀의 온몸 구석구석은 붉게 변했고 점점 예민해졌다.

남자의 손길도 재촉했다. 남자의 입김이 어느새 지나의 아랫배를 지나고 있었다. 남자는 거칠게 애무를 해 나갔지만 지나는 오히려 그것에 충동을 느꼈다.

남녀의 사이를 가로막는 것은 이제 아무 것도 없었다. 알몸이 된 두 사람은 엉겨 붙어 본능을 불사르기에 급급했다.

고통과 희열이 둘 사이를 오고가기 시작했다.

남녀는 하나가 되기 위해 마지막 안간힘을 쓰고 있었다.

"정말 미칠 것만 같아."

지나의 자지러질 듯한 신음 소리가 그대로 남자의 귓가를 붉게 적시고 있었다.

남자를 더욱 깊숙이 받아들이면서 지나는 자신의 몸이 수축되어지는 착각에 휩싸였다. 남자 역시 그녀의 발버둥에 팽창되어지는 가슴을 자제시킬 수가 없었다.

한덩어리의 조형물을 이루듯이 남녀는 부둥켜안고 떨어질 줄 몰랐다.

지나는 일순간 현기증을 느꼈다. 한없이 아래로 떨어지는가 싶더니 이번에는 한없이 허공을 향해 솟구쳐 오르는 설레임에서 빠져나올 수가 없었다.

가슴이 무엇인가에 의해 꽉 들어찬 느낌이었지만 아직까지는 불충분한 상태였다. 지나는 멈추지 않고 남자를 재촉했다. 그러나 남자는 지나를 만족시키지 못하고 있었다.

남자는 벌써 마지막 몸부림에 가까워져 있었다.

무엇인가가 남자의 불거진 가슴을 억압하고 있었다.

절정의 바로 그 순간이었다.

뇌파의 작용이 헤드셋의 용량을 초과했던 탓인지 남자는 절정의 순간과 동시에 고통을 느꼈고, 그 순간 정신 감응이 끊어지고 말았다.

남자는 지나에게서 떨어져 나와 그 순간 머리를 잡고 침대 위를 데굴데굴 구르기 시작했다.

지나가 뒤늦게 그 사실을 알고 자신의 헤드셋을 벗어 전원을 차단했고 남자가 끼고 있던 헤드셋을 벗겨 주었다. 그러자 남자는 힘없이 침대 위에 쓰러지고 말았다.

남자는 한동안 정신을 차리지 못했다.

"당신은 정말 멋져."

남자가 정신을 차린 것은 그로부터 10분 뒤였다. 남자는 좀 전에 있었던 고통을 기억하지 못하고 있었다.

“난 아직 느끼지 못했어.”

지나가 남자를 비꼬듯이 겨냥하며 말했다.

“술 때문에 그런 것 같아. ……그런데 이름이 뭐지?”

남자가 물었다.

“이름?”

“그래?”

“그런 게 무슨 소용이 있지?”

“알고 싶어?”

“당신도 별수 없군.”

그러며 지나가 남자를 밀어냈다. 그리고 시트로 몸을 감쌌다.

지나는 남자의 반응을 익히 짐작하고 있었다. 헤드셋을 통해 그가 어떤 남자라는 것을 분석하고 있었던 것이다.

“화난 거야?”

“가야겠어.”

“미안해, 가지 마.”

남자가 침대에서 일어서려는 지나를 잡으며 말했다.

“한 가지만 명심해. 오늘밤이 마지막이야. 내가 아까 말하지 않았던가. 칙칙한 건 싫다고. 난 단지 이렇게 즐기는 것만으로 만족해.”

“알았어.”

“됐어, 그럼.”

그렇게 말하고는 지나가 담배를 꺼내어 입에 물었다. 남자가 그녀의 담배에 불을 붙여 주었다.

지나의 입에서 짙은 담배 연기가 흩어져 나와 객실 안을 정돈하듯이 차분하게 맴돌았다. 남자도 담배를 태우며 격렬하게 뛰던 심장을 안정시키고 있었다. 붉게 달아올랐던 지나와 남자의 얼굴도 식어 가고 있는 중이었다.

"샤워라도 해야겠어."

재떨이에 담배를 눌러 끄고서 지나는 곧 욕실로 들어갔고.

샤워기를 틀자 샤워 꼭지에서 잘게 부서진 찬 물줄기가 쏟아져 내렸다. 물줄기에 의해 진득하게 매달려 있던 열기가 삽시간에 사라졌다.

"아……."

지나의 입에서 절로 나른한 신음이 흩어져 나왔다.

여자의 알몸은 더없이 매혹적이고 아름다웠다. 어디 하나 흠잡을 곳이 없었으며 매끈했다. 그리고 흉내낼 수 없는 곡선의 미를 창출하고 있었다. 잘게 부서진 찬 물줄기가 그녀의 살결을 톡톡 불거져 일어서도록 만들었다.

비누거품을 몸에 바르던 지나의 눈에 얼핏 열어 놓은 욕실 문을 통해 남자의 모습이 보였다.

욕실 쪽을 바라보는 남자의 눈길이 예사롭지 않았다.

지나는 남자를 끌어들이기 위해 짤막한 신음을 몇 번이고 토해 냈다. 그녀의 몸도 또다시 달아오르고 있었다.

역시 남자도 참지 못하고 침대에서 일어나 욕실로 다가왔다.

남자의 본능이 고개를 들면서 욕실 안은 또다시 남녀의 불타오르는 신음 소리로 어지럽게 일구어지고 있었다.

새로운 시작이었다. 하지만 이번에는 헤드셋을 사용하지 않았다.

아까 남자의 반응으로 보았을 때 다시 헤드셋을 사용했다가는 어떤 부작용이 생길지 모르기 때문이었다.

그칠 줄 모르고 불덩이처럼 타오르는 몸부림은 가슴 벅차게 희열을 느끼도록 재촉했다.

사랑이란 전혀 없는 본능적인 몸부림. 사랑이 없더라도 둘은 한순간 기쁨을 느낄 수 있었다. 단지 즐김을 위해서 그들은 밤을 불태우고 있는 것이다.

샤워기에서 물줄기가 쏟아져 내려 타일 바닥을 매몰차게 두들기고 있었지만 둘의 귀에는 그 소리가 들리지 않았다. 서로의 호흡과 몸부림을 하나로 만들기 위해 둘은 발버둥치고 있었다.

얼마간을 그렇게 내달렸는지 모른다.

지나는 느끼고 있었다. 남자의 넓은 가슴에 오르가슴의 전율을 퍼부을 수밖에 없었다. 남자도 여자의 자지러짐을 느끼며 다시금 아래로 아래로 한없이 떨어져 내려갈 수밖에 없었다.

지나의 몸이 점점 수축되었고 남자 역시 불거진 가슴을 더는 주체할 수 없었다.

그리고 허무였다. 끝은 항상 그랬다.

짧은 한순간 욕정의 노예가 되어 버렸던 남녀는 힘없이 바닥에 주저앉고 말았다. 만족을 느꼈는지 지나의 얼굴에 홍조가 깃들었다. 그런 반면 남자는 녹초가 되어 짧은 호흡을 연신 내뱉고 있었다.

남자는 가볍게 샤워를 하고 다시금 침대 위로 가서 누웠다. 그리고 지나는 마저 샤워를 끝내고 침대로 돌아왔다.

남자는 어느새 깊은 잠에 빠져 있었다.

지나는 피곤에 지쳐 수척한 얼굴로 잠들어 있는 남자를 다시금 쳐다보고는 냉장고 앞으로 다가갔다. 냉장고에서 맥주를 꺼내 한 모금 길게 마시자 갈증이 해소되는 것 같았다.

담배를 입에 문 지나는 라이터로 불을 붙이고서 한동안 소파에 앉아 남자의 자는 모습을 쳐다보았다.

알몸으로 자고 있는 남자의 모습이 지나의 눈에는 추하게 보였다. 지나는 그에게서 더 이상의 욕정을 느끼지 못했다.

지나는 맥주를 마저 마시고서 옷을 입기 시작했다.

다음날 새벽 5시쯤 되어서 지나는 집으로 돌아왔다.

그녀는 집으로 돌아오자마자 욕실로 들어갔다. 그리곤 샤워기를 틀어 놓은 채 욕조 안으로 들어갔다.

술 냄새가 욕실 안에 진동했다.

그녀는 옷도 벗지 않고 욕조 안에 들어가 누워 있었다. 그녀는 눈을 감고 지난밤을 생각했다.

아니, 정확히 말하면 지난밤의 황홀한 육체적 본능이 아니라 실험에 대한 결과였다.

실험은 성공이나 마찬가지였다.

상대의 정신을 감응할 수 있었고, 또 그의 정신(영혼) 속에서 그의 지난 유년 시절까지도 들여다볼 수 있었다. 그 결과로 볼 때 영혼의 이식은 불가능한 것이 아니라는 것을 알 수 있었다. 그리고 막연하게 생각하던 정신과적 치료에도 많은 도움이 될 수 있을 것이라는 확신을 얻었다.

만족스러웠다.

지나는 다음으로 지난 밤 실험의 대상이 되어 주었던 남자를 생각했다. 그에게 나타났던 부작용 때문이었다. 하지만 그다지 우려될 다른 증상이 나타나지 않았기 때문에 우선 안심했다.

지나는 남자와의 질퍽한 몸부림으로 뜨거웠던 그 밤을 생각하면 아직까지도 온몸 구석구석이 불끈불끈 달아오르는 것 같았다. 남자의 폭발할 것 같은 신음 소리가 귓가에서 떠나가지 않았다. 그녀는 자신도 모르게 다시금 그 격정적인 몸부림 속에서 신음을 토해 내고 싶다는 생각을 하고 있었다.

그녀는 자신의 아랫배에 손을 가져갔다. 미끌거렸고 가느다란 통증이 느껴졌다. 그리고 더 가까이로 손을 움직이자 야릇한 희열이 느껴졌다.

그녀의 벌어진 입술 사이로 뜨거운 바람이 새어 나왔다.

그녀는 욕조에 기댄 채 옷을 벗기 시작했다. 얇은 스커트와 망사 속옷이 차례로 타일 바닥에 떨어졌다.

샤워기에서는 여전히 물줄기가 거세게 부서져 내리고 있었다. 그녀의 알몸이 부서져 내리는 물줄기에 의해 붉게 물들었다.

"으……음."

피곤이 밀려왔다.

그녀는 샤워를 끝내고서 욕실에서 나왔다. 그녀는 욕실에서 나와 주방으로 갔다. 냉장고에서 캔 맥주를 꺼내 한모금 길게 마셨다. 그러자 몸이 더 나른해졌다.

침실로 간 그녀는 걸치고 있던 목욕 가운을 벗었다. 목욕 가운은 그녀의 몸에서 미끄러져 내려가 방바닥 위로 스르르 떨어졌다.

지나는 알몸으로 자는 버릇이 있었다. 옷을 하나라도 걸치고 자면 잠을 잔 것 같지 않고 개운치도 않았기 때문이었다.

그녀는 시트를 젖히고 곧 침대 위에 누웠다. 그리곤 얼마 지나지 않아서 깊은 잠 속에 빠져들었다.

―디디디딕, 디디디딕…….

끈질긴 전화벨 소리에 지나는 잠에서 깨어났다.

그녀는 침대에서 일어나 앉아 시트로 자신의 가슴 부위를 감쌌다. 그러고는 전화기를 찾아 들었다.

"여보세요?"

두통이 느껴졌고 목소리 또한 가라앉아 있었다. 그녀는 힘겹게 저쪽의 대답을 기다리고 있었다.

"어떻게 해……."

목소리는 다름 아닌 할머니와 함께 살며 시중을 들어 주는 아줌마였다.

"아줌마?"

"그래 나야."

"왜요? 무슨 일 있어요?"

지나는 불길한 예감이 들었다. 아줌마는 그렇게 호들갑을 떠는 여자가 아니었다. 무슨 일이든지 급하든 말든간에 느릿느릿 할 것은 다 하는 그런 여자였다. 그런 여자가 이렇게 이른 아침에 전화를 걸어 안절부절 못하고 있다면 분명 좋지 않은 일이 생겼을 것이다.

"할머니께서……."

아줌마는 말을 끝까지 잇지 못하고 울먹였다.

지나는 직감적으로 할머니에게 무슨 일이 생겼을지도 모른다고 생각했다. 그녀가 울먹이고 있는 아줌마를 채근했다.

"할머니한테 무슨 일이 생긴 거예요? 답답하게 울지만 말고 말씀해 보세요?"

"위독하셔. 빨리 내려와. 어젯밤부터 전화를 했었는데……. 왜 이제야 전화를 받는 거야."

"……."

그 소리를 듣는 순간 지나는 어디에 머리를 한 대 세게 얻어맞은 것처럼 멍해졌다. 그녀의 손도 심하게 떨렸다.

"듣고 있는 거야?"

저쪽에서 아줌마가 지나를 불렀지만 지나는 듣지 못했다. 지나는 수화기를 손에서 떨어뜨렸다.

그녀의 두 눈에 눈물이 맺혀 있다가 소리 없이 흘러내렸다. 할머니.

아버지가 돌아가신 이후 어머니는 정신병원에 입원을 했고 그 후 시름시름 앓다가 그만 심근경색으로 세상을 등지고 말았다. 그 이후부터 지나는 할머니에게 의지하며 살아왔다. 할머니는 지나에게 엄마와 같은 존재였다. 그런 할머니가 위독하시다니, 그녀는 어찌해야 할지 몰랐다.

할머니를 엄마처럼 따랐던 그녀였다. 그리고 할머니가 안 계신 세상을 한 번도 생각해 본 적이 없던 그녀였다.

지나는 열네 살 때부터는 학업 때문에 할머니와 떨어져 대덕에서 혼자 생활해야 했다. 그리고 그 후로 미국의 MIT에서

공학박사 학위를 이수할 때까지 늘 혼자였다. 하지만 자신의 곁에 언제나 할머니가 계시다는 생각에 그 많은 세월 동안을 혼자서 버틸 수 있었던 것이다.

그렇게 할머니는 지나에게 정신적 지주였다.

김 박사의 도움으로 연구소 일을 하면서부터 지나는 더욱 시간을 낼 수가 없었다. 그래서 찾아뵙지 못하는 것이 늘 마음에 걸렸고 그때마다 전화를 해서 할머니에게 죄송하다는 말씀을 들이곤 했었다. 그리고 다음 주 중에는 시간을 내서 시골에 내려가 할머니를 기쁘게 해드리려고 마음먹고 있었는데 바로 오늘과 같은 일이 터진 것이다.

그녀는 어쩔 줄 몰라 하다가 서둘러 침실로 들어가 옷을 갈아입고 나왔다. 그리곤 시골을 향해 차를 몰았다.

지나의 눈에서 금방이라도 눈물이 주르륵 흘러내릴 것만 같았다.

'제발, 돌아가시면 안 돼요.'

그녀의 가슴에서 뭔가 알 수 없는 것이 울컥 치솟아 올라왔다.

그녀는 액셀러레이터를 최대한 밟았다. 조급함 때문에 사고가 날 것 같이 위태스러워 보였다.

얼마나 울었던지 그녀의 눈이 충혈되었다. 우는 것도 힘들었다. 시장기가 느껴졌지만 그녀는 차를 멈추지 않았다.

시골집으로 향하는 대여섯 시간 동안 지나는 물 한 모금 마시지 못했다. 그렇게 그녀가 시골집에 도착한 시간은 오후 두 시가 다 되어서였다. 지나는 도착하자마자 할머니가 누워 계신 집안으로 뛰어 들어갔다.

아줌마가 승용차의 급정거 소리를 듣고 안에서 뛰어나왔다.

"우리 할머니 불쌍하기도 하시지……."

아줌마가 지나를 보자마자 엉엉대고 울기 시작했다.

지나는 아줌마를 뒤로 하고 신발도 벗지 못하고 방안으로 뛰어들어갔다.

"할머니! 지나가 여기 왔어요."

또다시 그녀의 눈에서 눈물이 쏟아져 나왔다.

"할머니!"

"……."

그러나 할머니는 그녀를 반겨 줄 만한 힘이 없었다. 지나가 할머니의 손을 잡고 서글프게 울었다.

"지나가 왔어요. 정신 좀 차려 보세요."

"……."

할머니의 손에서 느껴지는 것은 흐릿한 온기뿐이었다.

지나가 할머니의 얼굴을 들여다보았다. 할머니의 얼굴은 핼쑥했고 핏기 하나 없었다. 죽음을 앞에 둔 편안함과 포근함이 할머니의 얼굴에서 찾아볼 수 있는 전부였다. 할머니의 얼굴에 꽉 들어찬 주름이 살아왔던 지난날의 역경을 그대로 담고 있었다. 그 주름 속에는 사랑하는 남편을 잃고, 꽃다운 나이의 딸과 사위를 잃은 아픈 상처가 뼈가 시리도록 묻혀 있었다.

지나는 자신과 할머니를 덩그러니 남겨 두고 돌아올 수 없는 곳으로 떠나가 버린 엄마와 아버지가 야속했다. 그리고 이제는 할머니마저 자신의 곁을 떠난다고 생각하니 괴롭기 그지없었다.

'왜, 나 혼자만 남겨 두고…….'

그녀의 몸에서 힘이 쭉 빠져나갔다.

아줌마가 방으로 들어와 지나의 옆에 앉아 훌쩍거렸다. 그동안 할머니와 정이 많이 들었을 아줌마였다. 그런 아줌마가 지나의 손을 잡고 위로해 주었다.

"할머니, 지나가 여기 와 있어요. 그렇게 찾으시던 지나가 여기에 있다구요. 눈 좀 떠보세요. 네에……."

"할머니…… 왜 병원으로 옮기시지 않구요?"

"의사가 왔다가 갔어. 노환이 깊으셔서 의사들도 손을 쓸 수 없다는 거야. 가시는 길 편안하게 보내드리라고……. 흐흐흑……."

"할머니 죄송해요, 이렇게 늦게 와서……."

눈물은 마를 틈이 없었다.

지나는 할머니의 손을 꼬옥 움켜쥐었다. 얼마 뒤에 할머니의 손에서 미동이 느껴졌다. 할머니가 지나의 손을 꼬옥 잡았다. 그리곤 눈을 뜨며 할머니가 힘겹게 말을 했다.

"지나……왔구나."

"네, 할머니 제가 왔어요. 사랑해요, 할머니."

"지나는 엄마를 꼭 빼다가 박았어. ……미안하구나. ……지나야. ……."

할머니는 그 말을 남긴 채 또다시 눈을 감았다. 그리곤 차분하게 마지막 숨을 들이마셨다가 내쉬었다.

할머니의 손에서 온기가 서서히 빠져나가고 있었다.

"할머니!"

지나와 아줌마의 입에서 동시에 울음소리가 터져나왔다.

할머니를 불러도 이제는 소용이 없다. 할머니는 이미 돌아올 수 없는 길을 향해 떠난 뒤였다.

할머니의 주검을 애도하듯 밖에는 비가 추적추적 내리고 있었다. 울음소리는 끝없이 속절없이 집밖으로 흘러 나갔다.

지나는 더 이상 울 힘조차 없었다.

서울에서 그 소식을 듣고 김석인 박사가 내려왔다. 김 박사는 지나가 할 수 없는 장례식 절차를 밟아 주었다.

지나는 며칠째 물 한 모금 마시지 않은 채 할머니의 옆에만 앉아 있었다.

"어쩔려고 그래. 산 사람은 살아야지. 여기 죽이라도 먹어 봐."

아줌마가 죽을 끓여 왔지만 지나는 먹지 않았다.

할머니마저도 없는 이 세상을 어떻게 살아가야 할지 그녀는 막막해졌다. 의지할 수 있는 사람은 이 세상에 아무도 없었다. 고아나 마찬가지라고 생각하니 더더욱 서글펐고 아빠와 엄마가 한없이 원망스러웠다.

할머니를 뒷산에 묻고 오는 날이었다.

할머니는 할아버지 옆에 묻혔고 그 아래로 엄마와 아빠의 무덤이 나란히 세워져 있었다.

지나는 그곳에서 시간 가는 줄도 모르고 멍하니 앉아 있었다. 울음이 나오면 나오는 대로 울었고, 그러다가 지치면 고개를 숙인 채 외로움에 휩싸였다.

'이제 편안히 쉬세요, 할머니. ……그리고 할아버지, 엄마, 아빠.'

잿빛 황혼이 그녀의 이마로 쏟아졌다.

지나는 힘없이 터덜터덜 산에서 내려왔다.

그녀가 내려오자 집에는 김 박사가 기다리고 있었다.

"지나야, 힘들지? ……힘들 거야."

"아저씨!"

그녀가 김 박사를 보자마자 달려가 그의 품에 안겨서 울기 시작했다.

"전 이제 어떡해요."

"……"

김 박사가 말없이 지나의 등을 토닥거려 주었다.

지나의 어깨가 너무도 작아 보였다. 김 박사가 힘이 없는 그녀를 부축하여 집안으로 데리고 들어갔다. 그녀는 쓰러지기 일보 직전이었다.

그가 지나를 소파에 앉혔다.

"아줌마, 미음 다 됐지요?"

그러자 주방에서 아줌마가 쟁반에 미음을 받쳐 가지고 나왔다.

"전 별로 먹고 싶은 생각이 없어요."

"먹어야지 살지."

아줌마가 테이블에 미음을 내려놓으며 안타깝게 말했다.

"그래, 어서 먹어 봐. 그래야 할머니도 좋아하실 거야."

김 박사가 지나에게 수저를 쥐어 주었다. 지나는 별수 없이 수저를 들어 떠먹는 시늉을 해보였다. 그러자 김 박사도 어느 정도 안심이 되는 눈치였다.

"더는 못 먹겠어요."

미음은 혓바늘이 선 지나의 입안을 까슬까슬하게 돌아다녔다. 그녀가 입맛을 내지 못하고 수저를 내려놓았다. 그리고는 컵을 들어 물을 한 모금 마셨다. 그녀의 눈이 다시 붉어졌다.

"조금 더 먹어 보지 않구."

김 박사가 지나를 보며 말했다.

"아저씨, 그만 들어가서 자고 싶어요."

"그래, 그렇게 해."

그러면서 그가 시계를 들여다보았다.

"……나두 이제 가 봐야겠는 걸. 그동안 연구실 일에 신경을 쓰지 못했는데 내일부터는 출근을 해야 할 것 같아. 지나는 며칠 더 쉬도록 해. 아니, 쉬고 싶은 대로 쉬어도 좋아."

그가 지나를 인자하게 쳐다보며 말했다.

지나가 방으로 들어가자 김 박사가 곧 서울로 출발하기 위해 밖으로 나갔다. 김 박사의 차에 시동이 걸렸고 아줌마가 배웅했다.

지나는 방안에 누워 그 소리를 듣고 있다가 살며시 눈을 감았다. 하지만 잠은 오지 않았다. 잠이 오기보다는 정신이 말똥말똥해졌다.

어렴풋이 어린 시절이 떠올랐다.

누군가 옆에 있었던 것 같은데, 그랬다. 지희였다. 언제부턴지는 몰라도 동생 지희에 대한 기억은 세월의 저편에 망각의 울타리로 쳐져 있었다. 희미하게 살아나기 시작하는 지희와의 어린 시절은 마치 꿈결과도 같은 것이었다.

'지금쯤 지희는 무엇을 하고 있을까, 아마 살아 있다면 예쁠 텐데.'

지나는 갑자기 지희가 보고 싶어졌다. 그리고 아빠와 엄마가 보고 싶어졌다. 하지만 그들은 더 이상 볼 수 없는 사람들이었다. 생각하면 할수록 서글픈 존재였다. 그녀는 외롭기만했다.

"아빠!"

불러도 대답 없는 이름.

그녀는 아빠에 대한 기억들을 차근차근 떠올렸다. 하지만 아빠의 인자하신 모습을 생각해 내기란 쉬운 일이 아니었다. 그토록 오랜 세월 한순간도 잊어 본 적이 없는 아빠였지만 세월이 너무 흘러서 아빠의 얼굴은 떠오르지 않았다.

할머니도 살아생전 아빠에 대한 얘기를 해준 적이 없었다. 그만큼 사위에 대한 원망이 컸기 때문이리라. 지나가 아빠가 어떻게 돌아가셨는지 알게 된 것은 고등학교 때였다.

그 당시 지나는 아빠에 대해 실망했었다. 아내와 두 딸들을 남겨 두고서 어떻게 자살할 생각을 할 수 있었을까, 그녀는 그런 아빠를 용납할 수 없었다. 하지만 이제 와서 원망한들 무슨 소용이 있겠는가.

이제 지나는 혼자였다.

자신의 옆에 아무도 없다고 생각하니 절로 몸에서 힘이 빠져나갔다.

이제 더는 울지 않기로 했다. 울음은 슬픔만을 안겨다 줄 뿐이다. 이제 혼자서 살아가는 법을 배워야 한다. 그러기 위해서는 약한 모습을 보여서는 안 된다. 그리고 아파서도 안 된다. 아플 때 옆에 있어 줄 사람이 없기 때문이다. 그것만큼 서러운 것은 없을 것이다.

지나는 그런 생각을 하면서 잠이 들었다.

다음날 지나는 오후가 되어서 잠에서 깨어났다. 그녀가 방에서 나왔을 때 아줌마가 점심식사를 준비하고 있었다.

"아줌마, 이게 무슨 냄새야?"

"일어났어."

아줌마가 부추 부침개를 지지고 있었다.

"맛있겠다."

주방으로 들어간 지나가 부침개를 한 조각 떼어내 입에 넣고 우물우물 씹었다. 부침개는 생각 외로 단백하고 쫄깃쫄깃했다. 며칠 동안 입맛을 잃고 있던 지나의 식욕이 살아나기 시작했다.

지나는 아줌마에게 간장을 달래 앉은자리에서 부침개를 다섯 장이나 뚝딱 해치웠다. 아줌마가 그녀의 놀라운 식욕을 보며 즐거워했다.

"그렇게 먹는 걸 왜 그동안 먹지 않았어. 또 먹고 싶은 것 있으면 말해 봐. 내가 얼른 만들어 줄게."

"아줌마는 내가 돼진 줄 알아요."

오랜만에 지나의 얼굴에서 밝은 미소가 살아났다.

"얼굴이 헬쑥해졌어."

"고마워요, 아줌마."

"웃어, 웃으니까 예쁘잖아."

아줌마가 프라이팬과 지나의 얼굴을 번갈아 바라보며 말했다.

식사를 끝내고서 지나는 집 앞에 있는 강가로 산책을 나갔다. 강가까지는 걸어서 십여 분 거리였다.

모처럼 그녀의 발걸음이 가벼워졌다.

'그래, 다시는 울지 않을 거야.'

그녀는 마음을 다져 먹었다.

햇살이 초여름 날씨답지 않게 쨍쨍 내리쬐고 있었다. 강가에 도착한 그녀는 더웠던지 강물에 뛰어들고 싶은 생각이 들었다. 주위를 둘러보던 그녀는 아무도 보이지 않자 옷을 벗기 시작했다. 그리곤 브래지어와 팬티 차림으로 물속으로 풍덩 뛰어들어갔다.

강물은 맑고 투명했다. 그녀의 물속에 잠긴 살결이 더할 나위 없이 하얗게 빛났다.

그녀는 소리 없이 헤엄을 치기 시작했다. 더위는 순식간에 사라졌고 이제는 차가운 강물 때문에 살갗이 얼얼한 지경이었다. 모든 유형의 수영을 구사하던 그녀는 물속에서 나와 금빛 모래 위에 몸을 눕혔다. 모래 알갱이가 살갗에 닿아 따끔거렸지만 그 나름의 매력적인 자극이 있었다.

주위는 더없이 평화롭고 한적했다.

강물이 흘러내려가는 소리가 상쾌하게 들렸고 미풍에 흔들리는 나뭇잎의 소리가 경쾌하게 들려왔다.

햇살이 그녀의 탄력 넘치는 몸 위로 따듯하게 쏟아져 내렸다. 햇살로 인해 그녀의 몸에 묻어 있던 물기가 말라 가고 있었다.

기분이 절로 좋아졌다.

오랜만에 느껴 보는 자연의 풍성함이었다. 지나는 누워 있는 상태로 조금도 움직이지 않았다. 오래도록 그렇게 누워 있고 싶었다.

지나는 두어 시간쯤 강가에 머물고 있다가 집으로 돌아왔다. 집으로 돌아오자 아줌마가 무엇인가를 그녀에게 전해 주었다. 그것은 다름 아닌 할머니의 친필 유서였다. 할머니는 그것을 오래전부터 지나에게 전해 주려고 간직하고 있었다고 아줌마가 말했다.

지나는 유서의 내용을 읽어 내려가기 시작했다.

지나야.

미안하구나. 할미라고 제대로 보살펴 주지도 못하고 도움도 되지 못해서…… 이 할미는 지나에게 아무 것도 줄 것이 없구나. 이 할미가 없더라도 슬퍼하지 말고 꿋꿋하게 살아가야 한다. 그것이 할미가 바라는 마지막 소원이야.

할미 말 명심할 수 있겠지.

이 할미는 배운 것도 없고 무식해서 아무 것도 모른다. 하지만 죽기 전에 이런 말을 해야 할 것 같구나.

아빠, 엄마를 너무 원망하지 말아라.

이 할미가 지나 너에게 아빠에 대한 얘기를 하지 않았던 것은 혹시 네가 그 사실을 알고 충격을 받지 않을까 해서였어. 하지만 너도 어느 정도 알 것은 다 알고 있을 거야. 그리고 지나도 이젠 다 큰 어른이고 알 것은 알아야 할 것이기에 이렇게 몇 자 적는 것이란다.

네 아빠다 자살했다는 것은 나로서도 믿기 힘든 일이었단다. 네 엄마도 네 아빠가 자살한 것이 아니라고 했었지. 지금도 이 할미는 네 아빠다 자살했다고 보지는 않는다. 그렇게 믿고 있어.

네 아빠는 그럴 사람이 아니야.

혹시나 해서 할미가 그 당시에 있었던 신문 내용들을 버리지 않고 모아 놓았으니까 내가 없더라도 안성댁에게 말하면 그것이 있는 곳을 알려 줄 거야. 그리고 그곳에는 네 아빠와 엄마의 유품도 함께 보관되어 있어.

언젠가는 지나 너에게 주어야겠다고 생각했는데……. 그래, 이젠 줄 때가 된 것 같구나.

이 할미가 해줄 수 있는 것은 그것밖에는 없어.

그리고 지나 너의 쌍둥이 동생 지희를 찾아야 한다. 할미가 찾으려고 무단히 노력했지만 할미의 힘으로는 찾을 수가 없었어. 내가 떠나기 전에 지희를 찾아 너희 둘이 행복해 하는 모습을 보고 싶었는데…….

이젠 틀린 것 같구나.

이 할미 죽어서도 눈을 제대로 감을지 모르겠다.

지나야, 행복해야 한다. 이 할미가 바라는 것은 그것밖에 없어. 민 서방과 은지가 살아 있었다면 좋았을 텐데.

할미가 떠나더라도 시무룩해져 있으면 안 된다. 지나는 좋은 남편 만나서 행복하게 살아야 해.

이 할미의 마지막 소원이야.

할미가.

편지를 읽고 난 지나의 얼굴에 서글픔이 맺혀졌다. 하지만 더는 울지 않았다. 할머니의 그 간절한 소원 앞에서 눈물은 차마 보일 수가 없었다. 그녀는 입술을 지그시 깨물었다. 그리곤 말없이 유서를 접어 편지 봉투에 넣었다.

"아줌마, 우리 술 한잔해요?"

앞에 마주보고 앉아 있던 안성댁이 온화하게 웃으며 지나의 표정을 어림잡아 짐작했다.

“그래, 까짓 거 한잔하지 뭐.”

안성댁이 주방으로 들어가 안주거리와 장례식에서 쓰다가 만 소주를 두 병 꺼내 가지고 나왔다.

지나가 안성댁의 잔에 술을 따라 주었고 다음 자신의 잔에도 술을 따랐다. 그리곤 안성댁의 술잔에 자신의 술잔을 가져가 부딪쳤다.

두 사람은 그렇게 주거니 받거니 하면서 외로움을 달래고 있었다.

지나의 얼굴이 술기운이 올라오면서 붉어졌다. 안성댁도 붉은 얼굴로 자신의 신세를 한탄했다.

“이 년의 팔자 기구하기도 하지.”

“아줌마 팔자가 어때서.”

“남편 공사판에서 추락 사고로 잃고 그나마 의지하고 살아오던 아들놈마저도 군대에서 폭발 사고로 잃었으니……. 전생에 내 죄가 얼마나 컸는지 몰라도 하느님 야속도 하지. 이젠 10여 년을 의지하고 살아오던 할머니마저도 떠나셨으니 이 년 어디에 의지하고 살겠어. 흐흐흑.”

안성댁이 행주치마의 끝자락으로 젖은 눈시울을 닦아 내며 말했다. 말을 듣고 있자니 지나도 눈시울이 붉어졌다.

“아줌마, 한잔 받아요.”

지나가 잔을 비우고서 자신의 잔에 술을 따라 안성댁에게 건네주었다. 그러자 안성댁이 술잔을 받아 그대로 입 속으로 모두 털어넣었다.

"후우…… 미안해."

"아니야, 아줌마가 나한테 미안할 게 뭐가 있어요. 아줌마, 갈 곳 없으면 그냥 이곳에서 사세요. 재혼도 하시구요. 혼자 살면 적적하실 거 아니에요. 나야 가끔 이곳에 와서 쉬었다가 가면 그만이구. 집에는 사람이 살아야지 그렇지 않으면 폐가나 마찬가지라구요. 난 아줌마가 그렇게 해주면 좋겠는데. 어때요?"

"고마워."

안성댁의 얼굴 표정이 밝아졌다.

"고맙기는요, 제가 오히려 아줌마한테 고맙지요. 그동안 할머니를 정성껏 보살펴 주신 거 정말 고마워요. 아줌마 아니었으면 나 안심하지 못했을 거야. 내가 이렇게 될 수 있었던 것도 다 아줌마 덕이에요."

"그렇게 생각해 주니 고마워."

"또 그 말, 고맙다는 말 이제 안하면 안 돼요. 우리 힘든 사람끼리 의지하고 살아봐요. 그러다 보면 좋은 일도 생길 거고 지난 일도 잊을 수 있을 거야."

밖은 어느새 어두워져 있었다. 그리고 두 여자는 밤이 깊어가는 줄도 모르고 서로의 아픔을 주고받으며 술병을 비워 내었다.

　새벽이 되어서 지나와 안성댁은 각자의 방으로 들어가 늦기는 했지만 편안한 휴식을 취할 수 있었다.

　다음날 지나는 안성댁이 안내해 준 지하 창고로 내려갔다. 안성댁이 문을 열고 먼저 안으로 들어갔다.

　지하 창고는 깨끗하게 정돈되어 있는 편이었고 거미줄 하나 보이지 않았다. 안성댁이 스위치를 눌러 불을 켰다. 안은 꽤 넓은 편이었다. 그리고 그 안에는 낯익은 물건이 많았다.

　"할머니는 자주 이곳에 내려오시곤 하셨어."

　"……."

　지나의 눈이 이곳저곳에 가서 멈추었다.

　"난 올라가서 빨래나 해야겠어."

　그렇게 말하고는 안성댁이 먼저 올라갔다.

　지나의 눈에 가장 먼저 띈 것은 다름 아닌 두 개의 아기 인형이었다. 인형은 똑같은 모양과 크기였으며 옷만 다를 뿐이었다. 그 인형은 아빠가 생일 선물로 사다가 주신 인형이었다.

　지나는 어린 시절 지희와 소꿉장난을 하던 기억이 났다. 지희는 그 아기 인형에 항상 남자 아기의 옷을 입혔고 지나는 여자 아기의 옷을 입혀 업고 다니곤 했었다. 지나가 기억하는 지희는 밝고 명랑했으며 항상 사내아이처럼 행동했었다는 것이다. 그래서 아빠는 그런 지희를 울보 지나보다도 더 귀여워

했었다. 지나가 그런 지희에게 샘을 내다가 울게 되면 엄마는 지나의 편을 들어 주며 아빠를 나무라곤 했었다.

'우리 지나 누가 울렸어. 아빠하고 지희가 그랬구나. 당신은 참, 지나는 당신 딸 아니에요.'

엄마의 목소리가 금방이라도 들려올 것 같았다.

어릴 때의 기억이 눈길 닿는 곳마다 새록새록 떠올랐다.

그녀는 자신의 어릴 때의 기억이 남아 있는 물건들을 만지작거렸다. 그때의 행복했던 시절로 다시금 돌아온 그녀의 얼굴에 화사한 웃음꽃이 피어났다.

그 짧았던 시간들 속에서 지나는 빠져나오고 싶지 않았다. 그 시절은 그녀에겐 가장 행복했던 시간이었다.

자신이 어릴 때 입었었던 옷들도 종이 박스 안에 가지런히 정돈되어 있었다. 빛바랜 아기 옷은 앙증맞기 그지없었다. 그녀는 옷가지를 꺼내 자신의 몸에 가져다가 대 보았다. 불쑥 커 버린 그동안의 시간들을 생각하며 그녀의 입에서 자신도 모르게 웃음이 쏟아져 나왔다.

'모두들 어디에 있는 것일까.'

그녀는 그 어릴 때로 돌아가고 싶었다. 그 단란했던 어린 시절로 돌아가 아빠와 엄마에게 어리광을 피우고 싶었다. 그리고 지희와 소꿉장난을 하며 동심의 나래를 펴고 싶었다.

하지만 20여 년 전이라는 세월은 뛰어넘을 수 없는 너무나

228

도 먼 거리였다. 그녀는 회상하는 것만으로 만족해야 했다.

한동안 자신의 어린 시절 체취에 취해 있던 그녀는 쌓여 있는 다른 상자들을 열어 보았다. 상자 속에는 아빠의 양복이며 엄마의 옷가지들, 그리고 속옷까지도 그대로 보관되어 있었다.

꼼꼼하기도 하셔라. 지나는 할머니가 버리지 않고 모아 놓은 것들을 보면서 기뻐하지 않을 수 없었다.

그러다가 서류 상자를 발견했다. 상자 안에서 가장 먼저 눈에 띈 것은 엄마의 육아 일기장이었다. 일기장은 네 권이었다. 그리고 그 아래에는 스크랩된 신문기사가 잔뜩 쌓여 있었다.

할머니가 자신에게 주려고 했던 것이 바로 그것이라는 것을 지나는 알 수 있었다.

그 상자를 들고 창고에서 나오기 전에 지나는 다시 한번 창고 안을 둘러보았다. 한쪽에 놓여 있는 구형 컴퓨터가 그녀의 시선을 끌었다. 하지만 다음에 보기로 하고 지나는 불을 끄고 거실로 올라왔다.

거실로 올라온 그녀는 주방에서 주스를 따라 가지고 강가가 내려다보이는 정원으로 나갔다. 정원 잔디 위에는 할머니께서 평소 일광욕을 즐기시던 의자와 탁자가 놓여져 있었다. 그리고 탁자 위에는 햇살을 막을 수 있게 파라솔이 설치되어 있었다.

의자에 앉은 지나는 우선 주스를 한 모금 마시고는 일기장을 조심스럽게 읽어 내려가기 시작했다.

일기는 지나와 지희가 세상에 막 울음을 터뜨린 때부터 시작되고 있었다.

일기의 내용을 읽다가 보니

엄마에 대한 그리움이 물밀 듯이 밀려왔다. 엄마가 자신을 얼마나 끔찍이 사랑했는지 그리고 아빠 또한 자신들의 탄생을 얼마나 기뻐했는지 상세히 나와 있었다.

촘촘히 써 내려간 일기는 지나의 시선을 좀처럼 떼지 못하게 끌어당기고 있었다. 지나는 시간가는 줄도 모르고 일기 속으로 깊숙이 빠져들어 갔다.

그렇게 한 권을 다 읽고 나서 그녀는 주스를 한 모금 마셨다. 그리곤 상자에서 계속해서 이어지는 일기장을 꺼내 읽어 내려가기 시작했다.

그러다가 그녀는 아빠가 대선 유전생명공학 연구소에서 김석인 박사의 주선으로 K프로젝트를 담당하게 되었다는 것을 알 수 있었다. 하지만 K프로젝트가 어떤 것인지에 대해서는 씌어져 있지 않았다. 그녀는 아빠가 유전생물학 박사였기 때문에 그런 종류의 일을 했을 것이라고 짐작했다.

아빠가 자신이 몸담고 있는 연구소에서 오래전에 근무했었다는 것을 알고 나서 지나는 남모를 뿌듯함을 느꼈다.

일기는 그 이후부터는 다시 지나와 지희의 잔병치레며 투정 같은 단란한 가정사가 적혀 있었다. 그리고 세 번째 일기의 마지막 부분에서부터는 아빠의 예전 같지 않은 힘들어하는 모습과 엄마의 걱정 어린 글귀가 자주 등장했다.

지나는 아빠가 힘들어했던 이유를 어느 정도 이해할 수 있을 것 같았다. 자신도 연구에 몰두하다 보면 쌓이는 스트레스로 간혹 연구를 때려치우고 싶은 충동을 때를 느꼈었기 때문이다.

네 번째 일기장에는 지나의 가정에 불행이 찾아 왔다. 지희를 놀이 공원에서 잃어버리고 집에 돌아온 엄마는 아빠마저 잃은 슬픔 때문에 심적으로 상당히 불안한 글을 적고 있었다. 그리고 일기장에는 엄마의 눈물 자국인 듯 싶은 얼룩이 맺혀져 있었다. 그렇게 일기는 끝이 나고 말았다.

'아빠는 왜 자살을 결심했을까.'

일기에는 아버지가 자살할 만한 마땅한 이유가 나와 있지 않았다.

지나는 곰곰이 생각에 잠겨 들었다.

해는 어느 사이엔가 기울고 있었다. 붉은 노을이 쏟아지면서 지나의 얼굴을 붉고 연하게 비추었다.

그녀는 신문 스크랩을 뒤적였다. 신문 스크랩은 아마도 할머니가 해 놓은 듯 싶었다. 20여 년의 시간이 지나는 동안 신문기사에는 먼지가 쌓여 누렇게 떠 있었다.

─충격, 천재 민형우 유전생물학 박사 자살!

민 박사의 죽음에 대한 초기의 기사부터 날짜 별로 스크랩이 이어졌다.

아빠의 죽음을 그렇게 신문으로 접한 지나의 눈시울이 촉촉해지기 시작했다. 그러다가 굵은 눈물방울이 콧등을 타고 주르륵 흘러내렸다.

그녀는 컴퓨터에 씌어져 있었다는 아빠의 유서 내용을 읽을 수 있었다.

-이렇게까지 힘이 들지는 몰랐소.

그리고 참아 볼 때까지는 참아 보려고 그랬는데……. 당신이 이 편지를 읽을 때쯤이면 나는 이미 이 세상 사람이 아닐 거야. 당신한테 미안하다는 말밖에는 할 말이 없어. 그리고 우리 아이들 지나, 지희에게도…….

당신은 나 없이도 아이들을 잘 키울 수 있을 거야.

이젠 자신이 없어. 돌이키고 싶지도 않고…….

미안해요.

지나야, 지희야, 이렇게 할 수밖에 없는 아빠를 용서해 주렴.

아빠를 원망하겠지.

그래도 할 수 없구나. 아빠는 너무도 부족한 사람이야. 아빠는 자신이 없어. 그리고 이렇게밖에 할 수 아빠를 이해해 주렴. 후회하지는 않는다. 어쩜 내가 선택한 길이 옳은 길인지도 몰라.

지나야, 지희야. 아빠는 언제까지나 너희들을 사랑할 거야. 그리고 은지, 당신도 잊지 못할 거야.

이대로 해방 될 수만 있다면…….

아빠의 유서를 읽어 내려가면서 지나는 엉엉대고 울기 시작했다. 눈이 충혈 되었고 눈두덩이가 발갛게 부어올랐다. 하지만 그녀는 신문 스크랩에서 눈을 뗄 수가 없었다. 어느 정도 안정을 되찾은 그녀는 스크랩을 다시 뒤적거리기 시작했다.

─미스터리, 유전생물학 박사의 죽음.

─석연찮은 죽음. 진실은 밝혀질까.

─민 박사 오늘 영결식.

─민형우 박사의 자살에 대한 논란.

─민 박사 부인, 자살 아니다,라고 주장.

─타살 의혹 제기. 천재 유전생물학 박사.

─민 박사 자살 아니다, 최강 형사의 예외적인 발언.

─구속, 민 박사 자살 사건 담당 수사관. 필로폰 복용 혐의.

─국립과학수사연구소, 부검 결과 민 박사 자살 판정.

─고 민 박사 부인, 심근경색으로 요절.

─K프로젝트, 과연 무엇일까.

─본지 취재기자 불운의 교통사고.

─최강 형사 무혐의 처리.

그렇게 민 박사의 자살에 대한 기사는 아홉 개의 일간지 모두 의문만을 남긴 채 끝이 나고 말았다.

지나는 기사를 읽은 뒤에 아빠의 죽음이 타살일까, 자살일까 하는 생각에 빠져들었다. 그렇게 흐지부지 사건이 종결된 것도 의심하지 않을 수 없었다.

엄마의 육아일기와 신문기사 내용들을 종합해 볼 때 아빠의 죽음이 자살이 아닌 타살이라는 것에 지나는 더 비중을 두고 있었다.

그녀는 아빠의 죽음에 대한 의문을 풀어 볼 생각이었다.

그녀는 서류 상자를 정리해서 안으로 들어갔다. 그리고 거실 소파에 앉아 어디론가 전화를 걸었다.

그녀가 전화를 건 곳은 다름 아닌 신문사였다.

아버지의 자살 사건을 취재하던 중 교통사고를 당했던 그 취재기자를 찾을 수 있다면 무언가 알아낼 수 있을지도 모른다는 생각이 들었기 때문이다. 그녀는 우선 그 취재기자부터 찾아보기로 결정했다.

"여보세요, 거기 신문사죠?"

“네, 그렇습니다. 어디에 연결해 드릴까요?”

저쪽에서 들려온 여직원의 목소리는 극히 사무적이었다. 지나가 한차례 목소리를 가다듬은 다음에 말했다.

“저, 사회부의 취재기자 분을……”

“잠시 기다리셨다가 연결되면 말씀하세요.”

지나의 말이 채 끝나지도 않았는데 여직원이 잘라 말했다. 그리고 얼마 뒤에 전화가 연결되면서 남자의 목소리가 들려나왔다.

“네, 사회부 한 기잡니다.”

“여보세요.”

“네, 말씀하십시오.”

한 기자라는 남자의 목소리는 딱딱했다.

“사람을 좀 찾으려고 하는데요. 김정현 기자님이라고……”

“네?”

남자가 알아듣지 못했다는 듯이 다시 물었다.

“김정현 기자님 계세요?”

“김정현 기자요. 사회부에는 그런 기자 없는데요.”

“20여 년 전에 그 신문사에서 취재기자로 일했었다고 그러던데, 어떻게 찾아볼 수 없을까요? 꼭 좀 만나뵈야 할 분인데요. 부탁드려요.”

지나가 상냥한 목소리로 말했다.

"네, 잠깐만 기다려 보세요. 그때쯤이면 아마 저희 국장님께서 알고 계실지도 모르겠는데요."

그렇게 말하고는 남자의 목소리가 멀어져 갔다.

지나는 수화기를 바짝 귀에 가져다가 대고 저쪽에서 응답해 오기만을 기다렸다. 자신도 모르게 가슴이 두근거렸다.

"여보세요."

한참인가 지난 뒤에 다시 한 기자라는 사람의 목소리가 들려왔다. 지나가 바짝 귀를 곤두세웠다.

"네. 알아보셨어요?"

"김정현 기자님이라고 하셨지요. 그분 우리 신문사에 다니시다가 교통사고를 당해서 그만두셨다고 국장님이 그러시는데요. 그리구 그 이후로 10년쯤인가 지난 뒤에 돌아가셨다구……."

"돌아가셨다구요?"

"네, 당시에 국장님께서 조문을 갔다가 오셨다구 그러시던요. 죄송합니다. 좋은 대답을 해드리지 못해서."

"잠깐만요. 그럼 국장님과 통화 좀 할 수 없을까요?"

"기다려 보세요."

그리곤 다시 한 기자가 국장을 찾는 것 같았다.

"……."

"이거 어떡하지요. 국장님 지금 방금 일이 있으셔서 나가셨다는데요. 다음에 전화를 주십시오. 아니면 연락처를 남겨 주시던가요."

"아…… 아니에요. 제가 전화를 다시 드릴게요. 그쪽 일도 바쁘실 텐데 신경 써 주셔서 고맙습니다."

지나가 먼저 전화를 끊었다.

지나는 전화를 끊고 나서 다시금 신문 스크랩을 들여다보았다. 그렇다면 남은 것은 당시 아빠의 자살 사건을 담당했던 최강 형사의 소재를 파악하는 것밖에는 도리가 없었다.

하지만 현재로서 그의 소재를 파악하기란 쉬운 일이 아니었다. 그를 어디 가서 찾아야 할지 그녀는 난감해졌다. 그렇지만 여기에서 멈출 수는 없다고 생각했다.

그리고 문득 떠오른 이형사는 그녀에게 한 가닥 희망을 주었다. 그라면 같은 형사이기 때문에 쉽게 찾을 수 있을지도 모른다. 그녀는 서울에 올라가는 대로 이 형사에게 부탁해 볼 생각이었다.

그녀는 다음날 서울로 올라왔다.

서울에 도착한 그녀는 집에 들르지도 않고 먼저 연구소로 향했다. 할머니 장례식 때 일을 돌봐 주신 김 박사에게 인사를 드릴 참이었다. 사실 그가 없었다면 지나 혼자서는 그런 큰일을 처리하지 못했을 것이다. 그리고 그동안 비운 연구실도 격정이 되었기 때문에 연구소로 향하게 된 것이다.

연구소에 도착한 그녀는 3층에 있는 김 박사의 사무실로 올라갔다.

—똑, 똑, 똑.

그녀가 노크를 하자 안에서 김 박사의 목소리가 들려왔다.

지나가 문을 열고 안으로 들어가자 김 박사가 그녀를 보고는 의자에서 일어나 딸을 반기듯 반갑게 맞이해 주었다.

지나와 김 박사는 소파에 마주하고 앉았다.

"좀 더 쉬지 않고서……."

김 박사가 지나를 안타깝게 바라보며 말했다.

"쉴 만큼 쉬었는걸요."

"얼굴이 많이 핼쑥해졌구나."

그가 지나의 손을 포근하게 감싸잡으며 말했다.

지나는 그의 따듯한 손길을 느낄 수 있었다. 그에게서는 아버지와도 같은 인자함이 짙게 배어 나오고 있었다.

"고마워요, 박사님. 박사님한테 제대로 인사도 드리지 못했어요."

"둘이 있을 때는 그냥 아저씨라고 부르라고 그랬잖아. 아저씨가 그렇게도 불편한 거야. 편하게 생각해."

"네, 박사님."

"그래두."

"네, 아저씨."

지나가 살며시 웃었다. 그렇지만 그녀의 얼굴 표정은 어둡기만 했다.

김 박사는 잡고 있던 지나의 손을 어르듯이 두어 번 두드려 주었다.

"앞으로는 더 힘들 거야. 힘든 일 있으면 혼자서 끙끙 앓지 말고 언제든지 아저씨한테 찾아와서 아빠라고 생각하고 얘기해. 지나는 내 딸이나 다름없으니까. 요즘 들어서 민 박사 생각이 많이 나는구나. 살아 계셨다면 이렇게 큰딸을 보고 기뻐하셨을 텐데 말이야. 몹쓸 사람 같으니라구."

그의 얼굴이 시무룩해졌다. 그가 한숨을 내뱉고는 담배를 입에 물었다. 그리곤 불을 붙인 다음 담배 연기를 길게 내뱉었다.

지나의 얼굴에도 수심이 깃들었다. 그러다가 그녀가 민 박사에게 조심스럽게 말을 꺼냈다.

"아저씨, 저희 아빠는 어떻게 돌아가신 거죠?"

"갑자기 그건 왜? 아빠가 보고 싶은 거니?"

"네. ……할머니가 스크랩해 놓으신 신문기사를 봤어요. 거기에는 아빠의 죽음이 자살이 아닌 타살일 가능성이 높다고 나와 있던데요."

"……."

김 박사의 얼굴빛이 희미하게 떨렸다.

“말씀해 주세요. 아빠와 가장 친하셨던 분이 아저씨잖아요. 그리고 당시에 프로젝트를 아저씨가 주선해 주셨고, 또 아저씨는 아빠가 왜 그랬어야 했는지 누구보다도 더 잘 아시고 계실 것 아니에요. 가장 가까이에 계셨던 분이니까요.”

“……”

“아저씨도 아빠가 자살을 했다고 믿고 계시는 거예요?”

“후우……. 이제 와서 그런 게 무슨 소용이 있겠니. 다 지나간 일이야. 그걸 돌이켜서 무엇을 하겠다고…….”

그가 담배 연기를 내뱉으면서 말했다. 그런 그의 얼굴은 난처하게 일그러져 있었다. 그가 지나와 눈이 마주치지 않으려고 다른 곳을 주시했다.

지나는 김 박사의 대답을 끈질기게 기다리고 있었다.

“아빤 자살을 하지 않았어요. 타살이 분명해요. 나는 알 수 있어요. 엄마도 할머니도 아빠의 죽음이 석연치 않다고 그랬어요. 나라도 밝혀내고 말 거예요. 아빠도, 엄마도 그러길 원하실 거예요.”

“민 박사는 자살했어.”

묵묵히 입을 다물고 있던 김 박사가 지나의 눈을 똑바로 보면서 차갑게 말을 던졌다. 말하는 그의 표정이 쌀쌀맞기 그지없었다. 지나는 그런 그의 눈에서 알 수 없는 위태스러움을 발견했다.

그렇게 화를 내는 김 박사의 얼굴을 보기는 처음이었다. 지나에게는 항상 인자하기만 했던 김 박사였다.

지나는 그 한마디에 절로 기가 죽었다.

김 박사도 한동안 차갑기만 한 얼굴로 앉아 있었다. 그러다가 말이 없는 지나를 보고는 안쓰러운지 어설픈 웃음을 지어 보였다.

"그 얘기는 그만하고 차타고 올라오느라 피곤할 텐데 어서 집에 들어가서 쉬어. 연구소 일은 며칠 더 쉬어도 좋아. 그리고 민 박사 얘기는 앞으로는 하지 말도록 해라. 괜히 아픈 기억 끄집어낼 필요 없잖아. 오래된 일이야. 잊고 사는 게 지나 너에게도 좋아. 내 말 무슨 뜻인지 알겠지?"

"……."

"약속이 있어서 그만 나가 봐야겠는데……."

김 박사가 손목시계를 들여다보며 말했다.

"아저씨, 왜 아빠가 자살을 했다고 단정하시는 거죠?"

"그건…… 이미 자살이라고 판명된 일이야. 스크랩된 신문 기사를 봤다면 그 정도는 알고 있을 거 아니니."

"단 한 번도 아빠가 타살을 당했다고 생각해 보신 적 없으세요?"

지나가 상기된 목소리로 말했다. 하지만 김 박사는 들은 체만 체 자리에서 일어섰다. 그리고는 책상으로 다가가서 무엇인가를 챙겨서 나갈 준비를 하고 있었다.

지나는 그런 김 박사의 매정한 모습을 뚫어지게 지켜보고 있었다.

"늦어서 나 먼저 나가 봐야 할 것 같구나."

그가 사무실을 나서기 위해 문의 손잡이를 돌렸다. 지나가 그런 김 박사의 등에 대고 다시 말을 던졌다.

"단 한 번도……?"

그에게서는 아무런 대답도 들을 수가 없었다. 매정하게 사무실 문이 쾅, 하고 닫혔다. 지나는 텅 빈 사무실에서 우두커니 서 있다가 소파에 그대로 주저앉았다.

'이렇게까지 매정하게 대하는 이유가 뭘까?'

지나는 과민반응을 보이며 뒤도 돌아보지 않은 채 나가 버린 김 박사가 마음에 걸렸다.

그녀는 김 박사의 사무실에서 나와 자신의 연구실에 들렀다가 집으로 돌아올 수 있었다. 집으로 돌아온 그녀는 욕실에 들어가 샤워를 하기 시작했다.

샤워를 마치고 막 욕실에서 나오려고 하는데 전화벨이 울렸다. 벌써 오래전부터 울리고 있었던 것 같았다. 지나가 서둘러 전화기 앞으로 달려가려 하는데 자동응답기가 작동되기 시작했다. 하지만 저쪽에서는 응답기를 외면한 채 전화를 끊었다. 지나가 수화기를 들려는 찰라였다.

지나는 목욕 가운을 단정히 걸치고 자동응답기를 틀었다. 그리곤 주방으로 들어가 냉장고에서 캔 맥주를 하나 꺼내 가지고 나왔다.

—민지나 박사님, 전 최철민 형사라고 이 형사 파트넙니다. 이 형사 일로 한번 만나 뵙고 싶은데요. 메시지 받으시는 대로 연락 좀 주십시오. 867*-0112. 이곳으로 전화를 주셔서 최 형사를 찾으시면 됩니다.

지나는 캔 맥주를 따서 한 모금 마시고는 탁자 위에 내려놓았다. 철민의 심상치 않은 목소리에 그녀의 귀가 솔깃해졌다.

전자음과 함께 다음 메시지가 흘러나왔다. 역시 철민의 목소리였다.

—최철민 형삽니다. 아직 들어오지 않으셨군요. 전화 기다리고 있겠습니다. 꼭 전화 좀 주십시오.

—뚜우 뚜우 뚜우.

—이 형사의 장례식장에 다녀오는 길입니다. 그 친구 좋은 친구였는데……. 늦더라도 전화 주십시오. 저의 집 전화번호를 남겨 놓겠습니다. 전화번호는 866*-5694 입니다. 급한 일입니다.

그의 목소리는 술에 취해 있었다. 아마도 파트너를 잃은 슬픔을 견디지 못하고 술을 마신 모양이었다.

지나는 이 형사가 죽었다는 소리에 깜짝 놀랐다. 자신이 잘

못 들었나 해서 다시 메시지를 돌려 들어보았지만 역시 잘못 들은 것은 아니었다.

그 메시지 이후로 몇 번의 전화가 더 걸려왔었을 듯싶었지만 메시지가 남겨져 있지는 않았다.

지나는 수화기를 들고 철민이 남겨 놓은 전화번호를 천천히 눌렀다. 전화번호를 모두 누르고 난 그녀가 얼핏 시계를 보았을 때 시계 바늘은 오후 11시 55분을 지나 12시를 향해 내달리고 있었다.

우연한 인연

철민은 멍하니 창밖을 내다보고 있었다.

경찰서 담장 위로 장미덩굴이 무성하게 자라나 있는 것이 보였다. 그리고 그 사이로 활짝 핀 빨간색 장미꽃이 한 송이 보였다.

철민의 눈은 그곳에 가 있었지만, 초점은 흐려져 있었다. 그는 자동차 전복 사고가 있었던 날부터 이 형사가 죽은 밤까지의 일들을 차분하게 앉아 생각하고 있었다. 생각할수록 답답하기만 한 그였다.

깁스를 했던 팔에서 통증이 느껴졌다. 미처 완치되지 않은 팔에서 깁스를 무리하게 제거했기 때문이다. 철민은 깁스를 했던 팔을 조심스럽게 움직여 굳어 있던 근육을 풀면서 다른 팔로 통증이 느껴지는 부위를 주물렀다. 하지만 통증은 여전히 계속되었다. 그는 진통제를 꺼내 물과 함께 마시고는 자리에서 일어나 지하에 마련되어 있는 사격장으로 내려갔다.

그는 과녁 앞에 서서 휴대하고 있던 시그 사우어 P230 자동권총을 꺼내 탄창에 총알을 장전했다. 그러고 나서 왼손으로 총의 슬라이드 부분을 잡은 후 오른손으로 손잡이 부분을 자연스럽게 말아쥐었다. 그러자 총이 손안에 착 달라붙는 느낌이 들었다. 그리고 그의 집게손가락의 첫 번째 관절 부위가 방아쇠 부분에 살며시 얹어졌다.

뒤이어 그는 오른팔을 내밀어 살짝 굽히고 왼팔로 권총의 손잡이를 받치는 위버Weaver 자세를 취했다. 그 자세는 미국 남부 캘리포니아 지역의 경찰관 잭 위버가 처음으로 소개하면서 유래된 것이다. 그리고 FBI에서도 선호하는 자세였다.

그는 어깨 너비로 자연스럽게 다리를 벌렸다. 왼발은 표적을 향해서 앞으로 조금 내민 상태로 정면을 응시했다. 그가 숨을 몰아쉬었다. 이제 남은 것은 표적을 향해 방아쇠를 당기는 일뿐이었다.

표적을 향해 정신을 집중시킨 뒤에 그는 방아쇠를 부드럽게 당겼다. 총알은 그대로 표적의 중앙을 뚫고 지나갔다. 그렇게 연속적으로 방아쇠를 당기는 그의 눈에는 표적이 선글라스를 낀 남자의 얼굴로 보였다.

총성이 사격장 안을 맴돌았고 끊임 없이 계속해서 울려 퍼졌다. 총알이 표적을 명중시킬 때마다 철민은 막혀 있던 가슴이 조금씩 뚫리는 것 같은 느낌을 받았다.

사격을 끝내고서 조금은 홀가분한 마음으로 그는 사격장에서 나올 수 있었다.

사격장에서 올라온 그는 곧 형사 과장을 찾아갔다. 형사 과장이 전화 통화를 하고 있다가 철민이 들어오는 것을 보고 통화를 마무리 지으며 수화기를 내려놓았다.

"무슨 일이야?"

형사 과장이 톡톡 쏘아붙이는 목소리로 말했다.

"이번 사건 저한테 맡겨 주십시오."

"무슨 소리야?"

"지난번에 일어났던 자동차 전복 사건 말입니다."

"그 사건은 벌써 해결됐잖아. 그 말 하려고 온 거야?"

형사 과장이 철민에게는 눈길도 주지 않고 신문을 뒤적거렸다. 철민이 형사 과장 앞으로 바짝 다가가며 말했다.

"이 형사가 죽었습니다. 저도 죽을 뻔했구요. 그 사건을 조사하다가 말입니다. 그래도 수수방관만 하고 계실 겁니까? 왜 그 사건을 은폐하려고 하는 거죠. 도대체 과장님의 생각을 모르겠습니다."

"무슨 소리 하고 있는 거야. 최 형사는 그 일과 이 형사가 죽은 일과 무슨 연관이 있다는 거야? 말도 안 되는 소리하지 말고 자네 일이나 열심히 하라구. 요즘 들어서 자네의 실적이 가장 저조해.”

형사 과장이 신문 너머 철민을 올려다보았다. 형사 과장의 표정으로 봐서는 못마땅한 눈치였다. 그렇지만 철민은 물러서지 않았다.

여기에서 물러선다면 이 형사에게 못할 짓을 시킨 것밖에는 되지 않는다. 그렇게 생각하며 형사 과장을 내려다보는 그의 두 눈에는 기필코 사건을 맡고야 말겠다는 의지가 실려 있었다.

“과장님 부탁합니다.”

철민이 사정을 했다.

“자네 마음 알아. 파트너가 죽었으니 오죽하겠어. 하지만 그 사건과 연관성이 있다는 것은 억지로밖에 생각되지 않는다구. 이미 끝난 사건 가지고 왜 그렇게 연연해하는 거야.”

“과장님, 언제 제가 이런 부탁드린 적 있습니까. ……이번 사건은 그냥 넘길 일이 아니라구요. 제 직감으로는 무언가 큰 일이 벌어지고 있는 것 같다구요. 그래도 모르시겠어요.”

“직감! 이 사람아, 직감 가지고 일을 해결하려고 하면 엉뚱한 일로 번질 수가 있는 법이야. 그런 소리 하려거든 내 방에 얼씬도 하지마.”

형사 과장이 딱 잘라 말했다. 그리고는 책상 서랍에서 서류 뭉치를 꺼내 철민의 앞으로 던졌다.

"……."

"읽어 봐. 최 형사가 궁금해 하는 그 자동차 전복 사건에 대한 조서 사본이야."

"……."

철민이 그것을 대충 훑어보았다. 조서에는 단순 원한 관계로 인한 사건으로 꾸며져 있었다.

그 조서의 내용은 납득이 가지 않는 허점투성이들뿐이었다. 철민이 조사한 내용과는 정반대로 기재되어 있었다. 사망자의 신원은 지문 감식 결과 윤석태로 판명되어 있었고 전과 2범의 절도 범죄자였다. 그 점이 철민은 이해가 되지 않았다. 분명 자신이 채취한 사망자의 지문은 이지명 박사의 지문과 동일했기 때문이었다. 그리고 사체도 어디론가 감쪽같이 사라지지 않았던가.

바보가 아닌 이상 그 내용을 그대로 믿을 철민이 아니었다.

"이건 말도 안됩니다. 누가 이런 조서를 꾸몄습니까?"

"자네, 요즘 너무 예민해져 있어. 한 이주일 정도 휴가를 줄 테니까 요양하면서 다시 한번 생각해 보라구."

형사 과장이 격해지는 철민을 보면서 어린아이 어르듯이 말했다.

"차라리 제가 사표를 내겠습니다. 그리고 혼자서라도 밝혀 내고 말겠어요. ……혹시 과장님이 이번 사건에 개입되어 있는 것 아닙니까? 그렇지 않고서 왜 그렇게 딱 잘라 말하십니까?"

"뭐야, 그럼 내가 뭐라도 받아 챙겼다는 거야. 난 위에서 내려온 지시를 따를 뿐이야. 나도 자네만큼 젊었다면……. 관두자구."

그가 목에 핏대까지 세워 가며 화를 버럭 냈다.

"죄송합니다."

"용건 끝났으면 나가 봐."

그렇게 말하고는 형사과장이 붉으락푸르락 해진 얼굴을 신문지로 감추었다.

"……."

"총은 나가면서 반납해."

뒤돌아 나가는 철민을 향해 형사 과장이 말했다.

철민은 자신의 자리로 돌아와 시무룩하게 앉아 있다가 6시쯤 경찰서에서 나왔다. 그리곤 이 형사와 즐겨 찾던 경찰서 앞의 술집으로 들어갔다.

아직 이른 시간이라 그런지 술집은 한가한 편이었다. 그는 산낙지와 소주 한 병을 시켜 놓고 앉아 그 쓴 소주를 자작하며 따라 마셨다. 소주는 마시면 마실수록 그를 초라하게 한쪽으로 몰아세우고 있었다.

'이 형사, 미안해.'

그가 힘없이 중얼거렸다.

이 형사를 생각하면 그 사건에 연연할 수밖에 없었다. 자신이 이 형사에게 부탁만 하지 않았어도 그 일은 벌어지지 않았을 것이다. 철민은 이 형사를 죽게 한 죄책감에서 벗어날 수 없었다.

술잔은 채워질 틈 없이 비워졌다.

안주로 시켜 놓은 토막난 산낙지는 여전히 살아 움직이며 꿈틀거렸다.

'같은 지문의 두 사람. 어떻게 그럴 수가 있지. 그렇다면 복제 인간!'

철민이 골몰해져 있을 때 누군가 술집 안으로 들어와서 그의 옆으로 다가와 소리 없이 앉았다.

"아줌마, 여기 소주잔 하나만 더 주세요."

그 소리에 철민이 옆을 돌아다보았다. 목소리의 주인공은 다름 아닌 박 순경이었다. 그녀가 철민을 보고는 방긋 웃어 보였다.

"박 순경이 여긴 웬일이야?"

"전 오면 안 되나요. 아까 최 형사님이 이곳으로 들어오시는 걸 봤어요. 혼자서 적적하실 것 같아서 잠깐 들러 본 거예요."

"박 순경은 술 못 마시잖아."

"왜 이러세요. 안 마셔서 그렇지 저도 술 꽤 잘 마신다구요. 아마 최 형사님과 대적하면 비등비등할 걸요."

그러며 그녀가 환하게 웃었다.

아줌마가 술잔을 가져다주었고 철민이 그녀의 잔에 술을 가득 따라 주었다.

"자, 드세요."

그녀가 술잔을 받쳐들었다. 철민이 그녀의 잔에 자신의 술잔을 부딪치고는 술을 입안에 털어넣었다. 철민이 빈 술잔을 내려놓자 그녀도 잔을 깨끗이 비우고 탁자 위에 내려놓았다. 그리곤 철민의 술잔을 채우고 자신의 잔에도 술을 채웠다.

"제법인데."

"안주나 드세요. 안주도 드시지 않고 술만 마시면 나중에 늙어서 고생하게 된다구요. 여기요."

그녀가 산낙지를 한 점 집어 초고추장에 찍은 뒤에 철민의 입 앞으로 내밀었다. 철민은 그것을 멋쩍게 받아먹었다.

"여자가 집어 주는 안주를 받아먹으니까 술맛이 더 좋은데."

"최 형사님, 제가 여자로 보이긴 보이시는 거예요?"

"정복을 입었을 때는 몰랐는데 이렇게 사복을 입으니까 박 순경도 예뻐 보이는데. 역시 옷이 날개야."

"제가 예쁘다는 말이에요. 아니면 옷이 예쁘다는 거예요?"

그녀가 철민을 애교스럽게 쏘아보았다.

"둘 다."

그 말을 하고선 철민이 술잔을 기울였다. 그가 빈 잔을 내려놓자 기다렸다는 듯이 그녀가 잔을 채워 주었다.

"최 형사님은 결혼 안 하세요?"

그녀가 철민의 얼굴을 빤히 쳐다보며 말했다.

"그러는 박 순경은?"

"전 마음에 두고 있는 남자가 있어요. 그쪽에서는 알아주지도 않지만……."

술기운 때문인지 수줍음 때문인지 그녀의 얼굴에 홍조가 깃들었다. 그녀가 술잔을 비워 냈다. 그녀의 잔에 철민이 술을 따랐다.

"그 사람이 누군데? 내가 아는 사람이야?"

"아마 아실 거예요."

"누굴까, 궁금해지는데. 나한테만 살짝 말해 주면 안 돼?"

자신의 마음을 알아주지 못하는 철민을 바라보면서 그녀가 살며시 웃어 보였다.

"그 사람도 언젠가는 내 마음 알아주겠지요. ……사랑이란 참 이상해요. 보고만 있어도, 가까이 다가가기만 해도 가슴이 두근거리고 설레는 거 있죠. 두렵기도 하구요. 그 사람이 나를 싫어하면 어떡하나 하는 생각이 들기도 해요. 또 그 사람이 힘들어 할 때 어떻게 해야지 도움이 될 수 있을까……. 지켜보는 게 이렇게 힘들지 몰랐어요. 그렇다고 가까이 다가가는 것도 쉽지는 않거든요. 아마 그런 사랑을 해보지 못한 사람은 모를 거예요. 최 형사님 저, 정말 한심하죠?"

그녀는 한시도 철민의 눈에서 시선을 떼지 않고 말했다. 그렇게 말을 마치고선 술잔을 단번에 비워 냈다.

그 말은 철민을 향한 그녀의 진심이었다. 그렇지만 철민은 아는지 모르는지 술잔을 만지작거리다가 술을 비우고 내려놓았다.

"사랑은 기다리는 게 아니야. 떠나간 뒤에 후회하면 뭐하겠어. 있을 때 꽉 휘어잡으라고. 그래야 미련이 남지 않아."

"최 형사님 생각에도 그러는 게 났겠죠. 그래요, 저도 그러고 싶어요. 하지만 조금 더 기다려 볼 생각이에요."

그녀가 살며시 웃었다.

철민도 그녀를 향해 살짝 웃어 주었다.

"참, 최 형사님. 요즘 어디에서 지내세요?"

"왜, 재워 주게?"

"걱정이 돼서요."

"친구한테서 오피스텔을 싸게 얻었어."

"그 친구 분은요?"

"얼마 전에 결혼했어. 한참 좋을 때지."

그가 술잔을 비우며 말했다. 그의 얼굴이 문득 우울해졌다. 그는 이 형사를 생각하고 있었던 것이다.

영결식장에서 오열하던 이 형사의 부인을 생각하면 자신이 못할 짓을 한 것 같아 마음이 아팠다. 스물여섯의 젊디젊은 나이에 혼자의 몸으로 살아가야 할 그녀의 고통이 너무 가슴 아프게 느껴지는 그였다.

신혼의 단꿈에 젖어 보지도 못하고 남편을 일에 빼앗겼던 그녀, 그녀는 지금 남편 없는 썰렁한 집에서 혼자 무엇을 하고 있을까. 아마 남편에 대한 그리움을 떨쳐 버리지 못하고 슬퍼하고 있을 것이다.

그가 술잔을 비우는 틈틈이 박 순경이 술을 따라 주었다.

"내가 이 형사한테 못할 짓을 시켰어."

그의 얼굴에 수심이 가득하다.

그녀가 철민을 안쓰럽게 바라보았다. 아무 것도 해줄 수 없는 자신이 원망스럽기만 했다.

"……."

"이젠 정말 자신이 없어. 무엇을 어떻게 해야 할지도 모르겠고……. 그냥 어디로든 떠나고 싶어. 도망치고 싶다구."

"그런 모습은 최 형사님한테는 어울리지 않아요."

"어울리지 않는다구. 그럼 나에게 어울리는 모습이 도대체 어떤 모습인데. 내가 왜 이런 일에 뛰어들었는지 모르겠어."

“…….”

“좋은 친구였는데. 파트너 중에서 가장 마음이 잘 맞던 친구였어. 다시는 그런 파트너를 만나지 못할 거야.”

“최 형사님…….”

무슨 말이든 해주고 싶었는데 그녀의 말문이 트이지 않았다.

“아줌마, 여기 술 좀 더 줘요.”

그의 목소리가 잦아들었다.

새로 가져온 소주병을 따서 그가 자신의 잔에 술을 가득 부었다. 취기가 오른 그의 모습은 너무도 초라해 보였다. 그는 술에 걸신이 들린 사람 마냥 연신 입으로 술을 털어넣었다.

그 모습을 보고 있자니 그녀의 맑은 눈에 눈물이 고였다. 왜 이렇게 슬픈 것일까, 사랑하는 사람이 힘들어 보이기 때문에……. 그녀는 남자의 그런 모습을 보는 것은 처음이었다. 그래서 어떻게 해야 할지 난감하기만 했다. 차라리 엉엉대고 울기라도 하면 가엾지는 않을 텐데. 자신이라면 그렇게 했을 텐데.

알아요, 당신의 마음. 가까이에 있던 사람을 떠나보낸다는 것이 얼마나 고통스러운 일이라는 것을. 하지만 너무 자책하지는 말아요. 그 모든 책임이 당신에게만 있는 것은 아니니까. 그녀는 철민을 바라보며 눈으로 그렇게 말하고 있었다.

“아무것도 할 수 없는 내가 싫어.”

"힘을 내세요. 이 형사님도 그러기를 바라고 계실 거예요.
이 형사님의 죽음을 헛되게 해서는 안 되잖아요."

"그래, 그렇지만……."

"우리 술이나 마셔요. 술 마시는 동안은 그런 것 모두 잊어
요. 그리고 내일부터 다시 시작하면 되는 거예요. 제가 이 형
사님만큼은 안 되겠지만 최 형사님을 힘닿는 데까지 도와드릴
게요."

"고마워."

"……."

그녀가 용기를 내라는 듯 철민을 향해 웃어 주며 술잔을 들
었다.

소주는 어느새 세 병을 초과하고 있었다. 철민은 거나하게
술에 취해 있었고 박 순경의 얼굴도 술기운으로 인해 홍당무
가 되어 있었다.

둘은 술집에서 그렇게 세 시간 정도를 머물고 있다가 나왔
다. 술에 취한 철민의 기분이 한결 나아진 것 같았다. 그녀도
그런 철민을 보면서 어느 정도 안심할 수 있었다. 그녀가 막
달려온 택시를 세웠다.

"최 형사님 먼저 타고 가세요."

"아니야, 난 다음 택시 기다렸다가 타고 갈 테니까 박 순경
먼저 타고 들어가라구. 어서 타."

"아니에요. 최 형사님 많이 취하셨어요. 타고 가시는 것보고 저도 갈게요. 오늘은 제 말 들으세요."

박 순경이 그를 택시 안으로 떠밀었다. 그는 어쩔 수 없이 그녀의 손에 떠밀려 택시에 올라탔다.

"그럼 나 먼저 갈게."

그가 손을 흔들었다. 그리고 택시는 유흥의 물결이 울렁이는 도심의 밤거리를 횡단하기 시작했다.

철민이 이사한 오피스텔로 돌아온 것은 그로부터 삼십 분이 지난 뒤였다. 그는 오피스텔로 들어오자마자 옷도 벗지 않은 채 침대에 쓰러져 잠이 들고 말았다.

다음날 10시쯤 되어서 그의 오피스텔에 전화벨이 울렸다. 전화벨은 끊이지 않고 진득하게 계속해서 울렸다.

전화벨 소리에 잠에서 깨어난 철민은 침대 위에 누운 채로 수화기를 찾아 들었다. 어젯밤에 과하게 술을 마신 터라 그때까지도 그는 취기에서 벗어나지 못하고 있었다.

"여보세요."

그가 가라앉은 목소리로 상대방을 의식하며 말했다. 그는 베개에 얼굴을 묻은 채 수화기를 가까스로 잡고 있었다.

"최철민 형사님 댁인가요?"

여자의 목소리가 상냥하게 흘러나왔다.

"맞습니다. 그런데 누구시죠?"

“민지나라고 하는데요.”

“민……지나 박사님.”

철민이 베개에 얼굴을 묻고 있다가 얼른 자리에서 일어나 앉았다. 그러자 머리에서 두통이 느껴져 그의 입에서 신음 소리가 짤막하게 쏟아져 나왔다. 그가 오른손으로 관자놀이를 두어 번 눌렀다.

“어디가 편찮으신가 봐요?”

“아…… 아닙니다, 어제 술을 좀 마셨더니…….”

“응답기에 메시지 남겨 놓으신 거 들었어요. 죄송해요. 이제야 전화를 드려서. 그런데 이 형사님이 어떻게 되셨다구요?”

그녀가 이 형사의 죽음을 다시 한번 확인하며 물었다.

“……순직했습니다.”

“……뭐라고 위로를 해드려야 할지.”

그녀의 목소리가 가늘게 떨렸다.

철민이 담배를 입에 물고 불을 붙였다. 그리곤 재떨이를 찾아 침대 맡으로 끌어당기며 말을 이었다.

“오늘 중으로 한번 만나 뵙고 싶은데요.”

“저를요?”

“네, 이 형사의 일로 물어 볼 게 있어서요. 민 박사님께서 편하신 시간에 약속을 정하시지요. 저는 아무 때나 좋습니다.”

"저도 오늘은 한가한 편이에요. 약속 장소는 어디가 좋으시
겠어요. 제가 가끔 가는 커피 전문점이 있는데 거기에서 만날
까요?"
"네, 그렇게 하시죠."
"찾기는 쉬울 거예요."
"잠깐만요."
그러며 그가 메모지와 볼펜을 찾아 그녀가 일러 주는 대로
약도를 받아 적었다.
"지금이 10시니까 한 시나 두 시쯤이 어떠세요?"
지나가 말했다.
"그러시죠. 그럼 그때 뵙겠습니다."
전화를 끊고 나서 그는 곧바로 욕실로 들어가 샤워를 했다.
한결 상쾌한 기분이 들기는 했지만 아직도 속이 풀리지 않아
메스껍고 더부룩했다.
뜨거운 커피를 타서 마셔 보기도 했지만 속이 풀리지 않기
는 마찬가지였다.
그는 열두 시쯤 오피스텔에서 나와 아침 겸 점심을 해결하
기 위해 근처의 식당으로 들어갔다.
식당은 복국을 전문으로 하는 집이었다.
그는 복국을 주문하고 앉아 탁자 위에 접혀져 있던 일간지
를 들었다. 일간지는 2002년 6월 14일 오늘자 신문이었다.

그는 일간지의 사회면부터 읽어 내려가기 시작했다. 그렇게 흥미진진한 내용은 없었다. 대개가 간밤에 일어났던 폭력배와 경찰 간의 총격전과 살인, 강도, 강간 사건들이었다. 그런 사건은 흔히 일어나는 일이었다.

북한의 최고 실권자인 국방위원장 김정일이 측근에 의해 암살된 이후 북한과의 왕래가 잦아지고 민간인들도 서로 드나들 수 있는, 통일된 것이나 다름없는 급작스런 변화에 사회는 갈수록 혼란해졌고 정치인들은 앞으로 있을 통일 정국의 안정을 꾀하기보다는 자신들의 당리와 당략에 더 열을 올리며 서로 헐뜯고 다투는 현실이었다. 그것은 무정부 상태와 기아에 시달리고 있는 북한을 흡수하기 위한 마땅한 대안을 미리 마련해 놓지 못한 현 정부의 무능력에서 비롯된 것이었다.

그렇게 어수선하게 시국이 흘러가다 보니 고개를 들기 시작한 것이 바로 폭력 조직이었다. 폭력배들은 마약과 매춘 그리고 인신매매, 불법 총기 밀수 등 돈이 되는 일이라면 가리지 않고 닥치는 대로 취급했다. 그러다 보니 어느새 폭력 조직은 기업형으로 손을 댈 수 없을 만큼 커져 갔다. 국민들은 불안에 떨면서 하루하루를 살아가야만 했다. 부랑자들과 노숙자들이 날로 늘어갔고 밤거리는 범죄의 활보처가 되었다. 국민들의 언성이 그만큼 높아질 수밖에 없었다.

하지만 아직까지는 그렇게 우려할 정도는 아니었다. 그러나 북한을 흡수하게 되면서 닥쳐올 여파는 누구도 상상하지 못하고 있었다. 이제 겨우 불황의 늪에서 벗어난 지금 걸어가 야 할 길이 멀고도 험할 뿐이다.

북한에서도 나름대로의 자구책을 수용하려 하고 있었다. 하지만 남한 정치권의 외면으로 발을 동동 구르고 있는 실정 이었다.

공산주의가 막을 내리고 민주주의의 개혁이 다가오자 북한 주민들은 대환영이었다. 하지만 그들을 이끌 만한 인물이 북 한에서는 나오지 않고 있었다. 그것은 독재 치하에서 반세기 를 뼈아프게 살아온 북한 주민들의 불신 때문이었다. 그들이 기댈 곳은 오직 같은 민족인, 민주주의 체계를 수용하고 있는 남한밖에는 없었다.

그즈음 대선 그룹을 선두로 해서 유수의 기업들이 북한에 진출해 값싼 인력을 끌어 모아 호평을 받고 있었다.

대선 그룹 정길영 명예회장의 판문점 중립국감독위원회를 통한 방북의 성과는 경제 특구 개발과 북한 관광 개발 독점 프로젝트를 추진하게 되었고 남북 경제 협력의 발판과 남북 자유무역 체제의 전환점을 이끌어 냈다.

그것은 이미 예견된 일이었다.

북한 주석 김일성과의 면담에서 정길영 회장은 이미 북한 관 광 공동 개발과 남북 경제협력에 대한 전폭적 지지를 받았다.

하지만 북한 주석 김일성의 사망으로 정길영 회장의 야망은 잠시 접어 두어야 했다. 그러나 그는 포기하지 않고 또다시 북한에 필요한 물자를 무상 지원함으로써 백두산 관광 개발 프로젝트를 성사시켰고 기아에 시달리고 있던 북한의 개방을 한층 앞당겼다.

그 후로도 정길영 회장은 최대 곡창지 김제 평야보다 넓은 자신의 삼우 농장에서 생산된 곡물 수십만 가마를 북한에 무상으로 지원하기도 했다.

대가 없는 지원이었지만 그것으로 인해 정길영 회장은 남한의 실향민들의 많은 지지를 받기도 했다. 그리고 북한에서도 그는 국빈 대접을 받는 유일의 남한 인사가 되었다.

북한의 김일성 주석이 사망했을 때와 달리 그의 아들이자 최고 실권자인 국방위원장 김정일의 암살이 있은 뒤에도 정길영 회장의 북에 대한 영향력은 탄탄한 발판으로 인해 전혀 타격을 입지 않고 있었다. 오히려 김정일의 암살은 북한 내의 정길영 회장의 경제적 입지를 굳히게 만들었다.

그의 야망은 그에 그치지 않았고 가칭 한민족통일당 이라는 신당을 창당해 당총재로 취임했다. 그리고 그의 북한에 대한 경제 협력은 더욱 활성화되었다.

한민족통일당은 총선에서의 승리로 제1야당으로 급부상했다. 당연히 매스컴들은 정길영 회장에 대한 대선 출마의 확실성을 특집으로 연재하기도 했다.

　그의 끊임없는 야망을 매스컴은 곡물과 물자 지원을 통한 북한의 아부꾼으로 매도하며 비아냥거렸지만 누구도 정길영 회장의 속셈은 알아차리지 못했다.

　그가 연말에 있을 대선에 출마할지는 아직은 미지수였지만 그를 지지하는 국민들은 그를 청와대의 주인으로 만들어야 한다고 아우성들이었고 북한에서도 그를 지지하기에 이르렀다.

　하지만 문제는 그의 89세의 연로한 나이였다. 그 자신도 나이를 속일 수 없다는 것을 그 누구보다도 더 잘 알고 있었다.

　통일 한국을 향한 정길영 회장의 집착은 세간의 화젯거리가 되었지만 그는 정작 두문불출했다.

　정길영 회장의 북에 대한 경제 회생의 노력은 더 이상 분단의 선을 가로막게 할 여지가 없었다. 남은 것은 정치권의 화합이었다. 그렇지만 그것이 결코 쉬운 일은 아니었다.

　정치판에서부터 시작된 당리당략의 이기주의는 곪을 대로 곪아터져 덧나기만 할 뿐이었다. 그리고 말단 공무원에서부터 고급 공무원에 이르기까지 썩을 대로 썩어 빠져 중심 없이 사회 기반이 뿌리째 흔들리고 있는 지금 먼저 서둘러야 할 것은 대폭적인 물갈이밖에는 없었다. 그렇지만 물갈이를 원하는 사람들은 극히 한정되어 있었다.

　국민들의 바람은 그렇게 외면되고 있는 실정이었다. 국민들의 바람은 정길영 회장에게 주목되었지만 정계에서는 각 당의 일부 정치인들의 담합으로 정길영 회장을 밀어내려는 음모를 꾸미고 있었다.

철민은 신문의 톱 면을 장식한 기사를 유심히 살펴보았다.

―한국통일 민주당 박준렬 총재 실종.

한국통일 민주당 한민국 대변인은 13일 박준렬 당 총재가 휴가 중 괴한들에게 납치 실종되었다고 밝혔다.

한민국 대변인은 어제 기자 회견에서 박준렬 당 총재가 휴가차 떠난 뒤 아무런 연락도 이루어지지 않아 조사해 본 결과 12일 낮 2시경 낚시를 하고 있던 중 승용차에 의해 납치되었다고 말했다. (관련 기사 6면)

그것과 관련해서 한국통일 민주당 이시민 부총재는 "무언가 음모가 있는 것이 분명하다. 우리 당은 용납하지 않을 것이며 기필코 음모를 밝혀내고야 말겠다."고 말했다.

그와 관련된 다른 정당은 "그건 억지다. 음모는 그쪽에서 꾸미고 있다."라고 말하며 일축했다.

경찰은 이번 사건이 납치 사건으로 밝혀지면 조속히 대처해 나가겠다며 진상 조사에 나섰다.

철민은 복국이 식어 가는 줄도 모르고 신문기사를 읽는데 정신이 팔려 있었다.

"총각 양반, 복국 식으면 맛이 없어요. 식기 전에 어서 들어요."

복국집 아줌마가 그런 철민을 보고 말했다.

철민이 그제야 신문을 접고는 복국을 수저로 떠먹기 시작했다. 따끈한 국물은 그의 입맛에 딱 맞았다. 그리고 시원한 맛과 함께 숙취를 몸 밖으로 몰아내는 것 같았다.

"복국 맛이 일품인데요."

"우리 집 복국 드셔 본 분들은 다 그렇게 말씀들 하세요."

아줌마의 얼굴이 싱글벙글거렸다.

"여기서 오래 하셨나 봐요?"

"20년 정도 됐어요."

"그럼 단골손님들도 많겠어요?"

"다른 집보다는 그래도 잘되는 편이에요. 어서 들어요. 식기 전에……."

아줌마가 그렇게 말하고는 주방으로 들어가 쌓여 있던 설거지를 하기 시작했다.

철민은 복국에 밥을 말아 남김없이 먹었다. 모두 먹고 나니까 한결 힘이 솟는 것 같았다. 그는 계산을 하고 복국집에서 나와 지나와 만나기로 한 있는 커피숍으로 택시를 타고 움직였다.

그가 커피숍에 도착한 시간은 12시 50분경이었다. 커피숍 안은 한산한 편이었다. 그가 안으로 들어갔을 때는 테이블 두 곳에 남녀 한 쌍씩 앉아 있었다. 아직 지나는 오지 않은 모양이었다.

그는 창가 쪽으로 다가가 앉았다.

창밖을 내다보면서 그는 담배를 꺼내 입에 물었다. 그리곤 라이터로 불을 붙여 담배 연기를 길게 들이마셨다가 내뱉었다.

오랜만에 들어와 보는 커피숍이었다.

그동안 무엇이 그렇게 바빴을까, 그는 오랜만에 느껴 보는 여유로움에 한껏 취해 있었다. 사실 그동안 범죄자의 뒤만 졸졸 쫓아다니느라고 자신의 사적인 시간은 전혀 없었다.

경찰대학에 입학해서부터 지금에 이르기까지 그는 조금의 빈틈도 없이 빡빡하게 살아온 지난날이 아쉽기만 했다. 그 흔한 데이트 한 번 해보지도 못하고 여자 한 번 제대로 사귀어 보지 못한 그로서는 옆 테이블에 얼굴을 맞대고 뭐가 그리 좋은지 히히덕거리는 연인이 부럽기만 했다.

언제쯤 자신도 한 여자를 만나서 저들처럼 시간가는 줄도 모르고 얼굴을 맞댄 채 즐거운 한때를 지낼 수 있을지, 그는 마냥 샘이 나는 시선으로 그들을 바라보았다.

재떨이에는 담배꽁초만 쌓여 갔다.

삼십 분쯤 지났을까, 커피숍 안에는 그만 덩그러니 앉아 있었다. 그는 시계를 들여다보며 지나가 나타나기만을 기다리고 있었다.

　한참을 더 지나서야 한 여자가 커피숍 안으로 들어왔다. 여자는 상당히 미인이었으며 첫눈에 그의 가슴을 끌어당기는 듯했다.

　철민은 그녀가 지나라는 것을 쉽게 알 수 있었다.

　"최철민 형사님이시죠?"

　그녀가 다가와서 물었다.

　"네, 그렇습니다."

　그가 자리에서 일어나 그녀에게 가볍게 목례를 했다.

　"늦어서 죄송해요. 많이 기다리셨어요?"

　"아닙니다. 이렇게 나와 주셔서 감사합니다."

　그가 지나를 자리에 앉도록 했다.

　아이스커피가 두 사람 사이에 놓여졌다.

　철민이 담배를 꺼내 물었다.

　"담배를 많이 태우시나 봐요?"

　그녀가 재떨이에 쌓여 있는 담배꽁초를 쳐다보다가 철민을 바라보며 말했다.

　"……."

　철민이 말없이 담배에 불을 붙였다.

　"이 형사님이 안됐어요. 좋으신 분 같았는데. 그런데 무슨 일로 저를……?"

“이 형사는 민지나 박사님과 정비소에 들렀던 그 날 살해됐습니다.”

“살해됐다구요?”

“네, 누군가 뒤에서 권총으로……”

그의 입에서 짙은 담배 연기가 쏟아져 나왔다.

이 형사가 살해됐다는 말에 지나는 놀라는 표정이었다. 그녀가 아이스커피를 한 모금 마시고는 내려놓았다. 철민이 그녀의 표정을 유심히 살피며 다시 말을 이어나갔다.

“이 형사가 대선 유전생명공학 연구소 김석인 박사를 조사하고 있었다는 것을 알고 계셨습니까?”

“아저씨를……. 왜죠?”

그녀가 영문을 모르겠다는 듯이 철민에게 물었다.

“아저씨라면……. 김석인 박사와는 친하십니까?”

“돌아가신 저희 아빠 친구분이세요.”

“……”

“그런데 무엇 때문에……?”

“경찰서 앞에서 자동차 전복 사고가 있었습니다. 운전자는 사망했구요.”

“……”

“그 사망자의 신원을 확인하기 위해 지문을 채취했고 그러던 중 이지명 박사의 자살 사건이 터진 겁니다.”

“그런데 그것과……?”

그녀가 철민을 똑바로 바라보며 다음 말을 기다렸다.

“그런데 이상한 점이 한 가지 있었습니다. 신원을 알 수 없는 그 사망자와 이지명 박사의 지문이 똑같다는 겁니다.”

“네, 그럴 리가요. 그건 있을 수 없는 일이잖아요.”

“그래요. 있을 수 없는 일이지요. 그래서 무슨 연관 관계가 있을 것 같아 다시 조사를 하던 중 그런 일이 벌어진 겁니다.”

“……”

“김 박사라는 사람이 마음에 걸리는데…….”

그가 조심스럽게 말했다.

“이지명 박사님은 자살이라고 판명난 건가요?”

지나가 그에게 물었다.

“네. 그 분은 자살로 판명됐습니다. 하지만 제가 생각하기에는 이해가 가지 않는 부분이 너무나도 많습니다.”

그 말을 하고는 그가 목이 말랐던지 아이스커피를 모두 비우고 내려놓았다. 그의 손에서 담배가 다시 타 들어가기 시작했다.

지나가 한동안 곰곰한 얼굴로 앉아 있다가 말을 이으며 핸드백에서 무엇인가를 꺼냈다. 그것은 다름 아닌 신문 스크랩이었다.

“어쩌면……. 이십 년 전에도 그와 비슷한 사건이 있었어요.”

그녀가 스크랩을 철민에게 내밀었다.

“…….”

“저희 아빠도 대선 유전생명공학 연구소에서 일을 하시다가 자살을 하셨어요. 하지만 아무리 생각해도 자살로 생각하기에는 미덥지 않은 점이 너무 많아요.”

그녀는 어쩌면 이번 사건이 아빠의 죽음과도 연관되어 있을지 모른다고 생각했다. 철민은 그녀가 내민 스크랩을 신중하게 검토했다.

지나는 철민이 그것을 다 읽기를 기다리고 있었다.

“제 나름대로 아빠의 죽음을 조사해 보려던 참이었어요. 그래서 그 기사를 쓴 취재기자를 찾아보았지만 너무 오래전의 일이라 쉽지가 않아요. 당시에 아빠의 자살 사건을 담당했던 담당 형사만 찾는다면 어쩌면 밝혀 낼 수 있을지도 모르는데……. 하지만 지금에 와서 어디에 가서 찾겠어요.”

그녀의 말을 들으면서 그가 기사를 읽어 내려가다가 한순간 깜짝 놀라며 가볍게 손을 떨었다.

“이건…….”

최강 형사. 자신의 아버지였다.

“왜 그러세요?”

“최강 형사!”

“그래요. 그 분만 찾을 수 있다면 사건에 대한 전말을 알 수도 있을 것 같은데요. 어떻게 찾을 수 없을까요?”

“…….”

철민은 기사를 읽느라 그녀의 말을 듣지 못했다.

빛바랜 신문기사에 불쑥 나타난 아버지에 대한 기사. 철민은 그 기사를 다 읽고도 스크랩에서 눈을 뗄 수가 없었다.

그토록 미워하고 증오했던 아버지가 아니었던가.

아버지는 언제부턴가 술에 찌든 생활로 폐인이 되어 가고 있었다. 그를 그렇게 만든 것은 한 사건 때문이었다. 바로 철민이 들고 있는 신문기사에 그 내용이 있었다.

“뭘 그렇게 생각하고 계세요?”

“아…… 아닙니다.”

“어떻게 생각하세요?”

“글쎄요.”

“그 분을 찾을 수 없을까요?”

“그거야, 어렵지는 않지만…….”

그가 망설였다.

“확실하지는 않지만 최 형사님 말대로라면 우리 아빠와 그 사건이 연관되어 있을지도 모른다고 저는 생각하는데요.”

“어느 면에서……?”

“그건 두 사건 모두가 의문이 남는다는 거예요. 그리고 대선 유전생명공학 연구소와도 관계가 있구요.”

“그래요. 한번 찾아봅시다.”

더 이상 망설일 여지가 없었다. 철민도 스크랩을 읽으면서
이번 사건과 민 박사의 자살 사건에 유사점을 확인할 수 있었
기 때문이다.

오래전의 일이기는 했지만 그 일로 인해 실마리를 풀어 갈
수 있을 지도 모른다고 철민은 생각했다.

그리고 그 사건은 자신의 아버지를 알코올 중독자로 몰고
간 사건이 아니던가. 아버지는 무엇인가를 알고 있을지도 모
른다. 그렇지 않고서는 그렇게 불명예스럽게 조직에서 쫓겨
날 리가 없다.

만약 그렇다면 아버지의 명예를 회복시킬 수 있는 좋은 계
기가 될 수 있을지도 모른다고 그는 생각했다. 그리고 그동안
너무도 소홀했기 때문에 아버지를 한번 찾아가 보는 것도 좋
으리라고 생각했다.

"어떻게 이렇게 금방 찾을 수 있었지요. 역시 형사라는 직
업은 좋은 거군요. 저라면 찾지 못하고 포기했을 텐데."

운전대를 잡고 있는 지나의 얼굴에 흥분이 서려 있었다.

그녀가 하는 말이 철민의 귀에는 하나도 들리지도 않았다.
철민은 천안으로 향하는 승용차 안에서 내내 창밖을 내다보고
만 있었다.

천안에 있는 한 요양원에 철민이 탄 승용차가 도착했다. 막

차에서 내리려는데 빗줄기가 두둑 몇 방울 떨어졌다. 올려다본 하늘은 성을 내듯 잔뜩 구름을 껴안고 있었다.

철민이 먼저 차에서 내려 면회실 쪽으로 뛰어갔고 지나가 우산을 받쳐 들고 차에서 내려 뒤따라 걸어갔다.

먼저 면회실로 뛰어 들어간 철민이 지나를 기다리고 있었다. 지나가 우산을 접고 안으로 들어오자 철민이 말했다.

"제가 먼저 만나 보겠습니다."

그가 딱 잘라 말하고는 돌아섰다.

지나는 최강 형사가 철민의 아버지라는 것을 모르고 있었다. 철민도 그 사실을 굳이 지나에게 말하고 싶지 않았다.

얼마 뒤에 요양원 직원이 육십대 초반의 남자를 부축하여 데리고 들어왔다. 노인의 얼굴은 핏기 하나 없어 보였다.

철민이 그를 보자 무뚝뚝한 표정으로 고개를 숙였다.

"네가 여기는 웬일이니?"

철민을 보자 그의 얼굴에 연한 미소가 깃들었다. 핏기 하나 없는 얼굴에 찾아든 미소는 볼품없기 짝이 없었다.

그가 철민의 옆에 서 있는 여자를 쳐다보았다. 그리고는 아들에게 눈짓을 했다. 옆에 서 있는 여자가 누구인지 궁금했던 모양이었다.

"아버지를 만나보고 싶다는 분이에요."

철민이 말했고 그제야 지나는 두 사람의 관계를 알 수 있었다.

그래서 쉽게 찾을 수 있었구나, 지나는 두 사람의 만남을 훼방하고 싶지 않아 면회실에서 잠깐 비켜 주었다.

"어떻게 지내셨어요?"

"나야 그저 그렇지. 여기가 좋아."

"죄송해요. 제대로 찾아뵙지도 못하고."

"아니다. 일은 할 만하니?"

"네."

좀처럼 철민의 얼굴이 밝아지지 않았다.

"답답한데 우리 나갈까?"

아버지가 말했다.

"그렇게 해요."

그러며 철민이 아버지를 부축하여 면회실 문을 열고 나섰다.

지나는 실내에 마련되어 있는 의자에 앉아 있다가 그들이 나오는 것을 보고 자리에서 일어났다.

요양원 내에 마련되어 있는 산책로를 철민과 아버지가 나란히 걷고 있었다. 철민이 우산을 받쳐 들고 빗물을 막아 주었다.

"미안하구나, 항상 너에게는 할 말이 많았다가도 만나기만 하면 무슨 말을 해야 할지 생각이 나지 않아. 아직도 아버지를 원망하고 있는 거니?"

아버지는 고개를 숙인 채 힘겹게 걷고 있었다.

그런 모습을 보는 철민의 가슴이 아려 왔다.

“…….”

“그 사람이 보고 싶구나. 내가 너무 못할 짓만 시킨 것 같아. 꿈속에서 네 엄마를 자주 보곤 하는데 나도 이젠 갈 때가 된 것 같아.”

말끝에 아버지가 가래가 잔뜩 낀 기침을 했다.

“저기에 앉을까요?”

“…….”

철민이 지붕이 달려 있는 평상 쪽을 가리켰다. 그러자 아버지가 고개를 끄덕였다.

지나가 멀찍이 서서 그들을 바라보고 있었다.

“건강은 어떠세요?”

“여기 사람들이 잘 해줘서…….”

“…….”

이젠 검은머리를 찾아볼 수 없는 아버지를 철민이 안쓰럽게 바라보았다.

“형사란 직업이 쉬운 일이 아닌데…….”

아버지가 걱정하는 눈빛으로 아들을 쳐다보았다. 하지만 철민이 눈을 마주치지 않으려고 다른 곳으로 돌리고 말았다.

“저도 형사라는 직업을 갖고 싶지 않았어요. 하지만 이 일을 하면서 아버지를 많이 이해하게 됐어요.”

“고맙구나.”

“오늘 찾아온 건…….”

“…….”

“20년 전의 일인데 기억하실지 모르겠어요. 민형우 박사라고 자살 사건을 담당하셨었죠?”

“민형우…….”

아버지의 얼굴이 창백해졌다.

“기억 안 나세요?”

“갑자기 그건 왜?”

아버지가 대뜸 자리에서 일어나 안절부절 못하고 있었다.

“알아요. 그 사건 이후 얼마나 힘들었는지. ……아까 보신 여자 분 있었죠. 그 여자가 민 박사의 딸이에요.”

“…….”

아버지는 지나가 서 있는 곳을 쳐다보았다.

“그 일이라면 난 생각하고 싶지도 않다.”

“그 사건에 대해서 알고 계시는 것 좀 말해 주세요.”

“기억이 나지 않아. ……너도 그 일이라면 손을 떼는 게 좋아. 그렇지 않다가는 다치게 될지도 몰라.”

“타살인가요?”

“…….”

“무엇 때문에……?”

그가 넘겨짚었다.

“돌아가거라.”

그러며 아버지가 차갑게 돌아섰다. 하지만 철민은 물러서지 않고 아버지의 앞으로 바짝 다가가 섰다.

“말씀해 주세요. 제 파트너가 죽었어요.”

“…….”

“무엇 때문에 그렇게 겁을 내시는 거죠?”

“내가 아는 것은 아무 것도 없어. 그저 짐작일 뿐이지.”

“짐작?”

“그래, 민 박사는 자살이 아니야. 타살이 분명해. 난 당시에 타살이라는 확신을 가지고 수사에 착수했어. 그리고 민 박사가 연구하던 프로젝트에 대해서 조사하던 중에 필로폰 투약 혐의로 모함을 당했고…….”

“그뿐인가요?”

“그래. ……난 내가 걸어왔던 길을 다시 너에게 걷게 하고 싶지는 않아. 그만 두거라. 그러는 게 나아. 결국에는 너만 다치게 될 거야.”

“숨기시는 게 있죠?”

철민이 아버지의 눈을 똑바로 쳐다보았다. 그의 눈이 떨리는 것이 느껴졌다.

“담배 있니?”

“…….”

철민이 그에게 담배를 꺼내 불을 붙여 주었다. 그는 마음을 진정시키려는 듯이 담배를 길게 빨아들였다가 내뱉었다.

여전히 비가 추적추적 내리고 있었다.

"……민 박사는 복제 생명체를 연구하고 있었어. 인간을 상대로 실험을 하고 있었던 것 같아. 실험에 회의를 느낀 민 박사는 더 이상 그것을 원치 않았고 그 비리를 알리려고 그랬던 것 같아. 그래서 그것이 알려질까 봐 그를 죽여야 했을 거구."

"복제 인간."

"지금도 어디에선가 그 일이 벌어지고 있을 지도 모르지."

"……"

"네가 그 사건에 휘말려 들었다면 아마 거대한 조직과 맞서 싸워야 할 거야. 결코 쉬운 일이 아니야. 지금이라도 그만두는 게 어떻겠니?"

"아니요, 그렇다면 더더욱 그만둘 수 없어요. 끝까지 밝혀내고 말 거예요."

"김석인 박사라는 사람을 조심해라. 사악한 놈이야. 언젠가는 끔찍한 일을 내고 말 놈이라구."

"고마워요. 저 아가씨 한번 만나 보시겠어요?"

"……"

아버지가 고개를 끄덕였다.

철민이 자리에서 일어나 지나가 기다리고 있는 곳으로 다가갔다.

"가 보세요."

"왜 저 분이 아버지라고 말씀하지 않으셨지요?"

그녀가 철민을 빤히 바라보았다. 철민은 대답 대신 싱겁게 웃었다. 그러자 지나가 아버지가 있는 곳으로 갔다.

아버지와 말하고 있던 지나가 갑자기 손으로 얼굴을 감싸고 우는 모습이 보였다. 철민이 담배를 꺼내 피워 물었다. 그리고는 착잡하게 짙은 담배 연기를 입밖으로 내뱉었다.

지나는 아버지와 한동안 말을 나누다가 자리에서 일어나 그를 부축하고는 철민이 있는 곳으로 다가왔다. 그녀의 얼굴은 뜻밖에도 환해져 있었다. 아마도 아버지의 죽음이 자살이 아닌 타살이라는 소리를 듣고 마음의 위안을 받은 모양이다.

철민과 지나가 차를 타고 서울로 올라가려 하자 비는 더욱 거세지기 시작했다. 차창으로 빗줄기가 거세게 몰아쳤다. 그리고 차의 지붕에서도 후두두 빗방울이 튀었다.

철민은 내려올 때처럼 올라갈 때도 아무 말 없이 아무 것도 보이지 않는 빗속을 내다보며 묵묵부답으로 앉아 있었다. 그런 철민을 그녀가 운전대를 잡은 상태로 넌지시 돌아다보았다. 그렇지만 철민은 무슨 생각에 곰곰해져 있을 뿐 그녀가 쳐다보는 것을 눈치채지는 못했다.

"뭘 그렇게 생각해요?"

“…….”

“항상 그렇게 말이 없으세요?”

다시 지나가 물었다. 그러나 철민은 듣지 못하듯 여전히 창밖을 내다보고 있었다.

“최 형사님.”

부르며 지나가 그의 어깨를 흔들었다. 그제야 철민이 지나를 돌아다보았다.

“네…….”

“항상 그렇게 말수가 없으시냐구요?”

“…….”

철민이 대답 대신 웃어 주었다.

“비가 너무 많이 오는데요.”

그러며 지나가 난감한 표정을 지었다. 빗길에서의 운전이 서툴렀기 때문이었다.

“피곤하신 것 같은데 제가 대신 운전할까요?”

“그래주실래요?”

“…….”

그가 고개를 끄덕여 주었다. 그러자 지나가 속력을 줄여 갓길에 차를 정차시켰고 자리를 바꾸었다.

승용차는 부드럽게 속력을 내기 시작했다.

자리를 바꾼 지나가 한숨을 푹 내쉬었다. 아마 신경을 쓰며 운전을 하느라 꽤 힘들었던 모양이다. 그녀가 안전벨트를 매며 시트에 깊숙이 파묻혔다.

철민이 교통 방송을 듣기 위해 카스테레오를 틀었다. 마침 속보가 나오고 있었다. 집중호우로 인해 피해가 속출한다는 아나운서의 말이 흘러나오고 있었다.

철민은 속보를 들으면서 신중하게 운전대를 잡았다.

지나는 어느새 잠이 들었는지 새근새근 숨을 몰아쉬고 있었다. 얼핏 그녀의 잠든 모습을 보면서 철민이 피식 웃었다.

서울에 거의 도착하자 비는 차츰 그쳐 가고 있었다.

"민 박사님, 이제 그만 일어나시지요. 서울에 다 왔습니다."

그가 지나를 흔들어 깨웠다.

"벌써 다 온 거예요."

그러며 그녀가 살짝 하품을 하며 깨어났다.

"피곤하셨나 봐요."

"조금……."

"댁이 어디십니까? 제가 박사님 댁까지 모셔다 드리고 가겠습니다."

"그것보다도 출출하지 않으세요. 어디에 가서 식사라도 먼저 하죠. 술 한잔하는 것도 괜찮구요. 그리고 박사님이라는 말 좀 어색해요. 그냥 지나라고 불러 주세요."

"그래도 되겠습니까?"

“그래요. 대신 저도 철민 씨라고 부를게요.”

쳐다보는 그녀의 눈빛이 반짝거렸다.

날은 어느새 저물어 가고 있었다.

그들이 찾아 들어간 곳은 꽤 넓은 호프집이었다. 안에는 요란한 음악이 흘러나와 맴돌고 있었다.

“생맥주 괜찮죠?”

“…….”

철민이 고개를 끄덕여 주었다. 그러자 그녀가 웨이터에게 생맥주와 과일 안주를 주문했다.

철민이 담배를 테이블 위에 꺼내 놓고 라이터를 찾아 불을 붙였다.

“이젠 어떻게 하실 겁니까?”

그가 물었다.

“누가 아빠를 죽게 했는지 밝혀내야지요.”

그녀의 얼굴에 단단한 결심이 서고 있었다. 철민은 그런 지나를 보면서 조금은 위태스로워 보인다고 생각했다. 곧 생맥주가 나왔고 과일 안주가 뒤이어 테이블 위에 올려졌다.

지나가 먼저 건배를 해 왔다.

잔을 쨍, 하고 부딪치고는 철민도 맥주를 벌컥벌컥 마셨다. 맥주는 시원하게 온몸을 적셔 주었다.

“지나 씨는 이 일에서 손을 떼시는 게 낫겠어요.”

"무슨 말씀이세요. 전 그렇게 할 수 없어요."

"위험한 일입니다."

"그래도 상관없어요."

그녀는 조금도 물러서지 않으려고 했다.

"제가 괜한 짓을 한 것 같군요."

철민은 자신의 아버지를 만나게 해 준 것을 후회하고 있었다. 그가 잔을 들어 남은 생맥주를 단숨에 마시고는 웨이터를 불러 또 한잔을 주문했다.

"아빠가 연구하던 프로젝트가 뭘까요?"

지나가 신문 스크랩을 꺼내 프로젝트에 대한 기사를 훑어보고 있었다. 하지만 거기에는 도움이 될 만한 자료는 없었다.

지나를 쳐다보고 있던 그가 말문을 열었다.

"이렇게 된 이상 할 수 없군요."

"……."

"지나 씨가 대선 유전생명공학 연구소에서 일을 하시고 계시니까, 그 프로젝트에 대한 자료를 조사해 주십시오. 전 나름대로 김 박사에 대해서 조사를 해보겠습니다. 그리고 절대 모험은 안 됩니다."

"그렇게 할게요. 자, 우리 다시 한번 건배해요. 파트너가 된 기념으로."

그러며 그녀가 방긋 웃었다.

삼우 농장

철민은 이 형사가 수상하다고 했던 삼우 농장을 조사해 보기로 했다. 그러기 전에 먼저 서울 근교에 있는 삼우 목장부터 조사해 볼 생각이었다.

그는 밤 7시 30분경 집을 나섰다.

이 형사의 말대로라면 이쯤에서 좌측에 비포장도로가 보일 것이다. 철민은 승용차의 속도를 줄였다. 그리곤 좌측에 시선을 두며 차를 서서히 몰았다. 그렇게 얼마 가지 않아 좁은 비포장도로가 보였다.

좌회전 방향 지시등을 켜고서 그는 핸들을 꺾었다. 그리곤 의심 가지 않게 비포장 길 입구에서 좀 떨어진 곳에 차를 주차시켰다.

철민은 걸어서 들어갈 생각이었다.

밤인데도 날씨는 후텁지근했다.

그는 조그만 손전등 하나만을 들고 비포장길을 따라 걸어 들어가고 있었다. 풀벌레 소리가 정취를 더했지만 철민의 얼굴은 심각하게 굳어져 있었다.

얼마를 그렇게 걸어 들어갔을까, 삼우 목장이라는 표지판이 보였다. 철민은 그곳에서부터 더 신중하게 처신했다. 칠흑 같은 어둠 속에서 저편으로 흐릿하게 불빛이 보였다. 철민은 그 불빛을 따라 계속해서 걸어 들어갔다.

그곳까지의 거리는 어림잡아 1~2킬로미터는 되는 것 같았다. 하지만 그는 최대한 몸을 노출시키지 않기 위해서 조심스럽게 행동했다.

거의 그곳에 가까이 다가갔을 때였다. 뒤에서 차의 엔진 소리가 들려 왔고 이내 헤드라이트 불빛이 비쳐 왔다. 철민은 숲으로 재빠르게 몸을 날렸다.

뒤에서 나타난 것은 다름 아닌 컨테이너 차량이었다.

철민은 몸을 땅바닥에 바짝 숙인 채 컨테이너 차량을 유심히 살폈다. 그 차량은 삼우 목장 안으로 들어가고 있었다. 컨테이너 차량이 빵빵거리자 삼우 농장 전체가 대낮처럼 밝아졌다.

'저게 뭘까?'

이 형사가 말했던 그 컨테이너 차량 같았다.

차량이 목장 안으로 들어가자 창고인 듯싶은 곳에서 일정하게 옷을 차려입은 남자들이 개를 끌고 뛰어나왔다. 그들은 허리에 총을 착용하고 있었다.

조용하기만 했던 삼우 목장이 한순간 부산해지기 시작했다.

땅바닥에 바짝 엎드려 있던 철민은 조심스럽게 그쪽을 향해 움직이기 시작했다.

그가 가까이 다가가자 컨테이너 차량은 커다란 창고 안으로 들어가기 시작했다. 컨테이너 차량이 안으로 들어가자 환하게 켜져 있던 조명이 일시에 꺼졌고 다시 목장은 캄캄한 칠흑으로 변했다.

목장 안은 조용해졌고 다음으로 몰려나왔던 경비들이 개를 끌고 사방으로 흩어져 물 샐 틈 없이 경비를 서고 있었다.

철민은 철조망이 쳐져 있는 바로 밑으로 다가가 목장 안으로 잠입할 기회를 노리고 있었다. 하지만 좀처럼 기회는 오지 않았다.

경비가 개를 끌고 그의 앞을 지나쳐 갔다. 철민은 기척을 내지 않기 위해 숨을 멈추고 있었다. 그러다가 틈을 타서 재빠르게 철조망을 훌쩍 뛰어넘었다.

그는 더 조심스럽게 행동했다.

'창고 안에서 무슨 일이 벌어지고 있는 것일까?'

그는 컨테이너 차량이 들어간 창고 쪽으로 재빠르게 뛰어갔다. 그리고는 안을 들여다볼 수 있는 마땅한 자리를 찾기 시작했다.

안에서는 아무 소리도 들리지 않고 있었다.

그는 창고의 벽을 능숙하게 타고 올라갔다. 어디에선가 소독약 냄새가 메스껍게 흘러나오고 있었다. 철민이 그 냄새를 자세히 맡아 보았다. 냄새는 다름 아닌 창고에서 흘러나오고 있었다.

지붕으로 올라간 철민은 하늘을 향해 뚫려져 있는 통풍구를 발견했다. 그는 그곳으로 조심스럽게 기어가 안을 들여다보았다.

창고 안에서 밝은 불빛이 새어나왔다.

안에는 흰 가운을 입은 사람들과 회색 경비복을 입은 사람들이 서 있었고 그들의 옆에는 뜻밖에도 부랑자로 보이는 사람들이 겁에 질린 채 모여 있었다. 얼핏 보기에 부랑자들은 삼십여 명 정도 되는 것 같았다.

"뭘 하려는 거지?"

철민은 다시 창고 안을 유심히 들여다보았다.

창고 안으로 들어간 컨테이너 차량의 문이 열리자 가운을 입은 사람들과 경비들은 분주해지기 시작했다.

한쪽에서 부들부들 떨고 있던 부랑자들에게 경비들이 옷을 벗으라는 지시가 떨어졌다. 아무도 옷을 벗으려 하지 않자 경비 한 명이 전기 충격봉으로 부랑자들을 짐승처럼 다루었다. 그러자 부랑자들은 어쩔 수 없이 옷을 벗기 시작했다.

부랑자들 중에는 여자와 어린아이들도 섞여 있었다. 하지만 경비들은 인정사정없이 그들에게 개보다도 못 한 대접을 하고 있었다.

뒤이어 흰 가운을 입은 사람들이 소독기구로 부랑자들의 알몸을 소독하는 것이었다. 그 뒤에 강제적으로 그들을 컨테이너에 태우는 것이 보였다. 컨테이너 차량에 태운 부랑자들을 향해 흰 가운을 입은 사람이 알 수 없는 약품을 뿌렸고 웅성거리던 부랑자들은 잠이 들었는지 조용해졌다. 아마도 수면 가스인 것 같았다.

이 형사의 수사에 의하면 그들은 서산에 있는 삼우 농장으로 옮겨질 것이 분명했다.

"인신매매를……. 아니 그럴 리는 없을 텐데. 대선 그룹에서 무엇이 부족해서 인신매매를……."

철민은 궁금증을 풀기 위해서는 컨테이너 차량을 뒤쫓는 수밖에 없다고 생각했다.

철민은 컨테이너 차량을 세 시간째 뒤쫓아 삼우 농장에 도착했다. 하지만 문제는 그곳으로 어떻게 잠입하는 가였다.

그렇다고 무작정 승용차를 몰고 쳐들어갈 수도 없는 노릇이었다.

삼우 농장은 삼우 목장과는 달리 경비가 철두철미했다. 그리고 경비들의 숫자도 만만치 않았다.

그들은 무장을 하고 있었기 때문에 섣불리 접근했다가는 쥐도 새도 모르게 죽을 판이었다.

신중을 기해야 했다.

다행히 삼우 농장의 철조망에는 별다른 전자 장치가 되어 있지 않았다. 주위를 서성이며 농장 안을 관찰한 철민은 마음을 다져먹고 안으로의 잠입을 시도했다.

무한정 기다리고 있을 수만은 없었다. 무언가 농장 안에서 심상치 않은 일이 벌어지고 있다고 생각한 철민은 서두르기 시작했다.

경비가 가장 허술한 곳의 철조망을 훌쩍 뛰어 넘었다. 거기까지는 식은죽 먹기였다. 하지만 다음이 문제였다. 허허벌판인 그곳엔 위장하여 접근할 마땅한 보형물이 없었기 때문이었다. 철조망 저쪽으로 야산이 보이기는 했지만 그것은 잠입하는 데에는 아무런 도움도 되지 않았다.

최대한 자세를 낮추는 수밖에는 없었다.

다행히 구름으로 인하여 달이 보이지 않았기 때문에 철민은 안심이 되었다.

컨테이너 차량은 우사로 보이는 몇 동의 건물을 지나 2층 건물이 있는 바로 옆의 단층 창고로 들어갔다.

목표지점은 바로 그곳이었다.

컨테이너 차량이 그곳으로 들어간 이후 삼우 농장은 온통 칠흑과 같은 어둠으로 휩싸여 있었다.

철민은 최대한 낮은 자세로 그 건물을 향해 접근을 시도했다.

삼우 농장의 곳곳에서 경비견이 으르렁거리는 소리가 들렸다. 잘못했다가는 잠입하기도 전에 경비견에게 당할지도 모르는 상황이었다.

생각 외로 잠입은 쉬웠다. 하지만 철민의 몸은 온통 땀으로 흠뻑 젖어 있었다. 모기가 왜 그렇게 많은지 온몸 곳곳에 모기에게 뜯겨 가려웠지만 긴장된 터라 철민은 그것에 신경 쓸 여유가 없었다.

철민이 2층 건물 바로 옆의 단층 지붕으로 올라간 것은 그로부터 10분 뒤였다. 단층 건물의 지붕 위로는 환풍구가 대여섯 개쯤 나란히 줄지어 뚫려 있었다. 안을 들여다보는데 지장은 없었다.

그가 막 안을 들여다볼 때 컨테이너 문이 스르르 열렸다. 컨테이너 안에서 부랑자들이 온몸에 힘이 쭈욱 빠진 채 경비들에 의해 밖으로 쓸려 나왔다.

경비는 모두 다섯 명이었다.

철민은 그 경비들을 찬찬히 훑어보았다.

“허······억.”

그 순간 철민은 숨을 안으로 들이마시며 놀라고 말았다. 그는 자신의 눈을 의심하지 않을 수 없었다.

다시금 손으로 눈을 씻고 쳐다보아도 역시 마찬가지였다.

“이럴 수가······.”

철민은 입을 다물 수가 없었다.

그 경비들의 얼굴이 하나같이 다 똑같은 것이었다.

‘쌍둥이란 말인가?’

하지만 쌍둥이라 보기에는 경비들의 얼굴이 너무도 똑같았다. 그리고 덩치들도, 말투도 모두가 똑같은 것이다.

“설마······?”

그는 자신 스스로 반문을 던졌다. 있을 수 없는 일임을 그는 부정하지 않았다. 하지만 현실은 그렇지 않았다.

‘이럴 수가, 그렇다면 저들은 모두 복제 인간!’

중얼거리면서 철민은 고개를 저었다. 눈으로 보는데도 그들이 복제 인간이라는 것이 믿겨지지 않는 철민이었다.

“세상에, 그렇다면 이지명 박사와 닮았던 그 젊은 남자가 이지명 박사의 복제 인간이었단 말인가.”

철민은 그제야 자동차 전복 전소 사고의 피해자와 이지명 박사의 관계에 대해서 이해할 수 있었다.

“그런데 왜 이지명 박사는 자살을 했을까?”

철민은 곰곰이 생각에 잠겼다. 그리고 이지명 박사의 복제 인간이 사고 당시 이지명 박사의 승용차를 몰고 있었다는 사실과 이지명 박사의 자살을 연관시켜 보니 결론은 쉽게 나왔다.

이지명 박사가 자신의 승용차로 자신의 복제 인간을 도주시켰을 가능성, 그리고 자신의 복제 인간에 대한 죄책감으로 자살을 결심, 민형우 박사의 죽음에 견주어 볼 때 이지명 박사도 자살보다는 제거되었을 가능성이 높을 것이다.

철민은 그렇게 생각하고 있었다.

'그렇다면 저 부랑자들은……. 인간을 실험용으로 사용한단 말인가?'

철민은 말문이 막혔다.

철민은 그것보다도 더 큰 음모가 도사리고 있을지도 모른다는 생각을 했다. 그렇게 생각하니 순간 그의 몸이 부들부들 떨려왔다.

철민은 다시 부랑자들을 주시했다.

그들은 겁에 잔뜩 질려 있었다. 하지만 경비들은 그들을 보며 사악하게 놀려대듯 웃고 있었다.

경비들은 그것도 모자라 부랑자들을 전자 충격봉을 찔러대며 깔깔대고 웃었다. 경비들은 그 상황을 즐기고 있는 듯했다. 녀석의 눈에서는 잔인한 살기가 흘러나오고 있었다. 어떤 녀석은 사십대 여자 부랑자의 알몸을 이유 없이 발로 걷어차기까지 했다.

어린아이들도 사정은 같았다.

경비들은 그들을 짐승 이상으로 대하지 않았다. 그들은 그 순간 인간이 아니었다. 단지 미물보다도 못 한 존재일 뿐이었다.

'저런 죽일 놈들……'

철민은 사람을 짐승처럼 대하는 그들을 보면서 울화가 치밀었다.

컨테이너 안에서 끌려나온 알몸의 부랑자들은 초죽음이 된 상태로 한쪽으로 몰아졌다.

모두 스물여섯 명이었다. 그들은 한 줄로 나란히 연결된 수갑에 채워졌다. 알몸인 채 남자 여자 가릴 것 없이 뒤섞여 바들바들 떨고 있었다.

그들은 인간 이하의 취급을 받고 있었다. 조금만 반항해도 전자 충격봉이 날아와 무방비 상태의 알몸에 혹독한 찜질이 가해졌다.

경비 한 명이 이번에는 여자의 유방에 이유 없이 전자 충격봉을 가져다가 대었다. 그러자 여자는 그 자리에 쓰러지며 자지러드는 비명을 쏟아 내었다. 그들은 최소한의 인격적 대우도 받지 못하고 있었다.

마치 아우슈비츠 강제수용소를 방불케 하는 광경이었다.

흰 가운을 입은 사람이 한 사람씩 몸을 샅샅이 훑어보고 있었다. 머리에서 발끝까지 그리고 은밀한 부위까지 모두 살펴 본 뒤에야 그들을 한쪽으로 몰아세웠다.

"살려 주세요. 우리 아기만이라도……."

한 여자가 일곱 살 남짓한 여자아이를 껴안은 채 흰 가운을 입은 사람에게 손을 삭삭 비벼 가며 애원을 하는 것이 보였다. 하지만 그 여자는 경비의 발에 채이고 전기충격봉의 찜질에 초죽음이 되었다.

"여기가 어디라구……."

"이 인간도 같지 않은 것들아, 똑바로 서지 못해."

조금만 흐트러져도 전자충격봉과 몽둥이찜질이 날아들자 그 들은 찍소리도 하지 못하고 그들이 시키는 대로 따라야 했다.

"소독 준비."

누군가가 말했다.

그즈음 컨테이너 차량은 다시 창고 밖으로 나가고 있었다.

컨테이너 차량이 나가고 난 뒤에 경비가 부랑자들을 인솔 해 한쪽에 있는 샤워 시설로 데리고 갔다. 그리고는 물을 틀었 다. 샤워 꼭지를 통해 높은 수압의 물줄기가 쏟아져 나왔다.

부랑자들은 겁에 질린 채 그들이 시키는 대로 샤워 꼭지 밑 에 서 있어야만 했다.

'뭘 하려고 그러는 거지?'

철민은 여전히 창고 안을 들여다보며 그들의 동정을 살폈다.

샤워를 끝낸 부랑자들은 일제히 유리관 안으로 들여보내졌다. 그리고 얼마 후 유리관 안에는 희뿌연 연기가 가득 들어찼다.

그렇게 십 분 정도 있다가 유리관 안에 있던 사람들을 나오도록 했다. 유리관을 열자 지독한 소독약 냄새가 흘러나왔다.

흰 가운을 입은 남자들이 일일이 부랑자들의 신체지수를 체크하고 있었다. 그리곤 어린아이, 남자, 여자들을 분류했다.

그 다음으로 부랑자들은 둥근 원형 유리관에 다시 한 사람씩 들여보내졌다. 원형 유리관 안에 투명한 액체가 밑에서부터 차오르기 시작했다. 사람들은 살려 달라고 유리관을 필사적으로 두드렸지만 흰 가운을 입은 사람들은 묵묵히 쳐다보고만 있을 뿐이다.

순식간에 원형 유리관 안에는 액체가 가득 들어찼고 호흡이 곤란했던지 사람들이 고통스러워하며 몸을 비틀었다.

"스위치 올려."

카랑한 목소리가 창고 안을 메웠고 뒤이어 누군가가 그의 명령에 따라 스위치를 올렸다. 그러자 유리관 안에서 고통스러워하고 있던 사람들의 버둥거림도 끝이 나고 말았다.

부랑자들은 버둥거리다가 한순간 얼음장처럼 굳어 버린 것이다.

철민은 자신의 눈을 믿을 수가 없었다.

'어떻게 저런 일이……'

기가 막힌 일이었다.

유리관이 다시 위로 올려졌다. 부랑자들은 유리관 안에 들어찼던 액체와 함께 고체 덩어리로 변해 있었다. 하지만 죽은 것 같지는 않았다.

철민의 심장이 자신도 모르게 급격하게 뛰기 시작했다. 철민은 한순간도 놓치지 않고 안에서 일어나는 일을 살폈다.

원형의 고체 상태로 변한 부랑자들을 그들이 조심스럽게 한쪽으로 옮기기 시작했다. 그리고 옮겨 놓은 바로 앞에서 문이 열렸다. 엘리베이터였다.

그들이 고체 상태의 부랑자들을 엘리베이터에 싣기 시작했다. 거의 다 싣고 마지막 남은 사십대 부랑자의 고체 덩어리를 옮기려 할 때였다. 한 사람의 실수로 고체 덩어리가 그만 바닥으로 쓰러지고 말았다.

순간 고체 덩어리는 유리가 깨지듯 산산조각 나고 말았다. 동시에 안에 고체 상태로 있던 부랑자의 몸뚱이도 유리 파편처럼 깨져 사방으로 흩어지고 말았다.

“우……욱, 우……욱.”

그것을 보고 있던 철민이 자신도 모르게 헛구역질을 했다. 아직 가시지 않은 소독약 냄새가 그의 메스꺼움을 계속해서 자극했다.

“거기 누구야?”

단층 건물 주위를 빙빙 맴돌며 경비를 서고 있던 경비가 그를 발견한 것이다. 그와 함께 개가 으르렁거렸다.

철민이 긴박하게 지붕에서 뛰어내렸다.

뛰어내리는 것과 동시에 총성이 울렸다. 다행히 총알은 철민의 몸을 비껴 지나갔다.

뛰어내린 그가 경비의 목을 단번에 꺾었다. 그리고 경비의 손에서 총을 빼앗으려는데 개가 철민의 다리를 악착같이 물고 놓아 주지 않았다. 철민이 경비에게서 빼앗은 총으로 개의 머리통을 날려 버렸다.

총소리에 경비들이 득달같이 몰려들었다. 그는 철조망 쪽으로 달려가 신속하게 뛰어 넘었다. 그 뒤로 두어 발의 총성이 들렸다.

그는 철조망을 뛰어넘자마자 땅바닥에 엎드렸다. 그리곤 주위의 동정을 살폈다.

경비견이 달려오고 있었다. 대여섯 마리의 경비견이 거품을 물고 달려와 철조망을 뛰어넘으려고 했다.

철민은 기다시피해서 그곳에서 달아나기 시작했다. 경비견에게 물린 왼쪽 다리가 절여 왔다. 하지만 멈출 수는 없었다.

그는 다급한 나머지 산속으로 뛰어 들어갔다.

아무래도 길이 나 있는 쪽보다는 그쪽이 도망치기에는 나을 듯싶었기 때문이다. 경비들도 개를 대동하고 철민을 뒤쫓기 시작했다.

철민은 쉴 틈도 없이 달리기 시작했지만 다친 다리를 이끌고는 무리였다. 어느새 쫓아왔는지 뒤에서 다시 총성이 울렸다. 철민은 순간적으로 바닥에 엎드리고 그쪽을 향해 총을 쏘아 댔다.

그러나 총격전은 얼마 가지 못했다. 장탄되어 있던 실탄을 모두 써 버린 것이다.

'제기랄.'

그가 바짝 엎드린 채 상대편을 주시했다.

총성이 멎고 얼마 뒤에 경비 두 명이 최대한 소리를 낮추며 다가오기 시작했다.

철민은 숨을 가다듬으면서 녀석들의 움직임에 민감해졌다. 경비들은 계속해서 다가왔다.

철민은 돌멩이를 집어들고 경비가 좀 더 가까이 다가오기를 기다렸다. 그리고 어느 정도 다가왔을 때쯤 돌멩이를 던져 다른 곳에 시선을 끌게 하고는 달려들어 한 녀석의 턱을 발로 걸어차고 다른 녀석의 목을 손으로 비틀어 꺾었다.

경비는 찍소리 한 번 하지 못하고 그대로 땅바닥에 힘없이 너부러졌다. 철민이 권총과 HK MP-5 기관단총을 빼앗아 들었다.

머뭇거릴 시간이 없었다. 경비들이 계속해서 뒤따라오고

있었기 때문에 한시라도 빨리 그곳을 벗어나야 했다.

그는 권총을 허리에 꽂고 기관단총을 한 손으로 받쳐들었다. 그리곤 승용차가 세워져 있는 방향을 향해 움직이기 시작했다.

그의 발걸음은 조심스러웠다. 몸을 최대한으로 낮추면서 적에게 들키지 않는 야간 전술 포복을 사용하고 있었다.

거의 승용차 가까이로 온 것 같았는데 아직 도로는 보이지 않았다.

그는 잠시 걸음을 멈추고 주위를 둘러보았다. 칠흑 같은 어둠뿐이다. 뒤에서는 여전히 쫓아오고 있는 듯했다.

멀리에서 자동차가 달려오는 소리가 들렸다. 그리고는 다시 멀찍이 사라져 버렸다. 그렇다면 도로는 얼마 되지 않는 거리에 있을 것이다. 철민이 그제야 안도의 한숨을 내뱉었다.

그의 온몸은 땀으로 흠뻑 젖어 있었다. 이마에 맺혀 있던 땀방울이 콧등을 타고 흘러내려왔다. 그 중에 일부는 눈 안으로 스며들어 따끔 거렸다. 그가 왼쪽 팔로 얼굴에 맺혀 있는 땀을 닦아 냈다.

그의 온몸에는 상처투성이였다. 나뭇가지와 가시덩굴에 살갗이 긁히고 터졌다. 땀이 그 안으로 스며들자 따끔따끔거렸다. 하지만 그것쯤은 아무 것도 아니었다. 그들에게 잡히면 아마 죽게 될지도 모른다. 그렇게 생각하니 앉아만 있을 수는 없었다. 그는 다시 힘을 내 도망치기 시작했다.

뒤에서는 수색해 오는 소리가 들리지 않았다. 그렇지만 따돌렸다고 안심할 그가 아니었다. 그는 신중을 기하며 주변의 유동을 살폈다. 바람 한 점 없는 쥐죽은 듯한 고요가 찾아 들어왔다.

'왜 쫓아오지 않는 거지.'

아무런 소리도 들리지 않자 철민은 더 불안해졌다.

그 광경을 목격한 이상 순순히 보내 줄 그들이 아니었다. 사람을 짐승처럼 대하는 그들이라면 기필코 찾아내 자신을 죽이고 말 것이다.

철민은 창고 안에서 목격했던 광경을 떨쳐 버릴 수가 없었다. 사람을 냉동시켜서 무엇을 하려고 한 것일까, 고체 덩어리가 된 사십대의 부랑자의 몸뚱이가 콘크리트 바닥에 떨어져 조각조각 깨져 버리는 광경을 생각하면서 그는 아찔한 기분이 들었다.

그는 발걸음 소리를 최대한 줄여 가며 앞으로 전진했다. 바로 그때 앞에서 시커먼 형체가 나타나 덮쳐 왔다.

"으악!"

그의 입에서 자신도 모르게 외마디 비명이 흘러나왔다.

그는 녀석의 발길질에 기관단총을 그만 떨어뜨리고 말았다. 눈 깜짝할 사이에 녀석이 그의 옆구리를 힘껏 걸어찼다.

그는 갈비뼈가 부러지는 듯한 통증을 느끼며 숨을 안으로 들이마셨다.

통증을 느낄 겨를 없이 녀석이 시퍼런 칼날을 번쩍이며 찔러 왔다. 철민이 녀석의 손목을 꺾어 뒤로 낚아채면서 목을 휘어잡았다. 녀석은 그의 뜻하지 않은 반격에 당황하는 눈치였다. 그가 한순간 힘을 주어 목을 조르자 녀석의 목에서 우두둑, 뼈가 엇갈리는 소리가 들렸다. 녀석은 힘없이 앞으로 꼬꾸라지고 말았다.

'언제 여기까지…….'

방심하던 차에 하마터면 당할 뻔했다. 그는 기관총을 어깨에 엇갈려 매고 다시 앞으로 전진했다. 이런 곳에서는 기관총보다는 자유자제로 공간의 제약을 받지 않는 권총이 제격이다.

그는 권총을 가장 빨리 뽑을 수 있는 허리 부분에 꽂았다.

어디가 어딘지 분간이 가지 않았다. 그는 방향감각을 잃고 있었다. 이럴 때일수록 침착해야 한다. 그는 되도록 조바심을 내지 않기 위해 마음을 안정시켰다. 그러지 않았다가는 스스로 고립되고 말 것이다.

아스팔트에서 들려오는 차 소리에 그는 귀를 기울였다.

'그러면 그렇지.'

그는 다시 방향을 잡을 수 있었다.

숲은 엄폐물이 많아서 좋기는 하지만 많은 인원에 의해 포위된다면 당하기도 쉬운 곳이었다. 빨리 숲을 벗어나는 것이 최선의 방법이었다. 그는 걸음걸이에 조금 더 속력을 붙였다.

그렇게 50미터쯤 전진해 나가자 아스팔트가 보였다.

그는 그제야 어느 정도 안심할 수 있었다.

승용차를 세워 놓은 곳으로 그가 재빠르게 뛰어갔다. 하지만 얼마 가지 못하고 그는 다시 도로 옆의 숲으로 뛰어들어야 했다. 승용차 주위에 두 명의 사내가 서 있었기 때문이었다.

"젠장……."

그가 혀를 걸어찼다. 도로에는 차들도 다니지 않는 뜸한 상태였다. 어떻게 해서든 차를 되찾는 수밖에는 없었다. 그렇지 않고서는 꼼짝없이 당하고 말 것이었다. 그들에게 잡힌다면 부랑자들과 같은 똑같은 신세가 될지도 모를 일이다.

그는 승용차 쪽으로 서서히 다가갔다.

두 녀석은 여유를 피우듯 담배를 피워 물고 있었다.

철민은 땅바닥에 주저앉아 담배를 태우며 농을 지껄이고 있는 녀석들의 근거리로 쉽게 접근할 수 있었다. 녀석들은 전혀 눈치를 채지 못하고 있었다.

"내일 월급 타면 뭐할 거야?"

"왜 또 계집질 생각나서 그러냐?"

남자가 툭 쏘아붙였다.

"짜식, 그 재미라도 없으면 어떻게 사냐."

"하긴……. 나도 몸이 근질근질한 게 언제 한번 가 봐야겠어."

그러며 녀석이 히히덕거렸다.

"내가 뚫어 놓은 곳이 있는데, 내일 거기나 갈까? 알계부터 영계까지 아주 끝내 준다니까. 짜샤, 너도 한 번 가보면 한 달에 서너 번쯤은 가지 않고는 못 배길걸. 이 형님이 내일 데리고 가 줄 테니까 기대하라구. 가 봐라, 쫀득쫀득하고 서비스 끝내 주는 게 다녀 봐도 그 집만큼 왔다는 없다니까."

"임마, 그걸 왜 이제 얘기하냐."

"짜식 저도 뭐 달렸다고…… 하하하, 그런데 어떤 녀석이 침입한 거야. 간덩이가 부었지."

녀석들은 여자 타령을 하느라 정신이 없었다.

철민이 다가가는데도 알아채지 못하고 녀석들이 낄낄거렸다. 그들의 뒤로 바짝 다가간 철민이 한 녀석의 목을 기관단총으로 조르고 다른 녀석의 머리통을 돌려차기로 있는 힘껏 걸어찼다.

녀석들은 갑자기 나타난 철민의 공격에 힘도 써 보지 못하고 바닥에 나뒹굴었다.

철민은 곧 승용차에 올라타고 서해안 고속도로로 진입해 최대한으로 속력을 내기 시작했다. 그는 그제야 차창을 열고 담배를 피워 물었다. 막혔던 가슴이 뻥 뚫리는 것처럼 시원해졌다.

"어떡한다……."

오피스텔로 돌아온 철민은 먼저 다친 부위를 소독하기 시작했다.

소독약이 찢어진 피부를 파고들자 심한 통증이 느껴졌다. 소독을 마치고서 그는 냉장고에서 맥주를 꺼내다가 한 모금 길게 마셨다.

맥주는 곧 온몸으로 퍼졌고 나른해졌다. 그는 소파에 기댄 채 깜빡 잠이 들었다. 얼마를 그렇게 누워 있었을까, 그렇게 오래된 것 같지는 않은데. 그를 흔들어 깨운 건 누군가가 누른 초인종 소리였다. 그는 깨어나자마자 시계를 들여다보았다.

시계는 새벽 4시 30분을 가리키고 있었다.

'이 시간에 누굴까.'

그가 소파에서 일어나 현관 쪽으로 다가갔다.

왠지 불길한 예감이 들었다. 그는 최대한 인기척을 줄이며 현관에 바짝 다가가 섰다. 그리곤 밖을 내다볼 수 있는 조그만 구멍을 통해 밖을 내다보았다.

그가 그렇게 내다보는 순간 그 구멍에 대고 누군가 총구를 들이댔다.

철민은 온몸에 소름이 돋았다. 그는 곧 문에서 떨어져 소파 쪽으로 굴렀다. 동시에 날카로운 굉음이 들렸다. 소음기를 부착한 권총의 총구에서 흘러나온 소리였다.

그리고 그 소리는 현관 손잡이 부분에서 또다시 들렸다.

철민은 소파를 현관 쪽으로 젖혀 놓고 기관단총의 안전장치를 풀었다. 그리고 들어올 녀석들을 향해 조준을 마치고 있었다.

두어 발의 총소리와 함께 현관문이 쾅, 하고 걷어차였다. 그와 동시에 철민이 기관단총의 방아쇠를 당겼다. 정확히 세 발이었다. 총알은 막 안으로 들어서려는 사내들의 심장을 꿰뚫고 지나갔다.

현관 쪽에서는 아무런 미동도 없었다.

철민이 소파 뒤에 숨어 있다가 일어나 현관 쪽으로 조심스럽게 다가갔다. 그는 기관단총을 어깨에 바짝 밀착시킨 상태로 전진 자세를 취했다.

현관은 두 남자의 몸에서 흘러나온 피로 흥건했다. 피 냄새가 메스껍게 실내를 맴돌았다.

그가 현관 어귀에 다다랐을 때 또 한 명의 사내가 권총을 들이밀었다. 철민이 반사적으로 총구를 내민 남자의 손을 발로 걷어찼다. 총은 그의 발길질에 저만치 날아가 떨어지고 말았다.

철민이 사내의 얼굴을 기관단총의 개머리판으로 힘껏 갈겼다.

“커……억.”

순간 사내의 얼굴에서 피가 터져나와 철민의 옷과 얼굴에 튀었다. 사내는 그대로 뒤로 넘어갔다. 철민이 그 위를 넘어 뛰어 복도 쪽으로 굴렀다.

쿵쾅거리는 소리에 앞집과 옆집에서 사람들이 빼꼼히 문을 열고 나왔다.

“아악!”

여자의 비명 소리가 들렸다.

그와 동시에 엘리베이터 문이 열렸고 안에서 남자 한 명이 걸어나와 철민을 보고는 총을 빼내 들었다.

“아악!”

옆집 여자는 남자가 총을 빼내 드는 것을 보고 기겁을 하며 주저앉아 바닥에 머리를 처박았다.

철민을 향해 총구에서 불이 뿜어졌다.

철민은 반대편 복도로 구르며 남자를 향해 방아쇠를 당겼다. 남자는 가슴에 총을 맞았고 그 반동으로 뒤로 넘어졌다.

엘리베이터 문이 닫히려다 말고 남자의 몸에 걸려 다시 열렸다. 그러기를 반복하며 엘리베이터는 어쩔 줄 몰라 했다.

“젠장 봤다 하면 총질이군.”

그가 중얼거리고는 급하게 비상계단 쪽으로 달려갔다. 비상계단을 통해 그가 긴박하게 뛰어 내려갔다. 그런데 아래에서도 뛰어 올라오고 있는 긴박한 발자국 소리가 들려왔다.

그는 5층 계단에서 주춤거리다가 복도로 다시 빠져나갔다. 총을 든 그를 보고 엘리베이터를 기다리고 있던 여자가 비명을 질렀다. 철민이 조용히하라고 손으로 입 막으라는 시늉을 했지만 놀란 여자는 당황한 채 계속해서 비명을 질러 댔다.

그 소리를 듣고 비상계단을 통해 올라가던 사내 둘이 발걸음을 멈추고 복도로 고개를 내밀었다. 그리곤 무대포로 총질을 해댔다. 엘리베이터 앞에서 비명을 지르고 있던 여자가 총상을 입고 그 자리에서 직사했다.

철민도 그들에게 총을 난사했다. 하지만 얼마 가지 못해 그의 총구에서는 불이 뿜어져 나오지 않았다. 실탄이 모두 떨어진 것이다. 할 수 없이 두 발밖에 남지 않은 권총을 사용하는 수밖에는 없었다.

총소리가 멈추자 저쪽에서 슬금슬금 접근해 오기 시작했다.

실수는 용납되지 않는다. 만약 실수하게 된다면 이 세상을 하직하는 것밖에는 없다. 그의 심장 박동이 갈수록 빨라졌다.

뚜벅뚜벅, 사내들의 발자국 소리가 점점 가까이 다가왔다. 그들의 발자국 소리가 철민의 귀에 시한폭탄처럼 울려 퍼졌다. 그의 경직되어 있던 얼굴 근육이 심하게 떨리기 시작했다.

급기야 그의 심장도 터지기 일보 직전이었다.

'하느님, 제발……'

그는 마지막이 될지도 모르는 기도를 하고는 실탄이 들어 있지 않은 기관단총을 꽉 움켜쥐었다. 그들이 더 가까이 다가오기를 기다렸다가 그가 기관단총을 건너편 복도로 던졌다. 그러자 그쪽을 향해 총성이 빗발쳤다.

철민은 그 순간을 놓치지 않고 단 두 발로 남자 둘의 이마를 관통하는 총상을 남겼다.

남자들이 방아쇠에서 미처 손을 떼지 못하고 방아쇠를 당긴 채 쓰러졌다. 그 때문에 총알이 천장과 바닥으로 대여섯 발이 튕겨 다녔다.

철민은 죽은 남자의 손에서 기관단총을 빼앗아 들고는 다시 계단을 통해 재빠르게 달려 내려갔다.

그는 지하 주차장으로 내려가려다가 1층 비상계단에서 멈추었다. 아마도 그들은 한두 명이 아닐 것이다. 그렇다면 주차장에서 대기하고 있을지도 모른다고 생각했다. 그는 1층 오피스텔 입구로 빠져나가기로 결심했다.

새벽이라 사람들이 뜸한 상태였다. 그는 기관단총을 뒤로 슬며시 감추고는 아무 일 없는 것처럼 오피스텔을 빠져나가기 시작했다. 그러다가 입구에서 또 한 명의 수상한 사내를 발견했다.

그와 눈이 마주치자 사내가 씨익 웃었다.

막 택시에서 내린 오피스텔 입주자가 입구를 통해 들어오고 있었다. 그와 함께 사내도 떠밀려 들어왔다.

철민은 난처했다.

입주자의 옆에 바짝 붙어 따라 들어오던 사내가 오른손을 안주머니에 불쑥 집어넣는 것이 보였다. 그리곤 총을 빼내 들자마자 대뜸 철민을 겨냥했고 방아쇠를 당겼다. 녀석이 머리 좋게 입주자를 엄폐물로 삼은 것이다. 철민이 할 수 있는 것은 바닥을 구르는 것밖에는 없었다. 섣불리 방아쇠를 당겼다가는 입주자가 피해를 볼지 모르는 일이었다.

녀석은 대충 지향 사격을 하고 있었다.

녀석의 옆에 있던 입주자가 기겁을 하고는 바닥에 착 까부라졌다. 철민은 그 순간을 놓치지 않고 녀석을 향해 방아쇠를 당겼다.

녀석의 어깨와 허벅지에 총알이 박혔다.

철민이 재빠르게 달려가 무릎을 꿇은 채 주저앉아 있는 녀석의 얼굴을 발로 힘껏 걷어찼다. 그러자 녀석이 저만큼 날아가 떨어졌다.

입주자는 머리에 손을 올린 채 여전히 바닥에 까부라져 있었다.

그는 촉박하게 오피스텔 입구를 빠져 나왔다. 오피스텔 앞은 바로 도로였다. 그는 도로로 뛰어들어 지나가는 아무 차나 세우려 했다. 하지만 차들은 세워 주지 않고 저만치 비켜 지나쳐 갔다.

총을 들고 있는 그에게 차를 세워 줄 리 만무였다.

멀찍이에서 택시가 오는 것을 보고는 그가 기관단총을 뒤로 숨겼다. 그가 손을 들어 보이자 택시가 스르르 다가와 멈추었다.

그는 택시의 뒷좌석으로 올라탔다. 그리곤 오피스텔 안쪽을 유심히 살폈다. 검은 양복의 두 녀석이 뛰어나오는 것이 보였다.

"어디로 모실까요?"

택시 기사가 여유를 부리며 물었다.

"우선 출발시키기나 해요."

그가 재촉했다. 그러며 시트에 푹 파묻히며 자세를 낮추었다.

"예 알겠습니다."

"빨리요."

그가 큰 목소리로 채근했다. 그가 말하는 동시에 오피스텔에서 총소리와 함께 총알이 날아왔다. 택시 기사가 깜짝 놀라 액셀러레이터를 있는 힘껏 밟았다.

아스팔트 바닥에 타이어 갈리는 소리가 요란스럽게 이어졌다. 그제서 철민이 한숨을 내쉬었다.

"후우……."

"도대체 무슨 일입니까?"

“…….”

운전기사가 룸미러를 통해서 철민을 바라보며 말했지만 그는 아무런 대답도 하지 않았다.

“원한이 많으신 분 같군요.”

택시 기사가 놀란 가슴을 가라앉히며 배시시 웃었다.

“…….”

“이런 일 하다 보면 별일을 다 겪는다니까요. 예전이 좋았는데……. 지금은 밤에 영업할 때는 권총 한 자루쯤은 숨겨 가지고 다녀요. 먹고살자고 하는 일인데 죽을 수는 없잖아요. 죽을 바에 이런 일 뭐하러 하겠어요. 이번 주만 해도 우리 택시 회사에서만 벌써 두 명이 목숨을 잃었다니까요. 나도 이젠 때려치워야 할 텐데. ……산 입에 거미줄 칠 수도 없는 노릇이고 배운 것도 없어서 다른 일 하자니 힘들고…… 세상이 왜 이렇게 살벌하게 변했는지.”

“담배 있으면 하나만 빌립시다.”

철민이 어느 정도 숨을 가라앉히며 말했다. 택시 기사가 담배 하나를 뽑아 라이터와 함께 그에게 내밀었다. 철민이 그것을 받아 불을 붙여 담배 연기를 한숨과 함께 내뱉었다.

담배 맛이 일품이었다.

열어 놓은 차창을 통해 조금은 안정된 바람이 흘러 들어왔다. 철민은 차창을 모두 내리고 뒤쪽을 살폈다. 다행히 따라오는 차는 없었다.

따돌린 것 같았다.

그는 경직되었던 몸을 기지개를 펴며 풀었다. 온몸의 뼈마디에서 우두둑 소리가 들려나왔다.

그의 손에서 담배가 달콤하게 타 들어갔다. 그는 택시 기사에게 담배 한 대를 더 달래 피우고 나서야 놀란 가슴을 안심시킬 수 있었다.

택시는 새벽의 시원한 공기를 가르며 빠른 속력으로 질주하는 중이었다.

'어디로 갈까?'

택시에 오르기는 했지만 막상 갈 곳은 없었다. 그러다가 생각해 낸 것이 박 순경의 집이었다. 거기라면 우선은 안전할 것 같았다.

그는 갈 곳을 정해 택시 기사에게 말하고는 밀려오는 피곤을 누르지 못하고 살짝 눈을 감았다.

"다 왔습니다 손님."

택시 기사가 그를 흔들어 깨웠다.

철민은 주머니에서 꼬깃꼬깃해진 돈을 꺼내 택시 기사에게 내밀고는 택시에서 내렸다.

한 번도 박 순경의 집에는 와 보지 않았지만 말을 들어 이쯤이라는 것을 알고 있었다. 그는 공중전화 부스로 들어가 박 순경의 집 전화번호를 눌렀다.

—뚜……우, 뚜……우, 뚜……우.

신호가 가기 시작했다. 하지만 저쪽에서는 전화를 쉽게 받지 않고 있었다.

집에 없는 걸까, 아니면 깊은 잠에 빠져서 전화벨 소리를 듣지 못하는 것일까. 이런 저런 생각이 그의 머릿속에 굴러다녔다.

한 열 번쯤 그렇게 울렸을까, 철민이 전화를 끊으려던 참에 저쪽에서 수화기를 드는 소리가 들렸다.

—여보세요?

박 순경의 목소리는 잠에 잔뜩 취해 있었다. 철민이 수화기를 바짝 귀에 대고 말을 잇기 시작했다.

"박 순경, 나야."

—누구세요?

"나라구, 최 형사."

—어머, 최 형사님이요.

박 순경이 깜짝 놀라는 목소리로 말했다.

철민은 주위를 살피고 있었다. 혹시 누군가 뒤쫓아오지는 않았을까, 하는 노파심에서였다.

"부탁이 있는데……."

—부탁이요. 지금 말이에요?

그녀의 목소리에서 잠이 달아나지 않고 아직도 주렁주렁 매달려 있다는 것을 알 수 있었다.

"박 순경이 나 좀 도와주어야겠는데."

—무슨……?

"나 지금 박 순경 집 앞에 와 있어."

—네에?

그녀가 다시 한번 깜짝 놀랐다.

"나, 쫓기고 있어. 집에는 못 들어갈 것 같고 오늘 하루만이라도 박 순경 집에서 신세를 지고 싶은데."

—지금 무슨 말씀하시는 거예요. 밤늦게 전화해서 대뜸 재워 달라니요. 저 놀리려고 그러시는 거죠?

"안 될까?"

그가 다시 한번 부탁했다.

—안 될 건 없지만…… 좋아요, 그렇게 하세요. 제가 금방 나갈게요. 거기가 어디쯤이에요.

"아니야, 내가 찾아갈게. 위치만 확실하게 말해 줘."

철민은 그녀가 위치를 알려 주자 곧 전화를 끊었다.

그녀가 알려 준 대로 그는 그녀의 집을 쉽게 찾을 수 있었다. 그녀는 연립 빌라 3층에서 살고 있었다.

그가 빌라로 들어가기 전에 먼저 다시 한번 뒤따라오는 사람이 없는지를 살폈다. 그래야만 안심하고 들어갈 수 있을 것 같았다.

확인하고는 계단을 올라가 초인종을 눌렀다. 그러자 그녀가 문을 열어 주었다.

"최 형사님!"

그녀의 얼굴이 창백해졌다. 철민이 입고 있는 피로 물들고 얼룩진 셔츠를 보고 놀란 것이었다.

"미안해."

안으로 들어서며 그가 그녀를 향해 방긋 웃어 주었다.

철민은 안으로 들어가 소파에 힘겹게 앉았다.

박 순경이 멍하니 철민을 바라보고 있다가 욕실에 들어가서 물수건을 만들어 가지고 나왔다.

"어떻게 되신 거예요?"

그녀의 얼굴에는 걱정이 태산 같다.

그녀가 물수건으로 철민의 얼굴과 팔에 묻은 피를 닦아 주었다. 그녀의 손길은 정성스럽기 그지없었다.

그녀의 눈빛이 촉촉해졌다. 금방이라도 울 것 같은 눈치였다. 하지만 철민은 눈을 감고 있는 터라 그녀의 그런 눈을 볼 수가 없었다.

"어쩌면 좋아, 상처가 너무 심해요."

그녀가 철민의 어깨에 6센티 정도 찢어진 상처를 보고 말했다. 철민도 눈을 뜨고 자신의 몸에 난 상처를 보았다.

그녀는 울상이었다.

철민의 눈과 그녀의 눈이 마주쳤고 한동안 머물러 있었다. 그러다가 철민이 먼저 고개를 돌렸다.

"어디에서 이렇게 다치셨어요? 그리고 저 총은 뭐구요? 최 형사님, 아프지 않으세요. 병원에 가지 않아도 되겠어요?"

그녀의 눈에 눈물이 매달렸다.

"미안해, 이런 모습 보여서. ……샤워 좀 할 수 없을까? 땀을 많이 흘렸더니 냄새가 좀 나는데."

그가 지그시 그녀를 바라보며 말했다.

"……"

그녀가 안쓰러운 표정으로 고개를 끄덕였다.

"저기가 욕실인가?"

"네."

그녀가 대답했고 철민은 욕실로 곧 들어갔다.

욕실로 들어간 철민은 옷을 벗고 샤워기 앞에 서서 물을 틀었다. 그러자 찬물이 피로를 밀어내듯 시원스레 쏟아져 내렸다. 대충 땀을 닦아 내고서 그가 비누를 찾았다.

비누 냄새가 좋았다.

거품을 만들어 그는 머리부터 감기 시작했다. 그리고 어깨 부위에 비누거품을 바르자 약간의 통증이 느껴졌다.

상처 부위에서 흐르던 피는 멈추어져 있었다.

온몸 곳곳에 비누거품을 칠한 뒤에 샤워기에서 흘러나오는 거센 물줄기로 거품을 닦아낼 때 밖에서 노크 소리가 들렸다.

"네."

"최 형사님?"

"으응."

그가 상쾌한 목소리로 대답했다. 그러면서 이상한 기분이 들었다. 알몸인 자신이 욕실 안에 서 있었고 밖에는 여자가 서 있다고 생각하니 불쑥 어디에선가 알 수 없는 미묘한 감정이 생겼다.

철민은 자신의 알몸을 다시 한번 내려다보았다. 그리고는 미처 욕실 문을 잠그지 못한 것을 그제야 생각했다.

저 문으로 박 순경이 들어온다면, 철민의 얼굴이 붉어졌다.

"문 앞에 갈아입으실 옷 가져다 놨어요."

"……."

갈아입을 옷, 혼자 사는 여자의 집에 웬 남자 옷.

밖에서는 더 이상 아무 소리도 들리지 않았다. 철민은 계속해서 샤워를 했다.

샤워를 끝내고서 그는 타월로 물기를 닦아 냈다. 여자 혼자 사는 집에 여자가 쓰는 타월로……. 그는 야릇한 흥분에 취한다.

그는 거울 앞에 서서 중요한 부분만을 가린 자신의 알몸을 빤히 들여다보았다. 잔근육이 울퉁불퉁 튀어나와 제법 듬직해 보였다. 그렇게 한동안 서 있다가 그는 욕실 문을 열고 그녀가 갖다가 놓았다는 갈아입을 옷을 손으로 더듬어 찾아 들었다. 그리곤 안으로 가지고 들어와 욕실 문을 다시 잠갔다.

그녀가 갈아입을 옷이라고 준비해 준 것은 반소매 셔츠와 면으로 된 칠부바지였다. 조금은 애들스러워 보이는 옷이었다.

그가 피식 웃었다.

옷은 상표도 채 떼어져 있지 않았다.

그는 옷을 갈아입고 거울을 들여다본 뒤에 욕실 안에서 나왔다.

그녀가 소파에 앉아 그가 나오기를 기다리고 있었다. 그러다가 그가 나오자 소파에 앉히고 상처 부위의 소독을 해주기 시작했다.

철민은 고마울 따름이다.

그는 그녀가 소독하는 모습을 쳐다보고 있었다.

"아, 아파."

"많이요?"

"그래, 많이."

실은 그리 아프지 않았는데 그는 엄살을 피우고 있었다.

그녀는 철민의 팔에 난 상처를 정성껏 소독을 해주면서 나름대로 기쁨에 사로잡혀 있었다.

꿈은 아닐까, 그토록 바라던 사람이, 그토록 같이 있고 싶던 사람이 지금 이렇게 앞에 앉아 있는 것이.

차라리 꿈이라면 깨어나고 싶지 않을 지경인 그녀였다. 하지만 그가 자신의 앞에 앉아 있는 것이 꿈이 아닌 현실이라고 느껴졌을 때 그녀는 더없이 행복했고, 그리고 더없이 슬퍼졌다.

사랑이란 바로 그런 것이다. 외사랑을 해본 사람은 그 사랑만의 참된 진실과 진리를 깨닫게 되는 것이리라.

홀로인 사랑의 기다림, 그 속에서 그녀는 어느새 진실로 한 사람을 믿을 수 있게 된 것이다. 그녀의 가슴이 뜬금없이 부풀어 올랐다. 그 얼마나 기다리고 기다려 왔던 일이던가. 그러나 왜 이렇게 안쓰럽고 가슴 아픈 것일까, 그녀는 자신에게 다가온 그를 편하게 해주고 싶을 뿐이다.

"그런데 이 옷은 어떻게 된 거야?"

철민이 물었다.

"……."

"누구 옷이야?"

철민이 자꾸만 물었다.

"……최 형사님 옷이에요. 얼마 전에 선물로 드리려고 샀다가 미처 드리지 못했어요. 오늘 같은 일이 있으려고 그랬나 봐요."

그녀의 얼굴이 수줍게 물들었다.

그녀는 여전히 소독을 하고 있었다.

“고마워.”

그가 멋쩍게 답했다.

그녀가 이제는 그의 팔에 난 상처의 소독을 끝내고 붕대를 감고 있었다. 역시 조심스럽고 아프지 않게 꼼꼼히 그에게 배려해 주었다.

“다치지 말아요. 아프잖아요.”

그랬다. 다친 그보다도 그녀의 가슴이 더 찢어질 듯이 아파 왔다. 이런 마음 이 사람은 알까, 그녀는 상처를 치료하고 나자 안심이 되었다.

“……..”

“식사는 하셨어요?”

“……자고 싶어.”

그가 벽시계를 쳐다보았다. 시계는 벌써 5시 40분을 지나쳐 가고 있었다. 그가 피곤한 듯 하품을 하며 기지개를 폈다.

“그렇게 해요. 제 침대에서 주무세요.”

“박 순경은?”

“저도 이름이 있다구요. 한 번쯤 이름을 불러 줄 수는 없는 거예요.”

그녀가 뾰로통해졌다.

“이거 어색한데.”

“뭐가요?”

"갑자기 이름을 부르려고 하니까."

"은경아, 그 한마디가 그렇게 힘들어요?"

그녀가 철민의 눈을 똑바로 쳐다보았다. 전율이 느껴진다. 알 수 없는 그런 떨림이 느껴져 그녀의 가슴을 뛰게 만들고 있었다. 설레임이었다. 그녀는 더 이상 철민에게 향한 자신의 마음을 숨기지 않으려는 모양이다.

"은……경인 어디에서 자구?"

그가 어색한 듯 말을 더듬었다.

새침하던 그녀의 얼굴에 미소가 드리워졌다. 고마운 사람, 미더운 사람, 가까이 다가가고 싶은 사람.

"……."

"왜 내 얼굴에 뭐가 묻은 거야?"

"……."

왜 그렇게 모르는 걸까, 야속하기도 한 사람. 바보 같은 사람. 그러나 언제까지나 곁에 있고 싶은 사람.

"왜?"

"아……아니에요. 전 할 일이 있어요."

"무슨……?"

"비밀. 어서 들어가셔서 주무세요."

그녀가 방긋 웃어 주었다.

철민 씨, 왜 말이 떨어지지 않는 걸까. 바보 같이. 항상 그렇게 부르고 싶었는데. 나의 남자 이름으로 그렇게.

그녀가 침실 문을 열어 주었다. 그리곤 침대 위에 그를 눕도록 하고 침실에서 나왔다. 그녀는 서재가 마련되어 있는 바로 옆방으로 들어갔다.

침대에 눕기는 했지만 잠이 오지는 않았다.

철민은 이불에서 배어 나오는 그녀의 체취에 자신도 모르게 가슴이 뛰고 있었다. 여자의 체취, 엄마에게서 맡아 본 이후로 처음 느껴 보는 그런 포근한 냄새였다.

그는 눈을 감았다. 그리고는 더 깊게 숨을 들이마셔 보았다. 그녀의 체취가 그의 모든 감각을 집중시키게 만들었다.

옆방에서 컴퓨터 자판을 두드리는 소리가 들려왔다. 그 소리는 철민에게 자장가로 들려왔다.

일정한 리듬, 싱그러운 손놀림. 그녀가 두드리는 자판에서 나오는 소리는 너무도 행복한 것이었다.

철민은 어느새 잠이 들었다.

정말이지 오랜만에 느껴 보는 그런 잠자리였다. 마치 엄마의 품에서 단꿈을 꾸었던 어린 시절의 포근함을 그대로 맛보는 것 같았다.

잠든 그의 얼굴은 더없이 행복해 보였다.

은경은 주방에서 음식을 만드느라 분주했다. 그 소리에 철민이 잠에서 깨어났다. 철민은 주방에서 들려오는 소리를 침대에 누운 채로 유심히 들었다. 들을수록 즐겁기만 한 소리였다.

언제부터였던가, 잠에서 깨어나면 그는 멀뚱멀뚱 눈을 뜬 채 누워 있다가 외로움을 느끼곤 했다. 아무도 없는 빈집에 홀로 깨어나 식사도 거른 채 범죄자를 대상으로 아침부터 뛰어다녀야 하는 그 일상 속에서 그는 외롭고 초라한 존재였다.

하지만 오늘은 달랐다. 오랜만에 들어보는 포근하고 따듯한 그런 소리가 주방에서 들려오고 있지 않은가. 왠지 외롭지가 않다. 그리고 왜 이렇게 자꾸만 가슴이 술렁이는 것인가.

그는 누운 채 그 모든 것을 가슴에 담아 보려 숨을 깊게 들이마셨다. 담아도담아도 질릴 것 같지 않은 얼마나 좋은 향기인가. 그는 침대에서 일어나고 싶지가 않았다. 오래도록 그렇게 누워 감미로운 그 향기를 계속해서 느끼고 싶을 뿐이다.

그는 주방에 있을 은경이를 상상했다.

어떤 모습일까, 사랑스럽겠지.

—똑똑똑

노크 소리가 들렸다.

철민은 자는 척했다.

그녀가 들어와 철민의 얼굴을 한참 동안 바라보고 있다가 다시 되돌아 나갔다. 곤하게 잠들어 있다고 생각하고 철민을 깨우고 싶지 않았던 모양이다.

얼마 뒤에 철민이 자리를 털고 일어나 거실로 나갔다. 문

여는 소리에 주방에서 들려오던 소리가 잠시 멈추었다.

"벌써 일어나신 거예요?"

은경이가 주방에서 고개를 내밀고 철민을 바라보았다. 그녀의 얼굴은 마냥 싱글벙글 이었다.

"오랜만에 편하게 잔 것 같아."

그가 활짝 개인 기지개를 폈다.

그의 컨디션이 좋아 보였다.

"출출한데."

철민이 고소한 음식 냄새를 맡으며 주방으로 걸어갔다.

"조금만 기다리세요."

"이거 다 박 순경이 만든 거야?"

"……."

철민이 물어 보았지만 그녀는 대답이 없었다.

"맛있겠는데. 박 순경 시집가면 귀여움 받겠어."

"……."

그러나 여전히 그녀는 대답이 없다.

"박 순경, 왜 그래?"

"……."

바보같이, 그 한마디가 그렇게도 어려운가. 그녀의 얼굴이 새침해져 있었다.

철민이 그녀의 얼굴을 쳐다보면서 그제야 눈치를 챘다.

“은경이는 못 하는 게 없나 봐.”

그가 그녀의 옆으로 다가가 어리광을 부리듯 얼굴을 들여다보며 말했다. 그제야 그녀의 얼굴에 화색이 깃들었다.

음식을 만드는 그녀의 손놀림이 익숙했다. 철민은 그녀의 음식 만드는 모습을 놓치지 않고 지켜보았다.

그녀의 손길은 사랑스럽기 그지없었다. 그는 그녀의 모성애와도 비슷한 알 수 없는 이끌림에 빠져들었다. 처음으로 느껴 보는, 언젠가 아주 오래전에 느꼈을 것도 같은 그런 기분이었다.

“이제 다 됐어요. 앉으세요.”

그녀가 찌개를 식탁 위에 올려놓으며 말했다. 뚝배기 속에서 보글보글 끓는 된장찌개가 먹음직스러워 보였다.

그가 의자에 앉자 그녀가 밥을 한 공기 듬뿍 떠서 그의 앞에 놓아 주었다.

“이런 상 받아 보는 게 얼마 만인지 모르겠어.”

그는 입을 벌리고 다물 줄 몰랐다.

“그러길래 결혼하시면 좋으시잖아요.”

그녀도 의자에 앉았다.

“그래, 나도 다시 한번 잘 생각해 봐야겠는걸.”

“어서 드세요.”

그녀는 철민이 수저를 들기를 기다렸다.

철민이 수저를 들어 먼저 된장찌개를 떠서 먹었다. 된장찌개는 구수하고 단백했다. 그의 입맛에 딱 맞아떨어졌다.

"은경이 다시 봐야겠어."

그는 그녀의 음식 솜씨에 홀딱 반한 모양이다. 그가 엄지손가락을 내밀어 그녀를 칭찬했다. 그리고는 고소한 냄새를 풍기는 여러 가지 반찬들을 젓가락으로 집어먹기 시작했다. 역시 음식맛은 맛깔스럽고 입에 짝짝 달라붙었다.

그는 식사를 하는 것에 정신이 팔려 있었다. 은경이 그런 철민을 행복하게 처다보며 웃고 있었다.

"정말 맛있는 거예요?"

"으응. 어머니가 해주시던 음식하고 맛이 똑같아. 자주 놀러 와야겠어. 그래야 이런 식사 종종 대접받지."

"언제든지 환영이에요."

"나, 매일 오면 어쩌려구?"

그가 장난스럽게 말했다.

"그렇게 하세요."

그렇담 얼마나 좋을까, 빈말이라도 그렇게 말해 주는 철민이 그녀는 고마웠다.

"다음에 딴소리하면 안 돼?"

"……."

그녀가 고개를 끄덕여 주었다.

철민은 왕성한 식욕으로 그녀의 기분을 들뜨게 만들었다. 그는 순식간에 밥 한 공기를 다 비우고 그녀에게 한 공기를 더 달라고 했다. 그녀가 공기에 밥을 듬뿍 담아 내놓았다.

"그런데 왜 안 먹어?"

"전 드시는 것만 봐도 배가 부른 걸요."

"그러지 말고 어서 먹어. 내가 미안하잖아."

그러며 그가 그녀의 밥 위에 맛깔스럽게 무친 시금치를 올려 주었다. 그녀도 수저를 들고 식사하기 시작했다.

"……."

"설거지는 내가 할게. 나도 밥값은 해야 하잖아."

그가 식사를 하면서 말했다.

"그러지 않으셔도 돼요."

"아니야, 그러고 싶어."

그가 은경이를 보며 방긋 웃어 주었다.

"최 형사님?"

"왜?"

"아……니에요."

그녀가 무슨 말인가를 하려 하다가 젓가락으로 반찬을 끄적거렸다.

왜 망설이고만 있는 거니, 그녀는 입안에서만 빙빙 도는 그 사랑한다는 말을 하지 못하는 자신의 소심함이 미웠다.

그녀는 여전히 왕성한 철민의 식욕을 쳐다보며 즐거워했
다. 언제 또 이런 기회가 올지 모른다고 생각하니 더더욱 식사
하는 그의 모습에서 눈을 뗄 수가 없었다.

그녀가 생수를 컵에 따라서 그의 앞에 내려놓았다.

"천천히 드세요."

"너무 맛있다. 은경이 나한테 시집 와라……."

그가 농담식으로 말했다. 그의 얼굴에서 웃음이 가시지 않
았다.

"……."

은경이의 얼굴이 붉게 변했다.

"시집살이는 안 하겠어."

"정말 그래도 돼요?"

그녀가 처음으로 용기 내어 그에게 물었다.

"그래."

그 대답도 농담식이었다.

"……."

그래요, 난 철민 씨의 여자가 되고 싶어요. 그래서 오래도
록 당신의 곁에 있고 싶어요. 그게 진심이에요. 그녀는 그 없
이는 살지 못할 여자일지도 모른다.

식사를 끝내고서 철민이 그녀의 만류에도 불구하고 팔을
걷어붙이고 설거지를 하기 시작했다. 더 이상 말릴 수 없다는

것을 알았는지 그녀가 설거지하는 철민을 도왔다.

철민은 수세미에 트리오 거품을 내서 접시를 닦았고 그녀는 그것을 물에 헹구었다. 설거지를 하는 동안 몇 번 철민과 그녀의 손이 스치듯 닿았다. 그럴 때마다 알 수 없는 미묘한 흥분이 찾아들었다.

설거지를 끝내고서 그녀가 녹차를 끓여 내왔다.

그녀가 주방에서 녹차를 끓여 와 거실 소파 앞의 탁자 위에 올려놓았다.

"드셔 보세요. 커피보다는 나을 거예요."

그렇게 말하며 그녀도 그의 앞에 마주하고 앉았다.

"아침 맛있게 먹었어."

"저도 최 형사님 덕에 맛있게 먹었는걸요."

"이렇게 녹차까지 타 주고……."

"어머, 시간이 이렇게 됐네."

그녀가 시계를 보며 말했다. 그리고는 서둘러 침실로 들어가 화장을 하기 시작했다.

철민은 녹차를 마시며 침실에서 화장을 하고 있는 그녀를 넌지시 건너다보았다. 여자의 화장하는 모습은 처음이었다. 그는 신기하다는 듯이 그녀의 일거수일투족을 살폈다.

그녀는 짙게 화장을 하는 법이 없었다. 언제 보아도 가벼운 기초화장이었다. 그래도 이뻐만 보였다.

가벼운 기초화장을 끝내고 그녀가 옷을 갈아입기 위해 침실 문을 닫았다.

철민도 녹차를 모두 마시고서 개수대에 가서 설거지를 했다.

얼마 뒤에 그녀가 옷을 갈아입고 침실에서 나왔다. 철민도 나름대로 나갈 준비를 하고 있었다.

"가시게요?"

"응, 이제 가 봐야지."

"어딜요?"

"그야 나가 보면……."

그가 말끝을 제대로 잇지 못했다. 사실 지금 이 시간에 밖에 나가면 마땅히 갈 만한 곳이 없었다. 그리고 밤이면 모를까 낮에 집에 간다는 것은 무모한 짓이었다. 그에게 필요한 것은 도피처였다.

"그러지 마시고 여기에서 쉬세요. ……좀 더 주무시면 되잖아요."

그녀가 걱정스럽게 말했다.

"……."

"무슨 일인지는 모르지만 그렇게 하세요."

그녀가 그에게 열쇠 꾸러미를 안겨 주었다.

"그래도 될까?"

"……."

그녀가 말없이 고개를 끄덕였다. 그리고 그녀는 출근하기 위해 집을 나섰다.

그녀가 나가고 난 뒤의 집안은 적막하기 그지없었다.

그는 갑자기 외로움을 느꼈다. 혼자 있는 것이 이렇게도 싫은 줄은 몰랐던 그였다. 그는 다시 침실로 들어갔다.

침대에 누운 그는 간밤에 있었던 일들에 대해 곰곰이 생각했다. 그리고 누워 있자니 저절로 눈까풀이 내려왔다.

그는 서서히 잠 속으로 빨려 들어갔다.

전화벨이 울렸다.

철민은 그 소리에 깨어나 끊이지 않고 울리는 전화벨 소리를 차단시키기 위해 수화기를 들었다.

"여보세요?"

—계셨군요.

은경이었다.

"으응……."

"어디 가시면 안 돼요."

"그래."

그가 잠에서 덜 깬 목소리로 대답했다.

"여기 지금 난리났어요."

"난리……?"

"네, 어제 새벽에…… 자세한 얘기는 들어가서 말씀드릴게요."

그러며 그녀가 전화를 끊었다.

그는 그녀가 무슨 말을 하려고 하는지 어느 정도 짐작하고 있었다.

한동안 침대에 누워 있던 그가 벌떡 자리에서 일어났다. 그리고는 천천히 지나의 전화번호를 생각해 냈다.

그녀가 무엇인가를 발견해 냈을지도 모르는 일이었다. 그는 전화번호를 머릿속으로 되뇌고는 수화기를 들었다.

번호를 모두 누르고 나자 곧 발신음이 들렸다.

—뚜……우, 뚜……우, 뚜……우.

하지만 한참을 기다려도 저쪽에서는 전화를 받지 않고 있었다. 아마도 연구소에 출근을 한 모양이었다.

그는 수화기를 내려놓고 다시 지난밤을 떠올렸다.

자신이 보았던 창고 안에서의 일이 아직도 믿겨지지 않았다. 하지만 그것은 엄엄한 현실이었다.

그는 고개를 저었다.

목이 말랐던지 그는 냉장고에서 생수를 꺼내 컵에 따라 마시고는 다시 거실로 나왔다. 그리고 간밤에 오피스텔에서 괴한에게서 빼앗은 기관단총을 닦기 시작했다.

그가 총을 다 닦고 난 시간은 오후 4시경이었다.

그가 심심했던지 텔레비전을 틀었다. 텔레비전에서는 막

뉴스를 전하고 있었다. 뉴스 앵커의 목소리가 싹싹하게 들려나왔다.

—새벽 엘레강스 오피스텔에서 총격전이 벌어졌습니다.

뉴스는 그렇게 시작되었다.
철민은 바짝 텔레비전 앞으로 다가가 앉았다.

야 망

그는 약 세 시간 동안의 대선 그룹 사옥의 집무실에서 명예 회장으로서 마지막 집무를 보기 시작했다. 아들인 정한구 대선 그룹 회장과 정한현 부회장, 그리고 종합기획 실장으로부터 주요 현안을 보고 받은 그는 오전 11시가 되어서 퇴근했다.

그가 그 다음으로 간 곳은 한민족통일당의 당사였다. 그곳에서 기자 회견을 갖기로 되어 있었기 때문이었다.

당사로 향하는 그의 얼굴에는 수심이 가득 했다.

무언가 각오가 선 듯 그의 날카로운 눈매가 예사롭지 않아 보였다.

오전 정각 12시 기자 회견이 시작되었다. 그는 그 자리에서 대통령 선거 출마 의사를 밝혔다.

　기자 회견장은 순간 술렁이기 시작했다. 하지만 이미 그의 대선 출마는 기정사실화되어 있었기 때문에 기자들은 담담히 받아들이는 편이었다.

　기자들의 질문이 이어졌다.

　"한국일보의 김현태 기잡니다. 이번 16대 총선에서 한민족 통일당이 의원석 68석을 획득 제1야당으로 급부상 했는데 대선에서도 승리하실 거라고 생각하십니까? 그리고 국민들은 회장님의 연세를 걱정하고 계시는데 그건 어떻게 생각하십니까?"

　"기자 양반, 그야 뚜껑을 열어 봐야 아는 것 아니겠어. 그리고 난 아직도 해야할 일이 많다고 생각합니다. 나이가 무슨 상관이겠어. 지금 같아서는 백두산도 뛰어올라 가라면 뛰어 올라갈 수 있을 것 같은데."

　말끝에 정길영 회장이 껄껄껄 웃어댔다.

　"게중의 사람들은 회장님이 북한의 아부꾼이니 경제판의 난봉꾼이니 하면서 비아냥거린다고 들었는데 어떻게 생각하시는 지요?"

　"그런 소리를 듣기는 들었는데……. 그야 신경 쓸 필요 있나. 우스갯소리로 흘려버리면 그만이지."

　"회장님께서는 당선이 되실 거라고 확신하시는 겁니까?"

　"그야 해봐야 알겠지요. 뚜껑을 열어봐야 밥이 됐는지 죽이 됐는지 알 수 있을 테니까. 하하하."

"정 회장님께서는 남북 경제 협력에 일조를 하고 계신데 김정일의 암살에도 불구하고 북에서도 회장님의 입지가 두텁다고 들었습니다. 통일은 언제쯤 가능할 것이라고 생각하십니까?"

"그야 언젠가는 되겠지."

"언젠가라면 통일 가능성이 적다는 말씀이십니까?"

"……."

정 회장은 대답 대신 고개를 저었다. 그러며 알 수 없는 미소를 얼굴에 띄웠다.

"만약 통일 한국이 된다면 통일 대통령의 대권 도전은 어떻게 생각하십니까?"

"……."

정 회장이 그 물음에서는 답변을 하지 않고 있었다.

"그럼, 통일 대통령이 되신다면 북한을 어떻게 흡수할 생각이십니까?"

"글쎄……."

정 회장이 말끝을 흐렸다.

"한 분의 질문만 더 받겠습니다."

그러며 정 회장의 측근에서 통일 대통령에 대한 말꼬리를 돌렸다. 정 회장도 언급하고 싶지 않은 모양이었다.

그의 조심스러움에 기자 회견장은 다시금 술렁거리기 시작했다.

"이번에 방북 하신다고 들었는데 방북 목적에 대해서 한 말씀 해주십시오. 그리고 박준렬 한국통일민주당 후보에 대해서는 어떻게 생각하고 계십니까? 여론은 정 회장님과 박준렬 후보를 쟁쟁한 경쟁자로 보고 있는데 본인의 생각을 알고 싶습니다. 그리고 박준렬 후보의 납치 사건에 의혹은 없으신지요?"

"하하하⋯⋯. 사실 박준렬 후보만큼 깨끗한 정치인은 없을 겁니다. 우리 당의 후보로 그 사람을 추천하고 싶었는데⋯⋯. 아마 그 사람이 한국통일민주당의 대선 후보로 지명을 받지 못했다면 우리 당에서 지명을 해주었을 겁니다. 박 후보에게도 그런 의사를 피력했던 적이 있습니다."

정 회장의 안색이 불편해지기 시작했다.

"정 회장님, 방북 목적에 대해서는 답변하지 않으셨는데, 그것에 대해서 마지막으로 한말씀 해주시지요."

"⋯⋯."

하지만 정 회장은 기자들에게 손을 흔들어 주고는 말없이 기자회견장을 빠져나갔다. 그 뒤로 기자들이 웅성웅성거렸다.

밤 9시 검은색 중형 승용차가 청운동 주택가 앞에 스르르 다가와 멈추었다.

승용차가 클랙슨을 가볍게 두 번 울렸고 뒤이어 호화 주택의 주차장 문이 자동으로 열렸다.

　승용차에서 내린 것은 김석인 박사였다. 그의 얼굴은 딱딱하게 굳어 있었다. 그가 안으로 들어가자 이십대의 젊은 여자가 그를 마중 나왔다. 여자는 제법 미인이었으며 정장 차림이었고 상투적이며 싹싹한 편이다.

"회장님께서 서재에서 기다리고 계십니다."

　여자가 정중하게 인사를 하고는 서재 쪽으로 그를 안내했다. 그리곤 문을 열어 그를 안으로 들어가도록 했다.

　김 박사의 안색은 창백해져 있었다.

　서재 안에는 백발의 정 회장이 등을 보인 채 의자에 기대어 앉아 있었다. 김 박사가 안으로 들어가며 소리 없이 목례를 했다.

　여송연의 구수하고 누릿한 냄새가 서재 안에 진동했다. 정 회장의 거죽만 남은 쭈글쭈글한 손끝에서 여송연이 파리하게 떨리고 있었다.

　김 박사는 정 회장의 뒤통수를 똑바로 볼 수가 없었다. 그가 여송연을 피우고 있다는 것은 그만큼 화가 머리 꼭대기까지 나 있다는 말이기도 했다. 김 박사는 언제 터질지 모르는 정 회장의 근엄함에 주눅이 들어 있었다.

　한동안 정 회장은 아무 말도 하지 않고 그저 여송연을 힘겹게 빨아 대고 있었다. 김 박사의 이마에서 비지땀이 흘러내렸다. 하지만 손수건을 꺼내서 땀을 닦을 심적 여유가 그에겐 남아 있지 않았다.

'여우같은 늙은이.'

김 박사는 정 회장의 입에서 터져 나올 불호령에 조바심을 느꼈다. 정 회장은 화가 나면 항상 그런 식으로 사람을 세워 두고 스스로 위축되게 만드는 요상한 취미를 가지고 있었다.

"앉아."

묵묵히 닫혀 있던 정 회장의 입에서 가느다란 목소리가 흘러나왔다.

그제야 김 박사는 한쪽 귀퉁이에 마련되어 있는 딱딱한 의자에 앉을 수 있었다.

정 회장은 계속해서 여송연의 짙은 담배 연기를 쏟아내고 있었다. 김 박사는 여전히 경직된 표정으로 고개를 숙이고 있었다.

"내가 왜 불렀는지 알겠지?"

"회장님, 죄송합니다."

"……."

정 회장이 돌아앉으며 여송연을 다시 한번 들이마셨다가 내뱉었다. 그러며 김 박사를 쏘아보았다.

정 회장의 얼굴에는 근엄함이 잠시도 떠나지 않았다. 대선 그룹의 총수답게 사람을 자신의 자유자제로 움직일 수 있는 묘한 중압감을 정길영 회장은 지니고 있었다.

85세의 나이답지 않게 정 회장은 정정한 편이었다. 하지만 나이가 나이인 만큼 기력이 쇠약해져 휠체어에 몸을 의지하고 있었다.

김 박사는 장인인 정 회장의 눈을 똑바로 쳐다보지 못했다. 그의 딸과 결혼해서 살아오는 그 기나긴 세월 동안 정 회장의 눈을 정면으로 대했던 적이 한 번도 없었던 김 박사였다.

정 회장의 눈에서는 야수가 먹이를 사냥할 때처럼 살인적인 광채가 흘러나오곤 했었다. 화를 낼 때면 더더욱 그런 눈빛이 강해졌다.

정 회장의 눈빛은 상대의 기를 순식간에 꺾고 짓밟았다. 그리고 마음을 꿰뚫고 들어가 약점을 발견하게 되면 심장을 향해 가차없이 발톱을 세우고 갈기갈기 찢어 버리는 그런 사람이었다.

그런 장인의 눈을 똑바로 쳐다본다는 것은 김 박사로서는 상상도 하지 못할 일이었다. 자칫 잘못했다가는 장인의 눈에 잘못 들어 화를 당하게 될지도 모르는 일인 것이다.

그의 야망을 꺾을 사람은 아무도 없었다.

정 회장이 그동안 살아오면서 쌓아 온 진리가 있다면 그것은 약한 자에게는 더 약한 모습을 그리고 강한 자에게는 더 강한 힘을 보여 주어야 한다는 것이다. 그럴 때 비로소 그들의 위에서 군림할 수 있다고 그는 믿었고 그것이 그의 신념이기도 했다.

"농장에서 일이 있었다구……."

정 회장이 휠체어에 달려 있는 스위치를 누르자 휠체어가 가뿐하게 움직였다. 김 박사는 고개를 들지 못하고 손수건을 꺼내 이마에 맺혀 있던 비지땀을 닦아 내었다.

"조속히 처리하겠습니다."

김 박사의 목소리가 떨려 나왔다.

"이제 와서 뒤늦게……. 그동안 도대체 뭘 한거야. 쌀이나 축내는 밥버러지 같은 녀석."

거렁거렁한 목소리로 정 회장이 말했다.

"……."

"뭘 처리하겠다는 거야?"

"……."

김 박사의 얼굴은 난처했다.

"이놈의 자식!"

그러면서 정 회장이 김 박사의 앞으로 반쯤 피우던 여송연을 휙, 내던졌다. 여송연은 김 박사의 옷자락에 가서 떨어졌다. 그렇지만 김 박사는 꼼짝도 할 수가 없었다. 그대로 모든 수모를 받아들일 작정이었다.

불같은 정 회장에게 변명이란 있을 수 없는 일이었다. 정 회장이 가장 싫어하는 것은 간신배처럼 아부하는 것과 변명하

는 것이었다. 장인의 성격을 익히 잘 알고 있는 김 박사로서는
그의 화가 가라앉기를 기다리는 수밖에는 없었다.

붉으락푸르락 해진 얼굴로 정 회장이 숨을 몰아쉬었다. 그
리곤 다시 창가 쪽으로 휠체어를 움직였다.

창가로 다가간 정 회장은 한동안 말없이 창밖을 내다보고
있었다. 그렇게 20여 분을 창밖만을 의식한 채 무슨 생각엔가
잠겨 있었다.

"무슨 말이든 해봐."

오랜만에 정 회장이 입을 열었다.

그제야 김 박사는 마음을 놓을 수 있었다. 정 회장의 욱하
는 성격이 어느 정도 가라앉은 것이다. 그리고 그것은 김 박사
에게 변명의 기회를 주는 것이기도 했다. 김 박사는 준비하고
있던 말들을 늘어놓기 시작했다.

"사건은 이미 축소시켜 놓았습니다. 그리고 농장에 침투했던
최 형사라는 놈은 찾는 즉시 없애도록 지시해 놓았습니다. 회
장님께서는 그렇게 신경을 쓰지 않으셔도 좋으실 듯합니다."

"나도 그 정도는 알고 있어. ……철민이라는 애송이 형사
녀석 하나 없애지 못해서 그 난리들을 피워."

"죄송합니다."

"신통치 않기는…… 내가 자네를 왜 좋아하는지 아나?"

"……"

"내 딸을 안심하고 맡길 수 있었던 건 자네의 능력 때문이었
어. 연구는 똑 부러지게 잘하면서 왜 다른 일에는 그렇게 무능
력해. 그런 식으로 실망시키는데 내가 자네한테 도대체 무엇
을 맡길 수 있겠어."

정 회장이 말을 마치면서 책상 위에 있던 여송연을 들어 불
을 붙였다.

"……"

"믿을 만한 사람이 없어."

여송연을 피우다가 말고 그가 콜록콜록 가래 섞인 기침을
했다.

"회장님, 건강을 생각하십시오."

"건강, 이제 얼마 남지 않았어. 하루하루가 점점 힘들어져.
……S프로젝트는 어떻게 되어 가는 중이냐?"

거렁거렁하던 정 회장의 목소리가 차분해졌다.

"순조롭게 진행 중입니다."

"그래, 그래야지. 얼마나 기다려 온 일인데. 어느 정도의 단
계까지 와 있지?"

"복제 생명체에 정신을 이식하면서 발생하는 발작 증세와
이식 뒤의 정신적 착란 현상을 중점적으로 보완하고 있습니
다. 실제로 얼마전 부랑자들을 대상으로 실험한 결과에 의하
면 정신 이식 중에 95% 정도가 갑작스럽게 결합된 서로 다른

뇌파의 자극으로 뇌사 상태에 빠지거나 즉사했습니다. 그리고 나머지 5%는 이식을 끝낸 상태에서 미처 적응을 하지 못하고 기존에 남아 있던 일부의 잠재력과 상호 마찰을 일으켜 정신 분열 증세를 보였습니다. S프로젝트의 핵심은 정신 이식 중에 뒤따르는 뇌파의 유동과 적응에 있다고 봅니다. 그것만 해결된다면 회장님께서는 새로운 육체를 얼마든지 가질 수 있으실 겁니다.”

김 박사가 그동안의 실험성과를 정 회장에게 낱낱이 고했다. 그들이 말하는 S프로젝트는 지나의 사이버분석이식 시스템을 말하는 것이었다.

“으음, 좋아. 그 아이는……?”

“지나 말씀이십니까?”

“…….”

묵묵하게 고개를 끄덕이는 정 회장의 얼굴에 연한 미소가 깔렸다.

“연구에 몰두하느라 연구실에서 살다시피하고 있습니다.”

“그럼 그래야지. ……똑똑한 아이야.”

그러며 정 회장이 흐뭇하게 웃었다.

“…….”

“영혼과 육체의 분리와 이식이라…… 누가 그런 생각을 하겠어. 그 아이가 아니었다면 난 아마 그런 영생을 꿈도 꾸지 못했을 거야. 그 아이 정말 귀엽더군. 내가 젊기만 했다면…… 자네, 그 아이와 대선이 와는 자주 만나게 해주고 있겠지?"

대선, 그는 정작 정 회장의 복제 클론이었다.

대선이는 큰아들 한구의 아들로 호적에 올려 있었지만 누구도 그가 정 회장의 복제 클론이라는 것을 아는 사람은 없었다. 아는 사람이 있다면 정 회장 자신과 클론을 만들어낸 김 박사, 그리고 큰아들인 정한구 회장뿐이었다.

"네, 자주……."

"대선이는 내 분신이야. 얼마 있으면 대선이는 내 육체가 되는 거라고. 자네도 그 점 염두에 두고 둘 다 잘 보살펴. 만일에 하나 그 아이들이 조금이라도 잘못된다면 내가 가만히 있지 않을 거야."

"명심하겠습니다."

"너무도 오랫동안 기다려 왔어. 이제 이 썩을 대로 썩어빠진 내 육체를 벗어 버릴 때가 된 거야."

희망으로 가득 찬 정 회장의 목소리였다.

김 박사는 정 회장의 밝아지는 모습을 보며 어느 정도 안심을 하고 있었다. 긴장되어 있던 그의 몸이 서서히 풀렸다.

"조금만 더 기다리십시오."

"서둘러야 해. 남아 있는 시간이 많지 않아."

"네, 알겠습니다."

“……그리고 복제 쇠뇌생명칩 시스템을 다시 한번 확인해 보도록 해. 불미스러운 일이 생기지 않도록 말이야. 한국 통일 민주당 박준렬 총재는 어떻게 됐어. 매스컴에서 난리들이잖아.”

“열 시간 전에 박준렬 총재의 복제 인간을 만들었습니다. 그리고 뇌에 쇠뇌생명칩을 이식하고 테스트하는 중입니다.”

“결과가 중요한 거야. 자칫 잘못했다가는 모든 것이 허사가 된다구. 그 쇠뇌생명칩엔 문제가 없겠지?”

“네, 없습니다.”

“부작용 같은 것은?”

“수천 번의 실험과 인체의 부작용에 대한 연구, 그리고 안정성이 99% 완벽하다고 볼 수 있습니다.”

“그래, 다행이군. 쇠뇌생명칩의 활용단계의 진척은 어떻게 됐지?”

“아시다시피 20년 전 민형우 박사의 복제 인간에 대한 연구를 토대로 그동안 복제 인간 생산 기술은 급속도로 성장해 왔습니다. 회장님의 생명공학에 투자한 계가라고 할 수 있습니다.”

“……”

정 회장이 흐뭇하게 웃었다.

“기존의 복제 인간은 인간의 성장과 똑같은 속도로 성장하여 많은 시간이 걸렸습니다. 그렇지만 그 후 인간성장을 급속도로 활성화시키는 인간성장촉진호르몬에 의해 단계적으로 1년이라는 시간을 필요로 했습니다. 그것도 이젠 옛날 일입니다. 연구를 거듭한 끝에 인간성장촉진호르몬의 활성제를 개발하여 72시간 내에 복제 인간을 생산할 수 있게 되었습니다. 물론 한국통일민주당의 박준렬도 인간성장촉진호르몬 활성제로 배양된 복제 인간으로 대처했습니다."

"으……음."

정 회장의 입에서 여송연의 짙은 연기가 쏟아져 나왔다.

"박준렬을 복제 인간으로 대처할 수밖에 없었던 것은 그의 신체가 생각보다 너무 노쇠하기 때문이며 쇠뇌생명칩을 그런 그의 뇌에 삽입한다면 부작용을 일으킬 요지가 있었기 때문입니다. 일반적으로 건강한 신체에는 쇠뇌생명칩이 부작용 없이 잘 적응되기 때문에 아무런 문제가 없지만 노쇠한 신체에는 부적절합니다. 그렇기 때문에 복제 인간을 만드는 초기 단계에서 쇠뇌생명칩을 이식하여 배양하는 것이 100%의 안전성과 성공률을 보이게 되는 것입니다. 쇠뇌생명칩에는 그의 행동이며 습관, 그리고 주위의 배경, 가족관계, 일반적인 지식 등을 프로그램하여 저장할 수 있고 그로 인하여 쇠뇌생명칩을 이식한 복제 인간에게 원체를 대신한 행동을 자연스럽게 취할 수 있도록 할 수 있는 것입니다. 물론 그 쇠뇌생명칩으로 일반인, 그러니까 신체 조건이 우수한 인간에겐 복제 인간으로 대처할 필요 없이 직접적으로 이식할 수 있습니다. 그리고 연구실에서 전산화된 시스템의 간단한 작동만으로도 쇠뇌생명칩을 이식한 복제 인간이나 일반인에게 지시를 내릴 수 있습니다."

"……."

정 회장이 고개를 끄덕였다.

"현재 쇠뇌생명칩을 이식한 복제 인간이나 일반인은 무려 삼백 명이나 됩니다. 정, 관, 군, 민 등의 영향력이 있는 대표적 인물들을 대신하여 복제 인간이 침투해 있는 것입니다."

"훌륭해!"

"지금이라도 마음만 먹으면 이 나라는 회장님 손에 고스란히 들어오게 됩니다. 물론 북한도 예외는 아닙니다. 김정일이 암살된 이후 회장님의 입지를 배경으로 하여 웬만한 고위층엔 쇠뇌생명칩을 이식한 복제 인간이나 일반인을 다수 침투시켜 두었습니다. 그뿐만이 아닙니다. 회장님의 손에서 전 세계가 놀아날 수도 있습니다. 회장님이 마음만 먹는다면 그 모든 일들이 가능한 일입니다. 그리고 S프로젝트의 개발이 성공만 한다면 회장님은 영생하실 수 있습니다."

흥분된 목소리로 김 박사가 말했다.

"하지만 지금은 아니야. 모든 것이 때가 있는 법, 그럴수록 사람은 신중해야 해. 그렇지 않다가는 죽도 밥도 되지 않는다구."

"이젠 시간이 얼마 남지 않았습니다."

김 박사가 정 회장을 보며 자신만만하게 대답했다. 그의 대답에 정 회장은 듬직한 웃음을 지어 보였다.

정 회장이 돌아앉으며 재떨이에 여송연을 힘있게 눌러 껐다.

"박준렬, 대통령 감이야. 올해 대선에서 가장 유력시되는 인물이라고. 안됐어, 그동안 정계에서 쌓아 온 업적을 고스란히 복제 인간에게 넘겨주게 됐으니 말이야. 아니지, 그 모든 것이 내 손아귀로 흘러 들어온 셈이지. 쯧쯧쯔. ……시스템에 오류가 발생하지 않도록 잘 지켜보라고. 잘못했다가는 우리가 쌓아 온 일들이 무참히 무너져 내릴 수도 있으니까. 항상 조심해야 돼. 이제 됐으니까 가서 일 봐."

"네, 회장님."

김 박사가 자리에서 일어나 다시 한번 정중하게 목례를 하고는 문 쪽으로 다가갔다. 그의 등에 대고 정 회장이 힘있는 목소리로 다시 한번 당부했다.

"명심, 또 명심."

김 박사가 문을 열고 나가면서 목례를 하고 문을 닫았다.

정 회장은 한동안 김 박사가 나간 쪽을 바라보고는 한심하다는 듯이 쳐다보고 있었다. 그가 휠체어에서 일어나 푹신한 의자를 끌어다가 앉으면서 다리를 책상 위로 쭈욱 뻗었다.

"그래 이제 얼마 남지 않았어. 머저리 같으면서도 때론 쓸

모가 있는 놈이야. 사위 하나는 잘 두었지."

정 회장이 가래침을 재떨이에 뱉으면서 중얼거렸다. 그건 방금 서재를 나간 김 박사에게 한 소리였다.

그가 책상 위에 올려져 있던 인터폰의 버튼을 눌렀다. 그리고 얼마 뒤에 서재 문이 열렸다.

검은색 슈트 차림의 건장한 남자가 안으로 들어오며 선글라스를 벗어 안주머니에 슬며시 집어넣었다. 그리곤 정 회장의 앞으로 다가와 지시를 기다리듯이 뻣뻣하게 서 있었다.

남자의 얼굴은 귀티가 줄줄 흐르는 호남형이었다. 그리고 말수가 적어 보이는 편이었으며 듬직해 보였다.

"너무 많이 알아."

"……."

"조심해야겠어."

"……."

남자는 여전히 말이 없었다.

"나 모르는 무슨 일을 꾸미고 있는 것 같아. 네가 보기에는 어떠냐?"

"관심있게 지켜보고 있습니다."

남자가 정 회장 앞으로 한 발짝 다가서며 말했다.

"믿을 사람이 없어. 나도 이젠 죽을 때가 다 된 것 같구나. 그나마 듬직한 네가 있으니 마음이 놓여. 넌 내 아들 같은 녀석이야."

"……."

"김 박사, 그 녀석 무언가 큰일을 낼 놈이야. 내 사위이기는
하지만 마음에 들지 않아. 네가 항상 유심히 살피도록 해라.
알겠니?"

"네."

정 회장이 인자하고 자상하게 말하자 남자가 짤막하게 대
답했다.

"돌아가서 그만 쉬어라. 그리고 나가면서 애기 좀 들어오라
고 하구."

그의 말이 끝나자 남자가 뒤돌아 나갔다. 그리고 얼마 뒤에
여자 한 명이 안으로 들어왔다. 그녀는 다름 아닌 김 박사가
왔을 때 마중 나왔던 이십대의 젊은 여자였다.

여자가 들어오자 정 회장의 얼굴에 연한 미소가 깃들었다.

여자는 곧 정 회장의 곁으로 와서 그의 어깨를 주무르기 시
작했다. 그녀의 손길이 어깨에 와서 닿자 정 회장의 입에서
맑은 신음이 쏟아져 나왔다. 여자는 정 회장의 등에 자신의
아랫배를 바짝 붙이고 정성껏 어깨를 주물렀다.

정 회장의 얼굴이 한껏 기쁨에 부풀어 올랐다.

"애기야, 이 아빠가 뭘 해줄까?"

정 회장이 맑은 신음을 연신 품어내며 말했다. 그러자 여자

가 정 회장 쪽으로 자신의 몸을 바짝 밀착시키며 아양을 떨어
댔다.

"전 아무 것도 필요 없어요. 아빠만 있으면 돼."

"그래, 그래. 내 귀여운 것."

마냥 좋기만한 정 회장이었다.

그가 여자의 손을 만지작거렸다. 여자는 그의 손에서 자신
의 손을 빼내려하지 않고 맡기고 있었다.

정 회장의 눈빛은 욕정으로 한껏 물들고 있었다. 여자가 더
적극적으로 정 회장에게 다가서며 자지러지는 호흡을 내뱉었
다. 여자의 호흡에 정 회장의 얼굴이 붉게 물들여지고 있었다.

여자는 어느 사이 정 회장의 앞으로 다가와 그의 무릎에 걸
터앉았다.

"갈수록 탐이 나는구나."

"아이……."

여자의 볼록한 가슴이 그대로 정 회장의 얼굴 앞에 가서 닿
았다. 여자는 정 회장의 어깨를 앞에서 주무르고 있었다.

정 회장의 달아오른 입김이 여자의 탱탱한 가슴으로 이어
졌다.

여자는 백발의 정 회장을 유혹하듯이 가슴을 이리저리 흔
들어 정 회장의 눈을 혼란스럽게 만들고 있었다.

"늙으면 애가 된다더니 그 말이 맞는 것 같구나."

“아……아.”

정 회장이 여자의 허리를 주무르자 여자의 입에서 기다렸다는 듯이 신음이 흘어져 나왔다.

“이십대로 돌아간 기분이야.”

“으음…….”

여자는 색녀처럼 정 회장의 품에 안기어 들었다.

정 회장은 젊음의 유희를 즐기듯이 한껏 부풀어 오르고 있었다. 정 회장이 엉큼하게 여자의 가슴으로 손을 쑥 밀어 넣었다. 그러자 여자도 정 회장의 목덜미를 애무하듯이 끌어안았다.

‘그래, 이제 얼마 남지 않았어.’

정 회장의 얼굴에 알 수 없는 미소가 깃들었다.

지나는 하루 종일 컴퓨터 앞에 앉아 씨름을 하고 있었다.

그녀의 눈은 빨갛게 충혈되어 있었고 얼굴에는 피곤이 덕지덕지 깔려 있었다. 컴퓨터의 자판을 두드리며 모니터를 주시하던 그녀는 어깨에 느껴지는 피곤을 떨쳐 버릴 겸 기지개를 쭉 펴 보았다.

온몸이 나른해지는 게 낮잠이라도 자고 싶은 심정이었다.

그녀는 자리에서 일어나 아이스커피를 탔다. 그녀는 아이스커피를 가지고 응접실 의자에 가서 앉았다. 열어 놓은 창문을 통해서 후텁지근한 바람이 밀려들어왔다.

그녀는 창밖을 내다보면서 깊은 생각에 잠겨 들었다.

'아빠를 왜……?'

갈수록 의문투성이었다. 분명 아빠가 무슨 일인가에 깊이 관여해 있었을 것이라고 생각하면서 그녀는 곰곰이 앉아 있었다. 하지만 실마리가 풀리지는 않았다.

그녀는 커피를 한 모금 마시고는 탁자 위에 내려놓았다.

며칠째 연구실에 파묻혀 지내느라 그녀의 얼굴은 말이 아니었다. 그녀는 자신도 모르게 커피 잔을 손에 들고 만지작거리고 있었다. 커피 잔에 들어 있던 얼음 조각이 경쾌하게 달그락 소리를 내고 있었다.

온몸에서 힘이 빠지는 게 나른해져 왔다. 그리고 눈까풀도 무거워져 저절로 내려왔다. 몇 번 고개를 저어 정신을 차리려고도 해보았지만 밀려오는 잠을 감당하기란 쉽지가 않았다.

그녀는 의자에서 일어나 자신이 연구하고 있는 사이버분석 이식 시스템기 앞으로 다가갔다. 그리곤 시스템기의 한가운데 놓여 있는 의자에 앉았다.

그녀는 마음을 가다듬고 먼저 양쪽 관자놀이 부분에 전기 충격을 완화시켜 주는 젤을 발랐다. 그리고 그 위에 시스템기와 연결되어 있는 동전 크기의 고무로 된 것을 가져다가 붙였다. 그러자 가벼운 통증이 느껴졌다.

고무의 중간에는 보일 듯 말 듯한 침들이 다닥다닥 붙어 있었기 때문이다. 그것들은 관자놀이 주위의 피부를 살짝 꿰뚫고 들어가 뇌파의 진행을 시스템기에 전달하는 기능을 하는 것이었다.

손목에도 역시 그와 같은 방법으로 시스템기와 연결되는 고무를 가져다가 붙였다. 손목에 착용한 것은 신체의 생명 지수를 감지하는 자동 센서였다. 그것은 만일에 하나 생명이 위태로운 상황에 처했을 때 시스템기의 모든 선로를 차단하며 생명 연장 프로그램을 가동시키는 가장 핵심적인 부분이었다.

지나는 시스템기를 작동시키기 전에 숨을 깊게 들이마셔 안정을 취했다. 그리곤 편안한 자세로 누워 컴퓨터의 좌판을 앞으로 끌어당겼다. 다음으로 손에 파워 글러브를 끼고 초기 시스템에 접속했다.

그러자 의자의 등받이에 달려 있던 원형의 헤드셋(HMD)이 머리를 포근하게 감싸기 시작했고 다음으로 안마를 받는 것처럼 머리 부분이 시원해졌다.

헤드셋은 눈앞의 가상공간과 방향 감각을 제공해 주는 장치이며 파워 글러브는 손에 실제와 같은 촉각을 제공해 주는 장치였다.

사이버분석이식 시스템은 인간의 오감을 포함한 모든 감각을 실제로 느낄 수 있게 만든 첨단의 장비이기도 했다.

지나는 모든 감각을 머리에 집중시켰다. 그러자 한동안 현기증이 느껴졌다. 그녀는 어디론가 깊숙이 빨려 들어가는 것처럼 한없이 아래로 떨어져 내려갔다. 그리고 어느 지점에서부턴가 편안함이 느껴졌다.

주위는 온통 어두컴컴했다. 지나가 다시금 정신을 가다듬자 어디에선가 밝은 빛이 쏟아져 들어오고 있었다. 그녀는 그 빛을 따라 움직이기 시작했다.

평온한 시골의 정취가 물씬 느껴졌고 바람이 아릿하게 불어와 그녀의 치맛자락을 헤집고 있었다. 모든 것이 평화로워 보였고 여유로움으로 가득 차 있었다.

그녀는 어느새 곤한 숨을 내쉬고 있었다.

따스한 햇살이 내리쬐고 있는 너무도 눈이 부신 그런 숲속을 그녀는 걷고 있었다. 그녀의 손에는 소풍 바구니가 들려져 있었다. 그녀는 자신도 모르는 사이에 콧노래를 불러 가며 한껏 부풀어 올라 흥얼거리고 있었다.

속이 훤히 비치는 얇은 롱스커트와 하늘거리는 듯한 흰색 블라우스가 보기 좋게 매치되어 그녀에게 퍽이나 잘 어울렸다. 싱그러운 바람이 스쳐 지나갈 때면 옷자락이 흩날려 그녀의 속살이 수줍게 고개를 내밀었다.

그녀는 숲속을 거닐고 있는 미지의 여인이었다.

얼마를 그렇게 걸어 들어가자 호수가 보였다. 호수 위에서는 물새들이 물장구를 쳐가며 한가로이 오후를 만끽하고 있었다.

그녀는 그곳에 돗자리와 바구니를 펴놓고 가지런히 앉았다. 그리곤 정성스럽게 도시락을 돗자리 위에 늘어놓기 시작했다.

'누군가가 와 줄 것 같은데……'

그렇게 얼마를 기다렸을까, 숲속 저편에서 누군가가 걸어오는 소리가 들렸다.

지나의 가슴은 설레고 있었다.

그녀는 상상을 했다. 훤칠한 키에 터프하면서 눈이 맑고 가슴이 넓은 잘생긴 남자였으면 좋겠다고……. 발자국 소리가 점점 더 가까워졌다. 가까워질수록 그녀의 가슴이 콩닥콩닥 뛰기 시작했다.

그녀는 소리나는 쪽으로 시선을 돌렸다.

역시 그녀가 생각했던 대로 한 남자가 그녀를 향해 강렬한 눈빛을 전하고 있었다. 부푼 그녀의 가슴은 금방이라도 터질 것만 같았다.

남자는 그녀가 가까이 오라는 말을 하지 않더라도 가까이 다가와 그녀의 앞에 앉았다. 그리곤 와인을 그녀의 잔에 따라 주었다.

크리스털 잔에 반쯤 부어진 와인은 햇살을 받아 더 연하고 붉게 고개를 내밀었다. 마시기에는 아까울 정도로 그녀의 눈을 현란하게 만들고 있었다.

그녀는 와인 잔을 들어 남자의 잔에 키스하듯 살짝 가져다가 부딪쳤다. 그리곤 입술을 살짝 축이고는 내려놓았다.

남자가 그녀를 그윽하게 바라보았고 지나는 그의 눈 속으로 한없이 빨려 들어가고 있었다.

정말이지 깨어나고 싶지 않은 행복한 한때였다.

식사를 모두 끝내고서 그들은 호숫가를 거닐었고, 무더운 햇살은 그들을 맑고 차가운 호수 속으로 들어가 한가롭게 수영을 즐기도록 만들었다. 남자와 그녀는 어느새 알몸이 되어 호수를 평화롭게 유영했다.

남자의 근육질의 단단한 몸매가 그녀의 가슴을 터질 듯이 불타오르게 만들었고 어느새 그녀의 입에서 행복에 겨운 신음을 내뱉게 만들었다.

어디든 그렇게 그와 함께 달려가고 싶었다. 그만 가까이에 있어 준다면 어디를 가더라도 무서울 것이 없을 것만 같았다.

기쁨이 끊임없이 밀려와 그녀의 얼굴에서 환한 웃음을 떠나가지 않도록 만들었다.

한참 동안 수영을 즐기던 그녀는 물속에서 나와 자신의 티하나 없이 아름답고, 성숙할 대로 성숙해 터질 것만 같은 더없이 하얗고 매끄러운 몸매를 타월로 가렸다. 그녀는 남자를 돌아다보며 얼굴에 빨간 수줍음을 일구었다.

돗자리로 돌아온 그녀는 일광욕을 즐겼다.

남자 역시 그녀를 뒤따라 하늘을 보고 누웠다.

얼마를 그렇게 누워 있었을까, 남자의 거친 숨소리가 지나의 귓가에 그리움처럼 밀려 들어왔다.

지나의 타월 밖으로 드러난 하얀 젖가슴의 형체가 탱탱하고 윤기 있게 벅차오르기 시작했다.

'아⋯⋯.'

그녀의 갈라진 붉은 입술 사이로 짧고 선명한 신음이 흩어져 나왔다.

얼마나 그리워하던 남자의 향기던가. 시간이 지날수록 남자의 진득한 땀냄새가 그녀의 후각을 자극하듯 일으켜 세웠다.

더는 견딜 수가 없을 것만 같았다.

한없이 빨려 들어가 남자의 가슴속에서 자신의 모든 욕망과 허울을 모두 털어내고 싶을 뿐이었다.

어찌하면 좋은가. 그녀의 간절한 몸부림과 발버둥이 꿈결처럼 이루어지는 순간이었다. 그녀는 더 이상 망설이지 않았다. 그저 남자의 체취를 온몸으로 한껏 받아들여야 한다고만 생각했다.

온몸이 짜릿해져 왔다.

어디로 어떻게 다가서야 할지도 모른 채 그녀는 이끌리고 있었다. 그것만이 자신이 할 수 있는 모든 것이라고 생각했다.

차라리 그렇게 자신을 내던진다는 것이 얼마나 행복한 일인가. 그것은 남자를 그리워하는 여자의 본능이었다.

그녀는 남자의 손길이 다가오기만을 기다리고 있었다.

남자의 마른 호흡이 그대로 자신의 젖가슴을 녹이고 있는 듯했다. 그녀는 스스로의 충동에 사로잡혀 깊게 물들어 가고 있었다.

그녀의 몸에 송골송골 땀방울이 맺혔다. 그러나 남자의 체취는 가까이 다가오기를 망설이고 있었다. 그럴수록 애가 타는 쪽은 그녀였다. 급기야 그녀는 혼미한 상태에 이르게 되었다. 하지만 그뿐이었다. 알 수 없는 그 형체는 더는 그녀에게 아무 것도 해주지 못하고 있었다.

그녀는 간절한 눈빛으로 남자를 바라보았다. 어쩌면 애원하고 있었는지도 모른다. 그녀는 남자의 사랑이 절실히 필요했다.

의지할 수 있는 남자, 아빠의 그 사랑만큼이나 포근한 남자, 때론 오빠 같기도 하고 동생 같기도 한 가슴이 넓은 남자, 사랑이 무엇인지 바라보는 눈빛만으로도 알 수 있는 그런 남자가 그녀에게는 필요한 것이다.

정신과 정신이 서로 교감할 수 있는 그런 사랑 뒤에 오는 섹스를 그녀는 기다리고 있는 것이다.

하지만 그것은 그녀의 소망일뿐이다.

그녀가 다가서려하면 할수록 남자의 진득한 숨소리는 멀어져만 갔다.

그 간절한 바람을 무참히 짓밟듯이 그렇게 남자는 아득한 거리를 만들며 등을 보이고 있었다.

"가지 말아요."

그녀는 애원을 했다.

호수처럼 맑고 깊은 그녀의 두 눈에 알 수 없는 이슬방울이 맺혔다. 그녀는 간절하게 그의 눈을 쳐다보았다.

"혼자 있고 싶지 않아요. 제발……."

그녀의 애잔한 눈길을 그는 외면할 수 없었다.

그가 다가왔고 그녀는 그의 넓은 가슴에 안겼다. 그의 숨소리가 그녀의 외로움을 달래듯이 두근거리고 있었다.

"당신의 여자가 되고 싶어요."

"……."

"그래요. 날 외면하지 말아요."

그녀는 남자의 입술을 찾고 있었다.

입맞춤이 이루어졌고 그녀의 입술은 남자에 대한 그리움을 찾아, 사랑에 대한 미지의 흔적을 찾아 뜨겁게 불타오르기 시작했다. 입맞춤은 깊은 숲속의 옹달샘만큼이나 투명하고 맑았으며 산뜻했다. 그리고 입맞춤은 가슴속에서 간절히 피어나기를 바라는 그녀의 사랑에 대한 그리움을 그대로 담고 있었다.

그녀의 손은 남자의 불거져 나온 가슴을 애타게 쓰다듬고 있었다.

그녀는 다시 망각의 늪으로 빠져들어 가기 시작했다. 늪으로 빠져 들어가면 갈수록 모든 것이 하나로 통했다.

그녀는 지금 한 남자의 여자가 되어 가고 있는 중이었다.

"안아 주세요."

그녀는 더 이상 남자에게 자신을 감추고 싶지 않았다.

그녀의 입에서 호흡이 불규칙하게 흩어져 나왔다.

그녀는 지체하지 않고 남자의 가슴속으로 파고들었다. 남자의 가슴은 그런 그녀의 간절함을 이해하듯 깊숙이 받아들여 주었다.

남자의 손이 살갗에 닿을 때마다 그녀는 짜릿한 전율에 사로잡혔다.

얼마나 간절하고 애타게 찾던 남자의 품이던가, 그녀는 온몸으로 사랑의 대화를 갈망하고 있었다.

그녀의 물이 오른 풍만한 가슴은 남자의 손이 닿자 터질 것처럼 부풀어 올랐다.

남자의 입술이 그녀의 목선을 따라 내려가고 있었다. 그녀는 일순간 몽롱해지고 있었다. 차라리 그것은 고통이었다. 어쩌면 태초의 신비로운 생명의 힘일는지도 모른다. 그것은 또

다른 생명을 창출하려는 신비함의 극치일 것이다.

그녀의 온몸은 비로소 남자로 인해 새롭게 태어나고 있었다. 그 얼마나 기다리던 사랑이었던가.

남자의 손길은 여자의 몽우리졌던 가슴을 활짝 피어나게 만들었다. 수줍게 고개를 내민 그녀의 가슴은 촉촉한 물기에 젖어 있었다.

여체는 남자의 손길을 확인할수록 신비롭게 변해 갔다.

남자의 손이 가슴을 지나가는가 싶더니 이번에는 그 뜨거운 입술이 목선을 타고 내려와 연분홍의 꽃망울로 올라서고 있었다.

"아……."

너무도 달콤한 신음소리였다.

그녀는 벌써 남자를 받아들일 준비를 마치고 있었다. 남자의 입술은 그녀에게 희망을 찾아 길을 나설 수 있도록 만들고 있었다.

남자가 다가설 때마다 그녀는 가슴이 터질 것 같은 기쁨의 고통을 느껴야 했다.

어지럼증이 느껴졌고 숨을 제대로 쉴 수가 없을 지경이었다. 그녀는 급기야 남자의 머리를 움켜쥐고 신음을 내뱉으며 발버둥치기 시작했다.

남자의 땀냄새가 그녀를 더더욱 몸부림치게 만들었다. 그녀에게 시작과 끝은 필요치 않았다. 단지 지금 이 순간이 오래도록 지속되었으면 하는 바람뿐이었다. 중요한 것은 그것뿐이었다. 그 어떠한 것도 그녀를 물러서게 만들 수는 없었다. 그녀는 남자의 가슴속에서 불타오르는 강렬한 자극을 원하고 있는 것이다.

부끄러움도 수줍음도 그녀에게는 남아 있지 않았다. 오로지 사랑에 대한 믿음과 사랑에 대한 확인이 필요할 뿐이다. 그녀는 사랑을 확인하기 위해서 자신을 감추지 않았고 더 자극적으로 남자에게 매달렸다. 그리고 하나가 되기 위해 거짓으로 포장된 것들을 하나씩 하나씩 벗고 있었다. 그리하여 남자를 받아들일 수 있을 때 진정으로 사랑을 헤아릴 수 있을 터이기 때문이다.

"으음!"

"아아!"

남자의 입에서도 신음이 터져나왔다. 덩달아 그녀도 남자의 소유가 되기 위해 신음을 쏟아내었다.

둘은 하나가 되기 위해 거추장스러운 모든 것을 벗어 던졌다.

그들은 자연의 하나가 되어 있었다.

짙푸른 호수와 따가운 햇살, 그리고 상큼하고 촉촉하게 불어오는 바람이 그들을 일부로서 받아들이고 있었다.

남녀는 알몸이 되어 서슴없이 서로의 꾸밈없는 대화를 이

끌고 있었다. 남녀의 관계란 너무도 뜨거운 것이었다. 활화산만큼이나 뜨겁고 용암만큼이나 숨막히게 불타고 있었다. 그들 사이에 존재하는 것은 오직 하나뿐이었다. 정상을 향해 쉴틈 없이 내달리는 것뿐이었다.

사랑은 새로운 시작이며 또 다른 존재에 대한 확인이며 믿음인 것이다. 너무도 오랜 시간 동안 기다려 온 두 사람 사이에 존재하는 것은 서로에 대한 확인뿐이었다.

두 사람은 격정적인 몸부림을 쏟아 내고 있었다.

그녀의 가슴에는 땀이 식을 줄 모르고 송골송골 맺혀 있었다. 땀이 식을라치면 남자의 입술이 다가와 또다시 붉게 일어서도록 만들었다.

도대체 어디로 향하는 것인가. 두 사람은 어디로 향하는지도 모른 채 달리고 있었다. 하지만 그것이 중요한 건 아니었다. 서로의 가슴에 응어리져 있던 갈증을 녹여 줄 수 있다는 것이 그들에게는 더욱 중요했다.

그들은 멈추지 않았다. 아니 멈출 수가 없었다. 그대로 포기할 수가 없었다. 가슴속의 무언가를 폭발시킬 수 있을 때 비로소 그들의 대화는 끝이 나고 말 것이다. 그들은 한몸이 되어 허공을 유영하고 있었다.

어디든 그렇게 달려갈 것이다. 한 남자가 있고 또 한 여자가 있기에 그들은 그렇게 내달려야 한다. 단지 본능을 위해서 내달리고 있는 것만은 아니다. 성적 욕구를 자제시킬 수가 없어서 내달리고 있는 것은 더더욱 아니다. 그들은 서로의 빈자리를 채우기 위해 그리고 진정으로 의지하며 안정할 수 있는 보금자리를 만들기 위해 그렇게 달려가고 있는 중이다.

남자의 입술은 여체의 매혹적이며 완숙한 곡선을 따라 하염없이 움직이고 있었다. 그럴 때마다 짜릿한 전율이 여체를 곤혹스럽게 만들고 있었다. 남자의 입에서도 신음과 함께 더운 열기가 쏟아져 나왔다. 열기는 그대로 여체의 살갗을 어지럽게 굴러다니며 땀방울을 절로 만들어 놓았다.

남자는 감탄하고 있었다. 신비로운 여체의 곡선을 확인하고 또 확인하면서 갈수록 주체할 수 없는 지경에 이르고 있었다.

그녀의 몸이 스르르 열리고 있었다. 그것은 진정으로 남자에게 자신을 내보이며 받아들일 수 있다는 무언의 말이기도 했다.

그녀의 몸은 하늘로 솟아오르고 있었다. 하염없이 솟아올라 끝내는 떨어지더라도 지금 이 순간만큼은 포기하고 싶지 않았다. 차라리 그렇게 하염없이 끝도 없이 허공중으로 솟아오르고 싶은 심정이었다.

"아……아, 당신을 사랑해요!"

그녀의 눈에서 감격의 눈물이 쏟아져 내렸다.

남자의 입술은 너무도 지극하게, 그리고 정성스럽게 그녀에게 사랑을 확인시켜 주고 있었다.

두 사람의 몸은 진득한 땀과 어디에선가 흘러나온 샘물의 촉촉함에 어느새 미끌거리고 있었다.

그녀는 남자에게 원하지 않았다. 그만큼 남자는 그녀의 바람을 족집게처럼 찍어내고 있었다. 남자가 찾아들 때마다 그녀는 덧없는 행복과 전율에 휩싸였고 감격했다. 남자는 절대 성급하게 그녀에게 다가서지 않았다.

그들의 몸부림은 식을 줄 몰랐고 시간이 지나면 지날수록 더 목마르게 변해 갔다. 사랑은 그런 것이었다. 한번 시작하면 그칠 줄 모르고 불타오르는 것이며 아찔하고 고마운 것인 것이다.

진실로 서로를 원할 때 둘은 하나로 남을 수 있는 것이고 진실로 서로를 갈망할 때 사랑에 대한 진리를 이해할 수 있는 것이다. 그들은 그런 사랑을 찾아 속절없이 몸부림치고 있었다.

무작정 달리면서도 그들은 막연한 두려움에 휩싸였다. 그것은 다름 아닌 절정의 순간에 찾아들 허무함 때문일는지도 모른다.

"당신을 사랑해요. 영원히 당신만을……."

아, 왜 이렇게 눈물겨운 것인가.

이 순간 사랑을 꿈꿀 수 있다는 것은 행복 그 자체였다. 갈증은 끝없이 그녀를 몸부림치게 만들었고 언덕을 넘을 때마다 또 다른 미지의 세계로 향하는 기대감이 가슴을 벅차게 만들었다.

꿈은 아닐까.

그렇다, 꿈이어도 좋다. 그 꿈을 꾸기 위해 그 얼마나 많은 시간을 기다리고 달려왔던가, 그리고 그동안의 그 외로웠던 시간들 속에서 얼마나 그리웠던 사랑이던가. 그녀는 지칠 줄 몰랐다.

남자의 입에 고여 있던 타액이 그대로 여체 위로 흘러나왔다.

남자의 체취에 여체의 땀방울이 섞여 야릇한 냄새로 풍기고 있었다. 그 냄새는 더더욱 그녀를 자극했다.

남자의 혀는 여체의 곡선을 숨가쁘게 타고 내려와 아랫배를 지나고 있었다. 차차 감추어져 있던 여체의 비밀의 문턱으로 다가서고 있는 것이다.

그녀의 아랫배가 울렁거리기 시작했다. 동시에 그녀의 다리도 오므려졌으며 가볍게 힘이 주어졌다.

그녀는 느끼고 있었다.

남자의 입술이 지날 때마다 허물을 벗으며 그녀는 새롭게 태어나고 있었다. 한 남자를 위해 숨겨 두었던 소중한 순결을 그녀는 내보이고 있었다.

어디쯤 향하고 있는 것일까.

생각만 해도 절로 가슴이 터질 것 같은 그 내달림의 끝은 어디일까. 달려도달려도 끝이 나지 않을 것 같은 그 끝을 향해 왜 달려야 하는 것일까. 너무도 숨막히게 달려온 길이었다. 그렇기에 그녀는 그 끝에 도달하는 것이 싫었다. 그대로 영원할 수만 있다면 더 바랄 것이 없을 것만 같은 그녀였다.

"아……아. 가슴이 터질 것만 같아."

닫혀져 있던 문이 활짝 열리면서 그녀의 입에서도 주체할 수 없는 신음소리가 흘어져 나올 수밖에 없었다.

남자의 입술은 여자의 아랫배에서 한동안 머물면서 진득한 강약의 애무를 쏟아 내고 있었다. 그녀는 더는 참을 수 없다는 듯이 몸을 바짝 오므렸다. 그리고 그녀의 동공 역시 활짝 열려 있었고 얼굴이 황홀하게 일그러졌다.

그의 입술은 그녀를 안달나게 만들었다.

입술을 피해 이리저리 몸을 비꼬던 그녀도 이제는 참을 수가 없다는 듯이 포기하고 말았다. 그대로 그의 입술을 받아들이는 수밖에는 없었다. 남자에게 모든 것을 맡기지 않고서는 배길 수가 없을 지경이었다.

그렇게 남자에게 자신을 내맡기자 잔뜩 힘이 들어가 있던 다리에서 힘이 쭉 빠져나갔다. 그리고 아랫배에서도 역시 힘이 빠져나갔고 동시에 편안해질 수 있었다.

그녀는 더 이상 자신의 몸이 혼자만의 것이 아니라는 것을 인정하고 있었다. 그리고 남자의 신체를 자신의 일부로 인정해야 한다는 것도 깨달을 수 있었다.

처절하게 그녀의 입에서 신음이 흩어져 나왔다. 그 신음은 곧 남자의 귓가를 맴돌며 또 다른 자극을 부추겼다.

흥분과 전율이 온몸을 괴롭히며 오가는 사이 남자도 격정적으로 변해 손길 또한 거칠어져 있었다. 그 거친 남자의 손길은 그녀의 터질 것 같은 연분홍의 몽우리를 쥐어뜯고 있었다.

그녀는 남자의 손을 끌어다가 손가락을 깨물며 자지러들 수밖에 없었다.

남자는 좀 더 아래로 내려와 숲을 헤치듯 조심스럽게 입술에 힘을 주었다. 그러자 지나는 짧은 순간 다리를 오므렸다가 펴며 경련을 일으켰다. 그러나 그 경련은 오래가지 않았다. 다음으로 이어질 남자의 기교에 벅찬 기대를 품으며 기다리고 있었다.

"당신이 좋아……."

그녀는 말을 잇지 못했다.

아래로아래로 하염없이 내려간 남자는 수렁 속으로 한없이 한없이 빠져 들어가고 있었다.

그녀는 남자의 애무를 기다리며 느낄 뿐이었다. 그녀는 남자를 향해 조금도 움직이지 않았다. 한 남자의 순결한 존재로 그녀는 남아 있고 싶을 따름이었다.

흠뻑 젖은 그녀를 간간이 바람이 식혀 주고 있었다.

짜릿한 전율이 온몸을 파고 들어와 그녀를 괴롭혔다.

"아아! 이제 그만, 더는 참을 수가 없어……."

그녀의 입술이 가볍게 떨렸고 온몸이 비꼬였다.

그녀는 알 수 없는 미지의 세계로 빨려 들어가고 있었다. 그러다가 어느 순간엔가 한없이 아래로 떨어졌고 그곳에서 헤어나올 수 없을 정도로 질펀하게 젖어들었다. 정신이 혼미한 상태로 그녀는 숨을 몰아쉬었지만, 턱까지 차오른 흥분으로 가슴이 콱콱 막힐 지경이었다.

그녀의 심장이 급격히 뛰기 시작했다. 그리고 허벅지와 맞닿은 남자의 단단한 살갗 또한 여자의 까무러칠 듯한 갈증만큼이나 불타오르고 있었다.

마지막 절정이 시작되고 있었다. 그러나 그녀는 그대로 불덩이처럼 솟아올라 무참하게 벼랑의 끝으로 떨어지고 싶지 않았다. 무언가 부족했고 그 무언가를 찾기 위해 그녀는 안간힘을 쓰고 있었다.

그러기 위해서는 자신을 억제해야만 했다. 그렇지만 그것이 쉬운 일은 아니었다. 그녀의 엉덩이에 어느새 힘이 잔뜩 들어가 있었고 사타구니 사이에서는 진땀이 흘러내리고 있었다.

"그만! 이제 됐어요. 나도 당신을 확인하고 싶어."

그녀는 상체를 일으켜 남자를 껴안았다. 남자도 더는 그녀를 괴롭힐 수 없었다. 남자의 입에서 불규칙한 호흡이 흩어져 나오고 있었다.

이번에는 그녀의 차례였다.

땀 내음 가득한 남자의 귓가를 그녀가 새근새근 어르기 시작했다. 그러자 남자의 몸이 가볍게 경직되었다.

남자의 입술을 찾아 여정을 떠나기 시작한 그녀는 나름대로 정성을 다하고 있었다.

입술은 쉽게 찾을 수 있었다. 그리고 입맞춤은 달콤하고 촉촉하게 이루어졌다. 그녀의 입안에 잔뜩 고여 있던 타액이 남자의 입안으로 거침없이 흘러 들어갔다. 그녀는 격정적으로 파고 들어오는 남자의 혀를 받아들이며 그의 허리를 힘껏 끌어안았다. 동시에 남자도 뼈가 으스러질 정도로 그녀를 끌어안았다.

그녀의 움직임은 능동적이고 능숙한 기교를 내포하고 있었다.

남자의 뻣뻣하게 굳은 상체가 그녀의 애무로 서서히 풀어지고 있었다. 그리고 알 수 없는 전율로 그는 흔들리고 있었다.

그녀는 차츰차츰 남자를 정복해 내려갔다. 남자의 가슴에 한동안 머물면서 그녀는 강렬한 심장의 박동 소리를 들었고 심장을 터뜨리기라도 할 듯이 온갖 기교를 다 쏟아 내며 부푼 가슴을 땀방울로 일구어 냈다.

"으음!"

남자의 흔들림은 점점 더 극에 달하고 있었다. 하지만 그것만으로는 부족했다. 남자의 가슴을 불태우기 위해서는 더 예민해져야 한다고 그녀는 판단했고 단단한 가슴 근육을 벗어나 아래로 한발 자국씩 걸어 내려갔다.

남자는 더 이상 강하지만은 않았다. 의외로 남자는 쉽게 허물어지고 있었다. 어린아이를 다루듯이 조근조근 설득하고 달래자 남자는 모성을 느끼며 보채기 시작했다. 그가 보채면 보챌수록 그녀의 입술은 그를 허용하지 않고 한곳에만 머물며 애타고 간드러지게 만들었다.

남자의 온몸에 핏줄이 일어서고 있었다. 그리고 가슴은 금방이라도 터질 듯이 부풀어 오르고 있었다. 그의 온 신경이 한곳에 집중되고 있다는 것을 그녀는 쉽게 알아차릴 수 있었다. 그러나 그대로 다가서는 것으로 남자를 확인하고 싶지 않은 그녀였다.

그녀의 애무는 집요했다. 그럴수록 격정적으로 변하는 것은 남자였다. 남자는 참을 수 없다는 듯이 진저리 치고 있었다.

"아! 당신을 느끼고 싶어. 당신을 사랑해."

"으음!"

남자의 몸이 경련을 일으키듯 뻣뻣하게 굳은 채 경련을 일으키고 있었다. 그녀도 흡족한 듯 신음을 남자의 아랫배에 퍼부었다.

그녀의 이마에 맺혀 있던 땀방울이 남자의 아랫배로 떨어져 내렸다. 남자의 가슴과 배에도 땀방울로 질펀한 상태였다.

그녀가 좀 더 아래로 내려가자 남자는 더는 참지 못하겠는지 그녀의 머리카락을 손으로 꼭 움켜잡았다.

야릇한 냄새가 남자의 몸에서 풍겨져 나오고 있었다. 하지만 그리 기분 나쁜 냄새는 아니었다.

그녀도 덩달아 달아오르고 있었다.

두 사람 모두가 달아오를 대로 달아오른 상태였다. 그리고 더는 남자의 성난 가슴을 외면만 하고 있을 수는 없었기 때문에 그녀는 다시금 불거진 남자의 가슴으로 올라가야 했다.

이제 진정 한몸이되는 것만 남은 상태였다.

둘은 망설이지 않았고 성급하게 뒤엉키지도 않았다. 모든 것이 자연스럽게 이루어졌다. 그동안의 가벼운 전율은 두 사람 사이에 윤활유 역할을 하고 있었다.

여자의 하얀 허벅지와 검게 그을린 남자의 근육질의 허벅지가 포개졌다. 그리고 진정한 결합을 이루며 남자의 불거진 가슴이 그녀의 깊은 곳으로 밀려들어갔다.

"아……."

가슴이 꽉 들어차는 느낌이었고 절로 하체에 힘이 들어가 짜릿한 통증을 느꼈지만 그녀는 남자를 외면할 수가 없었다. 남자의 그 강렬한 가슴을 실망시킬 수가 없었다. 그대로 남자의 사랑을 받아들여야 했다.

가슴속으로 깊게 밀려들어오는 남자의 가슴은 발갛게 상기되어 있었다.

남자를 받아들이면 받아들일수록 그녀의 가슴도 터질 듯이 뛰기 시작했다. 너무도 강렬한 남자의 힘이었다.

남자는 여자의 가슴속에서 포만감을 느낄 수 있었다. 모성애와도 같은 그런 포근하고 아늑한 느낌이었다.

동시에 파도가 밀려들고 있었다.

비로소 한 남자를 차지하며 그녀는 더 깊은 곳으로 그를 안내하고 있었다. 정작 그를 받아들이기 위해서는 당연한 일인지도 모른다.

남녀는 불타오르다 못해 자지러들고 있었다.(다른 표현)

그들은 향락의 질펀한 수렁 속에서의 발버둥치고 있었다.

"아……아, 미칠 것만 같아."

그녀는 형언할 수 없는 기쁨에 사로잡혀 어쩔 줄 모르고 있었다.

남자가 밀려들어오면 그녀는 밀려들어오는 남자를 받아들이듯 받아들이지 않고 다시금 뒤로 물러섰다가 남자가 밀려나간 그 틈을 비집고 다가서기를 반복하고 있었다.

가슴과 가슴의 만남은 아름다움 그 자체였다.

알몸으로 한 덩어리의 조형을 이룬 두 사람의 사이에 사랑은 끝없이 꿈틀거리고 있었다.

걷잡을 수 없이 솟아오른 그들은 더 이상 남이 아니었다. 남이기 이전에 하나의 공동체이며 사랑의 결실이었다.

그녀는 파르르 몸을 떨며 남자의 가슴속으로 깊숙이 안겨 들어갔다. 남자 역시 자신의 가슴을 그녀에게 배려하고 있었다. 그것은 하나이기 때문에 가능할 수 있는 것이며 또 하나이기 때문에 진실로 받아들일 수 있는 것이다.

이젠 그 누구도 자신을 억제하거나 자제할 수 없었다.

시작은 그렇게 끝을 향해 내달리고 있었다.

영원히 지속될 것만 같았던 사랑의 대화는 속절없이 마지막 안간힘을 쓰고 있는 중이었다.

도대체 이곳이 어디란 말인가.

둘은 기쁨을 배가시키기 위해 미친 듯이 몸부림치고 있었다.

남자는 한곳으로 자신의 모든 감각을 집중시키고 있었다. 그것은 그녀도 마찬가지였다. 그녀의 온몸 곳곳은 가장 예민한 상태로 변해 있었다.

두 사람 사이에는 물기로 흥건했다.

격렬하고 격정적인 바동거림이 몸과 몸을 자극하며 전율하고 있었다. 안간힘을 쓰며 둘은 미련 없이 한순간을 털어 버리고 있는 중이었다.

"아……아! 터질 것만 같아. 더는 더……는 못 참겠어. 으……음."

그녀는 알아들을 수 없는 신음을 쏟아내며 미친 듯이 엉덩이
를 들썩거렸다. 그리고 눈가에 기쁨의 눈물을 매달고 있었다.

남자의 몸에서 무엇인가가 흘러나와 여자의 몸속으로 밀려
들어왔다. 그와 동시에 그녀의 온몸에 경련이 일어났고 심장
박동이 최고조에 올라 멈출 것만 같았다. 남자의 허리를 감싸
고 있던 그녀의 다리에 힘껏 힘이 주어져 남자의 안간힘을 돕
고 있었다.

그랬다. 그것은 여자와 남자의 마지막 몸부림이었다. 그녀
는 바들바들 몸을 떨어대며, 알아들을 수 없는 신음 소리를
쏟아내며 벼랑 위에 매달려 있었다.

"아아! 죽을 것만 같아. 아……."

지나는 한숨을 푹 내쉬었다.

모든 것이 그렇게 끝이 나고 말았다. 지나는 한동안 몸을 가
눌 수가 없었다. 그녀의 온몸은 땀으로 질펙하게 젖어 있었다.
여전히 그녀의 심장은 지칠 줄 모르고 거칠게 뛰고 있었다.

모든 시스템이 정지되었다. 지나의 불규칙한 신체 리듬 때
문에 생명 지수 센서가 오동작을 한 모양이었다.

지나는 자리에서 일어날 수가 없었다. 그저 아쉽기만 할 뿐
이었다. 그녀의 손은 어느새 블라우스 단추를 풀고 안으로 들
어가 있었다. 그리고 그녀의 가슴 사이에는 진득한 땀방울이

맺혀 있었다.

"아……."

그녀가 길게 신음을 내뱉었다.

그녀는 허전함을 느꼈고 자신도 모르게 벌어진 다리를 힘있게 오므렸다. 온몸 전체가 흥분되어 있던 터라 이상한 기분이 느껴졌다.

다시 한번 아쉽게 한숨을 내뱉은 그녀는 뇌파 전달센서와 생명 지수 감지센서를 몸에서 떼어 내고 자리에서 일어날 수 있었다.

그녀는 가볍게 기지개를 펴고는 나른해져 있던 몸을 좌우로 엇갈려 움직였다. 한결 개운함이 느껴졌다.

지나는 자신의 기분을 조금이나마 달래 줄 수 있는 사이버분석이식 시스템을 바라보면서 흐뭇한 표정을 지었다.

"나의 애마!"

그녀가 중얼거렸다.

그녀가 그 사이버분석이식 시스템을 연구하게 된 것은 단순히 어린 시절로 돌아갈 수 없을까 하는 생각에서였다. 하지만 연구를 거듭하면서 지난 시절에 대한 여행에서부터 자신이 생각하고 있는 가상의 공간에서 벌어질 수 있는 상상들을 폭넓게 수용할 수 있게 되었다.

그녀가 시스템의 도움을 받아 들어갔던 곳은 바로 그 가상

현실의 공간이었다. 그녀는 가끔 그곳에 들어가 휴식을 취하곤 했었다.

사이버분석이식 시스템의 원리는 매우 간단했다. 잠재되어 있는 상황들을, 그것이 현재건 미래건 과거 건간에 뇌파의 출력을 이용해 시스템기 안에서 당사자가 원하는 공간을 설정할 수 있게 만든 것이다.

그것이 실용화된다면 가만히 앉아서도 어디든 가기 힘든 곳을 여행할 수 있을 것이고, 지난 시절의 불미스러운 일로 죄책감을 느끼던 당사자가 이미 이 세상 사람이 아닌 사람에게 그 시절로 돌아가 용서를 구할 수도 있을 것이다. 그로써 죄책감에 시달리고 있는 사람에게는 어느 정도 위안이 될 수 있을 것이다. 그리고 미지의 세계를 갈구하는 여행가들에게도 도움이 될 것이 분명하다.

사이버분석이식 시스템은 1990년대의 다마고치 열풍이나 사이버 섹스에는 비교도 되지 않을 획기적인 기술이다. 하지만 문제는 그 시스템을 완성하는 데에는 많은 돈과 노력이 필요하다는 것이다. 지나도 어느 정도 시스템의 완성을 꾀해 놓고 있었지만 아직도 보완해야 할 부분이 많이 남아 있었다.

그녀가 더 욕심을 내고 있는 부분은 사람의 영혼에 대한 문제였다.

사람의 영혼을 한 곳에 머무르게 할 수는 없을까. 자신이 사랑하는 사람이 죽은 뒤에도 보고 싶을 때 언제든지 찾아가 만날 수 있고 또 대화를 나눌 수 있다면 좋을 것이라는 생각에서 그 공간을 배려해 주고 싶은 것이 그녀의 욕심이었다.

그것은 지나가 하고 있는 연구의 핵심이었다. 그리고 사이버분석이식 시스템을 조금 더 보완한다면 가능할지도 모른다고 생각했었고 이론상으로도 이미 정립된 상태였다. 하지만 과연 누가 기꺼이 그녀의 연구에 자신의 영혼을 맡기겠는가 하는 문제가 뒤따랐다.

그리고 그것이 현실화된다고 하더라도 뒤따를 장애는 한두 가지가 아니었다. 우선 종교계의 반발에 먼저 부딪쳐야 할 것이고 신을 모독하는 행위이며 인간의 존엄성을 무시하는 처사라는 인류의 비난을 받게 될 것이다.

그렇지만 사랑하는 사람을 잃고 괴로워하는 이들에게는 희소식임이 분명하다. 아픔을 간직한 채 평생을 음지에서 살며 자포자기하는 그들에게 조금이나마 위안을 줄 수 있는 일이지 않은가.

행복한 사람이 있으면 으레 불행한 사람이 있기 마련이고 그들에게 희망을 줄 수 있는 것은 바로 그러한 일일는지도 모른다. 그러한 연유에서 그녀는 연구에 몰입되어 들어갈 수 있었다.

그녀의 연구는 상상을 초월한 것이었다.

그렇지만 지나는 잠시 연구를 밀어 두기로 했다. 우선은 아빠의 죽음의 비밀부터 캐내는 것이 급선무라고 생각했기 때문이었다. 그녀는 아빠가 이십여 년 전에 연구 중이었다는 K프로젝트에 더 열을 올리고 있었다.

지나는 다시 컴퓨터 앞으로 다가가 앉았다. 그리곤 열심히 자판을 두드리며 모니터를 주시하기 시작했다.

정신없이 자판을 두드리고 있는데 전화벨이 울렸다.

"여보세요?"

그녀가 가라앉은 목소리로 저쪽을 의식했다.

"지나?"

목소리의 주인공은 다름 아닌 안성댁이었다. 그녀의 목소리를 금방 알아채며 지나가 방긋 달아올랐다.

"아줌마, 어디예요?"

"시골집."

"그런데 무슨 일로 아줌마가 전화를 다 하셨어요?"

"으응 다른 게 아니라 창고 때문에……."

"창고 때문에요……?"

지나가 수화기를 귀에 바짝 밀착시켰다.

"청소를 하는데 창고에 있는 건 어떻게 할까 해서?"

"네에…… 창고는 그냥 놔두세요. 제가 시간 나는 대로 내려가서 정리할께요. 집엔 별일 없죠?"

"이런 시골에 별일이야 있겠어. 그나저나 식사는 꼬박 꼬박 챙겨 먹고 다니는 거야?"

안성댁이 걱정스럽게 물었다.

"네."

"텃밭에서 가꾼 채소가 실해. 내가 시간 나는 대로 김치 담가 가지고 올라갈게. 김치 다 떨어졌지?"

"그러시지 않으셔도 돼요. 내가 김치 가지러 내려가게 되면 전화 드릴게요."

"그래. 어여 내려와."

그리고는 안성댁이 불쑥 전화를 끊었다.

아마도 전화비가 많이 나올까 봐서 그런 모양이다. 퉁명스러운 기계음을 들으면서 지나가 피식 웃었다.

그녀는 다시 모니터를 주시했다.

K프로젝트에 대한 모든 것을 검색해 볼 요량이었다. 그녀의 양미간이 좁혀지면서 날카로워졌다.

하지만 K프로젝트에 대한 자료들은 눈을 씻고 찾아 봐도 좀처럼 나타나지 않고 있었다. 그녀의 입에서 저절로 힘겨운 신음이 쏟아져 나왔다.

어디엔가 분명 그 프로젝트에 관한 자료가 남아 있을 법도 한데, 그녀는 곰곰이 생각에 잠겨 들었다. 하지만 역시 실마리를 풀 만한 것은 발견할 수 없었다.

컴퓨터의 자판을 두드리는 횟수가 늘어나면서 뻣뻣하게 굳은 등허리가 아파오기 시작했고 고개가 뻐근해져 왔다.

그녀는 포기하지 않고 계속해서 모니터를 의식하며 검색에 열을 올렸다.

'무슨 수를 써서라도 밝혀내야 해.'

그녀는 한치의 흐트러짐도 없이 앉아 있었다. 모니터를 바라보는 그녀의 시선 또한 싸울 것처럼 날카로웠다. 그녀는 기어코 무슨 일을 낼 것처럼 얼굴에 단호한 표정을 지었다.

그녀는 포기할 수가 없었다. 한치의 흐트러짐 없이 앉아 그녀는 검색에 몰두했다. 그러나 역시 조금의 실마리도 찾을 수가 없었다.

'너무 오래전의 일이라서 그럴까?'

그렇지만 오래전의 일이라고 해도 그렇게까지 깨끗하게 지워질 수는 없는 일이었다.

그녀는 검색을 멈추고 다시 생각에 잠겼다.

어디엔가는 분명 그 자료가 남아 있을 것이다. 하지만 그 어디엔 가가 문제였다. 그녀는 막막해졌다.

처음부터 너무 얕보고 접근했기 때문인가.

그녀는 좀 더 신중을 기하고 있었다.

그녀는 다른 방법으로 접근을 시도해 보기로 했다. 먼저 연구소에서 행해지고 있는 모든 프로젝트에 대해서 차근차근 접근해 보기로 결심했다.

그녀는 사소한 것 하나 하나도 건성건성 넘겨 버리지 않고 확인하고 또 확인하며 끈질기게 따라붙었다.

컴퓨터와 시름을 하면서 그녀는 점점 더 예민해졌다.

‘프로젝트……’

그녀가 중얼거렸다.

그러다가 그녀는 연구소 내의 모든 프로젝트에 대한 자료가 모두 김 박사의 컴퓨터 전산망과 연결되어 있음을 알 수 있었다.

그녀가 자신도 모르게 무릎을 손으로 툭 내리쳤다. 그녀의 얼굴에 환한 미소가 깃들여졌다.

“그래, 이렇게 쉬운 일을……”

조금씩 실마리를 풀어 나갈 수 있을 것 같았다. 자판을 두드리는 그녀의 손끝이 생기있게 살아나기 시작했다.

김 박사의 전산망과 접속을 시도하려는 그녀의 손길이 빨라지기 시작했다. 그렇지만 그것이 생각처럼 쉬운 일은 아니었다.

—접속 불가.

두 번의 시도를 실패하고 세 번째의 마지막 시도를 해보았지만 역시 그 단어만 반복되고 있을 뿐이다.

모든 프로젝트가 김 박사의 컴퓨터와 연결되어 자료 전체가 흘러 들어가고 있었지만 이쪽에서는 그쪽과의 접속은 통제되고 있었던 것이다. 흘러 들어가기만 할 뿐 나오는 것은 아무것도 없었다.

몇 차례 시도를 반복했지만 불가능할 뿐이다.

—이 회선은 김석인 박사의 전용 모드입니다. 일반의 접근을 통제합니다. 경고합니다. 극비 사항이므로 접근을 통제합니다.

철저하게 보안 장치가 되어 있었으므로 그녀는 접근에 애를 먹고 있었다.

여러 가지 방법을 동원해 보았지만 허사였다. 컴퓨터 공학 박사이며 해킹 전문가인 그녀로서도 그 보안장치를 깨기란 쉬운 일이 아니었다.

그녀의 이마에 땀방울이 맺혀졌다. 도리 없이 그녀는 접근을 포기해야만 했다. 그녀는 멍하니 모니터를 바라보고 있다가 담배를 가져다가 입에 물었다. 그리곤 라이터로 불을 붙인 뒤에 담배 연기에 한숨을 섞어 길게 내뱉었다.

할 수 없는 일이었다. 한 가지 방법이 있다면 김 박사의 사무실로 잠입해서 그의 컴퓨터로 검색을 해보는 수밖에는 별다른 방법이 없었다.

지나는 그것이 방법이 최선의 방법이라고 생각했다.

그녀의 손끝에서 담배가 묵묵하게 타 들어가고 있었다. 담배를 반쯤 태우다가 재떨이에 눌러 끈 그녀는 손가락을 오므렸다 폈다를 반복하며 굳은 손가락의 마디마디를 풀었다. 그러며 그녀는 마음을 굳게 먹고 있었다.

'여기에서 물러날 수는 없어.'

그녀는 우선 김 박사의 사무실로 잠입하기 전에 중앙 컴퓨터의 보안 장치와 연결을 시도했다.

보안 장치와의 연결은 식은죽 먹기나 마찬가지였다. 그녀는 김 박사의 부재중임을 확인할 수 있었다.

확인한 그녀는 김 박사 사무실의 모든 보안 장치를 해제시켰다. 그의 사무실로 들어가기 위한 첫 번째 관문은 순조롭게 이루어지고 있었다.

그녀는 자신의 연구실을 나서기 전에 다시 한번 마음의 안정을 취했다. 섣불리 행동했다가는 일을 망치고 말 것이기 때문이다. 그녀의 얼굴이 심각하게 굳어져 있었다. 마음을 먹은 이상 일을 빨리 진행시켜야 했다. 김 박사가 언제 들어올지 모르는 일이었기 때문에 그녀는 한시도 지체할 시간이 없었다.

그녀는 사무실에서 나와 비상계단을 통해 걸어서 3층으로 올라가고 있었다. 엘리베이터도 있었지만 엘리베이터에는 CCTV가 부착되어 있었기 때문에 계단을 이용하는 것이 낫다고 생각했다.

3층으로 올라간 그녀는 주위를 살핀 뒤에 김 박사의 사무실 쪽으로 조심스럽게 걸어갔다.

3층은 텅텅 빈 것처럼 쥐죽은 듯이 조용했다.

김 박사의 사무실 문 앞으로 다가간 그녀는 주위를 한 번 더 살핀 뒤에 손잡이를 돌렸다. 그러자 또 다른 문이 가로막고 있었다. 그 문은 자동문으로 버튼을 조작해야만 열 수 있게끔 만들어져 있었다.

그 문 역시 지나가 중앙 컴퓨터의 보안 장치와 연결할 때 임의대로 설정해 놓은 번호를 누르자 문이 자동으로 열렸다.

사무실 안으로 들어간 지나는 막바로 김 박사의 책상 곁으로 다가가 앉았다. 지체할 시간이 없었기 때문에 앉자마자 검색을 시도하기 시작했다. 그녀는 미리 준비해 간 검색 프로그램을 가동시켰다.

그녀가 생각했던 것처럼 김 박사는 자신의 컴퓨터에도 여러 개의 트랙을 설정해 놓고 있었다. 하지만 물러설 지나가 아니었다.

그녀는 두 개의 트랙을 손쉽게 풀 수 있었다. 남은 것은 하나였다.

지나는 얼핏 자신의 손목시계를 들여다보았다. 벌써 김 박사의 사무실에 들어온 지 10분을 초과하고 있었다. 그대로 가다가는 언제 발각될지 모르는 상황이었다. 그녀의 이마에 진 땀이 송골송골 맺혀져 있었다.

마지막 패스워드가 말썽이었다. 아무리 노력해도 패스워드를 풀기란 쉽지 않았다. 그렇게 가다가는 시간이 얼마나 더 지체될지 모르는 실정이었다.

패스워드 검색 프로그램도 별 소용이 없었다.

재촉해 봤자 조급하기만 할 뿐 패스워드는 풀리지 않았다. 지나는 마음을 최대한으로 진정시키며 모니터를 의식했다. 그러나 마음만 앞설 뿐 자신의 뜻대로 일이 진행되지는 않았다.

그녀가 한숨을 길게 내뱉었다.

그러며 그녀는 책상 위에 놓여 있는 것들을 유심히 살폈다. 패스워드란 자신이 가장 아끼는 것을 대상으로, 남들은 미처 생각도 하지 못할 것들을 설정하기 때문이었다. 지나도 그 점을 생각하고 있었다.

그렇지만 역시 지나의 머릿속은 텅 빈 것만 같을 뿐 이렇다 할 것들이 머릿속에 떠오르지 않고 있었다.

시간은 멈추지 않고 계속해서 흘러가고 있었다. 지나는 답답할 뿐이었다. 갖가지 생각들을 해보았지만 허사였다.

그대로는 무리라고 생각한 지나는 김 박사의 컴퓨터를 자신의 컴퓨터와 연결할 수 있도록 네트워크 환경 설정을 하기 시작했다. 그것은 자신의 연구실에서 자신의 컴퓨터로 직접 검색을 하면 조금 더 시간을 벌 수 있을 것 같다는 생각에서였다.

자신의 컴퓨터와의 연결을 확인한 그녀는 서둘러 자리에서 일어섰다. 그리고 막 밖으로 나가려다가 흩트려 놓은 것이 없나 해서 책상 위를 다시금 천천히 살폈다. 그때 그녀의 시선이 책상 위에 세워져 있는 조그만 액자에 멈추었다.

그것은 자신이 고등학교를 졸업하던 날 김 박사와 단둘이 찍은 기념사진이었다.

지나는 액자를 들여다보며 김 박사에게 못할 짓을 하는 것이 아닌가 하는 씁쓸한 기분이 들었다. 하지만 어쩔 수 없는 일이었다. 아빠의 죽음에 대한 비밀을 캐내기 위해서는 그럴 수밖에 없었기 때문이다.

그때까지도 지나는 김 박사에 대한 믿음을 잃지 않고 있었다. 그리고 김 박사도 자신의 이런 마음을 나중에라도 이해해 줄 것이라고 그녀는 믿었다.

지나는 김 박사의 사무실을 나서며 복도를 조심스럽게 살폈다. 혹 누군가 자신이 김 박사의 사무실에서 나오는 것을 보기라도 한다면 골치 아픈 일이 벌어질지도 모른다는 생각에 서였다.

다행히 밖에는 쥐새끼 하나 얼씬거리지 않았다.

지나는 이때다 싶어 김 박사의 사무실에서 얼른 나갔다. 그리고 한쪽에 달려 있는 버튼을 눌러 문을 잠갔다.

지나는 사무실 밖의 겉문을 닫으면서 조금은 안정된 안도의 한숨을 내쉬었다. 그러는 그녀의 이마에 맺혀 있던 진땀이 서서히 식어 내리고 있었다.

바로 그때 엘리베이터가 멈추는 소리가 들렸다. 그리고 누군가가 밖으로 걸어나오는 소리가 들렸다. 지나는 지레 놀라 몸을 바짝 움츠렸다. 그녀의 몸이 파르르 떨리고 있었다.

"민 박사님!"

남자의 목소리였다. 다행히 김 박사의 목소리는 아니었다. 새파랗게 질려 있던 그녀는 어느 정도 안심할 수 있었다.

하지만 지나는 돌아다볼 수가 없었다. 그녀는 긴장하고 있었다. 자신이 그곳에서 나오는 것을 들키지나 않았을까 하는 걱정이 앞섰기 때문이었다.

"민 박사님, 무슨 생각을 그렇게 하고 있어요?"

"……."

남자가 걸어와 지나의 어깨를 장난스럽게 툭 치며 말했다. 그제야 지나가 그를 돌아다보며 방긋 웃어 보였다.

그는 지하층에서 연구원으로 근무하고 있는 남자였다. 그렇지만 그와 그리 친한 편은 아니었다. 가끔 구내식당에서 식사를 하다가 마주치곤 했던 얼굴이었다. 그렇다고 통성명을 했던 것도 아닌데 그가 어떻게 자신의 이름을 알고 있었을까, 지나는 멋쩍은 표정이었다.

"김 박사님 안에 계시지요?"

"안 계신 것 같은데요."

그녀가 얼버무렸다.

"큰일이네……."

"왜 그러시는데요?"

지나가 남자의 얼굴을 쳐다보며 말했다. 그러다가 그와 시선이 마주치자 그녀가 자연스럽게 시선을 피했다. 그녀의 시선이 남자의 가슴 부위께로 떨어졌다.

남자의 하얀색 연구 가운에 아크릴 이름표가 붙어 있었다. 지나는 그것을 보며 그가 자신의 이름을 그 아크릴 이름표를 보고 알았을 것이라고 생각했다.

"아니에요. 급한 일은 아니니까 다음에 찾아뵙지요."

그러며 남자가 머리를 긁적였다. 머쓱하게 서 있던 그가 지나를 향해 환하게 웃어 보이고는 다시 엘리베이터 앞으로 다가가 섰다. 그러고 얼마 뒤에 엘리베이터가 멈추는 소리와 함께 엘리베이터 문이 스르르 열렸다.

남자가 곧 엘리베이터 안으로 들어갔다.

그 모습을 보고 있던 지나가 후 하고 한숨을 내뱉었다.

"민 박사님, 안 내려가세요?"

열려진 엘리베이터 문을 통해서 남자가 고개를 빠끔히 내밀면서 말했다.

"전, 계단으로 내려갈래요."

지나가 말하며 손을 들어 인사를 했다. 이내 엘리베이터 문이 닫혔고 남자의 인기척도 더는 들리지 않았다.

지나는 남자가 보이지 않는데도 한동안 손을 들고 서 있었다.

자신의 연구실로 돌아온 지나는 패스워드를 풀기에 여념이 없었다. 그녀는 자신이 가지고 있는 모든 패스워드 검색 프로그램을 동원했다.

김 박사가 들어오기 전에 검색을 끝내야 하기 때문에 그녀의 손놀림은 촉박하게 이루어지고 있었다. 그렇지만 패스워드를 푼다는 일이 여간 쉬운 일이 아니었다.

끊임없이 시도를 해보았지만 만만치 않은 일이었다.

그녀의 등은 땀으로 홍건히 젖어 있었다.

가만히 앉아만 있어도 땀이 주르륵 흘러내리는 그런 무더운 날이었다. 어찌 된 일인지 오늘은 에어컨 바람도 후텁지근하게 느껴졌다.

쉽게 일이 풀려 나가지 않자 모니터를 마주 보고 앉아 있는 그녀의 얼굴에 짜증이 잔뜩 서려 있었다. 자판을 두드리면서 그녀는 연신 한숨을 쏟아내었다.

모니터를 바라보며 생각에 잠겼다. 하지만 아무리 생각해봐도 통 감을 잡을 수가 없었다.

그녀는 더 이상 방도가 없다고 생각하고는 포기하려던 참이었다. 그러다가 생각난 것이 김 박사의 사무실에서 보았던 액자 속의 사진이었다.

'혹시……'

그녀는 자신의 고등학교 졸업식 날을 컴퓨터에 입력시키고 Enter를 눌렀다. 그렇지만 그녀의 기대는 무참히 꺾이고 말았다.

그녀가 혀를 걷어찼다.

'그것도 아니면……'

그녀는 밑져야 본전이라는 식으로 마지막 희망을 걸고 자판을 두드렸다. 그때까지도 지나는 반신반의한 표정이었다.

그녀가 누른 것은 다름 아닌 자신의 이름이었다.

이름을 누르고 Enter를 누르자 묵묵하게 혀를 내두르고 있던 컴퓨터가 지나를 감격하게 만들 듯 작동되고 있었다.

"OK, 바로 그거야."

지나가 모니터의 상단부를 툭 내리치며 굳어져 있던 얼굴에 연한 미소를 담았다.

이제 남은 것은 프로젝트에 대한 검색이었다. 그녀는 패스워드를 풀기 위해 지체했던 시간을 만회하기라도 하듯이 열심히 자판을 두드렸다. 그러나 그녀의 앞에는 또 다른 문제가 기다리고 있었다. 그것은 다름 아닌 모니터에 불규칙한 형태로 시스템 언어가 흘러나오고 있었다. 하지만 다행히 그녀에게는 낯익은 시스템 언어였다. 그녀는 자신이 가지고 있는 시

스템언어 분석기 프로그램을 이용해 쉽게 문제점을 해결할 수
있었다.

그녀의 얼굴에 만족스러운 미소가 환하게 깔렸다.

그녀는 프로젝트의 목록을 찾아 모니터에 띄울 수 있었다.

그 중에 K프로젝트가 제일 먼저 지나의 눈에 띄었다. 그리
고 그 밑으로 복제 쇠뇌생명칩 프로젝트, S프로젝트가 나란
히 표기되어 있었으며 K프로젝트와 복제 쇠뇌생명칩 프로젝
트는 빨간 문자로 완료, 라고 씌어져 있었다. 맨 밑에 있는
S프로젝트는 현재 진행 중이라고만 쓰어져 있었다.

지나는 K프로젝트를 설정하고 Enter를 눌렀다.

그녀는 자신도 모르게 숨을 안으로 들이마시고 있었다.

아빠의 죽음을 파헤칠 만한 단서가 나오기를 기대하며 그
녀는 잠시도 모니터에서 시선을 떼지 않았다. 그녀는 묘한 흥
분에 사로잡혀 들어가고 있었다.

아빠가 주도했던 그 프로젝트에 대한 관심은 그녀에게서
끝없이 의문을 제시하게끔 만들었다.

프로젝트에 대한 문서의 내용들을 읽어 내려가는 지나는
자신의 눈을 의심하지 않을 수 없었다.

'복제 생명체!'

처음부터 K프로젝트는 복제 생명체에 대한 것으로부터 시
작되고 있었다. 그리고 프로젝트의 팀장은 민형우 박사에서

김석인 박사로 교체된 것으로 나타나 있었다.

지나는 자신의 아버지가 1980년 1월부터 1982년 10월 25일까지 K프로젝트에 관여했던 사실을 알 수 있었다.

1982년 10월 25일.

그날은 아빠가 돌아가신 날이기도 했다. 지나의 손끝이 가볍게 떨렸다. 지나는 그날을 지금도 생생하게 기억하고 있었다. 그 기억이 머릿속에서 떠나가지 않고 그녀를 슬프게 만들었다.

당시 아빠가 관여했던 K프로젝트의 실험 내용은 대개가 쥐나 개, 그리고 원숭이를 대상으로 한 것들이었다. 하지만 아빠가 돌아가신 날 이후부터는 실험의 성격이 동물들이 아닌 인간을 대상으로 행해졌다는 것을 알 수 있었다.

"어떻게 그런 일이!"

지나가 믿겨지지 않는다는 듯이 입을 벌리고 다물 줄을 몰랐다.

그렇다면 아빠가 인간을 상대로 한 복제 생명체 실험을 반대했기 때문에 죽음을 당했을지도 모른다고 지나는 생각했다. 그리고 그 모두가 김 박사의 손에 의해 이루어졌을 것이다.

지나는 울분을 참을 수가 없었다.

자신의 후배를 일에 끌어들여 쓸모가 없자 제거했다는 그 사실을 더더욱 용납할 수가 없었다.

인간의 탈을 뒤집어 쓴 짐승.

어떻게 그렇게 철저하게 자신을 속이고 감출 수 있었을까. 그리고 그 많은 날 동안 딸을 대하는 아버지의 인자한 표정으로 어쩌면 그렇게 조금의 가책도 없이 자신을 대할 수 있었을까.

지나는 김 박사의 뒤에 감추어진 이중적인 면에 놀라지 않을 수가 없었다. 그를 용서할 수가 없을 것만 같았다.

한 가정을 파탄으로 이끈 그 장본인을 그녀는 자신의 손으로 갈기갈기 찢어 죽이고 싶은 심정이었다.

지나는 가슴속에서 불타오르는 분노를 자제할 수가 없었다. 김 박사를 생각하면서 이를 부드득 갈았다.

그런 김 박사를 이십여 년 동안 아버지처럼 믿고 살아 왔다는 것이 지나로서는 수치스러울 뿐이었다. 그것은 치욕과 같은 것이었다. 김 박사가 앞에 있다면 당장이라도 그의 가슴에 비수를 들이대고 싶은 심정이었다.

지나는 분을 삭이지 못하고 씩씩거렸다. 한동안 그러고 있던 그녀는 계속해서 문서를 읽어 내려가기 시작했다.

그녀는 그 문서에서 1983년에 이미 인간의 체세포를 이용한 복제 생명체를 탄생시켰다는 내용을 접할 수 있었다. 그녀는 있을 수 없는 일이라고 생각했지만 문서에 연구 결과가 상세하게 나와 있었기 때문에 믿지 않을 수 없었다.

문서를 읽어 내려가면서 지나는 알 수 없는 불안에 휩싸이고 있었다. 그녀는 문서를 다 읽고 난 뒤에도 모니터에서 시선을 접어들일 수 없었다. 그녀는 그 다음으로 이어지는 복제 쇠뇌생명칩 프로젝트가 궁금해지기 시작했다.

지나는 다음으로 복제 쇠뇌생명칩 프로젝트를 화면에 띄워 읽기 시작했다.

복제 쇠뇌생명칩 프로젝트는 K프로젝트를 모태로 한 것이었다. 책임자 역시 김석인 박사였다.

지나는 불안해지기 시작했다.

프로젝트의 내용을 알게 되면서 더더욱 믿기 힘든 현실이 그녀를 당혹스럽게 만들고 있었다. 일반 사람들이 상상도 할 수 없는 일들이 벌어지고 있었던 것이다. 지나도 자신이 몸담고 있는 연구소에서 그런 일이 벌어지리라고는 상상도 하지 못하고 있었기 때문에 놀라지 않을 수 없었다.

그녀의 눈이 점점 동그래졌다.

K프로젝트가 복제 생명체의 탄생을 연구 결론으로 삼았다면 복제 쇠뇌생명칩 프로젝트는 복제 생명체를 인공 자궁 속에서 72시간 이내에 성인의 몸으로 급성장시킬 수 있는 것이었다. 그리고 연구 결과에 의하면 그것이 실제로 성공을 거듭한 것으로 기재되어 있었다. 또한 복제 생명체의 뇌에 유전공학을 이용해 만든 쇠뇌 컴퓨터 칩을 이식해서 복제 생명체를 자유자재로 움직일 수 있는 기술로까지 발달되어 있었다.

지나는 불안과 공포를 떨쳐 버릴 수 없었다. 그러면서도 문서의 내용을 계속해서 읽어 내려갔다.

쇠뇌생명칩의 핵심은 복제 대상자의 일상에 대한 행동이나 사고, 그리고 지식 등을 포함한 개성이나 인격에 대한 모든 것들을 칩 속에 내장시켜 뇌에 직접적으로 전달하게끔 되어 있었다. 누가 보더라도 복제 대상자와 복제 인간이 다르다는 것을 눈치채지 못하게 완벽하게 프로그램화시킨 것이었다.

생각만 해도 끔찍한 일이었다. 지나는 왜 그런 일을 벌이고 있는지 더 궁금해졌다.

조금 더 읽어 내려가면서 지나는 그런 일을 벌이고 있는 저의를 어느 정도 짐작할 수 있었다. 그것에는 짐작도 할 수 없는 큰 음모가 숨겨져 있었다.

연구 결과의 밑으로 이름만 들어도 알 수 있는 정계와 재계의 인사들의 이름이 수두룩하게 나열되어 있었다. 그리고 언론계며 고위 정부 관계자들의 이름도 낱낱이 끼여 있었다.

얼마 전에 납치 사건에 연루되어 있던 한국통일 민주당 박준렬 총재의 이름도 그 중에 끼여 있었다. 그것이 최근에 마지막으로 이루어진 복제 생명체에 대한 쇠뇌생명칩의 이식 수술이었다.

'그들 모두가 실제 본인이 아닌 복제 인간으로 교체되었단 말인가?'

기가 차는 노릇이었다. 어떻게 그런 엄청난 일을 벌일 수 있었는지 지나로서는 납득이 가지 않았다.

복제 인간으로 교체된 그들은 어디로 증발되었다는 말인가, 살해되었을 것이 분명하다고 지나는 생각했다.

지나는 소름이 끼쳐 왔다.

등에서 식은땀이 주르륵 흘러내려왔다.

김 박사가 그런 끔찍한 일을 벌일 수 있는 사람이라는 것이 그녀는 도저히 믿겨지지 않았다. 하지만 그것은 믿기지 않더라도 믿을 수밖에 없는 엄연한 현실이었다.

김 박사의 잔인한 뒷모습에 지나는 치를 떨었다.

세상에 그 사실을 폭로하게 된다면 어떻게 될 것인가, 생각만 해도 아찔했다. 그러한 거대한 음모를 사람들은 믿지 않으려 할 것이 분명했다. 하지만 누군가는 밝혀야 할 일이었다.

지나는 모든 프로젝트의 내용을 디스켓에 복사해서 폭로해야겠다는 결심을 하고 있었다. 그 사실을 알게 된 이상 모른 체하고 있을 수만은 없다고 그녀는 생각했다.

정 회장과 김 박사를 다시는 빛을 볼 수 없게끔 영원히 철창에 가두어야 한다고 지나는 결심하고 또 결심했다. 그것만이 아버지의 원수를 갚는 일이라고 마음먹었다.

그렇지만 그것으론 성에 차지 않았다. 자신의 가정을 그토록 무참하게 짓밟은 대가치고는 너무도 빈약한 것이었다.

자신의 가정이 짓밟힌 것만큼 그도 철저히 짓밟아야 한다.

그녀는 그 생각을 잠시 밀어 두고 다음으로 S프로젝트에 대해서 읽어 내려가기 시작했다. 모든 전모가 그곳에 담겨 있을 것 같은 생각에서 잠시도 한눈을 팔 수가 없었다.

S프로젝트는 최근 2년 전으로 거슬러 올라가서 시작되었다. 프로젝트에는 놀랍게도 지나의 사이버분석이식 시스템기도 포함되어 있었다.

지나는 바짝 긴장한 상태였다.

이번에는 자신이 연구하고 있는 모든 내용이 빠짐없이 기재되어 있었다. 그녀는 놀라지 않을 수 없었다.

그녀가 최근에 연구하던 과제들도 낱낱이 목록으로 꾸며져 있었다. 그리고 그것은 사이버분석이식 시스템기를 통한 말 그대로 정신의 이식을 목적으로 하고 있었다. 지나의 연구 목적과는 상반되는 것이었다. 하지만 연구의 흐름은 같은 것이었다.

사이버분석이식의 대상은 대선 그룹의 정길영 회장과 그의 손자인 대선이로 되어 있었다.

'그렇다면 정길영 회장이……'

대한민국을 자신들의 왕국으로 독점하려는 속셈이 빤히 드러나 있었다. 지나는 고개를 저었다. 그들이 그렇게 활개치도록 내버려둘 수는 없었다.

지나는 프로젝트 파일을 디스켓에 복사하기 시작했다.

누군가에게 알리고 도움을 청해야 한다고 생각했다. 그 엄청난 음모를 그냥 보고만 있을 수는 없었다. 자신의 아버지도 그랬을 것이다. 그들의 커다란 야망을 견제하려다가 그 화를 당했을 것이라고 생각하며 지나는 다시 한번 이를 악물었다.

그동안 아버지를 원망했던 자신이 부끄러울 따름이었다. 이제 그녀는 아빠가 자랑스럽기까지 했다.

복사를 끝낸 지나는 지체하지 않고 연구실을 빠져나와 집으로 향했다. 철민과 오늘 중에 연락을 하기로 되어 있었기 때문이었다.

지나가 연구실을 빠져나간 얼마 뒤에 김 박사가 자신의 사무실로 돌아왔다. 사무실로 돌아온 그는 어디론가 전화를 했다.

"어떻게 됐나?"

그가 전화기를 귀에 바짝 대곤 저쪽을 의식했다. 그의 표정은 심기가 불편해 보였다.

"아직 그 녀석은 찾지 못했나?"

그의 얼굴이 조금 더 일그러졌다. 그가 답답했던지 담배를 꺼내 입에 물었다. 라이터로 불을 붙이자 짙은 담배 연기가 그의 입에서 씁쓸하게 쏟아져 나왔다.

"경찰이 모르면 누가 알아."

그가 화를 버럭 냈다.

그는 수화기를 바짝 귀에 가져다가 댄 채 여전히 담배 연기를 길게 입 밖으로 뱉어 내고 있었다.

피곤했던지 그가 의자에 등을 기대고 푹 파묻혔다.

"최 형사라는 놈 발견하는 즉시 없애 버려. 지가 판 무덤이야. 경찰 조직을 다 동원해서라도 조속히 해결하라고. 알겠나?"

"그건 좀……."

저쪽에서 상당히 난처한 목소리가 흘러나왔다.

"문제 있나?"

"……언론에서 가만히……."

"병신 같은 자식들! 도대체 일을 하는 거야 마는 거야."

"……."

"언제쯤 정신을 차릴 거야. 뒤에 누가 있다는 걸 벌써 잊은 거야. 그 애송이 하나 처리하지 못하고 쩔쩔매고 있어. 어르신께서 벌써 화가 머리끝까지 나 있단 말이야. 누구 죽는 꼴 볼려고 그래. 그렇게 말했는데도 아직까지 빌빌대는 이유가 뭐야. 내가 꼭 나서야겠어."

그가 차가운 목소리로 말했다.

"아……아닙니다. 최대한 빨리 처리하겠습니다."

"……."

김 박사가 대꾸 없이 수화기를 내팽개치듯이 내려놓았다.

"이런 병신 같은 것들, 하나 같이 일 처리하는 걸 보면 마음에 들지 않는다니까. 한심한 것들 같으니……."

그가 말하며 말끝에 혀를 걸어찼다.

그의 얼굴에 차갑고 매서운 표정이 깔려 있었다.

그가 재떨이에 담배를 눌러 껐다. 그리고는 혈압이 올라 뻑적지근한 목을 손으로 주무르기 시작했다.

"쯧쯧……."

그가 혀를 걸어차며 목을 두어 번 돌렸다. 그러다가 이상한 기분을 느꼈는지 책상을 유심히 살폈다.

깐깐한 성격의 그는 책상 위가 조금만 흐트러져 있어도 참지 못했다. 그는 액자가 약간 삐뚤어져 있는 것을 보고는 고개를 갸웃거렸다. 분명히 자신이 사무실을 나설 때 놓여 있던 위치가 아니었다.

다른 곳도 역시 유심히 살피던 그가 좀처럼 마음을 놓지 못하고 책장 쪽으로 다가갔다.

책장의 위에서 세 번째 왼쪽 가장자리 칸의 책을 살짝 앞으로 끌어당기자 책장이 뒤로 밀려들어가면서 옆에서 감시용 카메라가 달려 있는 모니터가 돌출되어 나왔다.

김 박사가 재생 버튼을 누르자 곧 화면이 뜨기 시작했다.

사무실 전체가 화면에 뜨고 있었다. 말 그대로 숨겨 놓은 사무실의 경비용 CCTV였다. 그 CCTV는 중앙 컴퓨터와 연결되어 있지 않은 별도의 감시용이었다. 김 박사 나름대로 보안을 유지하기 위해 설치해 놓은 것이었다.

김 박사는 리모컨을 들고 의자로 돌아가 앉았다. 그리고는 리모컨의 두배 재생 버튼을 눌렀다. 그러자 녹화 테이프가 빠른 속도로 재생되기 시작했다.

그때까지도 김 박사는 혹시나 하는 생각뿐이었다. 그러나 얼마 가지 않아 그의 기대는 꺾이고 말았다.

화면에서 지나를 발견한 것이다.

재생된 화면에서 지나가 자신의 사무실로 들어와 컴퓨터를 조작하는 모습을 발견한 그는 곧바로 자신의 컴퓨터로 다가가 앉았다. 그리고는 컴퓨터의 침입 흔적을 추적하기 시작했다.

"제기랄……."

그는 그제서 지나의 컴퓨터에 자신의 컴퓨터가 연결된 것을 알 수 있었다.

그의 얼굴이 붉으락푸르락거렸다. 그가 컴퓨터의 모니터를 들어 바닥에 힘껏 내동댕이쳤다. 모니터는 사무실 바닥에 떨어지자마자 퍽 소리와 함께 깨지고 말았다.

그가 다급하게 수화기를 들었다. 그리곤 빠른 손놀림으로 번호를 누르기 시작했다. 얼마 지나지 않아 발신음이 들렸고 저쪽에서 수화기를 드는 소리가 들렸다.

"여보세요?"

"나야. 어떻게 된 거야?"

"네, 무슨……."

영문을 모르고 저쪽에서는 김 박사의 날카로운 목소리에 당황하는 눈치였다. 김 박사가 대뜸 소리를 질렀다.

"이런 개돼지만도 못한 새끼들. 보안 장치를 어떻게 관리하는 거야. 누가 사무실에 들어왔다가 나갔는지도 몰라."

"아무 이상……."

"이 새끼들아."

김 박사가 분을 이기지 못하고 숨을 씩씩 몰아쉬었다. 저쪽에서는 입 다문 채 김 박사의 언성을 살피고 있었다.

"……."

"어서 가서 지나를 잡아와."

"네, 알겠습니다."

"다치게는 하지 마. 손끝 하나 다쳤다가는 알아서들 해. 뭐하고 있는 거야. 어서 가서 찾아오지 않고……."

그가 수화기를 깨뜨릴 듯이 내려놓았다.

얼굴 없는 표적

집으로 돌아온 지나는 혹시 철민에게서 전화 온 것이 없나
해서 자동응답기를 확인했다. 자동응답기에는 네통의 전화가
걸려 왔다고 표기되어 있었다. 하지만 음성이 메모리되어 있
지는 않았다.

후텁지근한 날씨에 신경을 썼던 터라 지나의 몸이 땀에 젖
어 끈적거렸다. 지나는 땀에 찌든 몸을 닦기 위해 욕실 안으로
들어가 샤워를 했다.

한결 상쾌함이 느껴졌다. 샤워기에서 잘게 부서진 물줄기
가 계속해서 쏟아져 나왔고 지나는 알몸에 와닿는 수돗물의
차가운 촉감을 만끽하며 가볍게 신음을 토해 냈다.

그러고 있던 중 흐릿하게 거실 쪽에서 전화벨이 울리는 소리가 들렸다.

지나는 대충 수건으로 물기를 닦고는 거실로 뛰어나갔다. 전화벨은 여전히 끊이지 않고 계속해서 울리고 있었다. 그러다가 자동응답기가 돌아가기 시작했다.

바로 그때 지나가 수화기를 들었다.

"여보세요?"

지나가 산뜻한 목소리로 말했다.

"여보세요, 지나 씨?"

"네, 저예요."

기다리던 철민의 목소리에 지나의 목소리가 부풀어 올랐다.

"전, 지나 씨가 집에 안 계신 줄 알고 끊으려던 참이었는데."

철민이 가라앉은 목소리로 말했다.

"어떻게 된 거예요? 그동안 얼마나 걱정 했는 줄 알아요?"

"걱정이요?"

"네, 연락 주신다고 하고서는……."

지나의 목소리에는 그동안 오리무중이던 철민에 대한 걱정이 잔뜩 배어 나오고 있었다.

"삼우 농장에 갔었어요. 그곳에서 믿겨지지 않는 일을 목격했습니다. 그러다가 발각돼 쫓겨다니고 있었습니다."

"그랬군요. 그래서 총격전이 벌어졌던 거군요."

"알고 계셨습니까?"

“네, 하지만 영문을 알지 못해서 걱정하고 있던 참이에요.”

지나는 신문에서 보았던 철민에 대한 기사를 떠올리고 있었다. 그녀는 그제야 철민이 겪었을 일들을 짐작하고 있었다.

그녀는 수화기를 좀 더 바짝 귀에 대었다. 그러면서 자신의 알몸을 내려다보았다. 그녀는 이상한 기분이 들었다. 남자와 전화 통화를 하면서 몸에 아무 것도 걸치지 않은 알몸으로 앉아 있는 자신이 쑥스럽게 느껴졌다.

그가 알몸인 자신을 알기나 할까, 지나는 묘한 흥분에 도취되었다.

봉긋 솟아오른 수줍은 젖가슴과 그 아래로 거리낌없이 매끄럽게 가느다란 곡선을 유지한 채 흘러내려간 허리의 윤곽, 그리고 다시금 풍만한 엉덩이 선을 타고 내려가는 기막힌 곡선이 아름답기 그지없었다.

그녀의 얼굴이 발갛게 달아올랐다.

“몇 번 전화를 했었는데 그때마다 집에 계시지 않더군요.”

“네, 줄곧 연구소에 있었어요.”

“그랬군요.”

“중요한 사실을 알아냈어요.”

“무슨……?”

“잠깐만 기다려 주실래요. 아까 너무 더워서 샤워하는 중이었거든요. 뭐라도 좀 걸쳐야겠어요. 죄송해요.”

그녀는 전화가 길어질 것 같아서 가운이라도 걸쳐야겠다고
생각했다. 수화기를 잠시 탁자 위에 내려놓은 그녀가 침실로
후닥닥 뛰어들어가 나이트가운을 걸치고 다시 거실로 나왔다.

"이제 다 됐어요."

"기분이 묘한데요."

철민이 웃음을 곁들이며 말했다. 그의 말끝에 무엇인가를
들이마셨다가 내뱉는 호흡 소리가 들렸다. 아마도 담배를 피
우고 있는 듯했다.

"왜요?"

"알몸인 여자와 전화 통화를 한 것은 처음이라서."

철민이 키득키득 웃었다.

"알몸이라는 소리는 안 했어요."

말하는 지나의 얼굴이 홍당무가 되었다.

"그나저나 중요한 정보라는 게 뭡니까?"

그가 말꼬리를 돌렸다.

"K프로젝트를 알아냈어요. 그리고 복제 쇠뇌생명칩 프로젝
트하고 S프로젝트에 대한 것도요. 역시 큰 음모가 있었어요."

"복제 쇠뇌생명칩 프로젝트요?"

"네, 각계 인사의 복제 인간을 대량으로 복제해서 그들의
뇌에 쇠뇌 컴퓨터 칩을 이식하는 프로젝트예요."

"그렇다면……."

"맞아요. 끔찍한 일이에요. 아빠는 아마도 인간을 상대로 한 복제 실험을 반대했을 거예요. 그래서 타살을 당한 거구요."

"그랬군요."

"그들이 꾸미고 있는 음모는 그것뿐만이 아니에요. S프로젝트는 더 놀라워요. 대선 그룹의 정길영 회장이 S프로젝트를 통해서 영생을 꿈꾸고 있는 것 같아요. 제가 연구하고 있는 사이버분석이식 시스템이 바로 그 핵심이었어요. 그 모든 것이 김 박사와 정 회장이 꾸민 짓들이에요. 그대로 놔두었다가는……."

지나는 그들의 그 엄청난 음모를 얘기하면서 치를 떨었다.

"그것들이 실제로 가능한 겁니까?"

"네, 가능해요."

"전 아직까지도 그 사실이 믿겨지지 않는데요. 혹시 지나 씨가 잘못 알고 계신 것이 아닙니까?"

철민은 믿겨지지 않는다는 듯이 재차 지나에게 확인했다.

"사실이에요. 복제 생명체들이 지금 이 시간에도 각계 인사들을 대신해서 그들의 삶을 살아가고 있어요. 모두가 복제품들이라구요. 얼마 전에 실종됐다가 나타난 한국통일민주당 박준렬 총재도 복제되었어요. 그들은 정 회장과 김 박사의 명령을 받는 꼭두각시들이에요. 저도 처음에는 믿겨지지 않았어요. 그렇지만 연구 결과 등 모든 것을 종합해 본 결과 사실이에요."

"정말 큰일이군요."

"겁이 나요."

수화기를 들고 있는 지나의 얼굴에 두려움 같은 것이 서리고 있었다.

"지나 씨, 그럼 그 각계 인사들의 명단을 가지고 있습니까?"

"물론 가지고 있어요. 그들이 꾸미고 있는 프로젝트에 대한 모든 자료를 김 박사의 컴퓨터에서 꺼내 디스켓에 복사해 뒀어요."

"그래요. 우선 만나서 얘기합시다. 그 디스켓 가지고 나오시구요. 그리고 혹시 모르니까 디스켓은 한 장 더 복사해서 아무도 모르는 곳에 숨겨 두세요."

"그럴게요. 약속 장소는……?"

"지나 씨 편한 곳으로 정하세요."

"칼튼 호텔 커피숍이 어떠세요?"

"그래요. 그럼 한 시간 뒤에 칼튼 호텔 커피숍에서 만나기로 하지요. 지나 씨, 몸조심하십시오."

"네, 철민 씨두요."

철민이 먼저 전화를 끊었고 뒤이어 지나가 수화기를 내려놓았다.

지나는 욕실에 들어가서 하다만 샤워를 하기 시작했다.

철민은 전화를 끊고서 권총을 닦기 시작했다. 권총을 닦는 그의 손길은 정성스러웠다.

자신의 생명을 지켜 줄 단 하나의 희망이기도 한 권총에 기름칠을 하면서 철민은 담담한 표정을 짓고 있었다.

권총을 소지하는 그의 손놀림은 익숙하고 노련했다. 자신이 항상 몸에 지니고 다니던 시그 사우어 P230 자동권총의 성능에는 미치지 않지만 그래도 박 순경이 구해다 준 시그 사우어 P226 자동권총은 그에게는 익숙한 편이었다.

그는 시그 사우어 P230 자동권총을 사용하기 전에 잠시 동안 시그 사우어 P226 자동권총을 사용했었던 적이 있었다. 시그 사우어 P226 DAO(더블 액션 온리) 자동권총은 스위스제이며 가격이 조금 비싼 편이기는 하지만 우수한 품질과 성능으로 이름이 높은 총이었다. 그리고 양산 권총답지 않게 목표물에 대한 정확성이 있고 신뢰성이 높은 권총이기도 했다. 하지만 안전장치가 없다는 흠이 있었다.

시그 사우어 P226 자동권총은 군인이나 경찰, 특수부대원들이 주로 애용하는 권총이기도 했다.

철민은 권총을 소지하고 나서 손에 익히기 위해 사격 자세를 취해 보기도 하고 허리에 총을 꽂고 뽑는 시늉도 해보았다. 그러면서 권총에 나름대로의 잔정을 붙이고 있었다. 만일의 사태에 믿을 것은 권총밖에 없었기 때문이었다. 권총은 생명과도 직결되는 것이며 호신용 병기로서 중요한 위치를 차지하고 있는 것이다. 그만큼 권총을 다루는 철민의 손길은 정성스럽고 조심스러웠다.

권총은 분신과도 같은 것이었다. 그래서 철민은 총을 함부로 다루는 법이 없었다. 총 만큼은 애인을 다루듯이 더 소중하게 다루는 그였다. 그리고 그는 틈만 나면 권총을 분해하고 기름칠을 하는데 많은 공을 들이기도 했다.

그는 거울 앞으로 다가가 신중한 표정으로 자신의 눈을 똑바로 겨냥하며 권총의 조준선을 정렬했다. 그리고 숨을 멈추고 나서 방아쇠를 집게손가락으로 가볍게 당겼다. 다음 순간 경쾌한 쇳소리가 딱, 하고 들렸다.

그렇게 몇 번의 조준 자세를 취하고는 다시 소파 쪽으로 다가와 앉았다.

그는 권총을 닦았던 기름천을 한쪽으로 밀어 두고 탄알 상자를 앞으로 끌어다가 놓았다.

그가 권총을 쥐고 엄지손가락으로 탄창 착탈 장치를 살짝 눌렀다. 그러자 상자형 탄창이 그립 패널 밑으로 툭 빠져나왔다. 그는 탄창을 빼내 한쪽에 놓아두고는 탄알 상자에서 9mm 파라블럼탄을 꺼냈다.

그는 탄창에 황금색의 9mm 파라블럼탄을 장전하기 시작했다. 장전하는 그의 엄지손가락에 가볍게 힘이 주어졌다.

그는 장전을 하면서 지나가 입수했다는 프로젝트에 대한 정보에 대해서 생각하고 있었다.

철민은 믿을 수가 없었다. 그렇다고 지나가 실없는 소리를 했을 거라는 생각은 하지 않았다. 그녀의 목소리로 보아 사실임에 틀림없었다.

그건 남북 분단보다도 더 뼈아픈 미래를 예견하는 것이었다.

어떻게 그런 거대한 음모를 꾸밀 생각을 했을까, 철민은 정 회장과 김 박사의 엄청난 야심에 대해 불안을 느꼈다.

너무도 엄청난 음모였기 때문에 그는 그 일을 어떻게 폭로해야 할지 난감했다. 각계 인사들과 고위 정부 관리가 모두 복제 생명체로 교체되어 그들을 대신해서 살아가고 있다면, 그리고 정 회장과 김 박사의 지시를 받고 있다면 문제는 쉬운 것이 아니었다. 정 회장과 김 박사는 벌써 거대한 조직을 형성했을 테고 그만큼 상대도 할 수 없는 무한한 힘을 지니고 있을 것이 분명했다.

그 힘과의 대적은 철민으로서는 너무도 버거운 일이다.

도대체 복제 생명체가 고위층에 얼마 정도 분포되어 있을까.

우선은 지나가 입수했다는 자료를 봐야 알겠지만 철민은 그들의 세력을 짐작하는 것이 무리라고 생각했다.

그는 고개를 절래절래 흔들었다.

그들에게 시그 사우어 P226 자동권총 한 정으로 대적한다는 것은 바위에 달걀을 던지는 것이나 마찬가지일 것이다. 철민은 온몸에서 힘이 쭉 빠져나가는 듯한 무기력함을 느꼈다. 하지만 이제 와서 물러설 수는 없었다. 정 회장과 김 박사도 비밀을 알고 있는 지나와 자신을 그냥 내버려두지는 않을 것이기 때문이었다.

기필코 찾아내 음모를 폭로하지 못하도록 입막음을 할 것이 분명하다. 결국에는 죽게 될 것이 뻔했다.

그렇게 당하고만 있을 수는 없다고 철민은 생각했다. 살아남기 위해서는 무슨 수를 써서라도 그들과 맞서 싸워야 한다. 그리고 모든 이들에게 폭로를 해야 할 것이다.

누구에게 도움을 청해야 할 것인가. 그는 막막해졌다. 지나의 말대로 라면 언론계며 정치계, 그리고 경찰 조직 내에도 그들이 침투해 있을 것이 뻔한 일이기 때문이다.

어쩌면 불가항력인지도 모른다.

그는 경찰서 담벼락에서 있었던 자동차 전복 폭발 사고를 떠올리고 있었다. 그리고 그 후에 벌어진 이지명 박사의 자살 사건과 자신의 집에서 일어났던 폭발 사고, 이 형사의 죽음 등을 떠올렸다.

모든 사건이 축소되어 있었다.

그것만 보더라도 벌써 경찰 조직 내에 그들의 세력이 침투해 있다는 것을 알 수 있었다. 그리고 엊그제 삼우 농장에서 보았던 부랑자들을 상대로 한 냉동 현장과 오피스텔에서 있었던 총격전, 그리고 전혀 무관한 사건으로 발표된 TV 뉴스 등은 그들의 세력이 엄청나게 확장되어 있다는 것을 말해 주는 예이기도 했다.

철민은 살인 사건의 용의자로 쫓기고 있는 실정이었다. 엘레강스 오피스텔의 총격 사건은 폭력 조직을 비호하던 형사의 조직 내의 이권 개입으로 인해 벌어진 살인 사건이라고 조작되어 있었기 때문이다.

도대체 얼마나 거대한 조직이길래, 철민은 한숨을 길게 내뱉었다.

탄창에 열다섯 발의 실탄을 장전한 그는 여분으로 두 개의 탄창에 9mm 파라블럼탄을 더 장전하기 시작했다.

탄창에 실탄을 모두 장전하고서 그는 시그 사우어 P226 자동권총에 탄창을 끼웠다. 그리고는 마지막으로 기름천으로 권총을 다시 한번 닦았다.

그는 권총을 탁자 위에 올려 두고 담배를 꺼내 입에 물고 불을 붙였다.

그는 긴장하고 있었다. 그러다가 자신의 아버지가 했던 말을 떠올렸다.

'……난 내가 걸어왔던 길을 다시 너에게 걷게 하고 싶지는 않아. 그만두거라. 그러는게 나아. 결국에는 너만 다치게 될

거야.'

철민이 씁쓸하게 웃었다.

이제는 돌이킬 수 없는 일이다. 죽기 살기로 뛰어드는 수밖에는 없었다. 그도 그렇게 마음먹고 있었다. 그리고 이 형사의 죽음을 헛되게 하고 싶지 않은 그였다. 그들의 조직과 맞서 싸워 끝을 보고야 말 결심이었다.

그는 한쪽 벽에 걸려 있는 벽시계를 올려다보았다. 시계는 5시 15분을 가리키고 있었다.

지나와 6시에 칼튼 호텔에서 만나기로 되어 있었기 때문에 철민은 서둘러야 했다.

박 순경의 집에서 칼튼 호텔까지는 택시를 타고 가면 20분이면 갈 수 있는 거리였다. 그렇지만 철민은 일찍 가서 기다릴 요량이었다.

그는 박 순경의 집을 나서기 전에 그녀가 걱정할 것 같아 메모를 남기기로 했다.

—박 순경.

잠깐 나갔다가 와야 할 것 같은데 걱정할 것 같아서…….

칼튼 호텔 커피숍에서

중요한 약속이 있거든.

그렇게 오래 걸리지는 않을 거야.

　걱정하지 말고 들어오는 대로 기다리지 말고 먼저 식사하도록 해.

　짤막하게 몇 자 적으면서 철민은 묘한 기분이 들었다. 꼭 그녀의 남편이라도 된 것 같은 기분이었다. 누군가가 자신이 돌아오기를 기다리고 있을 것이라고 생각하니 그의 마음이 이상하게 든든해졌다.

　그런 것일까, 누군가와 함께 한 집에서 같이 산다는 것이 가슴 든든한 일이라는 것을 철민은 느낄 수 있었다.

　외롭고 힘들 때 의지할 수 있는 사람이 있다는 것이 얼마나 행복한 일이란 말인가. 철민은 지금 이 순간 박 순경에게 그렇게 의지하고 싶은 생각이 들었다.

　사실 그녀가 없었다면 어디에서 은신을 해야 할지 막막했을 것이다. 그녀가 아니었다면 아마 지금쯤 난처한 상황에 처하고도 남았을 것이다.

　철민은 그녀에게 고마운 생각이 들었다.

　그는 침실로 들어갔다. 그리고는 침대 맡에 놓여 있는 조그만 탁자 위의 액자 밑에 메모지를 눌러 놓았다. 자그만 액자 속에는 박 순경의 수줍은 사진이 끼워져 있었다. 그녀의 방긋 웃는 얼굴에 깃들여져 있는 알 수 없는 촉촉함과 따스함이 잠시 철민을 잡아 세웠다.

철민은 한동안 박 순경의 사진을 들여다보고 있었다. 보면 볼수록 사진 속으로 빨려 들어가는 것 같은 착각을 일으켰다.

'왜, 예전에는 몰랐을까.'

그의 가슴속에는 언제부터인지 여자에 대한 믿음이 생겨나고 있었다. 난생 처음으로 여자에게 느껴 보는 그런 감정이었다.

그는 사랑은 그렇게 오는 것인지도 모른다고 생각했다. 그는 박 순경에게서 넓고 포근하며 때론 다정한, 어머니의 품과도 같은 가까움을 느끼고 있었다.

철민은 그녀가 치료해 주었던 자신의 어깨를 가볍게 만지작거렸다. 그녀의 따사로운 손길이 아직도 그 부위에서 느껴지는 것 같았다. 어깨의 상처 부위가 아물려는 듯 간질거렸다.

철민은 그녀의 사진을 바라보면서 지나와 어딘가 많이 닮아 보인다는 생각을 했다. 하지만 그녀의 분위기는 지나와 정반대였다.

꾸밈이 없고 볼 때마다 항상 수줍은 여자, 보면 볼수록 매료되어 다가서고만 싶은 여자. 철민은 왠지 그녀에게 자꾸만 이끌려 들어가고 있었다.

박 순경을 생각하면 가슴이 뜬금없이 설레고 부풀어 올랐다. 철민은 박 순경의 사진을 바라보며 빙긋이 웃었다.

그는 곧 침실에서 나와 지나와 약속되어 있는 칼튼 호텔로 향하기 위해 집을 나섰다. 집을 나서자 더위와 함께 바닥에서 지열이 느껴졌다.

짜증스러운 날씨였다.

주택가를 벗어나 막 달려온 택시에 오르자 그나마 에어컨 바람 때문에 더위를 식힐 수 있었다.

그는 5시 40분에 칼튼 호텔 커피숍에 도착할 수 있었다. 생각보다 빠른 도착이었다. 그는 칼튼 호텔 커피숍 안으로 들어서며 주위를 살폈다. 지나는 아직 오지 않은 모양이었다.

그는 커피숍 입구가 한눈에 들어오는 자리에 가서 앉았다.

실내의 에어컨 바람이 그의 이마에 맺혀 있던 땀방울을 식히고 있었다. 그는 자리에 앉아 다시 한번 시계를 들여다보았다. 그러다가 담배를 꺼내 입에 물고 라이터로 불을 붙였다.

웨이트리스가 가져다 놓은 물컵을 들어 한 모금 길게 마신 뒤에 내려놓았다. 지나가 오려면 아직도 15분 가량이 남아 있었다.

에어컨 바람에 더위가 가시기는 했지만 무료하게 느껴지는 그였다. 그는 지프 라이터를 똑딱거리며 커피숍 입구를 쳐다보았다.

누군가 혹시 자신의 얼굴을 알아볼지도 모른다는 생각에 그는 왼손으로 턱을 꿰고 앉아 조심스럽게 행동했다. 살인 용의자로 TV뉴스에서 보도된 것을 그는 의식하지 않을 수 없었다.

커피숍 안은 몇몇 손님들로 한가한 편이었다.

한동안 그렇게 앉아 주위를 유심히 둘러보던 그는 자리에서 일어나 화장실로 향했다. 땀이 식어 끈적거렸기 때문에 세수라도 하면 좀 나아질 것 같은 생각에서였다.

그가 웨이트리스에게 화장실을 물어 보자 웨이트리스가 정중하게 화장실 쪽을 알려 주었다. 그는 화장실로 들어가기 전에 다시금 커피숍 안을 둘러보았다. 그리곤 화장실로 들어갔다.

화장실로 들어간 그는 소변을 해결하고 세면기에 물을 받아 세수를 하기 시작했다. 찬물이 얼굴에 닿자 조금 상쾌한 기분이 들었다. 그는 비누칠을 해가며 땀에 찌든 얼굴을 닦았다.

그때 아무도 없다고 생각했던 그의 귀에 좌변기에서 물을 내리는 소리가 들려왔다. 그는 무의식중에 소리나는 쪽을 쳐다보았다. 그러는데 화장실 문이 삐거덕 열렸고 안에서 이십 대 후반의 남자가 나왔다.

남자는 깔끔한 슈트 차림이었다. 남자는 귀티가 좔좔 흐르는 호남형이었다. 그리고 철민과 비슷한 덩치에 말수가 적어 보이는 편이었다.

철민은 다시 세수를 했다. 남자도 철민의 옆으로 다가와 손을 닦기 시작했다.

철민이 세수를 끝내고 거울을 들여다보며 손수건으로 얼굴에 묻은 물기를 닦아 내기 시작했다.

남자와 눈이 마주친 것은 바로 다음이었다. 눈이 정면으로 마주치기는 했지만 앞에 세워져 있는 벽 거울을 통해서였다. 한동안 눈이 마주친 채 둘은 시선을 접어들이지 않았다.

짧은 시간이기는 했지만 철민은 남자의 눈에서 알 수 없는 살기를 느꼈다. 남자가 먼저 철민의 눈과 마주친 채 지그시 미소를 던졌다. 철민도 그에게 살짝 웃는 시늉을 해보였다.

남자는 한쪽 벽에 걸려 있는 물기를 닦는 휴지를 뽑아내 손을 닦아 냈다.

철민이 돌아서서 막 나가려는 찰라에 그의 코에서 콧물 같은 것이 흘러내렸다. 하지만 콧물은 아니었다.

그가 반사적으로 코에 손을 가져다가 대었다. 차갑기도 하고 뜨겁기도 한 액체가 주르륵 그의 손을 타고 흘러내렸다.

다름 아닌 피였다. 그는 얼른 세면대로 돌아가 손에 묻은 피를 닦았다. 그리고 다른 한쪽 손으로 콧등을 잡고 힘있게 눌렀다. 그러나 코피는 멈출 생각을 하지 않았다. 안되겠다싶어 목 뒷부분의 움푹 파인 곳을 손으로 지압했다. 그러자 피가 조금씩 흘러나오기 시작했다.

그런 모습을 보고 있던 남자가 그에게 휴지를 하나 뽑아 주며 말했다.

"이거라도 사용하십시오."

남자가 철민을 보며 배시시 웃었다.

"……."

철민이 고맙다는 눈인사를 하고서 그에게서 휴지를 받아 들었다. 철민은 물로 코 부분에 묻은 피를 닦아 내고는 남자가 건네준 휴지를 조금 뜯어 코를 틀어막았다. 그리고는 손에 물을 묻혀 얼굴을 닦았다.

이제 피는 나오지 않고 있었다.

철민이 고맙다는 인사를 하기 위해 고개를 들었을 때 남자는 이미 화장실을 나간 뒤였다.

철민은 화장실 안을 둘러보고는 다시 벽 거울을 들여다보았다.

"철민이도 이젠 많이 쇠약해졌다."

그러며 그가 중얼거렸다.

그는 손수건으로 얼굴의 물기를 다시 한번 닦아내었다. 그리고는 목 뒷부분을 엄지손가락으로 두어 번 눌렀다.

콧속에 말아 집어넣은 휴지 쪼가리가 거추장스럽게 느껴졌다. 그는 콧속에 말아넣은 휴지를 살짝 빼 보았다. 코피는 멈추어 있었다. 그가 피묻은 휴지 쪼가리를 휴지통에 던져 넣으며 피식 웃었다.

코 부분에 묻은 피를 손수건으로 살짝 닦아 낸 뒤에 그가 손목시계를 들여다보았다. 시계 바늘은 6시를 막 가리키고 있었다.

지나가 올 시간이었다.

그는 벽 거울을 마지막으로 들여다보고는 화장실을 나섰다.

왠지 화장실에서 자신에게 휴지를 건네주던 남자가 낯이 많이 익는 듯했다. 철민은 남자의 그 심상치 않은 미소를 다시 한번 생각해 내고 있었다.

"어디에서 봤을까."

그가 조그만 소리로 중얼거렸다.

화장실에서 나오던 철민은 그런 생각을 하며 걸어 나오다가 어느 순간엔가 발걸음을 불쑥 멈추었다.

심상치 않다.

그는 커피숍 안의 분위기가 심상치 않음을 느꼈다. 좀전의 분위기와는 사뭇 달랐다. 철민이 커피숍 안을 유심히 살폈다.

지나는 아직 오지 않은 모양이었다.

그러나 커피숍 안에는 건장한 남자들로 가득 메워져 있었다.

'무슨 일일까?'

그는 화장실 기둥 쪽에 몸을 숨겼다.

무슨 일인가가 벌어지고 있는 것이 분명했다.

티셔츠와 청바지 차림의 남자들이 있는가 하면 슈트 차림의 남자들도 있었다. 그들에게서 풍겨져 나오고 있는 분위기가 일반 사람들하고는 다르게 느껴졌다.

철민이 보기에 그들은 경찰관들이나 기관원들이 분명했다.

그가 시계를 들여다보았다. 지나가 오기로 한 시간을 벌써

오 분이나 초과하고 있었다.

지나에게 무슨 일이라도 생긴 것이 아닐까. 그는 지나를 걱정하기 시작했다. 지나에게 무슨 일이 생기지 않고서는 저들이 이곳에 나타나지 않았을 것이다. 무슨 냄새를 맡고 있는 것이 분명했다.

사태를 어느 정도 짐작해 내며 철민이 다시금 커피숍 안을 살폈다.

그들은 서로 대치하고 있는 듯이 보였다. 그들의 행동에서 그것을 느낄 수 있었다. 그들은 철민이 얼핏 보기에 세 분류로 나뉘어져 있었다.

모두가 제각각 상대방의 미동에 신경을 쓰고 있는 듯이 보였다. 철민이 생각하기에 모두 같은 편이 아닌 것만은 확실했다.

철민이 기둥에 몸을 숨긴 채 다리에 숨기고 있던 자동권총을 꺼내 허리 뒤쪽에 꽂았다.

만일에 하나 잘못될 것을 염두에 둔 그의 소심한 행동이었다. '이대로 나가 버릴까.'

그는 그렇게 생각하고 있었다.

하지만 아직 지나가 나타나지 않고 있었기 때문에 망설여졌다.

저들이 그렇게 대치하고 있는 것을 보면 아직 지나를 자신들의 손아귀에 집어넣지 못한 것이 분명했다.

지나를 지켜야 한다. 그는 저들에게 지나를 넘겨주고 싶은 생각이 없었다. 지나가 입수한 자료가 그만큼 중요하기 때문이었다.

저들에게 그 자료를 빼앗긴다면 일은 허사가 되고 말 것이다. 그는 앞으로 닥쳐올 미래가 걱정되었다.

저들이 대치하고 있는 것으로 보아 모두가 정 회장이나 김 박사의 졸개들로 생각되지는 않았다. 철민은 저들 중에 자신과 같은 선량한 축에 드는 사람들이 있을 것이라고 생각했다.

'그렇다면 우리 편이 누구란 말인가.'

그는 대치하고 있는 그들을 다시금 찬찬히 살폈다. 하지만 파악하기가 힘들었다. 그는 혼란스러웠다.

지나는 아직까지도 오지 않고 있었다.

철민은 지나가 오지 않자 더더욱 조급해졌다.

김 박사와 정 회장의 직속 명령을 받는다고 생각하면서 철민은 두 팀을 제외시켰다. 그렇다면 나머지 한 팀은 누구의 명령을 받고 있다는 말인가. 그는 의문이 생겼다. 아무튼 세 분류로 나누었을 때 누구도 믿을 사람이 없다고 판단했다. 그들에게 섣불리 자신을 노출시켜서는 안 된다. 그는 좀더 사태를 지켜보아야겠다고 생각했다.

철민은 기둥에 몸을 숨기고 있다가 아무 일도 없는 것처럼 커피숍 안으로 걸어 들어갔다.

그가 들어가자 사태는 더 긴박하게 흐르기 시작했다.

하지만 누구도 그를 향해 접근해 오지는 않았다.

철민은 자신의 자리로 돌아가 앉아 담배를 피워 물었다. 담배를 끼고 있는 집게손가락과 중지가 가볍게 떨렸다.

그가 담배 연기를 짙게 내뱉으며 웨이트리스를 향해 손을 들어 가까이 오라는 시늉을 해보였다. 철민의 눈과 마주친 웨이트리스가 그에게 다가왔다.

"뭘로 주문하시겠어요?"

웨이트리스가 상냥하게 말했다.

"위스키 더블로 두 잔만 가져다주세요."

그도 역시 저들이 눈치채지 못하도록 얼굴에 살짝 미소를 지어 보이며 말했다.

저들이 얘기를 나누고 있는 철민 쪽을 곁눈질로 살피고 있었다.

"두 잔이요?"

"네."

"손님이 더 오실 건가요?"

혼자인 그가 두 잔을 시키자 웨이트리스가 의아해 물었다. 웨이트리스는 주위의 심상치 않은 분위기를 아직 눈치채지 못하고 있는 듯했다.

"한 사람은 있다가 올 거구…… 갈증이 나서 그래요. 빨리 좀 가져다주세요."

"네."

그러며 웨이트리스가 뒤돌아서려는데 다시 철민이 그녀를 불러 세웠다.

"얼음물도 한잔 가져다주세요."

그렇게 말하며 그가 빙그레 웃어 보였다.

웨이트리스가 가고 난 뒤에 그가 손끝에서 타고 있던 담배를 입으로 가져가 길게 들이마셨다가 내뱉었다.

그는 한껏 여유를 부렸다.

'그래 분명해. 목표가 내가 아닌 것만은 확실해.'

그렇게 생각하며 철민이 조심스럽게 담배를 재떨이에 눌러 껐다. 담뱃불이 재떨이에서 자지러지는 소리를 내며 사그러들었다.

얼마 뒤에 웨이트리스가 쟁반에 위스키와 얼음물을 받쳐 가지고 내왔다.

"즐거운 시간 되십시오"

웨이트리스가 그 말을 남기고는 돌아갔다.

철민은 위스키 잔을 들어 단숨에 비워 냈다. 그리고는 테이블 위에 빈 잔을 내려놓고 얼음물을 한 모금 더 마셨다.

위스키의 독한 기운이 입안에서 빙빙 돌다가 목젖을 싸하게 간지르며 위로 넘어갔다. 그리고 막바로 온몸으로 술기운이 번져 나가는 듯한 뜨거움이 속에서 강하게 느껴졌다.

저들이 지나를 기다리는 것만큼 철민도 애가 타기는 마찬가지였다. 그녀가 와야지만 이 사태가 수습될 것 같았다. 그러나 지나는 좀처럼 나타날 생각을 하고 있지 않았다.

커피숍 입구를 바라보는 철민의 얼굴이 점점 굳어져만 가고 있었다. 철민은 잠시도 커피숍 입구에서 눈을 떼지 않았다. 저들도 역시 커피숍에서 눈을 떼지 않으며 번갈아 철민의 행동을 살폈다.

시간이 흐를수록 상황은 일촉즉발의 위기 상황으로 치닫고 있었다. 철민은 사태를 파악하지 못한 것처럼 너스레를 떨었다. 그러나 그의 심장은 끊임없이 쿵쾅거렸다.

'제기랄……'

그가 지그시 입술을 깨물었다.

시간은 흐르는 것 같지 않았다. 위기일발의 상황이었기 때문에 시간이 그만큼 더디가고 있었다.

"최철민 씨 계세요. 최철민 씨."

카운터 쪽에서 들리는 소리였다.

그 소리에 철민이 몸을 움찔거렸다.

그는 손을 들어 보이고는 카운터가 있는 쪽으로 걸어갔다. 그는 지나의 전화일 거라고 생각했다.

커피숍 안의 분위기도 일순간 촉박하게 변하였다. 저들이

제각각 철민의 행동에 신경을 쓰고 있었다.

철민은 조심스럽게 행동했다. 만일에 하나 그들의 눈에 거슬리는 행동을 했다가는 어떻게 될지 모르는 일이었기 때문이었다. 그는 카운터에서 수화기를 건네받아 바짝 귀에 가져다가 대었다.

지나의 전화라면 그녀를 이곳에 오지 못하도록 할 작정이었다.

"여보세요."

"최 형사님, 저예요."

목소리의 주인공은 다름 아닌 박 순경이었다.

철민은 바짝 경직된 상태로 있다가 한숨을 내뱉었다. 그의 목소리에 힘이 바짝 들어가 있었다.

"왜?"

그가 무뚝뚝하게 저쪽을 의식했다.

"지금이 어떤 상황인지 모르세요. 집에 들어와서 깜짝 놀랐잖아요. 그렇게 밖에 다니시다가는 큰일나요."

박 순경의 목소리에는 걱정이 태산처럼 깔려 있었다.

"알았어."

그가 외면하듯 말했다.

"빨리 들어오세요."

"글쎄 알았다고 했잖아."

그가 조금 더 큰 목소리로 그녀를 다그쳤다.

"……."

"미안해."

짜증을 낸 것이 미안했다. 철민은 말없는 수화기 저편에 대고 어르듯이 말했다.

"……."

여전히 그녀는 말이 없었다.

"일 끝나는 대로 들어갈게."

"……."

울고 있는 것인가, 수화기 저편에서는 흐느끼는 숨소리가 들려올 뿐 아무런 대답도 없었다.

철민은 수화기를 든 채 주위를 살폈다. 그러다가 누군가와 눈이 마주쳤고 그는 애써 눈길을 돌렸다. 하지만 시선을 돌린 곳에서도 역시 다른 사람과 눈이 마주쳤다. 사방 어디에도 그의 눈이 머무를 곳은 없었다. 저들의 눈이 곳곳에서 그를 지켜보고 있었다.

철민은 위축되었다.

그는 할 수 없이 카운터의 메모지가 있는 곳에 시선을 돌렸다. 그는 메모지와 볼펜을 들어 아무 말이나 끄적거리기 시작했다.

"무슨 말이든지 해봐. ……화난 거야? 금방 들어간다고 했잖아. 화만 내지 말고 대답 좀 해봐."

철민은 답답했다.

그 상황에서 어떻게 그녀를 달랠 수 있을지 난감하기만 했
다. 그러면서도 아무 말 하지 않고 있는 그녀의 마음을 어느
정도 이해할 수 있었다.

"……."

"은경아."

이름을 불러 주는 것을 좋아하는 그녀였다. 그가 그것을 생
각하며 부드러운 목소리로 그녀를 불렀다.

"왜 그렇게 사람 마음을 몰라주는 거예요."

"……."

그녀가 울먹였다.

철민은 울먹이는 그녀의 목소리를 들으며 착잡한 기분을
느꼈다.

"메모만 남기면 다예요. 걱정하는 사람은 조금도 생각해 주
지 않고. ……몰라요."

"알았어."

울고 있을 그녀의 얼굴을 생각하며 그는 자신이 못할 짓을
시키고 있구나 하는 생각을 했다.

"뭘 알았다는 거예요. 그래요. 난 최 형사님한테 아무 것도
아닌 존재니까요."

"……."

철민은 시계를 들여다보았다. 지나가 야속하기만 했다.

그러나 철민은 외면한 채 전화를 끊을 수가 없었다. 끊어야겠다고 생각했지만 마음이 자꾸만 약해졌다.

철민은 그녀에게 이끌려 들어가고 있는 자신을 부정하고 싶지가 않았다. 그녀를 어떻게 해서든 달래야 한다. 그녀의 마음을 아프게 해서는 안 된다고 생각하고 있었다.

그녀의 말이 계속되었다.

"그렇게도 모르세요."

"……."

"난 항상 그랬어요. 최 형사님은 쳐다보지도 않는데 저 혼자서만 좋아서 따라다녔어요. 알아요. 최 형사님이 얼마나 나를 귀찮게 생각하는지. 최 형사님은 저에게 항상 등만 보이셨죠. 그래도 저는 언젠가는 저를 바라봐 주실 거라고 믿고 있었어요."

그녀는 여전히 울먹이고 있었다.

철민은 그 소리를 들으면서 측은한 기분이 들었다.

그토록 자신을 생각하고 있었다는 그녀의 말에 가슴이 미어지는 것 같았다. 그가 한숨을 길게 내뱉었다.

"……."

"조금만이라도 이런 저를 이해해 주실 수 없는 건가요. 그래요. 그렇다면 제가 떠나가 드릴게요. 그래야 최 형사님 마음이 편하실 테니까요.”

“아니야.”

바보 같으니, 왜 그런 소리를……. 철민은 그녀가 안쓰럽게 느껴졌다. 왜 몰랐을까, 그녀가 자신을 그토록 좋아하고 있었다는 것을.

철민은 당장이라도 그녀에게 달려가고 싶었다. 달려가서 그녀의 볼에 키스라도 하고 싶은 심정이었다.

예전에는 몰랐던 그녀에 대한 알 수 없는 감정이 그의 가슴을 뜨겁게 불타오르도록 만들었다.

“이젠 지쳤어요. 몰라주는 사람 등만 바라보면서 곁에 남아 있기가 두려워요. 언제 떠날지도 모르는 사람 차라리 내가 떠나겠어요.”

“바보같이.”

“……”

“그런 말은 하지 마. 내가 언제 은경이를 싫다고 말한 적 있어?”

“……”

“은경이가 나를 생각하는 만큼 나도 생각하고 있다고.”

철민이 진지해졌다. 그러는 것만이 도리라고 생각했다. 더는 그녀의 흐느끼는 목소리를 듣고 싶지 않았다.

"정말이요?"

"그래, 그러니까 이제 울지 마."

"……."

그녀는 감격하고 있을 것이다.

철민은 그녀의 얼굴을 볼 수는 없었지만 그녀가 기뻐하고 있을 것이라는 것을 어느 정도 짐작할 수 있었다.

"들어가서 얘기할게."

"언제 들어오실……."

"전화 끊어야 할 것 같아."

철민이 그녀의 말을 끊으며 말했다.

"……."

그녀가 아쉬워하며 전화를 쉽게 끊지 못하고 있는 듯했다. 철민이 그런 그녀를 의식하며 다시 한마디 던졌다.

"사랑해!"

그리고는 전화를 서둘러 끊었다.

그 말이 조금은 어색했던 모양이었다.

그는 전화를 끊고서 한숨을 내쉬었다. 그러고서 다시 자신의 자리로 돌아와 앉았다. 테이블 위에 올려져 있던 물컵을 들어 그가 갈증을 해소시켰다. 물컵의 얼음은 벌써 다 녹아 있었다. 그렇지만 갈증을 해소시키기에는 충분했다.

그가 은경이를 생각하며 담배를 꺼내 입에 물었다. 그리고는 지프 라이터로 불을 붙이고서 다리를 꼬고 앉았다.

지나는 오기로 되어 있는 시간을 벌써 25분이나 초과했는데도 나타나지 않고 있었다. 저들은 지나를 기다리면서 점점 더 예민해져 갔다.

철민 역시 시계를 들여다보는 횟수가 많아졌다.

얼마나 더 그 일촉즉발의 상황이 유지될지 아무도 몰랐다. 그 모든 것이 지나에게 달려 있었다.

철민이 남은 위스키를 반쯤 마시고는 내려놓았다.

그가 자신도 모르게 지프 라이터를 오른손으로 똑딱거렸다. 쥐죽은 듯이 조용하기만 하던 커피숍 안에 라이터의 똑딱거리는 쇳소리가 울려 퍼졌다. 자신이 똑딱거렸음에도 철민은 깜짝 놀랐다.

커피숍 안의 모든 시선이 철민에게 집중되었다.

철민이 라이터를 테이블 위에 올려놓고는 피식 웃으며 위스키를 마저 마셨다.

1분이 한 시간처럼 느껴졌다.

철민은 은경이의 전화를 다시금 떠올렸다. 그녀의 마음을 이제까지 짐작하지 못했던 자신이 원망스러울 뿐이다. 여자의 눈에서 눈물을 흘리게 만들다니, 그는 씁쓸함을 참을 수 없었다.

아버지, 그가 어머니를 얼마나 슬프게 만들었던가. 철민은 그때의 일을 생생하게 기억하고 있었다.

어머니가 돌아가시던 날 밤. 아버지는 범인을 잡기 위해 어머니의 병실에서 인정 없이 뒤돌아 나가지 않으셨던가. 임종을 앞두고 남편을 찾는 어머니가 안쓰러워 아버지에게 전화를 했지만 아버지는 매정하기만 할 뿐이었다.

마지막 눈을 감으시면서도 어머니는 아버지를 불렀고 철민에게 경찰은 되지 말라고 당부하여 숨을 거두시지 않으셨던가.

어머니의 가슴에 못을 박아 놓은 아버지. 어머니가 숨을 거두시기 전에 흘리셨던 그 눈물이 베갯잇을 적시던 그때를 철민은 잊을 수가 없다.

커가면서 여자의 눈에 눈물이 고이게 만들지 않겠다고 다짐하고 또 다짐했던 자신이 아니던가.

은경에게로 향한 그의 마음은 더 이상 동료가 아닌 여자였다. 동료로만 생각했던 지난날을 생각하면 철민은 왜 진작에 그녀를 여자로 보지 못했는가 하는 아쉬움이 생겼다. 그리고 무언가 알 수 없는 것이 자꾸만 철민을 그녀에게로 다가가게 만들었다.

다가가야 한다.

그녀를 행복하게 해주어야 한다는 책임감 같은 것이 느껴졌다. 그의 가슴이 점점 부풀어 오르고 있었다.

사랑, 바로 그것이리라.

가까이 있을 때는 모르지만, 다가서기 전에는 모르지만, 그리고 너무나 가까이 있을 때도 알지 못하는 것이 바로 사랑이리라.

사랑은 이미 오래전부터 그의 가슴을 물들이고 있었던 것이다. 하지만 그것을 깨닫는 데는 너무도 긴 시간이 걸렸다.

그는 다짐한다.

그녀를 더 이상 슬프게 만들지 않겠다고, 그것이 자신이 하여야 할, 지켜야 할 사랑이라는 것을 그는 누구보다도 더 잘 알고 있었다.

사랑할 수 있다는 것은 행복한 일이다. 그리고 누군가가 자신을 사랑하고 있다는 것은 세상의 그 어떤 것과도 바꿀 수 없는 소중한 일이리라.

사랑은 생각만 해도 가슴이 부풀어 오르는 알 수 없는 힘을 지니고 있다. 사랑은 형언할 수 없는 무안한 힘을 지니고 있는 것이다.

철민은 은경이가 고마울 따름이었다.

자신을 그토록 사랑하고 있는, 아무 것도 없는 자신을 이해하고 다가서려 하는 그녀가 철민으로서는 더없이 소중한 사람으로 여겨졌다.

사랑하리라. 모든 사람들이 부러워할 만큼 진실된 사랑을 만들어야겠다고 철민은 생각한다.

그의 마음이 든든해졌다.

사랑하는 사람이 기다리고 있다는 그것이 철민을 가슴 벅차게 만들고 있었다. 그에게서 저절로 힘이 솟도록 만들고 있었다.

생각할수록 아름답고 수줍은 여자.

지나와의 약속만 아니라면 달려가고 싶은 심정이었다.

그의 입에서 또다시 짙은 담배 연기가 쏟아져 나왔다. 재떨이에는 벌써 담배꽁초가 수북하게 쌓여 있었다.

테이블 위에 올려 있던 물컵도 동이나 있었다. 그리고 아랫배에서 소변기가 느껴져 왔다. 하지만 철민은 자리를 뜰 수가 없었다. 자신이 화장실을 갔다 온 사이에 지나가 올지도 모르는 일이었다.

그녀에게 전화라도 해볼까 하고 생각해 보았지만 그것 또한 여의치가 않았다.

그녀는 벌써 집을 나섰을 것이 분명하기 때문이었다. 그녀에게 전화한답시고 서툴게 행동했다가는 어떤 날벼락이 떨어져 내릴지도 모르는 일이었다. 가만히 앉아 사태를 지켜보며 그녀를 기다리는 것이 가장 현명할 것이라고 그는 판단했다.

그가 주위를 둘러보았다. 바로 그때 화장실에서 보았던 그 건장한 사내가 또다시 화장실에서 나오는 것이 보였다.

남자는 화장실에서 나와 커피숍 안을 두리번거리다가 선글라스를 꼈다.

'저 녀석!'

그랬다.

어디에선가 많이 보았다고 생각했는데. 역시 녀석은 그 선글라스가 분명했다. 자신의 아파트를 잿더미로 날려 버린 바로 그 선글라스가 분명했다. 철민이 눈을 비비며 선글라스의 일거수일투족을 살폈다.

선글라스의 그 기분 나쁘게 웃던 모습을 철민은 잊을 수가 없었다. 화장실에서도 그런 웃음을 지어 보이지 않았던가. 그때는 왜 알지 못했을까. 철민은 뒤늦게 생각해내며 분을 삭이지 못했다.

선글라스가 건네준 휴지로 코를 틀어막다니, 철민은 자신에게 휴지를 건네주며 미소짓던 녀석을 그 자리에서 한방에 날려버렸어야 했다고 생각했다. 하지만 이미 때는 지난 후였다.

이제 와서 녀석에게 달려가 멱살을 틀어잡을 수는 없었다. 일촉즉발의 상황이 그를 가로막고 있었다.

그가 입술을 잘근잘근 깨물었다.

상황만 그렇지 않다면 녀석을 가만 놔두지는 않았을 것이다.

선글라스는 한동안 커피숍 안을 두리번거리며 쳐다보다가 다시 어디론가 걸어가기 시작했다.

커피숍 안으로 여자가 한 명 걸어 들어왔다. 그렇지만 지나는 아니었다. 지나와 비슷한 옷차림일 뿐 그녀는 아니었다.

여자가 안으로 들어오자 상황이 더 긴박하게 흘렀다. 그러나 아닌 것을 확인하고서 저들은 경계를 완화시켰다.

밖에서는 비가 오고 있는 모양이었다. 여자가 들어오면서 우산을 들고 들어온 것으로 보아 비가 오는 것은 확실했다. 여자는 안으로 들어와 한쪽 귀퉁이 자리에 앉아 누군가를 기다리고 있었다.

철민은 그 예쁘장하게 생긴 여자를 바라보았다. 언제 터질 줄 모르는 폭탄을 가슴에 끌어안고 있는 심정이었다.

철민은 여자가 빨리 다른 곳으로 자리를 옮겨 주었으면 하는 바람이었다. 그렇지 않았다가는 피해를 입게 될 것이 분명하기 때문이었다.

커피숍 안에는 저들과 관계없는 일반 사람들이 대여섯 있었다. 그들이 피해를 입게 될 것은 불을 보듯 뻔한 일이었다. 철민은 안절부절 못했다. 그들을 구해야겠다는 생각을 하면서 발을 동동 구를 뿐 어떻게 일을 처리해야 할지 난감하기만 했다.

철민이 웨이트리스를 불렀다.

그가 손을 들어 보이자 웨이트리스가 다가왔다.

"여기 물 좀 더 갖다가 주실랍니까?"

"네."

웨이트리스가 고개를 끄덕이며 돌아섰다.

"저……."

그가 다시 웨이트리스를 불렀다.

웨이트리스는 발걸음을 멈추고 그를 쳐다보았다. 그가 가까이 오라는 시늉을 하자 웨이트리스가 조금 더 가까이 다가와 섰다.

"미안하지만 담배도 좀……."

그러며 그가 지갑에서 지폐를 꺼냈다.

"……."

"미안합니다."

"아닙니다. 당연한 일인데요."

"저, 이런 사람입니다."

그가 지갑 안쪽에 있는 경찰 배지를 웨이트리스에게 얼핏 보였다. 그러자 웨이트리스가 고개를 끄덕이며 말했다.

"그런데……."

"여기에서 무슨 일이 벌어질지 모릅니다. 주위는 둘러보지 말고 제 얘기만 들으십시오."

그가 주위를 둘러보려고 하고 있는 웨이트리스의 행동을 제지하며 말했다.

"총격전이 벌어질 수도 있습니다. 그렇게 되면 많은 사람들이 다치게 될지도 모릅니다. 저를 좀 도와 주셔야겠는데……."

그가 그렇게 말하자 웨이트리스의 얼굴이 새하얗게 질려 들어갔다.

"……."

"당황하지 마십시오. 지금 당장 그 일이 벌어진다는 것은 아니니까요. 제가 얘기하는 대로 따라 줄 수 있지요?"

"……."

그가 말하자 웨이트리스가 고개를 끄덕였다. 그녀는 어느 정도 안심은 하고 있는 듯이 보였다.

철민이 그녀에게 차근차근 지시를 내렸다.

"지금 들어온 여자 분 있지요?"

"……."

웨이트리스가 철민의 말에 고개를 끄덕였다. 철민은 그녀에게 커피숍에 앉아 있는 손님들 중의 몇몇을 찍어내 주었다.

"그리고 그 분을 기점으로 해서 앞쪽 세 번째 테이블에 앉아 있는 연인들하고 건너편 두 번째 줄의 남자, 그리고 그 뒤쪽으로 여자 세 분이 앉아 계시지요?"

철민이 되도록 자그만 목소리로 말했다.

"네."

"그 사람들에게 가서 이런 일이 있다고 자초지정을 얘기하고 나가 주실 수 없느냐고 잘 좀 부탁해 주세요."

"그거야 어렵지 않지만……."

"제, 신분증을 가지고 가십시오. 만약에 믿지 않으면 이걸 보여 주면 순순히 따르게 될 겁니다."

"네, 알겠습니다."

웨이트리스의 눈빛에서 겁을 집어먹고 있는 것을 알 수 있었다. 그가 다시 웨이트리스에게 용기를 내라는 듯이 말을 던졌다.

"다른 사람들은 알지 못하도록 해야 합니다. 그냥 평상시에 하듯이 자연스럽게 행동하면 됩니다. 학교 다닐 때 학예회 해 본 경험이 있죠?"

"네."

"그때 뭘 하셨는데요?"

철민이 물어 보면서 방긋이 웃었다. 그것은 웨이트리스를 안심시키기 위한 일종의 컨트롤이었다.

"로미오와 줄리엣에서……."

"아, 그래요."

"줄리엣이 아니라 하녀 역을 했었어요."

그녀가 수줍게 말했다.

"하녀 역이면 어때요. 나 같은 사람은 연극은 한 번도 해보지 못했는데. 그쪽이 저 보다는 좀 나은 것 같네요."

철민이 너스레를 떨며 웃어댔다. 그러자 웨이트리스도 어느 정도 용기를 얻은 모양이었다.

"잘 좀 부탁드려요."

그러며 지갑에서 경찰 신분증을 꺼내 안 보이게 지폐에 싸서 웨이트리스에게 건넸다.

"……."

그것을 받으면서 웨이트리스가 고개를 끄덕이고는 돌아갔다.

마침 우산을 들고 들어왔던 여자가 웨이트리스를 불렀다. 웨이트리스가 그녀에게로 다가갔고 철민이 지시한 대로 말을 전하는 것이 보였다.

여자는 웨이트리스가 말을 끝내고 카운터로 돌아오자 자리에서 일어나 커피숍 밖으로 나갔다.

철민은 그 모습을 보면서 안심할 수 있었다.

웨이트리스는 다른 테이블에도 역시 물컵을 가져가서 손님에게 소곤거렸다.

철민이 했던 말을 잘 전하고 있는 듯이 보였다.

철민이 찍어 준 테이블로 가서 말을 모두 전한 웨이트리스가 다시금 철민에게 돌아왔다. 그녀는 담배와 함께 보이지 않게 철민의 신분증을 건네었다.

"고마워요."

"……."

그녀는 다음 지시를 기다리고 있었다.

"그쪽 이름이……?"

“선아, 이선아예요.”

“이름이 예쁘시네요.”

“고맙습니다.”

“선아 씨, 얼마 뒤에 여자 한 분이 올거거든요. 긴 생머리에 아마 밝은 옷을 입고 있을 거예요. 조금 앳되 보이는 얼굴이구요. 그 여자 분이 들어오는 대로 자리를 피하세요.”

“어디로……?”

“무조건 밖으로 달려나가세요.”

“만약에 그 여자분을 제가 알아보지 못하면……?”

“제가 아까 선아 씨를 불렀던 것처럼 손을 들어 알려줄 게요. 그리고 카운터나 주방에도 좀 알려 주세요. 재빠르게 행동해야 합니다. 그렇다고 오기 전에 서둘러서 나가면 더 큰 일이 벌어질지도 모르니까 그걸 염두에 두고 있어야 합니다. 최대한 사상자를 줄여야 하니까요. 그건 선아 씨에게 달렸어요.”

“……”

그녀가 고개를 끄덕였다.

“의심할지 모르니까 제자리로 돌아가세요. 명심해야 합니다.”

웨이트리스가 돌아가고 난 뒤에 그가 새로 가져다 놓은 물을 한 모금 마시고는 담배를 뜯어 입에 물고 불을 붙였다.

철민은 그제야 어느 정도 안심을 할 수 있었다.

그가 다리를 바꿔 다시 꼬고 앉았다.

어떻게 된 일인지 지나는 오지 않고 있었다. 선글라스도 어디로 갔는지 둘러보아도 보이지 않았다.

폭풍 전야였다.

일이 크게 터질 조짐을 보이고 있었다. 담배를 태우는 그의 손끝이 가볍게 떨리고 있었다.

잘못된다면 죽을지도 모른다.

그렇게 생각하면서 철민은 마음을 단단히 다졌다. 그의 시각과 촉각은 예민한 상태로 치달아 오르고 있었다. 그는 자신의 허리 뒤에 꽂고 있는 두툼한 권총에 신경을 쓰고 있었다. 상황이 터진다면 빠르게 대처해야 했기 때문이다. 그러지 않다가는 한순간 파리 목숨이 되기 때문이었다.

커피숍 안에 에어컨이 돌아가고 있었지만 철민의 이마와 등에서는 축축하게 땀방울이 흘러내리고 있었다.

그가 테이블 위에 놓여 있던 휴지를 하나 뽑아 이마에 맺혀 있던 땀방울을 닦아 내었다. 그러는 그의 손길은 조심스러웠다. 한순간의 잘못된 행동으로 커피숍 안이 불바다가 될 수 있었기 때문이다.

모두가 신경을 곤두세우고 있었기 때문에 사소한 일에도 총격전이 벌어질 수 있었다.

지나가 가지고 있는 디스켓에 모두가 목을 메고 있었다.

철민 역시 그 디스켓만큼을 뺏기지 않겠다는 결심이었다.

그것은 자신의 목숨과도 연결된 것이기 때문이다.

디스켓을 가지고 타협해서 목숨을 구걸하고 싶은 생각은 추호도 없었다. 다만 그것을 모든 사람들에게 알려서 그들 조직을 무너뜨려야 한다는 생각뿐이었다. 한 사람의 독재 야욕은 김일성 부자만으로도 족했다. 다시 그런 일이 벌어진다면 더는 상처를 치유하지 못할 것이다. 그런 생각을 하면서 철민은 자신의 목숨마저도 아끼지 않을 작정이었다.

기다리기 지루했던지 슈트 차림의 남자 한 명이 자리에서 일어나 화장실 쪽으로 걸어가기 시작했다.

신경이 예민해져 있던 터라 남자의 그 행동에 저들 각각이 남자를 의식하며 몸을 움찔거렸다.

슈트 차림의 누군가가 남자에게 눈짓을 하는 것이 철민의 눈에 띄었다. 아마도 그가 그 중의 우두머리인 것 같았다.

지나의 출현은 생각보다도 늦어졌다.

철민은 빨리 그 긴박한 상황에서 벗어나고픈 심정이었다. 움직이지 않고 앉아 있자니 몸은 자꾸만 경직되었다. 그가 한쪽 손바닥에 다른 손을 가볍게 말아쥐어 집어넣고는 힘을 주었다. 그러자 뼈마디가 엇갈리는 소리가 들렸다.

지나가 빨리 나타나 죽이 되든 밥이 되든간에 조속히 해결됐으면 싶기도 했다.

철민이 앉아 있는 곳을 의식하는 저들의 시선도 이제는 어느 정도 무뎌졌다. 철민의 입에서는 연신 담배 연기가 흩어져 나왔다.

철민은 그렇게 긴장을 풀고 있었다. 담배마저도 없었다면 어떻게 위안을 받을 수 있을까 하고 그는 생각했다.

"후……우."

그의 입에서 저절로 한숨이 쏟아져 나왔다.

형사만 되지 않았더라도 이런 일에 개입되지는 않았을 것이다. 형사가 뭐가 좋다고 그렇게 되지 못해서 안달을 했던지, 그는 지난 일들을 떠올리고 있었다. 어머니의 말이 떠올랐다.

'너는 절대 경찰은 하지 마라.'

그것은 일에 빼앗긴 남편에 대한 야속함을 말한 것이었다. 어머니의 병환도 그것 때문에 얻은 것이었다. 밤낮 없이 범죄자의 뒤를 따라 다니는 남편을 걱정하다가 끝내 그런 몹쓸 병으로 돌아가셨던 어머니.

아버지를 원망하고 또 증오하던 자신이 아니었던가.

그러나 지금 자신도 그렇게 경찰이 되어 그 자리에 앉아 있었다. 살인 용의자로 전락된 자신을 어머니는 저승에서 어떻게 생각하고 계실까.

그는 어머니를 볼 낯이 없었다.

어머니에게 또 한 번의 시련을, 어머니의 가슴에 또 한 번의 날카로운 비수를 꽂은 것이다.

후회해도 이제는 소용이 없는 일이었다. 이미 저질러진 세월이 아니던가.

피는 속이지 못한다고 했던가, 그 아버지에 그 아들이라고 하지 않았던가. 철민은 피식 웃었다.

그는 손끝에서 자지러질 듯이 거의 다 타고 들어간 담배꽁초를 재떨이에 눌러 껐다. 그리고는 자세를 고쳐 앉으며 커피숍 입구를 살폈다.

목이 뻣뻣해져 왔다. 그러나 저들은 한점 흐트러짐 없이 앉아 있었다. 철민은 그들을 보며 대단하다고 생각했다. 아마도 특수 훈련을 받은 요원들 같았다.

철민은 정 회장과 김 박사의 세치 혀의 놀림으로 움직일 수 있는 인력들을 짐작해 보았다.

복제 인간이 각계에 퍼져 있다면 100만 대군인들 움직이지 못하겠는가. 그렇게 생각하고 있자니 두려움이 그의 목을 죄어 왔다.

애초부터 싹을 잘랐어야 했다.

아버지가 민 박사의 사건을 담당했을 때의 상황으로 그는 거슬러 올라가고 있었다. 그때였다면 쉽게 그 싹을 죽일 수도 있었을 것이다. 그러나 그 싹은 이제 거대한 나무가 되어 있었다.

그 비리를 폭로한다고 해도 그 거대한 나무의 뿌리까지 없애지는 못할지도 모른다는 불안이 밀려왔다.

밑동을 잘라 버린다 해도 그 뿌리는 죽지 않고 살아남아 어디에선가 그 세력을 확장시킬 것이 분명하다. 철저하게 땅을 파헤쳐 뿌리를 말려 죽이는 수밖에는 없을 것이다. 그렇지만 뿌리가 어디까지 퍼져 있는지 알지 못하는 지금의 시점으로는 그것이 세월이 걸리게 될지 아무도 모르는 상황이다.

아버지의 대를 이어 그 사건에 뛰어든 지금 철민의 어깨는 무겁기만 하다. 자신이 해결하지 못한다면 자신의 아들에게 그 업보를 떠넘겨야 할 입장이었다. 그건 있을 수 없는 일이어야 한다.

철민은 상상을 하면서 이를 악물었다.

또다시 그런 악몽을 한반도에서 벌어지게 할 수는 없다고 생각했다. 누군가는 꼭 해야 할 일이었다. 누군가는 그 일을 폭로해야 했다. 그 누군가가 누구란 말인가. 바로 자신이었다.

이젠 회피할 수 없는 상황이었다. 회피한다면 비겁자라는 낙인만 찍힐 뿐이다. 그리고 죽어서 이 형사의 얼굴을 어떻게 대한다는 말인가. 그것은 이 형사의 집사람과 그녀의 뱃속에서 자라고 있는 새생명에 대한 배신일 수밖에 없다.

이런저런 생각들이 철민의 머릿속을 뒤흔들었다. 차라리 도망치고 싶은 심정이었지만 그대로는 용납되지 않았다.

철민은 답답한 가슴을 풀기 위해 심호흡을 했다. 주어진 시간이 얼마 남아 있지 않은 것 같았다.

그녀가 커피숍으로 들어올 테고 그러면 짐작도 하지 못할 급박한 상황이 벌어질 것이다.

차라리 그녀가 커피숍에 나타나지 않았으면 하는 바람이었다. 그렇게 된다면 얼마나 좋을까, 하지만 연락도 아무 것도 할 수 없는 지금의 상황에서 그것은 단지 나약한 소망일뿐이다.

벌써 40분을 초과하고 있었다.

약속을 지키지 않을 지나가 아니다. 무슨 일이 생긴 것이 분명했다. 그렇지만 자리를 뜰 수는 없었다.

'웬 일일까.'

답답하기만 했다.

나타나야 어떻게든 대책을 세울 것이 아닌가.

철민은 깎지를 끼고 팔을 쭉 뻗었다.

"으……음."

저절로 그의 입에서 신음이 쏟아져 나왔다. 기지개를 하고 나자 한결 기분이 좋아졌다. 그는 목도 두어 번 돌려 보았다. 경직되어 있던 목에 시원한 느낌이 전해졌다.

철민이 또다시 담배를 태우려던 참이었다.

커피숍 안의 분위기가 심상치 않다.

그랬다. 누군가가 커피숍 안으로 들어오고 있었다. 여자였다. 모자를 쓰고 있어서 자세히 보지는 못했지만 확실히 지나였다.

손님이 들어오자 웨이트리스가 철민을 쳐다보았다.

철민이 웨이트리스를 향해 손을 들어 손짓을 해보였다. 그 모습을 지나와 웨이트리스가 동시에 보았다. 웨이트리스가 안으로 들어서는 지나에게 인사를 하고는 슬금슬금 뒷걸음질 쳤다.

지나가 철민이 손을 들어 보이는 것을 보고 자신에게 하는 것인 줄 알았는지 손을 들어 받아 주었다.

"제길……."

철민의 얼굴에 어둠이 깔렸다.

모자를 쓰고 있었기 때문에 저들이 그녀를 알아보는 데는 시간이 거릴 것이라고 생각지만 일은 그의 생각대로 진행되지 않았다.

아주 짤막한 시간이었다.

철민에게 손을 흔들어 보이는 여자를 보고는 저들의 행동이 긴박해졌다. 지나가 안으로 들어서며 제각각 자리에서 일어나는 사람들을 보고 발길을 멈추었다.

그 중에는 철민도 끼여 있었다. 철민이 재빠르게 자리에서 일어나 지나에게 뛰어가려던 참이었다. 앞쪽에서 한 남자가 자리에서 일어나며 허리춤에서 무언가를 만지작거렸다. 철민은 그것이 호출기라는 것을 알 수 있었다. 그런데 다른 사람들은 그렇게 생각지 않은 모양이었다.

철민이 우려했던 상황이 벌어지고 있었다.

한 방의 총성이 울렸고 호출기를 만지작거리던 남자는 그대로 바닥에 엎어졌다. 그와 동시에 커피숍 안에서는 이곳저곳에서 총알이 빗발쳤다.

반사적으로 철민은 바닥에 엎드렸다. 그리곤 테이블을 젖혀드리고 엄폐물을 만들었다.

지나도 카운터 쪽으로 몸을 숙였다.

사방에서 총알이 날아들었다. 어디에서 총을 꺼냈는지 저들은 제각각 총을 손에 들고 있었다. 그리고 개중에는 기관단총을 난사하는 녀석들도 보였다.

40분 동안 거슬러 올라온 시간은 지금의 상황을 위해 존재하고 있었던 것 같았다. 풍랑이 시작되고 있었다.

커피숍 안은 남아나는 것이 없었다. 멋진 샹들리에며 제법 돈을 들여 장식한 인테리어가 총탄에 의해 부서지고 있었다. 커피숍 안은 벌집을 방불케 했다.

총성은 끊임없이 들려왔다.

유리 깨지는 소리가 들려오는가 싶으면 사람들의 비명 소리가 들려왔다. 그리고 바닥은 피로 얼룩지고 있었다.

철민이 시그 사우어 P226 자동권총을 꺼내 들고 숨을 몰아쉬었다.

그는 어느 쪽의 편이 되어야 할지 몰랐다.

총질은 세 갈래로 나뉘어져 있었다.

"후……우. 도대체 누구 편을 들어야 하는 거야."

그가 몸을 바닥에 최대한 낮춘 뒤에 주위를 살폈다. 그러나 지나는 보이지 않았다. 그는 우선 지나의 곁으로 가야 한다고 판단했다. 그녀를 보호하는 것이 최우선의 목적이었다.

철민이 권총을 난사하며 커피숍 입구로 몸을 날렸다. 누군가 그의 총에 맞고 쓰러지는 것이 보였다.

이번에는 철민 쪽을 향해 사정없이 총알이 빗발쳤다. 철민은 몸을 바짝 웅크리고 머리 위로 손을 뻗어 총질을 했다.

철민이 대여섯 발을 발사했다면 저쪽에서는 수십 발의 총알이 날아 들어왔다. 그런 그를 엄호하듯이 다른 편에서 그쪽으로 총질을 해대고 있었다.

"그렇다면 저쪽이……."

철민이 틈을 타서 그곳에서 빠져나와 분수대가 있는 쪽으로 몸을 날렸다. 그는 엄호해 준 쪽을 유심히 살폈다. 그러자 누군가가 그를 향해 엄지손가락과 집게손가락으로 잘했다는 사인을 보내왔다.

"누굴까?"

그쪽이 자기편이라는 것을 안 철민은 마음이 든든해졌다. 이제 남은 것은 지나에게 다가가는 것뿐이었다.

하지만 그것이 생각처럼 쉬운 일은 아니었다. 조금의 틈도 없이 총탄이 날아들었기 때문이다.

무슨 수를 써서라도 지나 쪽으로 가야 했지만 만만치가 않았다. 그는 상대편을 향해 총질을 해대며 틈을 노리고 있었다.

그가 탄창 착탈 장치를 눌러 탄창을 빼낸 뒤에 새 탄창으로 교환했다.

상대편의 화력에 비해 철민의 화력은 볼품이 없었다. 그 와중에도 철민은 남은 세 개의 탄창을 아껴야 했다. 실탄을 모두 다 써 버린다면 그 다음은 이도저도 할 수 없는 고립된 상태가 될 것이 뻔했기 때문이었다.

그는 커피숍 입구 쪽을 살폈다. 그러나 지나는 보이지 않았다. 30평 남짓한 커피숍은 아수라장이 되어 있었다. 총격전은 끊임없이 계속되고 있었다. 그가 지나 쪽으로 가기에는 위험 부담이 너무나도 컸다. 자칫 잘못했다가는 벌집이 될 것이 뻔했다. 그렇지만 그녀를 그대로 놔둘 수는 없었다. 어떡해서든 가야 했다. 그는 기회를 엿보고 있었다.

건물이 무너질 것처럼 수십 개의 총구에서 불이 뿜어져 나오고 있었다.

철민이 얼핏 보기에 카운터 쪽에 지나의 옷자락이 보였다. 그가 막 그곳으로 달려가기 위해 숨을 몰아쉬고 있을 때 멈출 것 같지 않았던 총성이 멈추었다. 철민은 잠시 주춤거렸다.

한바탕 소나기 총성이 멈추자 실내는 쥐죽은 듯이 조용했다. 그리고 어디에선가 신음 소리가 조그맣게 들려왔다.

신음 소리는 처절했다. 가래가 목에 낀 것처럼 거렁거렁거리는 신음 소리는 금방이라도 숨이 넘어갈 것처럼 들려왔다.

그 상황은 폭풍의 핵과도 같았다. 바람 한점, 미동 하나 없는 커피숍 안에는 화약 냄새로 진동했다. 그리고 비릿한 피 냄새가 코끝을 자극했다.

밖에서 어렴풋이 앰뷸런스의 사이렌 소리가 들려왔다. 사이렌 소리는 호텔 쪽으로 점점 가까워지고 있었다. 누군가가 총격전을 신고한 모양이었다.

시간은 멈춘 것만 같았다.

숨막히는 정적이 대치 상황을 말해 주고 있었다.

철민이 고개를 빠끔히 내밀어 지나 쪽을 다시 보았다. 그쪽으로 누군가 다가가는 것이 그의 눈에 띄었다.

철민은 다가서고 있는 남자의 머리통을 겨냥했다. 그리고는 숨을 멈추고 집게손가락을 살짝 당겼다.

철민의 총구에서 불이 뿜어졌고 남자는 찍소리 한 번 지르지 못하고 그대로 바닥에 축 까부러졌다.

철민의 총구에서 불이 뿜어져 나오는 것과 동시에 잠잠해져 있던 커피숍 안에 총격전이 다시 이루어졌다.

"지나 씨."

"……."

그가 불렀지만 그녀에게서는 아무런 대답도 없었다.

"지나 씨. 나 최 형사예요. 내 목소리 들려요?"

"네, 들려요."

그녀의 목소리가 총소리에 섞여 들려왔다. 철민은 그녀의 목소리를 듣고는 안심할 수 있었다.

"내가 지금 그쪽으로 갈거예요."

"……."

"조금만 기다려요. 지나 씨."

"뭐라구요?"

총소리에 비해 그녀의 목소리는 너무도 작았다.

"조금만 참아요."

"철민 씨. 어떡해요. 어쩌면 좋아요."

그녀의 목소리는 잔뜩 겁을 집어먹고 있었다. 철민이 다시 그쪽에 대고 소리를 질렀다.

"가만히 그대로 있어요. 내가 곧 그리로 갈테니까요."

"……."

"조금만……."

철민이 숨을 몰아쉬었다. 더 이상 지체했다가는 죽도 밥도 되지 않는다는 생각을 그는 하고 있었다.

죽기 살기로 달릴 생각이었다.

저들이 먼저 지나 쪽으로 가게 놔둘 수는 없었다. 철민은 속으로 10에서부터 카운트를 세기 시작했다.

철민은 자신을 엄호해 주었던 쪽을 쳐다보고 있었다. 그들 중에 누군가와 눈이 마주쳤다. 그는 다름 아닌 자신이 피할 수 있도록 엄호를 해준 사람이었다. 철민은 그에게 집게손가락을 펴서 지나 쪽으로 가겠다는 시늉을 해보였다. 그러자 그쪽에서도 아까와 같이 OK 사인을 보내왔다.

그들의 엄호 사격이 없다면 지나 쪽으로 가는 것은 불가능한 일이었다. 그는 저쪽에서 보내온 사인을 듬직하게 믿고 막 내달릴 참이었다.

철민은 그 시도가 마지막이 될지도 모른다는 생각을 했다. 그런 생각이 들자 문득 은경이가 떠올랐다.

어쩌면 그녀를 두 번 다시 보지 못하게 될지도 모른다. 그는 눈이 빠지도록 기다리고 있을 그녀를 생각하면서 이를 악물었다.

죽을 수는 없다. 그녀를 슬프게 만들고 싶지는 않다. 그가 손으로 권총을 꼬옥 말아쥐었다. 그의 손바닥에 땀이 흐르고 있었다.

그의 눈이 반짝거렸다.

5, 4, 3, 2, 1.

그가 두 손으로 권총의 손잡이를 말아쥐고 서너 발의 총성을 남기면서 지나 쪽을 향해 달리기 시작했다. 죽음을 각오한

필사의 항진이었다.

그를 돕기 위한 엄호 사격이 이루어졌다. 빗발치는 총탄 세례를 피하며 그가 서너 발자국 정도 뛰어갔을 때였다. 생각지도 못했던 곳에서 폭발음이 들려와 그의 귓가를 어지럽혔다.

―콰앙!

삽시간의 일이었다.

하늘이 무너지고 땅이 꺼지는 듯한 폭발음이었다.

폭발음은 화장실 쪽에서 들려왔다. 그와 동시에 뽀오얀 흙바람이 밀려나와 커피숍 안을 메웠다.

철민이 뛰어가다가 바람에 날려 쓰러지고 말았다. 철민은 쓰러지면서 반사적으로 머리를 두 손으로 감싸쥐었다.

"선글라스 그 자식이!"

분명 선글라스가 장치해 놓은 폭탄일 것이다.

총성은 더 이상 들리지 않았다.

폭발과 동시에 세 팀 모두 당황해 하고 있었다. 우왕좌왕할 시간적 여유 없이 터져버린 폭탄이었다.

예고 없는 불청객에 사상자는 늘어만 갔다. 커피숍 안은 아비귀환으로 변했다.

불길이 솟구쳤고 커피숍 천장이 금방이라도 무너질 것만 같았다. 검은 연기가 커피숍 안을 뒤덮고 있었다.

철민이 눈을 떴지만 아무 것도 보이지 않았다. 그의 몸에서 힘이 쭈욱 빠져나가고 있었다. 가슴이 울렁거렸고 오바이트를 하고 싶을 정도로 속이 메스꺼웠다. 그는 머리가 깨질 것 같은 통증을 느꼈다.

커피숍 안은 한동안 총성이 멎었다.

사방에서 신음 소리가 들려왔고 피비린내와 화약 냄새가 코를 큉하게 만들었다. 어디가 어딘지 분간이 가지 않는 어둠 속에서 철민은 애써 시야를 확보하기 위해 눈을 비볐다. 그때 손에 무엇인가가 느껴졌다.

피였다.

상당히 많은 양의 피가 이마에서 쏟아져 내리고 있었다. 피는 안면 부를 적시며 턱을 타고 바닥으로 떨어졌다.

"어떻게 된 거야?"

"아무도 없어?"

"도와줘. 내…… 내 다리가……."

"이게 왠 날벼락이야. 누구야……?"

"커……어얼, 크러……엉."

"내가 어……떻게 된 거지!"

"으아아악."

"내 눈이, 눈……이…… 안 보여. 도와줘. 제발……."

"물건을 사수해!"

그 말은 지나를 가리키고 있는 듯했다.

"어디야, 어디에 있는 거야."

"아무 것도 안 보여."

"세상에!"

"난 죽고 싶지 않아."

"누구야, 누가……?"

이곳저곳에서 신음 소리가 쏟아져 나왔다. 세 팀 모두가 예견하지 못했던 일이었다. 그들은 발만 동동 구르고 있었다.

"도대체, 도대체……!"

"저기에 있다. 바로 앞이야."

─탕탕탕.

다시 총소리가 들렸다.

"허……억."

누군가 총을 쐈고 누군가 총에 맞은 것 같았다.

직선을 긋듯이 권총 총구에서 몇 가닥의 불꽃이 튀었다. 그리고는 또다시 칠흑 속의 숨막히는 정적이 흘러들었다.

이쪽도 저쪽도 많은 사상자를 내고 있었다.

"지나 씨?"

철민이 소리쳤다. 그렇지만 그의 생각과는 달리 개미 목소리만하게 나올 뿐이다. 지나 쪽에서도 아무런 대답이 없다.

"지나 씨, 무사해요?"

좀 더 큰 목소리로 그녀를 불러 보았지만 역시 아무런 대답도 없었다. 철민은 걱정에 휩싸였다.

그는 방향감각을 잃고 있었지만 어떻게 해서든 지나 쪽으로 가야 한다고 생각했다. 그러나 웬일인지 몸이 그의 의지대로 움직이지는 않았다. 무언가에 하체 부위가 눌려 있는 것 같았다. 그가 안간힘을 쓰며 몸을 움직여 보았지만 역시 허사였다.

"이런 젠……장."

그가 힘없이 바닥에 머리를 박았다.

그는 점점 몸에서 힘이 빠져나가는 것을 느꼈다. 그는 서서히 정신을 잃어 가고 있는 중이었다.

어지러웠다. 갈피를 잡을 수 없었고, 모든 것이 끝장나 버린 것만 같았다. 그는 자신의 의지와는 달리 눈의 초점을 잃고 있었다.

이 무슨 운명의 장난이란 말인가.

죽어 가고 있는 것인가.

이렇게 어처구니없이, 그는 한 가닥 희망을 잃지 않고 있었다. 그렇게 나약하게 포기하고 싶지는 않았다. 그럴 수는 없었다. 그는 무의식중에 손을 뻗어 보았다. 손에 무엇인가가 잡히는 것 같았다. 그는 그것에 모든 것을 걸고 힘을 주어 끌어당겼다. 하지만 소용이 없었다. 자신의 하체를 누르고 있는 무엇인가의 하중을 이겨내기에는 역시 역부족이었다.

그의 허리 부위에서 통증이 느껴졌다.

그는 포기할 수밖에 없었다. 혼자의 힘으로는 무리였다. 몸 전체의 감각이 무뎌지고 있었다. 그의 손끝이 떨리고 있었다.

'이렇게 끝나는 건가.'

그가 말려 들어가고 있는 숨을 힘겹게 내뱉었다.

불길이 솟구치고 있었다. 그리고 매캐한 연기가 호흡을 방해하고 있었다. 커피숍 천장에서 언제부턴가 물줄기가 쏟아져 내리고 있었다. 아마도 화재용 스프링쿨러가 작동되고 있는 듯했다.

한바탕 폭풍이 지나가고 난 커피숍 안은 잿더미를 방불케 했다.

누군가가 앞으로 나타났다. 철민은 어렴풋이 그가 구조대원이라는 것을 알 수 있었다. 구조대원은 누군가를 찾고 있는 듯 했다. 구조대원은 살려 달라고 애원하는 중상자에게는 신경도 쓰지 않았다.

카운터 쪽이었다.

형체를 알아볼 수는 없었지만 분명 카운터가 분명했다.

구조대원은 그쪽에서 여자를 발견하고는 어깨에 들쳐멨다. 철민은 그녀가 지나라는 것을 알 수 있었다. 그녀가 분명했다.

'살아 있는 걸까?'

그는 안심할 수 있었다. 그러나 그것도 잠시 그는 다시금 숨을 안으로 말아 들여야 했다.

구조대원과 눈이 마주쳤을 때였다. 그는 다름 아닌 선글라스였다. 선글라스가 주위를 둘러보고는 능글스럽게 배시시 웃었다. 그러고는 밖으로 유유히 걸어 나가기 시작했다. 지나를 어깨에 멘 채 사라지는 선글라스를 보면서 철민은 마지막 안간힘을 썼다.

권총을 찾아 든 철민이 마지막 안간힘을 쓰며 선글라스의 등에 총구를 겨냥했다. 하지만 800g도 채 나가지 않는 권총의 무게를 철민은 감당하지 못하고 있었다. 그리고 눈의 초점도 잡히지 않았다.

철민은 권총을 쥔 채 정신을 잃고 말았다.

능구렁이

칼튼 호텔 앞에는 소방차와 앰뷸런스가 속속 도착했다. 그리고 호텔에서 대피해 나온 사람들로 호텔 입구는 혼잡해져 있었다.

사람들은 칼튼 호텔 안에서 벌어지고 있는 상황을 구경하기 위해 목을 쭉 빼고 들여다보고 있었다. 소방차와 앰뷸런스가 호텔 앞으로 진입하는 데에는 그만큼 많은 애를 먹었다.

언제 도착했는지 정복 차림의 경찰관들이 호텔 손님들과 시민들을 통제하고 있었다. 안에서 검은 연기가 쏟아져 나오고 있었다.

사람들이 웅성웅성거리며 자기들끼리 무슨 말인가를 중얼거렸다. 정복 경찰들은 호텔 안으로 진입하지는 않고 수수방관 지켜보고만 있는 입장이었다.

호텔 직원들이 비명을 지르며 밖으로 뛰어나왔다. 안에서 나오고 있는 사람들은 제각각 몸을 낮추고 있었으며 겁에 질려 있었다.

무더위를 한풀 꺾으려는 듯이 하늘은 잔뜩 흐려 있었다. 소나기가 한차례 쏟아질 모양이었다.

안에서 누군가가 여자를 들쳐업고 걸어나오고 있었다. 그는 다름 아닌 선글라스였다. 그는 구조대원으로 위장하고 있었기 때문에 누구의 제지도 받지 않았다. 그가 나오자 기다렸다는 듯이 잔뜩 찌푸려 있던 하늘에서 굵은 빗방울이 후드득 쏟아져 내리기 시작했다.

소나기는 후끈 달아오르던 지표면을 상쾌하게 적시고 있었다. 시민들은 비가 오는데도 꿈쩍 않고 지켜보고 있었다. 그러다가 비가 점점 더 굵어지자 한두 사람씩 비를 피해 자리를 뜨기 시작했다.

선글라스는 정신을 잃은 지나를 대기시켜 놓은 앰뷸런스로 재빠르게 옮기기 시작했다. 그런 그의 뒤를 사복 차림의 남자 둘이 뒤따랐다. 선글라스는 그들을 의식하지 않을 수 없었다.

그가 앰뷸런스에 지나를 눕히자 뒤따라온 남자 둘이 그를 에워쌌다.

"피해자를 좀 확인해 봐야겠어."

한 남자가 안기부 신분증을 내보이며 말했다.

"지금 위독한 상태입니다. 병원으로 빨리 옮겨야……."

"잔소리 말고……."

남자가 그의 말을 끊으며 어깨를 툭 밀어내고는 앰뷸런스 안으로 들어갔다. 그리고 다른 남자는 주위를 살폈다.

"살아 있기는 한 거야?"

앰뷸런스 안으로 들어간 남자가 선글라스에게 물었다. 그때까지도 지나는 정신을 잃고 있었다.

"살아 있습니다만……."

"생명에는 지장이 없겠지?"

"얼마나 생명을 유지할지는……."

선글라스가 남자의 눈을 똑바로 쳐다보며 말했다. 그러자 남자가 담담한 표정으로 누워 있는 지나를 바라보았다. 그러다가 밖에 서 있는 동료에게 눈짓을 했다.

"같이 가 주어야겠어."

"……."

남자가 뒤에서 선글라스를 밀었다.

선글라스는 남자에게 떠밀려 앰뷸런스 안으로 들어갔다. 남자는 그를 떠밀어 넣고는 문을 닫고 운전석으로 다가가 앉았다.

"외상이 큰 편은 아닌데?"

안기부 요원이 지나의 머리에 난 가벼운 상처를 보며 말했다.

"폭발 사고가 났을 때 아마도 쓰러지면서 바닥에 머리를 부딪친 것 같습니다. 정밀 진단을 해봐야 알겠지만…… 맥박이 아주 희미한 상탭니다."

선글라스가 얼버무리며 말했다.

그는 지나가 단지 폭발물이 터질 때 잠시 기절한 것이라는 것을 알고 있었다. 그리고 지나를 발견한 곳에서는 폭발물의 위력이 강하게 미치지 않기 때문에 안심하고 있었다.

그는 지나의 왼쪽 머리에 난 상처에서 피가 흘러내리는 것을 지혈하기 위해 탈지면으로 눌렀다.

"제기랄 큰일인 걸. 다치지 않게 데려오라고 했는데."

그의 옆에 앉아 있던 안기부 요원이 혀를 끌끌 걸어찼다. 그러면서 담배를 꺼내 피우기 시작했다.

운전석에 앉은 요원이 앰뷸런스의 시동을 걸었다.

"알게 뭐야. 그리고 사고 현장을 봐. 그나마 이만한 것도 다행이라고. 도대체 어떤 새끼가 폭탄을 터뜨린 거야?"

"누가 아나."

"잔인한 놈이야."

안기부 요원이 서로 말을 주고받았다.

선글라스는 여전히 지나의 머리에 탈지면을 누른 채 앉아 있었다. 그의 얼굴에 희미하게나마 회심의 미소가 겹쳐지고 있었다.

“이봐?”

“네.”

“이 여자 죽지 않게 잘 보살펴. 그렇지 않았다가는 우리 손에 죽을 줄 알라구. 내 말 무슨 뜻인지 알겠어?”

“…….”

선글라스가 안기부 요원의 말에 말없이 고개를 끄덕였다.

“비도 오는데 날씨는 왜 이렇게 후텁지근해. 에어컨 좀 팍팍 돌려 봐. 난 더운 건 딱 질색이라니까.”

“그런데 말이야. 아까 거기에서 CIA 쪽 애들 못 봤어? 개들뿐만이 아니라 일본 정보부 애들도 있던 것 같던데. 도대체 무슨 난리들이야. 우리야 까짓거 위에서 하라는 대로 하면 그뿐이지만 말이야.”

“그래, 기분이 영 찝찝해. 이 여자가 그렇게 대단한 여자야? 예쁘장하게 생기기는 했는데…… 도대체 이 여자 누굴까? 그리고 그 샌님들은 또 어디에서 나타난 거야? 어디에서 나온 거지? 경찰 애들도 아닌 것 같은데. 같은 편에다 대고 총질을 할 리도 없고 말이야. 점점 궁금해지는데. 누굴까?”

“알아서 뭐하려고…… 우리야 굿이나 보고 떡이나 얻어먹으면 그만이라고. 아무튼 물건을 건졌으니 다행이야.”

운전을 하던 요원이 뒤를 돌아다보며 배시시 웃었다. 요원의 눈과 선글라스의 눈이 마주쳤다. 눈이 마주치자 선글라스가 살며시 입가에 미소를 띠며 받아 주었다.

"환자 상태가 안 좋습니다. 안정을 취해야 하니까 커튼을 좀 쳐야겠습니다."

앰뷸런스 뒷좌석의 요원이 선글라스의 말에 고개를 끄덕였고 선글라스는 곧 운전석에서 뒷좌석이 보이지 않도록 커튼을 쳤다.

선글라스는 더 이상 지체하지 않았다. 그의 눈에 살기가 돋기 시작한 것은 다음이었다.

그는 한쪽 손으로 지나의 상처 난 머리 부위에 탈지면을 누른 채 다른 손으로는 오른발 발목에 끼고 있던 칼을 더듬었다.

그가 바지 자락을 슬며시 걷어 올리며 시퍼렇게 날이 선 칼을 뽑았다. 아주 짧은 순간이었다.

그가 왼손으로 탈지면을 교체하는 시늉을 해 보이는 순간 그의 한쪽 손에 들려져 있던 칼이 어느 결엔가 옆자리에 앉아 있던 안기부 요원의 심장을 파고 들어갔다.

요원은 찍소리도 내지 못하고 바동거리기만 하다가 선글라스의 노련한 칼 놀림에 쥐죽은 듯이 목숨을 잃었다.

"후……우……."

선글라스가 심장에 박혀 있던 칼을 가볍게 돌려 빼자 요원의 입에서 담배 연기를 내뱉는 듯한 마지막 한숨이 쏟아져 나

왔다. 선글라스는 칼에 묻은 피를 탈지면으로 닦아 내는 여유
까지 부리고 있었다. 그것도 모자라 그는 식염수로 피묻은 손
을 닦아 내었다.

운전석에 앉아 있던 안기부 요원은 그 사실을 눈치 채지 못
하고 운전대를 잡고 콧노래를 흥얼거리고 있었다.

구멍난 안기부 요원의 심장을 통해서 뜨거운 피가 줄줄줄
흘러내리고 있었다. 피는 곧바로 시트를 적시고 바닥으로 뚝
뚝 쏟아졌다. 피비린내가 역겹게 선글라스의 코를 자극했다.

남은 것은 운전석에 앉은 요원뿐이었다.

선글라스는 앰뷸런스가 신호등에 걸려 멈추어 서기만을 기
다리고 있었다.

"이봐?"

"……."

"그 여자는 좀 어때?"

요원의 말과 함께 앰뷸런스가 스르르 멈추어 지는 것이 느
껴졌다.

"……."

그러나 선글라스는 대답하지 않았다.

그는 대답대신 운전석으로 바짝 다가갔다.

"이봐?"

운전석에 앉아 있던 요원이 뒤를 돌아다보려는 순간이었

다. 선글라스가 운전석의 요원에게 바짝 얼굴을 내밀었다.

그 순간 용원이 섬뜩했던지 소스라치게 놀랐고 선글라스는 아무렇지도 않은 듯 요원을 향해 살포시 웃어 주었다.

"뭐 하는 거야?"

아주 짧은 순간이었다. 그 짧은 순간 동안 운전석의 요원의 눈과 선글라스의 눈이 마주쳤고 요원은 한 순간 공포에 자지러들었다.

선글라스의 손이 운전석의 요원의 머리를 휘어잡았고 다음 순간 뼈가 엇갈리는 듯한 우두둑 소리와 함께 요원의 머리가 등뒤로 180도 돌아 멈추었다.

요원의 몸에서 힘이 주욱 빠져나갔지만 요원은 여전히 손에 힘을 꼬옥 쥔 채 핸들을 잡고 있었다.

살인 킬러에게는 두 번이란 단어가 없다. 오직 한 번만이 존재할 뿐이다. 선글라스는 그렇게 킬러의 좌우명을 지키고 있었다. 그는 조금도 망설이지 않았고 죄책감도 느끼지 않았다.

단지 목표가 아무런 고통 없이 한순간에 숨이 끊기는 배려를 해줄 뿐이다.

그는 죽은 요원의 눈을 똑바로 쳐다보면서 매정하게 웃었다. 그리고는 눈을 동그랗게 뜨고 죽은 요원의 눈꺼풀을 손으로 쓰다듬어 주었다. 그러자 요원의 눈이 감겼다.

"으……음."

기절해 있던 지나의 정신이 되돌아오고 있었다.

선글라스는 서두르지 않고 탈지면에 마취제를 쏟았다.

"여기가 어디예요. ……아악."

정신을 차린 지나가 옆에 피 흘린 채 쓰러져 있는 시체를 보고는 비명을 질렀다. 바로 그때 그가 지나의 코를 탈지면으로 틀어막았다.

지나가 탈지면을 자신의 코에서 떼어 내려고 했지만 그녀의 힘으로 남자의 억센 손아귀 힘을 이겨내기에는 무리였다. 그녀는 또다시 정신을 잃었다.

그는 운전석으로 자리를 옮겨 앉았다. 그리고는 신호등이 파란 등으로 바뀌자 아무 일도 없었다는 듯이 차를 몰았다.

밖은 서서히 어두워지고 있었다.

그가 차 안의 피비린내를 환기시키기 위해 차창을 내렸다. 반쯤 열려진 차창으로 가늘어지고 있는 빗방울이 한두 가닥 쏟아져 들어오고 있었다.

선글라스의 얼굴은 무표정했다.

김 박사는 오후 내내 사무실을 떠나지 못하고 있었다. 그의 안색이 갈수록 일그러져 들어가고 있었다.

그는 전화벨이 울리기를 기다리고 있었다. 하지만 전화벨은 좀처럼 울리지 않고 있었다. 그는 시간이 지날수록 점점 초조해졌다. 아직까지 아무런 소식이 없는 걸 보면 일이 잘못 된 것이 분명했다.

그는 안절부절 못하고 있었다. 그가 초조함을 달래기 위해 담배를 피워 물었다. 담배는 혓바늘이 돋아난 그의 입안을 쓰 게 맴돌았다. 그가 가래침을 쓰레기통에 뱉었고 뒤이어 담배 를 재떨이에 눌러껐다.

—삐리리릭, 삐리리릭.

전화벨이 울리기가 무섭게 그가 수화기를 들어 귀에다 바 짝 가져다가 대었다.

"나야?"

그가 퉁명스럽게 말했다.

—…….

"어떻게 됐어?"

—물건을 입수하지 못했습니다.

"뭐야?"

그가 버럭 소리를 질렀다.

—…….

"이런 병신 같은 자식들. 애송이 하나 처리하지 못해. 안기 부는 핫바지야!"

화가 머리끝까지 치솟는 그였다. 그는 좀처럼 화를 가라앉 히지 못하고 있었다. 그러다가 자신도 모르게 담배를 다시 물었다.

─죄송합니다. 하지만 최철민은 아닙니다.

"……아니면 누구야?"

─목격자의 말에 따르면 최철민과는 인상착의가 틀린 놈입니다. 응급 구조대원 복장을 한 녀석이 여자를 데리고 현장에서 나왔다고 합니다.

"그럼, 철민이라는 놈은?"

─그건…….

"도대체 뭐야?"

그가 얼굴을 찌푸리며 말했다.

─최철민이 아닌 것은 확실합니다. ……누군가 폭탄을 터뜨려서 미쳐 대처하지 못했습니다. 그리고 어떻게 된 일인지 CIA가 냄새를 맡고…….

"뭐 CIA?"

─네, 그뿐만이 아니라 소속을 알 수 없는 요원들이 그 자리에 같이 있었습니다. 혹시 박사님께서……?

"그런 지시를 내린 적이 없는데."

그의 입에서 짙은 담배 연기가 쏟아져 나왔다.

─우리 요원 두 명이 칼튼 호텔 주변에서 칼에 찔린 사체로 발견됐습니다. 경찰 조직과 공조를 해서 빠져나갈 틈 없이 철저하게 차단을 했는데도 그만. 멀리 가지는 못했을 겁니다.

지금 모든 인력을 다 동원해서 찾고 있는 중이니까 너무 걱정하지는 마십시오. 꼭 찾아내겠습니다.

"벌써 멀리 도망쳤겠지 머뭇거리고 있겠어. 머저리 같은 놈들. 그나마 특수 요원이 나을 것 같아 맡겼더니 어떻게 이건 경찰 애들보다도 형편없어. 어떻게 해서든 찾아내. 알겠어? 그리고 최철민이도 발견하는 즉시 사살해 버려. 모든 걸 그 녀석에게 뒤집어씌우란 말이야."

그가 수화기를 내팽개쳤다.

그의 손끝에서 담배가 파리하게 타 들어가고 있었다. 그는 의자에서 일어나 벽에 장식되어 있던 위스키를 한 병 꺼내 가지고 의자로 되돌아와 앉았다. 재떨이에 담배를 눌러 끈 그가 위스키의 병마개를 따서 벌컥벌컥 들이켰다.

그렇지만 그의 화는 여전히 가라앉지 않고 있었다.

'어떤 녀석들이 겁도 없이……?'

그는 골몰해졌다. 아무리 생각해 봐도 종잡을 수가 없었다. 그는 홧김에 위스키를 벌컥벌컥 퍼부었다. 마셔도마셔도 성이 가라앉지 않았다.

—삐리리릭.

또다시 전화벨이 울렸다.

"또 뭐야?"

그가 짜증스럽게 수화기에 대고 퍼부었다.

─회장님 전홥니다.

저편에서 들려온 목소리는 뜻밖에도 정 회장의 비서였다. 비서는 잠시 뜸을 들이고 있었다. 김 박사도 그 틈을 타서 목소리를 가다듬었다. 얼마 뒤에 저편에서 정 회장의 목소리가 흘러나왔다.

─나야.

"네, 회장님. 어떻게……?"

그의 목소리는 떨리고 있었다. 어떻게 그 상황을 정 회장에게 보고해야 할지 난감했다.

그는 쥐구멍에라도 기어 들어가고 싶은 심정이었다. 그러나 내색은 할 수 없었다. 정 회장이 호통칠 것을 생각하면 아찔하기 짝이 없었다. 그는 조심스럽게 수화기를 말아쥐었다. 그리곤 저쪽에 촉각을 곤두세웠다.

─어떻게 된 일이야?

정 회장의 목소리에는 무게가 실려 있었다. 이미 그는 그 사태를 보고 받아 알고 있는 듯했다.

"……"

김 박사는 빠져나갈 구멍을 궁리하고 있었다.

─어떻게 된 일이냐니까?

정 회장이 재차 언성을 높여 물어 왔다. 그도 김 박사만큼이나 화가 나 있는 것 같았다.

“죄송합니다.”

―이놈아, 어떻게 된 놈이 죄송하다는 말밖에는 하지를 못해. 쿨룩쿨룩, 이 늙은이가 네놈 뒤치다꺼리까지 해주어야겠냐? 사위라고 하나 있는 게 하는 일마다 말썽이야. 큰일을 앞두고…….

“죄송합니다.”

―듣기 싫어!

“심려 놓으십시오.”

―그렇게 좀 만들어 봐라 이놈아. 네 놈 믿고서 어디 마음 놓고 일이나 제대로 할 수 있것냐. 미련한 놈. 네 놈은 사위가 아니라…… 그만두자. 이미 터진 일을 가지고 무슨 말을 하겠냐.

목소리에는 실망하는 기색이 역력하게 묻어 나오고 있었다. 하지만 다른 때와는 좀 다르게 금방 수그러들었다.

“…….”

―쯧쯔쯔!

“…….”

―어떻게 할거냐?

“지금 인력을 동원해서 찾고 있는 중입니다.”

―지나가 없으면 모든 일이 허사가 되는 것은 알고 있겠지?

“네.”

―평생을 바쳐 쌓아 온 탑이 한순간에 무너져 버리는 거야.

쌓기는 힘들어도 무너지는 것은 한순간이라는 거 말하지 않더라도 잘 알 거야. 쿨록쿨록…….

기침하는 것으로 보아 정 회장은 여송연을 피우고 있는 것 같았다.

"네, 알고 있습니다."

―쿨록쿨록. 카악, 퉤.

가래침을 뱉는 소리가 귀에 거슬렸지만 김 박사는 귀에서 수화기를 뗄 수가 없었다. 그리고 그 소리에 익숙하기도 했었다. 그는 수화기를 막고 위스키를 한 모금 길게 마셨다.

"……."

―거기에 좀 다녀와야겠다.

"거기라면……?"

정 회장이 말하는 곳을 김 박사는 짐작하고 있었다. 정 회장은 평양을 항상 그런 식으로 얘기했기 때문이었다.

―그래.

"얼마나 계시다가 오시려구요?"

―한 2주 정도…… 몸이 많이 안 좋아졌어. 가서 요양이나 하고 올 생각이야. 그동안 여기 일 잘 처리해 놓도록 해.

"알겠습니다."

―믿게끔 말이야.

"걱정하지 마십시오."

그의 말이 끝나기가 무섭게 저쪽에서 먼저 전화를 끊었다.

수화기를 내려놓은 김 박사가 위스키를 나발불기 시작했다. 위스키가 몸에 퍼질수록 나른해져 왔다.

"평양."

그가 중얼거렸다.

그는 곰곰이 생각에 잠겼다. 다른 때 같았으면 이런 일이 터졌다면 길길이 뛰었을 정 회장이었다. 그렇지만 오늘은 달랐다. 그리고 갑자기 난데없이 평양은 웬 말이란 말인가.

느낌이 좋지 않았다.

그는 정 회장과의 전화 통화를 다시금 떠올렸다.

전화 통화를 하더라도 화가 났을 때는 물불 가리지 않고 상대를 무안하게 만들던 그가 아니던가. 심상치가 않았다.

"그렇다면 그 늙은이가……."

그럴지도 모르는 일이다. 김 박사는 칼튼 호텔에서 있었던 일에 대해 보고 받은 것을 떠올렸다. 모든 것을 정 회장이 지시했는지도 모르는 일이다. 그는 또 다른 가정을 하고 있었다.

"능구렁이 같은 노인네 같으니라구."

그의 입술이 가볍게 떨렸다.

"저 혼자서 독식하려구. ……아니야 그럴 리가……."

그렇게 중얼거리며 그가 위스키를 들이켰다. 위스키의 술기운은 어느새 몸으로 급속히 퍼지고 있었다. 그의 눈에 생기가 돌기 시작했다. 위스키를 마실수록 정신이 맑아지는 그였다.

김 박사는 욕심이 많은 사람이었다. 그런 그가 정 회장의 사위가 된 것은 생애 가장 큰 배경을 둔 것이기도 했다. 언젠가는 정 회장의 자리를 자신이 차지하리라고 넘보고 있었지만 기회는 좀처럼 그에게 오지 않았다.

모든 연구의 업적은 그의 것이기 이전에 정 회장의 것이었다. 그로서는 불만이 쌓이지 않을 수가 없었다. 약아빠진 정 회장을 무너뜨린다는 것은 쉬운 일이 아니었다. 호시탐탐 기회를 엿봤지만 정 회장은 좀처럼 그의 올가미에 걸려들지 않았다.

언젠가는 기필코 정 회장을 무너뜨리고야 말겠다고 생각했다.

정 회장이 평양에서 2주 동안 머물게 된다면 그것처럼 좋은 기회는 없을 것이다. 하지만 문제는 지나였다. 모든 핵심은 지나가 쥐고 있었기 때문이었다. 만약에 정 회장이 지나를 손에 넣었다면……. 김 박사는 난감했다. 그러면서도 지나가 그의 손에 들어갔을 리 없다는 희망을 가져 본다.

사이버분석이식 시스템에 대한 모든 연구 내용을 입수해 놓고 있기는 했지만 핵심 내용이 쏙 빠진 상태였기 때문이다. 그리고 그녀가 컴퓨터에서 빼내 간 자료를 폭로하게 된다면 일은 수포로 돌아가는 것이다.

지나를 찾는 것이 최우선의 과제였다. 하지만 어디에 가서 그녀를 찾는 다는 말인가. 김 박사는 여러 가지 상황들을 종합해 보았다.

여태까지 일들을 보면 자신이 보고하기도 전에 정 회장은 알고 있었다. 그렇다면 정 회장은 나름대로 일을 꾸미고 있었다는 결론이 나온다. 정 회장의 성격에 책상 밑에서 구경만 하고 있을 사람은 아니다.

김 박사는 빈 위스키 병을 책상 위에 올려놓았다.

"분명해!"

김 박사는 지나를 정 회장이 보호하고 있을 거라고 조심스럽게 타진해 본다. 하지만 만약에 그렇지 않다면 일은 복잡해질 수밖에 없는 것이다. 그는 두 번째의 가정을 접어 두기로 했다.

약삭빠른 정 회장이 지나를 놓쳤을 리가 없다고 김 박사는 생각했다. 분명히 그럴 것이다. 그렇다면 거사를 서둘러야 했다. 그렇지 않았다가는 정 회장의 그늘에서 빛도 보지 못한 채 야심을 포기해야 할 것이기 때문이다. 그리고 그의 눈에 언제 고깝게 보일지 모르는 일이다.

많은 것을 알고 있기 때문에 김 박사는 제거 대상 중의 일호가 되는 셈이기도 했다. 정 회장은 자신의 야욕을 위해서라면 사위라도 가차없이 싹을 죽이고 말 그런 사람이 아니던가.

그는 선재 공격이 최선의 방법이라고 생각했다. 그것만이 정 회장을 무너뜨릴 수 있는 최후의 선택인 셈이다.

우선은 지나의 행방을 알아내는 것이 급선무였다. 그건 정 회장의 곁에 심어 둔 심복을 이용하는 수밖에는 없다.

오래전부터 이런 날이 오기를 기대하면서 김 박사는 정 회장을 염두에 두고 있었다. 그래서 그 대안으로 나름대로 복제 쇠뇌생명칩 프로젝트를 변형시켜 놓았던 것이 있었다. 그것은 다름 아닌 복제 인간의 뇌에 이식한 쇠뇌생명칩의 또 다른 명령 체계였다.

복제 쇠뇌생명칩은 정 회장의 명령을 기준으로 한 것이었다. 하지만 간단한 조작으로 명령 체계를 김 박사 자신의 직속 체제로 변형시킬 수 있도록 만들어져 있었다. 김 박사는 그것을 가동시킬 참이었다.

하지만 우선은 지나를 되찾은 뒤에 그것을 실행할 생각이다. 그리고 정 회장도 제거한 뒤에 그 일을 실행해야지 만 뒤탈이 없을 것이기 때문에 그는 먼저 평양으로 보내질 정 회장의 보좌관과 보디가드 중에 복제하여 심어 놓은 생명체의 명령 체계만을 살짝 조작할 참이다.

김 박사는 취기를 달구듯이 껄껄대며 웃었다.

사무실 안은 그의 음흉한 웃음소리로 가득 메워졌다. 얼마나 기다려 온 일이던가, 그는 더 이상 물러서지 않겠다고 스스로 다짐하고 있었다.

숨쉬기가 곤란한 지경이었다. 철민은 실내의 밝은 불빛에 잠에서 깨어났지만 답답한 기분이 들었다. 그리고 머리에서 알 수 없이 두통이 느껴졌다. 그는 눈을 뜨고도 한참 동안 자리에서 일어나 앉을 수 없었다.

그는 정신을 차리기 위해 안간힘을 쓰고 있었다. 밝은 불빛 때문에 앞이 제대로 보이지 않았지만 눈을 두어 번 깜빡거리면서 어느새 익숙해졌다.

낯선 곳이었다.

그는 간이 침대 위에 누워 있다가 일어나 앉았다. 그와 동시에 두통과 현기증이 느껴졌다. 그의 왼쪽 팔에 무언가가 거추장스럽게 달려 있었다. 그것은 다름 아닌 링거 바늘이었다.

'내가 왜 여기에 와 있는 거지?'

그는 손으로 관자놀이 부분을 지그시 눌렀다.

자신이 왜 여기에 누워 있는지 생각해 내려고 애를 썼지만 도무지 아무 것도 떠오르지 않았다.

그는 천천히 방안을 둘러보았다.

제일 먼저 보인 것은 커튼이 쳐져 있는 창이었다. 그리고 책상과 거울, 소파가 차례로 그의 시선을 정지시켰다. 좁기는 했지만 그런 대로 아늑해 보이는 방이었다.

그는 기억을 더듬기 시작했다. 어렴풋이 지나와의 약속 장소인 칼튼 호텔 커피숍에서 있었던 총격전을 힘겹게 떠올려 냈다. 그리고 그곳에서 폭발물이 터진 것까지 기억해 냈다.

무언가 허리와 다리를 짓누르고 있었던 것 같았는데, 그는 바지를 걷어 올려 자신의 다리를 살폈다. 그리 큰 상처는 없었지만 다리가 욱신거렸다. 허리 부위도 별다른 통증은 없었다.

'여기가 어디지?'

그런 생각을 하며 자리에서 일어났다. 하지만 허리도 채 펴지 못하고 다시 주저앉고 말았다. 구토와 함께 어지럼증이 느껴졌기 때문이었다. 그가 이마에 손을 얹었다. 이마에는 무언가가 칭칭 감겨져 있었다. 다름 아닌 붕대였다.

머리가 띵한 게 두통이 끊이지 않고 계속되었다. 아마도 폭발 당시에 입은 상처일 거라고 생각했다.

그는 지나를 걱정하고 있었다.

'어떻게 됐을까?'

선글라스가 실신한 그녀를 들쳐메고 나갔던 것 같은데, 그는 더 이상 기억을 더듬을 수 없었다. 그 이후부터는 아무 것도 생각나지 않았다. 그러다가 그는 소변기가 느껴졌다.

침대에서 힘겹게 일어난 그는 링거 바늘을 뽑아내고 문 쪽을 향해 걷기 시작했다. 가까스로 벽에 손을 짚어 가며 문으로 다가갔다.

문은 두 개였다. 그 중에는 화장실이 있을 것이 분명했다.

그 중에 문 하나를 선택해 열어 보았지만 밖으로 잠겨져 있는지 손잡이가 돌아가지 않았다.

불안한 기분이 들었다. 하지만 소변기를 먼저 해소하는 것이 급했기 때문에 다른 쪽 문을 열어 보았다. 그의 생각대로 화장실이 맞았다.

화장실에 들어가 소변을 본 뒤에 그는 세면기에 물을 받아 세수를 했다. 한결 기분이 상쾌해졌다. 거울을 들여다보며 휴지를 뽑아 얼굴의 물기를 닦아 낸 뒤에 그는 화장실에서 나왔다.

화장실에서 나온 그는 재차 출구쪽 문의 손잡이를 돌려 보았다. 역시 열리지 않았다. 그는 굳어 있던 모의 근육을 풀기 위해 가볍게 스트레칭을 했다. 머리의 통증이 계속되었지만 그런대로 참을 만했다. 그는 어느 정도 생기를 되찾고 있었다.

한쪽에 있는 생수통에서 물을 받아 마신 그는 방안의 이곳저곳을 살폈다. 그러나 방안에서 그가 원하는 것은 아무 것도 찾을 수 없었다. 테이블 위에 있는 수화기를 들어 보기도 했지만 역시 먹통이었다.

그는 창가로 다가가 커튼을 제쳤다.

"후……우."

그의 입에서 긴 한숨이 쏟아져 나왔다. 그는 막다른 골목에 와 있는 것이었다.

창은 장식일 뿐이었다. 커튼을 제치자 꽉 막힌 벽이 우뚝 멈추어 서 있었다.

어쩔 수 없이 다른 방도를 생각해 내야 했다. 누군가가 나타나기를 기다리는 것과 잠겨 있는 문을 열고 밖으로 나가는 것이었다. 그는 후자를 선택했다.

마냥 기다리고만 있을 수는 없는 노릇이었다. 자신을 이곳에 가두어 두었다면 그것은 김 박사가 분명할 것이기 때문이었다. 그렇게 생각하며 그는 문을 열 만한 도구를 찾기 시작했다. 그러나 방안에는 문을 열 만한 것이 없었다.

문으로 다가가 힘껏 발로 걸어차 보았지만 허사였다. 문은 철문으로 되어 있는 것 같았다. 끔쩍도 하지 않고 비아냥거리듯 철민을 바라보고 있었다.

그는 하는 수 없이 침대로 돌아와 앉았다. 그리곤 문을 쳐다보며 한동안 앉아 있었다. 어떻게 해서든 빠져나갈 방법을 그는 강구하고 있었다.

그렇게 앉아 있는데 문이 불쑥 열렸다.

철민은 자리에서 일어나 문 쪽을 주시했다.

남자 두 명이 방안으로 들어왔다. 뜻밖에도 그 중 한 남자는 칼튼 호텔에서 총격전이 벌어질 당시에 자신을 엄호해 주었던 사람이었다. 철민은 어느 정도 안심을 하고 있었다. 하지만 경계심을 낮추지는 않았다.

아직까지 그들이 누구인지 모르는 터이기 때문에 철민은 조심스러웠다. 그가 두 남자의 눈을 번갈아 뚫어지게 쳐다보았다.

"깨어나셨군요."

자신을 엄호해 주었던 남자가 철민에게 다가오며 살짝 웃어 주었다.

"……."

철민은 여전히 긴장하고 있었다.

"우린 구면이지요. 전 박한석입니다. 그리고 이 분은……."

한석이 옆에 서 있던 남자를 쳐다보았다. 그러자 입을 굳게 다물고 있던 남자가 말을 이었다.

"전, 군 비밀정보부 소속 김진 소령입니다."

그가 손을 뻗어 철민에게 악수를 청해 왔다. 철민은 어떨결에 그의 악수를 받아 주었다. 그때까지 입을 다물고 있던 철민이 말했다.

"최철민입니다. 그런데 여기는……?"

"먼저 문을 잠가 놓은 것을 양해해 주셨으면 합니다. 기밀을 유지하기 위해서는 어쩔 수가 없었습니다. 앉아서 얘기합시다."

한석이 소파를 가리키며 말했다. 그러자 김진 소령과 철민이 나란히 소파로 다가가 앉았다.

"담배 태우시겠습니까?"

"고맙습니다."

김진 소령이 담배를 내밀자 철민이 받아 들었다. 김진 소령이 철민에게 불을 붙여 주었다.

한석이 손에 들고 있던 서류 봉투를 테이블 위에 올려놓았다. 그리곤 다시 철민을 보며 말을 이어 나가기 시작했다.

"먼저 소개부터 해야겠군요. 우린 중앙정보부의 비밀 산하 조직입니다. 그렇지만 실제로 중앙정보부는 끈을 달기 위한 형식에 불과 합니다. 우린 독자적으로 행동하고 있습니다. 저는 실장을 맡고 있고 김진 소령은 파견 근무 중입니다."

"……."

철민의 입에서 담배 연기가 묵묵하게 쏟아져 나왔다.

"질문 몇 가지 해도 되겠습니까?"

"취조하시는 겁니까?"

"아닙니다. 도움을 청하는 겁니다."

"……."

철민은 한석이 자신들이 중앙정보부의 비밀 산하 조직이라고 설명하긴 했지만 그들을 아직도 믿지 못하고 있었다. 그 조직이 무슨 일을 하는 조직이며 어떤 일에 연관되어 있는지 알 길이 없는 철민으로서는 당연한 것이었다.

그는 그 조직의 요원 중에도 복제 인간이 침투해 있을지도 모른다는 것을 배제하지 않았다.

그는 철저히 혼자만을 고집했다.

"경찰대학을 수석으로 졸업하셨더군요. 대통령 표창도 받으셨구요. 그리고 경력도 화려하구. 큼직큼직한 사건들만 전담해서 맡아 깔끔하게 처리하셨더군요?"

“…….”

철민이 담배를 재떨이에 눌러 껐다.

“우린 정 회장과 김 박사가 꾸미고 있는 일들에 대해서 그동안 수사를 해 왔습니다. 하지만 그렇게 큰 성과는 없었습니다. 그들은 교묘하게 빠져나가기가 일쑤였지요. 복제 인간에 대해서 최 형사도 아실 겁니다. 우린 그저 짐작만 하고 있는 상태입니다. 그들이 고위층에 얼마나 포진해 있는지도 아직까지 밝혀 내지 못했습니다. 그러다가 민지나 박사님이 그 명단을 가지고 있다는 정보를 입수했고 칼튼 호텔로 우리 요원들을 급파해서 민지나 박사님과 최 형사를 보호하려 했던 겁니다. 아쉽게도 민 박사님을 그들에게 넘겨주어야 했지만…….”

한석이 목이 말랐던지 물컵에 생수를 따라 한 모금 마셨다.

철민은 그의 말에 어느 정도 믿음이 생겼다. 그리고 자신과 같은 편이 있다는 것이 안심되었다.

“그럼 지나 씨는……?”

“아직 행방이 묘연한 상태입니다. 정 회장 측과 김 박사 쪽의 움직임을 지켜보고 있는 실정입니다.”

한석이 난감한 표정을 지어 보였다. 그의 옆에 있던 김진 소령이 철민을 쳐다보며 말을 이어나갔다. 그의 목소리는 차분한 편이었으며 군인 특유의 말투가 짙게 배어 나오고 있었다.

“우린 그 디스켓이 꼭 필요합니다. 그 디스켓만 있으면 정 회장과 김 박사의 음모를 파헤칠 수가 있어요. 그리고 그 조직들도 와해시킬 수 있습니다. 혹시 민 박사님에게서 다른 얘기를 들은 것은 없습니까?"

그가 철민을 똑바로 쳐다보았다. 그의 눈에서는 진실성과 믿음이 짙게 배어 나오고 있었다. 철민도 더는 그들을 의심하지 않았다. 한 배를 탄 사람으로서 그리고 한 조국의 형제로서 철민은 그들을 믿기로 했다.

"전화 통화를 하면서 디스켓을 한 장 더 복사해 놓으라는 말을 했지만……."

"그 복사본이 어디에 있는 줄은 모르시겠군요?"

한석이 솔깃 철민을 바라보았다.

"그건……."

"……."

"박준렬 한국통일민주당 총재를 복제해서 뇌에 쇠뇌생명칩을 이식했다는 말을 지나 씨가 했습니다."

"역시 짐작했던 대롭니다."

한석이 혀를 끌끌 걸어찼다.

"한 나라를 지들 아가리에 처넣으려 하다니…… 김일성 부자보다도 더 악독한 놈들 같으니라고."

김진 소령이 이를 갈았다. 그의 눈에서 살벌한 기운이 쏟아져 나오고 있었다. 철민과 한석도 김진 소령과 같은 기분이었다.

“지나 씨의 집을 수색해 보면 디스켓을 찾을 수 없을까요?”

철민이 실낱같은 희망을 제시했다.

“요원들을 시켜서 벌써 수색해 봤습니다. 그런데 벌써 누군가가 다녀갔더군요. 우리가 한발 늦었습니다.”

“그렇다면 민 박사를 어떻게 해서든 찾는 수밖에는…….”

“제 잘못입니다. 제가 조금 더 신경을 썼더라면 그런 일이 없었을 텐데. ……제가 그르친 것 같군요.”

철민이 한숨을 내뱉으며 말했다.

“아닙니다.”

“그래요. 지금은 그것을 따질 때가 아니라 대책을 세워야 할 땝니다. 이 시간에도 그들 조직은 세력을 확장하고 있을 겁니다.”

김진 소령이 말했다.

“이 조그만 게 그렇게 큰 위력을 지니고 있다니…….”

한석이 서류 봉투 안에서 엄지손가락만한 유리 상자를 꺼냈다. 그 속에는 좁쌀보다도 더 작은 것이 현란한 빛을 발산해 내고 있었다.

“그게 쇠뇌생명칩입니까?”

철민이 그것을 유심히 쳐다보며 물었다.

“네. 그렇습니다. 포경 수술하듯이 간단한 수술로 이식할 수 있는…….”

“과학 기술이 한 사람의 야심으로 악하게 이용됐다는 것이

유감스러울 뿐입니다. 이제 인간도 간단하게 복제 쇠뇌된다는 게 믿겨집니까?"

한석이 대답했고 김진 소령이 고개를 절래절래 흔들며 뒷받침했다. 철민도 그 조그만 것으로 쇠뇌시킬 수 있다는 것이 믿겨지지 않았다. 그렇지만 그것은 엄연한 현실이었다. 철민은 기가 막혔다.

"이건 칼튼 호텔에서 총격으로 사망한 안기부 요원의 몸에서 나온 겁니다. 사실 안기부도 정 회장이나 김 박사의 손에 장악되었습니다. 그들에 비하면 우리의 힘은 너무도 미약해요. 그들이 세력을 확장해 나가면 나갈수록 우리 조직은 그만큼 위축돼 가지요. 앞으로는 설 자리가 없을 겁니다."

한석이 쓸쓸하게 웃었다. 그렇게 웃는 그의 눈에는 알 수 없는 두려움이 깔리고 있었다.

"……그럼 편히 쉬십시오."

한석이 자리에서 일어서며 철민에게 말했다.

철민은 안타까울 따름이었다. 그들에게 아무 도움도 줄 수 없는 자신이 그저 무기력하게 느껴졌다.

김진 소령도 한석을 따라 자리에서 일어섰다.

"잠깐만……."

철민이 방안을 나가려는 그들을 잡아 세웠다.

"……."

"그럼 앞으로 어떻게 하실 작정입니까?"

"민 박사를 찾는 게 급선무겠지요."

"그렇다면 저도 끼워 주십시오."

철민이 나름대로의 결심을 굳히며 말했다.

"그건 안 됩니다."

"왜 안 되는 겁니까?"

"이 일은 목숨을 걸어야 하는……."

"압니다. 그래서 하겠다는 겁니다. 그리고 난 김 박사와 정 회장에게 쫓기고 있는 몸입니다. 어차피 이 일과 무관한 사람이 아닙니다. 그리고 지나 씨를 이 일에 끌어들인 장본인인 저도 회피하고 싶지 않습니다. 이렇게 죽으나 저렇게 죽으나 어차피 죽게 될 바에는 개죽음을 당하고 싶지 않습니다. 이왕 죽는 거라면 무언가 보람된 일을 하고 죽는 것이 낫지 않겠습니까."

"안 됩니다."

한석이 딱 잘라 말했다.

"특수 요원들과 행동하기에는 제 능력이 부족합니까?"

"……."

"그럼 할 수 없지요. 내 나름대로 행동하는 수밖에…… 난 죽은 이 형사의 복수를 꼭 해야겠습니다."

그 말을 하고는 철민이 돌아섰다. 그들의 대답을 유도해 내기 위한 의도적인 행동이었다.

"정 그러시다면 어쩔 수 없군요. 최 형사 같으신 분을 우리도 마다하고 싶은 생각은 없습니다."

"받아 주시니 고맙습니다. 그리고 정 회장을 다시 조사해 보십시오. 분명히 지나 씨를 그쪽에서 보호하고 있을 겁니다."

"그걸 어떻게 장담하시지요?"

"칼튼 호텔 커피숍에서 그 녀석이 지나 씨를 등에 메고 나가는 것을 봤습니다."

"그 녀석……?"

"선글라스. 그 놈은 혼자서 독자적으로 행동하는 놈입니다. 내 아파트에서 일어났던 폭발 사건도 그 녀석이 저지른 게 분명합니다."

"그런데 왜 정 회장이라고 생각하십니까? 김 박사도……."

"정 회장은 능구렁이로 소문이 나 있는 기업갑니다. 그런 그가 안기부까지 동원해 가며 지나 씨를 납치해 가지는 않았을 것이라는 생각 때문입니다. 그건 위험 부담이 너무도 크지요. 정 회장은 나름대로 김 박사를 앞으로 내세우고 뒤에서 일을 조정했을 겁니다. 그러는 편이 남들의 시선을 돌리는 데도 편하구요. 그리고 김 박사와 정 회장의 사이가 그리 좋지 않다는 말도 있고……."

"그럴 수도 있겠군요."

"또 한 가지. 그날 지나 씨와 통화한 내용에 의하면……."

한석과 김진이 나가려다가 다시 소파로 다가와 앉았다. 철민은 김진에게 담배를 하나 빌려 입에 물었다. 그리고는 계속해서 말을 이어나가기 시작했다. 그는 여러 가지 정황들을 종합하고 있었다.

"김 박사는 K프로젝트와 복제 쇠뇌생명칩 프로젝트말고도 S프로젝트를 추진하고 있었다고 들었습니다."

"S프로젝트……?"

한석과 김진 소령이 일순간 심각해졌다.

철민은 마른 입술을 혀로 적셔 가며 말을 이었다.

"지나 씨가 말하기로 S프로젝트는 사이버분석이식 시스템을 토대로 한 것이라고 했습니다. 목적은 복제 인간의 뇌에 기존 사람의 영혼을 이식하는 것이라고 했습니다. 그것으로 정 회장이 영생을 꿈꾸고 있다고 말한 것으로 기억되는데."

"그렇다면 정 회장 쪽의 움직임을 유심히 살펴야겠군요."

세 사람의 얼굴에는 무게가 실려 있었다.

그날 밤 그들은 다시 마주하고 앉았다.

그들이 마주하고 앉은 곳은 회의실이었다.

원형의 탁자에 세 사람이 둘러앉았다. 역시 회의실도 지하에 있었다. 보안을 유지하기 위한 것이었다.

그들은 말은 하지 않았지만 조직의 입지가 상당히 위축되어 가고 있어 보였다.

"우리가 조사한 바로는 정 회장이 2주 동안 평양을 방문한다고 합니다. 그것만을 제외하고는 별다른 징후가 보이지 않았습니다."

"지나 씨에 대한 정보는 없습니까?"

철민이 걱정스럽게 물었다.

"민 박사에 대한 정보는 없었습니다."

"……."

철민의 얼굴에 근심이 쌓였다. 진작에 그녀가 프로젝트에 대해 조사하겠다는 것을 말렸어야 했다고 그는 생각하고 있었다.

"김 박사 쪽에서도 역시 징후는 보이지 않고 있었습니다."

김진 소령이 그렇게 말하며 담배에 불을 붙였다. 담배 연기가 그의 까맣게 그을린 얼굴에 맺혀 있다가 사라졌다. 철민도 담배를 꺼내 물었다.

답답하기 그지없었다.

"정 회장이 평양을 방문하는 이유가 뭘까요. 그것도 2주씩이나 말입니까?"

철민의 입에서 담배 연기가 소리 없이 쏟아져 나왔다. 그는 골몰한 표정을 하고 앉아 있었다.

정 회장이 평양을 방문한다는 것이 왠지 거슬리는 철민이었다.

"공식적으로는 평양에 있는 대선 그룹의 공장들을 시찰한다고 내세우고 있는데 역시 꺼림칙합니다. 그것도 불편한 몸으로…… 웬만하면 그룹 내의 다른 사람을 시킬 수도 있는데."

"우리 정보부의 소식통에 의하면 그곳에도 벌써 쇠뇌생명 칩이 이식된 복제 인간이 다량으로 침투해 있다고 합니다. 그들은 정 회장의 추종자가 되어 있을 것이 분명하구요. 그들이 누구인지 명단만 알 수 있어도 좋을 텐데."

"일단은 그곳으로 잠행해서 정 회장을 지켜보는 수밖에는 없을 것 같군요."

철민이 담담하게 말했다.

"그건 너무 큰 위험 부담이 따르지 않을까요?"

"그렇기야 하겠지만…… 그렇다고 보고 있을 수만은 없지 않습니까. 이참에 정 회장의 세력을 뿌리 뽑지 않는다면 더 큰 비극을 초래하게 될지도 모릅니다. 제 생각에는 서두르는 편이 낳을 듯 싶은데……."

한석과 김진 소령이 대화를 주고받았다.

"그래요. 정 회장이 그곳으로 간다면 무엇인가가 있는 것이 분명합니다. 벌써 지나 씨가 그곳으로 이송됐을지도 모르는 일이구요."

"……."

한석이 철민의 말에 동감하고 있는 눈치였다. 그는 한동안 침묵을 고수했다. 그는 좀처럼 입을 열 것 같지 않았다. 그는 신중을 기하고 있었다.

김진 소령과 철민은 북으로 눈길을 돌리고 있었다.

담배가 한석의 손끝에서 하염없이 타 들어가고 있었다.

회의실 안은 일순간 조용해졌다. 철민도 한석도 김진 소령도 심각한 표정으로 앉아 있었다.

"북한에도 복제 인간이 침투해 있다면 활동하기에 쉽지만은 않을 텐데요."

한동안 입을 다물고 있던 한석이 말했다.

"그렇게 치자면 여기나 거기나 다를 게 뭐가 있겠습니까."

철민이 한번 해보자는 식으로 달려들며 말했다. 그리고 김진 소령이 철민을 돕고 나섰다.

"그건 걱정하지 마십시오. 김정일이 암살되기 전에 내가 북에 대여섯 번 잠입했던 적이 있었습니다. 그때 알게 된 북한 내의 비밀 조직이 있었는데 제가 조사해 본 바로는 아직도 건재하다고 들었습니다. 그리고 제 부하들도 그곳에서 정보 요원으로 활동하고 있기 때문에 큰 도움이 될 겁니다."

김진 소령의 얼굴에 미소가 겹쳐졌다.

"가능하겠습니까?"

그가 소심한 표정으로 물었다. 그 말에 김진 소령이 걱정하지 말라는 듯이 다시 한번 배시시 웃어 주었다.

"그럼 잠행은 결정됐군요."

철민도 흡족한 표정이었다.

하지만 박한석 실장은 여전히 개운치 않은 표정이었다.

"너무 소심하게 생각할 것 없어요."

"그래요. 그 말은 최 형사 말이 맞아요. 그렇다고 이곳에서 발만 동동 구르고 있을 수는 없지 않습니까. 그 능구렁이가 또아리를 틀도록 내버려두어서는 더더욱 안 될 말이지요."

"알겠습니다. 그렇다면 어쩔 수 없군요. 그런데 요원은 누구를……."

"요원은 그리 많이 필요치 않을 것 같습니다. 많이 움직인다면 오히려 그것이 거추장스러울 따름이지요. 저를 비롯해 한 사람만 동행하면 될 것 같습니다."

"그렇다면 당연히 제가 가야지요."

철민이 기다렸다는 듯이 대답했다. 김진 소령도 그가 자원해 주기를 은근히 기다리고 있었던 것 같았다.

"두 사람이서 되겠어요?"

"충분히. 북에서 온 파트너가 있습니다. 그 사람까지 합치면 세 사람이 되는 거군요. 그 사람은 북에서도 내노라하는 특수 요원입니다. 그렇지만 지금은 살인 킬러로 명성이 더 높은 편이지요. 믿어도 좋으실 겁니다."

"좋아요. 그럼 김진 소령과 최 형사를 믿겠습니다. 저는 이곳에서 김 박사를 예의 주시하고 있겠습니다."

박 실장의 얼굴에서 환한 미소가 피어올랐다. 그도 그렇게 된 이상 두 사람을 만류하고 싶은 생각은 없었기 때문이다.

"잘해 봅시다."

김진 소령이 철민에게 손을 내밀었다. 처음으로 같이 호흡을 맞추는 것이기는 했지만 두 사람은 오래전부터 친하게 지내온 사람처럼 어느새 가까워져 있었다. 철민은 북한으로의 잠행에 가슴이 부풀어 오르고 있었다.

그들을 지켜보고 있던 박 실장의 얼굴에도 이젠 걱정하는 기색이 사라져 있었다. 그가 다시 말을 이었다.

"그럼 김진 소령과 최 형사 두 분이서 계획을 잡아 보십시오. 그리고 언제 근사하게 한잔합시다. 마지막이 될지도 모르는 일이니까."

그 말을 마치고는 박 실장은 회의실을 빠져나갔다.

무더위가 기승을 부리고 있었지만 포장마차는 그런대로 낭만이 있었다.

그들이 포장마차에 머리를 맞대고 앉은 시간은 9시가 조금 지난 뒤였다.

D-day는 3일 뒤였다. 그것 때문에 오늘의 술자리가 마련된 것이기도 했다. 그들은 회의실에서 잠행 경로 및 북한의 비밀 요원과의 접촉 방법 등을 의논한 뒤에 홀가분한 마음으

로 포장마차를 찾은 것이었다.

"아줌마, 여기 꼼장어 좀 구워 주세요. 소주도 두어 병 주시구요."

박 실장이 오십대 초반의 주인 여자에게 말했다.

소주가 먼저 그들의 앞에 놓여졌고 박 실장이 철민과 김진 소령의 잔에 소주를 따라 주었다.

"좀더 근사한 곳으로 모셨어야 했는데."

박 실장이 배시시 웃으며 말했다.

"아닙니다. 이런 분위기에서 술을 마셔야 제맛이 나지요."

"그래요, 최 형사 말이 맞습니다. 이런 곳에서 마셔야 더 가까워질 수 있는 거라구요. 우린 생사를 같이한 사람들 아닙니까."

"김진 소령은 갈수록 마음에 듭니다."

철민이 술잔을 들어 김진 소령의 잔에 부딪쳤다. 그리고는 박 실장을 기다리고 있었다. 박 실장도 그들의 잔에 쨍하고 잔을 부딪쳤다.

소주는 입안에서 맴돌다가 기분 좋게 목젖을 타고 내려갔다.

박 실장이 소주를 반쯤 마시다가 내려놓았고 철민과 김진 소령은 빈 잔을 서로 채워 주고 있었다.

"박 실장은 왜 잔을 꺾었어요?"

철민이 박 실장의 반쯤 마시다가 내려놓은 소주잔을 내려다보며 말했다.

"죄송합니다. 제가 술에는 원체 약해서……."

한 모금도 될까 말까 할 정도로 술을 마셨는데도 그의 얼굴
은 금방 붉게 달아오르고 있었다.

"하하하, 박 실장이 못 하는 것도 있었네."

"박 실장 다시 봐야겠어요."

철민과 김진 소령이 서로의 얼굴을 마주보고 껄껄대고 웃
었다. 그러자 박 실장의 얼굴이 더욱 붉어졌다.

꼼장어 안주가 뒤를 이어 그들의 앞으로 내어졌다.

박 실장은 술을 못 하는 대신에 안주발을 세울 작정이었다.

"박 실장은 결혼했다면서요?"

철민이 물었다. 그 말을 하면서 그는 문뜩 이 형사가 떠올
랐다.

"2년 됐습니다."

"네……에."

철민은 우울해졌다.

이 형사, 그도 2년 전에 결혼을 했었다. 새신랑이나 마찬가
지인 그가 그렇게 꽃다운 아내를 남겨 두고 일찍 떠나다니.
철민은 우울함을 달래기 위해 소주잔을 다시금 비워 내었다.

자신이 자동차의 조회를 부탁하지 않았더라면 하는 생각을 그
는 하고 있었다. 그 일만 아니었으면 그는 지금 이 시간 부인과
즐거운 한때를 보내고 있었을 것이리라. 그는 후회하고 있었다.

"최 형사, 왜 그래요?"

김진 소령이 철민의 안색을 살피며 말했다.

"아, 아닙니다."

"신경이 많이 쓰일 겁니다. 자, 받으십시오."

김진 소령이 소주병을 들어 철민의 잔에 가득 따라 주었다.

"그쪽에는 몇 번째 가는 겁니까?"

철민이 김진 소령에게 물었다. 굳이 북한이라고 말하지 않아도 질문의 요지를 김진 소령은 알고 있었다. 김진 소령이 잔을 들어 술을 마시고는 빈 잔을 내려놓았다. 그의 잔에 철민이 술을 따라 주었다.

김진 소령은 어느새 담배를 빼어 물고 있었다. 담배 연기가 달콤하게 그의 입에서 흘러나왔다.

"소위 계급장을 달면서부터 줄곧……."

그렇게 말하며 그가 철민을 보며 빙긋이 웃었다.

"가족은 없습니까?"

"……."

김진 소령이 고개를 저었다. 그랬다. 그는 고아였다. 단 한 번도 가족이라는 테두리에서 정을 느껴 보지 못한 그런 사람이었다.

그는 열세 살에 고아원에서 뛰쳐나와 구두닦이부터 신문 돌리기며 하다못해 술집 삐끼까지 안 해본 것이 없는 사람이었다. 온갖 고생을 다하면서도 그는 공부만큼은 남들에게 뒤처지지 않겠다는 생각에 대입 검정고시까지 패스했다. 그리고 다음으로 택한 것이 육군사관학교였다.

그 길을 택한 것은 먹고 자고 입는 것을 걱정하지 않아도 된다는 단순한 생각에서였지만 그것이 그에게 새로운 삶을 살아가도록 뒤바꾸어 놓는 계기가 되고 말았다.

그는 나름대로 그 일에 자부심을 가지고 있었다.

"여기 안주 좀 더 주세요."

박 실장이 유리관에 진열되어 있는 안주를 손으로 가리키며 말했다.

"자, 한잔합시다."

그러면서 가운데 앉아 있던 철민이 김진 소령을 향해 술잔을 치켜들었다. 햇볕에 까무잡잡하게 그을린 얼굴로 김진 소령이 살짝 웃으며 역시 그의 잔을 받아 주었다. 그들의 잔에서 쨍, 하고 부딪치는 경쾌한 소리가 들려왔다.

철민이 먼저 술잔을 비우고 내려놓았다. 그리고는 김진 소령이 빈 잔을 내려놓자 술을 가득 따라 주었다.

철민은 그에게서 친근감을 느꼈다. 만난 지 며칠 되지 않았지만 김진 소령은 꽤 괜찮은 사람이라는 것을 느낄 수 있었다. 그에게서는 사람을 편안하게 해주는 알 수 없는 다정함이 흘러나오고 있었다.

"김 소령은 죽을 뻔한 고비도 많았겠습니다."

철민이 담배를 뽑아 입에 물며 말했다.

"몇 번 있었습니다. 그때마다 희열 같은 것이 느껴져요. 뭐랄까, 짜릿한 쾌감 같은……."

"쾌감……?"

"네, 독한 양주가 혀를 자극하는 것처럼 짜릿짜릿하지요. 그 뒤에는 죽음에 대한 체념에서 오는 아늑함이 느껴져요. 그 다음에는 죽음이 두렵지가 않지요. 나름대로 흥미있는 놀이라고나 할까."

김 소령이 그렇게 말하고는 배시시 웃었다. 그의 눈에서 철민은 가느다랗게 떨리는 전율을 느낄 수 있었다.

"……."

"김정일이 측근에 의해 암살된 것은 잘 알고 계시지요. 우리측에서도 암살을 계획하고 있었어요. 막 잠행하려던 참에 그 일이 벌어진 거죠. 그렇지 않았다면 내 손으로…… 어쩌면 지금 이 자리에 없었을 지도 모릅니다. 그땐 썩 내키지 않았거든요. 가끔 그런 기분이 들어요. 죽음은 누구나 두려워하는 것이니까. 지금도 그런 기분이 듭니다. 어쩌면 이번 일이 마지막이 될지도 모르겠네요. 그렇지만 누군가가 해야 될 일 아닙니까. 죽더라도 여한이 없을 것 같습니다."

"그래요. 한 번 죽지 두 번 죽는 것은 아니니까요. 죽더라도 의미 있게 죽어야 하지 않겠습니까."

"그런 얘기는 그만하고 우리 술이나 마십시다."

그들의 앞에는 빈 술병이 늘어만 가고 있었다.

두 사람은 벌써 얼근한 상태였다. 술은 그들을 더 가깝게 만들었다. 마시면 마실수록 속엣말을 허심탄회하게 쏟아 낼 수 있었다.

"3일 뒤에는 어떻게 될까요?"

철민이 술잔을 만지작거리며 말했다.

"그야 가 봐야 알겠지요."

"……"

철민이 고개를 끄덕였다.

술을 그렇게 많이 마셨는데도 정신은 말똥말똥해졌다.

"우리 조직에서도 이젠 믿을 사람이 없어요. 아니 누구를 믿어야 될지 모른다는 편이 났겠지요. 상상도 못 했던 일입니다."

"그래요. 어떻게 그런 프로젝트가 진행될 수 있었는지 믿겨지지가 않습니다. 놀라운 일이에요. 그것도 이십여 년 동안 그 일이 진행되고 있었다는 게……"

철민은 고개를 절래절래 흔들었다.

그의 옆에 앉아 있던 박 실장이 남은 소주 반잔을 비워 내며 술잔을 내려놓았다. 그러며 그가 몸을 흔들어 진저리를 쳤다.

철민과 김 소령이 그 모습을 보며 배시시 웃었다.

"술이 그렇게 씁니까?"

"왜들 술을 마시는지 모르겠습니다."

박 실장이 붉어진 얼굴로 말했다.

그가 다시 한번 몸을 뒤틀었다. 그의 허리에 차고 있던 호출기가 요란스럽게 진동하고 있었기 때문이다.

그가 호출기 화면을 들여다보았다.

그는 호출기에 찍힌 번호를 확인하고는 철민과 김 소령을 번갈아 바라보았다.

"왜 그러십니까?"

김 소령이 말했다.

"다른 게 아니라 집사람한테서 온 호출입니다."

"난 또. 그럼 오늘은 일찍 집에 들어가셔야겠네요. 우리 걱정은 하지 말고 어서 들어가 보세요."

철민이 박 실장의 생각을 간파하며 말했다.

"그래, 그렇게 하십시오. 우린 좀 더 있다가 갈 테니까. 우리가 사모님한테 박 실장을 양보하는 수밖에요."

"그래도 되겠습니까?"

"……."

김 소령과 철민이 동시에 고개를 끄덕였다.

박 실장이 미안한 듯 시계를 들여다보았다. 시간은 막 10시를 지나가고 있었다.

"가보세요."

철민이 미적거리고 있는 박 실장을 떠밀었다. 그러자 박 실장이 죽지 못해 일어섰다.

박 실장이 가고 난 포장마차 안은 술기운으로 무르익어 가고 있었다.

"모든 것이 우리 손에 달려 있습니다."

"잘해 봅시다."

둘은 의기투합하여 술잔을 치켜들었다.

오랜만에 술친구를 앞에 두고 술을 마시는 철민의 얼굴은 밝기만 했다. 김 소령도 술기운이 달아오른 얼굴로 기분이 좋은 편이었다.

포장마차 안으로 연인인 듯한 남녀가 들어와 술을 시켰다.

철민과 김 실장은 부러운 눈으로 그들을 쳐다보았다. 그러다가 김 소령이 철민을 쳐다보며 말했다.

"최 형사는 애인 없으십니까?"

"애인이요. 글쎄요."

그는 잊고 있던 은경이를 떠올렸다.

칼튼 호텔에서 전화를 한 이후로 그는 그녀에게 아무런 연락도 취하지 않고 있었다. 그녀는 걱정하고 있을 것이 분명했다.

칼튼 호텔에서 있었던 뉴스 보도가 나갔기 때문에 그녀는 가슴을 졸이고 있을 것이 분명했다.

"있으면 있고 없으면 없는 거지 글쎄요 라는 말이 어디에 있습니까?"

"한 여자를 알고 있기는 하지만 애인이라고 보기에는……
모르겠습니다. 한 번도 애인이라고 생각해 보질 않아서."

"애인으로 만드세요. 사랑, 좋은 겁니다."

"그러는 김 소령은……?"

"있었지요."

"그런데……?"

"지금은 결혼했습니다."

"……."

"작전에 투입되면 보통 이삼 개월이 소요되거든요. 길 때는
일년 정도…… 돌아와 보니까 결혼했더라구요. 처음이자 마
지막으로 사랑했던 여자였는데. 남편은 평범한 샐러리맨이었
어요. 그녀에게는 잘된 일이지요. 나 같은 직업을 가진 남자
를 남편으로 맞이해서 평생 과부가 될 걱정에 잠도 제대로 자
지 못하는 것보다는 훨씬 났지요. 그런데 얼마 전에 소식을
들었는데 남편이 암으로 사망했다고 그러더군요."

말하면서 그가 쓸쓸하게 웃었다.

"안 됐네요. 이런 말 하기는 뭣하지만…… 다시 그 여자 분
을 만나보고 싶은 생각은 없습니까?"

철민이 조심스럽게 물었다.

"없습니다. 그녀에게 또다시 그런 고통을 주고 싶지는 않아
요. 결국엔 두 번씩이나 그녀를 슬프게 만들 겁니다."

그가 술잔을 비워 냈다.

포장마차는 시간이 지나면서 더 활기를 띠기 시작했다. 옆자리에 앉은 연인은 샘이 날 정도로 다정해 보였다.

"어이, 사랑놀이하려면은 여관방에나 들어가서 하라구."

다른 자리에서 술을 마시던 남자가 연인들을 보고 소리쳤다.

"그래, 누구 미치는 꼴 보고 싶어서 그러는 거야."

"젠장, 여자를 우리에게 넘기는 게 어때?"

남자들은 셋이었다. 하나같이 험상궂은 얼굴이었다.

"놀아 보자구. 아가씨 생긴 걸 보니까 우리 셋쯤은 침대에서 상대할 수 있을 것 같은데."

사내들은 저희들끼리 키득키득 웃었다. 그러다가 자리에서 일어나 연인이 있는 쪽으로 걸어 왔다.

연인은 겁에 잔뜩 질려 있었다. 여자는 그나마 애인에게 바짝 붙어 의지하고 있었다. 그러나 남자는 겁먹은 눈으로 몸을 움츠리고 있었다.

사내들이 다가와 연인을 에워쌌다.

"당신들 왜 이래?"

남자가 사내들을 쳐다보며 말했다. 그런 남자의 목소리가 겁을 잔뜩 집어먹은 채 떨려 나왔다.

"넌 비켜 이 새끼야."

마른 오징어를 질겅질겅 씹고 있는 사내가 남자의 멱살을 잡아 바닥으로 내동댕이쳤다. 남자는 힘없이 바닥에 굴렀다.

사내들은 여자를 에워싸고 앉아 희롱하기 시작했다.

남자가 애인을 보호하기 위해 달려들었다. 그렇지만 사내의 발길질에 저만치 나가떨어지고 말았다.

사내가 여자의 가슴을 만지작거렸다.

"아……악."

여자가 비명을 질렀다.

여자는 몸을 바짝 웅크리고 있었다. 또 다른 사내가 여자의 목을 혀로 핥았다. 여자의 피부에는 소름이 돋았다.

"그만들 해요."

보다 못한 포장마차 주인이 말했다.

"이 아줌씨, 여기에서 장사하고 싶지 않은가 보지. 확 뒤엎기 전에 아줌씨는 빠져 있으라고. 콱……."

얼굴에 칼자국이 난 사내가 인상을 쓰며 아줌마를 노려보았다. 포장마차 주인아줌마는 꼼짝도 못하고 고개를 바닥에 떨구었다.

"우리 여관방에나 가서 즐겨 보자구. 가슴도 탱탱하고 엉덩이도 큼지막한 게 그 짓은 끝내주게 하겠는데."

"그래, 오빠들하고 놀자."

"명왕성은 못 가것냐 천왕성은 또 못 가것냐. 별천지로 보내 줄 테니까 어서 일어나. 화내기 전에."

그러며 사내들이 그녀를 떡 주무르듯 더듬었다.

"살려 주세요."

여자가 발발 떨었다.

"그 손 놓지 못해!"

지켜보고 있던 김 소령이 소리 질렀다.

"저 새끼는 또 뭐야?"

"죽고 싶어."

"우리가 누군지 모르는 모양이군."

사내들이 제각각 한마디씩 했다. 여자가 그 틈을 타서 김 소령의 뒤로 뛰어와 숨었다.

"안 되겠군."

김 소령이 배시시 웃으며 말했다. 철민도 앉은 채 사내들을 보고 배시시 웃었다.

포장마차 안은 삽시간에 공포 속으로 휘감겨 들어가고 있었다.

김 소령이 그들 앞으로 다가갔다.

"이 새끼가……."

사내 중의 한 녀석이 그에게 주먹을 날려 왔다. 김 소령의 주먹이 사내의 주먹보다도 먼저 사내의 복부를 힘차게 파고들고 있었다.

"어억!"

사내의 입에서 신음이 쏟아져 나왔다. 사내는 그대로 바닥에 얼굴을 처박았다.

김 소령의 몸은 재빠르기 그지없었다.

또 다른 녀석이 이번에는 발길질을 하려 했지만 그보다 더 빨리 사내의 무릎을 김 소령이 구둣발로 걷어차고 날아올라 다른 발로 사내의 턱주가리를 걷어찼다.

사내는 멀찍이 나가떨어져 간질 증상을 보이듯 몸을 달달 달 떨었다.

아주 짧은 순간이었다. 김 소령의 공격만이 이루어질 뿐이었다. 두 사내는 바닥에서 일어나지 못하고 축 까부라져 있었다.

얼굴에 칼자국이 나 있던 녀석이 허리에서 무언가를 뽑아 들었다. 권총이었다. 하지만 다음 순간 이어지는 김 소령의 발차기에 녀석은 권총을 떨어뜨리고 말았다. 녀석은 새파랗게 질려 있었다.

"이런 빌어먹을 놈들……."

"사…… 살려 주십시오."

"게다가 비겁하기까지 하네. 너희 같은 녀석들은 이 사회에서 아예 격리시켜야 할 놈들이야. 쓰레기들……."

말이 끝나기가 무섭게 김 소령의 뒤돌아 돌려차기에 사내 녀석은 얼굴을 걷어차였다. 녀석은 찍소리도 한 번 내보지 못하고 그의 발끝에 튕겨져 나갔다.

녀석의 얼굴이 김 소령의 발등에 짓뭉개져 형체를 알아볼 수 없을 정도였다. 그리고 녀석의 얼굴에서는 피가 터져나와 볼품이 없었다.

바닥에 쓰러져 있던 두 녀석이 피를 흘린 채 기절해 있는 녀석을 부축하며 황급히 포장마차를 빠져나갔다.

김 소령이 한쪽에 나뒹굴고 있던 남자를 일으켜 세웠다.

"자기 몸은 자기가 보호할 줄 알아야지. 애인까지 데리고 다니면서 이런 수모를 당해야 쓰겠어요."

김 소령이 남자의 어깨를 툭툭 털어 주며 말했다. 그리고는 뒤돌아 자리로 돌아와 술잔을 비워 냈다.

"고맙습니다."

여자가 김 소령에게 꾸벅 고맙다는 인사를 했다.

김 소령이 여자에게 살짝 웃어 주었다. 그의 술잔에 철민이 술을 따르려 하자 이번에는 여자가 술병을 빼앗아 따르겠다고 자청했다.

"한잔 받으세요."

김 소령의 잔에 술을 따르고서 철민의 잔에도 여자가 술을 따라 주었다. 그리고는 여자는 자리로 돌아가 남자의 얼굴에 묻은 피를 닦기 시작했다.

"바보같이. 자기도 운동 좀 배워라. 저분들 아니었으면 큰 일날 뻔했잖아."

여자가 남자에게 투정을 부렸다.

철민은 김 소령의 전광석화와도 같은 몸놀림에 감탄했다. 그렇게 빠른 몸동작은 처음이었다.

"솜씨가 대단하십니다."

"너무 칭찬하지 마십시오. 부끄럽습니다."

김 소령이 피식 웃었다.

그런 그들에게 포장마차 주인이 고맙다는 인사로 서비스 안주를 내왔다. 그리고 연인이 그들에게 맥주 세 병을 고맙다는 인사로 시켜 주었다.

"이거 김 소령 덕에 공짜 안주에 공짜 술까지 마시게 됐습니다. 어쨌든 잘 마시겠습니다."

철민이 김 소령을 향해 껄껄껄 웃었다.

술은 거침없이 그들의 잔에 채워졌다.

밤은 점점 무르익어 갔고 둘 사이의 믿음도 단단해져 갔다. 둘은 오랫동안 사귀어 온 친구처럼 다정해 보였다.

"우리 이차 갑시다. 이차는 내가 사지요."

김 소령이 포장마차를 나서며 말했다.

철민은 거절할 수 없었다. 남자들의 끈끈한 우정은 그렇게 다져지고 있었다. 철민과 김 소령은 기분 좋게 달아오른 얼굴로 어깨동무를 하고 걸어가기 시작했다.

김 소령의 입에서 흥겨운 노래 소리가 흘러나왔다. 철민도 그를 따라 노래를 부르기 시작했다.

사랑을 그대 품안에

철민은 김 소령과 헤어진 뒤 곧장 은경의 집으로 향했다.
택시에서 내린 그는 모자를 푹 눌러 쓰고 조심스럽게 주위
를 살폈다. 어두운 밤거리에는 행인들이 뜸한 편이었다.

군데군데 켜져 있는 가로등에는 나방들이 몰려들고 있었다.

철민은 은경이 살고 있는 빌라로 향하면서 내내 그녀에게
무슨 말을 해야 할지 생각하고 있었다.

무심한 사람 같으니, 그는 스스로를 책망했다. 그녀가 얼마
나 걱정을 했는지 불을 보듯 뻔한 일이었기 때문이었다.

언제부턴가 그녀는 그의 가슴 깊은 곳에 자리하고 있는 사
람이 되었다. 그는 평양으로 잠행하기 전에 은경이를 만나 봐
야겠다고 생각하고 있었다.

그는 은경이가 살고 있는 빌라 앞에서 발걸음을 멈추었다. 그가 손목시계를 들여다보았다.

시계 바늘은 12시 35분을 가리키고 있었다.

그가 3층을 올려다보았다. 늦은 시간이었지만 창가로 불빛이 새어나오고 있었다. 다행히 그녀는 아직 잠자리에 들지 않은 모양이었다.

그냥 불쑥 들어가기가 멋쩍었는지 그는 담배를 빼어 물고 불을 붙였다. 담배 연기를 깊게 들이마셨다가 내뱉는 그의 얼굴에 취기가 완연히 피어올라 붉게 물들어 있었다. 그는 망설이고 있었다. 그냥 돌아갈까 하고 생각했지만 그럴 수는 없었다. 자신의 안부를 걱정하며 가슴 졸이고 있을 그녀를 그냥 내버려둘 수는 없다고 생각했다.

마지막이 될지도 모른다. 그도 그녀의 얼굴을 보면 그나마 위안을 받을 수 있을 것 같았다.

그는 담배를 반쯤 태우다가 발로 비벼 끄고는 빌라로 걸어 들어갔다. 계단을 오르는 그의 발걸음이 한결 가벼웠다.

그가 초인종을 누르기 전에 자신의 옷차림을 단정히 추스렸다. 그리고는 초인종을 살며시 눌렀다.

안에서는 아무런 대답이 없다.

잠이 들었나, 그가 다시 초인종을 눌렀다.

"누구세요?"

은경의 목소리가 안에서 자그맣게 들려나왔다. 그러나 철민은 대답하지 않았다. 아니 할 수가 없었다.

안에서는 잠시 머뭇거리고 있는 듯했다.

아마도 그녀는 문 상단부의 구멍나 있는 곳을 통해 밖을 내다보고 있을 것이리라. 그곳을 쳐다보며 철민이 피식 웃었다.

잠시 후 문 여는 소리가 들렸다.

문이 열렸고 찬바람이 휑하니 불어 나왔다.

철민과 그녀의 눈이 마주쳤다. 그녀의 눈에 반가움이 깃들어 촉촉하게 젖어 있었다. 하지만 얼굴은 쌀쌀맞기 그지없었다. 그녀는 어떻게 해야 할지 모른 채 서 있다가 돌아서고 말았다.

화가 단단히 난 모양이다.

"들어가도 돼?"

그가 물었지만 그녀는 대답이 없다.

은경이 소파로 걸어가 앉았다. 철민이 머뭇거리고 서 있다가 그녀의 뒤를 따라 안으로 들어갔다.

집안에서는 여자의 촉촉한 냄새가 가득 묻어 나오고 있었다.

포근했다. 철민은 안으로 들어서자마자 숨을 깊게 들이마셨다. 더없이 아늑한 분위기였다.

그녀는 토라진 채 앉아 있었다. 철민의 얼굴을 한 번쯤 볼만도 한데 그녀는 외면한 채 입을 다물고 있었다.

“앉아도 돼?”

“…….”

그녀는 여전히 대답이 없다. 그녀는 철민을 무안하게 만들고 있었다. 철민이 피식 웃으며 그녀의 얼굴을 바라보았다.

알미울 정도로 토라진 여자. 그러나 철민에게는 그녀의 그러한 모습이 아름답기만 했다. 보면 볼수록 그녀가 사랑스러웠다.

그녀가 그러고 앉아 있는 것이 철민을 기쁘게 만들었다. 철민은 그녀가 왜 그러는지 알고 있었다. 그것은 사랑하는 사람에 대한 실망에서 오는 나름대로의 표현이었다. 그리고 그것은 그만큼 걱정을 했다는 말이기도 한 것이다.

“미안해.”

“…….”

“걱정 많이 했지?”

“…….”

“많이 화났구나?”

“…….”

대답이 없다.

철민도 더 이상 무슨 말을 해야 할지 난감했다. 그는 은경을 쳐다보면서 포근하게 웃었다.

“말하기 싫어?”

"……."

"그럼 돌아갈게."

그렇게 운을 떼며 그가 돌아서는 시늉을 했다.

"가지 말아요."

굳게 닫혀 있던 그녀의 말문이 그제야 트였다.

야속한 사람, 그렇지만 멀리 떠나보내고 싶지 않은 사람, 보고만 있어도 가슴이 설레는 사람. 그녀는 양보해야 했다. 그렇지 않았다가는 그가 그냥 매정하게 가버릴지도 모른다고 생각되었다. 그를 그렇게 보내고 싶지 않은 그녀였다. 그녀가 철민을 올려다보았다.

철민이 그녀의 말에 안심했다. 그리고는 소파에 앉았다. 취기가 느껴졌고 코끝으로 흘러나오고 있었다.

"미안해."

"그 이마에 난 상처는 어떻게 된 거예요?"

그녀의 눈이 안쓰럽게 떨렸다. 우선은 안심이었다. 폭발 사고 현장에서 그만큼 다친 것은 다행스런 일이다.

그녀는 칼튼 호텔에서 있었던 폭발 사고를 듣고서 철민이 무사하기를 바라며 간절히 기도를 했었다.

"살짝 부딪친 거야."

"왜 그렇게 항상 다치고만 다녀요."

그녀는 금방이라도 울 것 같은 표정이었다.

“큰 상처는 아니야.”

“그래도 아플 것 아니에요.”

그녀가 철민의 이마에 난 상처에서 신선을 떼지 않고 말했다. 그녀는 어느새 화를 풀고 있었다.

“걱정 많이 했지?”

“…….”

그녀가 말없이 고개를 끄덕였다.

그녀는 철민이 그렇게 살아 있는 것이 고마울 따름이었다. 그 얼마나 마음 졸였던가. 무심한 사람 같으니.

그녀가 철민의 옆으로 다가와 이마에 난 상처를 어루만졌다. 철민은 머쓱했다. 그리고 미안했다.

철민은 잠옷을 입고 있는 그녀의 모습이 한없이 아름다워 보인다고 생각했다. 그는 자신도 모르게 그녀에게 빨려 들어가고 있었다.

“전화라도 하지 왜 못 했어요?”

“…….”

“그동안 어디에 있었던 거예요?”

“…….”

그는 말하지 않았다. 자신이 알고 있는 모든 일을 그녀에게 말하지 않을 작정이었다. 철민은 그녀가 이번 일에 개입되어 피해를 당하지 않을까 하는 생각에 묵묵히 입을 다물고 있었다.

그녀를 끌어 들여서는 안 된다. 차라리 모르고 있는 편이 나을 것이다.

철민과 그녀의 시선이 마주쳤다. 그녀는 마주친 철민과의 시선을 접어들이지 않고 뚫어지게 쳐다보았다.

그녀의 눈에서 사랑이 짙게 배어 나오고 있었다. 철민도 그것을 알 수 있었다.

이런 것이 사랑인가, 그의 가슴이 속절없이 뛰기 시작했다.

은경은 더 이상 물러서고 싶은 생각이 없었다. 철민을 자신의 남자로, 자신을 그의 여자로 인정받고 싶었다.

"식사는 했어요?"

"……."

철민이 고개를 끄덕였다.

사랑스런 여자, 언제 보아도 항상 곁에 다가와 있을 것만 같은 여자, 부담스럽지 않은 여자, 처음으로 여자에 대한 사랑을 알게 해준 여자. 얼마나 기다리던 사랑이었던가. 철민은 그녀를 놓아 주고 싶지 않았다.

"와인이 있어요. 한잔 하실래요?"

그녀가 여전히 철민을 바라보며 말했다.

"……."

철민이 고개를 끄덕이자 그녀가 주방으로 그를 끌고 들어 갔다.

"웬 케이크?"

식탁 위에 올려져 있는 케이크를 쳐다보며 그가 물었다.

식탁 위에는 그것뿐만이 아니라, 장미꽃 두 송이가 투명한 유리 화병에 꽂혀 있었다. 그리고 와인 잔 두 개가 놓여져 있었다. 식탁은 마치 그가 올 것을 짐작이라도 한 듯 꾸며져 있었다.

"……."

"오늘 무슨 날이야?"

"……."

그녀가 대답 없이 냉장고에서 와인을 꺼내 식탁 위에 올려놓았다.

무슨 날일까, 철민은 궁금해졌다.

그녀가 의자에 앉아 그에게 와인을 따라 주었다. 와인의 투명한 빛깔이 크리스털 잔과 어울려 신비롭게 출렁거렸다.

철민이 와인 병을 받아 그녀의 잔에 따라 주었다. 그녀는 와인 잔을 식탁 위에 내려놓고 초를 케이크 위에 꽂기 시작했다.

그렇구나, 오늘이 바로 생일이었구나. 철민은 그녀에게 점점 더 미안한 생각이 들었다.

"미안해, 생일인 줄 알았으면 꽃바구니라도 만들어 오는 건데."

"아니에요. 이렇게 와 주신 것만으로도 저는 감사하구 행복해요."

그녀가 온화하게 웃었다.

그녀는 자신의 나이 수만큼 초를 꽂았다. 그녀가 막 성냥을 켜려 할 때 철민이 그녀의 손에서 성냥을 빼앗아 들었다.

그가 성냥을 켜서 촛불에 불을 붙였다.

스물일곱 개의 촛불은 두 사람 사이에 설레게 타오르고 있었다.

철민이 의자에서 일어나 불을 껐다. 촛불의 초롱초롱한 불빛이 그녀의 눈으로 빨려 들어가고 있었다.

―생―일 축―하 합―니다. 생일 축―하 합니다. 사랑하―는 그으대―. 생일 축―하 합니다.

해줄 수 있는 건 그것밖에는 없었다.

그의 생일 축하곡을 들으며 그녀는 감격하고 있었다. 그녀의 눈이 또다시 촉촉하게 물들고 있었다. 그녀는 오래도록 그렇게 앉아 있고 싶은 심정이었다. 촛불을 끄며 그가 어디론가 떠나 버리고 말 것만 같았다.

꿈일지도 모른다. 그녀는 두려웠다. 만약 그러하다면……. 그녀는 철민의 눈을 행복한 눈으로 바라보고 있었다.

무뚝뚝하기만 했던 남자, 돌아봐 줄 것 같지 않던 남자, 마냥 등만 바라보고 있어야 할지도 모르겠다고 생각했던 그 남자에게서 그녀는 믿음을 발견할 수 있었다. 그녀의 눈이 영롱한 아침 이슬처럼 빛났다.

“어서 꺼. 촛농이 케이크에 다 떨어지고 있잖아.”

“…….”

은경이 고개를 끄덕였다. 그녀는 꿈이 아니기를 바라며, 촛불이 꺼진 뒤에도 그가 앞에 앉아 있기를 간절히 소망하며 촛불을 껐다.

꿈이었나.

촛불이 꺼졌고 실내는 조용하기만 했다. 그리고 어두워서 아무 것도 보이지 않았다.

그녀는 불안해졌다.

꿈을 꾼 것은 아닐까, 그러나 꿈은 아니었다.

철민은 무엇을 하고 있는 것일까.

그의 숨소리가 자근자근하게 들려왔다. 다행이다, 은경은 안심했다. 그가 자신의 앞에 앉아 있는 것이 분명했다. 이제 조금만 더 가까이 다가가면 될 것 같은데.

사랑해요, 영원히 당신만을……. 그렇게 말하고 싶었다. 그러나 용기가 나질 않았다.

바보같이, 항상 그런 식이다. 그렇게 많이 연습하고 노력했는데 왜 그의 앞에만 서면 용기가 나질 않는 걸까.

왜 내가 다가가기만을 기다리고 있는 걸까, 먼저 다가와 손을 내밀 법도 한데……. 그러나 그는 다가오지 않는다.

불을 켜기 위해 철민이 자리에서 일어서는 것 같았다.

"그러지 말아요. 그냥 이대로 오래도록 앉아 있고 싶어요."

"……."

그녀의 말에 철민이 주춤거렸다.

어느 정도 어둠이 익숙해졌고 창문을 통해 달빛이 스며들어와 둘 사이를 아늑하게 비추었다.

둘 사이에는 한동안 아무런 대화도 이루어지지 않았다.

철민이 크리스털 와인 잔을 들어 마른 입술을 적셨다.

밤은 점점 깊어져 가고 있었다.

시간이 그리 많이 남아 있지 않은데. 무슨 말인가를 해주어야 하는데. 그러나 그는 무슨 말을 해주어야 할지 생각이 나지 않았다.

"사랑해요!"

어둠 속에서 그녀의 목소리가 들릴 듯 말 듯한 작은 소리로 들려왔다.

"……."

철민의 귀가 일순간 쫑긋 세워졌다.

그리고 또 둘 사이에는 정적이 흘러들었다.

대화가 이루어지지 않고 있었지만 그렇다고 그 자리가 부담스럽지는 않았다. 마치 안식의 보금자리 같았다.

보고만 있어도 가슴이 설레이는 것, 그것이 바로 사랑이었다.

사랑은 고통인지도 모른다. 사랑하면서도 그것을 내색하지 못하는 것처럼 슬픈 일은 없을 것이다.

둘은 눈으로 이야기하고 있었다.

서로의 빈자리를 그들은 그렇게 채우고 있었다. 둘은 마주하고 앉은 것만으로도 위안이 되었다. 외롭지 않았다. 진저리치도록 만들던 그 외로움은 둘 사이에 더 이상 남아 있을 이유도 가치도 없었다.

그녀가 와인으로 입술을 적셨다.

그 모습이 달빛에 화사하게 나타났다. 철민은 그녀의 아름다움에 저절로 가슴이 뛰는 것을 느꼈다.

철민은 그녀에게 의지하고픈 마음이었다. 그녀는 곧 그에게 힘을 가져다주는 화신이었다. 그리고 그는 곧 그녀에게 이승에 없어서는 안 되는 의미있는 존재이기도 했다. 단 한순간도 그가 자신의 곁에서 떠나가지 않았으면 하는 바람으로 그녀의 가슴은 가득 차 있었다.

"이젠 외로운 것이 싫어요."

그녀가 말했고 철민은 그 말이 무슨 뜻인지 알아들을 수 있었다. 그도 더 이상 외로운 것이 싫었다.

"……."

"전, 네 살 때 양부모에게 입양되었어요."

"……."

처음 듣는 소리였다.

그녀에게 그러한 아픔이 있었다니, 철민은 믿겨지지 않았다. 그는 자신이 그녀에게 너무도 소홀했구나 하고 생각했다.

"좋은 분들이었어요. ……제가 중학교 3학년 때 양아버지가 뇌종양으로 돌아가셨어요. 그 이후부터는 양엄마와 서로 의지하며 살아 왔는데 그분마저도 대학교 때 교통사고로 돌아가셨어요."

"……"

"그 이후부터는 줄곧 혼자서 살아 왔어요."

"……"

그래, 얼마나 힘이 들었을지 알 수 있을 것 같아. 철민이 그녀를 그윽하게 바라보았다. 그의 눈에서는 측은함이 배어 나오고 있었다.

"혼자 살다 보니까 아플 때가 가장 서럽더라구요. 하루 종일 방안에서 끙끙 앓다 보면 절로 눈물이 나곤 했어요. 이젠 그렇게 살고 싶지 않아요."

"……"

철민은 알고 있었다. 그녀가 기다리고 있는 것이 무엇인지. 그녀는 그가 다가와 주기를 기다리고 있었다. 가슴을 활짝 열고 그를 받아들이기 위해 벌써 오래전부터 준비하고 있던 것이다.

"이젠 망설이지 않을래요. 언젠가 말씀하셨지요. 사랑은 기다리는 게 아니라고……. 그리고 나중에 후회하지 말고 떠나기 전에 꼭 잡으라구요. 그래야 미련이 남지 않는 법이라구요.”

“…….”

“그 사람이 지금 내 앞에 앉아 있어요. 난 그 사람에게 이렇게 말하고 싶어요. 사랑해요. 언제까지나…….”

“…….”

그의 가슴은 이미 그녀를 받아들이고 있었다.

알아, 하지만 지금은 나 자신도 어떻게 해야 될지 모르겠어. 그는 은경의 눈을 외면할 수가 없었다. 그 사이로 사랑의 진득함이 물밀 듯이 밀려들어오고 있었다. 해일처럼 그렇게 사랑의 설레임이 가슴을 물들이고 있었다.

“무슨 말이든 해보세요. ……제가 싫은 거라면 그렇다고 말씀해 주세요. 애원하지는 않겠어요. 추한 꼴을 보이지 않겠어요. 있는 그대로를 말씀해 주세요. 그게 그렇게 힘든 건가요?”

그녀는 단단히 결심한 모양이다.

그녀가 잔을 들어 와인을 마시고는 빈 잔을 내려놓았다. 그러고는 다시 잔에 와인을 따랐다.

“지금은…….”

“…….”

“나도 은경이를 사랑해.”

“…….”

혼자만의 사랑이 아니었군요. 그녀의 가슴속에서 알 수 없는 울컥거림이 솟아나고 있었다.

"하지만……."

"……."

은경이 그의 다음 말에 귀기울이고 있었다.

"난 부족한 사람이야."

"그 말뜻은……?"

"은경이한테 난 어울리지 않아."

그가 되도록 담담한 표정으로 말했다.

그래, 어울리지 않는다고 말을 하기는 했지만 그것은 진실이 아니야. 그 말은 이번 잠행을 떠나면 돌아오지 못할지도 모른다는 생각에서 한 말이야. 실망을 안겨 주고 싶지 않아서. 슬픔을 안겨 주고 싶지 않아서. 아파할 너를 생각하면 내가 편하지 않아. 그래서 매정하게 잘라 버리고 싶을 뿐인 거야. 철민은 그녀와 마주치고 있던 시선을 와인 잔으로 돌렸다.

"사랑하면서 어울리지 않는다는 말이 어디에 있어요."

"……."

"그건 말도 안 돼요."

"……."

"이유가 있을 거예요. 제가 싫은 이유."

"없어, 그런 건……."

그가 담배를 꺼내 입에 물고 불을 붙였다. 그의 입에서 담배 연기가 짙게 흩어져 나왔다. 담배 연기는 열어 놓은 창문을 통해 들어온 바람을 타고 그대로 그녀의 얼굴에 멈추어져 있다가 사라졌다.

와인을 몇 잔이나 마셨을까, 그녀의 얼굴이 붉게 물들어 있다. 철민의 손끝에서 타고 있는 담뱃불만큼이나 발갛게 물들어 있다.

그녀는 한순간도 철민의 얼굴에서 눈을 떼지 않았다. 그녀는 끝내 울먹이기 시작했다.

"왜 내 마음을 그렇게도 몰라주는 거예요."

"……."

철민의 마음이 아프다. 그렇게까지 아플 줄 몰랐는데. 여자의 눈물은 남자를 약하게 만드는 모양이다.

그녀는 와인에 자신을 의지하고 있었다. 그것마저도 없었으면 비참했을 것이다.

이 남자, 왜 그렇게도 자신을 내보이기를 꺼려하는 것일까. 사랑은 어떠한 이유도, 핑계도 없는 것인데. 그냥 사랑한다고 말하면 그뿐인데. 그리고 가까이 있어 주면 그뿐인 것을 그것이 그렇게도 힘이 든 것인가. 그녀는 자신을 외면하고 있는 철민이 야속하게 느껴졌다.

"내가 그렇게 싫은가요?"

"아니야, 그건⋯⋯."

"그럼?"

"난 자신이 없어."

그가 한숨을 내뱉으며 담배를 껐다.

"⋯⋯."

"난 내일이면 이곳에 없어."

기어코 말하고 말았다.

"이곳에 없다니요?"

"돌아오지 못할지도 몰라."

그의 몸에서 힘이 쭈욱 빠져나갔다.

"그게 무슨 소리예요?"

그녀가 철민 앞으로 바짝 얼굴을 내밀며 말했다.

"더 이상 알려고 하지 마."

"말해 주세요."

그녀의 눈동자가 불안한 듯 심하게 떨렸다.

"⋯⋯."

"어디를 간다는 거예요?"

그녀가 재차 물었다.

"⋯⋯."

철민은 답답하기만 할 뿐이다.

그냥 얼굴만 잠깐 보고 가려고 했던 것뿐인데. 왜 이렇게 마음이 흔들리는 것일까. 그는 담배를 피워 물었다.

그녀는 대답을 기다리고 있었다.

불길한 예감이 들었다. 오늘 그를 그냥 보내고 나면 다시는 보지 못할 것 같은 기분이 들었다.

"평양에……."

"거긴 왜……?"

"그 이상은 말할 수 없어. 오늘 그 말을 하려고 온 거야. 앞으로 어떻게 될지도 모르고……. 또 은경이를 기다리게 하고 싶지도 않았어. 그래서 더더욱 자신이 없는 거야. 내 마음 이해해 줄 수 있지?"

"……."

"이만 가 봐야겠어."

그가 자리에서 일어섰다.

"안 돼요. 그렇다면 더더욱 이대로 보내드릴 수는 없어요."

그녀가 자리에서 일어나 그의 앞을 가로막았다.

"이러지 마."

"제발……!"

그녀의 눈과 철민의 눈이 마주쳤다. 그녀의 간절함을 철민은 매정하게 뿌리칠 수가 없었다.

그의 가슴이 뭉클해졌다. 왠지 알 수 없는 감정이 그를 사로잡고 있었다.

"돌아올게, 꼭……."

"……."

그녀가 와락 철민의 품에 안겼다.

철민이 그녀를 가볍게 안아 주며 등을 토닥여 주었다. 가슴 속에서 뜨거운 무엇인가가 샘솟고 있었다.

그녀의 체취가 그대로 철민의 코끝에 와서 닿았다. 정말 향기로운 냄새였다. 어디에선가 많이 맡아 본 익숙한 냄새였다. 아마도 어머니의 품에서였을 것이다. 그는 그녀를 힘껏 끌어 안았다.

"미안해."

"그런 말은 싫어요."

"……."

그녀가 안쓰럽고 측은하며 가여워 보이기까지 했다. 그는 여자의 눈물을 처음으로 가슴에 묻고 있었다.

그녀의 눈에서 흘러나온 눈물이 그의 가슴을 물들이고 있었다. 눈물의 흔적은 한없이 뜨거운 것이었다. 그녀의 호흡이 자지러질 듯이 그의 심장을 달아오르게 만들었다.

그녀는 철민을 놓아 주지 않을 참이다. 그대로 보낸다면 평생을 후회하며 살게 될 것 같다는 생각을 그녀는 하고 있었다.

"아무 말도 하지 말아요."

"……."

“오늘밤은 이렇게 같이 있고 싶어요. 그냥 가시면 저는 너무
나 슬플 거예요. 오늘만큼은 함께 있어 주는 거예요. 알았죠?”

“…….”

철민은 그녀를 꼬옥 끌어안는 것으로 대답을 대신했다. 그
도 은경이를 외면한 채 가고 싶지 않았다.

철민은 그녀의 체취에 어지럼증을 느꼈다. 그의 가슴이 불
타오르고 있었다. 그것은 여자에 대한 설레임이었다.

“당신의 아이를 갖고 싶어요.”

뜻밖에 불쑥 튀어나온 그녀의 말이었다.

“그건 안 돼.”

철민이 딱 잘라 말했다.

“사랑하는 사람의 아이를 갖는 것이 잘못인가요. 난 당신의
아이를 키우고 싶어요. 오래전부터 저는 이미 당신 여자였어
요. 지금도 변함이 없구요. 난……. 그러고 싶어요. 사랑을 느
끼고 싶어요.”

“그건 은경이한테 죄를 짓는 거야. 난 그렇게 할 수 없어.
그건 용납할 수 없는 일이야.”

그가 은경의 머리카락을 쓰다듬으며 말했다.

“난 혼자는 싫어요.”

“…….”

“그래야 당신도 돌아오실 수 있을 거예요. ……나에게 한

가닥 희망을 심어 주시는 거예요."

"돌아올 거야. 그러면 되잖아."

"아니요. 그것으로는 부족해요."

그녀가 그의 품에 안겨 말을 했다. 그는 어찌하면 좋을지 난감해졌다.

"우리 침실로 가요."

그녀가 철민의 팔을 잡아끌었다.

"······."

"난 당신을 원해요. 당신의 사랑을요."

"······."

그래, 더 이상 나도 내 자신을 속이고 싶지 않아. 철민은 그녀의 팔에 이끌려 침실로 들어갔다.

이제 더는 그녀를 말릴 수 없었다.

어쩔 수 없는 노릇이었다. 그의 심장이 급격하게 뛰고 있었다.

"안아 주세요."

침대 앞에서 그녀가 간절히 말했다.

철민이 그녀를 힘껏 끌어안았다.

"아······아."

그녀의 입에서 감격스러운 신음이 쏟아져 나왔다. 그녀의 체취가 일순간 철민의 이성을 잃도록 만들었다.

철민의 입에서 뜨거운 열기가 쏟아져 나왔다. 그의 가슴을 달구던 그녀의 뜨거운 호흡이 점점 위로 올라오고 있었다. 그도 그녀의 입술을 갈망하고 있었다.

둘의 입술이 달콤하게 포개졌다.

한도 끝도 없을 것만 같은 입맞춤이었다. 조금은 서툴기는 했지만 그런대로 낭만적인 만남이었다.

두 사람 사이에는 더 이상 말이 필요치 않았다. 그들은 본능적으로 행동하고 있었다.

다가서면 다가설수록 짜릿한 전율이 몸을 휘감았다. 둘은 이제 완전한 하나가 되기 위해 발버둥을 치려는 중이다.

사랑은 모든 것을 열어 놓도록 만들었다. 모든 비밀이 한 꺼풀씩 옷을 벗고 있었다. 벗어야 할 것은 그것만이 아니었다. 가식과 허식으로 똘똘 뭉친 모든 허물을 벗어야 한다. 그러기 위해서는 진정한 만남이 이루어져야 하는 것이다.

철민의 손이 그녀의 투명한 잠옷을 간절하게 파고 들어갔다. 그녀의 몸은 어느새 불덩이처럼 달아올라 있었다. 또한 철민의 몸도 용광로를 방불케 했다.

어디에서 어떻게 시작된 것이란 말인가. 가도 가도 알 수 없는 미지의 길을 그들은 달리고 있었다. 끝없이 달려도 지칠 것 같지 않은 그런 만남의 시작이었다.

여체는 신비로움 그 자체였다. 그 속에는 생명의 신비가 한 자리를 차지하고 있으리라. 그것을 철민은 알고 싶어졌다.

남자의 강렬한 땀 냄새는 여자에게 믿음을 갖게 했다. 그 믿음은 영원히 깨지지 않을 것이 분명하다.

그녀는 철민의 손길을 받아들이며 한껏 부풀어올랐다. 마치 풍선을 매달고 하늘을 유영하는 듯한 착각이 빚어졌다. 모든 것은 하나로 이루어져 있었다. 단지 하나만이 존재할 뿐이다. 그것은 사랑이란 테두리였다.

사랑은 추할 수가 없는 것이다. 서툴기는 하지만 그만큼 그들이 간절히 바라는 마음은 아름답기만 했다.

"아아!"

너무나도 성스러운 신음 소리였다.

여자의 몸에 진득한 땀방울이 맺혀졌다. 땀방울은 봉긋하고 수줍은 가슴을 타고 아래로 아래로 흘러내려갔다. 흘러내려가는 것은 그것뿐만이 아니었다. 그녀의 잠옷도 남자의 손길에 의해 바닥으로 스르르 흘러내렸다.

여자의 수줍은 알몸이 남자의 가슴을 성급하게 내달리도록 만들었다.

"사랑해!"

"저두요."

"은경이를 슬프게 만들지는 않을 거야. 약속할게."

그는 다짐한다. 결코 한 여자의 눈에서만큼은 눈물을 흘리지 않도록 만들겠다고……. 그는 더 가까이 여자에게 다가서고 있었다.

여자는 남자의 다가섬을 가슴 벅차게 받아들였고 너무도 행복해 눈물이 날 지경에 이르렀다.

"사랑해요!"

여자의 신음 섞인 황홀한 말이 남자의 귓가를 맴돌고 다니며 어지럽혔다. 여자의 숨소리는 점점 더 질퍽해져 갔다.

남자도 여자에게 자신의 모든 것을 꾸밈없이 보여 주기 위해 옷을 벗고 있었다. 남자의 단단한 육체는 여자를 더욱 기쁘게 만들었다. 여자는 그 넓은 남자의 가슴에 얼굴을 묻고 영원한 사랑을 약속한다.

"난 오늘 당신으로 인해 다시 태어나는 거예요."

그녀는 이제 진실로 성숙한 여자로 성장하고 있었다.

진실한 사랑의 의미를 둘은 그렇게 깨달아 가고 있었다. 그들은 단지 쾌락을 위해서 몸부림치고 있는 것이 아니다. 쾌락보다도 더 소중한 의미가 그들의 몸부림에 섞여 있는 것이다.

어지럼증과 함께 가슴이 울렁거렸다. 그리고 끝내는 그녀의 입에서 탄성이 흘러나왔다. 그녀의 세워진 손톱이 남자의 등을 긁고 있었다. 그리곤 손가락에서 힘이 쭉 빠져나갔다.

마지막 몸부림과 함께 남자와 여자의 입에서 만족스런 신음이 흩어져 나왔다.

어찌된 일일까, 가슴이 허전하다. 그녀는 울고 있었는지도 모른다. 그러나 남자에게 내색은 할 수 없었다. 그를 속 편하게 보내 주고 싶었기 때문이다. 그래야만 그가 일을 무사히 끝내고 돌아올 수 있을 것 같았다.

"행복해요!"

그녀의 몸은 아직도 식지 않고 있었다. 그녀는 철민의 품에 안긴 채 호흡을 가다듬었다.

"사랑해!"

철민이 말했고 그녀가 좀 더 바짝 몸을 밀착시켜 왔다. 그녀의 촉촉하게 젖은 맨살이 더없이 부드럽고 사랑스럽게 그의 살에 맞닿았다.

새벽이 오고 있었다.

내일이면 이 여자의 곁을 떠나야 한다. 그리고 돌아와야 한다. 그건 한 여자에 대한 약속이다.

그녀의 숨소리가 새근새근 들려왔다.

"자는 거야?"

"……."

대답이 없다.

철민이 은경의 머리카락을 쓰다듬었다.

'미안해. ……더 이상 그 말을 너에게 하지 않겠어.'

그는 결심했다. 무슨 일이 있어도 꼭 돌아와 가정을 꾸미고 한 여자를 행복하게 해주어야 하겠다고 다짐한다.

그녀의 알몸을 그가 더듬었다. 그러나 남의 살처럼 느껴지지 않는다. 그렇다, 그녀는 이미 남이 될 수 없는 존재가 되어 버린 것이다.

그녀는 한 남자의 안식처가 되어 있었다. 이젠 떠나더라도 돌아올 곳이 생긴 것이다. 그가 다시금 그녀를 힘껏 껴안았다.

그녀의 입에서 촉촉한 호흡이 흘러나와 그의 가슴을 흠뻑 물들였다.

여자는 자는 척하고 있었다. 여자의 눈에서 흘러나온 눈물이 데구르르 굴러 침대 시트를 적시고 있었다.

너무나도 짧기만한 밤이었다.

억수 같은 비가 쏟아져 내리고 있었다.

벌써 며칠째 북상한 장마전선이 밀려 내려갈 줄 모르고 있었다.

지나가 TV를 틀었지만 익숙지 않은 북한 억양이 그녀의 귀에 거슬렸다. 그녀는 몇 개밖에 되지 않는 채널을 돌렸다. 그러나 마음에 드는 채널은 없었다. 그녀는 TV의 전원을 끄고 테라스 쪽으로 다가가 밖을 내다보았다.

평양의 밤거리는 어둡기만 했다. 서울에 비하면 평양은 시골이나 마찬가지였다. 하지만 낮에는 서울의 거리와 별로 다른 것이 없었다. 초라할 것만 같았던 건물도 그녀의 생각과는 달리 2, 3층의 관공서에서부터 34층의 고층 빌딩까지 빽빽하게 들어차 있었다.

다른 것이 있다면 평양 시민들의 허름한 옷차림과 거리 곳곳에 붙어 있는 이질적인 빨간 플래카드였다.

평양의 공기는 서울의 매캐한 공기와는 달리 상쾌함이 느껴졌다. 그리고 서울의 대표적인 스모그도 그곳에는 없었다.

그저 멀게만 느껴지던 북한이 아니었던가. 한민족이면서도 남과 북으로 나뉘어 총부리를 맞대고, 철책선을 긋고 하던 것이 누구의 책임이란 말인가. 공산주의를 배경으로 한 한 인간의 야욕이 부른 비극이었다. 그런 비극이 없었다면 아마도 지금쯤 대한민국은 다섯 손가락 안에 드는 경제 대국이 되어 있었을 것이다.

그녀는 창밖을 내다보며 곰곰이 생각에 잠겼다.

또다시 그런 비극을 되풀이해서는 안 된다. 정 회장의 야욕은 김일성 부자보다도 더 악덕한 음모였다. 앞으로 통일될 조국을 한입에 삼키겠다는 속셈이 아니던가. 그것은 결코 있어서는 안 될 일인 것이다.

지나는 절대 그와 타협하지 않을 생각이다. 정 회장과 같은 사람에게 영생을 준다는 것은 고양이에게 생선을 맡기는 일이나 같은 것이다.

지나는 그 생각을 하고 있다가 문득 철민을 생각했다. 그

와중에 큰일을 당하지나 않았을까 하고 걱정이 되었다. 어쩌면 죽었을지도 모른다는 불길한 생각이 들기도 했다. 그러나 철민이 그렇게 쉽게 당할 사람은 아니라고 그녀는 희망을 걸어 본다.

비는 점점 거세졌다. 좀처럼 꺾일 것 같지가 않았다. 온 대지를 주눅들게 하듯이 천둥과 번개가 떨어졌다.

빛이 반짝거리고 곧바로 천둥소리가 들리는 것으로 보아 아주 가까운 곳에 낙뢰가 떨어진 것 같았다.

지나는 순간적으로 몸을 움츠렸다. 천둥과 번개는 무섭게 이어지고 있었다. 하늘과 땅을 마치 무너뜨리기라도 하듯이 그렇게 퍼부어 지고 있었다. 그녀는 혼자 있는 것이 무섭기까지 했다.

―똑똑똑.

노크 소리가 들렸다.

"......"

지나가 돌아서서 문 쪽을 바라보았다. 그녀가 대답하지 않았지만 문은 스르르 열렸다. 문이 밖에서 잠겨 있었기 때문에 지나는 들어오라는 말도 나가라는 말도 마음대로 할 수 없는 형편이었다.

문이 열리자 휠체어에 탄 정 회장이 보였다. 그리고 그의 뒤에는 선글라스의 남자가 서 있었다.

선글라스가 정 회장의 휠체어를 뒤에서 밀면서 안으로 들어왔다. 지나는 휠체어의 바퀴 구르는 소리가 귀에 거슬렸다.

지나는 그들이 들어오는 것을 보고 고개를 돌려 창밖을 내다보았다.

정 회장의 손끝에서는 도톰한 여송연이 타 들어가고 있었다. 여송연의 냄새가 삽시간에 방안에 퍼졌다.

지나의 얼굴이 굳어져 있었다. 그녀는 정 회장이 미웠다. 그의 능구렁이 같은 야욕에 헛구역질이 날 정도였다. 지나는 창밖을 내다보고 서 있을 뿐이다.

"아직 연구를 시작하고 있지 않다고……."

가래 낀 정 회장의 목소리였다. 그는 말을 마치고서 다시 여송연을 깊게 빨아들였다가 내뱉었다. 그의 입에서 뿌얀 담배 연기가 쏟아져 나왔다.

선글라스는 그의 뒤에 듬직하게 서 있었다.

"……."

지나는 대꾸하지 않았다. 정 회장과는 아무 말도 하고 싶지 않은 그녀였다. 짐승만도 못 한 인간, 아버지의 원수가 아니던가. 그녀는 정 회장을 돕는다는 것은 자신을 낳아 준 아빠와 엄마에 대한 배신이라고 생각했다.

"지나 양이 그러면 나도 다 생각이 있지."

정 회장이 능글스럽게 웃었다. 그 웃음소리는 지나의 귓가에서 거슬리게 맴돌다가 사라졌다. 정말이지 듣기 싫은 가래 낀 웃음소리였다. 그녀는 여전히 정 회장을 쳐다보지 않고 있었다.

창문에 반사되는 정 회장의 모습이 언뜻 그녀의 눈에 들어왔다. 정 회장은 선글라스에게 무엇인가를 건네고 있었다. 그가 건네는 것은 누런 서류 봉투였다. 서류 봉투를 받아 든 선글라스가 지나 쪽으로 다가왔다.

"받으십시오"

"……."

지나는 들은 체 만 체 서 있었다. 그것이 무엇이든 자신과는 상관없다는 식으로 쌀쌀맞게 등을 보이고 있었다.

선글라스가 서류 봉투를 내민 채 마냥 서 있었다. 그의 고집도 여간이 아니었다.

"고집 피우지 말고 어서……."

정 회장이 뒤에서 한마디 거들었다.

"……."

그러나 지나의 고집도 만만치 않다.

"궁금하지도 않은가 보지. 허허허……."

기분 나쁜 웃음소리. 그 웃음소리가 빨리 밖으로 사라졌으면 하는 바람만이 간절했다. 구역질이 날 판이다.

"난 타협은 안 해요. 그리고 회장님도 돕지 않겠어요. 이건 변함이 없어요. 아무리 설득하려 해도 소용없어요."

그녀가 쌀쌀맞게 말했다.

"타협해야 될 걸!"

정 회장이 거드름을 피우고 있었다.

"그렇게는 안 될 걸요. 내가 우리 아빠를 죽이고 우리 가정을 파괴한 당신들과 타협을 하리라고 믿어요. 그렇게는 할 수 없어요. 아빠도 그건 원치 않으실 거예요."

"칼자루는 내가 들고 있어. 아빠? ……<u>호호호</u>……."

"……."

"민형우 박사는 말을 듣지 않았어. 그것이 큰 화근이 된 거지. 그렇지만 않았어도 민 박사는 지금쯤……. 읽기 싫다면 어쩔 수 없지."

정 회장이 휠체어의 작동기를 누르자 휠체어가 180도 회전했다. 그리고는 바퀴가 앞으로 서서히 움직이기 시작했다. 그러나 선글라스는 그 자리에 서서 지나가 서류 봉투를 받기를 계속 기다리고 있었다.

"……."

진작에 그럴 것이지. 지나는 마음을 놓았다. 우선은 정 회장이 방을 나간다는 것에 기분이 좋았다. 그녀는 팔짱을 끼고 창밖을 내다보며 잠시도 흐트러지는 기색을 보이지 않았다.

"지희에 대한 자료가 그 안에 있는데."

문을 나서기 직전에 다시금 휠체어를 180도 회전시키며 정 회장이 능글스럽게 웃었다. 그 모습은 추하기 그지없었다.

정 회장이 여송연의 끝을 이빨로 질겅질겅 씹고 있었다.

정 회장의 말에 지나는 깜짝 놀라며 돌아다보았다. 정말로 지희에 대한 자료가 들어 있을까. 그녀의 눈과 선글라스의 눈이 마주쳤다.

"그게 정말인가요?"

서류 봉투를 선글라스에게 받으며 지나가 정 회장에게 물었다. 그러자 정 회장이 배시시 웃었다.

"믿겨지지 않을 거야. 그러나 사실이야. 내가 손녀딸 같은 지나 양에게 거짓말을 해서 뭐하겠나."

"그럴 리가 없어. 혹시 꾸며낸 것은 아니에요?"

"어떻게 그런 몹쓸 짓을……."

"믿겠어요."

그녀의 손이 가볍게 떨렸다. 그 얼마나 찾고 싶어했던 지희였던가. 그녀는 반신반의한 표정이었다. 어쩌면 정 회장이 교묘하게 일을 꾸며 놓은 것인지도 모른다. 그녀는 의심하지 않을 수 없었다.

그녀가 궁금증을 이기지 못하고 서류 봉투 안에 있는 내용물을 꺼냈다. 가장 먼저 그녀의 손에 닿은 것은 다름 아닌 한 장의 사진이었다.

사진 속의 여자는 지나를 닮은 것도 같았지만 전혀 닮지 않은 것도 같았다. 아마도 화장기 없는 얼굴에 차분한 머리 스타일과 쓰고 있는 안경 때문일 것이다. 그리고 무엇보다도 그동안 다른 여건에서 생활해 왔기 때문인지 풍겨나는 분위기가 지나 자신과는 전혀 다르게 느껴졌다.

하지만 사진 속의 여자는 보면 볼수록 자신과 닮았다. 아니, 영락없는 지나 자신이었다. 자신이 짙은 화장을 지운다면 누구든 쌍둥이임을 믿으리라.

여자들은 꾸미는 것에 따라 천의 얼굴을 가지고 있지 않은가. 지나는 자신의 눈을 의심하지 않을 수 없었다. 그녀는 사진 속의 여자가 자신의 쌍둥이 동생이라는 확신이 서기 시작했다.

사진을 들고 서 있던 그녀의 손이 심하게 떨리기 시작했다. 그녀는 자신도 모르게 울컥 분노가 치밀었다.

그녀는 다음 서류들을 훑어보기 시작했다.

—현재 이름 : 박 은 경(24)
　직　　업 : ***경찰서 중앙 전산실 근무
　계　　급 : 순경

그 밑으로 계속해서 지희의 과거 행적이 낱낱이 적혀져 있었다.

지희는 미아로 판정돼 서울 화곡동 미아보호소에 있다가 고아원으로 이적되었고 그곳에서 양부모에게 입양된 것으로 적혀 있었다. 그리고 그 후의 가정환경이며 현재의 사생활까지 빠짐없이 기록되어 있었다.

지나의 눈에서 눈물이 흘러내렸다.

지나는 지희에 대한 자료를 빠짐없이 읽어 내려가기 시작했다. 몇 장을 더 넘기자 그곳에는 혈액 모발 손톱에 대한 유전자 감식 결과도 나타나 있었다.

유전자 감식은 염기배열 등 10여 가지의 방법으로 분석되어 있었으며 모두가 완벽하게 자신의 것과 지희의 것이 일치했다. 너무도 똑같았기 때문에 지나는 의문이 생기지 않을 수 없었다.

"이게 어떻게 된 거지요? 어떻게 이렇게 똑같을 수 있어요?"

"그거야 그 다음 장을 보면 알 수 있을 텐데. 사실 나도 놀라지 않을 수 없었어. 역시 대단한 민 박사였어."

정 회장이 배시시 웃었지만 흉물스럽기 그지없었다.

지나는 다음 장을 넘겨 읽기 시작했다.

—나는 과학적, 이론적으로 무성생식에 의한 성인 인간 복제가 가능하다는 것을 오래전부터 확신했고 실제로 그 결실을 얻었다. 하지만……. 나는 생식세포 대신 체세포를 이용하여

복제에 성공했다. 먼저 성인의 몸에서…….

연구의 결실을 맺기는 했지만 나는 그것을 발표해서는 안 된다고 생각했다. 그리고 모든 논문을 포기하기로 결정했다. 그 사실을 철저하게 감추고 싶을 뿐이다. 왜냐하면 아이를 가질 수 없는 우리 부부가 소중한 생명을 얻었기 때문이다.

나는 사랑하는 우리의 아이들 지나와 지희가 인간의 존엄성을 부여받은 성숙한 인간으로 이 세상을 살아갈 수 있기를 간절히 바란다.

지나의 몸에서 힘이 쭉 빠져나갔다.

내가 복제 인간이라니, 그녀는 믿을 수 없었다. 무언가 잘못된 것이라고 생각했다. 그녀는 고개를 저었다. 정 회장이 거짓으로 꾸며 놓은 것이라고 그녀는 강하게 부정했다.

"아니야. 아니야!"

"……."

정 회장의 눈이 비열하게 번뜩거렸다.

선글라스는 묵묵히 서 있을 뿐이다.

"이건 말도 안 돼."

"그래도 민 박사를 아빠라고 부를 건가? ……지나 양은 민 박사의 유전형질과는 아무런 관계없이 모체인 이은지의 체세포로 탄생하게 된 거야. 엄마는 있어도 아빠는 없는 셈이지."

"당신이 꾸민 거지. 사실이 아니야. 그렇지?"

그가 정 회장의 앞으로 다가갔다.

"사실이야. 그 자료를 찾고도 믿겨지지가 않았지. 그래서 나름대로 지나 양과 지희 양의 유전자 감식을 해봤어. 역시 일치하더군. 그것도 똑같은 유전자를 가지고 있었어. 머리털 하나 손톱 하나, 그리고 혈액 역시 같을 수밖에 없는 이유가 바로 복제 인간이라는 것 때문이야. 부정해 봤자 더 초라해질 뿐이야. 그건 운명이야. 받아들여야 해. 민 박사가 너희를 만들었……."

정 회장의 말이 끝나기 전에 지나가 달려가 정 회장의 멱살을 잡고 뒤흔들었다. 그러자 뒤에 서 있던 선글라스가 달려가 지나를 제지했다.

"콜록콜록. 카악, 퉤."

정 회장이 헉헉대다가 와이셔츠 단추를 풀며 가래침을 바닥에 뱉었다.

선글라스가 그녀를 침대로 내던졌다.

"그만…… 됐어."

숨을 돌린 뒤에 정 회장이 선글라스에게 지시했다.

지나는 침대 시트에 얼굴을 묻고 울기 시작했다. 그 모습이 한없이 처량하고 불쌍할 뿐이다.

정 회장은 그 모습을 즐기고 있는 듯했다.

비열한 인간 같으니, 지나는 정 회장을 죽이고 싶은 심정이었다.

밖에서는 천둥 번개를 동반한 장대비가 끊이지 않고 쏟아지고 있었다. 지나의 운명을 예견이라도 했다는 듯이 장대비는 그렇게 쏟아지고 있었다. 지나의 울음소리가 커져만 갔다.

내가 복제 인간이라니. 지나는 서러웠다. 자신을 만들어 놓은 아빠가 밉고 원망스러웠다. 그리고 엄마도 역시 미웠다.

"그러니까 이 세상에 네 엄마 이은지라는 인물은 하나가 아니고 셋인 셈이야."

정 회장이 비아냥거리고 있었다.

엄마, 엄마가 나의 또 다른 나라니. 지나는 죽고만 싶었다. 이 세상을 살아갈 용기가 나질 않았다.

어쩌면 좋다는 말인가. 자신이 겨우 복제 인간이라는 것이 그녀를 속절없는 아픔으로 이끌고 들어갔다.

복제 인간, 복제 생명체, 복제품이라는 말들이 자꾸만 그녀의 머릿속을 헤집고 돌아다니며 뼈아프게 만들었다.

아니야, 그건 거짓말이야. 난 분명 복제 인간이 아니야. 그녀는 부정하고 있었다.

이 무슨 운명의 장난이란 말인가.

도대체 왜 그런 현실이 앞을 가로막고 서 있는 것인가. 왜 다른 사람도 아닌 나란 말인가. 왜 하필이면 복제란 말인가. 차라리 그런 말보다 고치지 못할 몹쓸 병이라면 그나마 위안을 받을 수 있을 텐데. 시한부 생명이라면 차라리 체념해 버리면 그뿐인 것을. 왜, 왜, 왜.

복제 인간이란 말은 그녀를 혼란스럽게 만들었다.

죽어 버릴까. 테라스 위에서 뛰어내리면 간단한 것을…….

정말 자살보다도 더 치욕스러운 것이 바로 복제 인간이라는 사실일 것이다.

"어때, 그래도 믿기지가 않아?"

"……."

"그럴테지."

"……."

"하지만 그건 엄연한 사실이야. 민지나 박사가 복제 인간이라……. 놀라운 일이지. 나도 믿기지 않아. 너무도 안됐어. 운다고 일이 해결되는 건 아니야. 진정한 인간으로 이 세상을 살아가고 싶다면 그것 정도는 이겨내야 할 거야. 사실 복제 인간이라고 인간하고 다를 것은 없거든. 똑같이 생각하고 또 똑같이 행동하잖아. 그게 그렇게도 슬픈 일일까? 시험관 아기나 복제 인간이나 다를 게 뭐가 있어. 나는 잘은 모르지만 아무리 정자와 난자의 수정에 의해 생명체가 탄생하지 않았더라도, 체세포 역시 난자와 정자에 의해 이루어진 성숙체인데 다를 게 뭐가 있느냐구. 중요한 것은 그게 아니야. 진짜 중요한 것은 내 자신이지. 난 그 목표를 영생으로 삼고 있어.”

정 회장이 나름대로의 진리를 늘어놓고 있었다.

“…….”

“복제 인간도 사랑을 할 수 있고 인간과 똑같이 느낄 수 있어. 단지 복제라는 단어만 빼고는 다를 게 없지. 그게 뭐 대순가. 생식세포가 어떻고 체세포가 어떻다는 말, 나는 무식해서 몰라. 하지만 그건 알지. 복제 인간이든, 인간이든 내가 계획하고 있는 세상은 모두 똑같은 대우를 받으며 살아갈 수 있다는 거야.”

“…….”

“모든 건 선택되는 게 아니라 만들어지는 거야. 돈만 있으면 뭐든 못 만들겠어. 여태까지 난 못 이룬 게 없었지. 영생만 빼고는……. 그걸 도와주어야겠어. 지나 양에게는 그만큼 많은 사례를 해주겠어. 나의 정신을 새로운 육체에 이식만 시켜준다면 말이야. 원하는 것이 있다면 그 모든 걸 보장해 주지.”

“…….”

“선택의 여지는 없어. 지희라고 했던가?”

“…….”

“지희, 이름이 참 예쁘군. 하지만 지나 양이 S프로젝트를 완성시키지 못한다면 지희 양은 이 세상 사람이 아니게 될 거야. 지금 당장이라도 그녀를 만나게 해줄 수도 있어."

"……."

울먹이던 지나는 어느 정도 안정을 찾을 수 있었다. 그녀는 정 회장의 말에 귀를 쫑긋 세웠다. 그러나 그가 하는 말은 모두가 입발림처럼 느껴졌다. 능구렁이 같은 정 회장을 믿을 수는 없었다.

"원하는 게 그거라면 전, 할 수 없어요."

그녀가 잘라 말했다.

"그렇다면 어쩔 수 없겠군. 서울에 있는 지희에게 큰 일이 생기게 될 거야. 이젠 만나려 해도 평생 만나지 못하게 되겠지. 그것 참 불행한 일이겠는데. 하는 수 없지. 원하는 것이 그것이라면 그렇게 해주어야겠지."

정 회장이 얼굴에 피식 웃음을 섞어 가며 이번에는 지나를 협박했다. 그러며 정 회장이 선글라스에게서 핸드폰을 건네받았다. 정 회장은 막 서울로 전화를 걸기 위해 버튼을 누르고 있었다.

"그건 안 돼요!"

"안 돼긴. 여기서 전화 한 통화면 서울에 있는 지희는 파리 목숨이나 다름없지. 원하는 대로 해주지."

"잠깐만요."

그녀가 침대에서 벌떡 일어나 앉았다.

지희의 목숨을 그에게 호락호락 넘겨주고 싶지 않은 그녀였다.

"왜, 할말이 있나?"

정 회장이 핸드폰을 선글라스에게 넘기며 말했다. 선글라스가 그에게서 받은 휴대폰을 접어 슈트 안쪽 속주머니에 넣었다.

"도와주면……."

"……."

"그럼 살려 줄 건가요?"

그녀의 눈은 퉁퉁 부어올라 있었다. 그녀가 정 회장을 빤히 쳐다보며 말했다. 어차피 그 수밖에는 없을 것 같았다.

"물론. 약속하지. 약속하고말고."

"좋아요. 그럼 도와 드리겠어요. 하지만 한 가지 더……."

"뭔데……?"

"철민 씨도 해치지 않겠다고 약속해 주세요."

"철민, 그 최 형사를 말하는 건가?"

"……."

지나가 고개를 끄덕였다.

"그 놈은 좀 곤란한데. 너무 많은 것을 알고 있어. 그 녀석을 가만 놔두었다가는 내가 곤경에 처하게 될지도 몰라. 안 되겠어."

정 회장이 잘라 말했다.

“그럼 저도 할 수 없어요.”

말하고선 지나가 입을 악다물었다.

살아 있는 것이 분명했다. 지나는 그가 살아 있다는 것에 어느 정도 안심하며 위안을 받을 수 있었다. 그가 살아 있다면 그는 분명 정 회장의 음모를 밝혀내 줄 것이다. 그녀는 그렇게 또 다른 희망을 간직하고 있었다.

우선은 철민을 보호해야 할 것 같았다.

“……”

“아쉬운 쪽은 내가 아니라 회장님일 텐데요.”

지나가 정 회장을 떠보았다. 하지만 그가 철민을 내버려두겠다고 약속한다 치더라도 그는 언젠가는 철민을 죽이고 말 것이다. 정 회장은 믿지 못할 사람이었다. 지나는 정 회장의 눈에서 그런 것을 읽을 수 있었다.

“……”

정 회장은 골몰히 생각에 잠겼다.

“어떻게 하실 건가요?”

“좋아, 그렇다면 어쩔 수 없지. 나에게는 선택의 여지가 없으니까. 그렇게 해주겠어. 하지만 딴생각을 하는 날에는 두 사람 다 이 세상 사람이 아닌 줄 알라고……. 더 바랄 것이 없나?”

“이 일이 끝나면 난 지희와 함께 나른 나라에 가서 살고 싶어요."

"그렇게 해주지."

"고마워요."

"아니야. 나도 한 가지 지나 양에게 바라는 것이 있거든. ……5일을 주겠어. 그동안 정신 이식에 대한 모든 연구를 마무리질 수 있겠나?"

"시간이 모자라요."

"헛수작 부리지 마. 사이버분석이식 시스템기에 대한 모든 연구가 이미 끝난 줄 알고 있어. 몇 번의 실험만 거친다면 완성되는 것도. 다만 그 연구 대상이 없을 뿐이지. 모든 지원을 아끼지 않을 테니 5일 이내에 내 정신을 이식시킬 수 있도록 해. 더 이상의 시간은 줄 수 없어."

"……"

지나가 한숨을 내뱉었다.

그랬다. 모를 턱이 없었다. 그 능구렁이 같은 정 회장이 몰랐다면 자신을 이곳까지 납치해 오지도 않았을 것이다. 정 회장은 김 박사보다도 더 비열한 인간임이 분명하다. 그런 정 회장과 타협을 하는 것은 위험 부담이 따르는 것이다.

"할 수 있겠나?"

"……"

지나는 할 수 없이 고개를 끄덕였다.

사실 그의 말대로 모든 연구는 끝난 상태이지 않은가. 단지 실험 대상이 없어서 망설이고 있었다. 그렇다고 어떻게 인간을 대상으로 실험을 할 수 있다는 말인가. 아무리 복제 인간이라 해도 인격을 지닌, 존엄성을 지닌 인간이지 않은가. 단지 복제라는 것만을 빼고는…….

그들의 삶을 짓밟을 수는 없다. 하지만 해야 한다. 그녀는 난감해졌다. 자신도 복제라는 탈을 쓰고 있지 않은가.

"그래야지."

정 회장이 피식 웃었다.

"……."

비열한 야수. 인간의 탈을 쓴 짐승만도 못한 인간. 지나는 정 회장을 노려보며 이를 악물었다.

"벌써부터 설레는군. 5일 후면 새롭게 태어난다고 생각하니……. 그 누구도 상상하지 못했던 영생을 내가 가질 수 있다니."

정 회장이 혼잣말로 중얼거렸다.

정 회장이 손을 까딱하자 선글라스가 그의 휠체어를 밀었다. 정 회장은 객실 안을 나서기 전에 다시 한마디 던졌다.

"난 약속은 꼭 지키는 사람이야. 허허허……."

말끝에 웃음이 쏟아져 나왔다.

"……."

저 웃음은 무엇을 의미하는 것일까. 지나는 그들이 나가고 난 뒤에 침대 맡에 멍하니 앉아 있었다.

자신이 너무도 처량하고 가엾게 느껴졌다. 왜 자신이 그런 운명에 처해야 한단 말인가.

차라리 죽어 버리는 것이 나을지도 모른다. 그러나 이대로는 죽을 수가 없었다. 정 회장과 김 박사를 없애지 않고서는 죽는다 해도 눈을 감을 수 없었다.

그들에게 꼭 복수를 하리라.

자신이 복제 인간이라는 것을 알려 주지 않았다면…… 허무했다. 그랬다면 스스로 완전한 인간이라고 믿고 이 세상을 살아가고 있을 것이다.

하지만 복제 인간이라는 사실을 안 지금 달라진 것은 없다. 인간과 다를 것이 무엇이란 말인가. 스스로 아무리 마음을 다독여도 지나의 몸에서는 저절로 힘이 쭉 빠져나갔다. 전혀 아무런 의욕도 생기지 않았다. 왜 이렇게 답답한 걸까.

—똑똑똑.

다시금 노크 소리가 들렸다.

"……."

지나는 고개를 숙이고 있었다. 가슴이 찢어지는 것만 같았다.

문이 열렸고 이십대 초반의 젊은 여자가 안으로 들어왔다. 여자는 정 회장의 비서였다. 그녀의 손에는 쟁반이 들려져 있었다.

여자가 그것을 침대 맡으로 가져다가 자그만 탁자에 올려
놓았다.

"식사를 하셔야지요?"

"……."

"어서 들어 보세요."

"……."

지나는 대꾸하지 않았다. 그러자 여자가 쟁반을 지나의 앞
으로 가져다가 놓았다.

"싫어. 먹기 싫다고……."

그러며 지나가 쟁반을 손으로 뿌리쳤다. 쟁반은 그대로 카
펫 바닥에 나뒹굴었다.

여자가 당황하여 어쩔 줄 모르고 있었다. 여자가 지나를 노
려보다가 하는 수 없이 카펫 위에 나뒹굴고 있던 그릇들을 챙
기기 시작했다.

"먹기 싫으면 관두지 왜 아까운 음식을……."

여자가 투덜거렸다.

지나는 시트를 뒤집어쓰고는 침대에 누웠다.

여자가 그릇들을 챙겨 가지고 밖으로 나가는 소리가 들
렸다. 지나는 여자가 나간 뒤에도 한참 동안 그렇게 누워
있었다.

시트를 뒤집어쓴 지나는 울고 있었다.

그녀의 울음소리는 너무도 서러웠다. 그녀는 그렇게 피눈물을 흘리고 있었다. 그녀의 눈물이 하염없이 흘러내려 시트를 적시고 있었다.

어찌하면 좋은가. 막막하기 그지없었다.

얼마를 그렇게 울었을까. 답답해서 도저히 견딜 수가 없었다.

과연 내가 누구란 말인가.

그녀는 침대에서 일어나 테라스 쪽으로 다가갔다. 그리곤 창문을 열었다. 굵은 빛줄기가 그의 얼굴로 바람과 함께 쏟아졌다. 조금 더 앞으로 나가자 비바람이 더욱 거세게 몰아쳐 왔다. 그녀는 그대로 그 비를 맞고 있었다.

이대로 떨어져 죽을까. 그녀는 잠시 나약한 생각을 했다. 그러나 그런다고 해도 아무 것도 변할 것이 없을 것 같았다.

눈물과 빗물로 그의 얼굴은 범벅이 되어 있었다. 한동안 아래를 내려다보고 서 있던 지나는 그대로 바닥에 주저앉았다. 그렇게 죽을 수는 없었다. 아니 죽는 것이 무서웠는지도 모른다. 아마도 그랬을 것이다.

죽음이 문제를 해결해 줄 수 있는 것은 아니다.

그녀의 옷이 빗물에 흠뻑 젖고 있었다. 그리고 그녀의 체온도 서서히 떨어지고 있었다. 그런데도 지나는 일어날 생각을 하지 않았다. 그녀에게 삶의 의욕은 조금도 남아 있지 않았다. 세상의 모든 것들이 의미없게 느껴질 뿐이다.

자신의 존재가 원망스러웠다. 하지만 원망해도 소용없었다. 그녀는 절망적이었다. 그녀는 벼랑에 선 채 누군가가 아래로 떠밀어 주기만을 기다리고 있는 듯했다. 그대로 모든 것을 잊고 싶은 심정이었다.

세상은 너무나 큰 시련을 그녀에게 안겨 주고 있었다.

또 다른 나. 그녀는 지희를 생각했다. 또 다른 내가 있다는 것이 어쩌면 그녀에게 위안이 되었는지도 모른다.

그녀는 지희가 보고 싶어졌다. 한날한시에 태어난 분신. 지희가 이런 사실을 알게 된다면 어떤 표정을 지을까.

그것은 운명의 장난이었다. 세상의 그 누구라도 자신이 복제라는 사실을 알게 된다면 힘들어 할 것이다.

이젠 눈물도 흘러내리지 않았다. 더는 흘릴 눈물도 남아 있지 않았다. 울어 봤자 아무런 소용이 없었다.

그녀는 망연자실한 채 앉아 있었다. 그녀의 옷이 빗물에 흠뻑 젖어 있었다. 그녀의 얼굴은 핼쑥했고 창백했다.

뒤에서 인기척이 느껴졌다. 다름 아닌 선글라스였다. 그가 지나의 곁으로 다가와 슈트를 벗어 말없이 그녀의 어깨에 덮어 주었다. 선글라스의 눈빛이 안타깝게 떨렸다.

살인 킬러인 그의 매마른 눈에 인정이 짙게 맺히고 있었다.

빗속에 앉아 있는 여자의 모습은 안쓰럽기도 했지만 아름답기도 했다. 선글라스는 그녀에게서 알 수 없는 연민을 느끼고 있었다. 그녀의 마음을 이해할 수 있을 것 같기도 했다. 그러나 굳이 그녀를 위로하려고 하지 않았다. 위로한다는 것은 주제 넘는 일인지도 모른다.

그의 얼굴은 담담하다. 지나만큼이나 고통스러운 얼굴이었다.

그녀의 몸이 비에 젖어 가늘게 떨리고 있었다. 그러나 선글라스는 그녀를 그대로 내버려두었다.

"부탁이 있어요."

한참이 지난 뒤에 지나가 선글라스를 쳐다보며 말했다.

몹시도 창백한 지나의 얼굴. 여자가 저토록 괴로워하는 것은 처음이다. 선글라스는 지나의 눈에서 시선을 떼지 않았다.

"……."

"술 좀 가져다 줄 수 없어요?"

"……."

선글라스는 지나를 묵묵히 쳐다보고 있을 뿐 아무런 대답도 하지 않았다.

"그래줄 수 있지요?"

술이라도 마시면 그런대로 기분이 괜찮아질 것 같다는 생각에서였다. 그녀도 선글라스를 쳐다보다가 다시 어둠 속을 건너다보았다.

선글라스는 뒤돌아 들어왔던 방을 나갔다.

지나는 어둠 속을 멍하니 바라보고 앉아 있었다.

빗줄기는 끊이지 않고 그녀의 파리한 얼굴로 떨어졌다. 그녀의 입에서 땅이 꺼져 버릴 듯한 심음이 새어나왔다.

얼마를 그렇게 앉아 있었을까. 너무도 많이 울었기 때문인지 몸에서 점점 힘이 빠져나갔다. 그녀는 테라스 바닥에 그대로 쓰러지고 말았다.

누군가 다가와 그녀를 안아 올렸다. 그리고 안으로 들어와 그녀를 소파에 앉혔다.

온기가 느껴지면서 그녀가 스르르 눈을 떴고 그녀의 앞에 등을 보인 채 무엇인가를 만지작거리는 남자가 보였다. 다름 아닌 선글라스였다. 그가 지나의 앞으로 양주와 얼음 케이스를 가지고 왔다. 그리곤 말없이 잔에 얼음을 넣고 양주를 따라 지나에게 건네주었다.

"고마워요."

지나는 잔을 받아 단숨에 비워 내었다. 그녀의 빈 잔에 또다시 선글라스가 술을 따랐다.

지나는 연거푸 서너 잔을 단숨에 비워 내었다.

가슴에서 뜨거운 무엇인가가 울컥거렸다. 메말랐던 눈물이 속절없이 새어나와 선글라스를 당황하게 만들었다.

도대체 난 누굴까.

아빠와 엄마는 왜 나를 만들어낸 거지. 세상이 한없이 원망스럽기만 했다. 도대체 어쩌란 말인가. 도대체 무엇을 어떻게 해야 한단 말인가.

　그녀가 그 순간 할 수 있는 것은 아무 것도 없었다. 그저 마냥 쏟아져 내리는 눈물을 감수하고 있을 뿐이었다.

　살아 있음의 의미를 찾지 못하는 것이었다.

　나는 누구란 말인가, 도대체 나는 누구란 말인가. 나의 존재가 진정 나 하나만을 위한 존재였을까.

　한숨이 쏟아져 나왔다.

　눈물을 보이고 싶지 않았던지 이번에는 고개를 푹 숙인 채 그녀가 양주를 따르고 있었다. 선글라스의 눈에 비춰진 여자의 모습은 가슴을 뭉클하게 만들기에 충분했다. 그가 지나에게 손수건을 내밀었다.

　객실 안에 들어온 뒤로 선글라스는 단 한 마디도 하지 않고 있었다.

　지나는 그의 손수건을 받아 눈물을 닦았다. 손수건에서 남자의 따뜻함이 느껴지는 것을 알 수 있었다.

　눈물을 닦은 지나는 양주를 서너 잔 더 마시고 스르르 잠이 들었다.

　소파에 앉은 채 잠이 든 지나의 몸은 불덩이와도 같았다. 선글라스가 그녀의 겉옷을 벗겨 침대 위에 눕혀 주었다. 그리고는 그녀의 잠든 모습을 한참 동안 바라보고 서 있었다. 그의 얼굴이 그윽하게 빛났다.

지나의 잠든 모습은 너무나도 아름다웠다. 선글라스의 마음은 그녀에게 이끌리고 있었다.

잠들어 있는 지나의 몸에서 오한증이 일어나는 것 같았다. 선글라스는 두꺼운 시트를 가져다가 덮어 주었다. 그러자 떨고 있던 지나의 몸이 어느 정도 안정을 되찾고 있었다.

선글라스는 손수건을 물에 적셔 지나의 이마에 난 땀을 정성스럽게 닦아 주었다. 그는 그렇게 지나를 보살펴 주다가 새벽이 되어서야 객실에서 나왔다.

다음날 선글라스는 다시 지나의 객실을 찾았다. 그녀가 걱정되었기 때문이었다.

오랜만에 감추어져 있던 햇살이 고개를 내밀었다. 하지만 객실 안은 어두운 편이었다. 선글라스가 객실에 쳐져 있던 커튼을 젖히자 맑은 햇살이 그대로 쏟아져 들어왔다.

눈이 부셨던지 선글라스가 손으로 햇살을 가렸다. 그는 뒤돌아 지나가 누워 있는 침대 맡으로 다가갔다.

지나는 아직 잠에서 깨어나지 않고 있었다.

선글라스는 그녀의 곤한 잠을 깨우고 싶지 않아 그대로 지켜보고 있었다. 햇살을 받아들이고 있는 지나의 얼굴에 어제와는 다른 생기가 느껴졌다. 선글라스가 그녀의 얼굴을 보며 그윽하게 웃었다. 그러다가 지나의 하얀 이마에 자신도 모르게 입맞추었다.

그 순간 그녀의 체온이 선글라스의 온몸으로 짜릿하게 전해져 왔다. 알 수 없는 감정이 그를 사로잡고 있었다.

"으……음."

지나가 잠에서 깨어나는 중이었다. 아마도 따사로운 햇살 때문이었을 것이다. 그녀가 힘겹게 눈을 떴고 그녀의 앞에 선글라스가 앉아 있는 것이 보였다.

"당신이었군요."

"……."

"내가 어떻게 된 거지요?"

"……."

선글라스는 벙어리처럼 아무 말도 하지 않고 있었다.

지나는 어젯밤의 일을 더듬었다. 누군가 자신을 침대에 눕혔던 것 같은데.

그녀는 바로 그가 선글라스라는 것을 쉽게 알 수 있었다. 그녀는 오랜만에 개운한 잠을 자고 난 것처럼 기지개를 폈다.

선글라스가 그녀의 앞에 가지고 온 식사를 내밀었다.

쟁반에는 미음과 함께 한 송이 장미꽃이 올려 있었다. 그녀를 배려한 식사였다.

"당신이 왜 식사를……?"

그랬다. 식사는 언제나 정 회장의 비서라는 여자가 가지고 오곤 했었다.

지나는 쟁반 위에 올려져 있는 장미를 보고는 방긋 웃었다. 사실 장미꽃과 죽은 어울리지 않았다. 그 탓에 지나가 웃었는지도 모른다.

선글라스의 얼굴이 붉어진 것은 그 다음이었다. 선글라스는 멋쩍게 쟁반을 들고 있다가 침대 위에 앉아 있는 지나의 다리 위로 올려놓았다.

"……."

선글라스가 들어 보라는 눈으로 쳐다보고 있었다.

"고마워요."

지나는 수저를 들어 미음을 떠먹기 시작했다. 배가 고팠던지 미음을 깨끗이 비워 내었다.

그동안 선글라스는 잠시도 지나의 얼굴에서 시선을 떼지 않았다.

"어제는 고마웠어요."

지나가 살짝 웃어 주었다. 그녀의 웃음은 햇살보다도 더 밝고 화사했다. 선글라스의 가슴이 순간적으로 설레었다. 여자가 그런 식으로 자신에게 웃어 준 것은 지나가 처음이었다. 선글라스는 알게 모르게 감격하고 있었던 것이다.

"이름이 뭐예요?"

"……."

"말하고 싶지 않으면 안 해도 돼요."

"……."

선글라스는 지나가 건네주는 쟁반을 말없이 받아 들었다.

"그런데 당신은 나에게 왜 한마디도 나에게 하지 않는 거죠?"

선글라스에게서 단 한마디도 들어보지 못한 지나였다. 지나는 그 말을 하면서 그가 벙어리일지도 모른다고 생각했다.

"……."

대답 대신 그가 방긋이 웃었다. 그리고는 자리에서 일어나 문 쪽으로 걸어갔다.

지나는 그의 뒷모습에서 남자의 듬직함을 느꼈다. 그에게서는 알 수 없이 끌리는 무언가가 있었다.

"너무 힘들어하지 말아요."

"……."

"내가 당신을 지켜 주겠소."

지나와 그의 눈이 마주쳤다.

"필요한 것이 있으면 말해 봐요?"

"……."

지나가 아무 말이 없자 그가 다시금 지나의 눈을 들여다보며 포근하게 웃어 주고는 밖으로 나가려 했다.

"저……."

지나가 망설이며 그의 발길을 잡아 세웠다.

“……?”

“여긴 답답해요. 어디 바람이라도 쐴 수 있으면 좋겠어요.”

“알겠습니다. 회장님께 말씀드려 보도록 하겠습니다.”

그는 마지막으로 한 번 더 그윽하게 웃어 주고는 밖으로 나갔다. 그의 뒷모습이 조금은 쑥스러워 보였다.

지나는 그의 뒷모습에서 그가 진실로 걱정한다는 것을 알 수 있었다. 정말 예상치 못했던 일이었다.

그녀는 침대에서 일어나 욕실로 들어가 오랜만에 샤워를 했다. 샤워를 마치고 나온 그녀는 옷을 갈아입고 테라스로 다가섰다.

맑은 공기가 그녀의 코끝을 어르고 있었다. 그녀는 숨을 깊게 들이마셔 보았다. 더없이 기분이 상쾌해졌다.

그녀는 선글라스의 눈과 마주쳤던 그 순간을 떠올렸다. 그의 눈에서 지나는 그가 결코 악한 사람이 아니라는 것을 알 수 있었다.

그의 가슴에는 순수하고 뜨거운 사랑이 숨 쉬고 있을 것이라고 그녀는 생각했다. 그렇지 않고서는 그처럼 맑은 눈을 가질 수 없기 때문이다.

“아…….”

기지개를 펴는 그녀의 갈라진 입술 사이로 가볍게 신음이 쏟아져 나왔다.

그녀는 이제 다시금 시작하려던 참이다. 복제 인간이라는 단어는 생각하지 않기로 했다. 빨리 잊는 것이 나을 것이다, 더 이상 그런 것에 연연하지 않겠다고 다짐했다.

정 회장과 싸워서 이겨야 한다는 생각만 갖자, 이렇게 마음을 먹자 그녀는 힘이 저절로 솟는 것 같았다.

다음날 지나는 선글라스의 배려로 밖으로 나올 수 있었다.

지나를 태운 승용차가 평양과 묘향 간의 고속도로를 달리고 있었다. 선글라스가 운전을 하고 , 바로 옆의 조수석에는 지나가 앉아 있었다.

둘뿐이었다.

승용차에 오른 뒤로 선글라스는 단 한마디도 하지 않았다. 그것은 지나도 마찬가지였다.

"어디에서 차 좀 잠깐 세워 주세요."

"……."

그러나 선글라스는 여전히 대답이 없었다.

그리고 얼마 뒤에 선글라스가 한적한 곳에 차를 정차 시켰다. 승용차가 정차하자마자 지나가 쏜살같이 조수석 문을 열고 밖으로 뛰어나갔다.

그러곤 얼마 뒤에 다시 지나가 차로 돌아왔다.

"왜 저를 감시하지 않으셨죠?"

"……."

그는 여전히 대답이 없다.

"제가 도망치면 어쩌실려구요?"

"……."

그는 대답 대신 지나를 향해 살포시 웃음을 건네었다.

지나도 그런 선글라스를 보며 힘없이 웃었다.

사실 이곳에서 도망친다 해도 정 회장의 손아귀에서 벗어날 수 없음을 지나 스스로도 잘 알고 있었다.

선글라스는 지나가 무엇 때문에 차를 세워 달라고 했는지 알고 있었던 것이다. 지나는 그제야 자신이 볼일을 보기 위해 차를 세워 달라고 했던 것에 그제야 수줍어 얼굴을 붉혔다.

승용차는 다시 묘향을 향해 내달리기 시작했다.

"어디로 가는 거죠?"

"……."

가보면 안다는 식으로 선글라스가 액셀러레이터를 힘껏 밟아 차의 속력을 더욱 높였다.

지나도 더 이상은 묻지 않았다.

이렇게 밖으로 나온 것만으로도 기분이 좋아졌다.

그렇게 승용차는 멈추지 않고 한 시간 여를 더 달렸다. 그리고 도착한 곳은 묘향산이었다.

금강산만큼이나 절경이 빼어나다는 그곳이었다. 승용차는 묘향산의 호텔 주차장에 멈추어졌다.

이른 아침에 식사도 거른 채 출발했기 때문에 시장기가 느껴지기도 했지만 지나는 들뜬 기분에 산에 빨리 오르고 싶었다. 그런 지나의 생각을 알아차렸는지 선글라스는 호텔에 들어가서 바구니를 들고 나왔다.

아마도 미리 호텔 측에 연락해서 준비해 놓은 모양이었다.

또다시 둘은 아무 말 없이 걷기 시작했다.

지나의 막혀 있던 가슴이 서서히 풀리기 시작했다.

지나가 저만치 앞으로 걸어가는 반면 선글라스는 지나의 뒤에 멀찍이 떨어져 따라왔다. 아마도 지나의 기분을 방해하고 싶지 않은 배려인 것 같았다.

지나의 얼굴은 방긋 달아올라 있었다.

곳곳의 웅장한 경관이 지나의 답답했던 가슴을 말끔히 씻어 주었다. 그렇게 얼마를 더 올라가자 폭포가 보였다.

지나는 그곳에서 가쁜 숨을 돌렸다. 선글라스가 바구니를 들고 그녀의 옆으로 다가왔다.

"항상 그렇게 말이 없어요?"

"……."

폭포수 떨어지는 소리 때문에 지나의 말을 듣지 못했는지 그는 폭포수 저 위쪽을 올려다보고 있었다.

무더운 날씨였다.

지나는 다시 걷기 시작했다. 역시 선글라스가 그녀의 뒤를 따라 걸었다.

바람이 불어 왔고 지나는 숨을 깊게 들이마셔 보았다. 공기는 그렇게 맑을 수가 없었다.

상쾌했다. 가슴이 뻥 뚫리는 것만 같았다.

다시 지나의 발길이 멈추어 진 것은 절 때문이었다. 지나는 서슴없이 절 안으로 들어갔다.

그녀가 찾은 곳은 대웅전이었다.

대웅전 앞, 향을 파는 곳에서 그녀가 머뭇거렸다. 그런 그녀의 뒤로 선글라스가 다가왔다.

"혹시……."

그녀가 머뭇거렸다.

그러자 선글라스가 주머니에서 북한 돈을 꺼냈고 지나에게 건네주었다. 그리고는 또다시 손수건을 꺼내 건네주었다.

지나는 이마에 맺혀 있던 땀을 선글라스가 건네준 손수건으로 닦았다.

땀을 닦고 한숨을 돌리고 난 지나가 이번에는 그가 건네준 돈으로 향을 샀다.

그리고 대웅전으로 들어가면서 선글라스에게 살며시 웃음을 남겼다.

대웅전으로 들어간 지나는 향을 켜서 향로에 꽂아 놓고는 뒤로 두 발짝 물러서서 합장했다. 그리고 살며시 눈을 감고 무엇인가를 빌기 시작했다. 그녀의 얼굴은 너무도 성스럽고 진지해 보였다.

그 모습을 선글라스가 유심히 지켜보았다.

합장을 하고 있던 지나가 이번에는 바로 앞에 있던 방석 위로 몸을 숙였다. 왼손이 닿았고 다음으로 오른손이 닿았다. 그렇게 몸을 숙인 채 절을 했고 손바닥을 위로 향해 가지런히 들어 올렸다.

대여섯 차례 지나는 그렇게 부처님 앞에 절을 하고는 대웅전에서 나왔다.

지나는 부처님 앞에 절을 하면서 할머니를 생각했다. 할머니의 영혼이 극락환생할 수 있도록 부처님 앞에 정성을 다해 빌었다.

할머닌 불교 신자였다.

지나가 어렸을 때 지나는 할머니를 따라 절에 자주 가곤 했었다. 할머니는 먼저 떠나간 딸과 사위를 위해 일주일에 한 번씩 절을 찾아 부처님께 그들의 영혼이 편안할 수 있도록 공양을 하곤 했었다.

지나는 절을 보자 문득 그것이 생각났던 모양이다. 조금 서툴기는 했지만 절에 들어가 부처님 앞에 절을 하고 나오지 않으면 안 될 것 같았다.

대웅전에서 나온 지나는 다시 합장을 하고는 뒤돌아 다시 걷기 시작했다.

산 위로 더 걸어 올라갈수록 인적은 찾아보기 힘들었다.

그렇게 30분을 더 올라가 지나의 발걸음은 계곡에서 멈추었다. 비취빛의 아름다운 계곡이었다.

너무 맑고 아름다워서 발을 담그기가 미안할 정도였다.

지나는 선글라스가 건네준 손수건을 계곡 물에 담가 촉촉히 적셔서 자신의 얼굴에 묻은 땀방울을 닦아 내었다.

그러고 있자니 선글라스가 그늘을 찾아 그곳에 돗자리를 펴고 그 위에 바구니를 펼치기 시작했다.

"어머, 언제 이런 걸 다 준비했어요."

시장기가 발동한 지나가 선글라스가 펼쳐 놓은 음식을 보며 군침을 삼켰다.

"앉으시죠."

그는 지나가 먼저 앉기를 기다리고 있었다. 지나가 앉자 그다음 선글라스가 그녀를 마주보고 앉았다.

와인과 카나페 그리고 간단하게 요기할 수 있는 음식들이 그릇그릇 맛깔스럽게 담겨져 있었다.

선글라스가 와인 잔을 지나에게 건네주었고 뒤이어 와인을 따서 잔에 따르기 시작했다.

와인잔에 붉은 포도주가 반쯤 담겨졌다.

비취빛 계곡 물과 주위의 초록의 풍경들이 와인 잔에 담긴 적포도주와 꽤 잘 어울린다고 지나는 생각했다.

와인으로 입맛을 돋운 지나는 곧 식사를 하기 시작했다.

"정말 맛있어요."

"……."

선글라스는 지나의 먹는 모습을 보며 흐뭇하게 웃고 있었다.

"그 쪽은 왜 안 들어요?"

정신없이 먹던 지나가 그제야 선글라스를 쳐다보며 말했다.

"……."

"그러지 말고 함께 들어요."

지나가 선글라스에게 와인을 따라 주었다.

"……."

"걱정하지 말아요. 도망가지 않을 테니까."

"……."

그제야 선글라스가 와인 한 모금으로 입술을 축였다.

정말이지 오랜만에 가져 보는 그런 여유로운 시간이었다. 주위는 온통 평화롭고 적막했으며 풍요로웠다.

바람이 스쳐 지나며 지나의 머릿결을 헤집었고 지나는 숨을 한껏 안으로 들이마셔 자연과 하나이기를 바랐다.

식사를 끝내고서 지나는 다시 입가심으로 와인을 마셨다.

선글라스도 그런 지나에게 익숙해지려 와인을 덩달아 마셨다.

"그쪽은 나이가 어떻게 돼요?"

"……."

"고향이 어디에요?"

"……."

"부모님은 계세요?"

"……."

"말 좀 해봐요, 답답하잖아요?"

"……."

그러나 그는 벙어리처럼 입을 꼭 다물고 있을 뿐 지나의 물음에 한마디도 대답하지 않았다.

"좋아요, 나도 더 이상 묻지 않을게요."

"……."

"덥지 않아요?"

"……."

"우리 수영이나 할래요?"

"……."

선글라스가 대답이 없자 지나는 물가로 다가갔다. 그리고 뒤돌아 선글라스를 바라보았다.

짓궂게도 지나는 선글라스를 빤히 바라보며 옷을 벗기 시작했다.

그러자 당황한 선글라스가 고개를 다른 쪽으로 돌리고 말았다.

지나는 어느새 알몸이 되어 있었다.

실오라기 하나 걸치지 않은 완전한 알몸으로 그녀는 비취빛의 물속에 몸을 내맡겼다.

지나는 비취빛 수면으로 내려앉은 구름 위를 자유롭게 유영해 다녔다. 그 모습을 선글라스가 지켜보고 있었다.

"안 들어올래요?"

"……."

"걱정하지 말아요. 보지 않을 테니까, 어서 벗고 들어와요."

"……."

"마음대로 해요. 그쪽 들어오지 않으면 나 여기서 나가지 않을 거예요."

"……."

"어서 들어와요. 나 뒤돌아 있을 게요."

그러며 지나가 고개를 선글라스의 반대편으로 돌렸다. 그제야 선글라스가 자리에서 일어나 물가로 걸어왔다.

물가로 걸어온 선글라스는 지나를 한번 쳐다보고는 뒤돌아서서 옷을 벗기 시작했다. 와이셔츠를 벗고 바지를 벗을 때였다. 지나가 응큼하게 살짝 고개를 돌려 선글라스의 뒷모습을 훔쳐보았다.

잠시였다. 그렇게 돌아다본 지나는 금세 다시 고개를 돌렸지만 왠지 다시 시선이 선글라스 쪽으로 향해졌다.

선글라스는 마지막 남은 팬티를 벗고 있었다.

선글라스의 구릿빛 단단한 살결이 순간 지나의 시선을 잡아 세웠다.

건장한 체구에 온몸은 운동으로 단련된 단단한 근육으로 불거져 나와 있었다. 순간 지나의 가슴이 두근거리기 시작했다.

선글라스가 막 뒤돌아설 때 지나가 얼른 고개를 돌렸다.

선글라스도 물속으로 들어왔다. 지나가 선글라스 쪽으로 다가가 짓궂게 물장구를 쳐대기 시작했다. 선글라스는 그런 지나의 장난을 오빠처럼 받아 주었다.

선글라스는 수영을 꽤 잘하는 편이었다. 여러 가지 유형을 모두 구사해 내며 물 위를 능수능란하게 떠다녔다.

수영이라면 지나도 뒤지지 않았다.

"그것 봐요. 진작에 물속으로 들어왔으면 좋았잖아요."

"……."

"우리 저기까지 누가 먼저 가나 시합할래요?"

"……."

지나는 자신의 말이 끝나기가 무섭게 목표 지점을 향해 헤엄쳐 나아가기 시작했다. 그녀의 뒤에서 선글라스가 말없이 웃으며 지켜보고 있었다. 그러다가 어느 정도 지나와 거리가 벌어지자 그제야 헤엄을 치기 시작했다.

그런데 일은 바로 그때 벌어졌다.

저만치 앞장서서 헤엄쳐 가던 지나가 갑자기 물속에서 허우적거리는 것이었다. 선글라스가 재빠르게 지나 쪽으로 헤엄쳐 갔다.

지나는 금방이라도 물속으로 가라앉을 듯 보였다.

막 물속으로 가라앉으려는 지나의 뒤로 선글라스가 다가가 자신에게 의지하도록 만들어 주었다.

"후우……."

선글라스의 입에서 안도의 한숨이 쏟아져 나온 것은 바로 다음이었다. 지나는 기절한 것처럼 가만히 선글라스에게 의지하고 있었다.

그런 지나에게 다급한 나머지 선글라스가 마우스 대 마우스 인공호흡법을 시도했다.

그의 입술과 지나의 입술이 맞닿았다.

그런데 바로 다음 순간 지나가 불쑥 눈을 뜨는 것이었다. 놀란 선글라스가 순간 지나의 입에서 자신의 입술을 떼어내었다.

"하하하, 놀랬죠?"

지나가 재미있다는 듯이 깔깔깔 웃었다.

"……."

선글라스의 얼굴이 붉어졌다.

물 위에 떠 있는 그 상태로 지나의 몸과 선글라스의 몸이 바짝 밀착되어 있었다. 선글라스가 장난기 어린 지나와 거리를 두고 물러났다.

"화났어요?"

"……."

"그런 거예요?"

"……."

지나의 눈과 선글라스의 눈이 마주친 채 움직이지 않았다. 지나도 선글라스도 서로의 눈을 피하려 하지 않았다.

무언가 알 수 없는 느낌이었다.

그런 기분은 처음이었다. 지나의 장난기 어린 얼굴이 점점 심각해지기 시작했다. 하지만 선글라스는 무표정했다.

지나가 선글라스 곁으로 다가갔다. 선글라스가 그런 지나를 피하려 했지만 소용이 없었다. 어느새 선글라스는 지나에게 사로잡혀 있었다.

선글라스에게로 다가간 지나가 자신도 모르게 선글라스에게 입을 맞추었다. 선글라스는 뻣뻣이 굳은 채 지나의 입술을 받아 들였다.

남녀의 관계란 어쩔 수 없는 것인가.

지나는 자신도 모르는 사이에 선글라스에게 사랑을 느끼고 있었다. 그것은 선글라스도 마찬가지였다. 하지만 선글라스는 그 감정이 도대체 무슨 감정인지 알 수 없었다.

그저 황홀할 뿐이었다.

그저 막연히 좋을 뿐이었다.

선글라스는 자신을 지나에게 모두 맡겼다. 그런 선글라스를 지나가 끌어안았고 가슴 벅차게 그의 입술을 빨아들였다.

알 수 없이 지나의 가슴이 부풀어 올랐다. 알 수 없이 지나의 가슴이 하늘로 붕 떠오르고 있었다.

사랑이란 그런 것이었다.

그 얼마나 간절히 바라던 사랑이었는지 모른다. 그런 사랑을 이렇게 찾을 줄은 지나 자신도 알지 못했다.

역시 그 감정이 사랑이라고 선글라스도 막연히 생각했다. 선글라스의 팔이 서서히 지나의 어깨로 올라와 힘껏 끌어안았다. 그러나 그것도 잠시였다. 선글라스는 지나를 밀어냈다.

"이러면 안 됩니다."

"뭐가 안 된다는 거예요."

"……."

"자신을 속이지 말아요. 진실해져 봐요."

그러며 지나가 선글라스에게 다가갔다. 그러곤 그의 입술을 간절히 기다렸다. 아니 지나가 기다리다 못해 선글라스의 입술을 찾아 다가갔다.

너무도 뜨거웠다.

온몸이 짜릿했으며 그의 입술이 닿는 순간 지나는 알 수 없는 전율을 느낄 수 있었다. 남자에게 그런 전율을 느껴 보기는 처음이었다.

그에겐 무언가 알 수 없는 느낌이 있었다. 지나는 그 느낌이 알고 싶어졌다. 그러면 그럴수록 그에게 점점 더 자신을 내맡겨야 했다.

다가가면 다가갈수록 그는 부드럽고 포근한 남자였다.

여자의 실오라기 하나 걸치지 않은 몸과 남자의 알몸은 차가운 물속이기는 했지만 점점 뜨거워지고 있었다.

지나의 봉긋한 가슴과 그의 단단한 가슴 사이에는 아무 것도 존재하지 않았다. 아무 것도 감추지 않은 그대로의 모습이었다.

입맞춤은 너무도 달콤했다.

입술의 만남이 잠시 멈추어졌다. 그렇지만 둘은 서로의 눈에서 신선을 뗄 수가 없었다.

지나의 동공은 깊고 아득했다. 그런 지나의 동공으로 그가 가까이 다가왔다.

또다시 시작된 만남이었다.

길지도 짧지도 않은, 언제까지나 그렇게 있고 싶은 만남이었다.

지나가 그의 넓은 가슴에 얼굴을 묻었다. 그러자 그의 심장 소리가 그녀의 귀로 거세게 들려왔다. 지나는 그의 허리를 자신의 아랫배로 힘껏 끌어안았다. 그 역시 지나를 자신의 가슴으로 바짝 끌어당겼다.

"당신을 알고 싶어요."

"……."

"당신의 가슴을……."

"……."

"아, 당신이 좋아질 것 같아."

그렇게 포근한 가슴은 처음이었다. 지나는 그의 가슴에서 영원히 안주하고 싶다는 생각을 했다.

"추워."

"……."

지나의 말이 끝나자 선글라스가 지나를 안고 물 밖으로 걸어 나갔다.

따사로운 햇살, 하지만 그의 가슴만큼 뜨겁지는 않았다.

지나는 물 밖으로 나가자 수줍음을 타듯 얼굴을 붉혔다. 하지만 이내 용기를 내기 시작했다.

그가 지나를 돗자리 위로 눕혔다.

지나는 다시금 그의 손길을 기다리고 있었다. 입맞춤이 이루어졌고 그녀의 몸 위로 그의 단단한 살결이 다가와 맞닿았다.

순간 지나가 부푼 가슴을 억제하지 못하고 신음을 쏟아내었다.

그렇지만 그는 더 이상의 접근을 망설이고 있었다.

"내가 싫은 거예요?"

"……."

그가 고개를 저었다.

"그럼……?"

"……."

그는 대답 대신 지나의 눈을 자신의 눈으로 감싸고 있었다.

"난 당신이 필요해요."

"……."

지나가 선글라스를 자신의 가슴으로 끌어당겼다.

그녀의 입에서는 뜨거운 호흡이 쏟아져 나오고 있었다. 진득하면서도 촉촉한 가슴과 가슴의 진실한 만남이었다.

그 만남 속에서 지나는 무언가 발견할 수 있을 것 같다는 생각을 하고 있었다. 오래도록 그런 만남이 있었으면 했다.

지나의 간절함은 끝이 없었다.

"잠깐만, 난 당신을 알고 싶어."

그렇게 말하며 그녀가 자신의 핸드백에서 상비용으로 준비한 헤드셋을 꺼냈다.

선글라스는 개의치 않았다. 그는 지나를 믿고 있는 것 같았다.

지나가 그에게 헤드셋을 씌워주고 뇌파작용 센서로 관자놀이와 귀에 살짝 꽂아 주었다. 그러곤 자신도 헤드셋을 착용했다.

그리고 호흡을 가다듬었고 진정으로 그를 받아들이기 시작했다.

모든 것은 입맞춤에서부터 비롯되었다.

진한 입맞춤, 그것만으로도 둘은 정신 감응을 유도해 낼 수 있었다.

지나는 아릿해졌다. 그를 더더욱 가깝게, 그리고 진실로 확인하고 싶다는 생각뿐이었다.

아주 가벼운 접촉만으로도 지나는 그를 알 수 있을 것 같았다. 그가 그 얼마나 따듯하며 순수한 남자인지, 그리고 그 얼마나 진실한 남자인지.

영혼의 만남이 시작되었다.

시작은 어디서부터였는지 중요한 것이 아니었다. 그가 옆에, 자신의 곁에 있다는 것이 중요했다.

둘은 사이버분석 시스템에 의해 서로의 영혼을 공유하고 들여다볼 수 있었다.

정신세계의 공유를 통해 둘은 순식간에 가까워졌다.

터질 것만 같은 지나의 가슴을 그가 손으로 어루만져 주었다. 지나의 가슴에는 물기가 어리어 있었으며 햇살을 받아 더욱 하얗게 빛나고 있었다.

그의 입술이 그녀의 연약한 살결 위를 조심스럽게 지나쳐 가고 있었다.

지나는 그의 영혼과 함께 진정한 만남의 소중함을 체험하고 있었다. 그러나 어디에서부터 어떻게 잘못된 것인지 어느 한계점에서부터는 그의 지난날을 찾아낼 수 없었다. 아무리 시도하려 해도 더 이상은 무리였다.

무언가가 그의 과거를 가로막고 있었다. 그것은 열 수 없는 문이나 마찬가지였다. 지나가 수없이 두드려 봤지만 역시 그 문을 지나쳐 갈 수는 없었다.

그의 슬픔이 느껴졌다.

그의 영혼은 울고 있었다. 지나는 그의 영혼을 자신의 가슴으로 받아들였다. 그러나 그 이상은 할 수가 없었다.

그의 아픔이 너무도 컸던 탓일까. 아마도 그러했을 것이다.

육체적, 정신적 합일을 위해 지나는 진심으로 그에게 다가섰다.

그리고 이제 막 하나를 이루려던 찰나였다. 더없이 황홀하고, 더 없이 아름다운 영혼들의 만남이, 그리고 결합이 이루어지려는 그 순간이었다.

그가 손으로 뒤통수를 감싸쥐고 바닥으로 구르기 시작했다.

지나가 사이버분석 헤드셋을 벗어던지고 다급하게 그에게 달려들어 그의 헤드셋을 벗겨 내었다. 그러나 그는 계속해서 통증을 호소했으며 급기야 발작 증세까지 보였다.

지나가 할 수 있는 일이란 아무 것도 없었다.

그렇게 10분여를 뒹구르던 그는 더 이상 버티지 못하고 까무라쳤다. 지나는 그런 그의 머리에서 나는 열을 식혀 주기 위해 물수건을 만들어 그의 이마에 올려 주었다.

그렇게 30분이 지난 뒤에 그는 정신을 차릴 수가 있었다.

"미안해요. 나 때문에."

"아니에요."

"괜찮아요?"

"……."

그가 말없이 고개를 끄덕였다.

지나는 그의 옆에 다시 가지런히 누웠다. 따사로운 햇살이 그녀와 그의 얼굴로 새하얗게 쏟아졌다.

"그만 가야겠어요."

그가 자리에서 일어난 것은 해가 막 기울기 시작할 때였다.

"정말 괜찮아요?"

"……."

그 말에 그가 안심하라는 듯 살포시 웃어 주었다.

그가 바구니와 돗자리를 챙겨 들었다. 그리곤 먼저 앞장서서 걸어가기 시작했다. 그러다가 어느 지점에선가 바구니를 바닥에 떨어뜨리고 다시 손으로 머리를 감싸쥐는 것이었다.

“괜찮아요?”

“걱정하지 말아요. 가끔 이럴 때가 있어요.”

그는 애써 통증을 내색하지 않으려 했다.

잠 행

D-DAY. 03시 10분.

흑고래와도 비슷한 침투용 잠수함이 공해상에서 북을 향해 조심스럽게 진행하고 있었다.

밖에는 B급 태풍 경보가 내려져 있었다.

일출이 시작되기 전에 침투를 마쳐야 했기 때문에 잠수함의 진행은 긴박하게 이루어지고 있었다.

잠수정이 해수면 위로 떠올랐다.

2, 3미터의 높은 파도가 치기 때문에 해안 침투에 많은 어려움이 따랐다. 파도가 잠수정을 삼키려는 듯이 거세게 몰아쳐 왔고 주위는 온통 칠흑 같은 어둠으로 뒤덮여 있었다.

잠수정에서 내린 남자 세 사람은 검정색 침투용 고무보트에 모든 것을 내맡겨야 했다. 그들은 생사의 갈림길에 막 들어서고 있었다. 다시는 돌아오지 못할 마지막 잠행이 될지도 모르는 일이었다.

멀찍이 보이는 해안선의 초소에서는 경계가 조금은 뜸한 편이었다. 하지만 경계를 소홀히 할 수는 없었다.

북한에도 복제 인간이 침투해 있다면 당연히 고위층에 해당될 것이다. 정 회장이 아무런 장해 없이 북을 방문할 수 있는 것도 알고 보면 자신이 심어 놓은 복제 수하에 의해 이루어지는 것이 분명했다.

북한 국가기관의 모든 기관장과 군 조직에 이르기까지 정 회장의 복제 인맥이 형성되어 있을 것은 불을 보듯 뻔한 일이다. 그렇기 때문에 김 소령은 한껏 긴장하고 있는 편이었다. 까딱 잘못했다가는 위태로운 상황이 벌어질 것은 뻔한 일이다.

파도와 싸우는 세 사람의 몸동작은 날렵하고 능숙하기 그지없었다. 그들은 재빠르게 해안선으로 노를 저었다.

김 소령의 눈매가 무섭게 일그러져 있었다. 그는 이곳으로 침투하기 전에 정보원을 통해 북의 움직임을 보고 받았다.

북한의 국가기관은 국방위원회와 최고인민회의의 상임위원회, 그리고 행정부격인 내각으로 구성되어 있었다. 하지만 김정일의 암살직후 국가 기관은 혼란 속으로 빠져들었고 사실상 국가조직은 무용지물이 되었다.

하지만 그 혼란 속에서도 군부 세력은 여전히 강력한 지위를 누리고 있었다. 그런 와중에 군부는 보수파와 개혁파로 나뉘었고 일부 개혁파들은 보수파에 밀려 숙청되거나 지하로 숨어들었다.

보수파의 국방위원회는 날로 세력을 확장해 나가고 있었다. 그것은 보수파가 정 회장의 적극적인 지원을 받고 있다는 말이기도 했다.

김 소령이 보고 받기로는 현재 북에서는 보수파인 국방위원회의 인민무력부가 심상치 않은 동향을 보이고 있다는 것이다. 인민무력부는 남한의 국방부와 같은 역할을 하는 군부의 핵심 지도부였다. 그런 인민무력부가 움직이고 있다면 그것은 예삿일이 아닐 것이다. 거기에 국가안전보위부가 가세했다는 것은 정 회장의 지시가 있었다는 것이 확실했다.

그러나 오늘처럼 B급 태풍 경보가 내려진 상황에서 해안에 위치한 각 초소의 경계병들은 그들의 잠행이 있으리라고는 상상도 못 할 것이다. 파도가 높아 해안선 침투가 불가능했기 때문이다.

김 소령 일행은 목숨을 건 사투 끝에 해안선에 도착했고 한숨을 돌릴 틈도 없이 능숙하게 침투용 고무보트를 숨기기 시작했다. 그러면서도 사방의 구조물들을 숙지하면서 김 소령은 시계를 들여다보았다.

북한군 내의 개혁파가 이끄는 지하 비밀 조직과의 접선은 앞으로 10분밖에 남지 않았다. 그 시간까지는 무슨 일이 있어도 접선 장소에 도착해 있어야 한다.

멀찍이 해안경비 초소가 보였다. 그 옆으로 교통호인 듯한 둔덕들이 보였다. 그곳에서는 아직 김 소령 일행의 침투를 눈치채지 못하고 있는 듯 조용하기만 했다.

김 소령이 있는 곳에서 접선 장소까지는 500미터 남짓한 거리였다. 김 소령은 그곳을 통해 한 번 침투했던 적이 있었기 때문에 지리에 익숙한 편이었다.

"김 동지, 내가 앞장서겠소."

얼굴에 위장 크림을 칠한 호리호리한 남자가 김 소령을 보며 말했다. 그는 김 소령이 영입한 살인 킬러였다. 그는 북한군 특수부대 출신이기도 했다. 누구보다도 북한의 실정을 꿰뚫고 있었다.

김 소령이 그를 알게 된 것은 김정일이 측근에 의해 암살된 직후였다. 김 소령은 그때 김정일 암살의 임무를 부여받고 막 북으로 침투해 활동하려던 참이었다. 그러나 벌써 김정일은 암살됐다.

정보원을 통해 암살범이 지금 바로 앞에 서 있는 서명석이라는 것을 알게 된 김 소령은 그를 제3국으로 도피시킨 장본인이기도 했다. 알고 보면 김 소령은 그의 생명의 은인이기도 했다.

김 소령이 이번 일을 제안했을 때 명석은 흔쾌히 응했다. 김 소령의 말이라면 죽는 시늉도 하는 그였다.

서명석은 그 이후 살인 킬러로 명성을 높이고 있었다. 하지만 그의 암살 대상자는 선한 사람이 아닌 각국 마피아나 야쿠자 같은 조직들의 보스였다. 그 조직들은 서명석이라는 이름만 들어도 치를 떨 정도였다. 세계 각국의 비밀 기관들도 그를 묵인해 줄 정도로 그는 퍽 많이 알려진 인물이었다.

"그럼 내가 뒤를 맡을 테니 최 형사는 중간에서 걸으십시오."

김 소령이 말했다. 철민도 고개를 끄덕였다.

명석이 발 빠르게 접선 장소로 걷기 시작했다.

그들이 가지고 있는 화기는 5.56밀리미터 소총탄을 사용하는 HK-53 기관단총과 수류탄 서너 개가 전부였다. 행동의 제약을 최소로 낮추기 위한 최소의 화력이었다.

시간을 아끼기 위해 그들은 위험을 무릅쓰고 초소 옆을 통과해 가기로 했다. 머지않아 일출이 시작되는 시간이었기 때문에 초소 경계병들의 경계도 소홀한 편이었다.

그들이 막 초소를 지나려 할 때 잠에 취한 초소 경계병이 초소에서 나와 소변을 보기 위해 서 있는 것이 보였다.

진행하던 김 소령 일행은 잠시 발걸음을 멈추고 경계병에게 신경을 잔뜩 곤두세웠다. 그러나 경계병은 소변을 본 뒤에도 초소 안으로 들어가지 않았다. 졸음을 달래려는 듯이 이곳 저곳을 기웃거렸다.

안되겠다 싶었는지 명석이 김 소령을 돌아다보았다. 그러자 김 소령이 고개를 끄덕였고 다음 순간 명석이 발목에 끼고 있던 칼을 뽑아 입에 물었다.

명석은 조심스럽게 낮은 포복으로 경계병에게 다가가기 시작했다. 경계병은 눈치채지 못한 채 담배 연기를 뻐끔뻐끔 내뱉고 있었다.

경계병의 목에서 피가 쏟아져 나온 것은 눈 깜짝 할 사이였다. 명석이 다가가는가 싶더니 경계병은 목줄이 끊긴 채 바닥에 나뒹굴었다.

"나를 원망하지 마라. 나도 너를 죽이고 싶은 생각은 없었으니까. 그게 네 운명인 것을 어쩌겠냐."

중얼거리면서 명석이 경계병의 시체를 어깨에 들쳐메었다. 그리고 다시 그들은 접선 장소로 향하기 시작했다.

"난 이놈 좀 처리하고 갈테니끼니 김 동무와 최 동무는 먼저 접선 장소로 가기오. 내래 늦지 않게 가겠수다."

그러며 명석이 뒤로 빠졌다.

철민과 김 소령은 초소 옆에서 지체했던 시간을 만회라도 하려는 듯이 더욱 발 빠르게 행동했다.

접선 장소에 이르러 두 사람은 어느 정도 안심할 수 있었다.

“기분이 어떠십니까?”

숨을 몰아쉬며 김 소령이 말했다.

“그런대로 흥미진진하군요.”

“후회하지 않습니까?”

“후회보다는 앞으로의 일이 더 기대 되는데요.”

그러며 철민이 배시시 웃었다.

“이제 2분 남았습니다.”

김 소령이 야광시계를 들여다보며 말했다. 그때 뒤에서 발자국 소리가 들렸다. 철민과 김 소령의 신경이 날카로워져 있었다.

“한반도.”

저쪽에서 조그맣게 명석이 암구호로 말해왔다.

“철새.”

김 소령이 한숨을 내뱉으며 말하자 명석이 풀 속에서 걸어 나왔다.

세 사람은 접선하기로 되어 있는 북한군 비밀 조직을 기다리고 있었다. 그들은 약속 시간을 정확히 지키며 접선 암구호를 전해 왔다.

“마누라!”

“제비!”

그로써 김 소령 일행은 북한군 비밀 조직과 접선할 수 있었다.

“이렇게 와 주셔서 고맙습네다.”

“반갑소.”

김 소령이 그쪽에 대고 악수를 청했다.

“이게 누굽네까. 서명석 동지. 이게 얼마 만이오.”

“장 동지!”

명석과 장 동지가 얼싸안았다.

오랜만에 온 고향에서, 그것도 한 부대에서 동거동락하던 장 동지를 만났다는 것이 명석으로서는 너무도 기쁜 일이었다.

하지만 반가워할 겨를 없이 그들은 자리를 옮겨야 했다.

김 소령 일행은 북한 요원이 준비한 인민군복으로 갈아입고 대기 시켜 놓은 군용 지프차 두 대에 나눠 타고 출발했다.

김 소령 일행은 평양 시내 한 건물의 지하실로 안내되었다. 그곳은 인민군 비밀 조직의 작전 본부가 마련되어 있는 곳이었다.

이번 일은 남한과 북한 내의 개혁파가 이끄는 비밀 조직의 공조에 의해 이루어지는 작전이기도 했다. 작전 본부에 잠시 들러 인사를 나눈 김 소령 일행은 곧바로 휴식을 취할 수 있었다.

그날 밤 21시 정각.

김 소령 일행은 저녁식사를 마친 뒤에 잠시 휴식을 취하다가 상황실로 안내되었다. 상황실은 긴장된 분위기였다.

"편히들 쉬셨습니까?"

상황실 한쪽에 앉아 있던 허름한 사복 차림의 남자가 그들이 들어오는 것을 보고 자리에서 일어나며 말했다.

"덕분에……."

김 소령이 그에게로 다가가 악수를 청했다.

그는 다름 아닌 이번 작전의 북한측 총지휘를 맡고 있는 한경수 중좌였다. 그는 김 소령과 두어 번의 안면이 있었다. 그리고 한 중좌는 남한의 군정보부에도 익히 알려져 있는 인물이었다.

"앉으시디오."

한 중좌가 김 소령 일행을 원탁의 회의탁자에 앉도록 했다.

"사실 놀랐습네다."

"……."

"우리도 어느 정도 감을 잡고는 있었지만 그 정도인 줄은 몰랐습네다. 먼저 우리의 실정을 말씀드리겠습네다."

그가 잠시 말을 끊고 목이 말랐던지 물을 마셨다. 컵을 내려놓으며 한 중좌가 다시 말을 잇기 시작했다.

"익히 잘 알고 있으시겠지만 김정일 국방위원장 동지가 우리 개혁파에 의해 암살된 뒤에 우리 조선인민공화국은 대변혁을 맞이하게 됐습네다. 일인 독재가 사실상 마무리된 거디요. 그 이후에 김정일 국방위원장의 측근들은 숙청되었고 군부가 실세를 장악하게 되었습네다. 하디만 이곳저곳에서 반란이 일어나는 바람에 혼란한 상태가 됐디요. 그 원인이 바로 식량난 때문이었습네다. 기아로 시달리던 동지들이 들고 일어선 거디요. 대선 그룹 정 회장이 군부의 보수파 갓나 세끼들에게 물자와 곡물 지원을 하지 않았다면 우리 개혁파 동지들이 이렇게 지하에 숨어 있을 필요가 없었겠지요. 죽 쒀서 개한테 준 꼴입네다. ……문제는 남조선의 대선 그룹 정 회장이 복제 인간을 당, 정, 군 고위 간부 등 각계에 침투시켰다는 거인데, 사실 우리 북조선의 개혁파 동지들도 예의 주시하던 참이었습네다. 그리고 정 회장과 친분이 있는 동지들의 명단을 우리가 입수하고 나름대로 수사하던 중이었습네다."

"……."

"……국방위원회 제1부위원장, 내각 총리, 최고인민회의 상임위원장, 최고인민회의 상임위 명예부위원장, 최고인민회의 의장, 국방위원, 인민무력부장, 군 총참모장, 인민무력부 제1부부장, 군총정치국장, 평양 수도방어사령관, 사회안전부 정치국장, 호위 사령관, 국가안전보위부장 등 차수 이상급 장령(장군)들이 상당수 포함되어 있는 것으로 나타났으며 노동당 비서 중에도 공안 담당, 군수 담당, 대남 담당 등도 복제 가능성이 높습네다. 그리고 평남도당책, 자강도당책을 겸임하는 인민위원장도 주시할 만합니다. 모두가 정 회장과 친분이 있는 인사들이디요. 하지만 그 인사들이 모두가 복제되었을 가능성은 아직까지 정확하게 파악되지 않습네다. 그러나 수도방어사령관과 사회안전부장은 확실합네다. 그들 병력이 동원되는 것을 봐서는……."

"그렇다면……."

김 소령은 한경수 중좌의 말에 불안함을 감추지 못하고 있었다.

"심각한 상황입네다."

"그럼 어떻게 이 비밀 조직이 유지될 수가 있었지요. 그들은 모두 군 내의 핵심 인사들이 아닙니까?"

"물어 보실 줄 알았습네다. 우리 조직은 강건종합군관학교 교장으로 계시는 김영천 대장의 지휘를 받고 있습네다. 하지만 그분도 얼마 전에 실종된 상탭니다."

"그렇다면 문제는 더 심각하겠군요."

김 소령이 담담하게 말했다. 말하는 그는 스스로 위축되고 있었다.

"그렇지만 너무 걱정하지는 마십시오. 우리에겐 강건종합군관학교 영관급 출신 동무들이 있습네다. 그들은 모두 개혁을 원하고 있디요. 그 동무들만 동원한다면 문제될 게 없디요. 사실 그 강건종합군관학교 출신 동지들은 아직 통솔능력이 남아 있습네다. 그리고 결속도 잘되는 편이디요. 아직 노출되지는 않은 상태입네다. 하지만 우리에게 남은 시간이……."

"안심이 되는군요. ……부탁한 자료는……?"

김 소령이 위축되었던 기분을 풀고 한 중좌에게 부탁한 자료를 요청했다.

"준비된 자료 가져와 보라우."

그가 말하자 상황실 한 쪽에 앉아 있던 요원이 복사된 자료를 가지고 왔다. 요원은 그것을 원탁에 앉아 있는 사람들에게 하나씩 나눠 주었다.

복사된 A4 용지에는 그 동안의 정 회장의 행적이 낱낱이 기록되어 있었다.

"보시다시피 별다른 징후는 발견되지 않았습네다. 하지만 주석궁 근처의 정 회장이 머물고 있는 빌딩이 좀 수상합네다. 아마도 일이 그곳에서 벌어지고 있는 것이 확실합네다."

"그렇군요."

서류를 훑어보던 김 소령이 말했다.

"그 빌딩은 몇 년 전 대선 그룹이 시공한 빌딩입네다. 현대식 건물이디요. 그리고 더욱 수상한 것은 그 건물로 군 병력이 이동하고 있다는 겁네다. 평양 수도방어사령부 소속 대대급 이 주석궁에 진주하고 있습네다. 유사시에 빌딩을 사수하기 위한 대안 같습네다만…….또한 사회안전부 요원들이 물 샐 틈 없이 경계를 하고 있다는 것입네다."

"그곳으로 접근하는데 많은 애로사항이 있겠군요."

"마음 같아서는……."

김 소령이 말했고 철민이 덧붙였다. 철민은 당장이라도 뛰어들어가 정 회장의 목을 비틀고 싶은 심정이었다.

"독재시대가 가고 나니끼니 또 다른 놈이 나타나 설치는구만요."

명석이 두 손을 불끈 말아쥐었다.

"우리에게 모든 것이 달렸다고 해도 과언이 아닙니다. 솔직히 정 회장 같은 사람을 중국이나 러시아, 그리고 일본이나 미국 같은 나라에서 내세워 또 다른 괴뢰 정부를 만들었다고 칩시다. 그것은 무서운 일입니다. 지금도 그들은 기회를 엿보고 있을 겁니다. 지금 한반도를 주시하는 눈이 한둘이 아니라는 것만 알아두십시오. 이제 남한과 북한이 서로 힘을 합쳐야할 때입니다."

말하는 김 소령의 어투에는 굳건함과 무언가 알 수 없는 맹세가 실려 있었다. 그의 눈에서 살벌한 빛이 흘러나왔다.

"그럼요. 그래야 하구 말구요. 우리도 기꺼이 이번 일에 협조하겠습네다. 우리를 한번 믿어 보시라요."

"그럼 작전을 세웁시다. 한 중좌, 그 건물의 도면을 좀 볼 수 없을까요?"

"걱정 붙들어 매시라요."

그러며 한 중좌가 손가락을 까딱하자 상황실의 불이 꺼졌
고 슬라이드가 돌아가기 시작했다.

— 찰칵.

상황판에 정 회장이 묶고 있는 빌딩의 전경이 나타났다. 그
리고는 건물 각층 내부에 대한 사진이 하나둘씩 지나갔다.

철민이 어둠 속에서 담배를 빼어 물고 유심히 그것들을 주
시했다.

건물 내부는 철저하게 보안장치가 되어 있었다. 도면으로
본다면 쥐구멍 하나 없는 철저한 요새와도 같았다.

"도면상으로 나타나 있는 것은 이것이 전붑네다."

슬라이드가 꺼졌고 불이 켜졌다. 그리고 한 중좌가 담담한 표
정으로 김 소령과 철민, 그리고 명석을 차례로 보면서 말했다.

"지하는……?"

20여 층의 빌딩에 옥외 주차장이라. 철민은 삼우 농장에서
있었던 일들을 떠올렸다. 삼우 농장의 창고에 있던 지하로 향
하는 엘리베이터를 그는 떠올렸던 것이다.

"지하에 대한 도면은 없었습네다. 왜 그러시디요?"

"20여 층의 빌딩에 지하층이 없다는 것은 말도 안 되는 일
이지 않습니까? 그리고 도면상에 나타난 환풍구가 저 정도의
크기라면……."

"그렇군!"

김 소령도 요지를 듣고서 곰곰이 생각에 잠겼다.

"그렇다면 좀 더 조사를 해봐야겠군요."

"한 중좌. 환풍구에 대한 보안 기능에 대해서 좀 알아봐 주십시오. 그리고 병력은 얼마나 동원할 수 있습니까?"

"당장 동원할 수 있는 내부 동원 능력은 정예부대원 30명 수준입네다. 그리고 외부 동원 능력은 대대 급 정도……."

"그 정도면 안심이 되는군요. 우선은 지하 도면에 대한 것과 보안 장치의 회로도를 좀 더 구해 줄 수 없겠습니까?"

"그거야 어렵지 않습네다."

"감사합니다. 내일 이 시간에 다시 세밀한 작전을 세웁시다. 그리고 한 중좌, 우리 오랜만에 만났으니 긴장도 풀 겸 술이나 한잔합시다."

김 소령이 배시시 웃으며 말했다.

"김 소령은 예나 지금이나 변한 것이 없습네다. 하하하."

긴장된 분위기가 두 사람의 웃음으로 풀리고 있었다.

"그럴 줄 알고 옆방에 준비시켜 놓았습네다. 일어들 서시디요."

한 중좌가 그들을 안내하고 나섰다.

지하실의 초라한 술상이기는 했지만 그들은 긴장을 잊고 한껏 피로를 풀었다. 그 자리는 남과 북의 단합을 이끌기 위한 자리이기도 했다.

그들은 어느새 친해졌다. 민족의 피와 정신은 한 덩어리로 똘똘 뭉쳤다.

이젠 뭉쳐야 한다. 더 이상 나뉘어져서는 죽도 밥도 되지 않는다. 그리고 또다시 일인 독재의 암울한 세상에서 민족의 비극을 초래하게 만들어서는 안 된다. 그들은 굳이 말하지는 않았지만 누구나 그렇게 생각하고 있었다.

이제는 총부리를 겨누던 그때가 아니었다. 같은 어머니와 아버지를 둔 형제인 것이다. 마음을 열고 다가서야만 한다. 그래야만 상대의 아픔을 이해할 수 있을 것이며, 그래야만 어떻게 해야지 생존할 수 있는지를 알 수 있다. 한민족의 피 끓는 민족애가 그들의 가슴에 새겨지고 있었다.

50여 년의 삐뚤어진 세월을 이젠 바로 세워야 할 때가 온 것이다. 그러나 그 앞에는 정 회장의 야심이 가로막고 있었다. 그 야심을 허물지 않고서는 민족의 하나됨은 이루어지지 않을 것이다.

그들은 밤이 깊어 가는 줄도 모르고 가슴을 열고 서로를 받아들이며, 서로의 진실을 끌어안으며 그렇게 이야기하고, 그렇게 술을 따랐다.

다음날 그들은 다시 상황실 원탁에 모여 앉았다.

원탁에는 긴장감이 감돌았다.

"건물 경계는 사회안전부 특수요원 50명이 맡고 있다구요."

먼저 김 소령이 말을 꺼냈다.

"그렇습네다. 상당수의 사상자가 날 것이 뻔한데……."

"사상자를 최대한으로 줄여야겠지요. ……우린 너무나 불리한 입장에서 싸우는 겁니다. 이를테면 바위에 계란을 던지는 꼴이지요. 그리고 정 회장이 평양 수도방어사령부의 병력을 동원한다면 출동하는 데는 얼마나 걸리겠습니까?"

김 소령은 만약의 사태에 대비책을 강구하고 있었다. 정 회장이

"대기조인 일진이 5분, 그리고 중대 병력이 10분이면 도착할 겁네다. 그리고 대대 병력이 20분 걸리고, 평양 수도방어사령부의 연대급 병력이 집결하는 데는 30분이 소요됩네다."

"5분에서 10분이라……. 조금만 지체해도 우린 전멸을 당하겠군요. ……그리고 주석궁에 포진해 있는 대대 병력이 문제가 되겠군요. 수도방어사령부의 일진과 중대 병력의 퇴로를 차단하고 주석궁의 대대 병력의 유동을 막는다면 일은 쉽게 끝날 텐데. 역시 너무나 불가능한 상황이군요."

김 소령은 골몰해 있었다.

"……."

한 중좌도 난감한 표정을 하고 있었다.

"한 중좌, 병력을 조금만 더 동원할 수는 없겠습니까?"

"동원이야 할 수 있습니다만 동원한다 하더라도 평양수도방어사령부의 방어선을 쉽게 뚫지는 못할 겁네다. 최대한으

로 동원할 수 있는 병력은 호위총국 내의 두 개 대대와 수도방어사령부 예하의 외곽 일개 대대가 전붑네다. 수도방어사령부의 방어선밖에 있는 부대 동원은 상당한 위험 부담이 따를 텐데.”

“어떤 위험부담이……?”

“이를테면 쿠데타로 오인될 수도 있다는 얘깁네다. 그렇게 되면 군부 전체가 흔들릴 게 뻔하고 그나마 안정되어 있는 북한의 군부가 발칵 뒤집힐 겁네다. 사실상 내전이 벌어질 가능성을 배제하지 못하겠디요.”

“우리가 군부의 복제 인간 명단을 제공한다고 가정했을 때 그 혼란을 막을 수도 있지 않을까요?”

철민이 둘 사이의 대화에 끼어들었다.

“명단……?”

“그래요. 김 소령도 알고 있듯이 우린 그 명단을 찾기 위해 지나 씨가 필요했던 게 아닙니까? 20, 30분만 시간을 끌어 줄 수 있다면 지나 씨를 통해서 그 명단을 입수할 수 있을 텐데요. 그리고 평양 수도방어사령부의 방어선으로 병력을 집결시켜 대치한다면 그 시간을 좀 더 늘릴 수 있을 거구요. 그 다음은 한 중좌에게 달려 있겠지만……”

“하지만 지나 씨가 북한 군부의 복제 인간 명부를 가지고 있다고 확신할 수는 없는 일 아닙니까?”

김 소령이 철민에게 물었다.

"하지만 지금 상황에서 그 수밖에는 없지 않습니까."

"명부를 입수할 수 있다면 해볼 만한 일입네다. 강건종합군관학교의 영관급 출신 동지들에게 그 명단을 보여 준다면 그들도 더 적극적으로 활동하게 될겁네다. 그것을 토대로 진실을 밝혀낼 수 있을 테니까요. 그렇게 되면 한두 시간 정도는 무난할 테고 복제 인간을 모두 색출해 낼 수 있을 겁네다."

"한 중좌는 동감하시는 겁니까?"

김 소령이 물었다.

"선택의 여지가 없지 않습네까."

"좋소. 한 중좌는 그럼 모든 병력을 동원해 주십시오."

상황실 안에는 긴장감이 무섭게 감돌고 있었다. 그와 동시에 원탁에 모여 앉은 그들은 활기를 띠고 있었다.

"우선은 공격조와 침투조로 나눕시다. 우리가 침투를 맡겠습니다. 대신 한 중좌는 우리가 안에 들어가 있는 동안 공격조를 지휘해 주십시오. 정 회장은 분명 만약의 사태에 대비해 수도방어사령부와 호위총국을 모두 동원할 수 있도록 준비하고 있을 겁니다. 그걸 제지하는 역할을 해주십시오."

"알겠습네다. 그렇지만 세 사람으로는 좀 곤란할 텐데……."

"우리에게 요원 두 명만 지원해 주십시오. 그럼 충분할 겁니다."

"그거야 어렵지 않습네다."

"서둘러야 합니다. 정 회장이 또 무슨 일을 꾸밀지 모르니까요."

김 소령이 말했다. 그는 앞으로의 거사에서 있을 여러 가지 불상사를 여러 각도에서 생각하고 있었다.

그의 양미간이 좁혀지고 있었다. 역시 철민도 마지막이 될지도 모른다는 생각에 신경이 곤두서고 있는 중이었다.

그는 서울에 있는 은경이가 보고 싶었다. 불구덩이 속으로 뛰어 들어가려 하는 자신이 철민은 어리석게 느껴졌다. 하지만 이제 와서 포기할 수는 없었다. 이곳에서 끝장을 보지 않는다면 그 어디에서도 그가 설 수 있는 자리가 없기 때문이다.

능구렁이 같은 정 회장은 끝끝내 자신을 찾아내 갈기갈기 찢어 죽이고 말 것이다. 피한다면 더 큰 시련이 따를 것이 분명하다. 철민은 그가 죽든지 내가 죽든 끝까지 해야 한다고 생각했다.

장마 전선이 소멸되자 온 대지 위에는 태양의 이글거림이 한 자리를 차지하고 있었다. 정말이지 바람 한 점 없는 날이 지속되고 있었다. 가만히 앉아만 있어도 등짝으로 땀이 줄줄줄 흘러내리는 그런 날이었다.

밤이 되어도 더위는 가시지 않고 계속되었다. 그러다 보니 잠도 오지 않고 짜증스럽기만 할 뿐이다.

"김 소령은 왜 이런 일을 자원했습니까?"

얼굴에 위장 크림을 바르며 철민이 말했다.

"저도 모르겠습니다. 그러는 최 형사는……?"

김 소령은 HK-53기관단총을 기름걸레로 닦고 있었다.

"죽은 파트너의 복수를 하기 위해서……."

"단지 그뿐인가요?"

"애국자가 된 기분입니다."

"애국자, 좋은 말이지요. 난 생각해 보지는 않았지만 지금 방금 떠오른 건데 내 자신과 싸운다고 생각했어요. 내 생명이 얼마나 가치 있는 것일까, 내 자신이 죽음 앞에서 얼마나 비굴해질 수 있을까, 죽지 않고 살아난다면 또다시 이런 위험한 일에 뛰어들어 다시금 목숨을 내걸 수 있을 것인가 하는 생각들이요. 나도 내 자신을 모를 때가 있거든요. 그때가 바로 오늘 같은 날이에요. 한심하지요. 왜 평상시에는 그런 생각을 하지 못했는지……."

김 소령이 철민을 보면서 배시시 웃었다. 철민도 그를 쳐다보며 웃어 주었다. 사실 자신도 그런 생각을 하고 있었기 때문이었다.

아마도 돈을 벌기 위해서였다면 경찰이 되지는 않았을 것이다. 경찰 봉급으로 돈을 번다는 것은 미련한 짓이기 때문이다. 돈을 벌려고 마음먹었다면 장사나 사업을 했을 것이다.

"그래요. 때론 내가 누구인지, 무엇 때문에 위험한 일을 자처하는지 이해가 되지 않을 때가 있어요. 그땐 모든 걸 포기하고 도망치고 싶은데, 하지만 막상 도망치려하면 몸이 따라와 주지 않아요. 김 소령의 말을 어느 정도 이해할 수 있을 것 같네요."

"……."

김 소령은 5.56mm 소총탄을 탄창에 장전하고 있었다. 철민도 위장 크림을 얼굴에 바르고서 총기를 다시 한번 확인하기 시작했다.

그들의 옆에 멀찍이 앉아 있던 명석은 시퍼렇게 날이 선 칼을 들고 무언가 생각에 빠져 있었다. 그의 엄지손가락이 날이 선 칼날을 타고 이리저리 자유자제로 옮겨 다니고 있었다.

이제 남은 시간은 2시간뿐이었다. 2시간이 지난 뒤에는 생사의 기로에 서게 되는 것이다.

시간은 생각보다도 빨리 흘러가고 있었다.

시간이 지날수록 긴박감은 더해 갔다. 철민은 은경이를 생각하면서 마음을 단단히 먹고 있었다.

그들은 작전 개시 1시간 전에 마지막으로 상황실에 모였다.

"다시 한번 작전의 시나리오를 양지하겠습니다. 우선 우리가 하수 통로를 통해서 환풍구까지 접근하겠습니다. 그리고 환풍구에서 두 개 조로 나누어 행동합니다. 되도록 총기 사용을 자제하겠습니다만 긴박한 상황에 어쩔 수 없이 총기를 사용하게 되면 상황은 그때부터 진행되는 겁니다. 밖에서 한 중좌가 건물 안으로 집결하려는 병력의 이동을 제지 시켜야 합니다. 그리고 그로부터 최소한 20분 내에 상황을 종결해야 합니다. 이상입니다."

김 소령이 시나리오를 상기시켰다. 그의 얼굴에는 무게가 잔득 실려 있었다.

"조심하시라요."

"한 중좌, 뒷일을 잘 부탁합니다."

"걱정마시라우요."

"그럼 한 중좌만 믿겠습니다."

그들은 일일이 악수를 나누었다. 마지막이 될지도 모르는 악수였다. 그랬기 때문에 다른 어느 때보다도 악수를 하는 손에 힘이 꽉 쥐어졌다.

그렇게 작전의 성공을 비는 악수를 마치고서 김 소령의 침투조가 먼저 상황실을 빠져나갔다.

그들이 나가고 나자 상황실은 더 긴박하게 움직이기 시작했다.

22시 정각.

김 소령의 침투조는 빌딩으로 통하는 지하 하수 터널을 이용하여 긴박하고 조심스럽게 이동하고 있었다.

하수구 특유의 시궁창 냄새가 숨을 쉬지 못할 지경으로 코끝에 와닿았다. 하지만 냄새에는 신경 쓸 틈도 없이 그들은 긴박하게 이동하고 있었다. 하수구의 어느 지점에 닿았을 때 그들은 잠시 멈추어 일제히 김 소령의 시계에 시간을 맞추었다.

"우리에겐 20분이라는 시간밖에는 없습니다. 그 안에 모든 상황을 종결지어야 할 겁니다. 되도록 총기 사용은 자제해 주십시오."

"알겠습니다."

김 소령의 말에 침투조원들이 작은 목소리로 대답했다.

서명석이 먼저 앞장서서 걸어갔다.

"최 형사, 꼭 살아야 합니다."

말하는 김 소령의 얼굴에는 걱정이 태산 같다. 철민이 그에게 안심하라는 듯이 웃어 주었다.

그들은 긴 하수구를 거슬러 올라갔다.

빌딩의 C지점에 도착했을 때 서명석이 팔을 올려 침투조를 멈춰 세웠다. C지점은 빌딩의 하수 통로와 배수실, 그리고 환풍구가 연결되는 지점이었다.

침투조는 그곳에서 배수실로 올라가 대형 환풍구를 통해 진입할 작정이었다.

첩보에 의하면 지나는 13층에 감금되어 있다고 했다. 배수실에서 그들은 두 개의 조로 세분되었다. 1조는 김 소령과 북한 요원 두 사람으로 이루어졌고 철민과 명석이 2조로 팀을 이루었다

먼저 그들은 1조와 2조의 연락이 끊이지 않도록 송수신 장치를 각자 귀에 꽂았다. 그리고 나서 1조는 중앙 보안장치를 제거하기 위해 환풍구로 기어 올라갔고 2조는 배수실 문을 열고 직접 진입했다.

배수실에서 나온 철민과 명석은 되도록 조심스럽게 비상 계단을 이용해 13층으로 재빠르게 발걸음을 유도했다.

빌딩 안은 밖의 경계와는 상반되게 조용한 편이었다. 그렇지만 경계를 소홀히 할 수는 없었다.

건물 안은 기분 나쁠 정도로 조용했다. 계단을 올라가는 그들의 발자국 소리가 스스로의 귀에 거슬리게 들려왔다.

13층까지 오르도록 철민과 명석은 단 한 번도 제지를 받지 않았다.

"뭔가 이상한데."

명석이 13층의 복도를 살며시 말했다.

"……."

"우선 가 봅시다."

명석이 앞장섰다. 그리곤 능숙하고도 재빠르게 행동했다. 철민도 민첩하게 그를 따라 행동했다.

지나가 감금되어 있다는 방의 문 앞에서 그들은 마지막 숨을 몰아쉬었다. 철민이 살짝 문고리를 돌려 보았다. 문은 열려 있었다. 안에서는 아무런 인기척도 느껴지지 않았다. 망설일 시간이 없었다.

명석과 시선을 주고받던 철민이 조심스럽게 문을 열었다. 그러자 명석이 안으로 뛰어 들어가기 위해 몸을 틀었다. 바로 그 순간이었다.

"꼼짝 말라우."

안에서 들려온 소리였다.

안에는 사회안전부 요원이 기다리고 있었다.

함정이었다. 그들은 이미 철민과 명석이 오는 것을 알고 있었던 듯 싶었다. 명석은 바닥에 기관단총을 떨어뜨리고 손을 치켜들었다.

문 밖에 서 있던 철민은 그 상황을 모면하기 위해 연막탄을 뽑아 안으로 밀어 넣었다. 그와 동시에 명석이 안으로 뛰어들었다. 그러면서 한 방의 총성이 들렸다.

"이런 제기랄!"

이제부터가 시작이었다. 남은 시간은 20분뿐이다.

철민이 안을 들여다보았지만 안에는 희뿌연 연기뿐 아무것도 보이지 않았다.

"명석 동지?"

“…….”

대답이 없다.

안에서 누군가의 비명 소리가 들렸다. 그리곤 얼마 뒤에 명석이 안에서 나왔다. 그의 손에는 칼이 들려져 있었고 피가 그의 군복을 빨갛게 물들이고 있었다. 그는 밖으로 나와 기관단총을 들고서 철민에게 배시시 웃어 주었다.

철민은 안심이 되었다. 그러나 안심할 겨룰 없이 그들은 그 자리를 피해야 했다. 그들은 올라왔던 비상계단을 뛰어 내려갔다. 그러나 얼마 가지 못하고 아래에서 뛰어 올라오는 전투화 소리와 마주쳤다.

“우린 함정에 빠진 거야. 누군가 알고 있었던 게 분명해.”

명석이 소리를 질렀다. 그런 명석을 철민이 10층 복도 안으로 끌어당겼다.

“이렇게 된 거 죽을 때까지 싸워 보는 수밖에…….”

철민의 양미간이 찌푸려졌다.

“제기랄.”

“김 소령, 김 소령?”

ㅡ무슨 일입니까?

“발각됐소. 그리고 여기에는 지나 씨는 없소. 거기는 어떻게 됐습니까?”

철민이 다급하게 말했다.

─여긴 이제 막 접수했습니다.

"다행이군."

그나마 안심이 되는 철민이었다.

─이런 젠장…….

저편에서 총소리가 들려왔다.

"왜 그러십니까, 김 소령?"

─녀석들이 떼거지로 밀려오고 있습니다.

"제길……."

"아새끼들……. 최 동지는 피하시오. 내가 여기를 맡겠으니 민 박사를 찾으시오."

명석이 기관단총을 비상계단 쪽에 바짝 들이대고 있었다.

"그럴 순 없어요. 우린 한조요. 함께 행동해야 합니다."

"그럴 시간이 없습네다. 어서……."

그가 철민을 떠밀었다. 하는 수 없이 철민은 그 자리를 벗어나야 했다. 이 넓은 건물 어디에서 그녀를 찾는다는 말인가. 철민은 우선 그 상황에서 벗어날 탈출구 찾아야 했다. 양쪽의 비상계단은 이미 노출된 상태였다. 그렇다면 탈출 루트는 한 가지밖에는 없다.

엘리베이터밖에는 없었다. 그러나 엘리베이터가 위로 올라오고 있었다. 그는 머뭇거렸다. 어쩔 도리가 없었다.

─타다다다당. 타다다다당.

명석의 HK-53기관단총에서 불이 뿜어져 나왔다. 그리고 비상계단 쪽에서도 명석을 향해 AK-47 소총의 빗발치는 소리가 들렸다.

엘리베이터가 빠른 속도로 올라오고 있었다. 엘리베이터가 철민이 서 있는 쪽에서 멈추어 설 것은 뻔했다.

철민은 엘리베이터가 열리기 전에 먼저 있는 힘을 다해 엘리베이터의 보조문을 열었다. 그리고는 엘리베이터를 끌어올리고 있는 줄에 몸을 내던졌다. 그는 줄을 타고 저절로 위로 올라갔다. 엘리베이터가 멈추자 그도 멈추었다.

긴박한 발자국 소리가 엘리베이터를 빠져 나간 것은 다음이었다.

철민은 잠시 멈추어 있는 엘리베이터의 지붕 위로 조심스럽게 내려갔다. 가까스로 엘리베이터의 지붕을 밟을 수 있었다. 그는 한숨을 내쉬었다.

바로 그때 쿵, 하고 수류탄이 폭발하는 소리가 들렸다. 그 폭음은 명석이 던진 것이 분명했다.

'자폭한 것인가?'

철민은 불길한 생각이 들었다.

밖에서도 총격전이 벌어지고 있었다. 한 중좌의 공격조가 빌딩 내로 병력이 들어가지 못하도록 제지하고 있는 것이다.

철민은 최대한 빨리 지나를 찾아야 한다고 생각했다. 그러지 못하면 모두가 전멸당할 것이 뻔했다. 이제 최초의 총성이 울린 시간부터 17, 18분의 여유 시간밖에는 남아 있지 않았다.

철민이 시계를 보며 여유 시간을 계산했다.

"김 소령, 그쪽은 어떻게 됐소?"

—중앙보안실의 모니터에 의하면 지하 3층에 민 박사가 있소. 나도 그리 이동할 테니 최 형사도 어서 그곳으로 이동하시오.

총성과 함께 들려온 김 소령의 목소리는 다급했다.

"모든 일은 지하에서 벌어지고 있었군."

철민이 이를 악물었다.

긴박한 발자국 소리가 들렸고 엘리베이터 안으로 들어서는가 싶더니 엘리베이터가 곧 아래로 내려가기 시작했다.

발자국 소리로 짐작해 볼 때 엘리베이터에 타고 있는 사회안전부 요원은 대략 대여섯 명 쯤인 것 같았다.

'그렇다면 명석은……'

철민은 명석이 그들에게 당했다고 생각했다.

사회안전부 요원들은 중앙보안실을 점령하고 있는 김 소령을 제거하기 위해 그리로 향할 것이 분명했다. 김 소령이 있는 곳은 지하 1층이었다.

엘리베이터는 계속해서 내려가 철민이 우려했던 것처럼 지하 1층에서 멈추었다. 철민은 김 소령에게 다시 무선 연락을 취했다.

"지금 막 엘리베이터에서 대여섯 명이 내려서 그쪽으로 가고 있습니다. 그쪽 상황은 어떴습니까?"

—여긴 걱정하지 마십시오.

김 소령이 소리쳤다.

철민은 그의 목소리로 보아 얼마 정도는 더 버틸 수 있을 것이라고 생각했다. 철민은 지하 3층으로 내려갈 참이다.

철민은 반대편 엘리베이터의 줄을 붙잡고 지하 2층으로 내려갔다.

그곳에서 지하 3층으로 통하는 환기 통로를 이용할 생각이었다. 모든 화력이 지하 1층으로 집결되고 있었기 때문에 지하 2층은 텅 비어 있을 지도 모른다는 생각을 한 것이다.

지하 3층에서 일이 벌어지고 있다면 3층에는 정 회장의 특수 훈련을 받은 경호원들이 지키고 있을 것이 분명했다.

가장 안정된 루트는 환기 통로밖에는 없었다.

그는 지하 2층의 엘리베이터 보조문을 힘겹게 열고 밖으로 나왔다. 그리고는 재빠르게 탈의실인 듯한 실내로 몸을 숨겼다.

그는 한숨을 돌리면서 천장의 환기 통로를 찾았다. 그는 지체하지 않고 환기 통로의 보조망을 떼어 내고 그 안으로 들어갔다.

김 소령과 한 중좌가 얼마큼 견뎌 줄지는 모른다. 철민은 그들이 조금만 더 시간을 끌어 주기를 기대하고 있었다. 1분 1초가 아까운 상황이었다.

철민은 그 조그만 환기 통로를 통해 기기 시작했다. 그의 온몸은 땀에 찌들어 있었다. 팔과 무릎을 옮길 때마다 비오듯이 땀이 쏟아졌다. 그는 환기 통로의 중앙으로 향했다. 지하 3층으로 향하는 통로를 찾기 위해서였다.

중앙에 이르렀을 때 아래로 향하는 통로가 반갑게 그의 시선으로 들어왔다. 그는 팔과 다리를 이용해 아래로 내려가기 시작했다.

등을 한쪽 벽에 바짝 붙이고 다리와 팔을 반대편 벽에 미는 힘을 가하며 소리 없이 내려갔다. 그곳을 내려온 철민은 한숨을 내쉬었다. 남은 것은 지나가 있는 방을 찾는 것이 문제였다.

그는 시계를 들여다보았다 야광 시계는 철민이 계산한 여유 시간을 10분 정도 남겨 놓고 있었다.

사실상 그 시간에 지나를 찾기란 불가능했다. 좁은 환기 통로에서 움직이는 데만도 꽤 많은 시간이 소요되기 때문이었다. 그러나 해보는 데까지는 해봐야 한다고 철민은 생각했다.

그는 미적거리지 않고 환기 통로를 옮겨 다녔다. 그러나 지나가 있을 법한 방은 좀처럼 나타나지 않았다.

"도대체 어디에 있는 거지?"

그는 점점 초조해졌다. 늦기 전에 그녀를 찾아야 한다는 압박감을 느끼고 있었다. 바로 아래에서 경호원들의 인기척이 들려왔다. 철민은 최대한 소리를 줄여 가며 이동해야 했다. 자칫 잘못했다가는 무더운 여름날 환기 통로를 무덤으로 삼게 될지도 모르는 일이기 때문이었다.

그의 겨드랑이에 차고 있던 시그 사우어 P226 자동권총으로 땀이 베어 들고 있었다. 그는 겨드랑이에서 자꾸만 걸리적거리는 권총을 빼 가지고 허리 뒤쪽에 꽂았다. 그러자 이동하는데 한결 편안해졌다.

환기 통로를 이동하면서 철민은 경호원들의 인원수를 파악하고 있었다.

그는 환기 통로의 이곳저곳을 살폈다. 그러다가 다른 곳보다 밝은 빛이 새어나오고 있는 곳을 보았다. 철민은 막연하게 그곳일지도 모른다고 생각했다. 그건 형사 생활을 해 오면서 나름대로 터득한 직감에 대한 믿음이었다.

그는 희망을 걸고 그곳으로 이동했다. 시간이 얼마 남지 않았기 때문에 민첩하고 재빠르게 행동해야 했다.

그는 그곳으로 다가가 아래를 내려다보았다.

역시 그의 생각대로였다. 그곳에는 지나가 있었다. 철민은 반가움을 어떻게 표현해야 할지 모르고 입가에 미소를 띠었다.

철민은 섣불리 행동하지 않았다. 우선 문 앞을 지키고 있는 경호원들의 수를 파악하고 나서야 아래를 유심히 내려다보았다.

그녀가 말한 사이버분석이식 시스템기로 보이는 기계가 40평 남짓한 실내 중앙에 놓여 있었다. 시스템기는 제법 큰 편이었다.

지나는 시스템기와 컴퓨터에 연결된 부위를 살피고 있었다. 그리고 그녀의 옆에는 흰 가운을 입은 연구원인 듯한 남자가 도와주고 있었다.

그리고 시스템기 안쪽에는 두 남자가 나란히 누워 있었다. 자세히 보니 한 사람은 정 회장이었고 다른 한 사람은 그의 손자 정대선이었다.

'어떻게 이럴 수가……'

철민은 지나가 했던 얘기를 떠올렸다. 사이버분석이식 시스템으로 정신을 새로운 육체에 이식시킨다는 말을 떠올리면서 철민은 손자의 육체를 빌려 영생을 꿈꾸는 정 회장이 어느 정도 잔인한 사람인지 알 수 있었다.

'혹시 손자도 복제……'

그럴 것이라고 철민은 생각했다. 그렇지 않고서는 인간의 탈을 쓰고서 그런 일을 벌이지 않을 것이다. 설령 손자가 복제 인간이라 할지라도 인간을 대상으로 어떻게 그런 일을 벌일 수 있단 말인가. 철민은 분을 삭이지 못해 금방이라도 폭발할 지경이었다.

철민은 안에서 벌어지고 있는 일들을 지켜보면서 기회를

기다렸다.

막 시스템기가 작동하려 했다.

철민은 정 회장에게 영생을 줄 수는 없다고 생각했다. 그는 마음을 다져 먹었다. 그의 눈에서 불꽃이 튀기 시작했다.

—타다다당.

철민의 HK-53 기관단총에서 기다렸다는 듯이 불이 뿜어져 나왔다. 5.5mm 소총탄은 실내를 난장판으로 만들어 놓고 있었다. 깜짝 놀란 정 회장이 헤드셋을 벗고 의자에서 벌떡 일어나 앉았다.

철민이 환기 통로의 보조망을 부수고 떨어져 내렸다. 그의 동작은 새털처럼 가벼웠다. 그의 총구는 사이버분석이식 시스템기에 앉아 있는 정 회장에게 겨누어져 있었다.

그가 사이버분석이식 시스템기에 대고 다시 한번 총을 난사했다. 기계에서 불꽃이 튀며 불이 붙었고 정 회장은 기겁을 하고 시스템기에서 떨어져 나왔다.

"잔인한 인간, 그러고도 인간이라고 할 수 있나."

"……."

"죽음이 두렵지. 그래 당신 같은 사람은 죽을 가치도 없어. 하지만 이 사회에 당신 같은 사람이 남아 있는다면 더 큰 무서운 일이 생기겠지. 나를 원망하지 말고 당신이 했던 그 동안의 일들을 생각하며 반성하라구."

말을 끝맺으며 철민이 HK-53기관단총의 방아쇠를 당겼다.

―탕.

단 한발의 총성과 함께 정 회장의 이마를 관통하며 총알이 튀어 나갔다. 공포에 질린 정 회장은 그렇게 한마디도 하지 못하고 죽어 갔다.

철민은 방아쇠를 당기면서 후련한 기분이 들었다.

지나를 돕던 연구원은 바닥에 머리를 처박고 달달 떨고 있었다. 겁을 잔뜩 집어먹고 있던 연구원은 고개를 들 엄두도 내지 못했다. 철민은 연구원을 향해 총구를 들이댔다가 안심을 하고는 지나를 찾았다.

"지나 씨?"

"……."

지나가 한쪽에 쓰러져 있었다.

철민이 그녀에게로 다가갔다. 그녀의 이마에서 피가 흘러 내리고 있었다. 그러나 그다지 깊은 상처는 아니었다. 총을 난사하면서 튀긴 파편이 그의 이마를 살짝 스쳐 지나간 모양이었다.

"지나 씨!"

철민이 그녀를 부축하며 말했다.

"철민 씨! 맞아요?"

"……."

철민이 말없이 웃음과 함께 고개를 끄덕여 주었다. 지나는 위장 크림 때문에 철민을 쉽게 알아보지 못한 것 같았다.

"시간이 없어요. 어서 일어나요."

그러며 철민이 그녀를 일으켜 세워 문 밖으로 걸어나가려던 참이었다.

"꼼짝 마."

선글라스였다. 그가 철민과 지나의 등에 대고 총을 겨누고 있었다. 그는 두 개의 문 중에 뒤쪽에 있는 문을 통해 안으로 들어서고 있었다.

그가 서서히 지나와 철민의 앞으로 다가왔다.

"회장은 이미 죽었어. 우릴 어떻게 할건가……?"

철민이 물었다.

"총 버려."

그 말에 철민이 기관단총을 바닥에 떨어뜨렸다.

"목숨은 구걸하고 싶지 않다. 한 가지만 물어 보자. 선글라스, 네가 내 파트너인 이 형사를 죽였나?"

"……."

선글라스가 말없이 고개를 저었다.

"그럼 누가 죽였지? 김 박사?"

"나와는 상관없는 일이야."

선글라스의 방아쇠에 닿아 있는 손가락이 가느다랗게 떨리고 있었다.

"우릴 보내 줘요. 그리고 우리와 같이 가요."

지나가 철민의 앞으로 나서며 말했다. 그러자 선글라스가 머뭇거렸다. 그의 눈과 지나의 눈이 마주쳤다.

지나의 맑고 고운 눈은 선글라스의 마음을 뒤흔들어 놓고 있었다. 선글라스는 차마 방아쇠를 당길 수 없었다.

눈과 지나의 눈이 마주쳤다.

처음이자 마지막으로 사랑했던 여자였다.

그는 지나와 함께 했던 묘향산의 평화롭고 고즈넉한 그 한 때를 생각하고 있었다. 그녀에게 어떻게, 그는 망설이고 있었다. 그의 눈에 지나는 더없이 아름다운 한 여인이었다.

"……."

"날 언제까지나 보호해 준다고 그랬잖아요. 이게 보호해 주는 건가요?"

지나가 선글라스의 눈을 똑바로 쳐다보며 말했다. 선글라스는 지나의 눈을 통해 약해지는 자신을 발견했다.

무엇 때문에 살아 왔던가, 정 회장을 위해서…… 그는 지나의 눈에서 따듯함을 느낄 수 있었다. 그의 한쪽 가슴에 동요가 일고 있었다.

그는 지나를 외면할 수 없었다.

바로 그때 선글라스의 뒤에서 경호원 세 명이 총을 들고 다급하게 뛰어 들어왔다. 선글라스가 뒤에서 뛰어 들어오는 부하들을 언뜻 쳐다보았다. 그 틈에 철민이 지나와 함께 옆으로 몸을 날려 굴렀다.

경호원들이 지나와 철민을 향해 총질을 하기 시작했다.

"안 돼!"

―탕탕탕.

선글라스가 소리를 질렀고 그와 동시에 그의 총구에서 세 발의 총성이 들렸다. 세 발은 정확히 부하들의 심장을 관통했다.

선글라스는 지나가 다치는 것을 원치 않았다. 그래서 부하들에게 권총을 들이댔던 것이다.

철민과 지나는 구르듯이 실내를 빠져나갔다. 그리곤 뒤도 돌아보지 않고 달려가기 시작했다. 그러나 앞에서 또 경호원이 나타나 총부리를 댔다. 철민이 다급한 나머지 지나를 옆에 있던 문으로 밀어 넣었다. 그리고는 허리 뒤쪽에서 권총을 꺼내 경호원의 심장과 이마를 향해 방아쇠를 당겨 제압하며 지나가 밀려들어갔던 곳으로 자신도 뛰어들었다.

실내는 어두컴컴했다. 아무 것도 보이지 않았다.

"지나 씨, 어디 있어요?"

"바로 옆에요."

"다치지 않았어요."

"다친 곳은 없어요."

“후……우.”

긴 한숨이 철민의 입에서 흩어져 나왔다.

“김 소령, 김 소령. 들려요?”

―…….

저쪽에서는 아무런 수신도 되지 않고 있었다.

“제기랄.”

그가 마이크가 연결된 송수신용 이어폰을 벗어 바닥에 내동댕이쳤다.

어떻게 된 일일까, 그렇게 쉽게 당할 김 소령이 아닌데. 그는 김 소령을 걱정하고 있었다. 벌써 당했을지도 모른다. 그의 머릿속에 온갖 잡생각이 끊임없이 맴돌았다. 그는 그런 불상사가 생기지 않기를 기대하고 있었다.

그때 갑자기 실내가 환해졌다.

누군가 불을 켠 것이다.

철민이 눈이 부셔 눈을 깜빡거렸다. 그리고는 뒤를 돌아보았다. 지나와 철민은 기겁을 했다.

뒤에는 휠체어에 정 회장이 앉아 있었다.

철민은 자신의 눈을 의심하지 않을 수 없었다. 자신이 사이버분석이식 시스템기에 앉아 있던 정 회장을 분명히 사살했는데. 철민은 자신도 모르게 힘이 쭉 빠져나가는 것을 느꼈다.

“연구실에 있던 건 내 복제품이야. 호호호.”

그의 손에는 변함없이 여송연이 타고 있었다.

"……."

"총은 바닥에 놓고 가까이 와."

정 회장이 말하며 여송연을 한 모금 길게 빨아들였다.

"짐승 같은 놈."

철민이 쏘아보며 말했다.

"그래, 멋대로 불러라. 이 게임은 내가 이겼어. 패자는 말이 없는 법이지. 하지만 넌 룰을 깨뜨렸어. 하하하……."

웃음소리가 심상치 않게 들렸다.

―탕, 탕.

두 발의 총성, 그리고 두 발의 총알은 철민의 복부와 허벅지를 관통했다. 철민이 총소리와 함께 바닥에 주저앉고 말았다.

"철민 씨!"

외마디 비명과 함께 지나가 쓰러진 철민의 머리를 감싸안았다. 그녀의 눈에서 굵은 눈물이 흘러내려와 철민의 얼굴로 떨어졌다.

"허……억."

철민은 숨을 힘겹게 몰아쉬고 있었다.

"죽지 말아요. 죽으면 안 돼."

철민이 지나의 손을 꼭 움켜잡았다.

"잔인한 인간, 그러고도 당신이 사람이라고 할 수 있어.

……제발 우리를 보내 주세요. 제발…….”

지나가 대들다가 다시금 애원을 했다. 그러나 정 회장은 배시시 웃으며 그 처절한 상황을 즐기고 있었다.

총 소리를 듣고 달려온 것은 선글라스였다.

선글라스가 묵묵하게 정 회장의 앞으로 다가섰다. 선글라스는 지나의 우는 모습을 보면서 또다시 안쓰러움을 느꼈다.

사랑스런 여자의 눈에서 흘러내리는 눈물은 남자의 마음을 아프게 하는 법이다. 선글라스는 자신도 모르게 손에 힘을 주었다.

“지나, 넌 이제 내게 쓸모가 없어. 모든 기술은 벌써 내 손안에 들어 와 있지. 난 너를 믿을 수가 없었어. 그래서 내 복제 인간을 대신 실험 대상으로 삼은 거야. 사람은 허점이 없어야 돼. 안됐군. 불쌍해서 목숨이라도 살려 줄 생각이었는데. 그동안 고생 많았어. 이젠 가 주어야겠지만…….”

여송연을 빨아 대며 정 회장이 가래 섞인 웃음소리를 쏟아 내었다.

“…….”

“최철민 군. 안됐군. 자네 같은 사람은 필요로 하는 사람 곁에 있어야 하는 건데. 아까워……. 이제 얼마 뒤면 평양 수도 방어사령부가 모든 반란자들을 색출하게 될 거야. 이제 북한과 남한은 내 손아귀에 고스란히 들어오게 되는 거야. 너희들만 죽어 준다면 말이야."

"……."

"난 새 생명을 얻으러 가야겠군. 영생을 맞이하러……."

그러며 정 회장이 선글라스에게 손가락으로 두 사람을 없애라는 지시를 했다. 선글라스가 지나와 철민을 노려보았다. 그러나 그의 눈에는 인간의 풋풋한 정이 잔뜩 서려 있었다.

그는 철민과 지나를 죽이고 싶은 생각이 없는 것 같았다. 지나는 그의 눈빛에서 그것을 알 수 있었다.

'당신을 지켜주겠소. 영원히.'

지나가 선글라스의 눈을 똑바로 쳐다보았다. 그의 눈이 가느다랗게 떨리고 있었다. 지나는 그의 눈에 진실이 배어 있음을 알았다.

그것은 한 여자에 대한 사랑이었다. 말은 하지는 않았지만 여자에게 믿음을 심어 주고 싶은 진실이 담겨져 있었다. 그는 총을 뽑아 들고 한동안 망설였다.

그가 철민에게 눈짓을 해보였다. 그의 눈짓은 바닥에 떨어져 있는 철민의 자동권총을 가리키고 있었다. 철민도 그것을 눈치채고 있었다.

"어서 죽이지 않고 뭘 해?"

"……."

　마지막으로 지나의 눈을 다시금 빤히 들여다보던 그가 이제 결심을 굳히기 시작했다. 지나는 그를 믿을 수 있었다. 그 순간 그를 믿는 것밖에는 도리가 없다고 생각했다. 그의 손가락이 가볍게 떨렸다.

　그는 철민과 지나를 향해 총구를 겨누고 방아쇠를 당기려다가 뒤돌아 정 회장에게 총을 겨누었다.

　―탕, 탕, 탕.

　정 회장의 입가에 새로운 미소가 겹쳐졌지만 이내 다시 사그라들고 말았다. 철민이 손을 뻗어 자신의 권총을 찾아 들고 정 회장의 심장을 향해 방아쇠를 당겼기 때문이었다.

　정 회장의 입에서 담배 연기와 함께 처참하게 피가 쏟아져 나왔다.

　철민이 복부를 손으로 감싸쥐고 힘겹게 바닥에서 일어나 정 회장 앞으로 걸어갔다. 그의 한쪽 다리는 힘없이 바닥에 질질 끌리고 있었다.

　“나쁜 자식, 이렇게 갈걸……. 이건 우리 모든 한민족이 바라는 바이다. 다시는 독재 괴뢰 정권이 우리 한민족을 괴롭히지 못할 거야. 물론 당신 같은 야욕을 지닌 인간이 세상에 태어나지 않아야겠지.”

　“커……억.”

　정 회장이 피를 토하며 철민에게 살려 달라는 듯이 손을 뻗었다. 철민이 그런 정 회장을 물끄러미 바라보고 있었다.

"쯧쯧."

철민이 혀를 걸어찼다.

"커……어……억."

정 회장이 마지막 숨을 몰아쉬고 있었다. 철민이 그런 정 회장의 눈을 똑바로 쳐다보면서 증오에 불타는 시선을 던졌다.

"안 됐군."

철민이 돌아섰다.

정 회장의 몸이 싸늘하게 식어 가고 있었다.

"이봐요. 정신차려요."

지나가 바닥에 쓰러져 있는 선글라스를 조심스럽게 흔들었다. 하지만 선글라스는 쉽게 정신을 차리지 못하고 있었다. 지나의 눈에서 뜻 모를 눈물이 흘러내렸다.

자신을 위해서 목숨까지 받치다니. 그녀는 죽어 가고 있는 선글라스에게 감격하고 있었다.

"죽지 말아요. 죽으면 안 돼요."

선글라스가 지나의 손을 힘겹게 잡고는 힘을 꼭 쥐었다. 그는 지나의 손을 놓아주지 않을 것만 같았다.

"지나 씨, 명단은……?"

철민이 울고 있는 지나에게 말했다. 그러나 말하는 그로서도 가슴이 찢어질 것 같았다. 선글라스의 가려져 있던 순박한 눈을 보며 철민은 가슴이 뭉클해졌다. 죽는 순간에도 선글라스는 입가에 미소를 띠고 있었다.

그런 선글라스가 피묻은 슈트 안쪽에서 힘겹게 무엇인가를 꺼내려는 시늉을 힘겹게 하고 있었다. 지나가 그를 대신해서 슈트 안쪽 주머니에서 무엇인가를 꺼냈다. 그것은 다름 아닌 디스켓이었다.

"난 약속을 지……켰소."

"아니요. 영원히 지켜준다고 그랬잖아요. 약속은 이제 시작 아닌가요. 이런 식으로는 싫어요. ……난 어떡하라구. 제발 이렇게 가지 말아요."

그녀의 눈물은 그칠 줄 몰랐다.

지나는 죽어 가는 그에게서 진정한 사랑의 감정과 용기를 깨달을 수 있었으며 느낄 수 있었다.

그의 사랑은 영원한 것이었다.

"당신을 지켜 줄 누……군가가 나타날 거……예요."

"안 돼요. 정신차려요."

"다……당신과 이……있던 시간 동안 나……난 즐거웠…… 소. 사실 나……도 복제 인간입니……다. 그 일로 너……무 슬……퍼 하……지 말……아요."

선글라스의 마지막 말이었다.

선글라스는 그 말과 함께 지나의 손을 힘껏 움켜잡았다. 그의 힘이 지나의 손에 강하게 느껴졌다. 그리고는 눈을 뜬 채 그는 세상을 등지고 말았다.

가여운 사람.

지나가 그의 죽음을 믿지 않고 계속해서 흔들어 댔다. 하지만 소용이 없었다. 죽음 앞에 인간은 너무나도 나약했다.

어디에서 다시 만날 수 있을까.

그녀의 눈에서 서러움이 구슬구슬 맺혀 있다가 소리 없이 흘러내려와 선글라스의 얼굴로 떨어졌다.

그 짧았던 시간 동안 정이 너무도 많이 들었던 탓일까.

사랑 때문이었을까. 하지만 그것이 사랑이라는 것을 알기도 전에 그는 떠나가고 말았다. 한 여자의 가슴에 뛰어 들어왔다가 그렇게 소리 없이 떠나가 버린 것이다. 다가서려 해도 이젠 다가갈 수 없는 존재.

세상은 너무나 불공평했다.

정작 가야 할 사람은 따로 있을지도 모르는데……. 지나는 그의 시신 옆에서 떠날 수가 없을 것만 같았다.

새하얗게 쪼개지는 햇살 속에 서 있던 남자의 모습을 잊을 수가 없었다. 그 새하얀 햇살만큼이나 하얀 이를 드러내며 웃어 주던 남자. 남자는 여자의 이마에 살포시 키스를 했고 여자는 남자의 키스를 받으며 잠에서 깨어나 남자의 넓은 가슴에 위로를 받았었는지도 모른다.

　남자는 여자에게 장미꽃 한 송이와 아침 식사를 가져다주었고 여자는 침대에 앉아 남자의 정성스러움에 감탄하며 사랑을 꿈꾸었는지도 모른다.

　남자는 한 여자를 위해 기꺼이 목숨을 바쳤고 여자는 그런 남자에게 아무 것도 해줄 수 없는 자신이 그 순간 원망스러웠다.

　사랑은 그렇게 운명적으로 다가와 운명적으로 떠나고 말았다. 살아 있는 자의 가슴에 못을 박고 그렇게……. 남자의 소중한 사랑을 언제까지나 간직하고 싶은 여자는 눈물로 보답하고 있다.

　지나가 그의 입술에 자신의 입술을 가져다가 대었다. 지나의 눈에서 흘러내린 눈물이 그의 얼굴로 소리 없이 떨어졌다.

　지나는 한동안 멍하니 그의 싸늘히 식은 얼굴을 보고 앉아 있었다. 그러다가 그의 눈을 손으로 가지런히 쓸어내려 주었고 그의 눈이 스르르 감겼다.

　지나는 고이 잠든 그를 그렇게 바닥에 싸늘하게 놓아두고 싶지가 않았지만 어쩔 수가 없었다. 한 생명의 소중한 죽음은 지나를 더욱 강한 여자로 만들고 있었다.

　그의 죽음을 헛되게 하지 않으리라.

　지나는 철민을 부축하고 사이버분석이식 시스템기가 있는 연구실로 갔다. 그곳에 컴퓨터가 있기 때문이었다.

연구실로 간 지나는 컴퓨터를 접속하였다. 다행이 컴퓨터는 온전한 상태였고 곧 한 중좌의 비밀 정보부 상황실과 접속을 할 수 있었다.

지나는 컴퓨터에 선글라스가 빼돌려 놓은 디스켓을 집어넣었다. 그리고 자료를 읽어 들여 그 중에 북한 내의 당, 정, 군의 복제 인사 명단을 전송하기 시작했다.

지나의 눈에 눈물이 고였다.

전송을 마치고서 이번에는 서울에 있는 박한석 실장에게 복제 인간의 명단을 전송하기 시작했다.

그것으로서 모든 것이 끝났다.

철민은 몸에서 힘이 쭉 빠져나가는 것을 느꼈다. 피를 너무 많이 흘렸기 때문이었다.

총소리는 아득히 멀어져만 갔다.

지나가 그의 상처 난 부위를 정성껏 치료했다.

"전 오지 않으실 줄 알았어요."

"이렇게 왔으면 된 거 아닙니까."

그가 여유를 찾으며 껄껄껄 웃었다. 총상을 입은 부위에 통증이 느껴져 웃는 것이 마치 우는 것 같았다.

"고마워요."

지나도 안정을 찾으며 빙그레 웃었다.

주위는 조용하기만 했다.

철민은 잠이 오기 시작했다. 그 동안 너무나 고단했던 모양이다. 그의 옆에 지나도 누워 잠이 들고 말았다.

꿈을 꾸고 있었다.

한적한 호숫가를 거닐며 철민은 한껏 부푼 마음을 달래고 있었다. 그곳에는 은경이도 있었다. 그녀의 가슴에는 귀여운 아가가 안겨져 있었고 옆에서 철민은 연신 미소를 띠고 있었다. 더없이 한적하고 가슴 설레는 그런 안식의 보금자리였다.

얼마나 기다려 오던 일이던가.

그 얼마나 바라던 일이던가.

철민은 은경의 무릎에 머리를 기대고 잠이 들었다.

"명단은 잘 받았습니다. 그 동안 수고 많았습니다."

박 실장의 목소리였다. 그가 북한과의 핫라인으로 전화를 걸어온 것이다.

"그쪽 일은 어떻게 돼가고 있습니까?"

"여기 일은 순조롭게 잘 되어 가고 있습니다."

"김진 소령과 서명석 동지가 안됐습니다."

철민의 목소리에는 아쉬움이 남아 있었다. 김진 소령이 살아 있었다면 더 좋았을 텐데. 철민은 그의 죽음을 애도했다.

"김진 소령과 서명석 동지의 죽음이 헛되지 않게 여기서도 노력하겠습니다."

"그럼, 서울에서 뵙겠습니다."

철민이 전화를 끊었다.

"일이 잘돼서 다행이에요."

지나가 철민에게 연한 미소를 보냈다.

"사상자가 너무 많이 났어요. 앞으로는 이런 일이 없어야 할텐데……."

철민은 정 회장의 죽어가던 모습이 머릿속에서 떠나지 않았다.

"휴가나 가야겠어요."

철민이 창밖을 내다보고 있었다. 그는 올 여름 은경이와의 멋진 휴가를 꿈꾸고 있었다.

돌아가면 그녀에게 자신의 진실한 사랑을 전할 수 있을 것 같았다. 그는 서울로 빨리 가고 싶었다.

지금 이 순간도 은경이 자신을 걱정하고 있을 것이라고 생각하니 더 이상 지체하고 싶지 않았다.

─똑똑똑.

노크 소리가 들렸고 병실 안으로 한 중좌가 들어왔다. 그는 어울리지 않게 꽃다발을 들고 들어왔다.

철민이 그를 보며 눈인사를 했다. 그가 가까이 다가와 철민에게 악수를 청했다.

"고맙습네다."

"고생 많으셨습니다. 그런데 그 꽃은 저를……."

"아닙네다. 이 꽃은 민 박사님에게 드리려고 사가지고 온겁네다."

한 중좌가 지나에게 꽃을 내밀었다.

"어머, 꽃 냄새가 정말 진해요."

그에게서 꽃다발을 건네받은 지나가 곧바로 꽃향기를 맡으며 말했다. 그녀의 얼굴에 화색이 돌아오고 있었다.

평화롭기만한 한때였다.

그들의 얼굴에 화색이 돌았고 웃음소리가 병실 안을 돌아다녔다.

"우린 내일 중으로 서울로 돌아가고 싶은데요. 한 중좌, 그렇게 준비 좀 해주실 수 있습니까?"

"이렇게 빨리 말입네까?"

"네, 그쪽에서 해야 할 일이 있어서."

"아쉬운데요. 만나자마자 이별이라니요. 좀 더 계시다가 상처가 아문 다음에 가시면 안 되겠습네까?"

"아무래도 집이 편하니까요."

철민이 배시시 웃었다.

지나도 빨리 가고 싶은 생각이었다.

"민 박사님은 미인이십네다. 가기 전에 식사라도 대접하고 싶은데 어떠십네까?"

한 중좌는 지나에게 홀딱 반한 모양이었다. 한 중좌가 꽃을 사가지고 온 속셈을 그제야 철민은 눈치 챌 수 있었다.

"그러세요."

"저도 가면 안 되겠습니까?"

"최 동무는 빠지라우요. 그렇게 눈치가 없습네까. 그리고 아픈 사람이 어딜 따라 나서겠다고 그러십네까."

한 중좌가 철민을 바라보며 딱 잘라 말했다.

그 말에 지나가 빙그레 웃었다.

"아무튼 내일 가신다고 그러니끼니 아쉽습네다."

"아쉽기는요. 머지않아 통일된 조국에서 만나게 될 텐데요. 이제 북한도 공산주의며 사회주의에 대한 미련을 모두 다 털어 버리지 않았습니까. ……통일된 조국에서 재회를 하는 것만 남은 것 같은데. 그땐 우리 코가 삐뚤어지도록 술에 취해봅시다."

"그럼요. 그래야디요. 우리 장령님들도 이번 일에 감사하고 있습네다. 수습이 완료되는 대로 대표부의 접촉이 이루어질 겁네다. 이제 독재 체제는 우리 통일된 조국에서는 또다시 반복되지 않아야겠디요."

"그래요. 당연히 그래야 하구 말구요."

지나가 옆에 서 있다가 거들었다.

창밖으로 내려다보이는 평양의 거리는 더없이 평화롭기만
했다.

사랑하는 이의 가슴에……

D"뭐라구요, 은경이가 지나 씨의 쌍둥이 동생이라구요?"

"네, 그래요. 그런데 지희를 어떻게……?"

"비슷하게 생겼다고는 생각했지만…… 여자들의 화장은 통
감을 잡을 수가 없다니까요."

서울로 돌아오는 승용차 안에서 철민이 말했다.

철민은 지나의 동생이 은경이라는 것에 깜짝 놀랐다. 그렇
다면 지나는 자신의 처형이 될 사람이지 않은가. 철민은 묘한
기분에 사로잡혔다.

서울로 돌아와서 그들은 제일 먼저 은경의 집으로 향했다.

철민이 지나와 함께 은경이가 사는 빌라로 간 것은 오후 4
시경이었다. 경찰서에 전화를 했다가 일찍 퇴근했다는 말에

집으로 오게 된 것이다.

철민이 설레이는 가슴으로 초인종을 눌렀다. 그러나 안에서는 아무런 인기척도 들리지 않았다.

몇 번을 계속해서 눌러도 역시 소용이 없었다.

어떻게 된 일일까.

철민은 걱정이 되었다.

철민이 혹시나 해서 현관문의 손잡이를 살짝 돌려 보았다. 문이 힘없이 돌아갔다. 집에 있었다면 대답을 했었을 텐데. 잠을 자고 있는 것인가.

지나가 철민의 얼굴을 쳐다보았다.

"은경아……."

철민이 문을 열고 안으로 들어가면서 한 말이었다. 철민은 안으로 들어서자마자 깜짝 놀랐다. 집안이 난장판이었기 때문이었다.

철민이 신발을 신은 채 집안 곳곳을 돌아다니며 은경을 찾았다. 그러나 그 어디에도 그녀는 없었다. 집안에서 싸늘한 기운이 느껴질 뿐이다.

철민은 불길한 생각이 들었다.

거실에는 은경이가 반항했던 자국처럼 핏자국이 두어 방울 남아 있었다.

"어떻게 된 거예요?"

지나가 창백한 얼굴로 철민을 쳐다보았다.

"……."

철민은 대답 없이 거실 바닥에 떨어져 있는 핏자국을 손으로 찍어 보았다. 핏자국은 그렇게 오래된 것 같지 않았다.

철민이 후닥닥 뛰어나갔다. 그리고는 앞집의 초인종을 사정없이 눌러 댔다.

"누구세요?"

안에서 여자의 음성이 들려나왔다.

"앞집인데요. 물어 볼 게 있습니다."

여자가 문을 열기도 전에 철민이 손잡이를 강제로 돌렸다. 지나는 그 모습을 보면서 불안한 생각을 하고 있었다.

"무슨 일이에요?"

여자는 사십대 정도 되어 보였다.

"혹시 박 순경 보지 못했습니까?"

"그 아가씨요."

"……."

철민이 재촉하는 눈빛으로 여자를 쳐다보았다.

"아까 누군가한테 업혀서 나가던데……."

"남잡니까?"

"네, 세 사람이었어요. 그런데 이상한 건 모두 얼굴이 똑같다는 거였어요."

"혹시 어디로 갔는지……?"

철민의 눈에 힘이 주어졌다.

"의심스러워서 제가 자동차 번호를 적어 놓은 게 있어요. 잠깐만 기다려 보세요. 금방 가지고 나올게요."

그리고는 여자가 안으로 들어가 메모지를 한 장 가지고 나왔다. 그것을 철민이 받아 펴보았다.

"시장 갔다가 오는데 수상쩍더라구요."

여자의 말이 철민의 귀에는 들리지 않았다.

철민이 다시 은경의 집으로 뛰어 들어갔다. 그리고는 박 실장에게 전화를 했다.

"박 실장, 급합니다. 이 번호 좀 빨리 조회해 주십시오"

그리고는 자동차 번호를 차근차근 불러 주었다. 그러자 박 실장이 그것을 조회하라고 시키는 소리가 들렸다.

"박 실장, 김 박사는 어떻게 됐습니까?"

"지금 그 사람을 잡아들이기 위해 요원들을 급파했는데……."

"그 자식이……."

철민은 분명히 김 박사에게 그녀가 납치되었을 것이라고 생각했다.

"조회 결과 대선 유전생물학 연구소의 차량으로 나오는 데요."

"역시 그렇군요."

철민이 주먹을 불끈 쥐었다. 듣고 있던 지나 역시 은경이를 생각하며 분을 삭이지 못하고 있었다.

"왜 그러시죠?"

"요원들은 어디로 급파했습니까?"

"집과 연구소로 급파했습니다만……."

"아마 그곳에는 없을 겁니다."

"그럼 짚이는 곳이라도……?"

"삼우 농장으로 요원들을 급파해 주십시오."

"삼우 농장이요. 그곳은 벌써 수색했는데……."

"분명 그곳에 있을 겁니다."

철민이 자신의 직감을 믿으며 말했다.

전화를 끊고서 철민은 지나와 함께 삼우 농장으로 차를 몰았다.

운전대를 잡고 있는 그의 손이 가볍게 떨리고 있었다. 지나도 조마조마한 눈빛으로 차창을 내다보고 있었다.

지희에게 큰일이 생기지 않기를 그녀는 기도하고 있었다. 지희는 또 다른 자신이었다. 지희에게 무슨 일이 생긴다면 김 박사를 가만히 놔두지 않을 작정이었다. 그녀는 갈수록 초조해졌다.

철민과 지나가 탄 승용차는 빠른 속도로 서해안 고속도로를 달렸다.

"철민 씨, 지희가 왜 그곳에 있다고 생각하는 거지요?"

"저도 모릅니다. 단지 직감일 뿐입니다. 그리고 박 순경을 납치해 갔다는 그 남자들의 얼굴이 모두 똑같았다면…… 분명합니다."

그의 양미간이 쭈그러들었다.

그는 재촉하고 있었다. 액셀러레이터를 힘껏 밟아 보았지만 승용차는 그의 마음처럼 속력을 내지 못하고 있었다.

그런 그의 모습이 지나는 안쓰럽기까지 했다.

"지희를 사랑하나요?"

"……"

철민이 고개를 끄덕였다.

지나도 더 이상은 묻지 않았다. 그의 행동에서 배어 나오는 모든 것이 지희를 얼마나 사랑하고 있는지 대변해 주고 있었기 때문이었다.

승용차는 고속도로를 벗어나 천수만을 향해 빠른 속력으로 내달리고 있었다. 조금도 지체할 시간이 없었다.

총상을 입은 배와 허벅지에 통증이 느껴졌지만 그런 통증 때문에 은경을 포기할 수는 없었다.

삼우 농장 입구에 그의 승용차가 도착했다.

삼우 농장은 조용한 편이었다. 그가 도착하기 전에 이미 박 실장이 도착해 있었다.

그의 차가 농장으로 진입하는 것을 보고 박 실장이 얼른 뛰어왔다.

"농장 안은 어때요?"

"별 움직임이 없습니다. 쥐죽은 듯이 조용하기만 한데요."

박 실장이 말했다.

철민이 차에서 내려 막 농장으로 뛰어가려던 참이었다. 총상을 입은 왼쪽 다리에서 힘이 쭉 빠져나가는 느낌과 함께 그는 땅바닥에 주저앉고 말았다. 그의 다리에서 피가 흘러내리고 있었다.

"무리하지 마십시오"

박 실장이 그에게로 다가와 부축했다.

요원들은 이미 삼우 농장을 쥐새끼 하나 빠져나갈 수 없도록 에워싸고 있었다.

"녀석은 2층 건물 옆의 단층 건물에 있을 겁니다."

철민이 소리를 질렀다.

그는 다급한 나머지 그곳으로 뛰어가고 싶었지만 몸이 따라주지 않았다. 지나가 그런 그의 옆에 서서 부축하고 있었다.

철민의 말에 요원들이 조심스럽게 단층 건물을 향해 움직이기 시작했다.

철민은 그쪽으로 걸어가면서 자동권총을 꺼내 장탄을 확인했다.

　진두지휘는 박 실장이 맡고 있었다. 그의 지휘에 모든 요원들이 일사불란하게 움직이기 시작했다.

　단층 건물 안으로 최루탄이 쏘아졌고 요원들은 긴박하게 안으로 뛰어 들어갔다. 그러나 건물 안은 텅 비어 있었다.

　"안에는 아무도 없는데요."

　한 요원이 박 실장에게로 와서 보고했다.

　"그럴 리가 없어."

　철민이 믿을 수 없다는 듯이 고개를 저었다. 그러다가 그가 방독면을 쓰고 창고 안으로 직접 들어갔다. 역시 아무 것도 없었다.

　'그렇다, 지하야.'

　철민은 부랑자들을 냉동시키는 장면을 목격했던 그때를 떠올렸다.

　그가 그때 엘리베이터가 있던 그 위치로 걸어갔다.

　박 실장과 요원들이 그의 뒤를 따랐다.

　철민은 그 지점에서 발걸음을 멈추었다.

　분명히 있던 엘리베이터가 없었다. 어찌 된 일일까.

　그가 권총으로 엘리베이터가 있던 곳에 두어 번 두드렸다. 그러곤 바로 옆의 벽도 수차례 두드렸다. 그렇게 두드리다 보니 소리가 달리 들려오는 곳이 있었다. 철민은 바로 그곳에 엘리베이터가 있을 것이라고 단정했다.

그가 창고의 천장을 올려다보았다. 자신이 목격했었던 바로 그 환풍구와 딱 맞아떨어지는 자리였다.

엘리베이터는 교묘히 위장되어 있었다.

"여기야!"

철민이 소리쳤다.

"그곳에는 아무 것도 없는데……?"

"여기가 맞아요. 바로 이 아래야. 이 아래에 김 박사와 은경이가 있어."

그러며 그가 벽을 발로 두어 번 걸어찼다.

박 실장이 그제야 요원들을 시켜 주위를 살피도록 지시했다. 요원들은 재빠르게 행동했다.

"실장님, 이곳에 뭔가 있는데요."

그러며 한 요원이 무엇인가를 발로 밟았다. 그러자 이상한 소리가 들리며 판판하던 시멘트벽이 한쪽으로 밀리면서 엘리베이터가 나타났다.

"이렇게 만들어 놨으니 눈치를 채지 못했지."

박 실장이 회심의 미소를 지었다.

엘리베이터에는 특수 요원 다섯 명이 일진으로 내려갔다. 그리고 잠시 후 총소리가 밑에서 요란스럽게 들려왔다.

그렇지만 한참을 기다려도 엘리베이터는 올라오지 않았다.

실패한 것일까.

요원들은 엘리베이터가 올라오지 않자 서로의 눈만 멀뚱멀뚱 쳐다보았다.

시간상으로 벌써 올라오고도 남았을 시간이었다. 그렇지만 아래에서는 더 이상 총소리가 들리지 않았고 쥐죽은 듯이 조용할 뿐이었다. 박 실장이 무전으로 일진에게 경과보고를 요청했지만 역시 무전으로는 아무런 반응도 들려 나오지 않았다.

그렇다면 일진은 실패한 것이었다.

다른 수를 써야 했다.

먼저 두 명의 특수 요원이 엘리베이터 통로로 내려갔다. 지하는 예상외로 3층 구조였다.

지하의 구조를 살피고 올라온 요원들은 지하 1, 2층을 동시에 공격한 후에 3층을 접수하는 작전의 효율성을 말했다.

마냥 기다리고 있을 수만은 없었다.

그들이 나오지 않는다면 안으로 들어가는 방법밖에는 없었다. 사상자가 많이 발생하더라도 선택의 여지가 없었다.

침투조는 일진과 이진으로 재편성되었다.

일진에는 철민도 포함되어 있었다. 은경이 구출되어 나오기를 기다리고 있을 수가 없었기 때문이었다.

특수 요원들의 움직임은 한 명이 움직이는 것처럼 일정하고 재빨랐다. 먼저 방독면을 착용한 일진이 로프를 타고 지하 2층으로 잠입을 시도했다.

작전은 전광석화와 같이 한순간에 이루어지고 있었다.

먼저 일진이 플라스틱 폭약으로 엘리베이터 문을 폭파시켰다. 그리고 그 안으로 연막 가스를 쏟아부었다.

총격전이 벌어진 건 다음이었다.

총알이 빗발쳤다.

그대로 엘리베이터 통로에 머물고 있다가는 전멸할 것이 뻔했다. 어떻게 해서든 건물로 진입해야 했다.

먼저 안으로 진입한 것은 철민이었다.

구르듯 건물로 진입한 철민은 어렴풋이 적으로 보이는 형체를 향해 기관총을 난사했다. 누군가 총에 맞고 쓰러지는 소리가 들렸다.

잠시 침묵이 흘렀다.

철민의 뒤로 특수 요원들이 한순간 진입해 들어왔다.

지하 1층에서도 총격전이 벌어지고 있었다.

안으로 진입한 특수 요원들은 재빠르게 건물 안을 수색하기 시작했다. 이곳저곳에서 총소리가 들려왔다.

칠흑 같은 건물 내부로 특수 요원 30명의 진입이 순식간에 이루어졌다.

지하 2층은 온통 실험기구와 알 수 없는 화학 재료들로 가득했다.

철민도 지체하지 않고 건물을 휘젓고 다녔다. 먼저 특수 요

원들이 진입해 들어간 뒤라 곳곳에는 시체들로 가득했고 피비
린내가 코끝을 역겹게 자극했다.

그들 모두가 동일한 얼굴, 동일한 체구, 동일한 복장이었
다. 김석인 박사의 작품이 뻔했다. 그가 복제 인간을 살상용
군대로 대량 생산해 낸 것은 보지 않더라도 불을 보듯 뻔한
일이었다.

건물은 온통 신음소리와 피비린내로 진동했다.

1층을 장악한 박 실장이 요원들을 이끌고 2층으로 내려왔
다. 2층도 거의 장악한 상태였다.

"위는 어떻습니까?"

"김 박사는 그곳에 없습니다."

"그렇다면 3층에 있겠군요."

3층으로 내려가는 계단에서 총격전과 함께 폭발음이 들린
것은 다음이었다. 그곳에서 김 박사의 복제 부대가 최후의 발
악을 하고 있는 모양이었다.

화력으로는 특수 요원들이 월등했기 때문에 복제 부대를
소멸시키는 데는 그다지 긴 시간이 걸리지는 않았다.

3층으로 내려가는 계단 입구에는 복제 부대원들의 시체가
아무렇게나 나뒹굴고 있었다.

김 박사는 독 안에 든 쥐나 다름없었다. 하지만 궁지에 몰
린 그가 무슨 수작을 걸어올지 모르는 일이었다.

"김 박사 이제 그만 포기하고 나오시지. 이젠 숨을 곳도 없어."

"……."

안에서는 아무런 말도 들려나오지 않았다.

"할 수 없지."

박 실장이 고개를 끄덕이자 다시 한번 폭발음이 들렸다. 3층으로 통하는 철문을 요원들이 폭파시킨 것이다.

폭파와 동시에 특수 요원들이 제각각 안으로 진입했다. 그러나 안으로의 진입은 생각 외로 단 한 방의 총성도 들리지 않았다.

바로 그 뒤를 박 실장과 철민이 뒤따랐다. 계단에는 사살된 열구의 시체가 볼품없이 초라하게 쓰러져 있었다.

3층으로 진입한 철민은 놀라지 않을 수 없었다.

곳곳에 원통형의 유리관이 매달려 있었으며 그 안에는 알 수 없는 투명한 액체와 함께 복제 인간이 자라고 있었다. 철민은 그것을 보는 순간 숨이 턱까지 막혀 왔다.

유리관 안에는 세계 각국의 대통령과 총리들의 클론들도 자라고 있었다. 정말이지 어이없는 일이었다.

한쪽에는 평양에서 보았던 사이버분석이식 시스템이 자리를 잡고 있었다. 그리고 그 주위에 흰 가운을 입은 연구원으로 보이는 사람들이 모여 있었다.

그 중에 이지명 박사도 있었다.

“이지명…….”

철민의 몸이 얼음장처럼 굳어졌다. 아무리 복제 기술이 발달했다 치더라도 그 정도인 줄은 상상도 못한 철민이었다.

“이제들 왔군.”

김 박사의 수척한 목소리였다.

김 박사는 사이버분석이식 시스템에 누워 있었다. 그리고 반대편에는 은경이 잠들어 있는지 꼼짝도 않은 채 누워 있었다.

“포기하시지.”

철민이 김 박사를 쏘아보며 말했다.

“그럴 수야 없지.”

김 박사가 거드름을 피우듯 배시시 웃었다.

“아……아빠?”

그 목소리는 지나의 목소리였다. 지나가 어느새 지하로 내려와 앞에 서 있는 흰 가운을 입은 한 사람을 보고 소리쳤다.

“움직이지 마.”

그쪽으로 뛰어가려는 지나를 김 박사가 막아섰다.

“어…… 어떻게…….”

“놀랐을 거야. 20년 전에 죽은 민 박사가 여기에 있으니 말이야. 하지만 이들은 모두 복제품들이야. 클론이라구.”

“…….”

“마음만 먹으면 누구든 만들어 낼 수 있어. 영혼 이식도 가

능하지. 지나의 사이버분석이식 시스템을 난 이들 클론과 함
께 연구해 오고 있었어. 과연 지나가 그 사이버분석이식 시스
템을 완성시킬 수 있을까, 믿음이 안 가서 내 나름대로 연구하
게 된 거야. 하지만 나에게 주어진 시간이 너무 짧았어. 하루
만 더 시간이 주어졌어도 사이버분석이식 시스템을 완성시킬
수 있었을 텐데. 그 늙은이는 평양에서 그렇게 바보같이 당했
지만 난 미련하게 당하고만 있지는 않아. ……최철민, 민지
나. 너희들은 내 모든 계획을 망쳐 놨어. 나도 너희에게 복수
할 기회는 주어야지.”

“소용없어. 당신은 이미…….”

“웃기지 마. 내가 이 버튼을 누르면 너희들은 이제 끝장이
야. 이 사이버분석이식 시스템에 폭탄이 장치되어 있거든. 어
리석은 짓은 하지 마. 지희의 몸과 이 사이버분석이식 시스템,
그리고 폭탄이 함께 연결되어 있으니까. 이 버튼을 누르는 순
간 폭탄은 10분 내에 폭발되게 되어 있어. 폭발물 해체는 불
가능해. 폭탄을 설계한 내 자신도 해체가 불가능하거든.”

김 박사가 원격조정 폭파장치를 치켜들어 보이며 말했다.

김 박사의 말에 박 실장이 뒷걸음질쳤다. 그리곤 요원들에
게 철수 명령을 조용히 내렸다. 그러자 요원들이 신속하게 철
수를 시작했다.

“폭발물 해체팀을 불러.”

요원 중 한 명에게 박 실장이 작은 목소리로 말했다.

"하하하하. 어림없는 소리. 쯧쯧쯧. 소용없어. 너희들은 발버둥쳐 봐야 내 손아귀에서 벗어날 수 없어. 모두 함께 가는 거야."

김 박사가 고개를 저으며 금방이라도 원격조정 폭파장치의 버튼을 누를 것만 같았다.

"그러지 말아요, 박사님. 박사님은 그런 분이 아니셨잖아요."

"……."

"제발……. 그래봤자 박사님한테 아무런 도움도 되지 않아요."

"닥쳐. 나를 설득하려고 노력할 필요 없어. 난 이미 삶에는 미련이 없으니까. 모든 걸 너희들이 망쳐놨어."

김박사가 차갑고 매섭게 지나와 철민을 쏘아보았다.

"으……음."

그때 반대편에 누워 있던 은경이 깨어났다.

"지……지희……."

"으……은경아!"

"최 형사님……."

겁에 질린 은경이의 목소리였다. 그녀는 머리가 아픈지 관자놀이 부분을 손으로 지그시 누르며 눈살을 살짝 찡그렸다.

"움직이지 마. 폭탄이 장착되어 있어."

철민의 목소리가 떨려 나오고 있었다. 그는 곧 그녀의 곁으로 한 발짝씩 걸어가기 시작했다.

"멈춰! 그건 안 되지."

김 박사가 사이버분석이식 시스템기 안에 앉아 있다가 자리에서 벌떡 일어났다.

"……."

"널 진작에 없앴어야 했는데."

"……."

"……정말 눈물겹군. 복제 자매의 만남이라……. 그리고 애인과의 뜨거운 상봉."

김 박사가 세 사람을 번갈아가며 쳐다보았다. 그의 입가에 회심의 웃음이 서려 있었다.

"……."

"내가 기대한 대로군."

"그게 무슨 소리죠?"

지나가 김 박사에게 물었다.

"내가 말해주지 않았던가. 박 순경, 너의 본명은 지희고 저 앞에 서 있는 지나는 너의 쌍둥이지. 민 박사가 만들어 낸 위대한 걸작품이야. ……복제 인간들의 아버지. 아니 그 말은 너무 약할까, 그럼 이렇게 부르지 민 박사는 복제 인간의 창시자라고……. 민 박사가 없었다면 이 모든 계획들이 존재하지도 않았을 테니까."

"그럴 리가······?"

은경이 철민을 쳐다보았고 철민은 그런 은경에게 힘없이 고개를 끄덕여 주었다.

다음으로 은경의 눈과 지나의 눈이 마주쳤고 둘의 눈에서 눈물이 주루룩 흘러 내렸다.

"아쉽군. 세 사람의 상봉을 더 지켜봐야 하는데."

김 박사가 비아냥거렸다.

"당신은 사람도 아니야. 한때 당신을 아빠처럼 따랐던 내가 원망스러워. 당신은 용서할 가치도 없어. 우리 가족을······."

지나는 더 이상 목이 메어 말을 잊지 못했다.

"흐흐흐. 그건 피차 마찬가지야. 나도 용서받고 싶은 생각은 없어. 이제 얼마 남지 않았어. 자, 그럼 이제 시작해 볼까?"

그러며 그가 원격조정 폭파장치의 버튼 부위를 만지작거렸다.

"그러지 마시오. 자신의 죄를 뉘우치고 용서를 빌어요. 그게 인간으로서의 도리 아닌가요."

철민이 말하면서 김 박사의 곁으로 한 발짝 다가갔다.

"아니, 내겐 이제 남은 것은 없어. 모두 함께 가는 거야. 나 혼자 죽으면 왠지 아쉬움이 남을 것 같거든. 두려워하지들 말라구. 잠깐이면 될테니까. 아마 고통은 없을 거야."

"안 돼."

"흐흐흐."

그렇게 웃고는 김 박사가 한숨을 푹 내쉬었다. 그가 바로 원격조정 폭파장치의 버튼을 누르려는 순간이었다.

더 이상 선택의 여지가 없었다. 그 찰라 그에게 철민이 재빠르게 달려들어 그의 팔을 뒤로 꺾어 손에 들고 있던 원격조정 폭파장치를 빼앗아 냈다.

김 박사는 그 자리에 주저앉고 말았다.

"소용없어. 내가 그랬지, 얼마 남지 않았다고. 너희들이 이곳으로 진입해 들어올 때 벌써 버튼을 눌렀어. 이제 5분 정도 남았을 거야. 하하하하……."

김 박사의 웃음소리는 자포자기 상태였다.

철민의 손이 부들부들 떨렸다. 철민이 김 박사의 멱살을 잡고 흔들었다.

"나쁜 자식, 넌 사람도 아니야. 말해? 어떻게 하면 폭탄을 해체할 수 있는지 말하란 말이야."

"해체는 불가능하다고 그랬을 텐데."

"널 가만히 두지 않겠어."

철민이 김 박사를 밀어 던지고 은경에게로 달려갔다. 그가 막 은경에게 설치되어 있던 폭탄을 살피려던 순간이었다.

―탕.

한 발의 총성과 함께 화약 냄새가 번져 왔다.

총성이 가신 뒤에 정적이 찾아 들어왔다.

김 박사가 권총의 총구를 자신의 관자놀이에 대고 방아쇠를 당긴 것이다. 그는 죽으면서까지 자신의 죄를, 인간으로서의 도리를 저버리고 말았다.

죽어 가며 발작을 일으키듯 몸을 부들부들 떨어대는 김 박사의 모습이 너무 초라하고 불쌍해 보였다.

장인과 사위의 야심은 그렇게 종말을 고하고 있었다.

철민은 그의 눈에서 시선을 뗄 수가 없었다. 이상하게 김 박사의 눈빛이 그를 놓아주지 않았다. 철민도 애써 그의 눈을 외면하지 않았다.

"제거할 수 있겠어?"

박 실장이 상기된 표정으로 폭발물 해체 요원을 내려다보고 있었다.

"안되겠습니다. 시간이 너무 촉박해요. 적어도 이 폭발물을 해체하려면 한 시간 정도 필요합니다."

요원이 고대를 저으며 말했다.

"이거 야단인 걸. 그래도 해보는데 까지는 해보도록 해."

박 실장이 지시를 내리곤 철민과 은경을 안타깝게 건너다보았다.

"최 형사님!"

은경이 철민의 눈을 뚫어지게 바라보았다. 그녀의 눈에는 눈물이 그렁그렁 맺혀 있었다.

"철민 씨, 철민 씨라 불러도 돼죠?"

"……."

철민이 말없이 고개를 끄덕였다.

"난 아무래도 괜찮아요. 그러니까 어서 여기에서 피하세요. 그렇지 않았다가는 모두 죽게 되요."

"그건 안 돼. 그렇게는 할 수 없어."

"어서요. 나 때문에 철민 씨가 죽는 건 싫어요."

"그럴 수는 없어."

철민은 차마 그 자리를 등질 수가 없었다. 이제는 은경의 곁에서 포근한 사랑의 안식처를 만들 수 있을 거라 생각했는데. 그런데 이런 불행한 일이 벌어지다니.

"어서들 피해요."

박 실장이 흰 가운을 입고 있는 복제 인간들에게 소리를 질렀다. 하지만 복제 인간들은 그 자리에서 꿈쩍도 하지 않았다.

"여기에 있다가는 모두 죽어요. 서둘러야 해요."

지나가 민형우 박사의 복제 인간을 잡고 끌어댔지만 그 역시 꿈쩍 하지 않았다. 지나는 울상이 되었다.

"우린 여기에 있겠어요."

"……."

지나도 더 이상 그들의 고집을 꺾을 수가 없었다.

"여긴 우리의 고향입니다. 그리고 우린 나갈 수 없어요. 우린 우리 자신을 찾고 싶어요. 그러기 위해선 바로 여기에 있어야 한다는 생각입니다. 복제 생명체가 아닌 우리 자신으로 남기 위해서……."

민형우 박사의 복제 인간이 그렇게 말하며 지나를 향해 살포시 웃어 주었다.

"그래요. 우리의 존재가 사람들에게 알려진다면……. 우린 인간이 아닌 단지 도구로서의 삶을 강요받으며 살아가게 될지도 몰라요. 여태까지 그래왔던 것처럼……. 차라리 이대로 우리의 존재가 잊혀지는 것이 낳을지도 모릅니다."

복제 인간들은 벌써부터 자신들의 최후를 결심하고 있었는 듯 오히려 담담한 표정이었다.

"……."

지나는 그들의 말에 자신도 모르게 울컥 눈물을 쏟았다.

"서둘러요, 지나 씨. 시간이 없어요."

박 실장의 목소리였다.

"저도 가지 않겠어요. 아니 갈 수 없어요. 지희와 같이 여기에 남겠어요. ……내가 아닌 나로 이젠 살고 싶지 않아요. 아니, 그럴 자신이 없어요."

그러며 지나가 지희 쪽으로 다가가며 입술을 지그시 깨물었다.

"최 형사님도 어서 여기서 피하세요. 지희의 곁에는 내가 있겠어요. 이제 시간이 얼마 남지 않았어요.”

말하며 지나가 지희의 손을 지그시 움켜쥐었다. 지희도 역시 맞잡은 지나의 손에 힘을 주었고 둘은 전혀 다른 두 개체가 아닌 한 개체로서의 포근함을 느꼈다.

굳이 말하지 않더라도 둘은 자신들의 운명을, 자신들의 존재를 그렇게 묻어 두려하고 있었다.

“그래요, 철민 씨.”

지희이 철민을 보며 애써 입가에 미소를 지었다.

“아니, 그럼 나두 여기에 남겠어.”

철민이 고개를 저었다.

“제발!”

지희의 눈에서 눈물이 쏟아져 내렸다. 그런 지희를 철민이 힘껏 끌어안았다.

지희가 철민의 입술을 찾았고 자신의 입술로 철민의 입술을 살며시 포갰다. 진실한 입맞춤이었다.

그 입맞춤에는 지희의 마음이 담겨 있었다.

“이렇게 헤어진다고 슬퍼하지 말아요. 난 영원히 철민 씨의 곁에 있을 거니까. 단지 육체로는 볼 수 없어도 영혼으로는 당신 곁에 머무를 수 있을 테니까요. 난 행복해요. 날 사랑해 주는 사람이 있으니 말이에요. ……부탁이에요. 어서 피하세요. 제발……!”

지희가 철민의 눈을 바라보며 말했다. 철민의 가슴이 무너져 내렸다.

"어서 갑시다."

박 실장이 철민을 잡아끌고 엘리베이터 쪽으로 다가갔다. 특수요원 한 명이 엘리베이터를 잡아 놓고 있었다.

엘리베이터 문이 막 닫히려던 순간이었다.

"철민 씨!"

그 순간 철민이 닫치려던 엘리베이터 문을 가로막았다.

"사랑해요!"

"사랑해! 나도 은경이를 영원히……."

철민의 가슴이 무너져 내렸다. 그대로 그 자리를 등지고 마는 자신이 지희에게 부끄러울 따름이었다.

엘리베이터의 문이 닫혔고 엘리베이터는 지상을 향해 올라가기 시작했다.

"이제 몇 초밖에 남지 않았어."

엘리베이터의 문이 열리자마자 박 실장이 소리쳤다.

박 실장과 철민은 사력을 다해 건물 밖으로 내달리기 시작했다. 철민은 달리면서도 연신 엘리베이터 쪽을 돌아다보았다.

그들이 건물 밖으로 채 빠져나가기도 전이었다.

―콰아앙.

폭발음과 함께 뒤에서 흙먼지와 돌풍이 일었고 지진이 난

듯 건물이 흔들렸다.

"엎드려!"

건물을 빠져나오자마자 박 실장이 소리를 질렀다. 그러자 철민이 땅바닥으로 바짝 엎드렸다.

'사랑해요!'

지희의 목소리였다. 그리고 더는 아무 소리도 들리지 않았다. 바닥에 얼굴을 처박은 채 철민은 고개를 들 수가 없었다.

이렇게 허무하다니, 모든 것을 잃은 것만 같았다. 아니 그 순간 철민은 자신의 소중한 사랑을 잃고 말았다.

붕괴된 건물에서 흙먼지와 까만 연기가 흘러나오고 있었다. 철민은 주저앉아 멍하니 붕괴된 건물을 바라보았다.

"이렇게 끝난 거야. 이렇게……."

철민이 자리에서 일어나며 말했다.

모든 것은 그렇게 끝이 나 있었다. 지희의 사랑도 그렇게 떠나가고 말았다.

정길영, 김석인 그 두 사람의 어처구니없는 야욕에 너무도 많은 생명이 사라져 갔다.

그들의 야욕은 하마터면 인류를 파멸의 구렁텅이로 몰아넣을 뻔했다. 다행스럽게도 그들에 의해 철저히 계획되었던 판도라의 상자는 그들의 비극적 종말로 열리지 않았으나 잘못된 과학의 활용은 인류에게 큰 교훈을 가져다주었다.

철민은 넋을 잃고 붕괴된 건물을 바라보고 있었다. 박 실장 역시 담담한 얼굴로 철민의 옆에 서 있었다.

"이해합니다."

박 실장이 철민을 위로했다.

"……."

"믿겨지지 않아요. 어떻게 이런 일이……."

"……."

철민은 말이 없었다.

온통 지희에 대한 생각뿐이었다. 붕괴된 건물 아래 싸늘하게 누워 있을 지희를 생각하면…….

그의 눈시울이 붉어지기 시작했다. 하지만 이젠 돌이킬 수 없는 일이었다.

그는 자신이 한없이 원망스러웠다.

"자, 이제 갑시다. 어디에 가서 술이나 한 잔 해야겠습니다."

박 실장이 철민의 어깨를 툭 치며 말했다. 그러곤 뒤돌아 승용차가 있는 곳으로 걸어갔다.

하지만 철민은 그 자리를 떠날 수가 없었다.

'사랑해요!'

지희의 목소리가 아직도 그의 귓가에 메아리쳐 들려오고 있었다.

"그래, 나도 너를 사랑해. 영원히!"

철민의 눈이 빨갛게 충혈되기 시작했다.

그의 어깨 위로 빗방울이 후두둑 떨어져 내렸다. 동시에 그의 고개도 바닥으로 숙여졌다.

너를 이젠 볼 수 없겠지. 하지만 난 기다릴 거야. 언젠가 다시 너와 만나 행복한 시간을 보낼 수 있을 그 때를…….

너는 언제까지나 나의 하나 밖에 없는 사랑이니까.

다시 만날 수 있는 그때까지 나를 잊지 말아 줘.

- 끝 -

하늘의 아들

지난 밤 머릿속에서 미친개가 튀어나와 밤새도록 짖어 댔다.

꽃샘추위가 자꾸만 사랑을 부추긴다. 무덤덤하던 가슴에 불을 질러 놓고 나 몰라라 딴 짓만 하는 녀석이 정말 싫다. 갈 길만 가면 그만일 것이지 일을 저질러 놓고 나 몰라라 뒷짐을 지고 있다. 그래 오늘은 다가가 보자. 네 딴 짓에 울화통이 터지더라도.

오랜만에 너를 만났다. 너는 변함이 없는데 나만 변한 건가?